DONGSUH MYSTERY BOOKS 95

THE GREEK COFFIN MYSTERY

그리스 관의 비밀

엘러리 퀸/윤종혁 옮김

동서문화사

옮긴이 윤종혁(尹鍾爀)
서울대 영문과, 동대학원을 거쳐 캐나다 요크대, 터론대 대학원 수학. 한양대·고려대·이화여대·서울대 강사를 거쳐 홍익대 교수 역임. 지은책 시집 《산울림》《나그네의 새벽》 옮긴책 C. 브론테 《제인 에어》 등이 있다.

DONGSUH MYSTERY BOOKS 95

그리스 관의 비밀

엘러리 퀸 지음/윤종혁 옮김
1판 1쇄 발행/1977년 12월 1일
2판 1쇄 발행/2003년 6월 1일
2판 5쇄 발행/2009년 9월 1일
발행인 고정일/발행처 동서문화사
창업 1956. 12. 12. 등록 16-345(윤)
서울강남구신사동540-22 ☎ 546-0331~6 (FAX) 545-0331
www.epascal.co.kr

*

이 책의 출판권은 동서문화사가 소유합니다.
의장권 제호권 편집권은 저작권 법에 의해 보호를 받는 출판물이므로
무단전재와 무단복제를 금합니다.
사업자등록번호 211-87-75330
ISBN 978-89-497-0180-6 04840
ISBN 978-89-497-0081-6 (세트)

그리스 관의 비밀
차례

머리글

제1부

무덤 …… 21
수사 …… 26
수수께끼 …… 33
소문 …… 46
유해 …… 61
발굴 …… 75
증거 …… 84
타살? …… 111
기록 …… 120
조짐 …… 150
예견 …… 157
사실 …… 166
조사 …… 175
지목 …… 192
미궁 …… 208
소동 …… 233
불명예 …… 263

유언장……282
폭로……290
응보……316
일기장……328

제2부

밑바닥……339
이야기……342
증거물……373
나머지……383
광명……392
절충……411
협박장……423
수확……431
퀴즈……448
결말……453
엘러리 어록……467
뜻밖의 사건……486
진상……495

순수이성이란 최고의 덕목……529

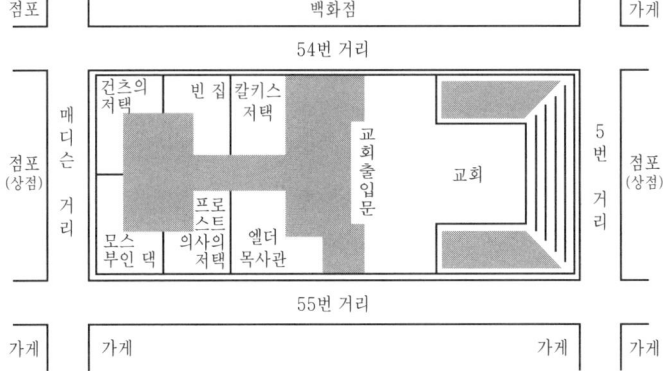

칼키스 저택 배치도

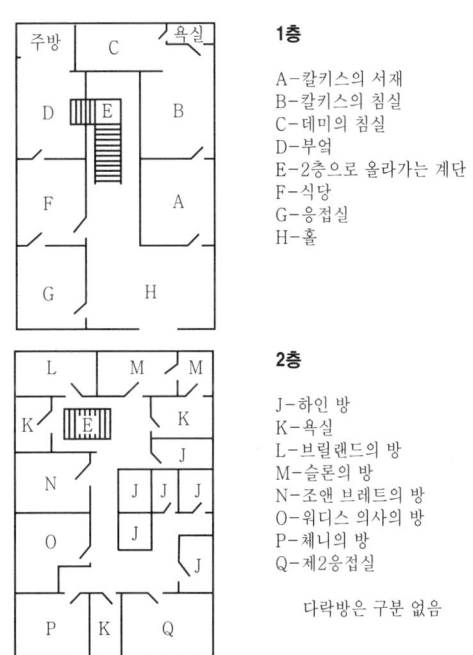

1층

A-칼키스의 서재
B-칼키스의 침실
C-데미의 침실
D-부엌
E-2층으로 올라가는 계단
F-식당
G-응접실
H-홀

2층

J-하인 방
K-욕실
L-브릴랜드의 방
M-슬론의 방
N-조앤 브레트의 방
O-위디스 의사의 방
P-채니의 방
Q-제2응접실

다락방은 구분 없음

등장인물
게오르그 칼키스 미술 중개인
길버트 슬론 칼키스 미술관 지배인
델피나 슬론 칼키스의 여동생
앨런 체니 델피나의 아들
데미 (데메트리오스) 칼키스의 사촌
조앤 브레트 칼키스의 비서
장 브릴랜드 미술관 소속의 지방출장 담당직원
루시 브릴랜드 장의 아내
내이쇼 스위서 미술관 관리주임
앨버트 글림쇼 전과자
워디스 의사 영국인 안과의
마일즈 우드러프 칼키스의 고문 변호사
제임스 J. 녹스 미술 애호가인 부호
덩컨 프로스트 의사 칼키스의 주치의
수전 모스 부인 칼키스의 이웃
존 헨리 엘더 목사
허니웰 교회 관리인
윅스 집사
심즈 부인 가정부
페퍼 지방검사보
샘프슨 지방검사
코헤이런 지방검사 사무실에 소속된 형사
사무엘 프라우티 검시관국 부주임
트리칼라 그리스어 통역
토머스 벨리 형사반장
주나 퀸 집안의 하인
엘러리 퀸 범죄연구가
리처드 퀸 엘러리의 아버지. 경감

머리글

편집자는 《그리스 관의 비밀》의 서문을 쓰는 지금, 각별한 기쁨을 느낀다. 이 책을 출판하고자 했을 때 엘러리 퀸 씨가 이상하리만치 완강하게 거절하여 꽤 어려움을 겪었기 때문이다.

이제까지 나온 퀸 씨의 작품에서 서문을 읽어본 사람이라면, 리처드 퀸 경감의 아들인 엘러리 퀸의 사건 수첩이 미스터리소설 작품으로 발표된 것은 아주 우연한 일이 계기가 되었음을 떠올릴 수 있을 것이다. 그 발표는, 사건이 있고 몇 년이 지나 공명을 날리는 퀸 부자가 이탈리아로 자리를 옮겨, 이른바 영광의 권좌에 안주하게 되는 때까지 기다리지 않으면 안 된다. 그러나 엘러리의 친구인 편집자가 그를 설득하여 첫 사건의 상세한 경과를 소설의 형태로 공표하고 나서는——때때로 그 허락을 얻기 위해 이 꼬장꼬장하고 까다로운 청년을 마냥 추켜올려야할 필요도 있었지만——모든 일이 순조롭게 진행되어, 그의 아버지 리처드 퀸 경감이 뉴욕시 경찰본부에 재임중일 때는 엘러리의 공적을 소설화하여 발표하기까지 특별한 어려움을 느끼지 않아도 되었다.

아마 독자들 중에서는 무슨 까닭으로 퀸 씨가 칼키스 사건의 공표를 꺼렸을까 의심을 갖는 사람들도 있을 것이다. 거기에는 흥미로운 이중적인 이유가 숨어 있다.

첫 번째 이유는, 칼키스 사건이 아버지인 경감의 권위 아래 엘러리가 막 비공식 수사관으로서 첫발을 내디뎠을 무렵에 일어난 사건이라 그 유명한 분석적 추리방법이 미처 완전한 결실을 거두고 있지 못했기 때문이다.

그리고 두 번째 이유로는——이쪽이 보다 더 신빙성이 있어 보이는데——엘러리는 칼키스 사건에서 마지막 단계에 이르기까지 끊임없이 굴욕적인 패배감을 맛보지 않으면 안 되었다. 아무리 겸허한 인간이라 할지라도——유감스럽게도 우리의 엘러리 퀸 씨가 겸손과는 동떨어진 성격이라는 것을 본인도 솔직히 인정하리라 믿는다——스스로의 실패를 세상 사람들에게 그대로 드러내는 것을 좋아할 까닭이 없을 것이다. 치욕을 공표하여 그 상처를 오래오래 끌고가는 결과를 가져오기 때문이다. "거절한다"고 엘러리는 강경하게 고집을 부렸다. "아무리 활자상이라 하더라도 나는 같은 일로 두 번씩이나 자책하고 싶지 않다"고 하면서.

그러나 편집자와 출판사가 갖은 설득을 다하여, 칼키스 사건——그것이 《그리스 관의 비밀》로 표제가 바뀌게 된 사연이다——은 엘러리 최악의 실패가 아니라 오히려 위대한 성공이라는 사실을 지적해 주었으며 마침내 엘러리의 심경에도 변화가 생겼다. 이러한 반응이야말로 엘러리의 인간성의 표현이며, 인정미가 없다고 비난하는 세상사람들의 편견을 보기좋게 물리친 것이리라 편집자는 믿고 있다. 그리하여 마침내 엘러리도 두 손 들고 항복을 하면서 편집자와 출판사의 의향에 따르겠다고 승낙했던 것이다.

물론 칼키스 사건에는 엘러리의 추리를 가로막는 수많은 방해물이 놓여 있었다. 그러나 이 모든 것들은 뒷날 엘러리 퀸을 빛나는 승리로 이끌 원동력이 되었다고 편집자는 확신하고 있다.

이 사건이 해결될 때까지 엘러리는 시련의 업보에 시달리게 되고, 그리고…… 이 이상 사족을 늘어놓는 것은 독자의 흥미를 반감시킬 뿐인 것이다.

여기서는 그저 엘러리의 경탄할 만한 추리능력이 본 사건에서 유감없이 발휘되었다는 정도로만 밝혀두고, 엘러리의 두뇌가 얼마나 뛰어났는지 하는 것은 사건의 경과를 낱낱이 지켜본 편집자의——그렇게 한 것도 모두 우정의 표현이었다——칭찬을 독자 여러분께서 진심으로 믿어주시기만을 기대할 뿐이다.

한마디로 《그리스 관의 비밀》은 모든 각도에서 보아 엘러리 퀸의 가장 걸출한 공적이라고 말하고 싶다.

부디 애독해 주시기를…….

J.J. 맥

제1부

자연과학, 역사, 심리학 등 눈앞에 보이는 모든 현상을 탐구하는 데 사고력이 요구되는 학술 분야에서는, 연구 대상이 되는 사물이 이따금 본질과는 전혀 다른 양상을 보일 때가 있다. 저명한 미국의 사상가 로웰 씨는 '현명한 회의주의자는 훌륭한 비평가가 지녀야 할 제1 덕목'이라는 말을 한 적이 있는데, 나는 이것과 한치도 틀리지 않는 똑같은 원칙이 범죄학 연구가들에게도 적용된다고 생각한다……(중략)

　인간의 마음이란 본디부터 왜곡되어 있으므로 어느 한 부분에 조그마한 뒤틀림이 생기면——설령 그것이 현대 정신병리학의 어떠한 측정법으로도 발견할 수 없는 아주 경미한 오차일지라도——순식간에 정신착란으로 발전할 가능성이 있다. 그러므로 범죄 행위로 몰고가는 동기며 극도의 흥분, 그밖의 언제 무너질지 모를 불안한 심리적 과정을 과연 누가 정확히 파악할 수 있으랴!

　나는 스스로도 다 기억하지 못할 만큼 오랜 세월을 짙은 안개처럼 애매모호한 정신 작용을 규명하는 데 몰두해 왔다. 그리하여 지금 그 경험을 바탕으로 감히 주제넘게 여러분에게 마지막 충고를 드리고자 한다.

　여러분들이 꼭 주의해야 할 점은, 범죄행위에는 양식은 있지만 논리는 없다는 사실이다. 그리고 혼란을 바로잡아 체계를 세우고, 무질서를 질서로 이끄는 것이 학생 여러분들의 임무임을 늘 잊지 말도록.

뮌헨대학 프로렌츠 바하먼 교수
《응용범죄학》강좌 마지막 강연에서

Georg Khalkis Dead at 67 of Heart Failure

Internationally Famous Art Dealer and Collector Was Stricken Blind 3 Years Ago

Georg Khalkis, prominent art-dealer, connoisseur and collector of this city, founder of the Khalkis Galleries and one of the last survivors of the old New York Khalkis family, died Saturday morning in the private library of his home of heart-failure, at the age of 67.

Death came suddenly, despite the fact that Mr. Khalkis had been confined to his house for several years because of an organic illness which Dr. Duncan Frost, his personal physician, said induced blindness.

He had been a lifelong resident of New York City, and was responsible for bringing to the United States some of its most precious art treasures—now in museums, in the collections of his clients or in his own galleries on Fifth Avenue.

He is survived by an only sister, Delphina, who is the wife of Gilbert Sloane, manager of the Khalkis Galleries; by Alan Cheney, Mrs. Sloane's son by a former marriage; and by Demetrios Khalkis, a cousin—all of whom reside in the home of the deceased, 11 E. 54th Street, New York City.

Services and interment, to be held on Tuesday, October fifth, are to be strictly private out of respect for the deceased's own often expressed wish.

게오르그 칼키스 씨
심장마비로 사망

국제적으로 저명한
미술 중개인·회화 수집가
3년 넘게 실명

 게오르그 칼키스 씨는 국제적으로 유명한 거물 미술상, 감정가, 수집가이자 칼키스 화랑의 창립자로 명성이 자자한 뉴욕에서도 손꼽히는 명문 칼키스 가문의 마지막 생존자인데, 지난 토요일 아침 자택 서재에서 심장마비로 사망했다. 향년 67세. 칼키스 씨는 최근 수년간, 주치의 덩컨 프로스트 의사가 실명의 원인이라고 말하는 내장질환으로 자택에서 요양 중이었는데 지난 밤 갑작스럽게 병세가 급변했다.

 평생을 뉴욕에서 태어나 뉴욕에서 살다간 칼키스 씨는, 우리 미국이 자랑하는 귀중한 미술품을 많이 수집했다. 그 미술품들은 현재 여러 곳의 미술관과 개인 수집가, 또한 5번 거리에 있는 칼키스 화랑에 소장중이다.

 유족으로는 고인의 유일한 여동생인 델피나 부인, 그녀의 남편이자 칼키스 화랑의 지배인인 길버트 슬론 씨, 그리고 델피나 부인과 전 남편 사이의 자식인 앨런 체니, 고인의 사촌인 데메트리오스 칼키스 등으로, 모두 뉴욕시 동부 54번가 11번지 칼키스 저택에서 거주한다.

 장례는 10월 5일 화요일에 행해지나 고인의 유지를 받들어 참석자는 가까운 친지로 제한한다고 함.

Tomb
무덤

 칼키스 사건은 그 시작부터 어두운 선율로 가득차 있었다. 사건은 우선 그 전문에 어울리게 한 노인의 죽음에서 비롯되는데, 그것이 이 살인 교향곡의 주된 멜로디였고, 그뒤 계속해서 연주되는 복잡하기 그지없는 악절 사이사이로 서로 대조되는 갖은 기교를 구사하면서 때로는 높게 때로는 낮게 시종일관 울려퍼졌다. 그러나 한 가지 주의해야 하는 것은 그 동안 무고한 인간의 죽음을 애달파하는 애도의 선율은 전혀 없었다는 사실이다. 그리고 이 살인교향곡은 끝이 가까워질수록 점점 기세를 몰아 마침내 성난 파도처럼 고조된 가운데 마침표를 찍게 되는데, 슬픔에 가득찬 이 불길한 멜로디는 연주가 끝나도 한동안 뉴욕 인사들의 귓전을 맴돌았다.
 게오르그 칼키스가 심장마비로 죽었을 때 그것이 살인 교향곡의 전주곡이 되리라고는 누구 한 사람 눈치채지 못했다. 특히 우리의 엘러리 퀸은 눈먼 늙은 부호의 죽음 따위는 까마득히 모르고 있었는데, 칼키스의 유체가 형식적으로 최후의 안식처에 매장된 지 사흘이 지나서야 비로소 이 사건이 그의 관심을 끌었다.

엘러리는 사망 기사를 읽는 것을 아주 싫어해 칼키스의 죽음을 알지 못했던 것은 당연한 일이었다. 하지만 만일 그 추도 기사 중에 늙은 부호의 매장 묘지가 어떤 기묘한 곳인가를 기재했더라면 분명 흥미를 느꼈을 것이다. 이 묘지는 예로부터 뉴욕 사람들의 호기심의 표적이었다. 칼키스의 저택은 동부 54번 거리 11번지에 있는 갈색 사암으로 지은 낡은 건물이었는데, 뉴욕에서도 특히 유서깊은 교회와 인접해 있었다. 이 교회는 5번 거리와 도로변에 위치해 있었는데, 대지가 5번 거리에서 매디슨 거리에 걸쳐 거의 한 구획의 절반을 차지하고 있었고, 북으로는 55번지 도로까지, 남으로는 54번지 도로와 접해 있었다. 칼키스의 집과 교회 건물 사이에는 교회 소속 묘지가 있었는데 이 도시에서 가장 오랜 역사를 자랑하는 사유 공동묘지의 하나로 칼키스 노인의 유해는 이 묘지에 매장되었다. 그의 집안은 200년 동안 이 교회의 교구민이었으므로 대도시 중심부에서의 매장을 금지하는 보건법 조항에도 영향을 받지 않고 5번 거리에 서 있는 마천루 그늘 아래에 유체를 매장할 권리를 선조 대대로 교회 묘지의 지하 매장실을 소유함으로써 확보해 놓고 있었다. 그 입구는 지상에서 3피트 낮은 곳에 있었으며 잔디 위에는 묘비도 세워져 있지 않았기 때문에 도로를 오가는 사람들은 그런 곳에 지하 매장실이 있다는 걸 전혀 몰랐다.

장례식은 특별히 그 누가 비탄에 빠지는 일 없이 매우 조용히 치러졌다. 정장이 입혀진 시체는 향료를 넣은 검은 광택이 나는 관 속에 뉘어져 칼키스 저택 1층 응접실에 있는 관가(棺架, 관에 올려놓는 받침대)에 뉘어져 안치되었다. 장례식은 칼키스 저택과 이웃해 있는 교회의 목사인 존 헨리 엘더가 진행했는데, 이 목사에 대해 한 마디 하면 그의 설교에는 종종 세속 사회에 대한 비난 공격이 담겨 있었기 때문에 신문 기사로 취급되는 일이 자주 있었다. 그리하여 그날 장례식은 죽은 사람의 가정부였던 심즈 부인이 중간에 졸도한 것을 제외하고는 흥분해서 히스테리를 일으키는 사람 없이 담담하게 진행되었다.

 그런데 고인의 비서 조앤 브레트는 나중에 그 장례식에는 뭔가 불길한 그림자가 도사리고 있는 것 같았다고 말했다. 그러한 느낌은 오로지 여자의 직감으로만 감지될 수 있는 것이기 때문에 의사들이 듣는다면 터무니없는 소리라고 말하겠지만 어쨌든 그녀는 영국식의 거드름 피우는 듯한 표현으로 자신감 있게 '장례식에는 긴장된 분위기가 흘렀다'고 말했다. 그러나 그녀는 그러한 긴장감이——사실 존재한다면——어디에서 기인된 것인지, 한 사람 아니면 다수의 어떤 인물들이 유발하는지에 대해서는 알 수 없었고, 가령 알았다 하더라도 정확하게 대답할 수가 없었다. 오히려 그녀의 말과는 반대로 모든 것이 자연스럽게 진행되었으며, 유족들은 관례대로 마음의 슬픔을 서로 나누었다. 그 한 예를 들면 목사의 기도가 간단히 끝나자 가족 전원과 조문객들과 하인들은 줄을 지어 관 가까이로 걸어가 마지막으로 망자와 인사를 나누었고, 다시 엄숙한 얼굴을 하고 각자의 위치로 되돌아간 것이다. 고인의 누이동생 델피나는 연신 눈물을 흘리고 있었는데, 귀족적인 조심성을 잊지 않고 몰래 눈물을 닦아내고 한숨을 짓곤 했다. 머리가 약간 모자라는 칼키스의 사촌 데메트리오스는——누구나 그를 데미라고만 부르고 있었다——멍한 눈으로 시체를 내려다보고 있었는데, 싸늘하게 식은 채 관 속에 누워 있는 유해의 모습에 얼이 빠져 있는 듯했다. 델피나의 남편인 길버트 슬론은 아내의 두툼한 손을 가볍게 토닥거렸다. 다소 상기된 얼굴을 한 그들의 아들 앨런 체니는 손을 웃옷 주머니에 찔러 넣고 노려 보는 듯한 눈을 허공으로 향하고 있었다. 칼키스 화랑의 관리인인 내이쇼 스위서는 장례식 복장으로 말쑥하게 차려입고는 구석진 곳에 무료한 표정으로 서 있었다. 칼키스의 변호사 우드러프는 아까부터 코를 쿵쿵거렸다.

이렇듯 장례식 진행은 평범할 정도로 순조롭고 아무 이상도 없어 보였다. 스터제스라고 부르는 피곤한 은행원 같은 어둔 표정의 장의사는 젊은 일꾼들을 부려 재빨리 관 뚜껑을 닫았다. 이제 남은 것은 열을 지어 관을 메고 가는 것뿐이었다. 앨런과 슬론, 데미와 스위서는 관 옆에 자리를 잡았고, 약간의 소란이 있은 뒤 관은 그들의 어깨 위에 올려졌다. 장의사 스터제스가 이리저리 관가를 살펴보고 엘더 목사가 기도문을 낭송하고 난 다음에 관을 멘 행렬이 집을 나섰다.

엘러리 퀸이 나중에 안 일이었지만, 조앤 브레트라는 여비서는 나이는 젊지만 퍽 영리한 아가씨였다. 그녀가 뭔가 '긴장된 분위기'를 느꼈다면 틀림없이 그런 분위기가 반드시 그곳에 있었을 것이다. 그러나 도대체 어디서 그런 분위기가 풍겨져 나온 것일까? 정확히 어디라고 꼬집을 수는 없었다. 누군가로부터 나왔다는 것만은 분명했다. 장례 행렬 맨 뒤에서 브릴랜드 부인과 함께 걸어오고 있던 턱수염을 기른 의사 워디스로부터 나온 것일 수도 있고, 관을 메고 가는 네 남자, 바로 그 뒤에 조앤과 함께 걷고 있던 사람들로부터 나온 것일 수도 있다. 또는 저택 자체에 원인이 있는지도 모를 일이다. 이를테면 아주 하잘 것 없는 단역에 지나지 않겠지만 침대에 쓰러져 눈물을 흘리고 있는 가정부 심즈 부인이라든지, 죽은 노인의 서재에서 멍하니 턱을 쓰다듬고 있는 집사 윅스 등이 문제일 수도 있다.

그러나 행렬이 가고 있는 도중에는 아무런 일도 일어나지 않았다. 장례 행렬은 54번 거리에 접한 정문으로 가지 않고 그 블록에서 사는 여섯 가구를 위하여 마련된 안마당을 지나 뒷문 쪽으로 길을 잡았다. 그리고 다시 왼쪽으로 돌아서 안마당의 서쪽 나무문을 통과한 다음에 묘지에 이르렀다. 54번 거리에는 통행인들과 구경꾼들이 벌떼처럼 몰려 있었는데 그들은 칼키스 집안의 장례 행렬에 사기당한 기분이 들었다. 칼키스 집안 사람들이 이 구경꾼들을 피하기 위해 안마당을 통해 묘지로 갔기 때문이다. 구경꾼들은 뾰족뾰족한 못이 달려 있는 철책에 매달려 조그마한 묘지를 흘끗거렸다. 구경꾼들 가운데는 신문기자도 있었다. 카메라맨도 있었다. 모두들 호기심 때문에 숨을 죽이고 지켜보고 있었다. 장례에 참석한 사람들도 말이 없었다. 본래부터 비극에 등장하는 무대배우들은 관객들의 움직임에는 아랑곳하지 않는 법이니까. 일행이 묘지 안의 잔디 위를 구불구불 돌면서 나아가자 다른 한 무리가 일행의 도착을 기다리고 있었다. 그곳 잔디는 네모지게 파여 있었고 흙은 깔끔하게 쌓여 있었다. 묘지에는 스터제스 장의사의 일꾼 2명과 교회 관리인인 허니웰, 그리고 유행에 뒤진 검은 보닛을 쓰고 있는 작은 노파가 촉촉히 눈물로 젖은 눈을 연신 훔치고 있었다.

조앤 브레트의 직감이 맞는다면, 예의 그 긴장된 분위기라는 것이 계속 지속되고 있었다. 하지만 그때까지 아무런 일이 없었던 것처럼 그 다음에도 별다른 일은 일어나지 않았다. 격식대로 매장 준비를 마치자 묘 파는 일꾼 한 사람이 몸을 앞으로 굽혀 지면과 수평으로 묻혀 있는 녹슨 철문을 열었다. 그 안에서 시체 냄새가 흘러 나왔다. 관은 이윽고 벽돌이 둘러쳐져 있는 작은 지하 매장실을 향해 조용히 내려졌다. 일꾼들이 힘들여 일을 계속한 뒤 낮은 목소리로 신호를 하더니 관의 한쪽 끝을 살짝 들어올려 지하 매장실에 있는 많은 벽감들 가운데 하나에 밀어 넣었다. 그런 다음 철문이 닫혀지고 흙과 잔디가 전대로 덮여졌다……

조앤 브레트는 바로 그 순간, 왠지 모르게 긴장된 분위기가 사라지는 느낌을 받았다고 했다.

Hunt
수사

 긴장된 분위기가 사라졌다고 말했지만, 그것은 장례행렬이 안마당을 지나 저택에 돌아오기까지의 짧은 시간 동안뿐이었다. 그것은 다시 나타나 여러 가지 사건을 동반하였고 그 원인이 밝혀진 것은 훨씬 훗날의 일이다. 그 뒤 계속해서 발생한 사건을 최초로 경고한 사람은 고인의 고문변호사인 마일스 우드러프였는데, 그 시점에서 사건의 양상이 에칭 판화처럼 선명하게 나타나기 시작했다고 할 수 있다.
 엘더 목사는 장례식이 끝난 뒤, 성가실 정도로 안절부절못하는 교회 관리인 허니웰을 데리고 유족들을 위로하기 위하여 칼키스의 집으로 돌아왔다. 그때 장례식장에서 연신 눈물을 훔치던 작은 노파도 묘지에서 돌아오는 행렬과 만나, 그들과 함께 칼키스의 집으로 들어와 응접실에서 뭔가를 찾는 듯이 빈 관가를 찬찬히 살펴보고 있었다. 장의사인 스터제스와 일꾼들은 께름칙한 장례의 흔적을 서둘러 치우느라고 바빴다. 어느 누구도 이 작은 노파를 집 안으로 들어오라고 하지 않았고 불쾌한 눈빛으로 노파를 바라보고 있는 좀 모자라는 데미를 제외하고는 어느 누구도 이 노파가 방 안에 있다는 사실조차 알지 못했다. 다른 사람들은 모두 의자에 앉아 있거나 힘없이 왔다 갔다 했고 얘기를 하는 사람은 거의 없었다. 장의사와 일꾼들만이 무엇을 해야 할지 알고 있는 것 같았다.

마일스 우드러프 변호사는 마음이 어수선하기도 했고 별로 할 일도 없고 해서 특별한 목적 없이 고인의 서재에 들어갔다. 집사인 윅스가 조금 당황한 듯 의자에서 일어났다. 아마 졸고 있었던 모양이다. 우드러프는 한 쪽 손을 흔들며 개의치 말라고 한 뒤 칼키스 집안의 앞날을 생각하며 방을 가로질러 2개의 책장으로 가려져 있는 벽쪽으로 걸어갔다. 거기에는 칼키스의 벽금고가 있었다. 우드러프가 벽금고의 다이얼을 돌려서 번호를 맞추자 무겁고 둥근 작은 쇠문이 덜컹 열렸다. 그는 뭐가 없어졌을 것이라는 예상은 고사하고 금고 안을 들여다봐야겠다는 의도도 전혀 없이, 그냥 무심코 금고를 열어본 것이라고 훗날 주장했다. 그때 우드러프는, 장례식 행렬이 집을 떠나기 5분 전에 자신의 눈으로 직접 금고 안을 확인했고 손으로 만졌다고 했다. 그러나 우연이든 계획된 것이든 그것이 철제 상자와 함께 없어졌다는 것은 분명한 사실이었다. 그리고 이 발견이야말로 동요에 나오는 '잭이 세운 집'처럼 그 뒤에 이어질 처참한 사건들이 칼키스 집안을 쉴 새없이 엄습하리라는 경종이기도 했으며, 긴박했던 예전의 분위기를 다시금 불러일으키기도 했다.

금고가 털린 것을 알게 된 우드러프의 반응은 과연 그다웠다. 즉시 집사를 향하여 고개를 돌리고 미친 듯이 소리를 질렀다.

"자네가, 저 금고를 만졌나?"

우드러프가 무섭게 물었다. 윅스는 놀라서 더듬거리며 자기는 손댄 적이 없다고 말했다. 우드러프는 거칠게 숨을 헐떡거렸다. 추궁하려고 서둘렀지만 그로서는 어디가 골대인지 알 수 없었다.

"언제부터 여기 앉아 있었지?"

"장례 행렬이 묘지로 떠난 다음부터 계속 여기 있었습니다."
"그 동안 여기 들어온 사람은 없었나?"
"네, 한 사람도 없었습니다."

윅스도 상대방의 험악한 얼굴 때문에 겁을 먹고 있었다. 분홍색 대머리 뒤로 둥근 테 모양 남아 있는 흰 솜과 같은 머리털이 덮고 있는 귀 언저리가 몹시 떨리고 있는 것은 긴장감 탓이리라. 우드러프의 거만한 태도에 윅스의 눈에는 낭패의 기색이 역력했다. 우드러프는 커다란 몸집에 벌겋게 달아오른 낯빛을 하고 깨진 종소리 같은 큰 목소리로 늙은 집사를 거의 울음을 터뜨리기 직전까지 윽박질렀다.

"자넨 졸고 있었음에 틀림없어!"

우드러프가 소리쳤다.

"내가 여기 들어올 때도 졸고 있었잖아!"
"저는 그냥 고개를 끄덕거리고 있었을 뿐입니다. 절대로 잠들지는 않았어요. 선생님께서 들어오시자 마자 제가 곧 선생님을 알아보지 않았습니까?"
"그런가……."

우드러프의 태도가 다소 누그러졌다.

"나를 알아본 건 확실해. 그럼 어서 가서 슬론 씨와 체니 군을 곧 오라고 하게."

두 사람이 당황한 표정으로 들어왔을 때 우드러프는 구세주와 같은 자세로 금고 앞에 서 있었다. 그는 법정에서 상대편 증인을 위압할 때처럼 찬찬히 두 사람의 표정을 읽었다. 뭐라 꼬집어 말할 수는 없지만 슬론의 얼굴에 뭔가 이상한 빛이 있는 것을 우드러프는 눈치챘으나 무엇인지는 확실히 알 수가 없었다. 젊은 앨런은 여느 때처럼 얼굴을 찡그리고 있었는데 그 곁으로 다가가자 위스키 냄새가 몹시 풍겼다.

우드러프는 불필요한 말은 생략하고 단도직입적으로 본론으로 들어갔다. 열린 금고를 손으로 가리키면서 의혹에 찬 시선을 그들에게 보냈다. 슬론은 사자 갈기와 같은 머리를 완강히 흔들었다. 그는 한창 나이의 사나이로 유행의 첨단을 따르는 옷차림을 하고 있었다. 앨런 청년은 아무 대답도 없이 자기가 알 바 아니라는 듯이 빈약한 어깨를 으쓱거려 보였다.

"좋아요, 모른다면 어쩔 수 없지. 하지만 나는 지금부터 이 일을 샅샅이 조사할 거야. 그것도 지금 당장 여기서 말이야."

우드러프 변호사는 의기양양한 표정을 지으며 말했다. 곧 그는 명령을 내려 집 안에 있는 모든 사람들을 서재에 불러 모았다. 장례식에서 돌아온 지 4분밖에 안돼서 벌어진 일이라 모두들 놀라는 표정이었지만, 우드러프는 장의사인 스터제스와 일꾼들까지 불러 모아서 남녀 가릴 것 없이 모두를 신문했다. 그러나 금고에서 물건을 훔치기는커녕 아침부터 그 근처에 간 일조차 없다는 사람들의 말을 듣고서야 겨우 만족한 것 같았다.

이 극적인, 또한 다소 우스꽝스런 순간에 조앤 브레트와 앨런 체니의 머릿속에 동시에 떠오르는 생각이 있었다. 그들은 우당탕거리며 서재에서 급히 뛰어나와 홀을 빠져서 현관으로 갔다. 우드러프는 무슨 일인가 놀라면서 그들 뒤를 따라갔다. 조앤과 앨런은 힘을 합쳐 현관문을 열더니 거기 모여 있는 군중 앞에 섰다. 군중들도 약간 놀란 표정이었다. 우드러프가 뒤쫓아갔을 때는 조앤이 잘 울리는 콘트랄토의 목소리로 군중들에게 말했다.

"여러분 중에 혹시 30분 전에 집 안으로 들어온 사람 없습니까?"

앨런도 따라서 소리를 쳤다.

"누구 없습니까?"

두 사람의 뒤를 따라간 우드러프 변호사까지 자기도 모르게 같은 말을 되풀이했다.

빗장을 건 대문 밖에 서 있던 사람들 가운데 젊고 건장해 보이는 신문 기자가 큰 목소리로 똑똑하게 대답했다.

"아무도 없었어요!"

그러자 다른 기자 하나가 끼어들었다.

"도대체 무슨 일입니까? 아무것도 손대지 않을 테니 우리를 좀 들여보내 주시죠."

구경꾼들 사이에서 간간히 박수소리가 들렸다. 조앤은 얼굴을 붉히면서 괜히 갈색 머리카락만 손으로 만지작거렸다. 앨런이 소리쳤다.

"그럼 집에서 나온 사람은요?"

이번에는 모인 사람들이 다 함께 입을 모아 대답했다.

"없었어요!"

우드러프는 헛기침을 했다. 군중 앞에서 터무니없이 구경거리가 되는 것이 두려운지 그는 성난 듯이 젊은 두 사람을 데리고 현관으로 가서 조심스럽게 문의 자물쇠를 잠갔다. 이번에는 두 문 양쪽 다.

우드러프는 자신감을 잃고 그냥 앉아 있을 사람이 아니었다. 그는 다시 마음을 다잡고 서재로 들어갔다. 거기 모여 있는 사람들은 어떤 결과가 될 것인지 불안한 마음에 의자에 앉거나 서서 여전히 침착하지 못한 자세로 있었다. 우드러프는 다시 한 사람씩 돌아가면서 신문을 시작했다. 그러나 그 집에 있는 대부분의 사람들이 그 금고의 번호를 알고 있다는 것을 알자 너무 낙담해서 신경이 날카로워졌다. 우드러프가 말했다.

"좋습니다. 여기 있는 누군가가 나를 감쪽같이 속이고 있는 모양이군요. 누군가가 분명 거짓말을 하고 있습니다. 하지만 곧 찾아낼 겁니다. 여러분에게 약속하지요."

우드러프는 사람들 앞을 왔다갔다 했다.

"나도 그렇게 바보는 아니오. 범인을 밝혀 내는 건 이 집 고문변호사인 나의 의무요! 다들 알겠죠? 의무라는 걸."
우드러프의 말에 모두들 자동인형처럼 고개를 끄덕였다.
"따라서 집 안에 있던 모든 사람의 몸을 조사해야겠어요. 지금 당장 말이오."
이 한 마디에 사람들이 끄덕이기를 멈추었다.
"여러분 중에 내 말에 동의하지 않는 사람이 한 사람 있다는 것도 알고 있습니다. 그렇지만 나라고 좋아서 하는 일이 아닙니다, 하지만 나는 이 일을 하지 않을 수 없어요. 나는 지금 눈앞에서 물건을 도둑 맞았단 말입니다. 바로 내 코앞에서요!"
이런 심각한 상황에 어울리지 않게 조앤 브레트는 낄낄거렸다. 우드러프의 코가 그의 얼굴에서 상당히 큰 면적을 차지하고 있었기 때문이었다. 말끔히 차려입은 내이쇼 스위서는 웃음지으며 말했다.
"오, 우드러프 씨. 이건 마치 한 편의 멜로드라마 같은데요? 이 문제는 극히 간단히 설명할 수 있는 일인데 당신 혼자 극적으로 만들고 있는 것 같습니다."
"뭐라고? 스위서, 당신은 그렇게 생각합니까?"
우드러프의 시선이 브레트에게서 스위서에게로 옮겨지면서 말이 계속됐다.
"당신은 내 신체검사가 못마땅한 모양인데, 왜죠?"
스위서는 슬며시 웃으며 입을 열었다.
"우리는 법정에 서 있는 게 아닙니다. 우선 당신이 좀 진정을 하는 게 좋을 것 같군요, 우드러프 씨. 당신이 지금 모가지 잘린 닭처럼 흥분하고 있다는 걸 알고 있습니까? 장례식이 시작하기 5분 전에 금고에서 철제 상자를 보았다는 게 확실하긴 합니까?"
"확실하냐고? 그 말 진심이오? 흥, 좋소. 당신들 중 하나가 범인이라는 것을 내가 증명하겠소. 그러면 당신도 착각이 아니라는 것을 알게 될 거요."

"어쨌든 나는 이런 고압적인 분위기를 인정할 수가 없습니다. 자, 조사해 보시죠. 나부터 먼저 조사해 보시라구요. 자, 신체검사를 하세요."

드디어 사태는 갈 데까지 갔고 우드러프는 완전히 이성을 잃고 말았다. 그는 커다란 주먹을 스위서의 차가운 뾰족한 코밑에서 이리저리 흔들며 미친 사람처럼 고함을 질렀다.

"좋아요. 그렇게 나온다면 내가 당신에게 똑똑히 보여 주지! 고압적인 게 어떤 건지 당신에게 똑똑히 보여 주겠소."

우드러프는 이렇게 말하면서 첫번째 조치를 취했다. 그는 고인의 책상에 있던 2대의 전화기 가운데 한 개를 집어 들고는 신경질적으로 다이얼을 돌린 다음에, 보이지도 않는 신문관이 전화를 받자 흥분한 나머지 더듬거리며 말을 했다. 그러고는 전화기를 쾅 소리 나게 내려놓은 뒤 악의에 찬 결론을 내렸다.

"당신이 조사를 받는지 안 받는지 내 두 눈으로 똑똑히 지켜볼 거요. 지방검사 샘프슨의 명령에 따라 담당관이 올 때까지 이 집에 있는 사람들은 단 한 발짝도 움직여서는 안 됩니다!"

Enigma
수수께끼

지방검사보 페퍼는 높은 인품을 가진 잘생긴 청년이었다. 우드러프가 전화를 건 지 30분 만에 그가 도착했고, 그 뒤부터는 수사가 순조롭게 진행되었다. 페퍼는 사람들을 살살 구슬러서 입을 열게 하는 특별난 재주를 가지고 있었다. 일류하고는 거리가 먼 법정변호사인 우드러프로서는 도저히 얻을 수 없는 것이었다. 더욱이 놀라운 것은 우드러프 자신도 페퍼와 몇 마디 얘기를 나누고 난 뒤부터는 기분이 좋아졌다는 사실이었다. 하지만 페퍼가 데리고 온 얼굴이 둥그런 코헤이런이라는 사람에 대해서는 아무도 신경을 쓰지 않았다. 코헤이런은 지방검사 사무소 소속 형사로 페퍼의 지시대로 서재 앞에 말없이 서서 눈에 띄지 않게 조심하면서 검은 시가를 피워대고 있었다.

우드러프는 체격이 좋은 페퍼를 구석으로 데리고 가서 장례식의 상황을 상세히 얘기한 뒤 이렇게 말했다.

"당신을 여기까지 오게 한 까닭은 이렇습니다, 페퍼 씨. 장례식 행렬이 준비되기 5분전에 나는 칼키스 씨의 침실로 갔었죠."

이 대목에서 우드러프는 칼키스의 서재를 손으로 가리켰다.

"침실에서 철제 상자의 열쇠를 가지고 이 방으로 돌아와서 금고를 열고, 철제 상자를 열어보았는데 그때는 그게 거기 있었습니다. 내 눈으로 똑똑히 보았다니까요. 그런데 그게……."
"그 안에 뭐가 들어 있었나요?"
"아니, 내가 말씀드리지 않았습니까? 이런 정신이 없군!"
페퍼는 별다른 대꾸를 하지 않았고 우드러프는 흐르는 땀을 훔쳐냈다.
"칼키스 씨의 새로운 유언장이었습니다. 새로 작성한 것 말입니다. 그 철제 상자에는 틀림없이 새 유언장이 들어 있었습니다. 내가 그걸 꺼내서 확인해 보았는데, 분명 내가 직접 봉한 것이었습니다. 확인한 다음에 나는 유언장을 다시 집어넣고 상자를 잠근 다음 금고에 넣고 문을 꼭 닫은 뒤 방을 나왔죠."
"잠깐만요, 우드러프 씨."
뭔가 정보를 얻어낼 때 상대방에게 꼭 '씨' 자를 붙이는 것이 페퍼의 테크닉이었다.
"그 상자의 열쇠를 다른 사람도 가지고 있었습니까?"
"아닙니다. 절대로 그럴 리가 없어요, 페퍼 씨. 그 상자의 열쇠는 하나뿐입니다. 칼키스 씨가 죽기 얼마 전에 그로부터 직접 들은 얘깁니다. 나는 그 열쇠를 침대에 있는 칼키스 씨의 옷에서 찾아냈죠. 철제 상자와 금고를 잠근 다음에 내 주머니에 보관하고 있었습니다. 내 열쇠 꾸러미에 끼워 놓았다니까요. 지금도 이렇게 가지고 있잖습니까."
우드러프는 바지 뒷주머니를 뒤적거리더니 열쇠 고리를 꺼냈다. 그리고 떨리는 손가락으로 그 중에서 작은 열쇠를 빼내어 페퍼에게 건넸다.
"맹세코 말하지만 이 열쇠는 계속 내 주머니 속에 있었습니다. 어느 누구도 감히 나한테서 그것을 훔쳐갈 수는 없습니다!"
페퍼는 정중하게 고개를 끄덕여 주었다.
"그리고 도저히 훔칠 새가 없었습니다. 내가 서재를 나오자마자 장례 행렬이 늘어서기 시작했고 뒤이어 매장을 위해 묘지로 출발했어요. 그리고 나서 나는 본능적으로 이리로 돌아왔고, 아니 본능적인 느낌인가 뭔가가 나를 돌아오게 만들었는지도 모르죠. 여하튼 나는 이 서재로 돌아와 금고를 열어보았어요. 그런데 맙소사, 유언장이 들어 있는 상자가 감쪽같이 없어진 겁니다."
지방검사보 페퍼는 우드러프의 말에 동정하는 듯 물었다.
"누구, 짐작이 가는 사람은 없습니까?"
"짐작요?"
우드러프는 번쩍거리는 눈으로 방 안을 둘러보았다.
"글쎄요. 이것저것 짚이는 게 있기는 한데, 뚜렷한 증거가 없습니다. 페퍼 씨, 문제는 이겁니다. 상황을 하나하나 짚어보기로 하겠습니다. 우선 첫째로, 내가 상자를 열고 유언장을 들여다보고 있을 때 이 집에 있었던 사람들이 지금 모두 모여 있다는 사실입니다. 그리고 둘째로, 모든 사람들이 행렬을 이루어 이 집을 나섰고, 다 함께 안마당을 통과해 묘지에 갔어요. 묘지에서는 기다리고 있던 소수의 외부인을 제외하고는 아무와도 접촉을 하지 않았습니다. 셋째로, 이 집에서 떠났던 사람들과, 묘지에 있었던 외부인들은 모두 이 집으로 돌아와서 지금 여기 있다는 사실입니다."
페퍼의 눈이 반짝거렸다.
"아주 재미있는 추리군요. 그러니까 원래 장례식 참가자 중의 누군가가 유언장을 훔쳐서 외부 사람에게 주었다 하더라도 아무 의미가 없다는 말씀이군요. 그것을 받은 외부인 역시 이 집에 발이 묶여 있는 셈이니까요. 그럼 우드러프 씨, 당신이 말하는 그 외부인들이란 도대체 누구누굽니까?"

우드러프는 유행에 뒤처진 검은 보닛을 쓴 작은 노파를 가리켰다.

"한 명은 수전 모스 부인입니다. 안마당을 둘러싼 여섯 집 가운데 한 집에 살고 있는 노망든 노파인데, 이웃 사람이라고 볼 수 있죠."

페퍼는 고개를 끄덕였다. 우드러프는 그 다음, 엘더 목사 뒤에서 벌벌 떨고 서 있는 교회 관리인을 손으로 가리켰다.

"또 한 사람은 저기 보이는 작은 사내 허니웰이라고 하는 교회관리인입니다. 이 저택 옆에 교회가 있는데 그는 거기서 일합니다. 그리고 교회관리인과 나란히 있는 두 사람이 무덤파는 인부들로, 이 두 사람은 그 뒤에 있는 장의사 스터제스의 고용인이지요.

우리들이 묘지에 있는 동안 이 저택을 드나든 사람은 절대로 없었습니다. 그 점은 내가 저택 밖에서 망보고 있는 신문 기자들에게도 확인해 봤으니 틀림없습니다. 그리고 나서 내 손으로 현관문을 잠갔으니, 그 누구도 출입하지 않았습니다."

"당신 이야기에 따르면 이것은 꽤 까다로운 사건이군요?"

페퍼가 그렇게 말하고 있을 때 갑자기 두 사람의 뒤에서 성난 목소리가 들려왔다. 페퍼는 소리 나는 쪽을 향하여 고개를 돌렸다. 그 소리의 주인공은 젊은 앨런 체니였다. 그는 화가 나서 얼굴이 벌게져 우드러프에게 삿대질을 했다.

"저 사람은 누굽니까?"

지방검사보 페퍼가 물었다.

앨런은 소리치며 말했다.

"이것 보십시오, 검사님. 저 사람 말은 믿지 마세요! 집 밖으로 나간 사람이 없는지 기자들에게 물어본 사람은 저 자가 아닙니다. 조앤 브레트가 물어봤습니다. 저기 있는 브레트 양이 물어봤다고요, 안 그래요, 조니?"

조앤은 냉정한 표정을 짓고 있었다. 그녀는 키가 크고 호리호리한 영국 사람으로, 오만해 보이는 턱과 아주 맑은 푸른 눈에 걸핏하면 권위에 반항할 것 같은 날카로운 콧날을 가지고 있었다. 그녀는 체니 뒤에서 페퍼에게 눈길을 주며 차가운 목소리로 분명하게 얘기했다.

"또 술을 마셨군요, 체니 씨. 제발 나를 조니라고 부르지 말아요, 듣기 싫으니까."

앨런은 흐릿한 눈빛으로 조앤을 바라보았다. 우드러프가 페퍼에게 속삭였다.

"저 사람은 칼키스 씨의 조카인데 보시다시피 항상 술에 취해 있습니다."

"실례합니다."

페퍼는 우드러프에게 말한 다음 조앤에게로 다가갔다. 조앤은 공격적인 태도로 페퍼를 바라보았다. 지방검사보는 질문했다.

"기자들에게 물어봤다는 사람이 당신입니까, 브레트 양?"

"그래요."

조앤의 뺨이 약간 붉게 달아올랐다.

"체니 씨가 말한 대로예요. 우리는 똑같은 생각을 했죠. 그래서 같이 현관으로 뛰어나갔고 우드러프 씨가 우리 뒤를 따랐습니다. 그런데 저 젊은 술꾼에게 여자를 도와주려는 용기가 있다고는 생각지 못했어요."

"과연, 그렇군요."

페퍼는 웃음지었다. 그의 웃음에는 묘하게 여자의 마음을 끄는 뭔가가 있었다.

"브레트 양이라고 하셨죠, 당신은?"

"네, 저는 칼키스 씨의 비서예요."

"그렇습니까."

페퍼는 풀이 죽어 있는 우드러프에게로 돌아가 말했다.

"자, 우드러프 씨, 설명 도중에 실례했습니다."

"괜찮아요. 당신에게 되도록 상세한 것을 알려 주려다가 그만 필요 없는 것까지 말해버렸군요."

그리고 우드러프는 헛기침을 하며 말을 계속했다.

"아, 한 가지 더 말씀을 드려야겠군요. 장례식이 진행되는 동안 집안에 남아 있던 사람은 딱 두 사람입니다. 한 사람은 칼키스 씨의 죽음에 충격을 받아 쓰러져 줄곧 방 안에만 처박혀 있던 가정부 심즈 부인이고요, 또 한 사람은 윅스라고 이 집의 집사입니다. 이제부터가 이 사건의 알 수 없는 부분인데, 우리가 집을 비우고 있는 동안 그는 줄곧 서재에 있었다고 합니다. 그는 서재 안으로 들어온 사람은 아무도 없었고 자신은 계속 금고 앞에 있었다고 합니다."

"좋습니다. 이제 사건의 윤곽이 잡히는 것 같군요."

페퍼가 활기차게 말했다.

"윅스의 말이 사실이라면 범행 시간을 좁힐 수 있습니다. 당신이 유언장을 보고 난 뒤부터 장례 행렬이 이 집을 떠나기 전 5분 동안이라는 말이 되겠네요. 그렇다면 아주 간단합니다."

"네? 간단하다구요?"

우드러프는 그 점에서는 확신이 없었다.

"그래요. 코헤이런, 이리 와 보게."

코헤이런이라고 불린 형사가 모두가 무표정하게 지켜보는 가운데 천천히 방을 가로질러 걸어왔다. 지방검사보가 말했다.

"자, 요점을 말하겠네. 우리는 지금 도난당한 유언장을 찾고 있네. 그 유언장의 행방은 4가지로 나누어 볼 수 있지. 이 집 어딘가에 있거나 이 집에 있는 어떤 사람이 가지고 있다고 가정할 수 있고,

안마당에서 묘지로 가는 길, 아니면 묘지 안에 숨겼을 가능성이 있어. 분명 그 넷 중 하나야. 이제부터 하나씩 찾아본다면 반드시 발견할 수 있을 거야. 아, 그전에 내가 지방검사에게 전화를 걸어야겠군. 잠깐 기다리게."

페퍼는 지방검사의 사무실로 전화를 걸어 샘프슨 지방검사에게 간단히 이야기를 한 다음 손을 비비면서 돌아왔다.

"지방검사가 경찰을 보내겠답니다. 이건 중대한 사건이니까요. 자, 우드러프 씨, 코헤이런과 내가 안마당과 묘지를 둘러보고 올 동안 관계자 전원이 자리를 지키고 있도록 감시해 주시겠습니까? 여러분, 잠깐만 여기를 주목해 주십시오!"

사람들은 어리벙벙한 표정으로 페퍼를 쳐다보았다. 모두들 혼란스럽고 당황해서인지 멍한 표정이었다.

"자, 이제부터 여기는 우드러프 씨가 관리할 겁니다. 우드러프 씨에게 적극적으로 협조해 주시기 바랍니다. 아무도 서재를 떠나지 마십시오."

말을 마친 뒤 페퍼와 코헤이런은 방을 나왔다.

15분 뒤, 그들이 빈손으로 돌아왔을 때 서재에는 경찰본부에서 네 사람이 더 와 있었다. 퀸 경감 밑에서 일하는 검은 눈썹의 형사 반장 토머스 벨리 경사와 2명의 형사 플린트와 존슨, 그리고 뚱뚱한 여자 경찰이 와 있었다. 다른 사람들이 무심하게 기다리고 있는 사이에 페퍼와 벨리는 한쪽 구석에서 밀담을 나누었다. 벨리 반장은 여느 때처럼 냉정하고 무관심한 태도를 취했다.

"안마당과 묘지는 다 살펴봤단 말이죠?"

벨리가 울리는 듯한 목소리로 물었다.

"그렇네. 하지만 자네와 자네 팀이 다시 살펴보는 것도 좋은 방법일 것 같군. 확실하게 하기 위해서 말이야."

페퍼가 대답했다.

벨리는 플린트와 존슨에게 큰 소리로 뭔가 지시를 내렸고, 두 사람은 곧장 바깥으로 나갔다. 벨리와 페퍼와 코헤이런은 집 안을 조직적으로 조사하기 시작했다. 칼키스의 서재에서 시작해서 침실과 욕실, 그리고 데미의 침실까지 살펴보고 나온 벨리는 아무 설명도 하지 않고 다시 서재를 샅샅이 조사했다. 그는 금고 안과 2대의 전화가 놓여 있는 칼키스의 책상 서랍, 벽면을 채우고 있는 책장과 그 안의 책들을 전부 내려 놓고 샅샅이 점검했다. 아무것도 그의 시선을 피할 수는 없었다. 벨리는 구석진 곳에 있는 작은 책장까지 다 뒤졌다. 그 위에는 주전자와 찻잔들이 있었는데 벨리는 주전자의 뚜껑을 열고 그 안까지 신중하게 들여다보았다. 벨리는 연신 투덜거리면서 서재에서 홀로 나와 다른 데를 조사하기 시작했다. 응접실과 식당, 부엌으로, 뒤편에 있는 식품저장실과 창고, 장례식을 위해 스터제스가 설치해 놓았다가 철거해 쌓아둔 장식품들까지 세심하게 살펴보았다. 그러나 거기에서도 아무것도 찾을 수 없었다. 그들은 계단을 올라가서 여러 개의 침실을 하나하나, 고대 유럽대륙에 침입한 서고트족처럼 헤집어 놓고 내려왔다. 다만 심즈 부인이 틀어박혀 있었던 성역만은 피했다. 그리고 나서 다락으로 올라 켜켜이 먼지가 쌓인 낡은 책상과 트렁크를 뒤졌다.

"코헤이런, 지하실을 한번 뒤져봐."

벨리가 말했다. 코헤이런은 이미 꺼져버린 시가를 아쉬운 듯이 한번 빨고는 덜컹덜컹 지하실로 내려갔다.

두 사람은 다락방 벽에 기대어 잠시 쉬었다. 페퍼가 입을 열었다.

"벨리 반장님, 이제 하기 싫은 일을 해야 될 때가 온 것 같군요, 정말이지 나는 사람들 몸을 수색하는 일만은 하고 싶지 않았는데 말입니다."

"그렇지도 않습니다. 이렇게 지저분한 일을 한 뒤라면, 도리어 신체검사 편이 나아요."

벨리 반장은 더러워진 손을 내려다보면서 말했다.

벨리와 페퍼가 아래층으로 내려가자 플린트와 존슨이 다가왔다.

"뭐 좀 찾아냈나?" 벨리가 존슨에게 물었다.

존슨은 희끄무레한 반백의 머리에 살빛이 누르스름한 사나이였다. 그가 코를 만지작거리면서 말했다.

"아무것도 찾지 못했습니다. 게다가 더 난감한 문제까지 생겼습니다. 안마당 건너편 집의 하녀를 만났어요. 증인을 만난 셈인데 그녀는 뒤쪽 창문을 통해서 장례식을 지켜보다가 이 집 뒷문에서 들여다보기도 했답니다. 그런데 반장님, 그 여자 말이 장례 행렬이 묘지에서 돌아온 뒤, 이 집 뒷문으로 나간 사람은 남자 둘 뿐이었답니다. 게다가 그 두 사람은 페퍼 씨와 코헤이런이 틀림없다는 겁니다. 뿐만 아니라 이 안마당을 둘러싸고 있는 다른 집에서 나온 사람은 없었답니다."

"묘지 쪽은 어때?"

"거기도 아무 이상 없습니다."

플린트 형사가 말했다.

"54번 거리 쪽으로 나 있는 쇠담장 밖에는 신문 기자들이 모여 있었는데, 그들 말로는 장례식 이후로는 묘지 근처에서 누구 한 사람 보지 못했답니다."

"그래? 코헤이런, 자네는?"

코헤이런은 시가에 가까스로 불을 붙이고는 행복한 표정을 지었다. 벨리의 질문에 코헤이런은 달덩이 같은 얼굴을 열심히 가로저었다.

"자네는 뭐 좋은 일이 있다고 얼간이같이 싱글거리고 있어?"

벨리는 퉁명스럽게 내뱉고 나서 방 가운데로 걸어갔다. 그리고는 마치 분열 행진 때의 하사관처럼 고개를 꼿꼿이 쳐들고 호령했다.
"여러분!"
 방에 모인 사람들은 졸음이 한꺼번에 달아난 듯 몸을 도사리고 앉았다. 앨런 체니는 구석 의자에 웅크리고 앉아서 두 손으로 머리를 움켜쥐고는 몸을 가볍게 흔들고 있었다. 델피나 슬론은 너무 오래 기다렸기 때문에 눈물이 말라 있었고, 헨리 엘더 목사조차도 지루함에 지쳐 있는 표정이었다. 조앤 브레트는 걱정스러운 눈빛으로 벨리 반장을 바라보았다.
"자, 여러분!"
 벨리 형사 반장은 딱딱한 목소리로 말하기 시작했다.
"여러분도 잘 아시겠지만 여러분의 양해를 구해야 할 때가 되었습니다. 분명히 말씀드립니다만 우리가 좋아서 하는 일이 결코 아닙니다. 이런 상황에서는 저희도 어쩔 수 없다는 걸 이해해주십시오. 지금부터 이 집에 있는 모든 사람을, 필요하다면 알몸까지 뒤져야겠습니다. 잃어버린 유언장이 바로 여기 계신 분들 가운데 누군가의 몸에 숨겨져 있을 거라는 결론을 내렸습니다. 부디 널리 양해해 주시기 바라며 이 조사를 마치 위로처럼, 또는 어떤 스포츠처럼 생각해 주셨으면 합니다. 코헤이런, 플린트, 존슨, 자네들은 신사분들을 맡고, 그리고 당신은!"
 벨리는 억세게 생긴 여경찰에게로 고개를 돌렸다.
"당신은 숙녀분들을 응접실로 모시고 가서 문을 닫은 다음에 샅샅이 뒤져보도록. 빈틈없이 해! 그리고 가정부하고 2층의 그녀 방도 뒤져 보도록."
 서재 안은 왁자지껄해지고 사람들마다 항의하는 소리를 질렀으나 반쯤은 체념하는 것 같았다. 우드러프는 책상 앞에 서서 손을 마주 잡고, 어때 이제 알겠지 하는 눈빛으로 내이쇼 스위서를 바라보았다.

스위서는 가볍게 웃음을 지었다. 그리고는 코헤이런에게 다가가 기꺼이 첫번째 제물이 되어 주었다. 여자들이 뿔뿔이 서재를 빠져나가자 벨리 반장이 전화기를 움켜쥐었다.

"경찰본부로…… 지미 조니 있나? 어, 조닌가? 나 벨리 반장인데, 에드먼드 크루더러 동쪽 54번 거리 11번지로 급한 용무니까 빨리 좀 오라고 해. 서둘러 줘."

세 사람의 형사가 사람들을 차례차례 뒤지고 있는 동안 벨리는 책상에 기대어 차가운 눈으로 그 광경을 지켜보고 있었고, 페퍼와 우드러프는 벨리 옆에 서 있었다. 형사들은 누구라고 특별히 사정 봐 줄 것 없이 남자들의 몸을 마구 뒤졌다. 헨리 엘더 목사의 차례가 되자 벨리가 급히 몸을 움직였다.

"이봐 플린트, 목사님은 내버려둬! 목사님은 이리로 비켜 서시죠."

목사가 대답했다.

"그럴 필요 없습니다, 반장님."

"반장님의 말대로라면, 내게도 다른 사람과 마찬가지로 혐의가 있습니다."

목사는 난감한 표정을 짓는 벨리 반장의 표정을 보더니 웃음을 지었다.

"좋습니다. 반장님 앞에서 제가 직접 벗도록 하지요."

벨리 반장은 어찌할 바를 몰라 손을 못 내밀고 망설이고 있는데 목사 자신이 자진해서 주머니를 뒤집어 보이고 단추를 끌러서 플린트 형사로 하여금 뒤져보게 하자 벨리는 그 광경을 좀 전과 다름 없이 날카로운 눈으로 지켜보고 서 있었다.

그때 여경관이 무거운 걸음걸이로 돌아와 아무것도 찾아낸 게 없다고 간결하게 보고했다. 슬론 부인과 모스 부인, 브릴랜드 부인과 조앤 브레트 양은 얼굴에 부끄러운 기색을 띠며 애써 남자들의 시선을 피했다.

"위층에 있는 뚱뚱한 여자…… 가정부인가요? 그녀도 아무 이상이 없습니다."

여경관이 말했다.

잠시 침묵이 흘렀고 벨리와 페퍼는 어둔 표정으로 서로의 얼굴을 바라보았다. 벨리 반장은 도저히 있을 수 없는 사실에 화가 치미는 듯했고 페퍼는 탐색하기 좋아하는 눈을 반짝이며 뭔가 골똘히 생각에 잠겨 있었다.

"괴상한 일이 벌어지고 있군."

벨리가 짜증나는 목소리로 여경찰관에게 말했다.

"조사는 확실히 했나?"

그녀는 그저 콧방귀를 뀌고 있을 뿐이었다.

"이것 봐요, 반장님."

지방검사보 페퍼가 벨리의 웃옷 깃을 잡으며 부드럽게 말했다.

"당신 말대로 이 문제는 어딘가 큰 결함이 있는 듯하오. 그러나 우리로서는 그대로 물러날 처지가 못 된다오. 행여 우리가 모르는 비밀 선반이 있다손 치더라도 그것은 당신 쪽 건축 관계 전문가인 크루 씨에게 맡겨두기로 하겠습니다. 아무튼 이것으로 우리도 할 만큼 했다고 생각합니다. 그러니까 다시말해서 그들을 더 이상 이 집에 붙들어 둘 수는 없을 겁니다. 여기서 사는 것도 아니니 말입니다."

벨리 반장은 구둣발로 카펫 바닥을 신경질적으로 문지르며 중얼거렸다.

"경감님이 아시면 '자네 죽어 버리게'라고 말할 게 뻔합니다."

그 이후로는 일이 순조롭게 진행되었다. 벨리 반장은 한발 물러서고 페퍼가 나서서 친절한 말로 외부 사람들은 언제든 나가도 좋다고 말했고, 그 집에 사는 사람들은 경찰의 허락을 받으면 집 밖으로 나갈 수 있는데 나갈 때마다 몸 수색을 받아야 한다고 말했다. 벨리는 여경관과 체격이 건장한 플린트 형사를 불러내 함께 서재를 나와 홀을 지나 현관으로 데리고 갔다. 그리고는 현관문 앞에 자리를 잡고 섰다. 귀가 허락을 받은 모스 부인이 현관으로 걸어오다가 그들이 지켜 서 있는 것을 보고 공포에 찬 신음소리를 냈다. 벨리 반장은 여경찰관에게 명령했다.

"이봐, 이 여자분을 한 번 더 조사해보도록."

다음은 교회 관리인 허니웰 차례였다. 벨리 반장은 헨리 목사에게는 환심사려는 웃음을 지어 보였으나, 교회 관리인 허니웰에게는 자신이 직접 나서서 검사를 했다. 그 동안에 플린트는 장의사인 스터제스와 일꾼들, 그리고 매우 지루한 표정을 짓고 있는 내이쇼 스위서를 검사했다.

그러나 신체검사는 처음과 마찬가지로 아무 효과가 없었다.

외부 사람들이 모두 돌아간 뒤, 벨리 반장은 다시 뚜벅뚜벅 서재로 걸어 들어와 플린트 형사에게 저택 경비를 명령했다. 그의 감시 장소는 현관문과 돌층계 아래에 있는 지하실 입구를 동시에 볼 수 있는 위치에 있었다. 존슨에게는 뒷문 쪽을 감시하라는 명령을 내렸다. 거기서는 나무 계단을 내려가면 안마당으로 나갈 수 있었다. 코헤이런 형사는 안마당과 같은 평면에 있는 지하실 뒤쪽 문에 배치했다.

페퍼는 조앤 브레트와 심각하게 무슨 얘기를 나누고 있었다. 이제야 취기가 깨기 시작한 체니는 헝클어진 머리를 긁적거리며 페퍼의 등을 매섭게 쏘아보고 있었다. 벨리 반장은 우드러프 변호사에게 굵은 손가락을 흔들며 손짓을 했다.

Gossip
소문

 에드먼드 크루는 대학 교수들에게서 흔히 볼 수 있는 언제나 방심 상태에 있는 것 같은 타입의 남자였다. 조앤 브레트는 말같이 생긴 그의 처량한 얼굴과 살짝 집어 놓은 듯한 작은 코와, 흐릿한 눈 때문에 자꾸만 터져 나오려는 웃음을 참느라 애를 먹었다. 그러나 크루가 일단 입을 열면 조앤의 웃고 싶은 충동 따위는 단번에 날아가 버렸다.
 "이 집의 주인은 누구죠?"
 크루의 목소리는 무전기에서 나는 스파크처럼 날카로웠다.
 "그 사람은 이미 죽었어요."
 벨리 반장이 대답했다.
 "제게 물어보시죠."
 조앤 브레트가 약간 겸연쩍은 표정을 지으며 말했다.
 "이 집을 지은 지 몇 년이나 됐습니까?"
 "글쎄요, 그건 잘 모르겠는데요."
 "그렇다면 물러서 있어요. 누가 알고 있는 사람 없습니까?"

슬론 부인이 레이스 조각의 손수건을 고상하게 코에 대면서 말했다.

"확실히…… 80년은 됐어요."

"그러나 몇 번인가 개축했어요. 확실해요. 설계를 몇 번이나 고쳤다는 얘기를 돌아가신 삼촌한테서 들었죠."

앨런이 열심히 설명했다.

"그걸로는 충분하지 않은데, 혹시 설계도가 있습니까?"

크루가 눈썹을 찌푸리며 물었다.

사람들은 잘 모르겠다는 듯 서로의 얼굴만 쳐다보았다.

"더 자세히 아는 사람 없어요?"

크루가 소리쳤다.

그러나 아무도 상세한 것을 아는 사람이 없는 것 같았다. 조앤이 잘 생긴 눈썹을 좁히면서 낮은 목소리로 말했다.

"잠깐만요, 청사진 같은 걸 보여드리면 되는 건가요?"

"그럼요, 아가씨. 청사진입니다. 어디 있습니까?"

"제 생각엔……."

그녀는 잠시 생각에 잠긴 표정을 짓더니 귀여운 새처럼 고개를 갸우뚱거리며 칼키스의 책상으로 걸어갔다. 조앤이 맨 밑의 책상 서랍을 온통 뒤져서 낡은 마분지 상자를 끄집어 냈다. 짜부라져 있었는데 노란 종이들이 삐죽삐죽 나온 것을 보니 아마도 보존 서류를 넣어 두는 케이스인 것 같았다.

"이 상자에는 낡은 영수증이 들어 있었어요. 그러니까 아마……."

조앤의 추측은 틀리지 않았다. 그녀는 곧 그 가운데서 접은 청사진을 핀으로 철한 서류를 찾아냈다.

"이게 맞나요?"

크루는 조앤의 손에서 청사진을 낚아채 책상으로 가지고 가서 작은 코를 들이대며 청사진을 검토하기 시작했다. 그는 가끔씩 고개를 끄덕거리며 청사진을 보다가 갑자기 벌떡 일어나서 아무런 말도 없이 설계도를 쥔 채 서재를 나갔다.

냉랭한 기운이 다시 안개처럼 서재 안을 뒤덮었다.

벨리 반장이 페퍼를 자기 옆으로 끌어당기며 말했다.

"페퍼 씨, 당신이 알아두어야 할 게 있습니다."

벨리 반장은 페퍼를 구석으로 몰고 가며 우드러프의 팔도 아플 정도로 세게 잡아 당겼다. 우드러프의 얼굴이 창백해졌다.

"자, 내 말 좀 들어보세요, 우드러프 씨. 누군가 유언장을 훔쳐 간 데에는 그만한 이유가 있을 겁니다. 당신 말로는 그것이 새로운 유언장이라고 했죠? 그렇다면 그 새로운 유언장 때문에 손해를 보는 사람이 누굽니까?"

"그건……."

페퍼가 생각에 잠긴 듯한 태도로 말했다.

"나는 솔직히 이것이 범죄와 관련되어 있지만 않다면 특별한 의미가 있다고 생각되지 않는데요. 유언 작성자의 뜻은 언제든지 당신 사무실에 있는 새 유언장의 복사본을 얻어 오면 확인할 수 있으니까요. 그렇지 않습니까, 우드러프 씨?"

"그 일이 그렇게 간단치가 않아요."

우드러프가 코를 킁킁거리면서 말했다.

"그 이유는 말입니다……. 자, 들어 보시오."

우드러프는 두 사람을 좀더 가까이 오게 하더니 의심스러운 눈길로 주위를 살피고는 입을 열었다.

"공교롭게도 칼키스 씨의 뜻을 확인할 수가 없습니다. 그것이 이 사건의 성가신 점이죠. 잘 들어봐요. 옛날 유언장은 지난 금요일 아침까지만 효력이 있었습니다. 옛날 유언장의 내용은 간단해요.

길버트 슬론이 칼키스 고대미술관을 계승하라고 돼 있습니다. 당연히 부속 화랑 및 미술골동품 매매 영업권도 따라가게 되는 거죠. 그리고 두 가지 신탁기금도 있는데, 하나는 칼키스 씨의 조카인 앨런 체니를 위한 것이고, 또 하나는 사촌 동생 데미를 위한 것이죠. 봐요, 저기 머리가 조금 모자라는 시골뜨기 같은 사나이 있죠. 그가 데미입니다. 이 집과 모든 동산은 고인의 누이동생인 슬론 부인이 물려받게 되어 있어요. 그 밖에 몇 가지 조항이 있는데, 그건 다른 모든 유언장에서 흔히 볼 수 있는 것처럼 가정부 심즈 부인과 집사 윅스, 그 외의 다른 고용인들에게 줄 현금 액수를 적은 것이었고, 각지의 미술관에 기증할 미술품에 대한 상세한 지시 등이었죠."

"유언 집행인은 누구로 되어 있었습니까?"

지방검사보 페퍼가 물었다.

"제임스 녹스요."

페퍼는 그 소리를 듣고 휘파람을 불었지만 벨리 반장은 실망한 표정이었다.

"그 녹스는 백만장자 녹스를 말하는 겁니까? 그 수집광 말입니다."

"네, 그 사람입니다. 그는 칼키스 씨의 가장 중요한 고객이었지요. 칼키스 씨가 그 사람을 집행인으로 지명한 것으로 봐서 둘 사이가 상당한 친분 관계였다고 말할 수 있을 겁니다."

"아니, 그러면 그렇게 친한 친구라는 사람이 왜 오늘 장례식에도 참석하지 않았죠?"

벨리 반장이 물었다.

"아니, 반장님, 반장님은 오늘 아침 신문도 안 보셨습니까?"

우드러프가 눈을 휘둥그렇게 뜨고는 되물었다.

"녹스 씨는 재계의 저명인삽니다. 칼키스 씨의 부고를 받고 장례식에 참석하려고 했는데, 대통령으로부터 호출을 받고 워싱턴으로 떠나게 됐어요. 오늘 아침에 말입니다. 신문에는 대통령이 연방 정부의 재정 문제를 의논하기 위해 개인적으로 부른 것 같더군요."
"그러면 언제 돌아옵니까?"
벨리가 거친 말투로 물었다.
"그거야 아무도 모르죠."
"그런 건 중요한 게 아니고요. 그것보다 새 유언장의 내용을 알고 싶습니다."
페퍼가 끼어들었다.
우드러프는 갑자기 타산적인 표정이 되어 말했다.
"새 유언장 말이죠. 그게 이렇습니다. 이 사건의 가장 수수께끼 같은 부분인데요. 그러니까, 지난 목요일 밤, 거의 한밤중이었을 겁니다. 칼키스 씨가 내게 전화를 했는데 내일 아침까지 새 유언장의 초안을 가져오라고 하더군요. 그런데 재미있는 것은 그 새 유언장이라고 하는 것이 딱 한군데를 제외하고는 전혀 달라진 내용이 없더란 말입니다. 그러니까 칼키스 고대미술관의 유산 상속자의 항목에서 길버트 슬론이란 이름을 삭제하고 새 이름을 써 넣을 수 있도록 빈 칸으로 남겨 두라는 거였습니다."
"슬론이라고요?"
페퍼와 벨리는 동시에 말하고 문제의 남자를 몰래 흘끗 쳐다보았다. 슬론은 아내의 의자 뒤쪽에 부루퉁한 얼굴로 서서 흐릿한 눈빛으로 앞쪽 공간을 바라보고 있었다. 그의 손이 가늘게 떨고 있었다.
"계속하세요, 우드러프 씨."
"그래서 나는 금요일 아침 일찍 새 유언장의 초안을 만들어서 갖다 드렸죠. 아마 정오가 좀 못되었을 겁니다. 칼키스 씨 혼자 있더군요, 그는 다루기 어려운 괴팍한 사람으로 차갑고 딱딱한 성격인데, 그런 만큼 모든 것을 사무적으로 처리할 수 있는 능력의 소유자였지요. 그런데 그날은 칼키스 씨가 좀 흥분한 것 같더군요. 여하튼 내가 유언장을 제출하자 그는 똑똑히 말했어요. 미술관을 상속할 사람의 이름은 비밀로 하겠다고. 아무에게도 알릴 수 없을 뿐더러, 심지어는 '충실한 변호사인 당신에게도 절대 말할 수 없다.' 이렇게 말한 그는 적당히 여백이 남아 있는 유언서를 들고 내 곁을 지나, 방의 반대편 구석으로 걸어갔습니다. 그리고 거기에 서서 누군가의 이름을…… 나는 그렇게 생각합니다만…… 써 넣었어요. 다 써 넣자 자기 손으로 잉크 흡수지를 대더니 그 페이지가 보이지 않게 얼른 닫아 버렸습니다. 조앤 브레트 양과 심즈 부인과 집사 윅스를 불러 증인으로 삼고 서명을 마치더니 나를 시켜 봉인했지요. 그리고 그것을 금고 안에 있는 철제 상자에 집어넣은 뒤, 철제 상자와 금고를 자물쇠로 채웠습니다. 그러니까 결과적으로는 칼키스 씨 말고는 아무도 그 새로운 상속자가 누군지 알지 못하게 된 셈이죠."

이 말을 들은 두 사람은 생각에 잠겼다. 얼마 있다가 페퍼가 질문했다.

"옛날 유언장의 내용을 아는 사람은 누구누구입니까?"

"모두 다 알죠. 가족들 사이에서는 주된 화제였어요. 칼키스 씨 자신도 그 내용에 관해서는 별로 숨기려고 하지 않았습니다. 새로운 유언장을 쓰고 있다는 사실도 굳이 숨기려 하지 않았고, 내가 보기에도 비밀로 할 이유가 없어 보였습니다. 여하튼 그 날 거기 있던 3명의 증인이 그 사실을 집안에 퍼뜨렸을 겁니다."

"슬론 씨도 그 사실을 알고 있습니까?"

벨리 반장이 쩡쩡 울리는 목소리로 물었다.

우드러프는 고개를 끄덕거렸다.

"알고 있었던 것이 확실합니다. 사실 그날 오후에 슬론이 내 사무실에 들렀습니다. 아마 새 유언장에 관한 얘기를 들은 모양이에요. 슬론은 유언장 조항의 변경이 자기에게 어떤 영향을 미칠지 알고 싶어했습니다. 나는 슬론이 상속 받기로 되어 있었던 것이 다른 누군가에게 돌아갈 거라고 말했고, 그게 누군지는 칼키스 씨 말고는 아무도 모른다고 했죠. 그랬더니 그는……."
페퍼의 눈이 반짝거렸다.
"그건 안됩니다, 우드러프 씨. 당신은 그런 말을 할 자격이 없어요!"
우드러프가 자신 없는 목소리로 말했다.
"그건 그래요, 페퍼 씨. 나로서는 대충 짐작을 했지요…… 새 상속자가 슬론 부인이라는 것을. 결국 슬론은 자기의 부인을 통해서 미술관을 손에 넣게 되는 거니까 결과적으로 그에게는 특별한 손해가 없는 셈이죠."
"그렇다 하더라도."
페퍼는 한층 더 말에 힘을 주었다.
"변호사의 윤리에 어긋나는 행동이었어요. 무분별했다고밖에 말할 수 없군요. 어쨌든 이미 엎질러진 물이니 어쩔 수 없고. 장례식이 시작되기 5분 전에 상자 속의 새 유언장을 보았을 때 새 상속자의 이름을 보았습니까?"
"아뇨. 읽지 않았습니다. 장례식이 끝나기 전까지는 유언장을 개봉하지 않을 작정이었으니까요."
"그것이 진짜 유언장이라고 확실히 말할 수 있습니까?"
"물론입니다."
"새 유언장에 취소 조항이 있었습니까?"
"네."

"무슨 얘깁니까?" 벨리 형사 부장이 의아한 얼굴로 물었다. "무슨 뜻이죠?"

"골치아픈 문제지." 페퍼 지방검사보가 대신 설명했다. "새 유언장에 취소할 수 있는 조항이 포함되어 있으면, 그 전에 작성된 모든 유언장은 취소가 되니까요. 그러니까 이번 일은 새 유언장이 발견되든, 안 되든 간에 옛 유언장은 지난 주 금요일 오전 중에 이미 효력이 상실되었음을 의미하게 되죠. 그리고……."

페퍼가 냉정한 말투로 덧붙였다.

"우리가 새 유언장을 찾지 못해서 새로운 상속자가 누군지 알지 못하게 되면 칼키스 씨는 유언을 하지 않고 죽은 거나 다름없게 되므로 뒷처리가 아주 복잡해집니다!"

"그렇죠, 결국 칼키스 씨의 재산은 상속법에 따라서 엄밀히 분배되는 거지요."

우드러프가 어두운 표정으로 말했다.

"이제 알겠네요."

벨리가 우렁우렁한 소리로 말을 이었다.

"결국 그 슬론이라는 사람은 우리가 새 유언장을 찾지 못하게 되면 그전 유언장대로 자기의 재산을 분배받게 되는 거나 마찬가지군요. 칼키스의 가장 가까운 친척이 여동생인 슬론 부인이니까…… 참 절묘하군!"

유령처럼 서재를 들락날락거리던 에드먼드 크루가 책상 위에 청사진을 집어던지고는 세 사람에게로 다가왔다.

"뭐 좀 찾아냈나, 에디?"

벨리가 대뜸 결과를 물었다.

"아무것도 못 찾았어요. 비밀 칸막이나 비밀 옷장 같은 것은 없어요. 방 2개를 잇는 벽에 갈라진 틈도 없고, 천장이나 마루도 단단

소문 53

한 게 옛날 그대로예요."

"이런 빌어먹을!"

페퍼가 말했다.

"전혀 없어요, 전혀."

건축 전문가가 덧붙였다.

"이 집에 있는 누군가의 몸에 없다면, 집 안에는 없다는 결론을 내릴 수밖에 없을 것 같습니다."

"아니, 그럴 리가 없어."

페퍼가 초조한 듯 외쳤다.

크루는 말을 마치더니 방에서 나갔다. 조금 있다가 현관문이 쾅 하고 닫히는 소리가 들렸다.

세 사람 사이에 한동안 침묵이 흘렀다. 웅변보다 나은 침묵이었다. 벨리는 아무런 설명도 없이 서재를 뛰쳐나갔다가 몇 분 후에 입을 굳게 다문 채 돌아왔다. 그의 매머드 같은 거대한 몸집에서 김이 빠지는 듯한 기분이 느껴졌다.

"페퍼 씨, 나는 포기하겠어요. 내가 직접 안마당과 묘지를 돌아보고 왔는데 아무것도 발견하지 못했어요. 그건 찢어버린 것 같아요. 당신은 이제부터 어떻게 할 생각입니까?"

"내게 생각이 있기는 한데. 우선은 검사님과 얘기를 해 봐야 할 것 같습니다."

페퍼가 대답했다.

벨리가 주머니에 손을 찔러 넣고는 패전의 자리를 휘둘러보았다.

"손들었어" 하고 웅얼거린 뒤, 그들 가족들을 향해 "여러분!" 하고 말하기 시작했다. 모두 귀를 기울였다. 그러나 너무 오래 기다렸기 때문에 긴장감이 없어져 별로 새삼스러울 게 없다는 눈빛으로 경찰관의 얼굴만 지켜볼 뿐이었다.

벨리가 투덜거리는 투로 말을 이었다. 사람들이 모두 벨리를 쳐다보았다. 그러나 다들 기다림에 지쳐서인지 생기 없는 얼굴들이었다. 그들은 멍한 시선을 벨리 반장에게 보냈다.

"오늘 수사는 여기서 마치고 우리는 떠납니다. 이 서재와 나머지 2개의 방을 잠그고 가겠습니다. 아시겠습니까? 아무도 여기 들어오시면 안됩니다. 칼키스 씨의 방과 데미 씨의 방에 있는 것은 어느 것도 만져서는 안됩니다. 있는 그대로 내버려 두십시오, 그리고 또 한 가지. 아무 때나 이 집에 드나드실 수는 있지만, 그때마다 검색을 받으셔야 합니다. 그러니까 섣부른 짓을 하실 생각일랑 마십시오, 이상입니다."

"잠깐, 할 말이 있습니다."

누군가 웅웅거리는 소리로 말했다. 벨리가 천천히 돌아보았다. 의사 워디스가 걸어나왔다. 그는 적당한 키에 고대 선지자같은 턱수염을 길렀는데 사람보다도 원숭이를 닮은 모습이었다. 밝은 갈색 눈에 힘을 주고 벨리 반장을 보고 있는 모습이 일부러 익살을 부리는 것처럼 보였다.

"무슨 일입니까?"

벨리는 양탄자 위에 다리를 넓게 벌리고 서서 퉁명스럽게 물었다. 의사는 웃으면서 말했다.

"이 집에 원래 살던 사람에게는 당신의 지시가 대단히 좋은 일이지만, 반장님! 저에게는 대단히 불편한 일입니다. 당신도 알다시피 나는 이 집에 초대된 손님일 뿐입니다. 이런 일에 내가 언제까지 연루되어 있어야 합니까?"

"당신은 도대체 누구십니까?"

벨리 반장은 육중한 발걸음을 옮겨 워디스를 향해 다가섰다.

"나는 워디스라고 합니다. 대영제국의 국민, 국왕 폐하의 충실한

신하입니다."

턱수염을 기른 의사는 눈을 깜빡이면서 대답했다.

"직업은 의사…… 안과 의사로서 지난 몇 주 동안 칼키스 씨를 치료해왔죠."

페퍼가 벨리에게로 다가가서 귓속말로 뭐라고 속삭였다. 벨리는 알았다는 듯 고개를 끄덕였고, 이내 페퍼가 입을 열었다.

"알겠습니다, 워디스 박사님. 박사님에게도 이 집 사람들에게도 불편을 끼쳐드릴 생각은 없습니다. 아무 때나 이 집에서 나가셔도 좋습니다. 물론……."

페퍼는 웃으면서 말을 이었다.

"대신 우리가 정한 절차를 밟는 데 반대하시진 않겠죠? 나가시기 전에 몸과 짐들을 검색하는 것 말입니다."

"제발 하시죠. 이의는 없습니다."

워디스는 턱수염을 만지작거렸다.

"자, 그럼……."

"가지 마세요, 박사님! 이렇게 무서운 때에 저희들 곁을 떠나시다니…… 지금까지 그렇게 친절히 해주셨으면서……."

슬론 부인이 날카로운 목소리로 말했다.

"그래요. 그대로 남아 주세요!"

이 목소리는 처음 듣는 목소리였다. 가슴 깊은 곳에서 울려나온 것 같은 이 목소리의 주인공은 키가 크고 가무잡잡하지만 잘 생긴 부인이었다. 의사는 그 부인에게 정중히 고개를 숙여 인사하면서 알아들을 수 없는 말로 뭐라고 중얼거렸다.

그 여자에게 벨리가 심술궂은 말투로 물었다.

"당신은 누구시죠? 부인?"

"브릴랜드의 아내입니다."

그녀의 눈이 무례함을 꾸짖는 듯 빛나더니 목소리가 거칠어졌다. 나설 차례를 놓친 듯이 칼키스의 책상 끝에 기대 있던 조앤 브레트의 얼굴에 웃음이 떠올랐으나 간신히 참았다. 그리고는 파란 눈을 의사 워디스의 힘세어 보이는 견갑골을 향하고 있으려니까 브릴랜드 부인이 설명을 계속했다.

"저는 이 집에 사는 브릴랜드입니다. 제 남편은 칼키스 씨의 지방 영업담당이죠."

"무슨 말인지 잘 모르겠는데요. 도대체 지방 영업담당이라는 게 뭐죠? 그리고 당신 남편은 지금 어디 있죠?"

브릴랜드 부인의 얼굴이 불쾌한 빛으로 붉어졌다.

"당신 말투가 맘에 안 드는군요. 어쩜 그렇게 무례하게 말할 수 있죠! 아무리 경찰관이라도 그런 질문을 할 권리는 없다고 생각하는데요."

"그런가요. 아무튼 좋습니다. 제 질문에나 대답하시죠."

벨리 반장의 눈이 더욱 쌀쌀해지고 차가워졌다.

브릴랜드 부인은 화가 나서 중얼대듯 대답했다.

"남편은…… 남편은 지금 캐나다 어디쯤엔가 있을 거예요. 미술품 구입 여행을 떠났죠."

"우리도 그가 지금 어디 있는지 찾고 있는 중입니다."

길버트 슬론이 갑자기 끼어들었다. 그는 검은 머리에 포마드를 잔뜩 바르고 깨끗이 다듬은 짧은 콧수염을 하고 있었는데, 피곤해 보이는 퀭한 눈이 어딘지 도락자 같은 인상을 주었다. 전체적으로 지친 듯한 인상을 주는 인물이었다.

"우리도 지금 그가 어디 있는지 알아보는 중이라고요. 가장 최근에 들은 소식에 따르면 우연히 퀘벡 근처에 오래된 양탄자가 있다는 소문을 듣고 그것을 찾으러 다니고 있다고 하더군요. 그가 묵은 호텔에 메시지를 남겨두긴 했는데 아직까지 소식이 없습니다. 아마 그도 칼키스의 죽음을 신문 기사로 읽고 알게 될 겁니다."
"읽지 않았는지도 모릅니다."
벨리는 시원스레 말하고 나서 물었다.
"좋습니다, 워디스 박사님. 당분간 여기 계실 겁니까?"
"부탁을 받았으니 그래야겠죠…… 머물러 있겠어요, 기꺼이."
의사 워디스는 뒤로 물러나서 브릴랜드 부인 곁으로 가더니 그 풍만한 몸에 닿을 정도로 가까이 섰다.

벨리는 의사를 힐끔 본 다음 페퍼에게 손짓을 해서 둘이 함께 현관으로 나갔다. 우드러프도 그들 뒤를 급히 따라 나왔으나 너무 급하게 서둘렀기 때문에 뒤에서 부딪칠 뻔했다. 이어서 모든 사람들이 서재에서 나왔다. 페퍼가 조심스럽게 서재 문을 잠궜다.

"당신은 이 일을 어떻게 생각하고 있죠? 우드러프 씨."
벨리가 우드러프에게 물었다.
현관문 근처 홀에 세 사람이 모이자 변호사가 날카로운 말투로 대답했다.
"아까 페퍼 씨는 내가 판단을 잘못했다고 비난하듯 말했어요. 하지만 나는 무책임한 말을 하지는 않습니다. 그러니까 반장님이 내 몸을 직접 검색해 주면 좋겠습니다. 알다시피 나는 서재에서 조사를 받지 않았으니까요."
"괜찮습니다, 우드러프 씨. 그렇게까지 생각하지는 마십시오. 당신은 믿고 있습니다."
페퍼가 위로하듯이 말했다.
"아니, 그것 참 좋은 제안인데요."
벨리가 비아냥거리듯 말을 하더니 대뜸 우드러프의 몸을 뒤지기 시작했다. 거칠게 그의 몸을 샅샅이 뒤졌기 때문에 우드러프도 이처럼 취급받으리라고는 생각지도 못한 모양이었다. 벨리는 그의 주머니에 있던 종이들까지 일일이 뒤집어 본 다음에 우드러프를 놓아 주었다.

"당신은 깨끗합니다, 우드러프 씨"

벨리는 말을 마치고 페퍼를 재촉하여 걷기 시작했다.

두 사람이 집 밖으로 나가자 다부진 느낌을 주는 젊은 사복 형사 플린트가 아직도 인도에 접한 나무 대문에 달라붙어 있는 기자들과 농지거리를 하고 있었다. 벨리는 플린트와 집 뒤에 있는 존슨, 그리고 집 안에 남아 있는 여경관을 곧 교대시켜 주겠다고 말하고는 문을 밀고 밖으로 나갔다. 기자들이 벌떼처럼 벨리와 페퍼를 둘러쌌다.

"어떻게 된 겁니까, 반장님?"

"무슨 일이 일어났습니까?"

"기삿거리를 주세요, 반장님!"

"이것 봐요, 벨리 반장! 정말 이렇게 뻣뻣하게 나올 겁니까?"

"입 다물기로 하고 뭐 얻어 먹은 거 아냐?"

벨리는 커다란 어깨 위로 손을 내저어 기자들을 뿌리치고 페퍼와 함께 인도 옆에 대기시킨 경찰차로 몸을 피했다.

"내 참, 경감님께는 뭐라고 보고한다지?"

차가 출발하자 벨리 반장이 계속 투덜거렸다.

"욕 얻어먹을 게 틀림없군."

"경감이라니 누구 말입니까?"

"리처드 퀸 경감 말입니다."

벨리 반장은 침울한 표정으로 운전 기사의 혈색 좋은 목덜미에 눈길을 붙박았다.

"어쨌든 최선을 다했으니까요. 현장도 그대로 보존시켜 놓았구요. 이따가 지문 감식반을 보내서 금고 지문을 채취하는 일만 남았습니다."

"그것으로 뭔가 발견될지도 몰라."
페퍼는 여느 때의 쾌활함을 잃고 손톱을 물어뜯으며 입을 열었다.
"나도 지방검사한테 잔소리깨나 듣겠습니다. 아무래도 그 집을 좀 더 뒤져봐야겠어요. 내일 아침에 다시 가서 한 번 더 자세히 살펴봐야겠어요. 그런데, 칼키스 씨 집에 있는 사람들 중 우리가 취한 행동제한 조치에 불만을 토로하는 이가 있으면……."
"아무튼 성가신 사건이야!"
벨리가 말했다.

Remains
유해

　샘프슨 지방검사는 10월 7일 목요일 아침, 대책회의를 소집했다. 이날은 아침부터 날씨가 이상할 정도로 음산했다. 엘러리 퀸은 이날, 사람들이 후에 '칼키스 사건'이라고 부르게 된 복잡 기괴하고 꾀까다로운 사건에 처음으로 개입하게 되었다. 엘러리 퀸은 그 당시 젊고 자신감에 차 있는 젊은이였다.

　하지만 아직은 그와 뉴욕 경찰청과의 관계가 애매한 때였으므로 사람들은 리처드 퀸 경감의 아들이라는 특별한 위치에 있음에도 불구하고 엘러리를 쓸데없이 말참견만 잘하는 사람으로 그저 성가시게만 생각하고 있었다. 게다가 반백 머리의 퀸 경감 자신도 순수 이론을 현실적인 범죄학과 결부시키려고 하는 아들의 능력을 의심하고 있었다. 그러나 엘러리도 여태까지 개발과정에 있는 그의 추리력을 몇 가지 작은 사건에 적용하여 멋진 성과를 거두었기 때문에 샘프슨이 회의를 소집했을 때, 엘러리도 대책회의의 일원으로 어엿한 얼굴로 참가했어도 특별히 어색하게 보이지 않을 수 있었다.

　사실 엘러리는 칼키스가 죽었다는 사실조차 모르고 있었다. 유언장이 도난당했다는 얘기도 회의 석상에서 처음 들었다. 엘러리는 자신만 모르고 있는, 참석한 사람들은 모두 알고 있는 사실에 대해 질문을 퍼부어 샘프슨 검사의 눈살을 찌푸리게 했다. 샘프슨 검사는 훗날의 그와는 달리 그때는 동료를 이해하는 마음이 부족했으므로 노골적으로 화를 냈다. 퀸 경감도 언짢은 얼굴로 아들을 타일렀다. 엘러리는 얼굴이 빨개져 지방검사 사무실의 고급 가죽의자에 몸을 파묻고 잠자코 있었다.

회의는 매우 심각한 분위기에서 진행되었다. 이제 막 지방검사로 임명된 샘프슨 검사가 회의를 주재했다. 그는 빈약한 체구였으나 겉보기와는 달리 믿을 수 없을 정도로 원기 왕성했고 눈은 총기로 반짝거려 매우 열정적으로 보였다. 그는 이 사건을 자세히 검토하기 전까지는 매우 우습게 보고 있다가, 사건이 꼬일 대로 꼬여 있다는 사실을 발견하고는 상당히 당황하는 표정이었다. 샘프슨이 모처럼 불러서 배속시킨 젊은 지식인 검사보 페퍼 또한 건강해 보이는 얼굴에 수사 결과에 대한 절망감이 역력했다. 지긋한 나이에 베테랑급 검사 보좌관인 크로닌은 수석 검사보답게 범죄학 지식에 관해서는 두 동료보다 더 월등했으며 지방검사 사무실의 최고참자…… 빨강 머리에 신경질적이고 망아지처럼 재빠르고 늙은 얼룩말처럼 사려가 깊었다. 그리고 리처드 퀸 경감이 있었다. 이 초로의 경찰관은 요즘들어 더 오그라들어서 마치 작은 새처럼 보였는데, 대신 날카로움이 더해진 얼굴에는 반백의 수염과 머리칼이 더부룩했다. 체구가 작고 깡말랐지만 넥타이에 대해서는 유별난 취향을 가졌고, 사냥개 같은 활력과 정통파 범죄학에 대한 해박한 지식을 지니고 있었다. 지금 늙은 경감은 초조함을 숨기려는 듯 갈색의 낡은 코담뱃갑을 장난감처럼 만지고 있었다.

물론 엘러리도 그 자리에 있었다. 지금 그는 주위 사람들의 말에 귀를 기울이며 얌전히 앉아 있었다. 엘러리는 어떤 주장을 할 때면 코안경을 들고 마구 휘두르는 버릇이 있었다. 하지만 웃을 때면 얼굴 전체가 눈에 띄게 환하고, 원래 얼굴선이 부드럽고 눈빛이 사상가들처럼 맑고 투명해서 사람들에게 좋은 인상을 주었다. 그 밖에는 모교의 추억이 아직 기억에 새로운 다른 젊은이들과 별로 차이가 없었고, 훤칠한 키에 군살없는 체격에 각진 어깨는 운동선수라고 해도 곧이들을 정도였다. 지금 그는 지방검사 샘프슨을 찬찬히 쏘아 보고 있었다. 그것은 분명 지방검사의 침착성을 잃게 만들었다.

"자, 여러분. 우리는 지금 수수께끼 같은 사건에 말려들었습니다."

샘프슨이 입을 열었다.

"단서는 많은데 표적을 알 수 없는 까다로운 사건이오. 자, 페퍼. 우리에게 들려줄 정보가 더 있나?"

"아뇨, 없습니다."

페퍼가 어두운 표정으로 대답했다.

"저는 슬론이라는 사람을 주의 깊게 살펴봤습니다. 그가 혼자 있는 것을 포착해서 말입니다. 새 유언장은 이 사람만 손해를 보게끔 되어 있으니까요. 슬론은 어제 하루 종일 입을 조개처럼 꽉 다물고 아무 말도 하지 않았습니다. 그렇게 되니까 저로서는 손쓸 방법이 없더군요. 결국 아무 증거도 찾아내지 못한 셈이죠."

"방법이 있긴 있을 텐데."

퀸 경감이 막연히 말했다.

"그런 바보 같은 소리 하지 말게, 퀸."

샘프슨이 경감을 책망하듯이 말했다.

"그 사람에게 불리한 증거는 하나도 없으니까. 이론적으로 그 사람에게 동기가 있다고 해서 그 사람을 협박할 수는 없지 않나. 그런데 페퍼, 다른 정보는 없나?"

"벨리와 저는 우리 수사가 실패로 끝났다는 걸 알았습니다. 그 집을 외부와 차단해 둘 권리가 없어져 버린 거죠. 그래서 어제 벨리가 문 밖에 있던 형사 두 사람을 그 집에서 철수시켰습니다. 그러나 저는 그렇게 간단하게 체념할 수 없었기 때문에 구체적인 목표는 없었지만 어젯밤 내내 그 집의 망을 보았습니다…… 물론 가족들 중 제가 거기 있는 것을 눈치 챈 사람은 없었던 것 같습니다."
"그래서 뭔가 발견했나?"
수석 검사보 크로닌이 호기심이 이는 듯 물었다.
"글쎄요."
페퍼가 잠시 머뭇거리면서 말했다.
"뭔가를 보기는 봤는데……"
그는 머뭇거리다가 재빨리 말을 이었다.
"그게 중요한 것 같지는 않아서 말입니다. 그녀는 착실한 아가씨니까요…… 그녀가 그랬을 리가……."
"아니, 도대체 누구 얘기를 하고 있는 거야?"
지방검사 샘프슨이 물었다.
"브레트 양 말입니다. 조앤 브레트 양이…….."
페퍼는 마지못해 대답했다.
"조앤 브레트 양이 새벽 1시쯤에 칼키스의 서재에 들어가는 것을 봤습니다. 물론 그건 그녀에게 허락되지 않는 행동이죠…… 벨리 반장이 아무도 그 방에 들어가지 말라고 했거든요…….."
"브레트 양이란 고인이 된 수수께끼 인물의 미인 비서 말입니까?"
엘러리가 관심 없는 척 조용히 물었다.
"아, 네……"
웅변가인 페퍼의 목소리가 혀가 굳어진 것 같았다.
"그런데, 그 아가씨가 금고를 만지고 있었어요."
"하, 저런."

늙은 경감이 낮게 소리를 질렀다.

"하지만, 그녀는 아무것도 발견하지 못한 것 같습니다. 잠깐 동안 서재 가운데 멍하니 서 있었을 뿐이니까요. 네글리제를 입은 모습이 아주 예뻐 보였습니다. 그러다가 실망한 듯 그녀는 곧 나갔습니다."

"그래서 자넨 그 행동에 대해 그녀에게 뭔가 물어보았는가?"

샘프슨이 꼬투리를 잡듯이 물었다.

"아뇨, 물어보지 않았습니다. 서재에 들어갔다고 해서 그것만으로 문제삼을 수 있다고는 생각하지 않았기 때문입니다."

페퍼가 손을 벌리며 변명조로 말하기 시작하자 샘프슨이 냉랭한 목소리로 가로막았다.

"미인에게 약한 것은 여전하군! 어지간하면 이제 그만 졸업하게나. 그리고 그 여자는 당연히 신문해봐야지. 틀림없이 뭐라고 얘기를 할테니. 자네 행동은 말도 안 돼."

크로닌이 낄낄거리며 끼어들었다.

"자네도 이제부터 여러 가지 경험을 하게 될거야. 나도 젊었을 때 그런 경험을 했었지. 멋진 미인이 아기같은 부드러운 손으로 내 목을 조르는데……."

지방검사 샘프슨이 썩은 콩을 씹은 듯한 표정을 지었다. 페퍼는 귓불까지 빨개져서는 뭔가를 얘기하려고 하다가 결국 입을 다물고 말았다.

"그 외에 다른 것은?"

"달리 특별한 것은 없습니다. 코헤이런하고 여경관이 칼키스의 집에서 보초를 서면서 그 집에 출입하는 사람들의 몸 검색을 하고 코헤이런이 목록을 작성하고 있습니다."

페퍼는 윗주머니를 뒤져서 몽당연필로 서툴게 휘갈겨 쓴 너덜너덜한 종이를 끄집어냈다.
 "우리가 그 집을 떠난 화요일부터 어젯밤까지 그 집에 드나든 외부인 명단입니다."
 샘프슨은 그 종이를 낚아채더니 큰소리로 읽어 내려갔다.
 "헨리 엘더 목사. 모스 부인, 이 사람이 노망기가 있다는 그 늙은 여자 맞지? 제임스 녹스…… 그가 돌아왔군! 클린토크, 에일러, 잭슨…… 이들은 모두 신문 기자인가? 아니, 이 사람들은 누구지? 로버트 페트리하고 공작부인이라고 쓰여 있는데?"
 "고인의 단골 고객입니다. 두 사람 다 부호입니다. 조문차 온 거죠."
 샘프슨은 그 목록을 멍하니 만지작거리면서 입을 열었다. "페퍼, 이 까다로운 사건은 자네가 책임지게. 우드러프가 유언장을 잃어버렸다고 전화했을 때 자네가 사건을 맡겠다고 해서 내가 기회를 준 거야. 새삼스레 구질구질한 말은 하고 싶지 않네만 자넨 내 기대에 부응하지 못했어. 브레트 양이 얼마나 미인인지는 모르겠지만 그녀의 미모에 사로잡혀 있을 거라면 담당자를 바꾸는 수밖에…… 어쨌든 이 정도로 하고 자네의 앞으로의 방침이나 들어보세나. 뭔가 아이디어라도 있는 건가?"
 페퍼는 잔뜩 긴장한 얼굴로 침을 꿀꺽 삼켰다.
 "저도 이대로 물러설 수 없습니다…… 한 가지 생각이 있습니다. 여러 가지 사실을 종합해 볼 때 이 사건은 불가능한 사건입니다. 유언장은 그 집 밖으로 갖고 나갈 수가 없습니다. 그런데 그것이 있는 곳을 알지 못하다니 이건 말도 안되는 얘깁니다."
 그는 샘프슨의 책상을 탁 치며 말을 계속했다.
 "그러나 생각해 보면 다른 사실이 모두 불가능하게 생각되는 것은, 단 하나의 사실만을 진실로 받아들이고 있기 때문입니다. 그건 바로 우드러프가 장례식이 시작되기 5분 전에 금고 속의 유언장을 봤다는 것입니다. 그러나 샘프슨 씨, 그 사실에 대해서는 우드러프 씨의 증언이 있을 뿐입니다! 제 말뜻이 무엇인지 아시겠습니까?"

"무슨 말인지 잘 알지. 그러니까, 자네 말은……."

퀸 경감이 깊은 생각을 하는 듯한 표정으로 말했다.

"우드러프가 그 시간에 유언장을 봤다는 것이 거짓말이라는 거지. 다시 말하면, 유언장이 도난당한 시간은 그 5분간이 아니라 훨씬 더 전이고, 그것을 훔친 사람은 이미 유언장을 바깥으로 빼돌려 처분했을 거라는 말이지?"

"바로 그겁니다, 경감님. 논리적으로 생각해 볼 때 당연히 그런 결론이 나옵니다. 유언장이 갑자기 하늘로 사라질 까닭이 없지 않습니까?"

"아니, 이렇게도 생각해 볼 수 있잖은가?" 샘프슨이 이의를 달았다. "그러니까 우드러프의 말대로 유언장은 그 5분 사이에 도둑맞았고 무슨 방법으로든 간에 태우든지 버렸다고 하는 경우야."

"하지만 샘프슨 검사님." 엘러리가 부드러운 어조로 말했. "철제 상자를 태우거나 파괴해 버릴 수는 없지 않습니까?"

"그것도 일리가 있는 말이군." 검사가 대답하며 말을 계속했다.

"그럼 도대체 상자는 어디로 간 거야?"

"그러니까 제가 우드러프가 거짓말을 한 거라고 말씀드리는 겁니다. 유언장이든 상자든 우드러프가 말한 그 시간에는 이미 거기에 없었던 겁니다."

페퍼가 의기양양하게 말했다.

"하지만 왜! 어째서 우드러프가 거짓말을 한 건가?"

늙은 경감이 갑자기 큰 소리로 물었다.

페퍼가 모르겠다는 듯이 어깨를 으쓱거리며 대답을 하지 못했다. 대신 엘러리가 재미있다는 표정으로 말을 꺼냈다.

"여러분은 이 문제를 해결해 나가는 데 있어 잘못된 방법을 쓰고 있습니다. 이 사건이야말로 분석적인 방법을 써서 모든 가능성을 고려해가면서 풀어 갈 때 비로소 해결할 수 있습니다."

"그러면 자네는 그 분석적 방법을 끝냈다는 얘긴가?"

샘프슨 지방검사가 심술궂게 물었다.

"아, 물론이지요. 제가 분석한 바에 의하면 아주 흥미로운 결론이 나옵니다."

엘러리는 웃음을 지으면서도 진지한 태도를 보였다. 퀸 경감은 코담배를 조금 손가락에 집은 채 아무런 말도 하지 않았다. 페퍼는 몸을 앞으로 구부리고 한창 잘 나가는 신참 검사다운 예리한 눈빛으로 엘러리를 쏘아보면서 한 마디도 놓치지 않고 귀를 기울였다. 마치 이제야 비로소 엘러리의 존재를 알아채기라도 한 듯이.

"하나하나 우리가 아는 사실들을 따져보기로 하죠."

엘러리는 활기차게 말을 이어갔다.

"우선 두 가지 가능성이 생겨난 것을 아실 수 있습니다. 하나는 새로운 유언장이 지금 이 순간에 존재하지 않는다는 것이고, 다른 하나는 지금 새 유언장이 존재한다는 것입니다.

첫 번째 가능성을 살펴보겠습니다. 만약에 새 유언장이 지금 존재하지 않는다면 장례식이 시작되기 전에 금고 안에서 유언장을 보았다는 우드러프의 말은 거짓이 됩니다. 유언장은 그 시간에 금고 안에 있지 않았으며 이미 그 전에 한 사람 또는 몇 사람의 손에 의해 훼손당했다는 결론이 나오는 거지요.

두 번째 가능성은 우드러프의 말이 진실일 경우 유언장은 우드러프가 확인하고 난 뒤 5분 사이에 도난을 당해 어딘가에서 파기되어

버린 겁니다. 이 가정에서는 도둑이 유언장을 태웠거나 찢어서 욕조 배수관 같은 곳에 흘려 버릴 수가 있습니다. 그러나 방금 전에 제가 지적한 바와 같이 유언장이 넣어져 있던 철제 상자의 처치 방법이 설명될 수 없기 때문에 이 파기설은 도저히 성립되지 않습니다. 철제 상자는 절단되어 원상태를 유지하지 못하더라도 파편쯤은 남는데 그것도 아직 발견되지 않았기 때문입니다. 그 철제 상자의 흔적을 찾지 못했다면 그 상자는 지금 도대체 어디 있는 것일까요? 어디로 가져갔을까요? 그 상자를 갖고 나갔다면 유언장도 갖고 나갔을 것이며 버리지 않은 걸로 보아도 될 겁니다. 그러나 우드러프의 말이 사실이라고 할 때, 그 상황에서 상자를 가지고 나갈 수는 없습니다. 그러므로 유언장이 지금 이 순간에 존재하지 않는다는 가설을 채택할 때는 막다른 골목에 부닥뜨리게 됩니다. 그리고 그 가설에 따라 유언장이 이미 없어진 거라고 본다면 나로서도 더 이상 손을 쓸 수가 없게 됩니다."

"그럴싸하군." 샘프슨은 경감의 얼굴을 보면서 "참으로 논리적이어서 많은 참고가 되었네"라고 비아냥거린 뒤 엘러리를 뒤돌아보며 계속했다. "그 정도야 다 아는 이야기야. 결국 자네가 하고 싶은 말이 뭔가?"

"경감님!"

엘러리가 유감스러운 얼굴로 아버지에게 말했다.

"당신의 아들이 지금 모욕을 당하고 있는데 그냥 보고만 계실 겁니까? 보십시오, 샘프슨 검사님. 우선 제 말을 끝까지 잘 들어 주십쇼. 미리 속단하는 것은 논리 전개에 가장 치명적이니까요. 우리는 이제 첫 번째 가설이 이상의 설명처럼 무의미한 것임이 밝혀졌으니까 이제 두 번째 가설을 시작해야 합니다. 지금 이 순간에도 유언장이 존재하고 있다는 가설 말입니다. 이 가설을 채택하면 아주 재미있는 사실이 눈에 띕니다. 여러분, 잘 들으세요. 장례식에 참석하기 위해 집을 떠난 사람은 모두 집으로 다시 돌아왔습니다. 그들 가운데 두 사람만 집에 남아 있었고요. 그 중 한 사람인 윅스는 금고가 있는 서재에 계속 있었습니다. 장례식을 하는 동안에 집에 들어온 사람은 아무도 없었습니다. 그리고 집에 머물고 있었던 두 사람 및 장례 행렬에 참석한 사람들이 외부인과 접촉할 시간도 전혀 없었습니다. 가령 유언장이 묘지에서 대기하고 있었던 사람의 손에 옮겨졌다 하더라도 그들 역시 집으로 돌아왔으니까요."

엘러리는 잠깐 말을 멈추었다가 다시 급하게 이어나갔다.

"그러나 그 집 어디에서도, 집에 있던 사람들에게도, 묘지로 가는 길에서도, 묘지에서도 유언장은 발견되지 않았습니다. 그래서 저는 이 자리에서 여러분에게 간곡히 부탁드리며, 간절히 호소하는 바입니다."

엘러리는 장난기 어린 눈으로 결론을 맺었다.

"한 가지만 제 질문에 대답해 주십시오. 장례식 중에 집을 나갔다가 그 이후로 다시 돌아오지 않았고, 유언장을 잃어버린 것을 알게 된 다음에도 수색당하지 않은 것이 하나 있는데 그것이 무엇입니까?"

"무슨 말을 하는 거야, 자넨! 모든 것을 샅샅이 수색했다고 말하지 않았나? 자네도 다 들었을 텐데?"

샘프슨이 격분해서 말했다.

"다 조사해 보았다지 않니, 애야."

경감도 아들에게 부드럽게 말했다.

"아무것도 빠뜨리지 않고 전부 다 뒤져봤단다. 그 설명에 이해가 가지 않는 점이라도 있는 거냐?"

"오, 이런. 이렇게 답답할 수가!"

엘러리가 신음소리를 냈다.

"이런 간단한 것을 모르다니, 눈뜬 장님과 조금도 다를 바 없군요……."

엘러리는 웅얼대는 듯한 목소리로 말했다.

"아버지, 다 조사해 봤다지만 딱 한 가지는 조사하지 않았습니다. 그건 바로 관입니다. 칼키스 씨의 유체를 넣은 관 말입니다."

퀸 경감은 그 순간 눈을 반짝거렸고, 페퍼는 자신에게 정나미가 떨어진 듯 속으로 뭐라고 중얼거렸다. 크로닌은 크게 너털웃음을 쳤고, 샘프슨 검사는 이마를 탁 쳤다. 엘러리는 히죽히죽 웃고 있었다.

페퍼가 제일 먼저 제정신으로 돌아와 히죽거리며 엘러리를 마주 보고 말했다.

"대단하군요, 엘러리 씨. 아주 훌륭합니다."

샘프슨은 손수건을 입으로 가져가 겸연쩍은 듯 기침을 숨기며 말했다.

"좋아, 엘러리. 방금 내가 한 말은 다 취소하겠네. 자네의 추리를 계속 얘기해 보게."

경감은 아무 말도 하지 않았다.

엘러리는 천천히 말하기 시작했다.

"그럼 제 설명을 계속하겠습니다. 이해력이 풍부한 분들 앞에서 말할 수 있는 것이 저로서도 큰 영광입니다. 이 추리는 다소 기발하게 들릴지 모르지만, 장례식을 마지막 준비하는 단계에서 집 안 모든 사람들이 경황 없어 할 때 범인이 금고를 열고 유언장이 든 철제 상자를 끄집어낸 뒤 응접실에서 기회를 노리다가 철제 상자와 유언장을 관 속에 숨기는 것은 쉬운 일입니다. 관을 채우는 물건들 밑도 좋고 칼키스 씨의 수의 사이에 집어 넣어도 사람들 눈에 띠지 않을 게 분명하죠."
"그래, 틀림없다."
퀸 경감이 중얼거렸다.
"시신과 함께 묻는 것은 태워버리는 것과 같을 테니까."
"맞습니다, 아버지. 이제 곧 땅에 묻히게 될 관 속에다 집어넣으면 될 것을 뭐하러 굳이 유언장을 없애려고 모험을 하겠습니까? 칼키스 씨는 자연사로 죽었으니까 최후의 심판 날이라면 몰라도 관이 다시 열릴 염려는 없어요. 따라서 그 유언장은 소각하여 그 재를 하수도에 흘려 보낸 것과 마찬가지로 완전히 현실 세계에서 매장되는 겁니다.

게다가 이 추리에는 또 다른 심리적인 근거가 있습니다. 철제 상자의 열쇠를 가지고 있는 사람은 우드러프 한 사람뿐이라는 겁니다. 그래서 범인은 장례 행렬이 집을 떠나기 전 그 짧은 5분간이라는 시간 동안 철제 상자의 뚜껑을 연다는 것은 불가능하다고 생각했을 겁니다. 그리고 그 상자는 너무 커서 가지고 다니기에는 부담스럽고 들킬 위험도 많은 물건입니다. 자, 여러분, 유언장과 상자는 칼키스 씨의 관 속에 있다고 나는 추리합니다. 이것이 타당한 추리라 생각하면 이용하시기 바랍니다."
퀸 경감은 작은 발을 차며 일어났다.
"얼른 무덤을 파헤쳐봐야 되겠네."
"그래야겠지?"
샘프슨은 다시 한번 기침을 하더니 퀸 경감을 바라보았다.
"유언장이 엘러리의 지적대로 관 속에 있다고 확인된 것도 아니고 우드러프의 말이 진실이라고 확신할 수도 없지만, 그래도 일단 열어서 사실을 확인하는 것이 좋겠네. 페퍼, 자네 생각은 어떤가?"
"저는 엘러리 씨의 뛰어난 분석 능력이 정확히 적중했다고 봅니다."

페퍼가 웃으면서 말했다.

"좋아, 내일 아침에 무덤을 팔 수 있도록 수배하게. 굳이 오늘 할 필요는 없을 테니까."

"그런데 문제가 하나 있습니다, 검사님."

페퍼가 의심스러운 표정으로 말했다.

"살인 혐의가 있어서 무덤을 파는 것도 아닌데, 무슨 근거로 판사의 허가를 받을 수 있을까요?"

"브래들리 판사를 만나는 게 좋아. 이런 사안에 대해서는 매우 관대한 사람이니까. 내가 나중에 얘기해 주겠어. 성가신 일은 없을 거야. 그럼 페퍼, 수배를 부탁하겠네."

그렇게 말하고 나서 샘프슨은 칼키스 저택으로 전화를 넣었다.

"코헤이런 형사를 불러 주게…… 코헤이런인가? 그래, 나 샘프슨일세. 그 집 안에 있는 사람들에게 내일 아침에 할 얘기가 있으니까 모두 응접실에 모이라고 알려…… 필요하다면 칼키스의 무덤을 파헤친다고 말해……. 뭐? 누구라구? 그래, 바꿔보게. 내가 직접 얘기하지."

그는 수화기를 가슴에 대고 경감에게 말했다.

"녹스가 거기에 있다는군…… 아, 네, 녹스 씨? 저는 지방검사 샘프슨입니다…… 네, 칼키스 씨요. 정말 안된 일입니다…… 네, 그런데 문제가 생겨서요, 시신을 봐야 할 필요가 생겼어요…… 어쩔 수 없는 일입니다. 네, 뭐라구요? ……물론 저도 유감스런 조치라 생각하고 있습니다…… 하지만 너무 걱정하지 마십시오, 모두 저희가 알아서 잘 처리하겠습니다."

그는 조용히 전화를 끊더니 계속 말을 했다.

"일이 복잡하게 됐군. 녹스가 분실된 유언장의 유언 집행자로 되어 있는데, 만약 유언장을 찾지 못하면 칼키스 미술관의 상속자를 알 수 없는 것은 물론이고 유언 집행자도 필요 없게 돼. 칼키스는 유언을 하지 않고 죽은 걸로 간주되는 거지. 녹스는 그 점을 몹시 걱정하고 있어. 내일 아침 무덤에서 유언장을 찾지 못하면 우리도 법원이 유산 관리인으로 녹스를 임명하도록 손을 써야 해. 녹스는 지금 우드러프와 그 집에서 얘기를 하고 있는 모양이야. 아마 칼키스의 재산에 대한 예비조사겠지. 계속 거기 있겠다는군. 녹스 그 사람, 정신없이 바쁠텐데 이토록 관심을 가져주는 걸 보면 천성이 친절한 사내야."
"내일 무덤을 파헤칠 때 녹스도 입회하겠답니까?"
엘러리가 물었다.
"그 백만장자를 가까이서 한번 보고 싶거든요."
"아니, 내일 아침 일찍 뉴욕을 떠나야 하는 모양이야."
"어렸을 적 꿈이 또 한번 깨지는군요."
엘러리가 안타깝다는 듯이 말했다.

Exhumation
발굴

 10월 8일 금요일, 엘러리는 비로소 '칼키스 사건'이라는 비극의 등장인물들과 처음 만나고 사건 현장을 눈으로 관찰하고 조앤 브레트가 느꼈다는 '긴장된 분위기'——그것이 엘러리가 가장 흥미로운 관심을 보인 부분이었다——에 접하게 되었다.
 금요일 아침, 사건에 관련된 모든 사람들이 어둔 근심스러운 표정을 하고 모여 페퍼와 퀸 경감이 도착하기를 기다리고 있었다. 그 사이에 엘러리는 얼굴빛이 희고 키가 후리후리한 매력적인 영국 여자에게 말을 걸었다.
 "당신이 조앤 브레트 양입니까?"
 "네, 그런데요."
 조앤 브레트는 굳은 표정으로 대답했다.
 "당신은? 전 당신 이름을 모르는데요."
 그녀의 매혹적인 푸른 눈빛은 언제 차가운 서리에 덮일지 모르지만 겉으로는 웃음을 띠고 있었다.
 엘러리는 밝게 웃으며 말했다.

"모르신다구요? 정말입니까? 그 사실이 내 몸 속의 순환조직을 자극하는데요."

"글쎄 처음 뵙는 분이라니까요."

조앤 브레트는 하얀 손을 포개 무릎 위에 얌전히 올려놓고는 고개를 돌려 문 쪽을 얼핏 바라보았다. 우드러프와 벨리 반장이 그곳에 서서 뭔가 얘기를 나누고 있었다.

"당신도 경찰인가요?"

"경찰의 그림자라고 할 수 있죠. 엘러리 퀸입니다. 세상에 이름이 알려진 퀸 경감의 아들이기도 하고요."

"알아보지 못했습니다. 경감님의 2세로는 보이지 않았어요, 엘러리 씨. 전혀 다를 거라고 상상했거든요."

엘러리는 그녀의 큰 키와 꾸밈 없는 말씨와, 퍽이나 감성적일 것 같은 모습을 남자의 입장에서 찬찬히 바라보았다.

"겉모습에 대한 비난은 당신과는 무관하겠군요."

엘러리가 말했다.

"어머, 엘러리 씨!"

그녀는 똑바로 앉아서 웃음을 지었다.

"그 말은 제 외모에 대한 농담조의 비난인가요?"

"천만에요. 당신은 아스타르테(풍요와 생식의 여신)의 화신 같군요!"

엘러리는 중얼거리면서 조앤 브레트의 몸을 평가하듯 빤히 살폈다. 조앤 브레트의 얼굴이 붉어졌다.

"정말 보면 볼수록 아름답습니다."

그 말에 두 사람은 같이 웃음을 터뜨렸다. 조앤이 말했다.

"저는 화신은 화신이지만 다른 타입의 화신이에요. 지금은 신경이 아주 날카로워져 있거든요."

그때 엘러리는 우연찮게 장례식날 그녀가 느꼈다는 긴장된 분위기에 대해서 듣게 되었다. 그리고 그날도 역시 그곳에 새로운 긴장감이 일고 있었다. 아버지와 페퍼가 도착했기 때문에 엘러리는 실례하겠다고 그녀에게 말하고 일어나는 것을 앨런 체니가 살의에 가득 찬 눈빛으로 노려보고 있었다.

페퍼와 퀸 경감이 들어오자 그 뒤를 바로 좇아 플린트 형사가 땅딸막한 키에 연신 땀을 흘리는 중늙은이를 데리고 들어왔다.

"이 사람은 누구야?"

벨리가 응접실 입구를 가로막으며 소리쳤다.

"이 집에 산다는데요."

플린트 형사가 말했다. 그는 땅딸막한 중늙은이의 팔을 꽉 붙들고 있었다.

"어떻게 할까요?"

퀸 경감이 코트와 모자를 의자에 던지고 앞으로 나왔다.

"당신은 누구시죠?"

이 새로운 등장인물은 당황하고 있었다. 그는 키가 작고 풍채가 좋은 네덜란드 사람이었다. 숱 많은 흰 머리털이 파도를 치는 듯했으며 뺨은 부자연스러울 정도로 붉었다. 그는 붉은 얼굴을 더 붉히며 당혹해하고 있었다. 그때 방 저쪽에서 길버트 슬론이 말을 거들었다.

"그 사람은 이 집에 사는 사람입니다, 경감님. 브릴랜드 씨라고 칼키스 미술관의 영업사원이죠."

슬론의 말은 쉽고도 이상할 정도로 사무적이었다.

"오, 당신이 브릴랜드 씹니까?"

퀸 경감이 날카롭게 그 작은 사나이를 보았다.

"네, 그렇소."

브릴랜드가 헐떡거리며 말했다.

"그게 내 이름이오."

그는 대답을 마치더니 슬론의 얼굴을 보고 의아한 듯 물었다.

"무슨 문제가 생긴 거요? 이 사람들은 다 뭐요. 난 칼키스 씨가 돌아가셨다는 소식을 듣고 왔는데…… 내 아내는 어디 있소?"

"여기 있어요, 여보."

달콤한 목소리가 들려왔다. 돌아보니 브릴랜드 부인이 문간에 젠체하고 서 있었다. 그 작은 사나이는 그녀에게로 다가가 그녀의 이마에 키스를 했다. 키스를 하기 위하여 브릴랜드 부인은 몸을 굽혀야 했는데, 잠깐 짜증스런 기색이 그녀의 눈에 스쳤다. 그리고 브릴랜드는 윅스 집사에게 모자와 코트를 건네주고 아까처럼 굳은 자세로 서서 놀란 듯한 눈으로 주위를 둘러 보았다.

퀸 경감이 물었다.

"어떻게 지금에야 돌아오게 됐습니까, 브릴랜드 씨?"

"어젯밤에 겨우 퀘벡에 있는 호텔로 돌아왔죠."

브릴랜드는 짧은 기침을 몇 번이나 되풀이하면서 설명했다.

"전보가 와 있더군요. 칼키스 씨의 죽음에 관해서 그때까지 전혀 모르고 있었습니다. 아주 놀랐어요. 그런데 왜들 이렇게 모인 겁니까?"

"우리는 오늘 아침 칼키스 씨의 무덤을 파헤칠 예정입니다, 브릴랜드 씨."

"그래요?"

브릴랜드는 매우 슬픈 표정을 지었다.

"장례식에 참석하지 못한 것이 몹시 안타깝습니다. 그런데 왜 무덤을 파는 겁니까? 뭐 잘못된 것이라도?"

"어떻게 할까요, 경감님. 시작할 때가 된 것 같은데요?"

페퍼가 초조하게 말했다.

일행이 묘지에 도착했을 때, 교회 관리인 허니웰이 칼키스를 묻느라 네모지게 떼어 놓은 흙이 묻어 있는 뗏장 주위를 서성거리며 안절부절못하고 있었다. 허니웰이 일꾼 두 사람에게 팔 자리를 지시해 주었다. 일꾼들은 손에 침을 묻히고는 삽을 들고 힘차게 파기 시작했다.

아무도 말을 하지 않았다. 여자들은 모두 집에 남아 있었다. 남자들 가운데서도 슬론과 브릴랜드와 우드러프 세 사람만이 입회한 상태였다. 내이쇼 스위서는 도저히 그 광경을 볼 수 없다고 했고, 의사 워디스도 어깨를 움츠리고 뒤로 물러섰다. 앨런 체니는 조앤 브레트의 옆에서 떨어지려 하지 않았다. 수사관으로는 퀸 부자와 벨리 반장, 그리고 키가 크고 호리호리한 체격의 새로 가담한 사람이 힘들게 무덤 파는 일꾼들을 지켜 보고 서 있었다. 검은 턱수염이 유달리 눈에 띄는 이 새로운 인물은 발 옆에 검은 가방을 놓고 입에 괴상한 싸구려 시가를 물고 있었다. 54번 거리 쪽 담장에는 기자들이 늘어서서 카메라를 향하고 있었고, 경찰들은 거리에 구경꾼들이 모이지 못하게 제지하고 있었다. 웍스 집사는 안마당 쪽 담장 뒤에서 묘지를 잔뜩 겁먹은 얼굴로 엿보고 있었다. 형사들은 담장에 기댄 채 서 있었으며 안마당을 둘러싸고 있는 이웃집 사람들이 창문에서 고개를 내밀고 작업하는 모양을 보고 있었다.

1미터 정도 파 들어가자 삽에 쇠가 부딪치는 소리가 들렸다. 일꾼들은 매장된 보물이라도 발굴하는 해적 졸개들처럼 열심히 흙을 파냈고, 곧 무덤 입구인 평평한 철판이 드러났다. 일꾼들은 철문 위의 흙을 말끔히 치우더니 구덩이에서 올라서서 삽에 몸을 기대며 숨을 돌렸다.

철문이 들어올려지자 싸구려 시가를 입에 문 사내의 콧구멍이 갑자기 벌름거리기 시작했다. 그는 뭔가 알아들을 수 없는 말을 중얼거리면서 앞으로 나아가, 무릎을 꿇고 구덩이 속에 머리를 처박고는 냄새를 맡기 시작했다. 잠시 후 그는 한쪽 손을 들고 다시 일어나서는 덤벼들 듯한 말투로 퀸 경감에게 말했다.
"뭔가 이상한 게 있어요."
"뭡니까?"
퀸 경감이 여러 해 동안 겪은 바에 의하면 시가를 문 그 호리호리한 사내는 그리 쉽게 놀라거나 떠들거나 할 사람이 아니었다. 그는 프라우티 박사로, 뉴욕 주의 검시관국 부주임이며 매우 주의력이 깊은 사람이었다. 엘러리는 맥박이 빨라지는 것을 느꼈고 허니웰은 화석처럼 굳어져 갔다. 프라우티 박사는 경감의 말에는 대꾸도 없이 일꾼들에게 지시를 내렸다.
"안에 들어가서 새 관을 꺼내 이리로 들어올려요. 그러면 우리가 모두 힘을 합쳐 지상으로 끌어올릴 테니까."
일꾼 2명이 조심스럽게 구덩이 안으로 들어갔다. 그리고 잠깐 동안 일꾼들의 거친 목소리와 발소리가 들려왔다. 그러더니 갑자기 크고 반짝거리는 검은 물체가 보였다. 그것을 들어올릴 도구가 급히 준비되었고 명령이 내려졌다……
마침내 관이 입을 벌린 지하 매장실의 조금 옆 땅 위에 놓여졌다.
"저 사람은 꼭 프랑켄슈타인 같은데요."
엘러리가 프라우티 박사를 바라보면서 페퍼의 귀에 속삭였다. 그러나 두 사람 다 웃지는 않았다.
프라우티 박사는 사냥개처럼 코를 킁킁거렸다. 다들 지금은 모두 그 구역질나는 냄새를 맡을 수 있었다. 그 냄새는 일초가 지날수록 점점 더 독해졌다. 슬론의 얼굴이 새파랗게 질리더니 황급히 손수건을 꺼내 세게 코를 풀었다.
"이 시체에 방부 처리를 하긴 한 겁니까?"

프라우티 박사가 관 위에 몸을 숙이면서 물었다. 아무도 대답하는 사람이 없었다. 2명의 일꾼이 뚜껑의 나사를 풀기 시작했다. 바로 이 극적인 순간에 5번 거리 도로 위에 있던 수많은 차들이 일제히 경적을 울리기 시작했다. 귀에 거슬리는 그 불협화음이 불쾌한 악취가 넘치는 장면에 놀랄 만큼 아주 잘 어울리는 이상한 반주 음악 구실을 했다. 그리하여 관뚜껑이 열리자……

거기에는 도저히 믿기지 않는 오싹한 증거가 드러났다. 그것이 무덤에서 시체 냄새가 난 원인이었다.

방부 처리를 한 칼키스의 시체가 굳어져 뉘어 있는 그 위에, 또 하나 억지로 쑤셔 넣은 시체가 있었다. 사지를 구부리고 창백한 피부의 여기저기에 큰 반점이 생겨 썩기 시작한 시체가 백일하에 드러난 것이다. 두 번째의 시체였다!

그것은 유구한 시간은 정지한 채로 있는데, 인간만이 흉악한 죽음의 손에 의해 밀려 나와 추악한 물체로 변하는 순간이었다.

심장이 한 번 고동치는 시간에 불과했지만 한순간 사람들은 인형처럼 그 자리에 서서 꼼짝도 하지 않고 벙어리가 된 것처럼 모두들 끔찍한 공포로 눈만 휘둥그레 뜨고 있었다.

그때 슬론이 우웩 하는 소리를 내며 어린아이처럼 우드러프의 튼튼한 어깨에 몸을 기댔다. 우드러프나 브리랜드도 칼키스의 관에 들어가 있는 난입자를 보고는 숨조차 쉴 수 없는 상태였다.

프라우티 박사와 퀸 경감도 놀란 눈으로 서로를 바라보고 있었다. 퀸 경감은 비명이 나오려는 것을 억지로 참으며 손수건으로 콧구멍을 막은 채 관 속을 들여다보기 위해 앞으로 나갔다.

프라우티 박사는 손가락을 사나운 새 발톱처럼 구부리고 민첩하게 움직이기 시작했다.

엘러리는 등을 젖히고 하늘만 올려다보고 있었다.

"목을 졸라 죽였군요."

프라우티 박사의 간단한 관찰로 사인이 판명되었다. 박사는 벨리 반장의 도움을 받아 시체를 뒤집었다. 발견되었을 때 그 시체는 죽은 칼키스의 어깨에 얼굴을 기대어 고개를 숙인 채 누워 있었는데 지금 처음으로 그 얼굴을 볼 수 있었다. 시체는 눈이 움푹 꺼져 있었고, 열린 눈꺼풀 사이로 드러난 눈동자는 물기라곤 전혀 없이 누런 빛을 띠고 있었다. 그러나 얼굴 자체는 알아볼 수 없을 정도로 일그러지지는 않은 상태였다. 다만 피부가 군데군데 납빛으로 변해 있었다. 코는 흐물흐물했지만 원래는 훨씬 더 날카로운 모습이었음을 짐작케 했다. 얼굴 전체에 부패가 진행되어 부은 결과 주름은 물론이고 윤곽도 뚜렷하지 않았는데, 부패가 시작되기 전에는 매우 사나운 인상이었음을 알 수 있었다.

퀸 경감이 기어들어가는 목소리로 말했다.

"이 얼굴은 몹시 낯이 익은데……."

페퍼도 퀸 경감의 어깨 너머로 시체를 들여다보더니 낮은 목소리로 말했다.

"저도 그런데요, 경감님. 혹시……."

"유언장과 철제 상자가 있습니까?"

엘러리가 무뚝뚝하게 불쑥 질문을 했다.

벨리 반장과 프라우티 박사가 관 속에 손을 집어넣고 이리저리 휘저어 보았다.

"아니, 없어요."

벨리가 화가 난 듯 두 손을 살펴보더니 슬그머니 바지에 문질렀다.

"그런 물건은 이제 소용 없게 됐어!"

퀸 경감은 고함치듯 말하고 허리를 폈다. 작달막한 몸이 떨고 있었다.

"이봐, 엘러리! 네 추리는 대단하구나. 그래 아주 대단해! 관을 열면 유언장이 발견될 거라고 했는데, 발견된 것은 엉뚱한 시체야."

퀸 경감은 코를 찡그리며 "토머스!" 하고 형사 반장을 불렀다.

큰 덩치의 벨리 반장이 경감에게 다가가자 경감은 무슨 말을 속삭였다. 벨리는 고개를 끄덕이더니 안마당으로 통하는 나무문으로 걸어 나갔다. 퀸 경감이 날카로운 목소리로 말했다.

"슬론, 우드러프, 브릴랜드 씨. 지금 곧 저택으로 돌아가십시오. 그리고 이 사실을 아무한테도 말하지 마십시오."

퀸 경감은 이내 몸을 틀더니 묘지 앞 울타리 쪽을 향해 소리쳤다. "리터!" 그 근방을 서성거리고 있던 몸집 큰 형사가 돌아보자 계속 목소리를 높여 얘기했다.

"저 신문기자들 쫓아버려. 그들이 옆에서 떠들어대면 일을 할 수 없어. 빨리 해."

리터 형사가 묘지의 54번 거리쪽 입구로 달려가자 경감은 교회 관리인을 보고 말했다.

"여봐! 자네 이름은 뭐지? 아냐, 이름 따위는 아무래도 좋아. 저 두 사람을 거들어서 뚜껑을 덮도록 해. 다음은 이 끔찍한 것을 저택 안으로 운반하는 거야. 자, 프라우티 박사님. 같이 갑시다. 이제 바쁘게 되었습니다."

Evidence
증거

 이런 사건은 뉴욕 경찰청 내에 있는 그 누구보다도 퀸 경감이 그 처리에 익숙했다.
 5분 만에 칼키스의 집은 다시 외부와 격리되었다. 응접실이 임시 실험실로 바뀌었고, 그 바닥 위에는 기분 나쁜 2개의 시체가 들어 있는 관이 놓여졌다. 칼키스의 서재는 사람들이 모이는 장소가 되었고, 모든 사람들은 다 감시를 받았다. 응접실로 통하는 문은 굳게 닫혀지고, 그 앞에는 벨리 반장이 큰 어깨를 기대고 서 있었다. 프라우티 박사는 윗옷을 벗어던지고 바닥에 있는 두 번째 시체를 검사하기 시작했다. 서재 안에서는 지방검사보 페퍼가 전화기 다이얼을 돌리고 있었다. 형사들은 알 수 없는 용무로 집 안을 들락날락했다.
 엘러리와 퀸 경감은 얼굴을 마주 보며 희미한 웃음을 주고 받았다.
 "한 가지는 확실하구나."
 퀸 경감이 입술에 침을 묻혀가며 말했다.
 "네 추리 덕분에 살인 사건이 드러난 거 말이다. 네 추리가 없었더라면 아무도 의심해 보지 않았을 살인이야."

"저는 덕분에 그 기분 나쁜 얼굴을 보게 되었어요."

엘러리가 충혈된 눈을 하고선 손가락으로 연신 코안경을 빙글빙글 돌리며 말했다.

경감은 한숨 돌리려고 코담배 냄새를 맡았다.

"시신을 잘 손질해 주십시오, 박사님. 죽은 사람이 누구인지 아는 사람이 있을지 모르니까 이 저택에 있는 사람들에게 대면시키고 싶어요."

경감은 프라우티 박사에게 말했다. 지금은 완전히 냉정을 찾고 있었다.

"지금 그럴 생각이었어요. 시신은 어디다 놓을까요?"

"관에서 꺼내 바닥에 눕혀 놓는 것이 좋을 것 같군요, 토머스. 담요를 가져다가 얼굴만 빼고 다 덮어버려."

"아주 강한 향수 같은 걸로 이 역겨운 냄새를 좀 없애야겠군."

프라우티 박사가 익살을 부리듯 불평했다.

대충 준비를 끝내고 시신을 사람들이 잘 볼 수 있게 놓아둔 다음, 겁에 질려 창백해진 관계자들을 하나하나 불러 얼굴을 들여다보게 했지만 아무도 알아보는 사람이 없었다. 확실히 모른다고 확언할 수 있습니까? 확언할 수 있다고 그 누군가가 말했다. 이런 남자는 본 적도 없습니다. 그것이 모두의 증언이었다.

"슬론, 당신은 어때요?"

"네, 저도 누군지 모르겠습니다."

슬론은 그 남자의 부패한 얼굴을 보는 것만으로도 구역질이 나고 기분이 나빴다. 그는 아까부터 각성제의 작은 약병을 콧구멍에다 갖다 대고 있었는데 지금 또다시 그 병을 급히 들어올리고 있었다. 의지력이 강한 조앤 브레트도 겨우 볼 수 있었다. 앓아누워 있어서 무슨 일이 일어나고 있는지조차 알 리 없는 심즈 부인은 웍스와 형사 한 명의 손에 이끌려 응접실로 들어와서 잠시 동안 죽은 사람의 얼굴을 보더니 비명을 지르면서 아예 기절해 버렸다. 그래서 웍스와 3명의 형사들이 그녀를 들어올려 위층에 있는 그녀의 방으로 옮겨야 했다.

시체 대면을 마친 사람들은 모두 칼키스의 서재로 모였다. 엘러리와 퀸 경감도 응접실의 두 시체 경비를 프라우티 박사에게 맡기고 급히 서재로 갔다. 페퍼가 몹시 흥분한 얼굴로 서재 문 옆에서 엘러리와 퀸 경감을 초조하게 기다리고 있었다.

페퍼의 눈이 빛났다.

"경감님, 겨우 생각났습니다. 아무래도 전에 어디선가 본 적이 있는 얼굴 같아서요. 경감님께서도 낯이 익다고 하셨죠. 경찰의 범죄자 사진자료실에서 봤을 겁니다."

"그럴지도 몰라. 그래 누구지?"

"그래서 방금 내 친구 조던에게 전화를 했습니다. 제가 샘프슨 검사실에 배속되기 전에 저랑 같이 변호사 사무소를 운영했었죠. 시체의 얼굴을 본 적이 있는 것 같기에 조던에게 전화로 물어보았죠. 그랬더니 조던이 저의 기억을 되살려 주었습니다. 저 사람이 바로 앨버트 글림쇼입니다."

"글림쇼라고?"

경감은 멈칫거렸다.

"그 문서 위조범 말인가?"

페퍼가 씩 웃었다.

"네, 맞습니다, 경감님. 기억력이 좋군요. 하지만 위조는 그 사람이 저지른 수많은 범죄 중의 하나일 뿐입니다. 제가 '조던과 페퍼 변호사 사무실'을 차려놓고 일할 때 저 사람 변론을 맡은 적이 있습니다. 그때 우리는 패소했죠. 그래서 저잔 5년 형을 선고받았는데, 조던 말에 따르면 출옥할 때가 됐다고 합니다."

"그 사람이 확실해? 싱싱 교도소에 있던?"

"네, 맞다니까요."

그들 셋은 방으로 들어갔다. 사람들이 모두 그들을 쳐다보았다. 경감이 한 형사에게 말했다.

"헤스, 얼른 경찰서로 가서 앨버트 글림쇼에 관한 자료를 모두 뽑아봐. 요 5년 동안 싱싱 교도소에 있던 위조범이야."

헤스 형사는 명령을 받고 곧 경찰서로 떠났다.

"토머스!"

경감이 벨리 반장을 불러 지시를 내렸다.

"사람을 시켜서 교도소에서 나온 뒤 앨버트 글림쇼의 행적을 좀 훑어봐. 그가 언제쯤 출옥했는지…… 혹시 모범수로 형기 중에 가석방되어 나온 건 아닌지도 좀 알아보고."

페퍼가 말했다.

"지방검사님께 전화를 넣어 사건의 진척상황에 대해 보고를 드렸습니다. 검사님은 지금 자기는 은행 사건 수사로 바쁘니까 이 사건은 제게 맡긴다고 했습니다. 그런데 그 시체에서 신원을 확인할 만한 게 좀 나왔습니까?"

"아무것도 없었어. 잡동사니밖에. 동전 몇 개하고 빈 지갑 따위들뿐이네. 옷 속에도 신원을 알 만한 것이 없고."

엘러리의 눈이 조앤 브레트와 마주쳤다.

"브레트 양."

엘러리는 조앤 브레트를 조용히 불렀다.

"조금 전에 응접실에서 당신이 시체를 보고 있었을 때, 나는 확신을 했습니다. 당신은 그 사람에 대해서 알고 있죠? 왜 모른다고 했죠?"

조앤은 얼굴색을 붉히며 발을 크게 굴렀다.

"엘러리 씨! 당신은 무척 예의가 없군요. 단지 저는……"

그때 퀸 경감이 냉랭하게 물었다.

"당신은 그 사람을 압니까? 모릅니까?"

그녀는 입술을 깨물었다.

"말을 시작하면 길어지고, 이 문제에 대해 말을 하는 것이 별로 도움도 되지 않을 것 같아서…… 저는 그 사람의 이름도 모르니까요."

"도움이 될지 안 될지는 대체로 경찰이 판단할 문제입니다."

페퍼가 잘 들으라는 듯이 말했다.

"브레트 양, 알고 있는 것을 솔직히 말하지 않으면 정보를 고의로 은폐한 것으로 간주되어 구속될 수도 있습니다."

"어머, 정말 그래요?"

조앤 브레트는 성난 듯이 말했다.

"저는 아무것도 숨기지 않았어요, 페퍼 씨. 처음 봤을 때는 확실치 않았으니까요. 그 남자의 얼굴은…… 네, 그 얼굴은……"

조앤 브레트는 가늘게 몸을 떨었다.

"하지만, 지금 생각해 보니까 그를 본 기억이 나요. 한 번, 아니 두 번 정도였어요. 하지만 아까 말했듯이 그 사람의 이름은 몰라요."

"어디서 그 사람을 봤습니까?"

경감은 날카로운 질문을 했다. 그녀의 미모 따위는 전혀 아랑곳하지 않는 말투였다.

"이 집에서요, 경감님."

"아, 그래요? 언젭니까?"

그녀는 일부러 뜸을 들였다. 그녀도 이제는 자신감이 좀 회복된 모양인지 엘러리를 향하여 웃음을 짓자 그도 격려하듯 고개를 끄덕여 보였다.

"그 남자를 처음 본 것은 일주일 전, 그러니까 목요일 밤이었어요."

"9월 30일이네요?"

"네, 그래요. 밤 9시경에 그 사람이 찾아왔어요. 거듭 말씀드리지만, 그 사람의 이름은 몰라요……."

"그의 이름은 글림쇼입니다, 앨버트 글림쇼. 계속해요, 브레트 양."

"하녀가 그 사람을 집 안으로 안내했을 때 우연히 제가 홀을 지나다가……."

"하녀라니요? 나는 이 집에서 하녀라곤 본 적이 없는데."

퀸 경감이 말을 가로채고 물었다.

"오, 이런."

조앤 브레트는 약간 놀라는 기색이었다.

"그래요…… 잘 모르실 거예요. 하지만 이상하게 생각하시진 마세요. 원래 이 집에는 하녀가 두 사람 있었어요. 두 여자 모두 좀 무식한데다가 미신을 잘 믿는 편이었지요. 그런데 칼키스 씨가 죽던 날 이 집을 나가겠다고 했어요. '죽음의 집'이라고 얘기하면서요."

"그런가, 윅스?"

집사 윅스는 잠자코 고개를 끄덕였다.

"계속해요, 브레트 양. 더 본 것은 없나요?"

조앤은 한숨을 쉬었다.

"네, 별로 특별한 일은 없어요. 하녀가 글림쇼라는 사람을 안내해서 칼키스 씨의 서재로 들어갔다가 곧 나왔습니다. 그게 그날 밤에 있었던 일 전부예요."
"그 사람이 떠나는 것을 봤습니까?"
페퍼가 끼어들었다.
"아뇨, 못 봤어요, 페퍼 씨······."

그녀는 페퍼라는 이름의 마지막 음절을 길게 끌었다. 페퍼는 그렇게 불리는 것이 불쾌했지만 불쾌한 감정을 드러내는 것이 검사의 체통에 안 어울린다고 생각했는지 신경질적으로 고개만 돌리고 말았다.

"그 사람을 두 번째로 본 것은 언젭니까?"

퀸 경감의 질문은 열의에 차 있었다. 그는 질문을 하면서도 다른 사람들을 곁눈질로 살폈다. 모든 사람들이 몸을 앞으로 내밀고 듣고 있었다.

"그 사람을 두 번째로 본 것은 그 다음날 밤이었어요. 그러니까, 일주일 전 금요일이죠."

"잠깐, 브레트 양?"

엘러리가 얘기 중간에 이상한 억양으로 말하며 끼어들었다.

"당신은 고인이 된 칼키스 씨의 비서로 일하고 있지 않았나요?"

"맞아요, 엘러리 씨."

"칼키스 씨는 장님이라고 하던데, 사무 능력이 없었겠군요?"

그녀는 볼에 힘을 주더니 고개를 세게 가로저었다.

"장님이긴 했지만 사무를 보지 못할 정도는 아니었죠. 그건 왜 물어보시죠?"

"칼키스 씨는 당신에게 목요일 밤에 손님이 온다는 얘기를 하지 않았나요? 면회 약속이 있다고 말이오?"

"아, 그런 뜻의 질문이었군요! 예, 저는 아무 말도 듣지 못했어요. 칼키스 씨는 목요일 밤에 찾아올 사람이 있다는 말은 한 마디도 하지 않았어요. 그 방문은 뜻밖이었어요. 아마 칼키스 씨도 깜짝 놀랐을 거예요. 말을 계속해도 되겠죠?"

그녀는 짙고 뚜렷한 눈썹을 더욱 실룩거리며 묘령의 여성이 범죄 사건에 말려든 불편한 기분을 교묘히 나타내며 말했다.

"이번에는 말을 가로막지 말고 들어 주세요…… 금요일 밤은 좀 달랐어요. 그날 저녁을 먹은 뒤, 그러니까 10월 1일 밤이었죠. 칼키스 씨가 저를 서재로 불러서 아주 꼼꼼하게 지시를 내렸습니다. 아주 꼼꼼한 지시였어요, 경감님. 그래서……."

"이봐요, 브레트 양, 필요없는 말은 생략하고 요점만 빨리 얘기해요."

퀸 경감은 초조한 듯 재촉했다.

"증인석에서 그런 식으로 말하면 '탐탁치 않은 증인'으로 취급됩니다, 브레트 양."

보다 못한 페퍼가 끼어들어, 다소 바늘로 찌르는 듯한 말투로 말했다.

"설마?"

그녀는 중얼거리더니 일부러 칼키스의 책상으로 가서 앉았다. 그러고는 다리를 꼬고 스커트를 조금 당겨 올려 보이며 말했다.

"페퍼 씨. 당신이 좋아하는 모범적 증인은 이런 모양일 테죠……." 그리고는 조앤 브레트는 설명을 계속했다.

"칼키스 씨가 저에게 그날 밤 늦게 손님 두 사람이 올 거라고 하더군요. 그 중 한 분은 신분이 드러나지 않기를 바란다며, 다른 사람들은 모르게 해 달라고 하셨어요. 그래서 저는 그분이 아무 눈에도 띄지 않도록 조심을 했어요."

"이상한 얘기로군."

엘러리가 중얼거렸다.

"그렇죠."

조앤 브레트가 말했다.

"그래서 그날 밤은 제가 두 사람을 안내하는 역할을 맡고 하인들에겐 접근하지 말도록 해두었죠. 두 사람을 안내한 다음, 저는 제 방으로 돌아가 침대에 들어갔죠. 그뿐이에요. 칼키스 씨는 제게 그날 두 신사분의 방문은 사적인 용건이라고 했기 때문에 당연한 일이지만 저는 그 내용에 대한 질문은 삼가고 지시에 따른 행동 이외의 간섭은 하지 않았죠. 완벽한 비서란 그런 것이라고 저는 줄곧 생각해 왔으므로 세상 일에 경험이 적은 여자로선 잘한 일이 아닐까요, 경찰관님?"

경감은 눈살을 찌푸렸다. 조앤은 그것을 보고 얌전히 눈을 깔고 말을 이었다.

"손님들이 도착한 것은 밤 11시였어요. 그 중 한 사람은 제가 전날 저녁 때 보았던 그 사람이었어요. 당신들이 글림쇼라고 말하는 그 사람 말예요. 그리고 또 한 사람은 수수께끼의 신사였어요. 눈 아래부터 헝겊을 둘렀기 때문에 얼굴을 전혀 알아볼 수가 없었거든요. 대충 사십대나 그보다 좀더 늙어 보였어요. 제가 말씀드릴 수 있는 것은 이것뿐이에요."

퀸 경감이 코담배 냄새를 맡으면서 말했다.

"우리 입장에서는 그 수수께끼의 신사가 더 중요한 사람일 것 같군요. 브레트 양, 좀더 자세히 설명해 주실 수 없겠소? 그 사람은 어떤 옷을 입고 있었나요?"

조앤은 한쪽 다리를 흔들며 말했다.

"외투를 걸치고 있었고, 머리에 쓴 중산모를 벗지 않았죠. 외투의 모양이나 색깔은 기억나지 않아요. 그 무서운 글림쇼에 대해서 말씀드릴 수 있는 것도 그게 전부고요."

조앤은 몸을 떨었다.

퀸 경감은 머리를 절레절레 흔들며 불만족스런 기분을 나타냈다.
"봐요, 브레트 양! 우리는 지금 글림쇼에 대해서가 아니라 그 두 번째 사람에 대해서 말하고 있습니다. 뭔가 눈에 띈 점이 있을 거요. 그날 밤에 중요한 일은 일어나지 않았나요? 우리가 그 신사분의 신원을 알아낼 수 있는 단서가 될 만한."
"놀랍군요."
조앤은 웃으면서 가느다란 다리를 툭 쳤다.
"역시 법과 질서의 수호자인 경찰관은 끈질기군요. 네, 심즈 부인의 고양이 사건이 있었어요. 그런 것도 의미가 있다면 말이지만……."
엘러리의 귀가 솔깃해졌다.
"심즈 부인의 고양이라고요? 기묘한데요. 뜻밖에 중요한 게 있을 것 같군요. 들어 봅시다, 브레트 양. 자세히 얘기해 줘요!"
"심즈 부인은 투치라는 고양이를 한 마리 기르고 있죠. 아주 장난이 심한 고양이에요. 여느 고양이라면 그러지 않을 텐데 투시는 아무 데나 그 작고 차가운 코를 쑤셔 박고 우리를 괴롭혔어요. 이런, 또 말이 빗나갔네."
그녀는 경감의 눈이 험악하게 빛나는 것을 보고 한숨을 쉰 다음 후회하는 사람처럼 말했다.
"정말이지, 경감님. 저는 그렇게 머리가 단순한 시골 아가씨가 아녜요. 단지 모든 것이 너무 혼란스러워서 그래요."
그녀는 잠시 동안 말을 끊었다. 그녀의 매력적인 파란 눈에 격한 감정이 엿보였다. 공포와 불안과 의혹의 빛이.
"제가 너무 신경이 예민해져 있나 봐요."
그녀는 다시 망설이는 투로 말을 꺼냈다.
"뭔가 신경 쓰이는 게 있으면, 저는 외고집이 생겨서 경박한 아가씨처럼 웃어대는데…… 하지만 그건 실제로 일어난 일이에요."
그녀는 그때의 사건을 이야기했다.
"제가 현관문을 열었을 때, 눈가까지 천으로 가린 정체불명의 사람이 먼저 들어왔어요. 글림쇼라는 사람은 그 사람 바로 뒤에 들어왔지요. 그런데 심즈 부인의 고양이가요, 보통 때는 심즈 부인의 침대에 앉아 있는데, 그날따라 제가 안 보는 사이에 아래층으로 내려와서 방문객들이 지나갈 길에 엎드려 있었어요. 제가 문을 열자 그 수수께끼의 사나이는 발을 집 안으로 막 들여 놓으려는 순간에 바로 발밑에 고양이가 있으니까 밟지 않으려고 발을 공중에 멈추고 있더군요. 그렇게 안했다면 고양이를 밟았을 거예요. 교활한 투치가 소리도 없이 현관 입구의 카펫 위에 엎드려 얼굴을 문지르고 있었던 거예요. 저는 정말이지, 그 복면을 쓴 사나이가 곡예를 부리는 것처럼 발을 들고 있는 것을 보기 전까지 고양이가 거기 있는지도 몰랐어요. 네, 투치가 말입니다. 샴 고양이에 퍽 어울리는 이름이 아닙니까? 물론 저는 그 고양이를 쫓아버렸죠. 그러자 글림쇼가 들어오면서 묻더군요. '칼키스 씨가 기다리신다고 했는데 계십니까?' 하기에 제가 곧 그분들을 서재로 안내했죠. 그게 심즈 부인의 고양이 사건의 전부예요."
"별로 중요한 얘기도 아니군요."
엘러리가 조심성 없이 말을 이었다.
"그 복면을 쓴 사람은 아무 말도 하지 않았습니까?"
조앤은 눈살을 찌푸렸다.
"그는 무례하기 짝이 없는 사람이었어요. 그는 한마디도 하지 않았을 뿐만 아니라 제가 문을 막 노크하려고 하는데, 저를 밀치더니 자기가 직접 문을 열었어요. 노크도 없이 말이에요. 그리고는 서재로 들어가더니 내 눈앞에서 문을 쾅 닫아버렸어요. 저는 너무 화가

치밀어서 찻잔이라도 깨물어 버리고 싶은 심정이었어요."

"정말 지독한 놈이군. 그러면 그 사람이 한 마디도 하지 않았다는 게 사실입니까?"

엘러리가 낮은 목소리로 되물었다.

"그렇다니까요, 엘러리 씨. 저는 화가 나서 위층으로 올라가 버렸어요."

거기까지 얘기하고 조앤 브레트는 본래의 격한 성미를 드러냈다. 뭔가가 그녀 안에 숨어 있던 격분의 용수철을 건드린 모양이었다. 번쩍번쩍 빛나던 눈빛이 순간 흐려지더니 날카로운 비난의 눈길로 젊은 앨런 체니를 쳐다봤다. 앨런 체니는 3미터도 채 안되는 가까운 거리에서 주머니에 양손을 찔러 넣은 채 멍청히 벽에 기대 서 있었다.

"그때 현관문을 열쇠로 여는 소리가 들렸어요. 그 문은 언제나 꼭 열쇠로 잠가두었지요. 그런데 제가 계단 중간에서 그쪽을 돌아보았더니, 아니 이런, 앨런 체니 씨가 비틀거리면서 현관으로 들어오는 게 아니겠어요. 아주 곤드레만드레가 되어서요."

"조앤!"

앨런 체니가 쓸데없는 말은 하지 않아도 좋을 텐데, 하는 표정으로 조앤의 말을 막았다.

"취해 있었다고요?"

경감이 정나미가 떨어진다는 표정으로 말했다.

조앤은 세차게 고개를 끄덕였다.

"네, 취해 있었어요, 경감님. 완전히 고주망태가 되어 있었죠. 그날 밤 체니 씨의 상태를 표현하는 말이라면 국어에서 한 300가지는 찾아내겠지만, 한마디로 간단하게 얘기하면 제 몸도 못가눌 정도였어요."

"사실입니까, 체니 씨?"

경감이 앨런 체니에게 물었다.
앨런이 희미하게 쓴 웃음을 지었다.
"놀라실 것 없습니다. 저는 술에 취하면, 자제력을 잃어 버리니까요. 그때도 어떤 상태였는지 확실히 기억이 나질 않아요. 하지만 조앤이 그렇다고 하면 맞을 겁니다. 네, 그랬을 거예요."
"그럼요, 사실이고말고요, 경감님."
조앤이 머리를 쳐들면서 또렷하게 말했다.
"체니 씨는 추하게 취해서…… 바닥에다 온통 더러운 것을 토해 버렸어요."
그녀는 앨런을 노려보았다.
"저는 저 사람이 그런 상태에서 큰 소리로 떠들지나 않을까싶어 두려웠어요. 칼키스 씨는 그날 밤에는 어떤 소리도 내지 말라고 단단히 지시하셨거든요. 체니 씨는 저를 보더니 항상 그러는 것처럼 느물느물 웃었어요. 저는 급히 계단을 뛰어 내려가서 그의 팔을 꼭 붙들고는 가정부가 깨지 않게 위층으로 데리고 갔어요."
델피나 슬론은 거만한 자세로 의자에 앉아서 자기 아들 앨런과 조앤을 번갈아 쳐다보았다.
"그랬군요, 브레트 양."
그녀는 차가운 목소리로 말했다.
"수고를 끼쳐서 미안해요."
"입 다물고 있어요."
경감이 슬론 부인을 날카롭게 쏘아보자 그녀는 곧 입을 다물어 버렸다.
"계속해요, 브레트 양."
경감은 브레트 양의 설명을 재촉했다.
앨런은 마치 쥐구멍이라도 찾으려는 듯 벽에 기댄 채 기도 드리는 듯한 표정을 지었다.

　조앤 브레트는 스커트를 만지작거리면서 다소 냉정을 되찾은 목소리로 말했다.

"이런 말을 해도 될는지는 모르겠지만……."

"저는 체니 씨를 2층 방으로 데리고 가서 침대에 눕혀 드렸어요."

"조앤 브레트!"

슬론 부인이 울음 섞인 노한 목소리로 외쳤다.

"체니! 그럼 너희 둘이……."

"저는 체니 씨의 옷을 벗기는 일 따윈 하지 않았어요, 슬론 부인."

조앤이 냉담하게 말했다.

"그런 의심은 할 필요 없어요. 저는 아드님을 꾸짖기까지 했으니까요."

그녀의 어조는, 그런 일은 여비서가 할 일이 아니라 당연히 어머니가 해야 할 부분이 아니냐는 투였다.

"그랬더니 확실히 조용해지더군요. 제가 침대에 뉘인 그 순간 그분은 가슴이 괴로워졌기 때문이죠."

"이야기가 핵심에서 벗어나고 있군요. 내가 묻고 있는 건 두 방문객에 관한 일입니다. 서재에 안내했을 때의 일을 제외하고는 아무것도 보지 않았습니까?"

퀸 경감이 날카롭게 지적했다.

"네, 전혀 못 봤어요. 저는 날계란이라도 먹이면 체니 씨의 취기가 조금이나마 깰 것 같아 그것을 가지러 부엌으로 갔어요. 가는 도중에 서재를 지나치게 되었는데 문틈으로 불빛이 전혀 보이지 않는 것이었어요. 저는 제가 위층에 있는 동안 손님들은 돌아가고 칼키스 씨는 주무시러 간 줄 알았죠."

흥분이 가신 그녀의 목소리는 낮게 가라앉아 있었다. 그녀는 발밑의 카펫만 뚫어지게 바라보며 대답했다.

"당신이 서재 앞을 지나간 때가 그 두 사람이 온 지 얼마쯤 지나서였나요?"

"정확히 말씀드릴 수는 없지만, 아마 30분쯤 지난 뒤라고 생각해요."

"그리고는 그 뒤로 두 사람을 보지 못한 겁니까?"

"네, 못봤어요."

"그날이 지난 금요일 밤…… 그러니까 칼키스 씨가 사망하기 바로 전날 맞죠?"

"네, 퀸 경감님."

그 뒤 한동안 실내는 완전히 침묵에 휩싸였고, 참을 수 없는 불안감이 시간이 갈수록 더해갔다. 조앤은 자신의 붉은 입술을 깨물며 아무도 쳐다보지 않고 멍청하게 눈을 뜨고 앉아 있었고, 앨런 체니는 마음 속 괴로움을 감당하지 못하는 것 같은 표정을 하고 있었다. 핏기가 가신 딱딱한 표정의 슬론 부인은 《이상한 나라의 앨리스》에 등장하는 '붉은 여왕'처럼 여윈 몸을 꼿꼿이 한 채 긴장하고 있었다. 내이쇼 스위서는 방 저쪽에 있는 의자에 몸을 깊게 파묻고는 지루한 듯 한숨을 쉬었다. 길버트 슬론은 연신 각성제 병을 코에 대고 킁킁거렸으며, 늙은 브릴랜드 부인은 남편의 장밋빛 뺨을 메두사 같은 눈으로 뚫어져라 쳐다보고 있었다. 우울한 공기가 실내에 가득 했다. 의사 워디스도 침체된 방 안의 공기에 감염됐는지 생각에 잠겨 있었고 우드러프조차도 침울해 있었다.

이윽고 엘러리의 냉정한 목소리가 들리자 모두들 고개를 들었다.

"브레트 양, 지난 금요일 밤에 이 집 안에 있었던 사람들은 누구였습니까?"

"기억이 확실하지는 않지만 하녀 두 사람은 분명히 있었어요. 둘

다 일찍 침대에 들어갔어요. 심즈 부인도 자기 방에 있었고요. 집사 윅스는 외출 중이었고——금요일이 그의 외출일이니까요. 체니 씨를 제외한 다른 사람들은 잘 모르겠어요."
"좋아요, 그건 우리가 곧 알아낼 겁니다."
퀸 경감이 힘주어 말했다.
"슬론 씨!"
퀸 경감이 큰 소리로 불렀다. 슬론은 너무 놀라서 들고 있던 작은 각성제 병을 떨어뜨릴 뻔했다.
"당신은 지난 금요일 밤에 어디에 있었습니까?"
"미술관에 있었습니다."
슬론이 재빨리 대답했다.
"늦게까지 일을 하는 것이 평소 제 습관입니다. 한밤중까지 일할 때도 자주 있습니다."
"다른 사람과 함께 있었습니까?"
"아닙니다, 혼자였습니다."
"음, 그러면 집엔 몇 시에 돌아왔습니까?"
퀸 경감이 코담뱃갑을 꺼내며 물었다.
"자정을 한참 넘긴 시간이었어요."
"칼키스 씨를 찾아온 두 방문객에 대해서 아는 게 있습니까?"
"제가요? 전혀 모릅니다."
"이상한 일이군요."
퀸 경감은 코담뱃갑을 집어넣으며 말했다.
"칼키스 씨는 별난 성격인 것 같군요. 그런데 슬론 부인, 당신은 금요일 밤에 어디에 있었습니까?"
그녀는 눈을 바삐 깜빡거리며 빛 바랜 입술을 핥았다.
"저 말인가요? 저는 2층에서 자고 있었어요. 오빠를 찾아온 손님이 있었다는 것도 전혀 몰랐어요. 그런 말은 듣지도 못했어요."

"몇 시에 잠자리에 들었죠?"

"10시쯤에는 침실에 있었어요. 전 머리가 아팠거든요."

"음, 머리가 아팠다고……."

퀸 경감은 빙 돌아서 브릴랜드 부인 쪽으로 고개를 돌렸다.

"그러면 브릴랜드 부인, 당신은요? 지난 주 금요일 밤에 어디서 어떻게 지내셨죠?"

브릴랜드 부인은 크고 풍만한 몸집을 일으켜 세우며 아름답게 웃음 짓더니 입을 열었다.

"저는 오페라 공연을 보러 갔어요, 경감님. 오페라 말이에요."

엘러리는 무슨 오페라였는지 물어보고 싶은 것을 억지로 참았다. 이런 타입의 여자가 흔히 그렇듯이 그녀도 몸 여기저기에 향수 냄새를 풍기고 있었다. 게다가 값진 향수를 조심성도 없이 함부로 뿌리고 있었다.

"혼자서 갔나요?"

"친구하고 같이 갔어요. 그 뒤 우리는 극장에서 나와 바비존 식당에서 저녁을 먹었어요. 제가 집에 돌아왔을 때가 아마 새벽 1시쯤이었을 거예요."

그녀는 부드럽게 웃음지으며 대답했다.

"그때 칼키스 씨의 서재에서 불빛이 보이던가요?"

"못 봤던 것 같아요."

"아래층에서 본 사람은 아무도 없었나요?"

"아주 깜깜했는 걸요. 귀신이 나왔어도 못 봤을 거예요, 경감님."

그녀는 낮게 웃었으나 따라 웃는 사람은 아무도 없었다.

슬론 부인은 몸을 더욱 뻣뻣하게 세우고 자세를 바로잡았다. 상황에 어울리지 않게 실없는 농담이나 하다니 너무 조심성없다고 못마땅해하는 게 역력했다.

퀸 경감은 콧수염을 만지작거리며 생각을 하다가 얼굴을 들었을 때 의사 워디스의 밝은 갈색 눈이 자기를 찬찬히 보고 있다는 걸 깨달았다.

"아, 그렇지. 당신도 이 저택에 사는 사람 가운데 한 분이었군요."

퀸 경감이 웃으면서 말했다.

"당신은요?"

워디스 박사는 턱수염을 만지작거리며 대답했다.

"나도 역시 극장에 갔습니다, 경감님."

"극장에요? 그럼 자정 이전에는 돌아오셨겠네요?"

"아닙니다, 경감님. 극장에서 나온 뒤 나도 한두 군데 더 들렀죠. 아마 12시가 훨씬 지나서 들어왔을 겁니다."

"계속 혼자 계셨습니까?"

"네."

퀸 경감은 코담배를 한 줌 집은 뒤 그 손가락 너머로 작고 날카로운 눈을 반짝거렸다. 브릴랜드 부인은 얼어붙은 미소를 지은 채 그 눈을 커다랗게, 이상할 정도로 커다랗게 뜨고 있었다. 다른 사람들은 모두 지친 표정이었다. 퀸 경감은 직업상 수많은 사람들을 신문해 왔기 때문에 특수한 감각——거짓 증언을 꿰뚫어보는 직감력——이 발달해 있었다. 너무 선선히 대답하는 워디스 박사와 브릴랜드 부인의 잔뜩 긴장한 모습을 바라보며 경감은 뭔가 찡하고 느껴지는 게 있었다.

"박사님, 당신은 거짓말을 하고 있군요."

퀸 경감은 일부러 가벼운 어조로 말했다.

"물론 박사님의 입장은 이해합니다만…… 박사님은 금요일 밤에 브릴랜드 부인과 같이 있었던 게 아닙니까?"

브릴랜드 부인은 '앗' 하고 소리를 질렀고, 워디스 박사는 짙은 눈썹을 치켜떴다. 장 브릴랜드는 어리둥절하여 굴욕과 분노로 작고 둥그런 얼굴을 일그러뜨리며 자기 부인과 워디스 박사를 번갈아 쳐다보았다.

워디스 박사가 갑자기 껄껄 웃기 시작했다.

"대단한 추리로군요, 경감님. 네, 맞습니다."

그는 브릴랜드 부인에게 약간 고개를 숙였다.

"용서를 빕니다, 브릴랜드 부인."

그녀는 신경질적인 암말처럼 고개를 뒤로 젖혔다.

"양해하시겠죠, 경감님. 나는 부인이 쓸데없는 오해를 받게 되실까 봐 일부러 숨겼던 겁니다. 실제론 브릴랜드 부인을 모시고 메트로폴리탄 극장에 갔습니다. 그리고 바비존 식당에도……."

"이것 봐요! 내 생각에는 말이지……."

브릴랜드가 다소 당황하여 항의를 했다.

"이봐! 조심해서 말해. 설마 자네는……."

"아니, 브릴랜드 씨. 신경쓰실 일이 아닙니다. 우리의 행동은 이상한 상상력과는 전혀 관계없는 일입니다. 실제로 아주 유쾌한 하룻밤이었어요."

워디스 박사는 이 늙은 네덜란드인의 불쾌한 표정을 보며 계속 말했다.

"당신이 집을 비운 지가 퍽 오래 되었기 때문에 부인은 고독했고 나는 또 나대로 뉴욕에 친구가 한 사람도 없었기 때문에 같이 어울리게 되었습니다. 그건 지극히 자연스러운 일 아니겠습니까?"

"이유야 어떻든간에 그런 일은 절대로 허락할 수 없습니다!"

브릴랜드는 어린애가 떼를 쓰듯이 말했다.

"봐요, 루시. 그러면 안돼!"

그는 아내 쪽으로 어기적어기적 걸어가더니 부루퉁한 입을 하고는 작고 통통한 손가락을 아내의 얼굴 앞에다 흔들어 보였다. 그녀는 멍청한 얼굴로 의자를 꼭 붙들었다. 퀸 경감이 재빨리 브릴랜드를 제지하면서 조용히 하라고 명령하자 부인은 의자에 힘없이 기대어 치욕을 참는듯 눈을 감았다. 워디스 박사는 넓은 어깨를 가볍게 흔들 뿐이었다. 그 방의 다른 쪽 구석에서 길버트 슬론이 숨을 크게 들이마셨고, 나무 조각같이 무표정이었던 슬론 부인의 얼굴에는 잠깐 화색이 돌았다. 퀸 경감은 방 안에 있는 사람들을 하나하나 재빠른 눈길로 살펴보다가 마지막으로 데미 칼키스가 침착하지 못하게 움직이고 있는 모습을 보았다.

데미는 그 멍청한 표정만 빼고는, 그의 사촌인 칼키스와 꼭 닮은 마르고 못생긴 사나이였다. 커다란 눈을 퀭하니 뜨고 있었고 두꺼운 입술이 축 늘어져 있었으며, 뒤통수는 납작한데다가 머리통이 터무니없이 큰 기형적인 모습이었다. 그는 아무 말 없이 커다란 손을 쥐었다 폈다 하면서 근시안 같은 눈으로 사람들의 얼굴을 들여다보고 방 안을 발소리도 내지 않고 왔다갔다 하고 있었다.

"자, 칼키스 군?"

퀸 경감이 불렀는데도 데미는 계속 서재 안을 돌기만 했다.

"저 사람 귀가 먹었습니까?"

퀸 경감은 방 안에 있는 사람들에게 신경질적으로 물었다.

이윽고 조앤 브레트가 대답했다.

"아니에요, 경감님. 영어를 알아듣지 못합니다. 데미는 그리스 사람이거든요."

"칼키스 씨의 사촌이잖습니까?"

"그렇긴 하죠."

뜻밖에도 앨런 체니가 대답했다.

"그는 여기가 모자라죠."
앨런은 자기의 잘 생긴 머리를 손으로 가리키면서 말했다.
"정신적으로는 백치에 속하죠."
"상당히 흥미로운 일이군요."
엘러리가 부드럽게 말했다.
"이디엇(idiot)이란 말은 그리스어에 어원을 두고 있는데, 고대 그리스 사회에서는 단지 교육을 받지 못한 문맹을 가리키는 말이었죠. 현재 우리가 쓰는 백치라는 의미는 없었습니다."
"데미는 현대 영어에서 우리가 말하는 바로 그 '백치'입니다."
앨런이 그런 어원 논의는 아무 상관도 없다는 듯이 말했다.
"돌아가신 삼촌이 10년 전에 그를 아테네에서 데리고 왔죠. 우리 가족 중에 유일하게 본국에 남아 있었거든요. 칼키스 집안이 미국으로 이주한 것은 6세대 전부터였으니까요. 데미는 지금도 영어를 못합니다…… 어머니 말로는 그리스어도 말할 줄만 알 뿐 글은 못 읽는답니다."
"데미하고 얘기를 좀 해야겠는데."
경감이 난처한 표정으로 말했다.
"슬론 부인, 이 사람 당신 사촌 맞죠?"
"네, 경감님. 불쌍한 데미 오빠……."
그녀는 입술을 가늘게 떨며 거의 울 듯한 표정을 지었다.
"자, 자, 부인."
경감이 당황해서 말했다.
"부인은 저 사람 말을 알아 들으실 테죠? 그리스언가 뭔가로 말하는 걸 알아 들으시겠죠?"
"네, 대화 정도는."
"그러면, 그에게 금요일 밤에 무얼 했는지 좀 물어봐 주시겠습니까?"

슬론 부인은 한숨을 쉬면서 일어나더니 입고 있던 가운의 주름을 펴면서 키가 크고 야윈 백치의 팔을 붙잡고 세게 흔들었다. 데미는 몸을 천천히 돌려 그녀를 불안한 눈길로 바라보다가 곧 엷은 웃음을 지으며 이번에는 그가 그녀의 손을 잡았다. 슬론 부인은 날카로운 소리로 말했다.

"데메트리오스!"

데미는 다시 웃음을 지었고, 슬론 부인은 그리스어를 중얼거리기 시작했다. 후음(喉音)이 많은 언어였다. 데미는 슬론 부인의 말을 듣고는 크게 웃으면서 그녀의 손을 더 세게 잡았다. 데미의 반응은 어린아이처럼 솔직했다. 아마도 모국어를 듣는 것이 몹시 즐거운 모양이었다. 그는 조금 더듬거렸으나 모국어로 대답했다. 데미의 목소리도 굵고 딱딱했다.

마침내 슬론 부인이 퀸 경감에게로 몸을 돌리고 말했다.

"칼키스가 그날 밤 10시쯤 자기를 침실로 가라고 말했답니다."

"그의 침실은 칼키스 씨 침실 안쪽에 달려 있는 방이죠?"

"네, 맞아요."

"침실로 간 다음에 서재에서 나는 소리를 듣지 못했느냐고 좀 물어봐 주십시오."

다시 그들 사이에 알아 듣지 못할 언어가 오고간 뒤 부인이 보고했다.

"아무 소리도 못 들었답니다. 곧 잠이 들어 곯아떨어졌답니다. 그는 애들처럼 세상모르고 잠을 자는 버릇이 있죠, 경감님."

"서재에서는 아무도 못 봤답니까?"

"잠들었는데 어떻게 볼 수 있었겠어요?"

데미는 그의 사촌과 경감을 번갈아 보았다. 그는 기쁜 표정을 짓고 있으면서도 어딘가 혼란스러운 모양이었다. 경감이 고개를 끄덕이며 말했다.

"감사합니다, 슬론 부인. 그에 대한 질문은 그 정도로 됐습니다."
경감은 책상으로 가서 전화 수화기를 들고는 다이얼을 돌렸다.
"여보세요, 나 퀸이야. 프레드? 잠깐 묻겠는데…… 형사 법원 빌딩에 출입하는 그리스어 통역하는 사람 이름이 뭐지? 뭐, 트리칼러? T-r-i-k-k-a-l-a? 그래 알았어. 그 사람 어디 있는지 찾아가지고 동쪽 54번 거리 11번지로 좀 오라고 해줘. 내가 보잔다고 해."
"여러분, 여기서 잠깐만 기다려 주십시오."
퀸 경감은 수화기를 내려놓고 그렇게 말한 뒤, 엘러리와 페퍼를 손짓으로 부르고 벨리 반장에게는 짧게 고개를 끄덕이고 나서는 성큼성큼 문쪽으로 걸어갔다. 데미는 어린아이같이 놀란 표정으로 세 사람이 나가는 뒷모습을 바라보았다.

세 사람은 카펫이 깔린 계단을 걸어 올라가서, 페퍼의 지시에 따라 오른쪽으로 꺾었다. 페퍼가 계단에서 그리 멀지 않은 방을 손으로 가리키자 퀸 경감이 노크를 했다. 방 안에서 울음섞인 겁먹은 듯한 여자 목소리가 들려왔다.
"누구세요?"
"심즈 부인이십니까? 퀸 경감입니다. 잠깐 뵐 수 있을까요?"
"누구시라고요? 아, 네. 경감님이군요? 잠깐만 기다리세요. 곧 열어 드릴 테니까요."
침대가 삐걱거리는 소리와 함께 가쁘게 숨을 몰아쉬는 소리가 들렸다. 다시 침대에서 미끌어 내리는 소리가 나더니 부인이 헐떡거리면서 말했다.

"이제 됐어요. 들어오세요, 경감님."

경감은 맙소사 하는 표정으로 문을 열었다. 세 사람이 방으로 들어선 순간, 그들은 깜짝 놀랐다. 눈앞에 이상한 괴물이 있었다. 방 안에는 살진 어깨에 낡은 숄을 걸친 유령 같은 모습의 심즈 부인이 있었다. 심즈 부인은 반백의 머리카락을 헝클어뜨린 채, 무서운 머리털이 머리 전체를 덮고 있는 모습이 마치 뉴욕 항의 관을 쓴 자유의 여신상을 연상케 했다. 울어서 통통 부어 붉어져 있는 얼굴은 눈물 자국으로 얼룩져 있었고, 구식 흔들의자에 앉아서 앞뒤로 몸을 흔들고 있는 커다란 몸의 거대한 유방이 아래위로 뭉클뭉클 움직였다. 양탄자 감으로 만든 슬리퍼를 신은 투박한 큰 발 옆에 웅크리고 있는 늙은 페르시아 고양이가 아까 조앤 브레트 양이 얘기하던 모험을 좋아하는 투치임이 분명했다. 세 사람은 엄숙한 표정으로 걸어 들어갔다. 그들을 쳐다보는 심즈 부인의 소 같은 둔중한 눈은 몹시 무서워하는 빛이 가득했으므로 엘러리조차 자기도 모르게 숨을 삼켰다.

"기분이 좀 나아지셨습니까, 심즈 부인?"

경감이 다정하게 물었다.

"무서운 일이에요."

심즈 부인은 더욱 빠르게 흔들의자를 흔들었다.

"응접실에 있는 저 무서운 시체는 도대체 누구죠? 그것을 본 탓에 전 무서워서 기분이 나빠졌어요."

"전에 그 사람을 본 적이 없다는 말입니까?"

"물론이죠!"

그녀는 새된 소리를 질렀다.

"물론 처음 본 남자예요!"

"알았어요, 알았어."

경감이 재빨리 위로했다.

"자, 그럼 심즈 부인, 지난 주 금요일 밤의 일을 기억할 수 있겠습니까?"

그녀의 축축한 손수건이 코 앞에서 멎었다. 그녀의 눈빛이 정상으로 돌아왔다.

"지난 주 금요일 밤 말입니까? 금요일이라고 하면 주인 양반인 칼키스 씨가 돌아가시기 전날 밤을 말씀하시는 거죠? 그날이라면 기억해요."

"잘 됐군요, 심즈 부인. 저는 당신이 그날 일찍 잠자리에 든 걸로 아는데 맞습니까?"

"네, 경감님 말씀대로예요. 칼키스 씨가 저더러 일찍 자라고 하셨거든요."

"다른 말은 없었습니까?"

"뭐 별로 중요한 말씀은 없으셨어요."

심즈 부인은 코를 풀었다.

"다만 저를 서재로 부르시더니……."

"호오, 서재로 불렀다고요?"

"네, 벨을 눌러 부르셨어요. 칼키스 씨 책상에는 부엌과 연결되는 벨이 있거든요."

"그게 몇 시였죠?"

"시간요? 가만있자……."

그녀는 입술을 오므리면서 생각에 잠겼다.

"그때가 대충 11시 15분 전인 것 같은데요."

"물론 밤이겠지요?"

"네, 물론이죠. 제가 들어갔더니 퍼컬레이터에 물을 담아주고 찻잔과 접시 3개하고, 티 볼(차잎을 넣어 끓이는 금속그릇) 몇 개하고, 크림, 레몬, 설탕을 준비해 두라고 하시더군요. 빨리 하라고 재촉하셨어요."

"그때 칼키스 씨 혼자 계시던가요?"

"네, 혼자 계셨어요. 불쌍한 주인님은 책상 앞에 반듯하게 앉아 계셨어요…… 그걸 생각하면 전……."

"진정하세요, 심즈 부인."

경감이 말했다.

"그 다음에 무슨 일이 있었죠?"

심즈 부인은 손수건으로 눈가를 매만졌다.

"저는 급히 차 준비를 해 책상 옆 탁자 위에 올려놓았죠. 그랬더니 시킨 대로 다 가져왔는지 물으시더군요."

"너무 꼼꼼하시군요. 좀 이상한데요."

엘러리가 중얼거렸다.

"전혀 이상할 게 없지요. 아시다시피 주인님은 눈이 안 보이시니까요. 그리고 주인님은 좀 긴장된 목소리로…… 이건 필요없는 말인지 모르겠지만 그때의 주인님은 다소 신경질적이었는데……이렇게 말씀하셨어요. '너는 자도 좋다. 일찍 자라. 알겠지'라고 말씀했어요. 그래서 저는 '네, 알았습니다' 하고 말한 뒤 곧 2층으로 올라가 침대에 들어갔어요. 이야기는 그걸로 전부입니다."

"그날 밤 방문객이 있다고 칼키스 씨가 말하지 않던가요?"

"제게 말입니까? 네, 아무 말씀도 하지 않으셨어요."

심즈 부인은 다시 한번 코를 풀고 나더니 손수건으로 열심히 닦아냈다.

"찻잔을 3개 가져오라고 한 걸로 봐서 손님이 오시나 보다 생각했지만, 제가 어디 그런 걸 캐물을 처지가 되나요."

"그럴 테지. 그럼 그날 밤 오신 손님은 못 봤겠네요."

"네, 방금 말씀드렸다시피 저는 곧장 2층으로 가서 침대에 들어요. 그날은 관절염이 도져서 아주 애를 먹었거든요. 제 관절염은……."

투치가 일어나더니 하품을 하고는 앞발톱으로 얼굴을 긁기 시작했다.

"알았네, 알았어, 잘 알았어. 지금 알고 싶은 건 그것뿐이니까."

퀸 경감이 이렇게 말하고 셋이서 그녀의 방을 나왔다. 엘러리는 계단을 내려오는 동안 생각에 잠겨 있었다. 그게 이상하게 보였는지 페퍼가 물었다.

"무슨 생각을 하고 있나요?"

"페퍼 씨, 나의 나쁜 버릇이랍니다. 항상 생각에 빠지는 버릇 말입니다. 바이런의 '차일드 헤럴드'라는 시에서, 당신도 물론 그 멋진 제1편을 기억하시겠지만…… '생명을 좀먹는 것은 악마의 생각'이라는 대목에 사로잡혀 있는 중입니다."

엘러리가 말했다.

"그렇군요. 뭔가가 있는 것 같군요."

페퍼가 의심스러운 표정으로 말했다.

Killed?
타살?

그들이 다시 서재로 들어가려고 하자 건너편 응접실 쪽에서 무슨 소리가 들렸다. 경감은 누군가 하고 응접실 문을 열고 안을 들여다보았다. 이내 퀸 경감은 눈빛을 날카롭게 빛내면서 아무 말도 없이 응접실 안으로 들어갔고, 엘러리와 페퍼도 그 뒤를 조심스럽게 따라 들어갔다. 프라우티 박사가 입에 시가를 문 채 창문 밖 묘지 쪽을 바라보고 있었고, 처음 보는 남자가 악취를 풍기는 글림쇼의 시체를 손가락으로 만지고 있었다.

그 남자는 응접실로 들어오는 세 사람을 보고는 곧장 몸을 일으켜 세우더니 프라우티 박사를 쳐다보았다. 프라우티 박사는 퀸 부자와 페퍼를 간단하게 소개하고 나서 말했다.

"이 사람은 프로스트 박사라고 칼키스의 주치의였습니다. 지금 막 왔죠."

프라우티 박사는 다시 창 쪽으로 되돌아갔다.

덩컨 프로스트 박사는 쉰 살이 조금 넘어 보이는 얼굴의 잘생기고 차림새가 말쑥해 보이는 사람이었다. 5번 거리와 매디슨 거리, 그리고 웨스트사이드 지역 주민들의 건강 유지에 애쓰는 전형적인 개업의로서, 사교성이 좋은 중후한 인품의 사람이었다. 그는 정중한 자세로 뭔가 혼잣말을 한 다음 뒤로 조금 물러나더니 부어오른 시체를 흥미로운 눈길로 내려다보았다.

"당신은 방금 우리가 발견한 시체를 관찰하고 계셨군요."
퀸 경감이 말했다.
"네, 매우 흥미롭군요, 매우."
프로스트 박사가 대답했다.
"나로선 전혀 이해가 가지 않는데요. 이게 어떻게 칼키스 씨의 관에 들어갈 수 있었죠?"
"그걸 알 수 있다면 우리도 어깨의 짐이 가벼워지겠습니다, 박사님."
"칼키스 씨가 매장될 때만 해도 이게 그 안에 없었다는 건 확실합니다."
페퍼가 옆에서 사무적인 투로 말했다.
"당연히 그렇겠죠! 그러니 더 이상한 일이죠."
"프라우티 박사님의 소개에 의하면 당신이 고인이 된 칼키스 씨의 주치의였다구요?"
갑자기 퀸 경감이 질문했다.
"네, 그렇습니다, 경감님."
"전에 혹시 이 사람을 본 적이 있습니까? 혹시 치료했던 적이라도?"
프로스트 박사는 고개를 가로 저었다.
"생전 처음 보는 사람입니다, 경감님. 제가 칼키스 씨를 알게 된 것은 아주 오래 됐습니다. 그리고 저는 이 저택의 뒤쪽 안마당의 바로 55번 거리에 살고 있어요."

"죽은 지는 얼마나 된 것 같습니까?"

엘러리가 물었다.

창가의 검시관국 부주임인 프라우티 박사가 웃음을 떠올리고 있었지만 뒤돌아 설 때는 다소 불쾌한 표정으로 바뀌어 있었다. 두 의사는 서로 눈빛을 교환하더니, 프라우티 박사 쪽이 엘러리의 질문에 대답했다.

"네, 사실 여러분이 들어오시기 바로 전에 프로스트 박사와 얘기를 나누었습니다만 겉으로만 봐서는 사망 시간을 판단할 수 없습니다. 벗겨봐야 알 것 같습니다. 그래도 안 되면 부검까지 해 봐야겠죠."

프로스트 박사도 거들었다.

"이 사체가 칼키스 씨 관 속에 들어가기 전에는 어떤 곳에 있었느냐에 따라 결론이 많이 달라질 겁니다."

"그러면, 그가 죽은 지 사흘은 넘었다는 얘기가 되겠군요, 그러니까 화요일, 칼키스 씨의 장례식이 있던 화요일 전에 죽었을 가능성도 있다는 말씀인가요?"

엘러리가 재빨리 물었다.

"네, 그런 것 같습니다."

프로스트 박사가 대답하자 프라우티 박사도 고개를 끄덕였다.

프로스트 박사가 설명을 덧붙였다.

"시체의 외적인 변화만 보더라도 최소한 3일은 더 된 것 같습니다."

"사후경직이 시작된 것은 오래 됐구요, 그 다음 단계인 2차 근육이완 현상도 나타나 있습니다. 아마 온 몸에 시반(屍斑)이 생겼으리라고 봅니다."

프라우티 박사가 눈살을 찌푸리며 설명을 계속해 나갔다.

"옷을 벗겨보지 않은 상태에서 말할 수 있는 것은 거기까지입니다.

시체가 엎어져 있어서 그런지 변색은 몸의 앞면이 더 심합니다. 옷에 눌린 부분이며 관의 날카로운 모서리나 단단한 면에 접촉했던 부분은 반점이 비교적 넓을 겁니다. 세부적인 부분을 말하면 그렇습니다."

"그 말씀은······."

엘러리가 급히 응답했다.

"제 말이 큰 의미를 가지고 있는 건 아닙니다."

프라우티 박사가 대답했다.

"시반은 시체의 부패 정도를 나타낸다고 말하고 싶은 것 뿐입니다. 이 상태라면 3일 아니, 어쩌면 그 배인 6일이 경과했는지도 모릅니다. 부검을 해 보기 전까지는 정확한 말씀을 드릴 수가 없지만 말입니다. 아시다시피 제가 말씀드린 것들은 참고사항에 불과합니다. 사후경직 자체는 하루나, 하루 반, 어떤 때는 이틀이 걸릴 수도 있습니다. 2차 근육이완은 시체의 세 번째 단계에서 보입니다. 즉 통상적인 경우에는 죽자마자 1차 근육이완이 시작되고 시체의 모든 부분이 이완됩니다. 사후경직은 그 뒤에 일어납니다. 그 다음에 2차 근육이완이 시작됩니다. 근육이완 상태가 되돌아오는 거죠."

"네, 하지만 그것만으로는······."

퀸 경감이 입을 열려고 하자, 프로스트 박사가 대신해서 설명을 시작했다.

"아, 물론 다른 것도 있습니다. 가령, 배부분에 보이는 녹색 반점을 부패의 첫 징후로 볼 수 있는데 복부가 가스로 부풀어 오르게 되는 거죠."

"따라서 그것이 사후 경과 시간을 알아내는 데 도움이 됩니다."

프라우티 박사가 말을 보탰다.

"그러나 한 가지 명심해야 할 것은 시체를 칼키스 씨의 관에 넣기 전에 건조하고 공기가 잘 통하는 곳에 놓아 두었다면, 부패가 그처럼 빠르게 진행되지는 않았을 거라는 점입니다. 최소한 3일은 지나야 그렇게 부패했을 겁니다."

"알았어요, 알았어."

퀸 경감은 초조한듯 계속 말을 이었다.

"여하튼 이 사나이의 배에 메스를 대 부검을 해 본 다음 정확한 사망시간을 알려 주십시오."

"그런데, 칼키스 씨는 어땠습니까?"

페퍼가 갑자기 묻기 시작했다.

"칼키스 씨의 몸에는 이상이 없었습니까? 제가 말씀드리는 것은 그의 죽음에 뭔가 이상한 점이 없었느냐는 겁니다."

경감은 페퍼를 바라보다가 저리는 자기 무릎을 탁 치고는 큰 소리로 말했다.

"맞아, 페퍼! 좋은 질문이야…… 프로스트 박사님, 당신은 칼키스 씨의 주치의였죠?"

"네."

"사망 증명서에 당신이 서명을 했죠?"

"네, 그렇습니다."

"그의 죽음에 뭔가 이상한 점이 없었습니까?"

프로스트 박사는 굳은 표정으로 "경감님" 하고 쌀쌀하게 말을 꺼냈다.

"제가 칼키스 씨의 사망 증명서를 쓸 때 사인을 심장병이라고 한 것이 사실이 아니라고 생각하십니까?"

"합병증은 무엇이었습니까?"

프라우티 박사가 물었다.

"죽을 당시에는 없었습니다. 그러나 칼키스 씨는 원래 병약한 체질인데다 심근 대상비대증에 걸린 지 최소한 12년은 됐습니다. 이첨 판에 결함이 생겨서 심장이 비대해졌죠. 게다가 3년 전에는 악성 위궤양까지 걸려 병상이 더욱 악화됐습니다. 하지만 심장이 약해서 수술은 위험했어요. 그래서 나는 정맥주사에 의한 치료를 계속했는데, 그 부작용으로 내출혈로 인한 실명을 하게 된 겁니다!"
"위궤양 환자가 그런 증상을 보이는 건 일반적인 현상입니까?"
엘러리가 호기심을 보이며 질문했다.
이번에는 프라우티 박사가 대답했다.
"잘난 체하는 의학도 그 점에 대해서는 아는 게 거의 없습니다. 언제나 그런 것은 아닙니다만 위궤양이나 위암으로 출혈이 생기면 그런 결과가 간혹 생깁니다. 하지만 원인은 아직 밝혀지지 않았습니다."
그 말에 프로스트 박사가 고개를 끄덕이고 설명을 계속했다.
"그런 까닭에 저는 전문의의 진찰을 부탁했어요. 저도 전문의도 실명이 일시적인 것이기를 바랬습니다. 그런 실명은 수수께끼처럼 갑자기 생겼다가 또 수수께끼처럼 갑자기 사라지기도 하니까요. 그러나 칼키스 씨의 경우는 끝내 치유되지 않았고 시력이 회복되지 않았어요."
퀸 경감이 말했다.
"예, 예, 다 흥미 있는 얘깁니다. 그러나 지금 우리가 문제시하고 있는 것은 칼키스 씨가 심장마비가 아닌 다른 병에 의해서……"
프로스트 의사가 똑똑히 말했다.
"만일 당신이 제가 쓴 사망 증명서 내용에 의심을 갖고 계시다면 워디스 박사에게 물어보십시오. 제가 칼키스 씨의 사망을 선언했을 때 그분도 입회하고 있었으니까요. 외부에서 가해를 받은 것도 아니고 멜로드라마적인 것도 없었어요. 위궤양을 고치기 위해 투여한 정맥주사와 칼키스 씨의 엄격한 식이요법이 원인이 되어 심장에 큰 부담을 주었던 겁니다. 게다가 그는 저의 특별 지시를 어기고 미술관과 화랑 일을 돌보느라 무리를 했습니다. 슬론 씨나 스위서 씨에게 맡길 수 없다며 간섭하고 나섰던 겁니다. 이런저런 일 때문에 그의 심장은 급격히 쇠약해졌던 겁니다."

"그렇다면 독약 같은 것은?"

퀸 경감은 계속 추궁을 해댔다.

"어떠한 중독 증세도 없었다는 것을 저는 확신합니다."

퀸 경감이 프라우티 박사를 불렀다.

"일단 칼키스 씨의 시체도 당신이 부검을 해 보는 것이 좋겠군요. 나는 매사를 확실히 해 두고 싶습니다. 살인 사건이 일어났습니다. 물론 프로스트 박사의 의견을 존중하지만, 누가 압니까? 살인이 두 번 저질러졌는지."

퀸 경감이 말했다.

"칼키스 씨 시체에는 방부 처리를 했는데 부검하는 데는 지장이 없을까요?"

페퍼가 걱정스러운 표정을 지으며 물었다.

"달리 큰 차이는 없습니다."

프라우티 박사가 대답했다.

"방부 처리를 했다고 해서 중요한 기관을 적출한 것은 아니니까요. 이상이 있다면 반드시 발견할 수 있을 겁니다. 아니, 그 처리가 오히려 도움을 준 셈이죠. 시체가 온전하게 잘 보존됐으니까요. 실제로 부패된 징후가 전혀 보이지 않습니다."

"내 생각에는……."

경감이 말했다.

"칼키스 씨의 사망 직후 상황에 대해서 좀더 상세히 알아봐야 할 것 같아요. 글림쇼라는 남자에 대해서 뭔가 단서가 잡힐지도 모릅니다. 그럼 박사님, 이 두 시체를 당신에게 맡기겠습니다."

"네, 물론이죠."

프로스트 박사는 모자와 외투를 걸치고 다소 무뚝뚝한 태도로 방에서 나가버렸다.

경감이 서재로 돌아왔을 때 경찰서에서 파견된 지문 감식반원이 열심히 지문을 채취하고 있었다. 그는 경감을 보자 눈을 반짝거리며 다가왔다.

"뭐 좀 찾아낸 게 있나, 지미?"

경감이 목소리를 잔뜩 죽여서 물었다.

"채취한 지문은 많은데 중요한 건 없습니다. 이 방에는 지문이 엄청나게 많은데요. 1주일 동안 많은 사람들이 드나들었다고 하니 그럴 만도 하죠."

경감은 한숨을 쉬었다.

"좋아, 어쨌든 최선을 다해 보라구. 이 서재가 끝나거든 홀 저쪽 응접실로 가서 거기 누워 있는 두 시체 중에서 작은 쪽 지문을 채취해 두도록 하게. 그 자가 글림쇼니까…… 지문 대장은 가지고 왔겠지?"

"네, 가지고 왔습니다."

지문 감식반원 지미가 서재를 급히 나갔다.

플린트 형사가 그와 엇갈려 서재로 들어오면서 경감에게 보고했다.

"시체 운반차가 왔습니다."

"그래? 들어오라고 해. 아니, 잠깐. 지미가 응접실 지문 채취를 마칠 때까지 기다리도록 해."

5분 후에 지미가 만족스런 표정으로 다시 서재로 돌아왔다.

"글림쇼의 지문임에 틀림없습니다. 범죄인 사진 자료실 것과 똑같습니다."

"지문들이 다 겹쳐져서 누구 것인지 알아낼 수가 없습니다. 뉴욕의 형사들이 모두 그 시체에 손을 댄 것 같습니다."

사진반원은 열심히 방 안을 찍고 있었다. 서재는 이제 작은 싸움터를 방불케 했다. 프라우티 박사가 들어와서 작별 인사를 했다. 두 구의 시체와 관도 운반차에 실어서 집 밖으로 내갔다. 지미와 사진반원이 떠나자 퀸 경감은 페퍼와 엘러리를 서재로 불러들인 뒤 문을 잠궈 버렸다.

Chronicles
기록

 커다란 노크 소리가 들리더니 벨리 반장이 문을 빠끔히 열었다. 반장은 상대의 얼굴을 보고 고개를 끄덕이더니 남자 하나를 서재로 밀어 넣고 문을 다시 닫았다.
 새로 들어온 사람은 통통하게 살이 쪄 기름기가 흐르는 그리스어 통역인 트리칼라였다. 경감은 곧장 그를 백치인 데미한테 보내 금요일 밤의 행적에 대해 신문하기 시작했다.
 앨런 체니는 요령 있게 조앤 브레트 옆자리에 앉아 잠시 숨을 쉬더니 망설이면서 작은 목소리로 말했다.
 "어머니의 그리스어 실력을 못 믿는 게 틀림없어요."
 앨런은 조앤에게 말을 걸기에 좋은 계기라고 생각한 것 같으나 조앤은 차가운 시선만 보낼 뿐이었다. 앨런은 멋쩍게 웃음을 짓고 잠자코 있었다.
 데미의 눈이 반짝거려 잠깐 총명하게 보였다. 사람들의 관심이 자기에게로 쏠리는 일이 전혀 없었기 때문에 이 남자의 자존심이 마음을 자극한 것일까? 아둔한 얼굴에 웃음이 떠오르더니, 더듬거리기는 했지만 말이 좀 빨라졌다.

"이 사람의 사촌이 자기를 일찍 침실로 보냈기 때문에 자기는 아무도 보지 못했고, 또 아무 소리도 듣지 못했다는데요."

트리칼라가 얼굴처럼 기름기 있는 목소리로 통역을 했다.

퀸 경감은 통역 옆에 서 있는 캐리커처같이 보기 싫게 키가 큰 사나이의 얼굴을 쳐다보고 말했다.

"그러면, 그 다음날 아침에 그가 깼을 때 무슨 일이 있었는지 물어봐 주시오. 그러니까 토요일, 지난 주 토요일, 칼키스 씨가 죽던 날 아침에 말입니다."

트리칼라는 딱딱한 톤으로 데미를 향해 질문을 쏟아 부었다. 데미는 눈을 깜빡거리면서 같은 언어로 몹시 더듬거리며 대답을 했다. 통역은 경감을 향하여 말했다.

"그날 아침, 사촌인 칼키스 씨가 자기를 부르는 소리에 깼답니다. 그래서 일어나 옷을 입고는 사촌형 침실로 가서 그를 일으켜 옷 입는 것을 도와줬답니다."

"그때가 몇 시쯤이었느냐고 물어봐 주시오."

경감이 지시했다.

짧은 대화가 계속되었다.

"8시 30분이랍니다."

"데미가 왜 칼키스 씨의 옷 입는 것을 도와주어야 했죠? 브레트 양, 아까 당신 설명으로 볼 땐 칼키스 씨는 눈은 안 보였지만, 일상적인 행동에 사람 손을 빌리지는 않았다고 얘기하지 않았습니까?"

엘러리가 날카롭게 질문했다.

조앤은 선이 아름다운 어깨를 으쓱했다.

"아실지 모르겠지만, 퀸 씨. 칼키스 씨는 자기가 눈이 멀었다는 사실을 아주 예민하게 느끼고 계셨어요. 원래 열정적으로 일하시던 분이었기 때문에 실명으로 인해서 자신의 일상생활에 지장이 생겼다는 사실을 남들에게 보이고 싶지 않았던 겁니다. 아니, 타인에게 보이고 싶지 않았을 뿐만 아니라 자기자신이 그것을 의식하는 것 자체가 불쾌했던 겁니다. 미술관 경영을 여전히 지휘하고 계셨던 것도 그런 이유에서였지요. 그래서 칼키스 씨는 방이나 침실에 있는 가구류는 아무리 작은 거라도 절대 건드리지 못하게 하셨으며, 실명하시고부터 돌아가실 때까지는 의자 하나 놓는 장소까지 항상 있던 곳에 놓아 두게 했죠. 그렇기 때문에 어떤 물건이 어디 있는지 혼자서도 다 알 수 있었고, 필요한 때에 필요한 물건을 사용할 수 있었기 때문에 눈이 보였을 때와 마찬가지로 방 안에서는 자유자재로 돌아다닐 수 있었던 거예요."

"당신은 지금 내 물음에 정확한 대답을 못한 셈입니다, 브레트 양."

엘러리가 부드러운 투로 말을 꺼냈다.

"당신이 말한 걸로 봐서는, 침대에서 일어나 옷을 입는 그런 간단한 일에 남의 도움을 받으려고 할 분이 아니신 것 같은데요. 혼자 힘으로도 충분히 옷을 입을 수 있었잖습니까?"

"굉장히 날카로운 머리를 갖고 계시군요, 엘러리 씨."

조앤이 웃으면서 말했다. 앨런 체니는 갑자기 의자에서 일어나 원래 있던 벽가의 자리로 돌아갔다.

"제 생각에는 데미의 말은 칼키스 씨를 부축해서 옷을 입게끔 도와 주었다는 뜻이 아닌 것 같아요. 칼키스 씨가 못하는 것이 딱 한 가지 있거든요. 그것만큼은 다른 사람의 도움을 받아야 했죠."

"그게 뭡니까?"

엘러리는 코안경을 만지작거리며 날카로운 눈으로 물었다.

"옷을 고르는 일이에요."

그녀는 자랑스러운 듯이 말했다.

"칼키스 씨는 옷차림에 매우 신경을 쓰셨던 분이에요. 옷이 전부 최고급이었죠. 게다가 매일 옷을 바꿔 입었는데 눈이 멀고 나니까 직접 고를 수가 없었던 거예요. 그래서 항상 데미가 대신 골라줬죠."

데미는 자기가 대답하고 있는데 다른 사람이 이러쿵저러쿵 알아듣지 못할 말을 하고 있자 얼마 동안 그들의 얼굴을 쳐다보았다. 그러더니 자기가 무시당하고 있다고 느꼈는지 갑자기 그리스어를 쏟아 붓기 시작했다. 트리칼라가 말했다.

"자기가 더 얘기하겠답니다. 바로 그 칼키스 씨에게 스케줄대로 옷을 입혀드리고……"

"스케줄대로라니?"

퀸 부자가 동시에 말을 가로막으면서 물었다.

조앤이 소리내어 웃었다.

"제가 그리스어를 못하는 게 유감이군요…… 데미는 복잡한 칼키스 씨의 세밀한 취미는 알 수가 없습니다. 말씀드렸다시피 칼키스 씨는 아주 많은 옷들을 갖고 계셨고 매일매일 다른 옷으로 갈아입기를 바라셨습니다. 그것도 전날 것과는 전혀 다른 완전한 앙상블이 아니고선 만족하지 않으셨어요. 데미가 정상인이었다면 문제가 없었겠지만 그렇지 못해서요. 아침마다 새 앙상블을 지시하는 번거로움을 피하기 위해 매주마다 일정표를 그리스어로 작성했어요. 그것만 보면 아무리 데미라도 무슨 요일에는 어떤 앙상블을 갖추면 좋은가를 알게 되죠. 그의 모자라는 머리에 부담을 주지 않아도 된 거죠. 그렇지만 그 일정표라는 것이 언제 바뀔지 모르는 것이었죠. 칼키스 씨의 기분이 바뀌면 구두로 말해주었습니다. 물론 그리스어로 말입니다."
"그 일정표는 한 가지 것만 계속 사용했습니까?"
경감이 물었다.
"내 말은 매주 칼키스 씨가 그걸 새로 쓰셨냐는 뜻입니다."
"아뇨, 그건 일주일치 계획이었는데. 계속 반복되는 거였습니다. 칼키스 씨는 아주 민감한 분이기 때문에 옷이 조금이라도 낡았다는 느낌이 들면 다른 사람의 말은 듣지도 않고 양복점에 맡겨서 똑같은 옷을 만들게 합니다. 옷뿐만 아니라 와이셔츠, 넥타이, 구두 따위도 모두 그렇게 하셨고 눈이 먼 이후로 줄곧 일정표를 엄수하셨어요."
"재밌네요. 그러면 저녁 식사 때 입으시는 옷도 그렇게 하셨겠네요?"
엘러리가 중얼거렸다.
"아닙니다. 칼키스 씨는 신앙심이 매우 깊어 만찬에는 반드시 턱시도를 입으셨지요. 그러니까 저녁에는 데미도 부담스러워 하지 않았습니다. 저녁 일정표는 없었으니까요."
"그렇군요."
늙은 퀸 경감이 말했다.
"그럼, 트리칼라 씨, 데미에게 그 다음에는 무슨 일이 있었는지 좀 물어봐 주시오."
트리칼라는 손으로 두세 번 동그라미를 그려 보이며 빠른 말로 뭔가를 지껄였다. 그 순간 데미의 얼굴이 다시 생기를 되찾더니 기분이 좋아져서 지껄이기 시작했다. 그 말이 끝없이 계속 되었기 때문에 트리칼라는 중단시키고 당황한 듯 이마의 땀을 닦았다.
"칼키스 씨에게 일정표대로 옷을 입히고 나서 그와 함께 서재로 나온 것이 9시쯤이랍니다."

"칼키스 씨는 매일 아침 9시에 슬론 씨와 회의를 가졌어요. 그것을 끝내고 나면 제가 구술 필기를 시작하는 것이 일과로 되어 있었습니다."

조앤이 부연 설명을 했다.

트리칼라는 말을 계속했다.

"이 사람은 그 사실에 대해서는 아무 말이 없군요. 이 사람은 자기 사촌을 책상에 앉힌 뒤 곧 외출했답니다. 그 다음부터는 이 사람이 무슨 얘기를 하고 있는지 잘 알아들을 수가 없는데요. 의사 얘기를 하는 것 같은데, 말이 뒤죽박죽이어서 이상해요⋯⋯ 이 사람은 대단히 머리가 둔한가 봅니다."

"그렇소, 바보 천치라 해도 좋아요!"

경감이 내뱉듯이 말했다.

"이런 사람이 증인이니까 골치깨나 아프군. 브레트 양, 데미가 무슨 얘기를 하고자 하는지 짐작 가는 게 없습니까?"

"제 생각에는 벨로스 박사한테 갔다는 얘기를 하는 것 같은데요. 칼키스 씨는 데미의 지능을 정상인에 가깝게 하기 위해 애를 썼거든요. 어느 의사도 데미는 절망적이라고 했는데 벨로스 정신과 의사는 흥미를 보이며 그리스어 통역까지 고용해서 데미를 치료해 주었죠. 데미는 한 달에 두 번씩 격주로 토요일에 벨로스 박사의 진료소에 다녔어요. 그곳은 이 저택에서 몇 블록밖에 떨어져 있지 않아요. 그러니까 그날 데미는 벨로스 진료소에 간 게 틀림없습니다. 언제나 저녁 7시쯤에 돌아왔죠. 칼키스 씨가 사망한 것은 그 전이었지만 워낙 정신들이 없어서 데미에게 알릴 생각을 아무도 하지 못한 거죠. 그래서 데미는 사촌의 죽음에 대해서 아무 것도 모른 채 집에 돌아온 셈이죠."

"불쌍한 데미!"

슬론 부인이 한숨을 쉬면서 말했다.
"데미에게 오빠가 돌아가셨다는 소식을 알리자 무서워서 벌벌 떨더군요. 그리고는 어린아이처럼 소리를 내며 울었죠. 정신적으로 좀 모자라긴 했지만 데미는 오빠를 무척 좋아했어요."
"좋습니다, 트리칼라 씨. 우선 신문은 이것으로 끝내고 데미에게 여기 좀더 있어 달라고 하십시오. 그리고 당신도요. 그에게 묻고 싶은 것이 또 생길지 모르니까요."
퀸 경감은 그렇게 말하고 나서 길버트 슬론을 돌아보고 계속했다.
"당신이 지난 토요일 아침에 데미에 이어서 두 번째로 칼키스 씨를 본 사람이 되는 거군요. 맞죠? 그날도 여느 때처럼 9시에 이 서재에서 칼키스 씨를 만났습니까?"
길버트 슬론은 헛기침을 한 번 했다.
"9시가 좀 넘었던 것 같습니다."
슬론은 억지로 웃는 듯한 목소리로 대답했다.
"매일 아침 9시 정각에 서재에서 칼키스 씨를 만나는 것이 상례로 되어 있었지만 제가 좀 늦잠을 잤습니다…… 전날 밤 화랑에서 늦게까지 일을 했기 때문이죠. 그래서 그날은 9시 15분이 되어서야 아래층으로 내려왔습니다. 기다리게 해서 그런지 칼키스 씨는 약간 화가 나 있었습니다. 칼키스 씨는 성미가 까다로운 편이어서 노인네들에게서 볼 수 있는 심술궂은 면이 있었는데, 특히 요 몇 달 동안은 다소 이상한 경향이 있었어요. 아마 몸이 자유롭지 못하다는 의식이 강해진 탓이겠죠."
퀸 경감은 코담배를 한번 들이키고 재채기를 한 번 한 다음 신중하게 말했다.
"아침에 서재에 들어갔을 때 여느 때와는 다른 뭔가 이상한 게 없었습니까? 여느 때는 보지 못했던 물건이 눈에 띄었다든가……"

"가만 있자…… 없었습니다. 아무 것도 이상한 게 없었어요. 다 정상이었죠."
"방에는 칼키스 씨 혼자 있던가요?"
"네, 데미는 벌써 나갔다고 하더군요."
"그럼 당신이 서재에 있었던 동안 무슨 일이 있었는지 정확하게 말씀해 주시겠습니까?"
"뭐, 별로 중요한 것은 없었습니다, 경감님. 틀림없습니다만……."
경감은 목소리를 거칠게 높여 말했다.
"일어난 일의 모든 걸 말해 주기 바랍니다. 그것이 중요한지 아닌지는 내가 판단합니다."
"이 저택에 있는 사람들은 어떤 일이거나 중요하게 생각하지 않는 것 같군요."
페퍼가 말을 거들었다.
그러자 엘러리도 운을 맞추면서 거들었다.
"모든 것이 청신발랄하면서 의미심장하고, 게다가 대중의 마음에 들게 하려면 어떻게 하는 것이 좋단 말인가(괴테의 파우스트에 나오는 말)."
페퍼가 눈을 깜빡이면서 말했다.
"네? 뭐라고요?"
"괴테가 기분이 좋아서 쓴 시 구절일세."
엘러리가 정색을 하며 대답하더니 계속 말을 이었다.
"괴테 따위는 아무래도 좋아…… 페퍼 씨, 당신 말처럼 이 집에 있는 사람들의 답변 태도를 확실하게 고쳐 놓지 않으면 안됩니다."
경감은 그렇게 다짐하고 나서 슬론을 바라보았다.
"자, 계속하시오, 슬론 씨, 뭐든지 털어 놓으세요. 칼키스 씨가 헛기침을 했다는 것까지 말입니다."

슬론은 약간 당황한 표정이었다.

"저, 네, 말씀드리지요. 우리는 그날의 일정에 대해서 급히 협의했어요. 그러나 칼키스 씨는 그때 그림을 팔고 수집하고 하는 일 말고 다른 데 정신이 팔려 있는 것 같았습니다."

"그런 식으로 부탁합니다."

"그는 그날 매우 퉁명스럽게 굴었습니다. 그래서 저도 기분이 좀 나빴습니다. 그런 식으로 얘기하지 말라고 했죠. 그랬더니 그는 변명 비슷한 말을 하고는 기분이 나쁠 때는 늘 그랬듯이 입을 꾹 다물고 있었어요. 그런데 칼키스 씨도 좀 심했다고 생각을 한 모양입니다. 그가 얼른 화제를 바꾼 걸로 봐서는 말이죠. 그날 아침 매고 있던 빨간 넥타이를 만지작거리면서 좀 침착해진 목소리로 제게 말했습니다. '이 넥타이가 많이 낡은 것 같애. 안 그래, 슬론?' 물론 할 말이 없어서 그렇게 말했을 겁니다. 제가 보기에는 넥타이는 아무렇지도 않았거든요. 그래서 저는 말했어요. '아니에요, 게오르그. 아직은 괜찮아요.' 그랬더니 그가 '아니야, 모양이 흐늘흐늘해졌어. 만져만 봐도 구깃구깃해진 걸 알 수 있어. 바렛 상점에 전화로 주문하는 것 잊지 말라고 얘기해 줘. 똑같은 걸로 몇 개 주문해야겠어.' 바렛은 그가 언제나 주문하는 의상실 이름입니다…… 네, 주문하고 있었다고 해야겠죠…… 아무튼 칼키스 씨의 성품은 그랬기 때문에 넥타이 하나에도 신경을 쓸 정도로 옷차림에 잔소리가 많았습니다. 경감님, 이런 것도 도움이 되겠습니까?"

슬론 씨가 말을 마치면서 고개를 갸우뚱거리더니 이내 다시 물었다.

경감이 그에 대답하기 전에 엘러리가 날카롭게 말했다.

"도움이 되죠, 슬론 씨. 계속하십시오. 그러니까 서재에서 나갈 때만 해도 칼키스 씨에게는 아무 이상이 없었다는 말이죠?"

슬론이 눈을 깜빡거렸다.
"네, 평상시대로였어요. 브레트 양도 알 겁니다. 그렇죠, 브레트 양?"
그가 걱정스러운 표정으로 조앤 브레트를 돌아다보며 물었다.
"칼키스 씨와 내가 업무 협의를 끝내기 바로 전에 당신이 들어와서 칼키스 씨의 구술을 받아적기 위해 기다리지 않았습니까?"
조앤 브레트가 힘주어 고개를 끄덕였다.
"그것 보세요, 맞다고 그러잖아요?"
슬론은 의기양양한 목소리로 말했다.
"전부 제가 말씀드린 대롭니다. 제가 나가기 전에 칼키스 씨한테, '넥타이 건은 잊지 마세요'라고 말하니까, 그가 고개를 끄덕거렸습니다. 그래서 저는 이 집에서 떠났죠."
"그게 그날 아침에 당신과 칼키스 씨 사이에 일어난 일 전붑니까?"
경감이 물었다.
"네, 전붑니다. 저는 그대로 말씀드렸습니다. 하나도 빼먹지 않고요. 저는 그 다음에 약속이 있어서 시내에 잠깐 들렀다가 2시간쯤 후에 화랑으로 갔습니다. 화랑에 도착했더니 직원 중 하나가 제가 집을 떠나고 얼마 되지 않아서 칼키스가 죽었다는 소식을 전하더군요. 여기 있는 스위서는 벌써 칼키스 저택으로 간 뒤였습니다. 저도 곧장 뒤따라갔죠. 칼키스 화랑은 바로 매디슨 거리에 있으니까, 이 저택과는 겨우 몇 블록밖에 떨어져 있지 않습니다."
페퍼가 경감에게 뭐라 속삭였다. 엘러리도 고개를 들이밀었다. 그래서 세 사람은 즉석에서 이야기를 나누었다. 경감은 고개를 끄덕거리고는 슬론을 향해서 눈빛을 반짝거리며 말했다.
"내가 전에 당신한테, 지난 주 토요일 아침 이 방에서 당신이 칼키스 씨와 만났을 때 뭐 이상한 게 없었느냐고 물으니까 없었다고 했죠? 몇 분 전에 브레트 양이 증언한 것처럼 시체로 발견된 글림쇼와, 신분을 밝히기를 꺼리는 이상한 사내 하나가 그 전날 밤에 칼키스 씨를 찾아왔었다고 말했습니다. 우리는 그 이상한 사내가 사건의 열쇠가 될 수 있다고 생각합니다. 그러니까 당신도 좀 잘 생각해 보십시오. 이 서재 안에, 혹시 책상 위에 뭔가 달라진 게 없었습니까? 그 이상한 사내가 남겨두고 갔다든가, 아니면 그 사내의 신분을 확인할 수 있는 어떤 단서 같은 것 말입니다."
슬론이 고개를 가로저었다.
"그런 것은 전혀 없었습니다. 제가 바로 저 책상 옆에 앉아 있었는데, 만약 칼키스 씨의 소지품이 아닌 것이 있었다면 제가 못 봤을 리 없습니다."
"칼키스 씨는 전날 밤에 왔던 손님들에 대해선 아무 말도 하지 않았습니까?"
"네, 단 한마디도요. 경감님."
"좋습니다. 슬론 씨, 잠깐 여기 계십시오."
슬론은 안도의 한숨을 내쉬며 아내 곁에 있는 의자에 앉았다. 경감은 친근한 시선으로 조앤 브레트에게 손짓을 하더니 아버지 같은 부드러운 미소를 지으며 말했다.
"당신의 협조로 실마리가 점점 풀리기 시작했어요. 당신은 둘도 없는 증인입니다. 그만큼 나는 당신에게 관심이 많아졌어요. 지금부터는 당신 자신에 관한 얘기를 해 봐요."
그녀의 푸른 눈이 생기 있게 빛났다.
"경감님이 무슨 말씀을 하시는지 알겠어요. 이젠 제가 어떻게 살아왔는지 알고싶다는 말씀이시지요. 그런데 미안하지만 저에겐 어두운 과거가 없어요. 저는 그저 고용인일 뿐이죠. 영국에서는 '가정부'라고 부르는 하녀일 뿐이에요."

늙은 경감은 당황하며 말했다.

"아니, 아니. 이상하게 생각하면 안돼…… 그런데……"

"그런데 뭐란 말씀입니까? 역시 상세히 알지 않으면 만족하지 못하시겠다는 건가요?"

그녀는 웃음을 지었다.

"좋아요, 경감님. 말씀드리죠."

그녀는 동그란 무릎 아래로 스커트 주름을 펴내렸다.

"제 이름은 조앤 브레트고요, 칼키스 씨의 비서로 일한 지 1년 조금 넘었습니다. 지금은 뉴욕식 억양 때문에 말투가 엉망이 되어 버렸지만 저는 뼈대 있는 가문에서 태어났어요. 영락한 집안의 딸이죠. 저는 아서 어윙이라는 영국인 미술품 수집상의 소개로 칼키스 씨에게 고용됐어요. 영국에서는 아서 어윙 씨의 런던 상점에서 일을 했거든요. 아서 어윙 씨는 칼키스 씨의 명성을 익히 알고 있었고, 그래서 저를 칼키스 씨한테 추천해 주셨죠. 그런데 제가 여기 왔던 시기가 참 적절했던 모양이에요. 칼키스 씨가 누군가의 도움을 절실히 필요로 한 때였거든요. 칼키스 씨는 저를 개인비서로 채용하셨고 많은 보수를 약속하셨죠. 아마 아서 경의 상점에서의 경험을 높이 평가해 준 것 같아요."

"음, 내가 듣고 싶은 것은 그런 게 아닌데……"

"그럼 훨씬 더 개인적인 얘기를 듣고 싶다는 말씀이세요?"

조앤 브레트는 입술을 오므렸다.

"그럼, 무슨 얘기를 하면 좋을까요. 저는 22살이고 혼기가 지났어요. 오른쪽 엉덩이에 딸기 크기의 반점이 있고요, 헤밍웨이의 열광적인 팬이구요, 경감님 나라의 경찰관들은 머리가 딱딱하지만 지하철은 매우 훌륭하다고 생각해요. 이 정도면 충분한가요?"

"브레트 양, 늙은이를 놀리고 있군요."
경감이 힘없는 목소리로 말했다.
"내가 알고 싶은 것은 지난 토요일 아침에 일어난 일이오. 그날 아침에, 그 이상한 방문객에 대한 정보가 될 만한 것을 이 방에서 발견하지 못했나요?"
조앤 브레트는 다시 진지한 표정이 되어 고개를 흔들었다.
"아뇨, 못 봤어요. 모든 게 다 평소하고 똑같았습니다."
"그러면 그날 아침에 있었던 일을 그대로 얘기해 봐요."
"알겠어요."
그녀는 아랫입술에 검지손가락을 갖다 댔다.
"슬론 씨가 말씀하신 대로 제가 서재에 들어갔을 때는 두 분의 얘기가 막 끝나가고 있었어요. 저는 슬론 씨가 칼키스 씨에게 넥타이에 대해 얘기하는 것을 들었어요. 그 다음에 슬론 씨가 나갔고, 저는 15분 정도 칼키스 씨의 구술을 받아 적었어요. 그 일이 끝나자 제가 물었습니다. '바렛 상점에 전화를 걸어서 새 넥타이를 주문할까요?' 라고요. 그랬더니 칼키스 씨는 '됐네, 내가 직접 하지.' 하시고는 봉인된 봉투를 제게 건네주면서 그 편지를 얼른 부치라고 하시더군요. 칼키스 씨의 편지는 평소에 제가 다 관리해 왔는데 그것은 못 보던 거라 저는 좀 이상하게 생각했어요……."
"편지? 수신자가 누구였죠?"
경감이 물었다.
조앤은 눈살을 찌푸리며 말했다.
"이렇게 될 줄 알았다면 주의해서 살펴봤을 거예요. 하지만 그때는 이런 일이 생길 줄 몰랐기 때문에…… 겉봉은 타이핑한 게 아니고 잉크로 쓴 것 같았어요. 하긴 당연하죠. 아래층에는 타자기가 없었으니까요. 그런데……."

그녀는 어깨를 으쓱했다.

"제가 그 편지를 들고 서재를 나올 때 칼키스 씨가 수화기를 들었어요. 원래 칼키스 씨는 교환원이 연결해 주는 전화를 사용하셨거든요. 다이얼 전화기는 제가 사용하는 거고요. 칼키스 씨가 교환원에게 바렛 상점 전화번호를 일러 주시더군요. 저는 그 소리를 듣고 편지를 우체통에 넣기 위해 서재를 나왔어요."

"그때가 몇 시였습니까?"

"10시 15분 전인 것 같아요."

"그 뒤로도 칼키스 씨를 봤나요?"

"아뇨, 경감님. 저는 돌아오자마자 곧장 위층으로 올라갔고 한 30분쯤 지났을까요? 아래층에서 비명소리가 들리더군요. 재빨리 뛰어내려왔더니 서재에 심즈 부인이 쓰러져 있었어요. 칼키스 씨는 책상에 엎드린 채 숨져 있었고요."

"그러면, 칼키스 씨는 9시 45분에서 10시 15분 사이에 죽었다는 얘긴가요?"

"그런 것 같아요. 브릴랜드 부인과 슬론 부인이 뒤따라 내려와서는 칼키스 씨가 숨진 걸 보고 큰 소리로 울기 시작했어요. 저는 그분들을 겨우 진정시킨 다음 심즈 부인을 돌보게 했죠. 그러고는 프로스트 박사님과 화랑에 전화를 걸었어요. 뒤뜰에 있던 윅스 집사가 들어왔고 프로스트 박사님도 놀랄 정도로 빨리 도착했어요. 워디스 박사님도 그때 오셨죠. 아마 전날 밤 늦잠을 잤던 모양이에요. 프로스트 박사님은 손을 쓸 수 없다며 칼키스 씨는 죽었다고 말씀했지요. 우리는 심즈 부인을 위층으로 데려가서 정신이 들게 하는 것 외에는 할 일이 없었어요."

"알겠어요. 잠깐 기다려요, 브레트 양."

경감은 페퍼와 엘러리를 구석으로 데리고 갔다.

"어떻게들 생각해? 저 이야기를."

경감이 낮은 소리로 물었다.

"상황이 점점 밝혀지는 것 같은데……."

엘러리가 작은 소리로 말했다.

"어째서 그렇게 생각하지?"

엘러리는 대답 대신 낡은 천장을 올려다보았고, 페퍼는 머리를 긁적거렸다.

"저는 지금까지 들은 이야기로는 아무것도 알 수가 없어요. 토요일에 일어난 일들은 유언장 수사를 할 때 벌써 다 들었잖아요? 새삼스레 똑같은 사실들에 대해 들었다고 해서……."

"그래요, 페퍼 씨."

엘러리가 낄낄거리면서 말했다.

"그것은 결국 당신이 미국인이라는 증거죠. 《우울증의 해부》라는 책에서 로버트 버턴이 인용한 중국 옛 책에 이런 말이 있어요. '우리 중국인들은 2개의 눈을 갖고 있는데 유럽인은 1개뿐'이라고. 그 밖의 여러 인종은 그 하나조차 없다고 했어요. 미국인은 그 마지막 기타 여러 인종에 속하지요."

"농담은 그만둬!"

아버지인 경감이 언짢은 듯이 타일렀다.

"둘 다 잘 들으라고."

경감이 자기가 결정한 사항을 두 사람에게 말하자 페퍼는 얼굴이 하얗게 질리면서 당황해 하는 게 역력했다. 하지만 이내 어깨를 곧게 편 걸로 보아 그도 뭔가 결정을 한 것 같았다. 책상 끝에 걸터앉아 있던 조앤 브레트는 참을성 있게 기다리고 있었다. 그녀는 앞으로 일어날 사태를 알고 있는 건지 모르고 있는 건지, 대단히 태연한 표정이었다. 앨런 체니는 잔뜩 긴장한 표정이었다.

"자, 해보세!"

경감은 세 사람과의 회의를 끝내고 등을 돌리더니 조앤을 바라보면서 냉정하게 말했다.

"브레트 양, 당신한테 한 가지 조금 다른 질문을 하고 싶은데 상관없겠지요. 이틀 전 수요일 밤에 당신이 뭘 했는지 말해 주기 바랍니다."

무덤과도 같은 침묵이 서재 안을 가득 채웠다. 긴 다리를 카펫 바닥에 쭉 뻗고 의자에 몸을 기댄 채로 있던 스위서조차도 두 귀를 쫑긋 세웠다. 사람들은 마치 배심원과 같은 표정으로 머뭇거리고 있는 조앤을 바라보았다. 경감의 질문을 받는 순간 조앤의 시계추처럼 흔들거리던 가는 두 다리는 멈추었고 몸도 굳어져갔다. 그러나 이내 다시 평정을 찾았는지 다리를 흔들기 시작했으며 그녀는 평소와 같은 목소리로 대답했다.

"별로 이상한 질문은 아니네요, 경감님. 저는 지난 며칠간 이 집에서 일어난 일들 때문에 몹시 지쳐 있었어요. 칼키스 씨가 죽고, 집 안이 온통 어수선한데다가 장례식 준비와 장례식 따위로 저는 무척 피곤했어요. 그래서 수요일 오후에는 신선한 바깥 공기를 쐬려고 센트럴 파크로 산책을 나갔습니다. 그리고 나서 일찍 저녁을 먹고, 제 방으로 올라가 침대에서 1시간 정도 책을 읽었어요. 그리고 10시쯤에는 잠이 들었어요. 그게 전부예요."

"당신은 곤히 잠드는 타입인가요, 브레트 양?"

그녀는 약간 웃음을 띠면서 대답했다.

"네, 그럼요."

"그날 밤도 깨지 않고 잘 잤습니까?"

"물론이죠."

경감은 긴장하고 있는 페퍼의 손을 놓으면서 다시 물었다.

"그러면, 브레트 양. 그 사실을 어떻게 설명할 수 있을까요? 수요일 밤 1시쯤 당신이 이 서재에 들어와 칼키스 씨의 금고를 만지는 것을 페퍼 씨가 봤다는데요?"

조금 전의 침묵을 '우레 소리 같다'고 표현한다면 이번 것은 '지진 같다'고 해야 할 것이다. 오랫동안 사람들의 숨소리조차 제대로 들리지 않았다. 체니는 무서운 눈으로 조앤과 경감을 번갈아 쳐다보았다. 그리고는 눈을 깜빡이며, 긴장해서 백지장처럼 하얘진 페퍼의 얼굴을 험한 눈길로 바라보았다. 워디스 박사는 만지작거리고 있던 종이 자르는 칼을 바닥에 떨어뜨렸고, 손은 칼을 쥐는 자세 그대로 굳어 버렸다.

조앤만이 다른 누구보다도 충격을 받지 않은 것처럼 보였다. 그녀는 희미하게 웃으면서 이내 페퍼를 향해 말을 걸었다.

"페퍼 씨, 당신이 하신 말씀이 확실합니까? 제가 서재에서 금고를 만지는 것을 정말 보셨습니까?"

"브레트 양."

경감은 그녀의 어깨를 가볍게 토닥거렸다.

"브레트 양, 시간을 끌어 봤자 아무 소용 없어요. 그리고 페퍼를 난처하게 만들지 마시오. 그 역시 당신을 거짓말쟁이라고 부르고 싶진 않을 겁니다. 그 늦은 시간에 이 방에서 당신은 뭘 하고 있었습니까? 뭘 찾고 있었습니까?"

조앤은 약간 당황스러운 웃음을 지으면서 고개를 흔들었다.

"하지만, 경감님. 저는 지금 두 분이 무슨 말씀을 하는 건지 전혀 모르겠는데요."

경감이 페퍼에게 흘깃 시선을 보냈다.

"브레트 양, 질문하고 있는 사람은 나 혼자라는 걸 잊지 마십쇼…… 페퍼 씨. 브레트 양은 저렇게 말하는데 당신이 본 것은 유령인가 아니면 여기 있는 이 젊은 아가씬가요?"

페퍼는 발로 카펫을 툭 차면서 낮은 목소리로 말했다.

"틀림없이 브레트 양이었습니다."

"들으셨죠, 아가씨."

경감은 부드러운 목소리로 계속했다.

"페퍼 씨는 무책임한 말을 하고 있는 게 아닙니다. 그때 브레트 양이 뭘 입고 있었는지 기억할 수 있습니까, 페퍼 씨?"

경감이 물었다.

"그럼요, 파자마와 네글리제였습니다."

"네글리제의 색깔은?"

"검정색이었습니다. 저는 그때 방 저쪽에 있는 의자에 앉아서 졸고 있었으니까 브레트 양은 아마 제가 안 보였을 겁니다. 브레트 양은 발소리를 죽여 몰래 들어와서는 문을 닫더니 책상 위에 있는 작은 스탠드를 켰습니다. 그 빛 덕분에 브레트 양이 무슨 옷을 입고 있는지, 또 뭘 하고 있는지 볼 수 있었죠. 브레트 양은 금고를 열고 그 안의 서류들을 전부 살폈습니다."

페퍼는 불쾌한 이야기를 빨리 마치고 싶다는 듯 마지막 말을 한숨에 내뱉었다.

페퍼의 한 마디 한 마디에 조앤 브레트의 얼굴빛이 점점 더 창백해졌다. 그녀는 고통스러운 듯 입술을 깨물었다. 눈에서는 눈물이 넘쳐 흐르고 있었다.

"그게 사실입니까, 브레트 양, 지금 한 이야기가?"

경감이 담담한 목소리로 물었다.

"아니에요, 아니에요, 저는."

그녀는 외치면서 손으로 얼굴을 감싸고는 격렬하게 울기 시작했다. 그때 앨런이 느닷없이 목이라도 쪼인 것 같은 외마디 소리를 지르더니 벌떡 일어나 우락부락한 손으로 페퍼의 깨끗한 와이셔츠 멱살을 잡았다.

"돼먹지 않은 놈이다! 터무니 없는 말을 해서 애꿎은 아가씨를 모함하다니!"

앨런이 소리쳤다. 페퍼는 벌게진 얼굴로 앨런의 손을 뿌리쳤다. 벨리 반장이 그 큰 몸집을 놀랄 정도로 잽싸게 놀려 싸우는 두 사람 옆에 달려가 앨런의 팔을 무서운 힘으로 떼어내 붙잡았다. 앨런의 움직임이 멎었다.

"여봐, 여봐, 젊은이."

경감은 부드러운 목소리로 앨런을 타일렀다.

"당신이 나설 일이 아니야. 이건 저……"

"조작입니다!"

앨런은 벨리의 손아귀에서 몸부림치면서 계속 외쳤다.

"침착하라는 말이 들리지 않나. 자리에 앉으라니까!"

경감이 큰 목소리로 고함을 질렀다.

"토머스, 이 난동꾼을 구석의자로 끌고 가서 잘 감시하고 있어."

벨리는 그 어느 때보다 기쁜 얼굴로 앨런을 끌고 가서 구석에 있는 의자에 앉혔다. 앨런은 투덜거리면서 시키는대로 했다.

"가만 있어요, 앨런."

뜻밖에도 목멘 소리로 조앤이 낮게 말했다.

"페퍼 씨의 말이 맞아요."

그녀는 흐느낌 섞인 목소리로 말했다.

"저는…… 저는 수요일 밤에 이 서재에 있었어요."

"잘 말해 주었소."

경감은 기분이 좋아졌다.

"항상 진실을 말하는 것이 가장 좋은 방법이오. 그래, 무엇을 찾고 있었습니까?"

조앤 브레트는 목소리를 높이지 않고 빠르게 말했다.

"전…… 전, 제 행동에 대해 설명하기가 곤란하고 무서워져 서재에 내려온 사실을 부정했던 겁니다. 제 말을 믿어주실지 어떨지…… 아무튼 말씀드리겠어요. 저는 그날 밤 1시쯤 잠에서 깼어요. 그런데 갑자기 녹스 씨가…… 유언 집행자인 녹스 씨가 칼키스 씨 소유의 증권류 명세서를 요구하실 거라는 생각이 들더군요. 그래서 전…… 전 그 리스트를 만들려고 아래층으로 내려갔어요. 그리고……."

"새벽 1시에 말입니까? 브레트 양."

경감이 쌀쌀한 목소리로 물었다.

"네, 그래요. 그런데 금고 안을 들여다보고 나니까 제가 그 시간에 그런 일을 하고 있다는 게 너무 어리석다는 생각이 들었어요. 그래서 그대로 금고에 집어넣고 다시 위층으로 올라와 잠자리에 들었죠. 그게 다예요, 경감님."

그녀의 뺨은 장밋빛으로 물들었고, 눈은 카펫 바닥만 내려다보고 있었다. 앨런 체니는 겁에 질린 시선으로 조앤을 바라보았다. 페퍼는 한숨을 쉬었다.

그때 엘러리가 다가와 경감의 팔을 잡아당겼다.

"뭐냐, 엘러리?"

경감이 낮은 목소리로 물었다.

그러나 엘러리는 상관 없다는 듯 큰 목소리로 만족한 듯이 대답했다.

"그녀의 설명은 줄거리가 서 있습니다."

퀸 경감은 잠시 생각에 잠겼다가 말했다.

"그래, 그런 것 같다. 참, 브레트 양. 당신은 조금 흥분한 것 같으니까. 기분을 좀 가라앉히는 게 좋겠어요. 수고스럽지만 위층에 올라가서 심즈 부인더러 곧 내려와 달라고 말해 주겠습니까?"

"네, 그렇게 하죠…… 기꺼이."

조앤의 목소리는 잘 들리지 않을 정도로 아주 작았다. 그녀는 책상에서 미끄러지듯이 내려와 엘러리에게 고맙다는 시선을 살짝 보내고는 빠른 걸음으로 서재를 빠져나갔다.

워디스 박사가 의심스런 눈길로 엘러리의 얼굴을 보고 있었다.

심즈 부인이 화려한 실내복 차림의 커다란 몸으로 내려왔다. 그녀의 닳은 구두 뒤축 뒤로 애완고양이 투치가 졸졸 따라왔다. 조앤도 그 뒤를 따라 조용히 들어와 문 가까이에 있는 앨런의 옆 의자에 앉았다. 그러나 앨런은 조앤은 거들떠보지도 않고 심즈 부인의 흰 머리카락만 쳐다보고 있었다.

"아, 심즈 부인. 이쪽으로 와서 앉으십시오."

경감이 말했다. 심즈 부인은 당당한 태도로 고개를 끄덕이고는 몸을 꿈틀대며 걸어와 의자에 앉았다.

"자, 심즈 부인. 지난 주 토요일 아침을 기억하시죠? 칼키스 씨가 죽던 날 말입니다."

"네."

가정부는 뚱뚱한 몸을 흔들며 대답했다.

"기억하고말고요. 어떻게 그 돌아가신 날을 잊을 수 있겠어요?"

"그럴 테죠. 그럼 심즈 부인. 그것을 여기서 얘기해 주지 않겠습니까?"

꼬끼오 소리를 내기 위해 기를 모으는 수탉처럼 심즈 부인은 두꺼운 어깨를 몇 차례 흔들고 나서 말하기 시작했다.

"10시 15분쯤 청소를 하기 위해 이리로 내려왔어요. 그 전날 갖다 놓은 찻잔들도 치우고 청소도 하기 위해서죠. 그게 제 일이니까요.

그런데 제가 방문을 들어서니까……."

"잠깐 기다리십시오, 심즈 부인."

엘러리가 경의를 표하는 것 같은 말로 참견했다. 그녀의 두꺼운 입술에 웃음이 번졌다. 참 젊으면서도 예의바른 경찰관이군!

"부인은 그런 허드렛일까지 하고 계셨습니까?"

엘러리의 말투는 심즈 부인이 그런 일까지 하고 있었느냐는 듯 무척 놀라워 하는 게 역력했다.

"네, 주인 어른의 방은 항상 제가 청소를 하죠."

그녀는 재빨리 설명했다.

"주인 어른께서는 젊은 하녀들이 드나드는 것을 싫어하셨어요. 그 애들은 멍청한 것들이라고 늘 입버릇처럼 말씀하셨어요. 주인님의 방만은 항상 제가 청소해 주기를 바라셨습니다."

"그러면 칼키스 씨의 침실을 정돈하는 일도 당신 소임이었습니까?"

"네, 그리고 데미의 방도요. 그래서 토요일 아침 그런 청소를 하려고 서재로 들어갔는데……."

그녀의 가슴이 파도처럼 출렁거렸다.

"제 눈에 칼키스 씨가 책상에 엎드려 있는 게 보였습니다. 제 말은 칼키스 씨가 머리를 책상에 대고 엎드려 계셨다는 뜻이에요. 저는 칼키스 씨가 주무시는 줄 알았죠. 그래서 일으키려고 손을 만지니까…… 오, 하느님, 싸늘하게 식어 있더라고요. 얼음처럼 차가웠죠. 그래서 저는 비명을 질렀어요. 그 다음은 성서를 두고 맹세하지만 아무것도 기억나지 않아요."

그는 자기의 말을 믿어 줄지 어떨지 자신이 없는 모양으로 근심스런 눈길로 엘러리를 쳐다보았다.

"정신이 들었을 때는 웍스와 하녀 하나가 손바닥으로 제 뺨을 때리고는 각성제인가 뭔가의 냄새를 맡게 했어요. 눈을 떠 보니까 위층에 있는 제 방의 침대더군요."

"그러니까, 심즈 부인. 당신은 여기 서재나 침실에 있는 어떤 것도 건드리지 않았다는 얘기가 되겠군요?"

엘러리의 말은 여전히 정중했다.

"그럼요, 전혀 건드리지 않았습니다."

엘러리는 경감에게 뭔가 속삭였고, 경감은 고개를 끄덕이고 나서 모두에게 말했다.

"토요일 아침에, 슬론 씨와 브레트 양과 데미 세 사람을 제외하고는 그 누구도 죽기 전의 칼키스 씨 모습을 본 사람이 없다는 얘깁니까?"

방 안에 있는 모든 사람들이 힘주어 고개를 옆으로 저었다. 아무도 주저하는 기색을 보이지 않았다.

"웍스 씨, 당신이 지난 토요일 아침 9시에서 9시 15분 사이에 서재에 들어가지 않았다는 게 확실합니까?"

웍스의 귀 언저리에 있는 백발이 흔들거렸다.

"나 말입니까, 경감님? 천만에요. 절대로 들어가지 않았습니다!"

"심즈 부인은 칼키스 씨가 죽은 이후, 일주일 동안 서재나 침실 안에 있는 어떤 물건도 건드리지 않았습니까?"

엘러리가 심즈 부인에게 낮은 소리로 물어보았다.

"손끝 하나 대지 않았습니다. 저는 몸이 아파서 줄곧 누워 있었는걸요."

심즈 부인이 떨리는 목소리로 대답했다.

"그러면, 이 집에서 휴가를 얻어 나간 하녀들은요?"

그 질문에는 조앤이 조심스럽게 말했다.

"말씀드렸다시피, 그들은 칼키스 씨가 죽은 날 바로 휴가를 달라고

했을 정도예요. 이 방에는 절대 발도 들여놓으려고 하지 않았을 거예요."
"윅스 씨, 당신은?"
"네, 장례식이 있던 화요일까지는 아무것도 건드리지 않았습니다. 그리고 그 이후로는 여기 있는 어떤 것도 손대지 말라고 하셨잖습니까?"
"잘 하셨습니다. 그러면 브레트 양은요?"
"저는 다른 할 일이 많았습니다, 경감님."
조앤 브레트는 속삭이듯 대답했다.
엘러리는 방 안에 있는 사람들을 휘둘러보았다.
"지난 토요일 이후로 이 서재나 칼키스 씨의 침실 물건에 손을 댄 사람이 아무도 없습니까?"
대답이 없었다.
"잘 됐군요. 이것으로 현재 상황이 확립된 셈입니다. 칼키스 씨의 사망 직후 하녀들은 즉시 휴가를 얻어 떠났기 때문에 가사를 맡아본 사람이 적은 수로 한정되었어요. 심즈 부인마저 침대에 누워 있었기 때문에 아무 일도 하지 않았고, 집안이 어수선했는데도 청소할 사람조차 없었겠군요. 화요일 장례식 이후에는 유언장 사건이 터져 모두들 페퍼 씨의 지시대로 서재와 칼키스 씨의 침실에 있는 어느 것도 손댄 사람이 없었고요."
"칼키스 씨의 침실에서 장의사가 작업을 하기는 했죠. 장례식 준비를 위해서요."
조앤이 조심스럽게 덧붙여 말했다.
"그리고 우리가 유언장 수사를 할 때도, 저택 내의 모든 방을 찾아보았지만 바깥으로 무엇을 꺼내거나 장소를 옮긴 물건은 하나도 없다는 것을 나 자신이 보증합니다."

페퍼가 다시 덧붙였다.
"장의사들은 염두에 두지 말기로 하죠."
엘러리가 말했다.
"트리칼라 씨, 데미에게 좀 물어봐 주시겠습니까?"
"네, 알겠습니다."
그리스어 통역이 응답하자 다시 시끄러운 대화가 오갔다. 트리칼라가 날카롭고 파열음 같은 목소리로 질문을 퍼붓자 지능이 약한 데미의 얼굴이 눈에 띄게 창백해지더니 더듬거리며 그리스어로 대답하기 시작했다. 이윽고 트리칼라는 눈썹을 찌푸리고 엘러리에게 보고했다.
"그는 아무것도 건드리지 않았다는데요."
트리칼라가 눈살을 찌푸리면서 말했다.
"그는 여러 가지 말을 하고 있는데 사촌이 죽은 후로는 사촌 방은 물론이고 자기 방에도 발을 들여놓지 않았다고 말하는 것 같습니다. 거기까지는 이해할 수 있겠는데, 그 다음 말은 무슨 뜻인지……"
"쓸데 없는 말을 하는 것 같아서 죄송합니다만."
집사 윅스가 끼어들었다.
"데미가 하려던 말은 대충 이런 것이었을 겁니다. 아시다시피 데미는 칼키스 씨의 죽음으로 매우 충격을 받았고, 그래서 죽은 사람을 무서워하는 어린애처럼 공포에 떨었죠. 칼키스 씨 방과 이웃해 있는 자기 방에서는 무서워서 잘 수가 없었던 겁니다. 그래서 슬론 부인이 위층에 있는 하녀가 쓰던 방 하나를 쓰게 했습니다."
"그러니까 데미는 아직도 거기서 지내고 있어요. 물 떠난 고기처럼 어리둥절해져서 말입니다. 데미는 특히 보살핌을 받아야 할 사람입니다. 칼키스 씨가 죽은 뒤부터 줄곧 그래왔어야 했습니다."
슬론 부인이 한숨을 쉬면서 덧붙였다.

"트리칼라 씨, 그래도 확실히 해야 하니까 데미에게 지난 토요일 이후 자기 침실에 들어간 적이 없었느냐고 한 번 더 확인해 주세요."

엘러리가 전혀 다른 투로 통역에게 말했다.

이번에는 트리칼라가 데미의 말을 통역할 필요도 없이 데미의 겁먹은 입에서 부정하는 대답이 돌아왔다. 그리고 백치는 마음 속 공포에 떠밀리듯 방구석으로 도망쳐 그곳에 멈춰선 채 손톱을 씹으면서 쫓기는 들짐승을 연상케 하는 불안한 눈길로 주위를 두리번거렸다. 엘러리는 그 모양을 바라보고 있었다.

경감이 갈색 턱수염을 기른 영국인 의사를 바라보면서 물었다.

"워디스 박사님, 방금 전에 프로스트 박사의 얘기를 들은 바로는 칼키스 씨가 죽은 직후에 박사님도 시신을 검사해 봤다는데 그 말이 맞습니까?"

"네, 맞습니다."

"전문가로서 보기에 사망 원인이 무엇인 것 같습니까?"

워디스 박사는 짙은 갈색 눈썹을 치켜 올리면서 대답했다.

"프로스트 박사가 사망 증명서에 기록한 것과 같습니다."

"좋습니다. 개인적인 질문을 몇 가지 드리죠."

퀸 경감은 코담배를 코에 대면서 상대의 환심을 사려는 듯 웃음지으며 물었다.

"이 집에 오게 된 경위를 설명해 줄 수 있겠습니까?"

"얼마 전에 설명한 적이 있는 것 같은데요."

워디스 박사는 별로 대수롭지 않게 대답을 시작했다.

"나는 런던에서 안과 전문의로 일하고 있습니다. 이번에 휴가를 받고 어쩌다보니 7년만에 뉴욕에 놀러 오게 되었죠. 그런데 브레트 양이 호텔로 나를 찾아왔더군요."

"이번에도 브레트 양이군."
퀸 경감이 날카로운 눈빛으로 조앤을 쏘아보았다.
"브레트 양과는 어떻게 아는 사인가요?"
"아서 어윙 씨를 통해서 알게 됐습니다. 브레트 양의 전 고용인이 었는데 내가 전에 결막염을 치료해 준 적이 있었죠. 그때 브레트 양을 알게 된 겁니다."
워디스 박사가 설명했다.
"브레트 양은 신문에서 내가 뉴욕에 온다는 것을 보고는, 인사도 나누고 칼키스 씨의 눈도 진찰해 달라는 의도로 찾아 왔던 거죠."
"네, 맞아요. 전 신문에서 워디스 박사님이 뉴욕에 오신다는 소식을 읽고 칼키스 씨한테 말씀을 드렸죠. 그리고 박사님을 찾아가서 칼키스 씨의 눈을 좀 봐 주십사 하고 부탁을 드린 거예요."
조앤 브레트는 마음이 조급했는지 서둘러 설명을 하고 나섰다. 곧 워디스 박사의 설명이 계속되었다.
"그때 난 휴양 여행이 필요했던 만큼 몹시 지쳐 있었습니다. 지금도 그렇게 좋은 상태는 아니지요. 브레트 양의 방문을 받고 처음에는 모처럼의 휴가를 또 그런 전문적인 일을 하며 보내고 싶지 않아서 거절을 했습니다. 그런데 브레트 양이 어찌나 간절하게 부탁을 하던지, 결국 승낙하고 말았죠. 칼키스 씨는 친절한 분이었고 미국에 있는 동안 자기 집에 머물러 달라고 하더군요. 그래서 이곳에 들어와 칼키스 씨의 눈을 치료해 주고 있었죠. 한 2주일 정도 되었습니다."
"박사님도 칼키스 씨의 실명의 원인에 대해 프로스트 박사나 다른 전문의가 내린 진단에 동의하십니까?"
"네, 물론이죠. 며칠 전에 형사반장과 페퍼 씨에게도 얘기했습니다만 현대 안과 의학이 위궤양이나 위암으로 인한 출혈로 생기는 흑

내장에 대해서는 아는 바가 거의 없습니다. 하지만 전문의 입장에서는 매우 흥미 있는 문제였죠. 그래서 나는 시력을 회복시키고자 몇 가지 실험을 했습니다. 어떤 자극을 환자에게 줘 자동으로 시력을 회복할 수 있게 시도해 봤는데, 성공하지는 못했습니다…… 바로 지난 주 목요일에도 칼키스 씨의 눈을 최후로 엄밀히 검사해 봤는데 달라진 게 없었습니다."
"박사님이 글림쇼라는 사람을 본 적이 없었다는 것도 확실합니까? 칼키스 씨의 관에 들어 있던 두 번째 시체 말입니다."
"그럼요, 경감님. 한 번도 본 적이 없습니다."
워디스 박사는 초조한 듯이 말했다.
"게다가 저는 칼키스 씨의 개인적인 문제에 관해서는 전혀 모릅니다. 그러니 그날 밤의 방문객을 비롯한 수사에 도움이 될 만한 일은 알고 있는 게 전혀 없다고 봐야죠. 내 유일한 관심사는 조금이라도 빨리 영국으로 돌아가는 것뿐입니다."
"지난번에는 다르게 말씀하신 것 같은데요."
경감이 냉정하게 대답하기 시작했다.
"그리고 박사님도 짐작하고 계시겠지만, 지금은 급히 귀국할 수가 없을 것 같군요. 살인 사건 수사가 시작되었으니까요."
워디스 박사가 턱수염에 가려진 입술을 벌려 뭐라고 항변하려 하자 경감은 재빨리 말을 제지하고는 앨런 체니에게 시선을 돌렸다. 체니의 대답은 짤막했다. 이제까지 증인들이 말한 것 외에 더 추가할 게 없다, 전에 글림쇼라는 사람을 본 적이 없다, 글림쇼의 살인자를 찾든 못 찾든 자기는 전혀 상관이 없다고 심술궂게 내뱉었다. 경감은 우스꽝스럽게 생긴 눈썹을 들어올리며 슬론 부인에게 질문을 했다. 그러나 결과는 마찬가지였다. 그녀도 아들처럼 아는 게 없으며, 또 범인이 누구이든 알고 싶지도 않다는 것이다. 그녀의 유일한 관심사는 이 저택의 혼잡한 일들이 한시라도 빨리 정리되어, 표면만이라도 전과 같은 안정과 평화가 깃들었으면 하는 것뿐이라고 했다. 브릴랜드 부부, 내이쇼 스위서와 우드러프 변호사도 모두 전과 같은 대답만 할 뿐이어서 아무 정보도 얻지 못했다. 다들 전에 글림쇼를 본 적이 없다고 했다. 경감은 특별히 이점에 관하여 집사 윅스에게 따져 물었지만, 자신은 8년 동안이나 칼키스 저택에 근무했지만 글림쇼가 찾아온 적은 한 번도 없었으며 지난 주에 방문했을 때에도 자기는 얼굴도 못 봤다는 것이다.

경감은, 마치 엘바 섬에 서 있는 키 작은 나폴레옹처럼 절망에 가득 찬 표정으로 자신이 있는 곳이 엘바 섬인 듯 서재 한가운데에 서 있었다. 경감의 눈에는 금방이라도 울화가 터질 듯한 빛이 떠오르고 잿빛 콧수염 밑에 있는 입에서는 질문이 마치 기관총 탄알처럼 튀어나왔다. 장례식 이후에 집 안에서 이상한 행동을 취한 사람은 없었는가? 장례식 이후에 묘지에 갔던 사람은 없었느냐? 그러면 누군가 묘지로 가는 사람을 목격한 사람은 있었는가?

어느 질문도 불발탄이었으며, 모두 일제히 부인하는 소리를 질렀다 …… "아니오!"라고.

경감이 인내의 한계에 이른 듯 손가락을 꼬부려 벨리 형사반장을 불렀다. 경감의 신경질이 폭발 직전 상태에 있음을 눈치 챈 그는 커다란 몸을 쿵쿵거리며 경감에게로 다가갔다. 경감은 그에게 두 번째 공격을 명령했다. 조용한 묘지로 나가 교회 관리인 허니웰과 헨리 목사와 교회 식구들을 신문해 보라고 지시를 내렸다. 장례식 이후에 묘지에서 특이한 상황을 목격한 사람이 없는지 물어보고, 뒷문 안뜰에 면해 있는 네 집의 거주자들과 목사관의 하인들에게도 똑같은 질문을 하고 다니라고 명령했다. 형사반장 벨리는 물론, 어느 날 밤 수상한 인물이 묘지 안으로 들어가 미심쩍은 행동을 취해 그것을 목격한 사람이 있다면 반드시 발견해 보일 만한 자신이 있었다.

벨리는 상관의 성미를 익히 알고 있는 터라 웃음을 지어 보이고는 군말 없이 서재에서 뛰쳐 나갔다.

경감은 콧수염을 씹으면서 "엘러리" 하고 어린애를 타이르는 아버지처럼 불렀다.

"넌 지금 거기서 뭘 하고 있는 거냐?"

그러나 경감의 아들 엘러리는 대답하지 않았다. 그는 뭔가 아주 흥미로운 사실을 발견한 듯한 표정으로 상식적으로 도저히 이해할 수 없는, 이 장소에는 전혀 어울리지 않는 태도를 취했다. 엘러리는 베토벤의 교향곡 《운명》의 주제 선율을 휘파람으로 불고 있었다. 그리고 방 구석의 조금 움푹한 곳에 놓여 있는 작은 테이블을 보고 있었다. 작은 테이블 위에는 얼핏 보기에 아무것도 달라진 게 없어 보이는 퍼컬레이터가 놓여 있었다.

Omen
조짐

 엘러리 퀸이라는 청년은 보통 사람보다는 뛰어난 날카로운 감수성을 갖고 있었다. 칼키스 씨의 저택에 있는 요 몇 시간 동안에도 그것이 마음을 움직여 침착하게 있을 수가 없었다. 뜻밖의 사건이 생길 것 같은 예감…… 꿈처럼 막연하고 일정한 모양은 갖추지 않았지만 사건의 눈부신 전개가 눈앞에 다가온 기분이었다. 그래서인지 그는 서재 안을 돌아다니며 서 있는 사람들 얼굴을 들여다보고 사진을 만지작거리고 책들을 찔러 보고…… 말하자면 모두에게 번거롭게 굴었다. 그 사이에 엘러리는 퍼컬레이터가 얹혀 있는 작은 테이블 옆을 두 번이나 지나갔다. 하지만 그때마다 흘끗 눈길을 보냈을 뿐이다. 그러나 세 번째 지나갈 때 그의 콧방울은 조금 움직이기 시작했다. 무슨 냄새를 맡은 것이 아니라 뭔가 이상한 것을 느꼈기 때문이다. 그는 미간을 찌푸리며 잠시 퍼컬레이터를 바라보다가 이내 뚜껑을 열어 보았다. 하지만 그가 무엇을 기대했는지는 모르겠지만 그 안에 실제로 들어있던 것은 보통물이었다.
 그런데도 엘러리는 고개를 들어 눈을 반짝이더니 휘파람을 불어 아버지의 신경을 거슬리게 했다. 아마 이 《운명》 주제 선율이 그의 사색에는 반주로서 필요한 모양이다. 결국 엘러리는 경감의 질문을 무시하고 가정부 심즈 부인에게 여느 때처럼 또박또박 이야기하기 시작했다.

"그 토요일 아침에 칼키스 씨가 죽은 것을 발견했을 때, 차 도구가 놓여 있는 저 탁자는 어디에 있었죠?"

"책상 바로 옆에 있었습니다. 지금 있는 자리와는 다릅니다. 전날 밤 주인님의 분부로 책상 옆에 놓았어요."

엘러리는 빙 몸을 돌려 모두의 얼굴을 훑어 보았다.

"그럼 누가 토요일 아침 이후에 저 탁자를 옮겨 놓았다는 얘긴데, 누가 그랬습니까?"

"제가 옮겨놨습니다."

이번에도 대답을 한 것은 조앤 브레트였다. 의심하는 눈초리가 다시 그녀의 호리호리한 큰 키에 모아졌다.

경감의 눈이 날카롭게 빛났다. 엘러리는 아버지를 향해 미소를 지어 제지시키고 그녀에게 말했다.

"당신이 옮겨 놓았다고요, 브레트 양. 왜, 언제 그랬습니까?"

조앤 브레트는 당혹한 듯 억지로 웃어 보이며 대답했다.

"문제가 되는 것은 모두 제가 한 것 같네요…… 아시다시피 장례식 날 오후는 아주 혼란스러웠잖아요? 유언장을 찾으려고 모든 사람들이 서재를 샅샅이 뒤지고 다녔으니까요. 그래서 책상 옆에 놓인 저 작은 탁자가 방해가 될 것 같아 구석 옴폭한 곳으로 밀어놓은 거죠. 그것 뿐이에요. 다른 뜻은 없어요."

"그건 그럴 테죠."

엘러리는 선뜻 대답하고 다시 가정부를 향해 물었다.

"심즈 부인, 지난 금요일 밤에 차도구를 가져올 때, 홍차 봉지는 몇 개 가지고 오셨습니까?"

"한 움큼이었어요. 6개쯤 됐던 것 같은데요."

경감이 재빨리 몸을 일으키자 페퍼도 따라 일어났다. 두 사람은 엘러리의 질문의 의도도 모르면서 흥미에 끌려 작은 탁자를 바라보았다. 그 탁자는 낡고 조그만 것이었는데 두 사람 눈에는 이렇다할 특별한 점이 없어 보였다. 탁자 위에는 커다란 은쟁반이 있었고, 은쟁반 위에는 퍼컬레이터 외에 찻잔과 접시가 각각 3벌 있었고 각각 스푼이 딸려 있었다. 그밖에 은색 설탕통, 접시 2개가 있었는데 한 접시에는 말라 비틀어진 아직 쥐어짜지 않은 레몬 조각 3개가 놓여 있었다. 다른 한 접시에는 데운 물을 한 번도 붓지 않은 홍차 봉지가 3개 있었다. 그밖에 은제 크림 주전자가 있었는데 그 안의 크림은 이미 노랗게 변색되어 굳어 있었다. 어느 찻잔 바닥에도 홍차 앙금이 남아 있었고, 아가리 바로 밑에 다갈색 테가 나 있는 걸로 보아 거기까지 홍차가 들어 있었던 모양이다. 3개의 은숟갈도 빛이 바래 있는 걸로 볼 때, 사용했음이 분명했다. 차 접시에는 차 봉지와 짜내고 난 레몬 찌꺼기가 모두 말라버린 채 놓여 있었다. 경감과 페퍼가 보기에 극히 평범한 것들뿐이었다. 경감은 아들의 변덕스러운 행동에 익숙해 있긴 했지만 이번에도 역시 그 뜻을 헤아리지 못하는 모양이었다.

"대체 뭘 보고 그러는 거냐? 난 도무지······."

엘러리가 웃으면서 말했다.

"로마의 시인 오비디우스의 말을 기억하세요. '참고 인내하라. 오늘의 괴로움이 내일의 기쁨이 되리라.'"

그렇게 말하고 나서 엘러리는 주전자의 뚜껑을 열고 안을 다시 들여다보았다. 그리고는 언제나 가지고 다니는 휴대용 작은 상자에서 작은 유리병을 꺼내 그 안에 퍼컬레이터에 남아 있는 물을 조금 따라 부었다. 그는 다시 퍼컬레이터의 뚜껑을 닫은 다음 작은 유리병 마개를 닫고 뭔가 가득 들어 있는 호주머니 속에 넣었다. 어리둥절해 하는 시선들이 엘러리에게 모아졌다. 그는 은쟁반을 들어 칼키스의 책상 위에 올려놓고는 만족스럽다는 듯 잠시 숨을 돌렸다. 그리고는 잠깐 생각에 잠겼다가 조앤에게 날카로운 목소리로 물었다.

"지난 화요일에 저 작은 탁자를 옮길 때 쟁반 위에 있는 것을 손으로 만지거나 위치를 옮겨놨습니까?"

"아뇨, 전혀 만지지 않았어요, 엘러리 퀸 씨."

조앤은 순순히 대답했다.

"그럼 좋아요. 수사에 품이 덜 들어 도움이 되겠군요."

엘러리는 두 손을 모아 비벼대며 말했다.

"자, 여러분. 오늘은 아침부터 제 질문에 대답하시느라 몹시 피곤들하셨죠? 뭔가 마실 거라도 드릴까요?"

"엘러리! 정도를 넘어선 안돼. 장난칠 때가 따로 있지. 지금 차를 마실 때냐?"

경감이 쌀쌀하게 말했다.

그러나 엘러리는 애원하는 듯한 눈빛으로 경감의 말을 막았다.

"아버지! 콜리 시버(영국 배우. 극작가. 계관 시인. 1671~1757)의 송사(頌辭)를 욕되게 하지 마십시오. '차여! 너 아름답고 온화하고, 사려 깊고 고귀하고, 혀를 부드럽게 하고, 미소를 자아내게 하고, 벗과 흉금을 터놓고 이야기하는 자리에 알맞고, 아름다운 여자와 흡사한 음료여!'"

조앤마저 낄낄거렸기 때문에 엘러리는 그녀에게 정중하게 고개를 숙였다. 구석에 있던 퀸 경감의 부하들이 옆에 있는 동료에게 작은 소리로 속삭였다.

"이런 살인 사건 수사는 생전 처음이군."

두 부자의 눈이 퍼컬레이터 위에서 서로 부딪쳤다. 경감은 조금 전까지의 불쾌감을 잊고 엘러리야, 이 수사는 네게 맡기마, 맘껏 솜씨를 보여다오, 라고 말하듯 조용히 뒤로 물러섰다.

엘러리는 이미 확신을 가지고 있다는 듯이 심즈 부인에게 거침없이 주문했다.

"홍차 봉지 3개하고, 6벌의 깨끗한 찻잔 세트, 그리고 스푼 6개도 함께 부탁합니다. 아 참, 신선한 레몬과 크림도 좀 가져다 주십시오. 빨리요."

가정부는 어이가 없다는 듯 콧방귀를 뀌더니 황급히 서재에서 나갔다. 엘러리는 만족스런 표정으로 퍼컬레이터의 코드를 쥐고 책상 건너편으로 돌아가 콘센트를 찾아내 플러그를 꽂았다. 심즈 부인이 부엌에서 돌아왔을 때는 퍼컬레이터의 유리 부분에서 물이 보글보글 끓고 있었다. 죽음 같은 침묵에 둘러싸여 모두가 지켜보는 가운데 너무 기분이 좋아서 그랬는지 엘러리는 심즈 부인이 가져온 홍차 봉지도 넣지 않은 채, 컵에다 끓는 물을 붓기 시작했다. 5번째 컵에 물이 찰즈음, 주전자의 물이 다 비워졌다. 페퍼가 걱정스러운 듯 엘러리에게 말했다.

"엘러리 씨, 그 물은 일주일 동안 거기 있었기 때문에 상했을 텐데요. 설마 그걸 드시려는……"

엘러리가 미소를 지으며 말했다.

"터무니 없는 실패로군. 물론 마실 수 없어요. 아, 심즈 부인."

낮은 목소리로 말을 이었다.

"수고스럽겠지만 이 퍼컬레이터에 새로 물을 가득 채워주고 찻잔 6개를 더 가져다 주시겠습니까?"

심즈 부인은 지금까지 이 젊은이를 잘못 평가했다는 것을 깨달았다. 그녀는 고개를 숙여 부탁하고 있는 엘러리를 경멸하듯 내려 보았다. 엘러리는 그녀에게 퍼컬레이터를 건넸다. 그녀가 나가자 엘러리는 다 우려내 이미 노랗게 된 홍차 봉지를 김이 올라오고 있는 뜨거운 물이 담긴 3개의 찻잔에 집어넣었다. 슬론 부인이 역겹다는 듯이 나직이 소리를 질렀다. 저 청년이 어느 나라 야만인인지는 모르겠지만 설마 저걸 마시라고 하는 건 아니겠지……! 엘러리는 그 수수께끼 같은 의식을 계속했다. 쓰고 난 차 봉지를 끓여놓은 물속에 넣고 지저분한 스푼으로 꾹꾹 누르고 있었다. 심즈 부인이 다시 6벌의 잔과 받침, 퍼컬레이터가 놓여 있는 새 은쟁반을 들고 서재로 돌아왔다.

"이것으로 충분하죠, 엘러리 씨. 이 집의 손님용 찻잔은 이제 바닥 났어요."

그녀는 비꼬는 투로 말했다.

"네, 충분합니다. 심즈 부인, '당신은 최고급 보석입니다!'라고 한 말은 마치 당신을 위해 만들어진 것 같습니다."

엘러리는 퍼컬레이터의 코드를 다시 책상 옆의 콘센트에 꽂았다. 그 잠깐 동안만 차 봉지를 누르는 동작을 중단했는데, 코드를 꽂자 다시 그 수수께끼 같은 의식을 계속했다. 그러나 그의 노력에도 불구하고 홍차 봉지에서 우러난 차 색깔은 거의 멀건 물에 불과했다. 엘러리는 아무 색깔도 우러나지 않는 것에 오히려 만족스러운 미소를 지었다. 그리고 퍼컬레이터 속의 새 물이 끓기를 참을성 있게 기다렸다. 물이 끓자 엘러리는 심즈 부인이 가져온 새 잔에다 다시 물을 일일이 따랐다. 여섯 잔에 물을 채우고 퍼컬레이터의 물이 동나자 엘러리는 심즈 부인에게 또 부탁을 했다.

"심즈 부인, 한 번만 더 퍼컬레이터에 물을 채워 오셔야겠습니다. 인원수가 많으니까요."

방 안에 있던 사람들은 엘러리가 반쯤 장난삼아 만든 그 차를 마시려고 하지 않았다. 홍차를 좋아하는 영국인인 조앤 브레트와 워디스 박사조차 마찬가지였다. 엘러리는 찻잔이 죽 놓여 있는 책상 위를 유감스럽게 바라보면서 혼자 쓸쓸히 차를 마셨다.

태연히 차를 마시고 있는 엘러리에게 집중된 시선들은 말 이상의 것을 표현하고 있었다. 다들 지금 이 청년의 지능은 데미처럼 낮아진 게 엄연한 사실이라고 보고 있는 것이다.

Foresight
예견

 엘러리는 차를 마신 다음 찻잔을 내려 놓고 손수건으로 입술을 닦더니 웃음을 머금은 채로 칼키스의 침실로 사라졌다. 내키지 않는 표정으로 경감과 페퍼도 마지못해 엘러리를 따라갔다.
 칼키스의 침실은 넓었으나 창문이 없어서 어두운 방이었다. 과연 눈이 먼 사람의 방다웠다. 엘러리는 불을 켠 다음 새로운 수사 장소를 살펴보았다. 방 안은 매우 지저분했고 침대도 더러웠다. 침대 옆 의자에 남자 옷이 얹혀 있었는데 희미하게 역한 냄새가 났다.
 "시체를 처리할 때 쓰던 방부제 냄새인 것 같은데요. 건축 전문가 에드먼드 크루의 말대로 오래된 집이고, 튼튼하게 지은 집임에는 틀림없지만, 환기의 필요성을 전적으로 무시하고 있군요."
 엘러리는 방 안쪽에 있는 다리가 고풍스러운 옷장 쪽으로 걸어가면서 말했다. 그는 키가 큰 옷장을 살펴는 보았지만 곧 손을 대려고는 하지 않았다. 그리고 나서는 한숨을 크게 쉰 뒤 서랍을 뒤지기 시작했다. 엘러리는 제일 위에 있는 서랍에서 흥미 있는 물건을 발견한 모양이었다. 손을 빼냈을 때 그의 손에 두 장의 종이가 쥐어져 있었다. 엘러리는 그 가운데 한 장을 재빨리 읽어 내려가기 시작했다.
"뭘 찾은 게냐?"
경감이 물으면서 페퍼와 함께 엘러리의 어깨 너머로 들여다보았다.
"뭔가 했더니 아까 얘기에 나왔던 옷 일정표군요. 우리의 백치 친구가 사촌의 옷차림을 도울 때 참고했던 겁니다."
엘러리가 낮은 목소리로 말했다. 한 장은 외국어로 쓰여 있었고 다른 한 장은 똑같은 내용을 영어로 써 놓은 것이었다.
"이런 현대 그리스어 정도는 내 빈약한 어학 실력으로도 읽을 수 있어요. 옛 그리스어에 비하면 달라진 속어가 꽤 많이 있긴 하지만 학교 교육이란 참 고마운 거죠."
경감과 페퍼는 웃지 않았다. 엘러리는 한숨을 쉬고 나서 '맙소사' 하는 표정으로 영어로 씌어진 일정표 쪽을 큰 소리로 읽기 시작했다.

월요일 : 회색 트위드 양복, 검은 단화, 회색 양말, 밝은 회색 깃 달린 와이셔츠, 회색 체크무늬 넥타이
화요일 : 진한 갈색의 더블 양복, 갈색 코도반 가죽구두, 갈색 양말, 흰 와이셔츠, 붉은 물결무늬 넥타이, 윙 칼라, 갈색 각반
수요일 : 검은 줄무늬 회색 싱글 양복, 검은 구두, 검은 실크 양말, 흰 와이셔츠, 검은 나비넥타이, 회색 각반
목요일 : 푸른 모직 싱글 양복, 검은 단화, 푸른 실크 양말, 푸른 줄무늬 흰 와이셔츠, 푸른 물방울무늬 넥타이, 그것에 어울리는 소프트 칼라
금요일 : 황갈색 트위드 싱글 양복(단추 하나), 갈색 세무 구두, 황갈색 양말, 황갈색 깃 달린 와이셔츠, 밝은 갈색 무늬 넥타이

토요일 : 어두운 회색 양복(단추 셋), 검은 뾰족구두, 검은 실크 양말, 흰 와이셔츠, 녹색 물결무늬 넥타이, 윙 칼라, 회색 각반

일요일 : 푸른 서지 더블 양복, 끝이 네모난 검은 구두, 검은 실크 양말, 암청색 넥타이, 윙 칼라, 흰 와이셔츠(앞가슴이 조금 단단한 것), 회색 각반

"그런데 이쪽 것은 뭐지?"
경감이 물었다.
"뭘까요?"
엘러리가 같은 말을 되풀이했다.
"확인해 볼까요?"
엘러리는 문으로 가서 서재 쪽을 들여다보았다.
"트리칼라 씨, 잠깐만 들어와 주시겠습니까?"
트리칼라가 급히 침실로 들어왔다.
"트리칼라 씨. 여기 뭐라고 쓰여 있습니까? 큰 소리로 읽어 주세요."
엘러리가 그리스어가 쓰여 있는 종이를 건네주면서 말했다.
 트리칼라는 읽어 내려갔다. 그 내용은 방금 엘러리가 경감과 페퍼에게 읽어 준 것과 똑같은 내용이었다. 엘러리는 트리칼라를 서재로 돌려보내고 나서 열심히 옷장의 다른 서랍들을 뒤지기 시작했다. 이번에는 그의 흥미를 끌 만한 것이 발견되지 않았지만 세 번째 서랍에서 뜯지 않은 소포 꾸러미가 나왔다. 수신자란에 '동부 54번 거리 11번지, 게오르그 칼키스'라고 적혀 있었고, 왼쪽 위편에는 '바렛 의상실'이라고 인쇄되어 있었고 왼쪽 아래 구석에는 '인편 배달품'이라는 스탬프가 찍혀 있었다. 엘러리는 소포를 뜯어보았다. 6개의 붉은 물

결무늬 넥타이가 나왔다. 모두 같은 것이었다. 엘러리는 소포를 옷장 위에 올려놓고 다른 서랍들을 뒤졌지만, 흥미를 끌 만한 것이 더 이상 나오지 않았기 때문에 옆방 데미의 침실 쪽으로 갔다. 뒤쪽 정원이 내려다보이는 창문이 달린 조그마한 방이었다. 천장은 속이 다 드러난 채로였고 병원용을 연상시키는 허름한 침대와 화장대와 작은 옷장, 의자 하나가 전부였다. 사용자의 개성이 조금도 느껴지지 않는 방이었다.

엘러리는 몸이 약간 떨렸으나 그 음산한 분위기 속에서도 데미의 화장대 서랍들을 샅샅이 뒤졌다. 그리하여 그의 관심을 끈 유일한 물건을 찾아냈다. 칼키스의 옷장에서 발견한 것과 똑같은 그리스어로 적혀 있는 요일별 옷차림표. 엘러리는 두 개를 나란히 펴놓고 카본지로 복사되었음을 확인했다.

엘러리가 칼키스의 침실로 돌아왔을 때는 경감과 페퍼가 이미 서재로 돌아가고 난 뒤였다. 엘러리는 민첩하게 의자로 가서 의자 위에 걸려 있던 옷을 하나하나 확인해 보았다. 의자 위에는 어두운 회색 양복과 흰 와이셔츠, 붉은 넥타이, 윙 칼라가 있었고 의자 밑 방바닥에는 검은 뾰족단화 한 켤레에 회색 각반과 검은색 양말이 쑤셔 박혀 있었다. 그는 잠깐 동안 코안경으로 입술을 두드리면서 생각하다가 방을 가로질러 커다란 양복장 쪽으로 다가갔다. 문을 열고 안을 들여다보았다. 옷걸이에는 평상시에 입는 양복이 12벌 걸려 있었고, 그 옆으로 3벌의 턱시도와 연미복 1벌이 있었다. 양복장 안쪽의 넥타이걸이에는 여러 개의 넥타이가 뒤죽박죽으로 널려 있었다. 바닥에는 구두들이 구둣골에 들어 있었다. 구두들 사이에는 슬리퍼가 간간이 끼여 있었다. 엘러리는 양복장 옷걸이 위에 있는 선반을 살펴보았다. 중절모와 중산모, 실크해트 세 개뿐이었다.

엘러리는 양복장을 닫고 나서 옷장 위에 두었던 소포를 들고 서재로 돌아왔다. 벨리와 이야기를 하고 있던 퀸 경감은 특별히 찾아낸 거라도 있느냐는 표정으로 엘러리를 쳐다보았다. 엘러리는 안심하라는 듯 퀸 경감에게 미소를 지어보이더니 곧장 책상으로 가서 수화기를 집어 들었다. 엘러리는 교환원에게 전화번호를 묻고는 필요한 번호를 알게 되자 시험삼아 되풀이해서 불러보더니 얼른 그 번호대로 다이얼을 돌렸다. 그리고는 누군가와 굉장히 빠른 말을 주고받더니 만족스러운 웃음을 띠며 수화기를 내려놓았다. 엘러리는 장의사 스터제스로부터 칼키스의 침실에 있는 옷들은 칼키스가 사망 당시에 입고 있었던 것들인데, 스터제스의 조수가 시체에서 벗겨낸 뒤에 의자에 그대로 놔두었다는 것을 확인했다. 방부처리와 장례에 앞서 옷을 갈아 입히기 위해서 벗겼던 것이다. 매장된 칼키스는 그가 갖고 있던 2벌의 연미복 가운데 하나로 위엄과 예의를 갖추었던 것이다.

엘러리는 소포를 높이 들어 보이며 밝은 음성으로 물었다.

"이 소포를 본 적이 있는 분 계십니까?"

두 사람이 엘러리의 질문에 대답했다. 집사인 윅스와 조앤 브레트였다. 엘러리는 조앤 브레트를 향해 동정하는 듯 웃음을 지어 보이고는 집사 윅스에게 물었다.

"이것에 대해 어떤 것을 알고 있나?"

"지난 토요일 오후에 도착했어요. 주인님이 돌아가신 뒤 몇 시간 있다가 배달된 것이지요."

"자네가 받았나?"

"네."

"받아서 어떻게 했지?"

"네, 그러니까……."

윅스는 약간 당황한 표정이었다.

"그걸 받아서 현관에 있는 탁자 위에 올려놓은 것 같습니다."

엘러리의 얼굴에서 웃음이 가셨다.

"현관 탁자 위라고? 틀림 없나? 나중에 다른 곳으로 옮겨놓지 않았나?"

"아닙니다, 그런 적은 없습니다."

웍스는 겁에 질린 목소리로 대답했다.

"사실 주인님의 죽음과 잇달아 일어난 사건들 때문에…… 당신 손에 있는 그걸 보기 전까지는 까맣게 잊고 있었습니다."

"그거 이상한 일이군요…… 그러면 브레트 양, 생각지도 않은 장소에 나타난 이 소포와 당신과의 관계는?"

"저도 그걸 토요일 오후에 현관 탁자 위에서 봤어요. 제가 아는 건 그것뿐이에요."

"만진 적은 없습니까?"

"네, 없어요."

엘러리의 표정이 그 순간 심각하게 변했다. 그는 서재에 모여 있는 사람들을 향해 겉으로는 공손하지만 엄격하게 질문했다.

"누군가 현관 탁자 위에 있었던 이 소포를 집어다가 칼키스 씨의 침실에 옮겨놨습니다. 나는 침실 옷장 위 세 번째 서랍에서 이걸 발견했는데, 대체 누가 한 일입니까?"

대답이 없었다.

"브레트 양 말고 현관에서 이걸 보신 분 또 없습니까?"

역시 대답이 없었다.

"그럼 좋습니다."

엘러리는 힘주어 말하고는 서재를 가로질러 가서 경감에게 소포를 넘겼다.

"아버지, 이 소포를 바렛 상점에 가지고 가서 상세한 것을 확인해 보는 게 좋을 것 같습니다. 누가 주문을 했는지, 그리고 누가 이걸 배달했는지, 그런 것을 말입니다."

경감은 얼른 고개를 끄덕이더니 형사 하나를 손가락을 꼬부려 불렀다.

"엘러리의 말 들었지, 피곳? 빨리 가 봐."

"여기에 들어 있는 넥타이를 조사해 보라는 겁니까, 경감님?"

피곳은 턱을 만지작거리며 물었다.

그렇게 말하는 형사를 벨리가 쏘아 보면서 형사의 마른 가슴팍에 소포를 안겨주었다. 피곳은 책망이나 들은 듯이 헛기침을 하면서 급히 서재를 빠져나갔다.

경감이 작은 소리로 아들에게 말했다.

"그 밖에 뭐 또 주의를 끌 만한 것이 없었니?"

엘러리는 고개를 가로 저었다. 엘러리의 입가에 깊은 주름이 잡혔다. 경감이 세게 손뼉을 쳤기 때문에 모두 긴장해서 자세를 바로잡았다.

"자, 오늘 수사는 이걸로 끝내겠습니다. 해산하기 전에 한 가지 사실을 명심해 주시길 부탁드립니다. 지난 주에도 이 집에서 수사를 하느라고 여러분에게 폐를 끼쳤습니다. 그러나 그때는 분실한 유언장 때문이었고 문제 자체로서는 특별히 중요한 건 없었어요. 그러나 이번에는 사정이 전혀 다릅니다. 여러분은 모두 이 살인 사건에 깊이 관련되어 있다는 것을 잊지 말아 주시기 바랍니다. 솔직하게 말해서 현재 수사는 별로 진척이 되지 않았습니다. 우리가 알아낸 것은 살해된 남자에게 범죄 전력이 있다는 것, 그 남자가 두 번에 걸쳐 이 집에 수수께끼 방문을 했다는 것, 그리고 두 번째 방문 때는 동반자가 있었고, 그 목적을 이루었다는 것 뿐입니다. 이상으로 그치겠습니다."

경감은 모두의 얼굴을 둘러보고 나서 다음 말을 계속했다.

"이 사건에서 살해된 남자의 시체는 자연사로 죽은 사람의 관 속에서 발견되었으며 몹시 복잡한 양상을 나타내고 있습니다. 덧붙여 말씀드리면 문제의 관은 이 저택 바로 옆의 묘지에 묻혀 있었습니다.

이런 상황에서라면 여러분 모두를 의심하지 않을 수 없습니다. 아직 사건의 이유나 동기, 살해 방법이 밝혀지지 않았는데 여러분은 수사가 더 진행될 때까지 모두 우리의 감시하에 있어야 합니다. 그 중에서 슬론 씨나 브릴랜드 씨같이 직업을 갖고 계신 분은 평상시처럼 일을 해도 좋습니다. 그러나 두 분은 행동에 신중을 기해서 항상 연락을 취해 주시고 호출에 응할 수 있는 지역에서 떠나지 않으시기를 바랍니다. 스위서 씨는 자택에 돌아가셔도 괜찮습니다. 하지만 언제나 출두할 수 있도록 준비를 하고 계셔야 합니다. 우드러프 씨도 돌아가셔도 괜찮습니다. 그러나 그밖의 사람들은 우리 수사 당국의 허가가 없는 한 이 집에서 떠날 수 없어요. 만일 외출할 필요가 생겼을 때는 반드시 행선지를 밝혀야 합니다."

경감은 엄격한 태도로 말을 마치더니 외투를 집어 들었다. 아무도 말을 꺼내는 사람이 없었다. 경감은 부하 형사들에게 각각 지시를 했다. 플린트와 존슨을 우두머리로 한 몇 명의 형사가 저택의 경비로 배치되었다. 페퍼도 지방검사 소속 형사인 코헤이런에게 검찰측 책임자로서 그 집에 머물도록 명령했다. 페퍼, 벨리, 엘러리도 코트를 걸쳐 입은 뒤 경감과 함께 문 쪽으로 걸음을 옮겼다.

퀸 경감이 문가에서 뒤돌아보며 다소 심술궂게 말했다.

"그리고 여러분, 한 가지 더 말씀드리고 싶은 게 있는데요. 새삼스럽게 말할 필요는 없겠지만, 오늘 조사가 어쩌면 여러분을 불쾌하게 만들었는지도 모르겠지만 그렇게 하는 게 우리 임무니까 불가피한 일이라 생각하고 양해해주시기 바랍니다."

경감은 성큼성큼 현관으로 걸어 나갔다. 페퍼와 벨리가 그 뒤를 따랐다. 맨 뒤에서 엘러리가 웃음을 참으며 뒤따랐다.

Facts
사실

　이날 저녁, 퀸 경감 집에서 있었던 저녁 식사는 아주 우울한 분위기에서 진행되었다. 퀸 부자의 집은 서쪽 87번 거리의 갈색 사암으로 지은 아파트 3층에 있었다. 그 무렵엔 건물이 현재처럼 낡지 않았고 방과 복도도 꽤 화려했으며 소년 사환 주나도 아직 어린애여서 지금처럼 잘난 체하지도 않았고, 무엇보다도 자리가 쾌적해서 식사를 즐길 만한 것이었다. 하지만 지금은 정반대로 명랑한 공기 대신 아버지의 염세적인 성격이 수의처럼 집 안에 늘어뜨려져 있었다. 경감은 쉴 새없이 코담배를 콧구멍에 갖다 대었고, 엘러리가 말을 걸어도 제대로 대답도 하지 않았고, 욕하는 것 같은 말투로 주나에게 명령을 내려 당황하게 만들었으며, 뭔가에 사로잡힌 듯 성급히 거실과 침실 안을 왔다갔다 했다. 초대한 손님들이 도착한 뒤에도 그의 언짢은 기분은 조금도 나아지지 않았다. 손님은 엘러리가 초대했는데 늙은 경감의 초조감을 가라앉히기에는 적당한 얼굴들이 아니었다. 페퍼는 깊은 생각에 잠겨 있는 얼굴을 하고 있었고 지방검사 샘프슨의 피곤한 눈은 뭔가가 실마리가 잡히지 않는지 초조한 빛이 역력했다. 이런 분위기로는 방을 덮은 암울한 공기를 밝게 바꾸기는 힘든 것이 당연했다.

좌석은 흥이 깨지고 주나는 묵묵히 요리를 날랐으며, 주인과 손님들은 침묵 속에 음식을 먹고 있었다. 그 가운데 단 한 사람 엘러리만이 명랑하게 이야기하며 맛있게 음식을 먹어댔다. 그는 로스트 접시가 나오자 주나에게 맛있다고 칭찬까지 해주며 푸딩에 관한 디킨스의 말과, 커피에 관한 볼테르의 말을 인용했다.

식사를 마친 샘프슨이 냅킨으로 입을 닦자마자 입을 열었다.

"경감, 말도 꺼내기 싫지만 이번에도 또 수사가 어려움에 처한 듯싶네. 머리아픈 사건이긴 하지만 아는 게 있으면 좀 말해보게나."

경감이 초췌한 눈을 들었다.

"여기 있는 내 아들에게 물어보시오. 이 녀석은 이런 수사에도 충분히 만족하고 있는 모양이오."

경감은 커피잔 속에 다시 코를 박으며 대꾸했다. 그러자 엘러리가 유쾌하게 담배 연기를 내뿜으며 말했다.

"아버지는 이 사건을 너무 심각하게 받아들이시는 것 같군요."

엘러리는 잠시 말을 멈추고 연기를 다시 한 모금 빨아들였다가 천천히 내뿜었다.

"좀 까다로운 문제들이 있기는 하지만요, 그러나 해결 못할 사건은 아니라고 봐요."

"아니, 그래?"

세 사람이 모두 엘러리를 쳐다보았다. 퀸 경감은 눈을 크게 떴다.

"미리 말씀드리지만, 너무 재촉하진 마십시오. 저는 이런 경우 고전에 나오는 말을 많이 인용하는 경향이 있는데 자칫 샘프슨 검사님의 빈축이나 사지 않을까 걱정스럽거든요. 게다가 이렇게 배가 부를 때는 추리 토론도 할 수가 없거든요. 주나, 커피 한 잔 더 갖다 줘."

"알고 있는 게 있으면 좀 털어놔 봐, 엘러리! 어서 얘기해 봐."
샘프슨이 독촉을 해댔다.
엘러리가 주나에게서 커다란 커피잔을 받으며 말했다.
"아직은 때가 아니에요, 샘프슨 씨. 지금은 얘기하고 싶지 않습니다."
샘프슨은 화가 나 벌떡 일어나서 카펫 위를 걸어다니며 말했다.
"자네는 늘 그런 식이야! 하는 말이 정해져 있어. 뭔가 물으면 아직 이르다고만 하고 말이야."
그가 성난 말처럼 거친 숨을 코로 쉬며 큰 소리로 말했다.
"페퍼, 자네 입으로 설명을 들어 보고 싶군. 그 뒤 뭔가 알아낸 거라도 있나?"
"네, 말씀드리겠습니다, 검사님."
페퍼가 재빨리 말을 이었다.
"벨리가 여러 가지 정보를 수집했습니다만 제가 보기엔 별로 도움이 될 만한 건 없는 것 같습니다. 교회 관리인 허니웰이 묘지 문은 잠궈 놓지 않았다고 말한 것과 장례식 이후에 묘지에서 이상한 것을 발견한 사람은 없다고 말한 것 정도입니다."
"그건 다 알고 있는 사실이야."
경감이 불쾌한 듯이 말했다.
"묘지고 안뜰이고 경비를 세우지 않았어. 누구라도 수십 번은 드나들 수 있었을 거야. 특히 밤에는 더 쉬웠겠지."
"근처 주민들도 조사해 보았을 테지?"
"의심스런 점은 전혀 없었습니다. 벨리의 조사는 완벽하다고 할 수 있습니다."
페퍼가 상세히 설명했다.
"벨리가 철저하게 조사를 한 모양인데요, 아시다시피 54번 거리를 면한 북쪽 집들도 55번 거리를 면한 남쪽 집들도 뒷문은 안뜰로 통해 있습니다. 55번 거리 쪽으로는 세 채의 집이 동쪽에서 서쪽 순서대로 나란히 있는데, 매디슨 거리의 모퉁이에 있는 집이 14번지로 장례식에 참석했던 머리가 이상한 수전 모스 부인의 집입니다. 그리고 다음 집인 12번지가 칼키스의 주치의였던 프로스트 박사의 집이고요, 그 다음이 10번지로 헨리 목사가 살고 있는 목사관입니다. 그리고 54번 거리 쪽을 보면요, 역시 동쪽에서 서쪽을 향해 매디슨 거리 모퉁이의 15번지가 루돌프 건츠 부부의 집이며……."
"은퇴해서 푸줏간을 하는 사람 말인가?"
"네, 맞습니다. 그리고 건츠의 집과 11번지 칼키스 저택 사이에 있는 13번지는 현재 빈 집입니다."
"소유자는 누구야?"
"너무 흥분할 것 없네. 자네도 알 만한 사람이니."
퀸 경감이 우렁우렁한 소리로 대답했다.
"놀라지 마십시오. 그도 사건과 관련이 있는 사람입니다. 유명한 억만장자, 제임스 J. 녹스 씨입니다. 잃어버린 유언장에서 칼키스가 유언 집행자로 지명했던 사람이죠. 하지만 그 집에는 현재 아무도 살고 있지 않습니다. 꽤 낡은 집으로 몇 년 전까지는 녹스가 살았는데 중심가로 이사를 가면서 비워두고 갔으니까요."
페퍼도 설명에 끼어들었다.
"등기부 등본을 떼어 봤는데요. 담보로 잡혀 있지도 않고 팔려고 내놓은 흔적도 없어요. 그냥 기념으로 가지고 있는 모양입니다. 선대가 살았던 집이니까 말입니다. 그 집도 칼키스의 집과 같은 시기에 지어졌더군요.

여하튼, 벨리는 한 집도 빠짐없이 묻고 다녔답니다. 하지만 그 집들의 주인이나 하인들 가운데──우연히 그 중 한 집에 숙박객이 있었지만──누구 한 사람 정보를 제공해 주지는 못했습니다.

아실지 모르겠지만 그 안뜰로 가는 길은 어떤 집 뒷문을 통해서든 갈 수 있고, 매디슨 거리에서는 그 모퉁이에 있는 모스 부인이나 건츠의 집 지하실을 통해서만 들어갈 수 있습니다. 그 외에 54번 거리와 55번 도로, 매디슨 거리에서는 직접 그 안뜰로 갈 수 있는 길은 없습니다."

"간단히 말하면, 외부 사람이 그 안뜰로 들어가려면 그들 집이나 교회나 묘지의 어느 것을 이용하는 방법 외에는 다른 길이 없다는 결론이로군 그래?"

샘프슨이 못 참겠다는 듯이 말했다.

"네, 그렇습니다. 묘지로 가는 길도 3갈래밖에 없습니다. 교회 뒷문을 통해서 들어가는 길과 안뜰의 서쪽 끝에 있는 나무문을 통해서 들어가는 길, 그리고 54번 거리 쪽 담장에 붙어 있는 쪽문을 통해서 들어가는 길이 있습니다. 이 쪽문은 사실 높은 철대문입니다."

"그건 중요한 게 아니야. 중요한 건 벨리가 물어본 사람들 가운데 누구도 장례식 이후에 밤이건 낮이건 묘지에 들어간 사람이 없다는 점이야."

퀸 경감이 내뱉듯이 말했다.

"예외는 있습니다, 아버지."

엘러리가 부드럽게 말했다.

"모스 부인을 잊어버리셨습니까? 그녀는 매일 오후 죽은 사람들이 매장되어 있는 땅을 산책하는 즐거운 습관이 있다는 걸 벨리가 알아냈습니다."

"네, 맞아요."

페퍼가 말을 계속했다.

"하지만 그녀는 밤에는 산책하지 않는다고 했어요. 여하튼 검사님,

이 지역에 있는 주민들이 녹스를 제외하고 모두 그 교회에 소속되어 있어요. 녹스는 엄밀한 뜻에서 보면 이웃이 아닙니다."
"그는 가톨릭 신자고, 웨스트사이드에 있는 근사한 성당에 다니지."
퀸 경감이 말했다.
"그런데 도대체 녹스라는 사람은 어디 있는 거야?"
샘프슨 검사가 물었다.
"오늘 아침에 뉴욕을 떠났다고 하는데 어디로 갔는지는 나도 잘 모르겠네. 토머스한테 수색영장을 떼어 놓으라고 했네. 칼키스네 집 옆의 빈 집을 조사해야 하는데 녹스가 돌아올 때까지 기다릴 수가 없어서 말야."
퀸 경감이 설명했다.
"아시겠지만, 샘프슨 검사님. 경감님 생각은 범인이 글림쇼의 시체를 관 속에 밀어넣기 전에 그 빈 집에 숨겨 놓았을지도 모른다는 겁니다."
페퍼가 대신 설명을 해줬다.
"그거 그럴 듯하군, 경감."
"녹스 씨의 비서가 주인이 있는 장소를 가르쳐 주려고 하지 않았기 때문에 영장을 신청했던 거지요."
페퍼가 설명을 계속했다.
"예상이 빗나갈 수도 있지만, 이왕 하는 김에 철저하게 해야 하지 않겠나."
경감이 말했다.
"아주 대단한 행동 원칙입니다."
엘러리가 웃으면서 말했다.
경감은 눈썹을 찌푸리더니 불쾌한 얼굴로 아들을 향해 말했다.

"너는, 너는 너무 자만심이 강해."

경감이 말했다. 그러나 그 목소리에는 힘이 없었다.

"어쨌든 말이야…… 그 빈 집에 관해서 말인데 나에게 한 가지 생각이 있어. 글림쇼가 언제 죽었는지, 죽은 지 얼마나 됐는지 정확한 것은 모르고 있거든. 물론 부검 결과가 나오면 확실히 알 수 있겠지만, 그전에 우리 나름대로 추리를 해 수사를 진행시키지 않으면 안돼. 추리를 해볼 때 다음과 같은 걸 생각할 수 있는데, 만약에 글림쇼가 살해되기 전에 칼키스가 죽었다면…… 글림쇼의 시체가 발견된 장소로 봐서…… 칼키스의 관에 글림쇼를 묻은 것은 범인의 사전 계획에 의한 것이라고 볼 수 있어. 무슨 말인지 알겠나? 그렇다면 칼키스의 장례식이 끝나고 나서 글림쇼를 그 관에다 넣을 수 있을 때까지 글림쇼의 시체를 어딘가에 숨겨 두어야 하는데 그러려면 그 빈 집이 가장 적합한 장소가 되는 거야."

"분명히 그래. 그러나 퀸 경감. 그 점은 다른 관점에서 생각할 수도 있다네."

샘프슨 검사가 이의를 제기했다.

"검시 결과가 나오지 않은 상태에서 확실한 것은 말할 수 없지만, 칼키스의 죽음이 글림쇼가 살해된 뒤라고 할 수도 있네. 그렇다면 칼키스의 죽음은 범인이 예상도 하지 못한 일이고, 더구나 관의 이용 따위는 생각해 보지도 못했을 거야. 따라서 시체를 놓아 두었던 장소는 범행 현장으로 보는 것이 가장 자연스러운 사고방식이야. 아무튼 사후의 경과 시간이 명확하지 않은 때에 시체의 은닉 장소를 따져 봐야 아무 소용도 없지만 말일세. 안 그런가?"

"검사님 말씀대로 글림쇼가 살해된 것이 칼키스가 사망하기 전이었다면, 그는 아마 다른 곳에서 살해되었고, 칼키스가 사망했을 때, 관을 이용하려는 생각이 범인의 머리에 떠올라 거기서 비로소 시체를 외부에서 묘지로, 아마도 54번 거리 입구에서 운반되었던 것으로 되는군요."
페퍼 검사보가 끼어들었다.
"그렇지."
샘프슨 검사가 딱 잘라 말했다.
"이 범죄 사건과 칼키스네 저택 이웃 빈 집과는 전혀 관계가 없다고 생각해. 억측에 불과하다고 말하고 싶네."
"그렇게 단정하는 것도 위험하지 않을까요?"
엘러리가 부드럽게 말을 이었다.
"제 생각으로는 당신들은 마치 고기도 야채도 없이 스튜를 만들고 있는 것과 같아요. 부검 보고서가 도착하는 걸 기다리는 편이 좋을 겁니다."
"기다리라고? 그런 걸 기다리다가 지레 늙어 버리겠다."
경감이 투덜거렸다.
엘러리는 킬킬거리며 말했다.
"초서의 말을 믿으셔야 해요, 아버지. 그 15세기의 대시인은 노령의 이점을 가르쳐주었어요. 《새들의 의회》의 시구를 기억하시죠? '묵은 밭에서 해마다 새로운 곡식을 거두리라.'는 것을."
"페퍼, 뭐 다른 건 없나?"
샘프슨 지방검사가 언짢은 듯이 말했다. 그는 엘러리의 말을 완전히 무시하고 있었다.
"그 밖에 별다른 일은 없습니다. 벨리가 칼키스의 집과 묘지 건너편에 있는 백화점의 도어맨에게 물어보았답니다. 그는 하루 종일 54번 거리 쪽으로 난 문 앞에 서 있었습니다. 그리고 그 구역을 순찰 중이던 경찰한테도 물어봤답니다. 그런데 두 사람 모두 장례식 이후에 이상한 점을 발견하지 못했다는 겁니다. 야간 순찰을 돈 경찰도 아무것도 보지 못했다고 하고요. 그 사람 말이 만약 밤에 자기가 알아채지 못한 사이에 시체를 묘지 안에 운반하는 것은 반드시 불가능한 일도 아니라는 걸 인정했어요. 그리고 백화점의 야간 경비원은 상점 안을 순찰하는 것만이 임무라 묘지 쪽은 살피지 않는 답니다. 우선 들어온 보고는 그 정도입니다."

"이런 식으로 손쓸 방법도 없이 그저 멍청히 있다가는 머리가 이상해지겠어."

경감은 투덜거리면서 그 작은 몸을 난로 앞으로 옮겼다.

"'La patience est amére, mais son fruis est doux.' 평소의 제 인용 버릇이 나온 것 같아요."

엘러리가 속삭이듯 중얼거렸다.

"못된 녀석이군. 프랑스어로 말하다니. 대학 교육까지 시켰더니 저 혼자 잘난 척 꼬부랑 말로 떠들어! 엘러리, 그게 도대체 무슨 뜻이냐?"

경감이 욕설을 퍼부었다.

"'인내는 쓰지만, 그 열매는 달다'는 뜻입니다."

엘러리가 여전히 빙글빙글 웃으며 대답했다.

"그런데 그건 개구리가 한 말이지요."

"뭐라고? 개구리?"

"엘러리가 장난치고 있는 거네. 그가 말하는 개구리란 프랑스 사람을 말하는 거야. 루소가 한 말 같은데."

샘프슨 검사가 이젠 진저리가 난다는 듯이 주석을 달았다.

"알고 계셨습니까, 샘프슨 씨? 검사님은 때때로 반짝이는 멋진 지성으로 우리를 깜짝 놀라게 하십니다."

엘러리가 힘주어 말했다.

Inquiries
조사

다음날 토요일 아침 10월의 햇살이 반짝이기 시작하자 퀸 경감의 암울한 기분은 꽤 밝아졌다. 새뮤얼 프라우티 박사가 직접 칼키스와 살해된 남자의 부검 보고서를 갖고 나타났기 때문이다.

그날, 샘프슨 검사는 자신이 직접 처리해야 하는 사건 때문에 사무실을 떠날 수 없어서 페퍼를 대신 퀸 경감의 사무실로 보냈다. 프라우티 박사가 그날 처음으로 시가를 입에 물고 사무실에 들어가 보니 경감과 벨리, 페퍼, 그리고 호기심에 가득 차 눈을 반짝거리는 엘러리가 기다리고 있었다.

프라우티 박사는 방 안에서 가장 안락해 보이는 의자를 골라 호리호리한 몸을 둘로 접듯이 걸터앉더니 비아냥거리는 듯 신중하게 말을 골라 가며 이야기를 시작했다.

"여러분은 칼키스의 시체에 대해서 정확한 것을 알고 싶어 할 테지요. 그것은 전혀 문제가 없습니다. 프로스트 의사는 사망 증명서에 정확하게 진실을 기재했으며 의심할 여지는 전혀 없어요. 칼키스의 심장은 매우 약한 상태에 있었으므로 펌프 기능을 잃은 겁니다."

"독극물의 징후는?"

"전혀 없었으니 안심하시오. 그런데 두 번째 시체는……."

프라우티 박사는 이빨을 쉴새없이 딱딱 부딪치며 "모든 징후가 칼키스보다 먼저 죽었다는 것을 나타내고 있군요. 설명하자면 시간이 좀 걸릴 거요"라고 씨익 웃으며 말을 계속했다.

"여기에는 여러 가지 조건이 있는데 단정적으로 말하는 건 위험하죠. 이를테면 체온의 상실 같은 것도 이 경우엔 별로 참고가 안 되는 셈이죠. 그러나 시체의 근육 변화와 시반이 완전히 나타나 있다는 것으로 어느 정도 추정할 수 있습니다. 피부 표면과 복강 내의 녹색 반점은 세균의 화학적 작용에 의해 일어나는데, 이미 상당히 진척되어 있었고 시체의 내부와 외부의 부패성 반점의 수와 위치로 봐서 지난 밤까지 대체로 사후 7일은 경과한 것이라고 봐도 되겠습니다. 체내 가스에 의한 팽창 정도, 구강과 비강 내의 분비 점액, 기관 내부의 상태, 위, 장, 비장의 몇 가지 징후 이런 모든 것들이 방금 말한 사후 경과 시간이 정확하다는 걸 보여주고 있습니다. 피부의 긴장도는 체내 가스에 의한 팽창이 심한 곳——예컨대 복부에서는 이완이 시작됐어요. 그 밖에 복부 내 가스의 악취, 비중 저하——등의 징후를 고려하면, 이 글림쇼라는 사람이 피살된 때부터 어제 아침 발굴되기까지 엿새하고도 반나절이 경과한 것은 틀림없다고 할 수 있습니다."

"다시 말해 글림쇼는 극히 짧은 시간, 그러니까 지난 주 금요일 늦은 밤부터 토요일 이른 아침 사이에 살해되었다는 말이 되는 거죠?"

경감이 물었다.

"네, 맞습니다. 그런데 여러 가지 자료로 볼 때 부패의 진행 상태가 통상적인 경우보다 다소 지연된 면이 보인다는 것도 말씀드려야겠습니다. 다시 말해 칼키스의 관에 묻히기 전에 공기가 통하지 않는 건조한 곳에 놓여 있었다는 얘기지요."

"유쾌한 얘기는 아니군요. 우리의 불멸의 영혼이 깃드는 육체가 언젠가는 그런 추악한 상태로 변하다니."

엘러리가 얼굴을 찌푸리며 말했다.

"왜요? 부패가 너무 빨리 진행됐다는 겁니까?"

프라우티 박사는 매우 재미있어 했다.

"그렇다면 당신에게 위로의 말을 해 드리지요. 때로 여자의 자궁은 죽은 뒤에도 7개월 동안 부패하지 않는 경우가 있습니다."

"호오, 이것이 당신의 위로의 말이군요……."

퀸 경감이 초조해져서 말했다.

"박사님, 글림쇼가 교살당한 것이 맞습니까?"

"예, 틀림없는 교살입니다. 그것도 맨손으로 목을 졸랐습니다. 손자국이 아주 선명하게 나 있었거든요."

"박사님, 제가 보내드린 물은 조사해 보셨습니까?"

엘러리가 의자 깊숙이 파묻혀 담배 연기를 내뿜으면서 아무렇지도 않은 듯이 물었다.

"아, 그거요."

프라우티 박사는 귀찮아하는 표정으로 말을 이었다.

"그것에는 물론 염분이 포함되어 있었습니다. 주로 칼슘염인데, 센물에는 반드시 들어 있는 거죠. 알다시피 우리가 마시는 물은 모두 센물이죠. 물을 끓이면 염분은 제거됩니다. 그래서 간단한 실험을 통해서도 그게 끓였던 물인지 아닌지를 알 수 있는 거지요. 지금 문제로 되어 있는 물, 당신이 퍼컬레이터에서 따른 물은 한 번 끓였던 물이더군요. 끓이고 난 다음에 끓이지 않은 생수를 첨가하지 않았다는 건 절대로 확실합니다."

"박사님, 당신의 과학적 머리에 경의를 표하지 않을 수 없군요."
엘러리가 중얼거렸다.
"필요하지 않은 말은 하지 말아요. 뭐 다른 질문은 없습니까?"
"없습니다, 박사님 수고를 끼쳐서 미안합니다."
퀸 경감이 말했다.
프라우티 박사는 코브라처럼 긴 몸을 세우고 시가 연기를 뿜으면서 나갔다.
"자, 이제 우리가 아는 자료들을 검토해 보기로 하지."
퀸 경감이 두 손을 비비면서 메모지를 보고 입을 열었다.
"먼저 브릴랜드라는 남자 말인데 퀘벡으로 떠난 것이 거의 확실해. 역원의 증언, 열차표의 남은 조각, 호텔 숙박부, 출발 시간 등으로 알리바이는 완전한 것 같아. 다음은 데미 칼키스야. 그는 사건이 있었던 지난 토요일 하루 종일 벨로스 박사의 진료소에서 지냈어…… 그리고…… 칼키스 집에서 채취한 지문 감정 보고서, 그건 전혀 쓸모가 없었어. 서재 책상 위에서 글림쇼의 지문이 발견되긴 했지만 다른 지문들과 섞여 있었고, 그 집에 있는 모든 사람들이 한 번씩은 칼키스의 책상에 손을 댄 것 같았어. 유언장을 찾는다고 수선을 떨었으니까 그렇게 되었는지 모르겠지만…… 지문이라면 관에 있었어. 더러워진 것 깨끗한 것들이 놀랄 만큼 많이 있었는데, 관을 놓아 두었던 곳이 응접실이고 그 방에는 누구나 드나들었고 모두 관 둘레에 모여 있었으니까 거기에 찍혀 있는 지문의 주인을 의심하는 것은 위험 천만이야…… 참, 토머스! 바렛 상점을 조사하러 갔던 피곳한테는 보고가 들어왔나?"
"예, 왔습니다. 전화로 주문을 받은 점원이 주문자는 칼키스였다고 합니다. 전화로 여러 번 주문을 받았기 때문에 칼키스의 목소리는 확실히 알고 있다고 합니다. 지난 주 토요일 아침에 전화를 받았는데 물결무늬 붉은 넥타이 6개를 가져다 달라고 했다는군요. 전화 시간도 넥타이 색깔도 일치하니까 틀림없을 겁니다. 그리고 바렛 상점의 배달부가 받은 영수증에는 윅스의 사인이 있었습니다. 모든 게 다 맞습니다."
벨리가 대답했다.
"어떠냐, 엘러리. 이 정도면 너도 만족스러울 테지? 사실 어떻게 너에게 도움될지 나로선 전혀 알 수 없지만 말이야."
퀸 경감이 심술궂게 말했다.
"그 빈 집은 어떻게 됐나, 형사반장? 수색 영장은 입수했나?"
페퍼가 물었다.
"그 일은 아무 소용이 없었네."
경감이 대신 대답했다.
"영장을 받아서 형사 리터에게 수사를 맡겼는데 아무것도 못 찾았다는 보고가 들어 왔어요. 문자 그대로 빈 집이고…… 가구는 모조리 실어갔고, 지하실에 반쯤 망가진 낡은 트렁크가 하나 남아 있을 뿐, 뭐 하나 발견할 수 없었답니다."
벨리가 설명을 보충했다.
"리터 형사가 말인가?"
담배 연기 때문에 눈을 깜박이며 엘러리가 물었다.
"그럼 이번에는 글림쇼라는 인물에 대해서 살펴보세."
경감이 다른 메모지를 들더니 말했다.
"상세히 말해 주세요. 검사님도 그 사람에 대해서 어디까지 조사가 됐는지 확실히 알아오라고 특별히 말씀하셨어요."
"많이 알아봤지."
경감은 다소 언짢은 듯이 대답했다.
"글림쇼는 죽기 전 화요일에 싱싱 교도소에서 출감했네. 그러니까

9월 28일이지. 모범수로 출감한 게 아니고 형기를 마치고 나왔어. 문서 위조죄로 5년 형기였는데, 입소한 것은 범행 후 3년이나 지나서였지. 용케 숨어서 체포를 면했던 거지. 그에게는 또 하나의 전과가 있어. 15년쯤 전에 2년간 감방에서 살았어. 당시 그가 근무했던 시카고 미술관에서 그림을 훔치려다가 미수로 끝났어."
"전에 제가 말씀드리고자 했던 것이 그겁니다. 문서 위조는 그의 많은 범죄 가운데 하나라는 얘기 말입니다."
페퍼가 말했다.
엘러리가 귀를 쫑긋 세웠다.
"미술관 도둑이라고요? 우연 치고는 이야기가 잘 들어맞는군요. 대미술상과 미술관 도둑이라……."
"뭔가 의미가 있을 것 같군."
경감이 중얼거렸다.
"여하튼, 9월 28일에 출감한 이후의 행적을 보면 그는 싱싱 교도소에서 나오자 이곳 뉴욕으로 와서 49번 거리에 있는 베네딕트 호텔로 갔어. 베네딕트 호텔이란 3류 싸구려 호텔로 그는 숙박부에 글림쇼라고 본명으로 기록을 했지."
"글림쇼는 원래 가명을 쓰지 않는다고 했어요. 꽤 심장이 셌던가 봅니다."
페퍼가 주석을 달았다.
"호텔 직원들은 신문해 보셨나요?"
엘러리가 물었다.
"프런트의 직원과 매니저에게서는 아무것도 들은 게 없습니다. 그래서 밤 근무자를 이리로 불렀습니다. 그가 뭔가 알고 있을 테죠…… 이제 도착할 시간입니다."
벨리가 대답했다.

"그 외의 글림쇼의 행적은?"

페퍼가 경감에게 물었다.

"지난 주 수요일에, 그러니까 출감한 다음날 밤에 녀석이 잘 드나들던 서쪽 45번 거리의 술집에 여자를 데리고 나타났어. 여보게, 토머스, 시크는 왔나?"

"네, 바깥에서 기다리고 있습니다."

벨리가 일어나서 걸어 나갔다.

"시크가 누구죠?"

엘러리가 물었다.

"술집 주인이지. 내 옛 친구이고."

벨리가 얼굴이 붉고 몸집이 큰 사람을 끌고 들어왔다. 한눈에 봐도 바텐더 출신이라는 것을 쉽게 알 수 있을 정도로 붙임성 좋은 얼굴이 큰 사나이였는데도 잔뜩 겁에 질려 있었다.

"안, 안녕하십니까, 경감님. 날씨가 아주 좋습니다. 그렇죠?"

"그렇군."

경감은 무뚝뚝한 얼굴로 대꾸했다.

"거기 앉게, 바니. 몇 가지 물어볼 게 있으니까."

"오늘 호출은 제 개인적인 문제 때문입니까? 조사 받을 만한 일은 아무것도 하지 않았는데요."

시크가 땀에 젖은 얼굴을 훔치며 말했다.

"밀매주에 대해 묻는 게 아냐. 그런 일과는 관계 없네."

경감이 책상을 톡톡 치면서 말했다.

"똑바로 대답해야 돼, 바니. 일주일 전 수요일 밤에 네 가게에 앨버트 글림쇼라는 막 교도소에서 나온 사나이가 나타났을 텐데."

"그렇습니다, 경감님."

시크는 바짝 긴장해 떨면서 대답했다.

조사 181

"요전에 죽은 놈 말씀하시는 거죠?"

"여전히 눈치는 빠르군, 바니. 그자가 어떤 여자와 같이 왔다고 하던 데 그것에 대해 말 좀 해 봐."

"그럼 말씀드리죠, 경감님. 사실 지금으로서는 확실한 증거는 없습니다. 제가 모르는 여자였어요…… 그날 밤 처음 본 얼굴이었어요."

시크는 갑자기 소근거리는 소리로 말했다.

"어떤 여자야?"

"아주 덩치가 크고 살이 쪘는데 금발이었어요. 서른댓쯤 돼 보였습니다. 눈가에 잔주름이 많더군요."

"그래서 무슨 일이 있었지? 계속 얘기해보게."

"그들은 9시쯤 왔습니다. 가게를 막 열었을 때라 손님이 거의 없었습니다."

시크는 기침을 쿨럭 하고 나서 말을 이었다.

"둘은 자리에 앉더니 글림쇼가 곧 술 한 잔을 주문하더군요. 여자는 아무것도 주문하지 않았어요. 그리고 나서는 그런 패거리들이 으레 그렇듯 곧 다투기 시작했어요. 뭐라고 떠드는지는 거의 알아들을 수 없었지만, 그 여자의 이름이 릴리라는 것은 들을 수 있었습니다. 글림쇼가 그 여자를 그렇게 불렀죠. 제가 보기에 글림쇼가 그 여자에게 뭘 해 달라는 것 같았습니다. 그런데 그 여자가 순순히 말을 안 듣더라고요. 조금 있다가 여자는 벌떡 일어나서는 나가 버렸습니다. 글림쇼는 어리둥절해져서 여자의 뒷모습을 보더니 이내 흥분해서 뭐라고 중얼댔습니다. 한 5분인가 10분쯤 더 있다가 결국 그도 나가 버렸습니다. 제가 알고 있는 건 그게 답니다, 경감님."

"릴리라는 이름의 금발 여자였단 말이지?"

경감은 턱을 손으로 받치고 뭔가를 곰곰이 생각하는 눈치였다.
"좋아, 바니. 그 이후에 글림쇼가 다시 나타났나? 그 수요일 밤 뒤로?"
"오지 않았습니다. 맹세합니다, 경감님."
시크가 얼른 대답했다.
"질문은 끝났네. 돌아가도 좋아."
시크는 재빨리 일어나서 사무실에서 후다닥 나가버렸다.
"그 금발 여자가 누군지 조사해 볼까요?"
벨리 형사반장이 경감을 바라보며 물었다.
"그래, 빨리 시작해 주게. 아마 감옥에 들어가기 전에 알던 정부쯤 될 거야. 둘이 싸우고 있었다면 감옥에서 나온 지 하루나 이틀 만에 알게 된 사이는 아닐 테니까. 글림쇼의 기록을 뒤져보면 여자의 내력도 알 수 있을 거야."
벨리는 방을 나갔다가 공포에 질린 눈을 껌뻑거리고 있는 얼굴이 하얀 청년 하나를 데리고 다시 돌아왔다.
"이 사람이 벨리라고, 베네딕트 호텔의 밤 근무잡니다. 자, 멍청히 있지 말고 더 앞으로 나와. 아무도 널 잡아먹진 않아."
형사반장 벨리는 벨을 의자에 밀쳐 앉히고는 그 옆에 우두커니 섰다.
경감은 벨리더러 물러나라는 손짓을 했다. 그리고는 부드러운 목소리로 말했다.
"벨, 걱정하지 말게. 여기 있는 사람들은 모두 자네 친구들이야. 우리는 그저 몇 가지 알고 싶은 게 있어서 자네를 부른 것뿐이네. 베네딕트 호텔에서 밤 근무자로 일한 지 얼마나 됐지?"
"4년 반 가량 됐습니다. 경감님."
벨은 펠트 모자를 손가락으로 마구 구겨대고 있었다.

"9월 28일 이후에 계속 근무를 했나?"

"네, 저는 하루 밤도 빠지지 않았습니다."

"손님 중에 앨버트 글림쇼라는 이름으로 숙박한 사람을 알고 있나?"

"네, 경감님. 압니다. 신문을 보니까 그 사람이 54번 거리에 있는 교회 묘지에서 시체로 발견됐다고 하더군요."

"좋아, 그대로야. 자넨 꽤 똑똑하군, 벨. 그럼 자네가 그 손님을 받았나?"

"아닙니다. 낮 근무자가 받았습니다."

"그런데 어떻게 그 사람을 알지?"

"그게 좀 사연이 얄궂습니다."

벨은 긴장이 조금 풀리는 것 같았다.

"그 사람이 투숙해 있었던 그 주의 어느 날 밤에 이상한 일이…… 네, 아주 괴상한 일이 일어났기 때문에 그 사람을 기억하고 있죠."

"그날 밤이란 언제를 말하는 거지?"

"그 사람이 투숙하고 이틀째 밤이었으니까 지난 주 목요일이었습니다."

"음, 그렇지."

"그날 한 30분 동안 계속해서 글림쇼라는 사람을 만나러 온 손님이 5명이나 있었어요."

경감의 태도는 볼만했다. 그는 의자 위에 몸을 젖히고는 코담배를 조금 집은 뒤 벨의 진술이 별로 대수롭지 않은 듯한 표정을 지었다.

"그래서 어떻게 됐지? 계속하게, 벨."

"목요일 밤 10시쯤 글림쇼는 어떤 사람과 함께 들어오더군요. 로비를 걸어가는 내내 계속 빠른 말로 이야기를 하고 있었어요. 뭔지는 모르겠지만 독촉을 받는 것처럼 보였는데, 무슨 말을 하는지는 알아들 수가 없었어요."

"글림쇼와 같이 들어온 사람은 어떻게 생겼던가요?"

이번에는 페퍼가 물었다.

"확실히 볼 수가 없었어요. 얼굴을 거의 가리고 있었으니까요."

"아 그래?"

경감이 다시 웅얼거렸다.

"……얼굴을 거의 가리고 있었는데 남에게 보이는 걸 싫어하는 것 같았어요. 그 사람을 다시 보게 되면 알아볼 수 있을 것 같기는 한데, 글쎄요, 장담은 못하겠습니다. 어쨌든 그들은 곧장 엘리베이터를 탔는데 그것이 제가 두 사람을 본 마지막입니다."

"잠깐만, 벨."

경감이 벨의 말을 막고 벨리 쪽으로 고개를 돌려 명령했다.

"토머스, 그날 엘리베이터의 야간 근무자를 데리고 와."

"벌써 수배했습니다. 헤스가 곧 그 사람을 데리고 올 겁니다."

벨리가 대답했다.

"좋아, 계속해 보게, 벨."

"아까도 말씀드렸듯이 그때가 밤 10시쯤이었습니다. 그 바로 뒤에 글림쇼와 같이 온 두 사람은 아직도 엘리베이터를 기다리고 있었습니다. 한 남자가 내 데스크로 걸어와 글림쇼를 만나고 싶으니 방 번호를 가르쳐 달라고 했어요. 그래서 제가 '글림쇼 씨라면 바로 저기 계신데요'라고 말했는데, 바로 그때 엘리베이터가 내려왔고 두 사람은 타버렸죠. 그래서 저는 '글림쇼 씨의 방은 314호입니다'라고 가르쳐드렸지요. 그런데 그 남자분이 좀 이상했어요. 잔뜩 긴장을 하고 계셨는데…… 여하튼 엘리베이터가 다시 내려왔고 그분은 그 앞에서 기다리고 계셨죠. 참, 저희 베네딕트는 작은 호텔이어서 엘리베이터가 하나밖에 없습니다."

"그 다음엔?"
"네, 경감님. 그리고 나서 1분 가량 지나 우연히 로비 쪽을 보는데, 어떤 여자분이 어슬렁거리고 있었어요. 그 여자분도 역시 잔뜩 긴장을 한 채 이상하게 초조해하고 있었어요. 그분은 제 데스크에 와서 묻더군요. '314호 옆에 빈 방이 없을까요?'라고요. 아마 아까 제가 그 남자와 얘기하는 것을 들었던 모양이에요. 저는 뭔가 이상한 낌새를 눈치챘죠. 그 여자는 손에 든 짐도 없었거든요. 제가 의심한 건 무리가 아니죠. 그러나 손님은 손님이죠. 게다가 운이 좋았다고 할까 글림쇼의 방과 이웃한 316호실이 비어 있었어요. 그래서 전 그 방의 열쇠를 꺼내 룸서비스를 불렀어요. 그런데 그 부인은 룸서비스는 부를 필요가 없다며 자기 혼자서 올라가겠다고 했어요. 실제로 그 여자는 열쇠를 받더니 혼자 엘리베이터 쪽으로 갔어요. 그때는 이미 아까 그 남자가 올라간 뒤였죠."
"그 여자는 어떻게 생겼나?"
"글쎄요, 잘 기억이 안 납니다. 다시 보면 알아볼 수 있을지도 모르겠지만…… 작고 뚱뚱한 중년 부인이었어요."
"숙박부에는 뭐라고 기록했나?"
"J. 스톤 부인요. 제 짐작으로는 필체를 속이려고 애쓰는 것 같았어요."
"금발이었나?"
"아니오, 경감님. 검은 머리였는데 약간 희끗희끗했습니다. 여하튼 그 부인은 하루치 방값을 선불했습니다. 욕실이 없는 방값이었습니다만 요즘은 계속 불경기라 어쩔 수 없다고 체념했어요."
"이봐, 이야기를 옆길로 새지 말고, 모두 5명이 찾아왔다고 했는데 나머지 두 사람은 어떻게 된 거지?"
"네, 지금 말씀 드리겠습니다, 경감님. 그때부터 15분에서 20분 사이에 남자 두 사람이 데스크에 더 와서 앨버트 글림쇼라는 사람이 여기 투숙해 있는지, 있으면 몇 호실에 머물고 있는지 가르쳐 달라고 했습니다."
"그 두 사람은 같이 왔나?"
"아닙니다. 5분에서 10분 정도의 간격으로 따로 왔습니다."
"그 두 사람을 보면 알아볼 수 있을 것 같나?"
"물론입니다. 그런데…… 제가 이상하게 느낀 건 이 다섯 남녀가 모두 똑같이 묘하게 겁을 먹고 있었던 일입니다. 다른 사람에게 얼굴들을 보이고 싶지 않은 모양이었는데…… 그리고 참, 처음에 글림쇼와 함께 들어온 사람도 역시 그랬습니다."
벨은 귓속말을 하는 듯한 목소리로 말했다.
"그 사람들 가운데 누군가가 나가는 것도 봤나?"
벨은 여드름 난 얼굴을 수그리고 말했다.
"실은 제가 엄청난 실수를 했어요. 당연히 망을 보고 있어야 했는데, 그 뒤 프런트가 몹시 바빠져서…… 숙박했던 쇼걸 일행이 출발하게 되어서…… 제가 이것저것 바빠진 새에 다섯 사람이 모두 나가 버렸어요."
"그 여자도 말인가? 여자는 숙박하지 않았나?"
"그것이 또 이상한데요. 이튿날 밤 제가 출근하자 낮 담당 접수원이 청소하는 아줌마가 316호 침대에는 잠을 잤던 흔적이 없었다고 보고했다고 전해주더군요. 열쇠도 그냥 문에 꽂혀 있었답니다. 아마 여자는 방을 잡기는 했으나 마음이 바뀌었던 모양입니다. 하긴 우리야 미리 선금을 받았으니 상관없는 일이죠."
"목요일 이외의 밤에는 어땠는가? ……수요일 밤이나 금요일 밤 글림쇼를 찾아온 손님이 없었나?"
"글쎄요, 방문객이 있었는지 없었는지 저는 잘 모르겠는데요."

야근한 접수원은 변명 비슷한 말을 했다.

"제가 아는 거라곤 프런트 데스크에 찾아온 사람은 하나도 없었다는 겁니다. 글림쇼는 금요일 밤 9시경에 연락처도 남겨놓지 않고 호텔을 나갔습니다. 짐은 원래 갖고 있지 않았고요…… 그것도 제가 그 남자를 잘 기억하는 이유 가운데 하나였습니다."

"그 방을 한번 볼 필요가 있군. 글림쇼가 나간 다음에 그 방에 투숙한 손님이 있었나?"

경감이 물었다.

"네, 경감님. 그 뒤에도 세 번이나 손님을 받았습니다."

"청소는 매일 했나?"

"물론이죠."

페퍼는 아쉬운 듯 고개를 저었다.

"거기 뭐가 있었다 하더라도 지금은 없어졌겠는데요. 경감님, 찾아봐야 헛수고겠습니다."

"하긴, 일주일이나 지났으니."

"참, 벨 씨, 글림쇼의 방에 욕실이 있었습니까?"

엘러리가 느릿느릿 물었다.

"네, 있었습니다."

경감이 의자 위에서 몸을 뒤로 젖히며 유쾌한 듯이 말했다.

"빨리 손을 쓸 일이 생긴 것 같군. 토머스! 이 사건에 관계된 모든 사람들을 1시간 내로 동쪽 54번 거리 11번지 집으로 불러 모으게."

벨리가 방에서 떠나자 페퍼가 혼잣말을 하듯 말했다.

"경감님, 사건이 급박한 양상을 띠게 되었습니다. 가령 글림쇼를 찾아온 다섯 남녀가 사건과 관련이 있다면 다소 번거로운 결과가 생깁니다. 무엇보다 글림쇼의 시체를 본 사람들 전부가 한 번도 본 적이 없는 사람이라고 말했으니까요."

"특별히 번거로운 문제는 아니지. 인생이란 게 원래 그런 거니까."

경감이 툭툭 내뱉듯 말했다.

"명언이십니다, 아버지."

엘러리가 비아냥거리듯 말했다. 벨이 당혹한 듯 모두의 얼굴을 쳐다보았다.

벨리가 발소리를 내며 돌아왔다.

"수배를 끝냈습니다. 헤스가 흑인 1명을 데리고 왔는데요…… 베네딕트 호텔의 엘리베이터맨이랍니다."

"데리고 와."

베네딕트 호텔의 엘리베이터맨은 젊은 흑인으로 얼굴이 공포 때문에 보랏빛으로 질려 있었다.

"이름이 뭐지?"

"화이트입니다, 어르신…… 화, 화이트라고 합니다."

"오오, 놀랍군, 화이트라."

경감이 비아냥거리듯 말했다.

"화이트, 당신에게 묻겠는데 지난 주에 베네딕트 호텔에 투숙했던 글림쇼라는 사람 기억하나?"

"목 졸려 죽었다는 사람 말입니까, 어르신?"

"그래."

"네, 확실히 기억합니다."

화이트가 부들부들 떨면서 대답했다.

"그러면 지난 주 목요일 밤 10시경에 한 사내를 데리고 네 엘리베이터에 탄 것도 기억하나?"

"네. 기억하고말고요."

"그 사내는 어떻게 생겼던가?"

"잘 모르겠는데요. 어떻게 생겼는지는 기억이 잘 안 납니다."

"다른 것은 기억나는 게 없나? 그 밖에도 몇 사람, 글림쇼가 있던 층까지 안내해준 사람이 있을 테지?"

"워낙 많은 사람들이 탔습니다, 어르신, 너무 손님이 많아서 일일이 생각나진 않지만 확실히 기억이 나는 것은 글림쇼라는 사람하고 그의 친구가 3층에 내려서 314호로 들어간 겁니다. 그 방은 엘리베이터 바로 옆이었거든요."

"그 사람들이 엘리베이터 안에서 무슨 얘기를 나누던가?"

젊은 흑인은 신음소리를 냈다.

"저는 멍텅구리라서 아무것도 기억할 수가 없습니다."

"같이 데리고 간 사내 목소리는 어땠나?"

"전…… 전 모르겠어요, 어르신."

"어쩔 수 없군. 화이트, 가도 좋네."

화이트는 허겁지겁 사무실에서 나갔다. 퀸 경감이 일어나서 외투를 입더니 벨에게 말했다.

"자넨 여기서 좀 기다리게. 금방 돌아올 테니까…… 몇 사람 얼굴을 좀 확인해 주어야겠네."

경감이 사무실에서 나가자 페퍼는 벽을 멀거니 바라보면서 엘러리에게 말했다.

"엘러리 씨, 나는 이 사건에 목이 달려 있소. 지방검사님은 이 수사를 나에게 완전히 일임했거든요. 내 생각에는 유언장을 찾아보는 것이 효과적일 거라고 생각하는데, 그것도 과연 성공할 것인지…… 그런데, 그 유언장은 어디로 가 버린 것일까요?"

"페퍼 씨, 그 유언장은 잡동사니 속에 섞여 들어가 없어졌는지도 모릅니다. 하지만 난…… 이렇게 말해도 괜찮을지 모르겠지만, 정밀한 내 추리를 버릴 수가 없습니다. 유언장은 관 속에 들어가 칼키스의 시체와 함께 매장되었다는 추리 말입니다."

엘러리가 말했다.

"처음에 당신 설명을 들었을 때는 정말 그렇다고 생각했었는데."

"나는 아직도 그 추리를 확신합니다."

엘러리는 다시 담배에 불을 붙인 뒤 연기를 깊이 들이마시고 말을 이었다.

"그리고 그 추리가 옳고 또 유언장이 지금도 존재하고 있다면 현재 그것을 갖고 있는 사람을 분명히 지적할 수 있습니다."

"네? 지적할 수 있다구요?"

페퍼는 믿기지 않는다는 표정이었다.

"당신이 하는 말은 잘 모르겠지만, 그게 누굽니까?"

엘러리는 한숨을 쉬며 대답했다.

"페퍼 씨, 그건 삼척동자라도 다 알 수 있는 겁니다. 글림쇼의 시체를 숨긴 사람이지 누구겠어요?"

Note
지목

 잘 개인 그 10월 아침은 퀸 경감의 오랫동안 잊지 못할 것이 되었는데, 그것에는 그만한 까닭이 있었다. 장차 지역의 지도자를 꿈꾸는 젊은 호텔 사무원인 벨에게도 그날이 도래했다고까지 자만할 수는 없지만, 이를테면 고대하던 기쁜 날이었다. 그러나 슬론 부인에게는 불안만 안겨 주었다. 그리고 그밖의 사람들에게는 이날이 무슨 날인가는 막연히 추측하는 외에 방법이 없었다. 예외는 조앤 브레트 양 단 한 사람으로, 그녀는 숨기지 않고 구체적으로 보여 주었다.
 조앤 브레트 양은 모든 의미에서 최악의 아침을 경험했다. 그녀는 분개했다. 분개한 나머지 진주같은 눈물이 넘쳐 흐른 것은 이상한 일도 아니다. 그녀의 운명은 가혹했다. 그런데 그것이 지금 다시 목적을 알 수 없는 옛 방법으로 더 가혹해지려 하고 있다. 그녀라는 토양은 역설적으로 말하면 따뜻한 눈물을 뿌렸기 때문에 상냥한 정열의 씨앗을 뿌리기에는 적당하지 않은 것으로 변해 있었다.
 그것을 한 마디로 말하면 아무리 굳센 이 영국 아가씨도 괴로움을 이겨낼 힘이 한계에 이르러 있었던 것이다.

그 모든 것은 앨런 체니 청년의 실종에서 비롯되었다.

그날 아침, 퀸 경감은 칼키스 저택에 도착하자 곧 서재에 자리잡고 사건 관계자 모두를 데리고 오도록 부하 형사들에게 명령했다. 소집된 사람들 중에 체니의 얼굴이 보이지 않았으나 경감은 처음엔 신경도 쓰지 않았다. 사람들의 반응을 관찰하는데 열중했기 때문이다. 경감이 정의의 화신인 것처럼 도사리고 있는 의자 옆에 지금은 중요 인물로 바뀐 벨이 눈을 반짝이며 버티고 서 있었다. 관계자들이 세로로 줄을 지어 방으로 들어왔다. 길버트 슬론과 칼키스 미술관의 유능한 관리주임 내이쇼 스위서 그리고 슬론 부인, 데미, 브릴랜드 부부, 의사 워디스와 조앤 브레트, 우드러프는 조금 늦게 도착했다. 윅스와 심즈 부인은 되도록 경감에게서 떨어져 벽가에 섰다…… 한 사람 한 사람 들어올 때마다 벨이 작은 눈을 날카롭게 뜨고 바라보았다. 벨은 양손을 과장해서 움직이며 입술을 심하게 떨었고, 때로는 복수의 여신의 아들인 것처럼 고개를 사납게 흔들어 보였다.

아무도 말을 하는 사람이 없었다. 모두 벨을 한 번씩 쳐다보고는 잠시 뒤 그 눈을 피했다.

퀸 경감은 엄숙한 표정으로 혀를 찼다. 그리고 이내 입을 열었다.
"모두 자리에 앉으십시오. 여보게 벨! 이 방에 있는 사람들 가운데 9월 30일 목요일 밤에 베네딕트 호텔로 글림쇼를 찾아간 사람이 있나?"

누군가 앗 하고 신음 소리를 냈다. 경감이 뱀처럼 재빨리 돌아봤으나 그 소리의 주인공도 순간 정신을 차린 모양이었다. 어떤 사람은 무관심한 표정을 하고 있었고 어떤 사람은 호기심 어린 눈을 반짝거렸고 또 어떤 사람은 성가신 일이 다시 시작되었다는 듯 지긋지긋한 얼굴을 하고 있었다.

벨은 예상치도 않게 찾아온 이 기회를 최대한으로 이용하려는 듯

뒷짐을 진 채, 등을 두드리면서 의자에 앉아 있는 사람들 앞을 왔다 갔다하기 시작했다. 그리고 각 사람의 얼굴을 여러 번 들여다보다가, 마침내 승리자같은 표정을 짓더니 초로의 멋쟁이 남자를 손가락으로 가리켰다. 길버트 슬론이었다.

"이 사람이 그 사람입니다."

벨이 딱 잘라 말했다.

"그래?"

경감은 코담배를 코에 대었다. 그는 이제 많이 차분해진 모습이었다.

"그럴 거라고 생각하고 있었어. 여봐요, 길버트 슬론 씨, 당신도 성가시게 구는 사람이군. 어저께 질문했을 때는 글림쇼의 얼굴은 한번도 본 적이 없다고 대답했잖소. 그런데 지금 글림쇼가 숙박했던 호텔의 야간 접수원이 그가 살해된 전날 밤 만나러 온 방문객들 가운데 한 사람이 당신이라고 증언했어요. 이 점에 대해 설명을 좀 해 보시죠?"

슬론은 물을 떠난 고기처럼 힘없이 고개를 저었다.

"저는······."

그는 말하려다가 목소리가 기관지의 장애물에 걸렸는지 여러 번 헛기침을 했다.

"저는 이 사람이 무슨 말을 하는지 전혀 모르겠는데요. 뭔가 착오가······."

"호오, 착오라고요?"

경감은 생각해 보았다. 그리고는 눈에 빈정거리는 빛을 떠올렸다.

"조앤 브레트 양을 흉내 내려는 건 아닐 텐데. 어저께 그녀가 한 말과 똑같은 말을 하고 있군요······."

슬론이 뭐라고 중얼거리자, 조앤의 뺨이 붉게 물들었다. 그러나 그녀는 눈길을 앞으로 둔 채 가만히 앉아 있기만 했다.

"벨, 그날 밤에 이 사람을 봤다는 것이 사실이야?"

경감이 다짐을 받았다.

"분명히 보았습니다, 경감님. 이 사람입니다." 벨이 말했다.

"어떻습니까, 슬론 씨?"

슬론은 갑자기 다리를 꼬았다.

"정말 웃기는 일이군요. 저는 도대체 무슨 말인지 모르겠습니다."

경감은 빙긋 웃더니 벨에게로 고개를 돌려 물었다.

"벨, 이 사람은 몇 번째 손님이었지?"

벨은 당황했다.

"몇 번째 손님이었는지는 생각나지 않지만, 방문자들 가운데 한 사람인 것은 절대로 확실합니다."

"하지만 경감님……."

슬론이 당황해서 말하려 했다.

"당신 얘기는 나중에 듣기로 하죠, 슬론 씨."

경감이 손을 저어 보이며 재촉했다.

"계속해 벨. 또 다른 사람은 없나?"

벨은 다시 사냥을 시작했다. 그는 다시 가슴이 부풀어 올랐다.

"또 한 사람 확실하게 기억나는 얼굴이 있는데……."

거기까지 말하고 나서 벨은 방을 가로질러 갔다. 브릴랜드 부인이 낮은 비명소리를 질렀다.

"이 사람입니다. 이 부인입니다."

벨이 말했다.

그의 손가락이 델피나 슬론을 가리켰다.

"음……."

경감이 팔짱을 끼면서 웅얼거렸다.

"슬론 부인, 당신도 우리가 무슨 말을 하는지 전혀 모르겠다고 대답하시려 할 테죠."

그녀의 분필같이 하얀 볼에 붉은 빛이 번지기 시작했다. 그녀는 몇 번인가 혀로 입술을 핥았다.

"하지만 저도, 역시 그래요, 경감님, 정말 무슨 말인지……"

"부인은 전에 글림쇼를 본 적이 없다고 말씀하셨죠?"

"네, 그렇게 말씀드렸어요!"

그녀는 미친 듯이 외쳤다.

"전혀 본 적이 없다니까요!"

경감은 슬픈 듯이 고개를 저었다. 칼키스 사건의 관계자들이 왜 이렇게 거짓말쟁이만 모여 있는 건가 하는 철학적 동작이었다.

"다른 사람은 없나, 벨?"

"네, 또 한 사람!"

벨은 전혀 주저함이 없이 방을 가로질러 가더니 워디스 박사의 어깨를 두드렸다.

"이 신사는 어디 있든지 알아볼 수 있어요. 이렇게 더부룩한 갈색 턱수염을 쉽게 잊을 수는 없으니까요."

이 말에는 경감도 깜짝 놀라 영국인 의사를 노려보았다. 그는 아주 무표정하게 경감을 쳐다보았다.

"몇 번째 손님이었지?"

"제일 마지막 손님이었습니다."

벨은 확신에 차 대답했다.

워디스 박사가 침착한 태도로 말했다.

"경감님은 이 말이 아무 의미 없는 헛소리란 걸 당연히 아시겠죠. 이 이상의 넌센스는 있을 수 없습니다. 당신 나라에서 옥살이한 사람과 영국인인 나와 무슨 관계가 있을까요. 가령 있었다 하더라도 그를 방문할 이유가 어디에 있을까요?"

"당신 쪽에서 질문하시면 곤란합니다. 질문하는 건 납니다. 하루에 몇 천 명이나 출입하는 장소에서 손님 얼굴을 기억하는 걸 직업으로 삼는 사람이 증언하고 있습니다. 분명히 벨의 말대로 당신 얼굴은 잊을 수 없겠군요."
워디스 박사는 한숨을 쉬었다.
"그러나 경감님, 나는 이렇게 생각합니다. 특징있는 수염 난 얼굴이 도리어 당신 주장에 반발할 수 있는 유력한 이유가 되죠. 아무튼 이런 수염을 길렀기 때문에 예상 외의 혐의를 받았습니다. 이것과 흡사한 가짜 수염을 달면 나로 변장하는 건 쉬운 일이니까요."
"대단하군. 우리 의사 선생은 머리 회전이 대단히 빠르십니다."
엘러리가 페퍼의 귓가에 속삭였다.
"너무 빠르군요."
"아니, 박사님, 멋집니다. 너무 멋집니다."
경감이 감동했다는 듯이 말을 이었다.
"논리에 맞습니다. 그럼 당신 주장에 따라 그 누군가가 당신으로 변장한 것을 인정하고, 그 대신 변장자가 행동하고 있었던 9월 30일 밤의 당신 자신의 알리바이를 묻고 싶군요. 말해 주시겠습니까?"
워디스 박사는 눈살을 찌푸렸다.
"지난 주 목요일 밤이라…… 가만 있자."
그는 잠자코 생각을 하더니 어깨를 으쓱했다.
"다소 무리한 요구이군요, 경감님. 일주일이나 지나서 일정한 시간을 지적해 그 동안에 무엇을 했느냐고 묻는 건 대답하기가 곤란합니다."
"하지만 박사, 당신은 지난 주 금요일 밤에 무엇을 했는지 상세히 기억하고 계셨습니다."

경감은 쌀쌀맞게 그의 말을 무시하고 하던 말을 계속했다.
"문득 그 말씀이 지금 생각나서 여쭤봅니다만…… 하긴 때와 장소에 따라서 당신의 기억에도 혼란이 생길 수는 있겠지요."
그때 경감은 조앤의 목소리에 놀라 그쪽을 보았다. 모든 사람의 시선이 조앤에게로 쏠렸다. 그녀는 의자 끝까지 몸을 내밀고 미소를 짓고 있었다.
"워디스 박사님, 당신의 기사도 흉내는 그리 훌륭하지는 못하군요. 좀더 어떻게 해야 하지 않겠어요? 어제는 그런 실력으로 브릴랜드 부인을 훌륭히 감싸 주시더니, 오늘은 이미 상처입은 제 명예까지 구해 주실 생각이시군요…… 아니면 그날 밤 일을 정말 잊으셨나요?"
"참 그렇지!"
워디스 박사가 갈색 눈을 빛내면서 외쳤다.
"내가 정말 바보였군! 생각이 나요. 조앤 양. 경감님, 사람의 정신이라는 게 이상해서요, 생각납니다. 일주일 전 목요일 밤 그 시간에 나는 브레트 양과 함께 있었습니다."
"당신들 둘이서요?"
경감은 천천히 의사에게서 조앤에게로 시선을 돌리며 "다행이군요" 하고 말했다.
"네, 그래요. 하녀가 글림쇼를 서재로 안내하는 것을 보고 저는 제 방으로 올라갔죠. 그런데 워디스 박사님이 제 방을 노크하시더니 시내에 나가서 바람 쐴 생각이 없느냐고 물으셨어요."
"맞아요, 맞습니다."
영국인 의사가 맞장구를 쳤다.
"그래서 우리는 곧장 57번 거리에 있는 작은 카페에 갔습니다. 일일이 다 기억나지는 않지만 유쾌한 밤을 보내고 집에는 자정쯤 돌아왔을 겁니다. 그렇죠, 조앤 양?"

"네, 그랬어요, 박사님."

경감이 불쾌한 듯이 말했다.

"그래 좋아요. 잘 알았어요. 그렇다면…… 여봐 벨, 지금 이분들의 얘기를 잘 들었겠지. 어떤가, 마지막에 온 사람이 저기 앉아 있는 신사라는 증언을 취소할 텐가?"

"취소하지 않겠어요. 저 사람임에 틀림없습니다."

벨의 주장은 완강했다.

워디스 박사는 빙긋 웃었다. 퀸 경감은 그 모습을 보고 급히 몸을 일으켰다. 지금까지 좋았던 기분이 싹 사라져버렸다.

"벨, 이것으로 잡은 사냥감, 일단은 사냥감이라고 불러 두겠는데…… 슬론 씨와 슬론 부인과 워디스 박사, 모두 세 사람이야. 그렇다면 나머지 두 사람은 어디에 있지? 이 방에는 없나?"

벨은 고개를 가로 저었다.

"여기 앉아 계신 분들 중에는 없는 것 같은데요. 나머지 사람 가운데 한 사람은 아주 덩치가 컸습니다. 그런 사람을 거인이라 부를 테죠. 머리칼은 희끗희끗했고, 분홍빛 얼굴은 햇빛에 검게 그을려 있었는데 말투로 보아 아일랜드 사람 같았어요. 그가 저 부인과 신사분(슬론 부인과 워디스 박사를 가리키며) 사이에 왔는지 아니면 처음에 온 두 손님 가운데 한 사람이었는지는 잘 기억이 나지 않습니다."

"뭐, 키가 큰 아일랜드 사람이라고?"

경감이 웅얼거렸다.

"제기, 또 새 얼굴이 등장한단 말인가. 지금까지 그런 인상에 해당하는 사람은 이 사건에 나타나지 않았는데…… 여하튼 그 녀석 일은 뒤로 돌리고, 알겠나 벨, 이 면접 결과 다음과 같은 사실을 알게 되었어. 맨 처음에는 글림쇼가 복면한 남자와 같이 왔는데, 그 두 사람을 뒤쫓아온 놈이 있어. 그 다음에는 슬론 부인, 다음에 또 다른 남자, 그리고 마지막으로 워디스 박사의 순서야. 나머지 세 사람 가운데 둘은 여기 있는 슬론 씨와 아일랜드 거인인 셈인데 그렇다면 남은 한 남자는 누구지? 이 방에 그와 닮은 사람이 없나?"

"더 이상 확실한 것은 말씀드리기가 힘들 것 같은데요, 경감님."
벨은 안타까운 듯이 대답했다.
"머릿속이 뒤죽박죽 되었어요…… 아마 이 슬론 씨가 복면의 남자라고 생각됩니다만, 어쩌면 다른 또 한 남자가…… 나중에 온 남자일지 모릅니다. 전…… 전……"
"벨!"
경감이 큰 소리를 질렀기 때문에 벨은 펄쩍 뛰었다.
"그렇게 말하면 곤란해! 더 확실히 말할 수 없나?"
"네…… 저는…… 말할 수 없어요."
경감은 혀를 차고 나서 좌중의 얼굴을 날카로운 눈으로 쳐다보았다. 벨은 인상이 생각나지 않는 사람을 어떻게 해서라도 찾으려는 게 분명했다. 별안간 경감의 눈에서 강렬한 빛이 번쩍 나더니 버럭 소리를 질렀다.
"이런 제기랄! 누군가 빠졌다 싶더니만, 체니! 그 애송이는 어디 갔지?"
사람들은 모두 멍청하게 눈을 뜨고 서로를 바라보고만 있었다.
"토머스! 현관 경비는 누구 책임이지?"
벨리는 아차, 하는 표정으로 낮은 소리로 대답했다.
"플린트 형사였습니다, 퀸 경감님."
엘러리는 웃음이 나오려는 것을 겨우 참았다. 머리가 희끗희끗한 늙은 벨리 반장이 아버지를 성까지 붙여 부르기는 처음이었기 때문이다. 벨리는 기가 죽어 겁을 잔뜩 집어먹고 있었다.
"데려와, 플린트 녀석을!"
벨리가 급히 뛰쳐나갔다. 그의 당황해 하는 모습을 보자 화가 나서 으르렁거리던 퀸 경감도 마른 목에서 나오려던 성난 소리를 낮추어 다소 태도를 누그러뜨렸다. 잠시 후 벨리가 겁에 질려 있는 플린트 형사를 데리고 들어왔다. 플린트도 벨리 반장만큼이나 몸집이 우람했는데, 잔뜩 기가 죽어 어쩔 줄을 모르고 있었다.
"플린트? 더 이쪽으로 와!"
경감이 사나운 목소리로 말했다.
"네, 경감님."
플린트는 겁에 질려 대답한 뒤 가까이 왔다.
"자네, 앨런 체니가 이 집에서 나가는 걸 봤나?"
플린트는 침을 꿀꺽 삼켰다.
"네, 봤습니다, 경감님."
"언제?"
"어젯밤에요. 11시 15분이었습니다, 경감님."
"어디로 간다고 하던가?"
"클럽으로 간다고 했습니다."
경감의 목소리가 부드러워졌다.
"슬론 부인, 당신 아들은 클럽에 가입했습니까?"
델피나 슬론은 양손을 꼭 쥐고 있었는데 눈에 슬픈 빛이 가득했다.
"글쎄요······ 경감님. 왜 그런 말을 했는지 저로선 모르겠습니다."
"그가 돌아온 건 몇 시지? 플린트."
"그게······ 그는 돌아오지 않았습니다."
"뭣, 안 돌아왔다고?"

경감의 목소리가 기분 나쁠 정도로 조용해졌다.

"왜 그것을 벨리 반장에게 보고하지 않았지?"

플린트의 고통은 바야흐로 절정에 이르렀다.

"실은…… 저…… 지금 보고를 드리려고 했는데 말입니다. 지난 밤 근무는 11시부터였기에 조금 있으면 교대할 시간이라서요, 보고를 드리려고 했습니다. 아마 어딘가 술집에서 곤드레가 되어 있을 거라고…… 짐도 아무것도 없었으니까요……."

"방 밖에서 기다려. 상세한 건 나중에 물을 테니까."

경감은 여전히 기분 나쁘면서도 조용한 말투로 얘기했다. 플린트는 사형선고를 받은 사람처럼 축 처진 몸으로 방을 나갔다.

벨리 반장은 수염을 깎은 푸르스름한 턱을 떨면서 낮은 목소리로 말했다.

"이것은 플린트의 잘못이 아닙니다. 제 불찰입니다. 퀸 경감님. 관계자 전원을 불러 모으라는 명령을 받은 제가 마땅히 확인했어야 하는데…… 그랬더라면 좀더 빨리 알았을 텐데……."

"닥쳐, 토머스. 슬론 부인, 아드님은 은행 계좌가 있습니까?"

슬론 부인은 떨리는 목소리로 말했다.

"네, 있어요. 내셔널 상업은행이죠."

"토머스, 그 은행에 전화를 걸어서 앨런 체니가 오늘 아침에 예금을 인출해 갔는지 물어봐."

벨리 반장은 전화기 쪽으로 가려고 했는데 데스크 앞에 조앤 브레트가 버티고 있었기 때문에 한마디 양해를 구하고 좀 비켜 달라고 했으나 그녀는 움직이려고도 하지 않았다. 자기 실수에 당황해 하고 있는 벨리에게도 그녀의 눈이 절망과 공포의 그림자가 짙게 드리워져 있는 것을 알 수 있었다. 그녀는 무릎을 꿘 채 거의 숨도 쉬지 않고 있었다. 벨리는 큰 턱을 만지작거리며 잠깐 서 있다가 결심한 듯 그녀의 의자를 빙 돌아서 겨우 수화기를 들었으나 그녀에게서 눈을 떼지 않았다. 노련한 형사의 날카로운 눈을 더욱 빛내면서.

"부인, 앨런이 어디로 갔는지 짐작 가는 데가 없습니까?"

경감이 슬론 부인에게 물었다.

"아뇨, 제가 그걸 어떻게 알겠어요?"

"슬론 씨, 당신은요? 어젯밤에 앨런이 외출하겠다는 얘기를 듣지 못했습니까?"

"아뇨, 아무 말도 듣지 못했어요. 저로서도 설마 나가리라고는……."

"토머스, 은행에서는 뭐라고 그래?"

경감이 초조해져서 벨리에게 물었다.

"지금 알아보고 있습니다."

벨리는 누군가와 얘기를 나누더니 몇 번인가 고개를 크게 끄덕거리고는 수화기를 내려놓고, 양손을 주머니에 쑤셔 넣고 작은 소리로 말했다.

"도망쳤습니다, 경감님. 오늘 아침 9시에 예금을 전부 인출해 갔답니다."

"늦었군!"

경감이 말했다. 슬론 부인은 의자에서 일어나서 머뭇거리며 생각에 잠긴 눈으로 경감을 보았다. 부인은 길버트 슬론의 제지를 받고 나서야 다시 의자로 돌아갔다. 경감이 벨리에게 물었다.

"더 상세한 건 없나?"

"예금이 4천 2백 달러가 들어 있었는데 소액권으로 전부 인출하여 새것처럼 보이는 슈트케이스에 집어 넣었다고 합니다. 계좌를 없애는 까닭은 설명하지 않았답니다."

경감은 문 쪽으로 걸어갔다.

"헤이그스트롬!"

경감이 부르자 북유럽인의 얼굴을 한 형사 한 명이 뛰어왔다. 민첩한 것은 분명해 보였으나 흥분하기 쉬운 남자 같았다.

"앨런 체니가 사라졌어. 오늘 아침 9시에 내셔널 상업은행에서 4천 2백 달러를 꺼내 가지고 말야. 그를 잡아야 해. 맨 먼저 어젯밤에 어디 있었는지 조사해. 영장을 청구해서 가져가. 행적을 차례로 추적해. 필요하면 지원을 요청하고. 국외 도피의 위험성이 있으니까. 실수하면 안 돼, 헤이그스트롬."

헤이그스트롬이 뛰쳐나가자 벨리도 재빨리 그를 따랐다.

경감은 다시 사람들을 마주보고 섰다. 조앤 브레트를 바라보는 그의 눈길에는 전과 같은 부드러움이 없었다.

"브레트 양, 지금까지 당신이 관계되지 않은 일은 없는 것 같군요. 앨런 체니의 실종에 대해서 아는 바가 없나요?"

"네, 아무것도 없습니다."

조앤의 목소리는 낮았다.

"그래요…… 그럼 누구 아는 사람 있으면 대답해 주기 바랍니다."

경감이 소리쳤다.

"체니가 왜 도망쳤는지? 무슨 이유 때문인지?"

연이은 질문, 바늘같은 날카로운 말, 은근히 피를 뿜는 숨은 상처…… 몇 초 동안 침묵만이 흘렀다.

델피나 슬론은 흐느껴 울기 시작했다.

"경감님, 생각해 보세요…… 앨런은 아직 어린 아이입니다. 무서운 일을 저질렀을 리가 없어요! 뭔가 잘못된 거예요…… 잘못된 거라구요!"

"알았소, 알았어, 알았다니까요, 슬론 부인. 자꾸 얘기하지 않아도 됩니다."

경감은 기분 나쁘게 웃고 살짝 고개를 돌렸다. 그때 벨리 반장이 복수의 신 같은 얼굴로 문 앞에 나타났기 때문이다.

"무슨 일이야, 토머스?"

벨리가 큰 팔로 작은 쪽지를 내밀었다. 경감은 재빨리 그 쪽지를 낚아챘다.

"이게 뭐지?"

엘러리와 페퍼가 잽싸게 다가섰다. 세 사람은 쪽지에 휘갈겨 쓴 내용을 읽어 내려갔다. 퀸 경감이 벨리에게 눈짓을 하자 그는 성큼성큼 다가왔고 넷이 방구석에 모였다. 경감이 간단히 묻자 벨리가 짧게 대답했고, 그들은 다시 방 한가운데로 돌아왔다.

"여러분에게 읽어 드릴 것이 있습니다."

사람들은 긴장된 표정으로 몸을 앞으로 내밀더니 침을 삼켰다.

"내 손에는 지금 벨리 반장이 이 집에서 찾아낸 쪽지가 들려 있습니다. 앨런 체니라는 서명이 있군요."

경감은 쪽지를 들고 천천히, 또박또박 읽기 시작했다.

"저는 떠납니다. 아주 영원히. 이렇게 된 이상, 아니 이제 와서 새삼 얘기해 봤자 아무 의미가 없겠죠. 모든 것이 다 뒤죽박죽입니다. 저도 무슨 말씀을 드려야 할지 모르겠습니다⋯⋯ 안녕히 계십시오. 어쩌면 이 글을 쓰지 않았어야 했는지도 모릅니다. 당신에게는 위험한 일이니까요. 얼른 당신의 안전을 위해 태워 버리기를 바래. 앨런 체니."

슬론 부인은 의자에서 몸을 반쯤 일으키더니 얼굴이 샛노래져 비명을 지르며 기절해 버렸다. 슬론이 앞으로 넘어지는 그녀를 간신히 붙잡았고, 방 안은 갑자기 절규와 외침소리로 가득 찼다. 경감은 어디까지나 냉정을 지키며 고양이 같이 빈틈없는 눈으로 당황해하는 사람들 모양을 지켜보고 있었다.

 사람들이 모두 도와 가까스로 슬론 부인의 정신을 들게 했다. 경감은 급히 일어나 슬론 부인에게 다가가서 눈물로 부은 눈 앞에 쪽지를 들이밀며 확인을 했다.

 "당신 아드님의 글씨가 맞습니까, 슬론 부인?"

 그녀는 입을 엄청나게 벌리며 대답했다.

 "네, 맞아요…… 불쌍한 앨런."

 경감의 뚜렷한 목소리가 울렸다.

 "토머스, 이걸 어디서 발견했지?"

 벨리가 웅얼대듯 대답했다.

 "위층에 있는 침실에서 찾았습니다. 매트리스 밑에 꽂혀 있었습니다."

 "누구 침대지?"

 "조앤 브레트 양의 침대입니다."

 그것 역시 큰 충격을 주었다. 모두에게 너무 강렬한 충격이었다. 조앤은 사람들이 자기에게 보내는 적대적인 시선과 입 밖으로 내지 않은 비난을 피하려고 했다. 퀸 경감은 표현은 안 했지만 승리감에 도취되어 있었다.

 "말해 봐요, 브레트 양."

 그녀는 눈을 떴다. 눈에는 눈물이 가득 고여 있었다.

 "저는 오늘 아침에 그걸 발견했어요. 침실의 문 밑에 끼어 있었어요."

 "왜 즉시 보고하지 않았습니까?"

 아무런 대답이 없었다.

 "앨런 체니가 없어졌다는 것을 알았을 때 왜 이 종이 쪽지 얘기를 하지 않았습니까?"

또 침묵이 흘렀다.

"더 중요한 것은, 앨런 체니가 쓴 이 글…… '당신에게는 위험한 일'이란 무슨 뜻입니까?"

그때 여인의 섬세한 육체에 딸려 있는 특유한 기구, 눈물의 수문이 이때 한꺼번에 열렸는지 조앤 브레트는 눈물의 바다에 빠지고 말았다. 몸부림치며 흐느껴 우는 그 모습이 너무 처절해서 사람들은 당혹스러워하고 있었다. 심즈 부인은 본능적으로 그녀에게 다가가려다가 힘없이 물러나고 말았다. 워디스 박사의 얼굴에 처음으로 노기가 서리더니 이글이글 타오르는 시선으로 경감을 노려보았다. 엘러리마저 너무 괴롭히지 말라는 듯이 머리를 절레절레 흔들었다. 그러나 경감만이 냉엄하게 질문을 계속했다.

"자, 브레트 양?"

그녀는 대답은 하지 않고 일어서더니 손으로 두 눈을 가린 채 서재를 빠져 나갔다. 그녀가 계단을 밟고 올라가는 소리가 들렸다.

"벨리, 지금부터 조앤 브레트 양에게서 눈을 떼어서는 안돼."

경감이 냉랭한 목소리로 말했다.

엘러리의 손이 아버지의 팔에 닿았다. 그러자 경감은 다른 사람에게는 눈치채지 않게 아들의 얼굴을 흘끗 쳐다보았다. 엘러리는 낮은 목소리로 말했다. 이것 역시 다른 사람에게는 들리지 않았다.

"아버지, 아버지의 솜씨는 누구나 존경합니다. 실제로 경찰관으로서는 이 시대 최고의 인물입니다…… 그러나 심리학자로서는……."

그리고 엘러리는 슬프게 고개를 저었다.

Maze
미궁

 10월 9일 아침까지 엘러리는 칼키스 사건에 관해 주변에서 방관하는 태도를 취했지만, 그 변덕스러운 성격에 무엇이 작용했는지 이 기억할 토요일 오후를 기해 갑자기 그 자신이 직접 사건의 핵심에 뛰어들게 되었다. 그는 이제 단순한 방관자가 아닌 사건 수사의 주역으로 변해 있었다.
 때는 무르익고 무대장치도 완벽해서 해결 장면이 막을 올리기만 하면 되었기에, 화려하게 각광을 받으며 빛나는 무대 중앙에 등장하려는 야망이 젊은 엘러리의 마음을 부채질한 것은 당연했다…… 여기서 일단 독자 여러분의 주의를 환기하여 두지만, 이 사건은 엘러리가 다룬 최초의 것이었다. 여러분이 애독했던 과거의 사건을 몇 년 거슬러 올라가 학교를 졸업한 지 얼마 안되는, 인생 경험이 부족한 청년에게 있기 쉬운 나 아니면 누가 할 수 있으랴 하는 자만심에 넘치던 그 무렵의 사건이었다. 자신의 탁월한 솜씨에 의해 처음으로 해결되는 괴사건. 그 강한 발에 의해 처음 개척되는 미로, 게다가 이 드라마를 채색하고 야유하는 상대로 부족함이 없는 검찰 부문의 통관자,

지방검사 샘프슨이 희극배우의 역할을 맡아 준다…… 첫 무대의 화려함과 일약 떨치게 될 명성이 이미 그의 눈앞에 있다. 엘러리에겐 지금 인생이란 한없는 즐거움의 극치였다.

　엘러리의 주역으로서의 첫무대는 아버지 퀸 경감이 위력을 떨치는 센터 거리의 경찰 본부의 한 방에서 이루어졌다. 그것이 앞날의 조짐이었는지 그 뒤 연달아 일어난 불길한 사건은 모두 이 방에서 발단된다. 그것은 뒤의 일이며, 지금 이 방의 정경을 들여다보면 지방검사 샘프슨은 양손을 함부로 흔들면서 무서운 범처럼 온 방을 서성이고 있고 지방검사보 페퍼는 무슨 생각에 골똘히 빠져 있다. 퀸 경감은 잿빛 눈을 반짝이면서 입을 꾹 다문 채 의자에 깊이 파묻혀 있다. 이런 광경은 젊은 엘러리의 야망을 부채질하기에 너무나 충분했다! 거기에 그의 기분을 더욱 흥분시킬만한 사건이 생겼다. 마침 샘프슨이 사건의 경과를 되풀이하며 논하기 시작했을 때 퀸 경감의 비서가 황급히 뛰어들어와 흥분한 나머지 숨을 헐떡이며 녹스 씨의 내방을 알렸던 것이다. 억만장자 제임스 J. 녹스 씨——보통 사람들은 상상도 못하는 재물을 갖고 있는 거부의 주인공——금융왕 녹스, 월 거리의 패권자 녹스, 대통령의 친구 녹스가 리처드 퀸 경감에게 면회를 신청하고 일부러 찾아온 것이다. 이러한 관객을 앞에 두고 아직도 무대 등장의 야망을 숨기는 것은 수퍼맨으로서도 불가능한 일이다.

　제임스 J. 녹스 씨는 참으로 전설적인 인물이었다. 거부와 그것에 따르는 권력을 구사하여 일반인의 눈에서는 멀리 거리를 둔 구름 위의 존재여서 세상 사람들은 그의 이름을 들었을 뿐 직접 얼굴을 볼 기회가 없었다. 따라서 지금 그의 내방을 들은 퀸 부자, 샘프슨, 페퍼 등이 일제히 일어서서 앞을 다투어 당황해 하며 그를 맞이하는 모습을 민주주의 시대에는 있을 수 없는 행동이라고 하며 함부로 웃어넘길 수는 없는 것이었다. 여하튼 재계의 거두는 방으로 안내를 받자 여러 사람과의 악수도 힘이 드는 모양으로 권하기도 전에 가운데 있는 의자에 앉았다.

키 큰 이 거인도 나이는 이겨내지 못하는 모양…… 왕년에 소문이 자자했던 그의 몸도 60이 가까워 온 지금은 눈에 띄게 쇠약해져 있었다. 머리카락과 눈썹과 콧수염은 완전히 하얗게 세었고 입가의 피부는 늘어져 있었다. 단 하나, 잿빛 눈빛만은 아직도 젊은이 못지않게 초롱초롱했다.

"회의 중인가요?"

그는 예상외로 부드럽게 물었다. 목소리가 높아지려는 것을 억제하고 겉보기와는 달리 온화하게 주저하듯 말했다.

"네…… 그렇습니다, 그래요."

샘프슨이 황급히 대답했다.

"우리는 지금 칼키스 사건에 대해서 토의하고 있었습니다. 참으로 유감스런 사건입니다, 녹스 씨."

"네, 그렇습니다. 진척은 좀 있습니까?"

녹스는 경감을 똑바로 바라보면서 물었다.

"약간 있습니다."

퀸 경감은 어둔 표정으로 말했다.

"예상 외로 복잡한 사건이어서 아직도 풀어야 할 문제가 많아 아직 대체적인 결말을 내지 못하고 있습니다."

절호의 기회였다. 엘러리는 아버지의 대답을 듣고 생각했다. 지금 이야말로 젊은 그의 백일몽에 되풀이하여 나타났던 기회. 괴사건을 앞에 두고 손발도 내밀지 못할 상태에 몰린 수사 당국에 원조의 손을 내밀 때다. 게다가 미국 재계의 대거물 면전에서…… 엘러리는 서둘러 말을 꺼냈다.

"지나치게 겸손하시군요, 아버지."

우선 그 말이면 충분했다. 겸손함을 비난하는 말과 조그만 몸짓, 확실하게 의미를 전달하며 속으로 웃는 웃음.

"정확하게 말씀하세요, 아버지."

엘러리는 아버지에게 사건이 해결된 것을 보고하라고 재촉하는 투로 말했다.

퀸 경감은 잠자코 있었으나 샘프슨은 무슨 말을 하려고 하는지 입술을 씰룩거리고 있었다. 재계의 거물은 명확한 설명을 바라는 듯 엘러리와 경감의 얼굴을 번갈아 보았고, 페퍼는 멍하니 입을 벌리고 그 장면의 귀추를 지켜보고 있었다.

"녹스 씨."

엘러리는 여전히 겸손한 말씨로 계속하면서…… 이 식이야, 이 식이야! 이것으로 좋아, 하고 마음 속으로 쾌재를 불렀다.

"방금 아버지가 아직 대체적인 결말을 내지 못했다고 말씀드린 것은 세부의 정리가 되어 있지 않다는 뜻이며 사건의 큰 줄거리는 확실히 잡혔습니다."

"조금 더 자세히 들어봐야 알겠군."

녹스가 설명을 재촉하듯 말했다.

"엘러리, 너는 무슨……"

퀸 경감은 자신도 모르게 떨리는 목소리로 말했다.

"이것은 아주 명백한 사건입니다, 녹스 씨."

변덕스런 기질의 엘러리는 과연 성가신 사람들이로군, 하고 생각하며 슬픈 표정으로 머리를 저으며 말했다.

"아무튼 이 사건은 해결되었습니다."

멋진 순간이었다. 에고이스트는 신속히 지나가는 시간의 흐름에서 이런 순간을 교묘히 포착하여 고귀한 재물을 얻는다. 엘러리는 멋지게 성공하여 어리둥절한 아버지와 샘프슨, 페퍼 등의 얼굴을 성부(成

좀) 미정의 시험관 반응을 주시해 보는 과학자처럼 계산된 기대의 눈으로 지켜보고 있었다. 녹스 씨는 물론 이 막간극의 뜻을 알 리 없지만 흥미를 몹시 자극받은 것이 분명했다.

"글림쇼를 죽인 범인을?"

샘프슨 검사가 목이 막힌 듯이 말했다.

"그게 누굽니까, 엘러리 씨?"

녹스가 부드럽게 물었다.

엘러리는 대답하기 전에 숨을 쉬고는 담배에 불을 붙였다. 대단원의 막을 서둘러 올릴 필요는 없었다. 귀중한 마지막 순간은 소중하게 뜸을 들여야 한다. 그래서 그는 담배 연기 구름 사이로 불쑥 한마디 했다.

"게오르그 칼키스입니다."

훗날 샘프슨 검사는, 만약 그 자리에 녹스 씨만 없었다면, 퀸 경감의 책상 위에 있는 전화기를 집어서 엘러리의 머리통을 내리치고 싶은 기분이었다고 고백했다. 샘프슨은 엘러리의 말을 믿지 않았다. 아니 믿을 수가 없었다. 죽은 사람이, 게다가 장님이었던 사람이 살인범이라니! 그건 논리의 법칙을 무시한 것이었다. 아니, 그 이상의 것이다. 어릿광대의 혼자만의 망상, 열에 들뜬 머리가 낳은 키마이라(사자의 머리, 산양의 몸통, 뱀의 꼬리를 가진 불을 토하는 여신)…… 잊지 않고 말해 두지만 샘프슨은 그렇게 생각하고 있었다.

그러나 샘프슨은 녹스 씨가 있는 자리라서 가슴의 분격을 꾹 누르고, 의자 위에서 다시 자세를 가다듬고 쓴 표정을 지어 보일 뿐이었다. 그러나 머릿속으로는 어떻게든 상식에서 어긋난 이 발언을 얼버무려 넘기려고 궁리를 하고 있었다.

녹스가 먼저 입을 열었다. 그에게는 충격을 가라앉힐 마음의 동요 따위는 없었기 때문이다. 엘러리의 발언으로 놀란 것은 사실이지만 이내 부드러운 투로 말을 꺼냈다.

"칼키스 씨라고…… 믿어지지 않는군."

"내 생각에는……."

경감도 그제야 겨우 입을 놀리게 되었는지 빨간 입술을 재빨리 핥고서는 말을 이었다.

"그렇다면 네가 녹스 씨에게 설명을 해드려야 하지 않겠니, 엘러리?"

경감은 아무렇지도 않은 듯 말하고 있었으나 눈은 분노로 이글거렸다.

엘러리는 의자에서 힘있게 벌떡 일어났다.

"물론 그래야지요."

그는 솔직하게 말했다.

"특히 녹스 씨는 이 사건과 개인적인 관계가 있으시니까요."

엘러리는 경감의 책상 한끝에 걸터앉았다.

"실제로 사건은 아주 이상한 문제를 안고 있으며 해결하기 곤란한 양상을 보이고 있습니다. 하지만 주의 깊게 살펴보면 몇 가지 단서를 발견해낼 수 있습니다. 잘 들어 주십시오. 이 수수께끼를 푸는 중요한 열쇠가 두 가지 있는데, 그 하나는 게오르그 칼키스 씨가 심장마비로 쓰러진 아침에 착용했던 넥타이입니다. 그리고 두 번째 열쇠는 칼키스 씨의 서재에 놓여 있었던 퍼컬레이터와 홍차 찻잔입니다."

녹스는 조금 어이없다는 표정을 지었으나 엘러리는 개의치 않고 말을 계속했다.

"죄송합니다, 녹스 씨. 녹스 씨는 그런 물건들을 모르실 겁니다."

엘러리는 수사 결과 밝혀진 여러 사실을 간결하게 설명하고, 녹스가 알았다는 듯이 고개를 끄덕거리자 드디어 본론으로 들어갔다.

"칼키스 씨의 넥타이에서 우리가 알아낸 점을 설명드리자면……."

엘러리는 '우리'라고 복수로 말해 아버지의 체면을 세우는 것을 잊지 않았다. 의문을 제기하는 심술궂은 사람도 있긴 했지만 엘러리는 퀸 가문의 자존심을 언제나 염두에 두고 있었다.

"지난 주 토요일 아침, 그러니까 칼키스 씨가 죽은 날 아침, 데미라고 불리는 머리가 조금 모자라는 남자는 사촌인 칼키스 씨가 그 날 입을 옷을——데미 자신의 증언에 의하면——일정표대로 갖추어 놓았습니다. 따라서 그날 칼키스 씨는 정확히 토요일용 복장을 입고 있어야 했습니다. 특히 넥타이는 녹색 물결무늬 넥타이를 매고 있어야 했습니다.

자, 여기까지는 문제가 없죠. 데미는 그날 아침 사촌이 입을 옷을 준비해 주고 나서, 그러니까 일정표에 따라 옷을 꺼내 놓고 나서, 9시에 집을 나섰습니다. 그리고 칼키스 씨는 옷을 다 차려입고 15분 정도 서재에 혼자 앉아 있었습니다. 9시 15분에 길버트 슬론이 칼키스 씨와 그날의 업무를 의논하기 위해 서재로 들어왔습니다. 그리고 슬론 씨의 증언에 의해——그것을 중요시하지는 않지만 증언임에는 틀림이 없습니다——9시 15분에 칼키스 씨는 붉은 넥타이를 매고 있었다는 사실을 알았습니다."

엘러리의 말이 이제 드디어 청중의 관심을 끌기 시작했다. 그도 그것을 의식해서인지 매우 만족스러운 웃음을 노골적으로 짓고 있었다.

"어떻습니까, 흥미 있는 문제 아닙니까? 데미의 증언이 사실이라면 우리는 뭔가 기묘한 모순에 봉착하게 되고 그 해석에 고민하지 않을 수 없습니다. 데미는 백치라서 그런 거짓말을 해 그 자리를 꾸며댈 재치가 있을 리 없습니다. 따라서 그날 아침 데미가 집을 떠나던 9시무렵에 칼키스 씨는 복장 일정표에 따라 녹색 넥타이를 매고 있어야 했던 것입니다.

그러면 이 모순을 어떻게 설명할 수 있을까요? 대답은 단 한 가지입니다. 칼키스 씨는 자기 혼자 있었던 9시부터 15분 사이에 우리가 모르는 무슨 이유로 침실로 돌아가 넥타이를 바꿔 맸다는 거죠. 다시 말해 데미가 꺼내준 녹색 넥타이를 풀고 침실의 양복장 안쪽의 넥타이걸이에서 붉은 넥타이를 꺼내서 바꾸어 맸다고 할 수 있습니다.

  그리고 또 슬론 씨의 증언에 의하면 그가 그날 아침 9시 15분 지나서 칼키스 씨와 업무 얘기를 하고 있던 중에 칼키스 씨는 자신이 매고 있던 넥타이를 가리키며──슬론 씨는 그것이 붉은 넥타이라는 걸 방에 들어갔을 때부터 알고 있었지요──다음과 같이 말했습니다. '바렛 상점에 전화를 해서 이것과 같은 넥타이를 몇 개 주문해야 하니까 잊지 않도록 얘기 좀 해줘'라고 말입니다. 제가 말투를 강하게 한 곳은 강조해 두기 위해서 일부러 세게 말씀드렸지만 내용은 칼키스의 말 그대로입니다. 그럼 계속 말씀드리겠습니다. 그리고 나서 한참 있다가 브레트 양이 칼키스 씨 서재를 나올 때 그가 바렛 상점에 전화하는 걸 들었답니다. 그래서 바렛 상점에 문의했더니──칼키스 씨로부터 직접 전화 주문 받은 점원의 증언입니다만──틀림없이 주문대로 물품을 보내드렸답니다. 그러면 칼키스 씨가 주문한 것이 무엇이었을까요. 분명히 보내온 물건입니다. 그 보내온 물건이 바로 붉은 넥타이 6개였어요!"

엘러리는 몸을 앞으로 내밀고 책상을 치면서 말했다.

"이런 사실들을 요약해 볼 때, 칼키스 씨는 자기가 매고 있는 넥타이와 똑같은 넥타이를 주문한다고 하면서 붉은 넥타이를 주문했어요. 따라서 그가 그때 매고 있던 것이 붉은 넥타이라는 걸 알고 있었다는 사실은 의심할 여지가 없습니다. 기본적인 사실이지요. 바꾸어 말하면 칼키스 씨는 슬론 씨와 업무 얘기를 할 때 자기가 매고 있는 넥타이 색깔을 알고 있었다는 것입니다.

그러나 장님인 칼키스 씨가 어떻게 넥타이 색깔을 알 수 있었을까요? 그건 일정표의 토요일 넥타이 색과는 다릅니다. 누군가가 그에게 색깔을 얘기해 주었을까요? 당연히 누군가 가르쳐 주었다는 것이 됩니다. 그렇다면 그게 누구죠? 그날 아침, 칼키스 씨는 바렛 상점에 전화를 걸기 전에 세 사람과 만났을 뿐입니다. 데미는 일정표에 따라 도와 주었을 뿐이고, 슬론 씨와의 업무 협의중에 넥타이 얘기는 했지만 한 번도 색깔에 대해서는 언급하지 않았어요. 조앤 브레트 양 역시 그날 아침에 대한 증언을 했는데 칼키스 씨와의 대화에서 넥타이 색깔은 언급하지 않았다고 합니다.

칼키스 씨는 누구한테도 바꿔 맨 넥타이 색깔에 관해서 아무 말도 듣지 못했습니다. 그렇다면 그날 일정표대로 매기로 되어 있던 녹색 넥타이를 나중에 붉은색 넥타이로 바꿔 맨 것은, 또 칼키스 씨가 옷장에서 붉은 넥타이를 꺼낸 것은 그저 우연일까요? 물론 우연일 수도 있습니다. 옷장 속에 있는 넥타이는 색깔별로 분류되어 있는 게 아니라, 마구 섞여 있었습니다. 따라서 우연히 붉은 넥타이를 꺼낼 수도 있습니다. 하지만 우연이건 아니건 그가 붉은 넥타이라는 걸 알고 있었다는 사실——그것은 그 후의 그의 행동으로도 밝혀지지만——그 사실을 어떻게 설명하면 좋겠습니까?"

엘러리는 담배를 책상 위에 있는 재떨이에다 침착하게 비벼 껐다.

"여러분, 칼키스 씨가 그때 붉은 넥타이를 매고 있다는 것을 알 수 있었던 방법은 한 가지밖에 없습니다. 그 자신이 직접 눈으로 보고 색깔을 식별하는 일입니다. 칼키스 씨는 볼 수 있었던 것입니다!"

"그러나 그는 소경이었어요."

"바로 그 부분에 제 추리의 요점이 있습니다. 프로스트 박사가 증언했고, 워디스 박사가 그에 동조했던 것처럼 칼키스 씨를 실명시켰던 안질은 특수한 타입이라 갑자기 급습하여 시력을 잃게 하고, 또 갑자기 회복시키기도 한다고 합니다! 그러니까 결론은 뭘까요? 최소한 지난 토요일 아침 칼키스 씨는 장님이 아니라 우리와 마찬가지로 볼 수가 있었던 것입니다."
엘러리는 웃음을 지어 보였다.
"여기서 우리는 한 가지 의문점을 제기할 수 있습니다. 만약에 칼키스 씨가 갑자기 시력을 회복하게 되었다면 흥분해서 외치면서 집안 사람에게 알리는 게 당연한 일 아니었겠습니까. 적어도 그의 누이동생인 슬론 부인과 데미와 조앤 브레트에게는 말입니다. 그런데 그는 왜 가족들은 물론이고 주치의에게도 전화로 알리지 않았을까요? 심리적으로 봤을 때 이유는 딱 한 가지밖에 없습니다. 칼키스 씨는 자신이 볼 수 있게 됐다는 사실이 알려지기를 원치 않았기 때문입니다. 뭔가 가슴에 숨긴 목적이 있어서 계속 장님으로 믿게 하고 싶었던 것입니다. 그러면, 그 목적이란 뭘까요?"
엘러리는 잠시 말을 멈추고 숨을 깊이 들이마셨다. 녹스는 시선을 고정한 채 몸을 앞으로 내밀었다. 다른 사람들은 긴장한 나머지 몸이 잔뜩 굳어 있었다.
"이 문제는 잠깐 미뤄두고, 퍼컬레이터와 찻잔이라는 단서를 검토해보기로 하겠습니다.

우선 겉으로 드러난 사실들을 살펴보면 작은 탁자 위에 다기들이 놓여 있는 걸로 볼 때 세 사람이 차를 마셨다는 것이 확실합니다. 의심의 여지가 없죠. 말라붙은 찌꺼기와 찻잔 안쪽에 남은 동그란 줄, 그리고 말라비틀어진 홍차 봉지로 봐서 차를 마셨다는 사실이 분명합니다. 그리고 아무리 뜨거운 물을 넣어도 묽은 용액만 나올 뿐 찻물이 우러나오지 않는 걸로 봐서 홍차 봉지들은 이미 한 번 사용한 것이라는 걸 확실히 알 수 있습니다. 게다가 물기를 짜내서 말라 비틀어진 레몬 조각이 세 개 있고, 희미한 얼룩이 묻은 스푼이 있는 걸로 봐서 사용한 것이 분명합니다. 이와 같은 사실은 세 사람이 차를 마셨다는 것을 말해 주고 있습니다. 칼키스 씨는 금요일 밤에 두 사람의 방문자가 있다는 것을 존 브레트 양에게 알렸고, 실제로 그녀는 그날 밤 두 방문객이 도착하여 서재에 들어가는 것을 보았습니다. 이 두 사람과 칼키스 씨 자신을 합치면 세 사람이 되는데…… 이것이 겉으로 드러난 증거입니다.

그러나──이 '그러나'는 매우 중대한 '그러나' 임을 주의하시길 바랍니다, 라고 하면서 엘러리는 빙글빙글 웃는다──그것이 표면상의 사실에 지나지 않음을 퍼컬레이터를 들여다보면 곧 알게 됩니다. 퍼컬레이터 안의 물은 너무 많았습니다. 나는 관찰에 의한 추측을 실험으로 확인했습니다. 그 물을 찻잔에 따라 보니 5잔이 나오더군요. 마지막 다섯 번째 잔은 꽉 차지 않았고요. 그건 제가 미리 그 물을 화학 분석을 하기 위해 조그만 작은 병에 덜어 냈기 때문이죠. 그 뒤 다시 퍼컬레이터에 새 물을 채우고 또 다시 빌 때까지 찻잔에 따르자 6개의 찻잔에 정확히 가득찼습니다. 즉 그 퍼컬레이터는 6인용이죠. 그리고 그 안에 들어 있었던 물이 다섯 개의 찻잔을 채운 겁니다. 만일 겉으로 드러난 사실이 보여 주듯이 칼키스 씨와 두 사람의 손님이 저마다 홍차를 마셨다고 하면 이런 현상이 일어날 수 있을까요? 우리가 한 실험에 의하면 퍼컬레이터에서 따른 물은 찻잔 하나 몫 뿐이지 석잔 몫은 아니었습니다. 한 잔 몫을 3분의 1씩 각각 찻잔에 따르면 이런 현상이 생길 수도 있겠지만 3개의 찻잔이 3개 모두 아가리 바로 밑에 다갈색 테가 남아 있다는 것은 각각 가득 채워졌다는 것을 의미합니다. 그래서 생각해낼 수 있는 것은 3개의 찻잔을 채우기는 했으나 나중에 두 잔 몫을 보충해 두는 방법입니다. 그런데 미리 작은 병에 따라 둔 퍼컬레이터의 물에 화학 분석을 함으로써 이 추측이 잘못된 거라는 걸 알게 됐습니다. 새 물을 보충하지 않았다는 것이 판명되었습니다.

그러므로 결론은 딱 한 가지입니다. 퍼컬레이터에 조작하지 않았다면 3개의 찻잔의 흔적은 가짜라고 봐야 합니다. 누군가가 의도적으로 세 사람이 차를 마신 것처럼 다기에 손을 댔다는 것입니다. 찻잔이나 스푼이나 레몬 따위를 만져서, 마치 3명이 차를 마신 것처럼 만들었다는 것이지요. 그러나 그 일을 조작한 사람이 누구든 간에 그는 한 가지 실수를 저질렀습니다. 그는 한 잔의 물을 가지고 3개의 잔에다가 각각 채웠을 뿐 퍼컬레이터에서 세 잔의 물을 각각 따르지 않았다는 것입니다. 그렇다면, 그날 밤 서재에 세 사람이 있었다는 사실은 방문객 두 사람이 나타난 것과 칼키스 자신의 말에 의해 집 안의 그 누구도 다 알고 있는 일인데, 왜 굳이 세 사람이 마신 것처럼 만들어야 했을까요? 생각해 볼 수 있는 이유는 강조하려는 겁니다. 정말로 세 사람이 거기 있었다면 굳이 그 점을 강조할 필요가 있었을까요?

이상하게 들릴지 모르겠지만, 그것은 세 사람이 거기 있었던 게 아니기 때문입니다."

엘러리는 승리감에 도취되어 반짝이는 열띤 눈빛으로 사람들을 바라보았다. 누군가 탄성을 질렀고 엘러리는 그게 샘프슨 검사였다는 것을 알고 자기도 모르게 웃음을 지었다. 페퍼는 엘러리의 논리에 강하게 매혹되어 어리둥절해 있었고 경감은 어두운 얼굴로 고개만 끄덕거리고 있었다. 제임스 녹스는 턱을 문지르기 시작했다.

엘러리는 강연을 하는 말투로 추리 과정의 설명을 계속했다.

"말할 필요도 없는 일이지만, 만약에 세 사람이 실제로 거기에서 만나 세 사람 모두 차를 마셨다면, 퍼컬레이터에 있는 물은 당연히 세 잔이 없어졌어야 합니다. 그럼 이번에는 세 사람 다 홍차를 마시지 않았을 경우인데, 금주법이 시행된 뒤부터 미국에서는 홍차같은 가벼운 음료를 도리어 거부하는 사람들조차 때로는 볼 수 있습니다만 그건 됐다고 칩시다. 이 가정은 일단 철회하고 문제를 앞으로 돌려 왜 세 사람 다 차를 마신 것처럼 보이게 했을까요? 그건 집 안 사람들이 믿고 있는 사실을——믿게 하기 위해 칼키스 자신이 애썼다는 걸 잊지 말기를 바랍니다——더욱 확실하게 뒷받침하기 위해서였어요. 한 주 전의 금요일 밤, 글림쇼가 살해되던 그 밤에 서재에 세 사람이 있었다는 사실을 말입니다."

그 다음부터 엘러리는 빠르게 설명을 해 나갔다.

"자, 이제 우리는 매우 흥미로운 문제에 부딪치게 되었습니다. 만약에 서재에 세 사람이 있었던 게 아니라면, 도대체 몇 사람이 거기 있었느냐 하는 것입니다. 세 사람 이상 있었다고 생각할 수도 있습니다. 넷, 다섯, 여섯, 이렇게 말이죠. 조앤 브레트 양이 두 사람의 손님을 집 안으로 안내한 뒤 술꾼 앨런을 침실로 데리고 올라가 침대에 눕히기에 열중하고 있는 동안에는 어떤 많은 사람이라도 누구에게도 들키지 않고 서재에 들어갈 수 있으니까요. 그러나 그게 정확히 몇 사람이었는지는 우리는 알아낼 수 없습니다. 따라서 3명 이상이 있었다는 이론을 가지고는 더 이상의 추리가 불가능합니다. 반면에, 셋보다 적은 숫자라는 가설을 채택할 경우에는 여러 가지 점에서 흥미로운 사실을 발견할 수가 있게 됩니다.

두 사람이 서재로 들어가는 것을 조앤 양이 목격했기 때문에 서재 안에 한 사람밖에 없었다는 1인설은 성립되지 않습니다. 그리고 3인설도 우리의 지금까지의 논증으로 깨졌습니다. 그러면, 세 사람보다 적은 수라는 가설로서 진실성이 있는 것은 2인설이라고 할 수 있습니다.

물론 이 2인설에도 문제점이 있습니다. 그 한 사람이 글림쇼라는 것은 우리도 알고 있습니다. 하인이 그의 모습을 보았고, 그 뒤 브레트 양에 의해 확인되었기 때문입니다. 그리고 또 한 사람이 칼키스 자신이라는 것은 논리 법칙으로 보아 틀림없는 일입니다. 그렇다면 문제는 글림쇼와 함께 방문한 남자, 브레트 양이 증언했던 얼굴을 온통 가린 인물인데, 논리 법칙으로 따져볼 때 이 사람은 칼키스 자신이라는 결론이 나옵니다! 그러나 이런 일이 과연 있을 수 있을까요?"

엘러리는 또 다른 담배에 불을 붙이고 논증을 계속했다.

"틀림없이 가능한 얘깁니다. 하나의 이상한 사건이 그것이 사실임을 입증하고 있다고 봅니다. 두 사람이 서재로 들어갔을 때 조앤 브레트 양은 그 안을 들여다볼 수 있는 위치에 있지 않았다는 것을 여러분도 기억하실 겁니다. 실제로 글림쇼와 같이 온 사람은 조앤 브레트 양이 서재 안을 보지 못하도록 그녀를 밀쳐냈습니다. 이런 그의 행동에 관해서 여러 가지 설명이 가능하겠지만, 그가 바로 칼키스 씨 자신이라고 보는 추론도 성립이 됩니다. 즉 자신의 모습이 서재 안에 없다는 걸 들키고 싶지 않았던 겁니다. 뒷받침할 수 있는 사실은 아직 많습니다. 예컨대 그의 체격은 칼키스 씨를 닮았습니다. 또 한 가지, 심즈 부인의 고양이인 투치의 이야기를 떠올려 보십시오. 글림쇼와 함께 왔던 사람은 눈이 보였다는 것입니다. 그래서 바로 문 앞에 조용히 앉아 있던 고양이를 발로 밟을까봐 발을 공중에 멈추고 고양이를 피해 방으로 들어갔던 겁니다. 피했던 거죠. 만약 그 사람이 눈이 멀었다면 그렇게 피하지 못했을 겁니다. 아까 넥타이 사건으로 우리는 칼키스 씨가 그날 아침 눈이 보였는데도 보이지 않는 것처럼 가장했다는 사실을 증명했습니다. 우리는 워디스 박사가 칼키스 씨를 치료한 목요일부터 그 이튿날 밤 손님 둘이 나타나기까지의 사이에 그의 시력이 정상으로 돌아왔다고 봐도 틀림없을 겁니다.

 이상과 같은 사실은, 왜 칼키스 씨가 시력을 회복했음에도 불구하고 그것을 숨기려고만 들었느냐는 맨 처음의 질문에 해답을 주는 것입니다. 만약에 글림쇼가 살해된 게 발견되고, 그 혐의가 자기에게 온다면 눈이 안 보인다는 것 하나로 무죄를 주장할 수 있는 겁니다. 장님이라는 것만큼 유력한 알리바이는 없기 때문입니다. 장님이 살인을 저지른다고 누가 생각하겠습니까! 칼키스가 취한 변장 방법은 아주 쉽게 추측할 수 있습니다. 그는 그날 밤에 심즈 부인을 불러서 차 준비를 명령하고, 그녀가 물러가는 것을 본 다음 곧 코트를 입고 중절모를 쓰고 집을 몰래 빠져나갑니다. 그리고는 미리 약속한 장소에서 글림쇼를 만나 그와 함께 손님의 한 사람으로 가장해서 집으로 돌아오면 되는 겁니다."

녹스는 의자에 앉은 채 움직이지도 않고 듣고 있다가 비로소 뭔가를 얘기하려 했다. 그러나 다시 무슨 생각이 들었는지 눈을 깜빡이며 침묵 속으로 빠졌다. 엘러리는 태연한 말투로 이야기를 계속했다.

"그렇다면 다음은 우리가 칼키스의 계획과 그 준비공작에 대해 잡은 확증을 말하겠습니다. 그 하나는, 서재에 모인 사람이 세 사람인 것처럼 보이게 하려고 손님이 두 분 찾아올 예정인데 그 한 사람은 자기 정체를 숨기고 싶어한다고 브레트 양에게 일부러 얘기한 점입니다. 그리고 또 한 가지는 자기 시력이 회복되었다는 사실을 고의로 숨겼다는 것…… 아니, 또 있습니다. 글림쇼가 교살된 것이 칼키스가 죽기 6시간 내지는 12시간 전이라는 걸 우리는 부검으로 분명히 확인했습니다."

"그렇다면 바보 같은 실책을 저질렀군!"

샘프슨 검사가 말했다.

"무슨, 어떤 실수 말인가요?"

엘러리가 명랑하게 물었다.

"칼키스 씨가 찻잔에 관한 가짜 정보를 날조하는 데 왜 똑같은 물만 사용했느냐는 거야. 나머지 일들을 완벽하게 처리한 것에 비하면, 이건 너무 멍청한 짓이 아니었냐는 거지."

그때 페퍼가 어린애 같은 열성을 보이며 끼어들었다.

"그 점을 전 이렇게 생각합니다, 검사님. 엘러리의 의견을 인정한다 하더라도 칼키스의 실책이라고까지 말할 수는 없지 않습니까."

"호오, 그건 또 어떤 이유지, 페퍼?"

엘러리가 흥미로운 표정으로 물었다.

"칼키스 씨는 퍼컬레이터에 물이 꽉 차 있다는 것을 몰랐다고 생각합니다. 아니면 반쯤이나 그 정도의 물밖에 들어 있지 않은 걸로 생각하고 있었는지도 모르고요. 그것이 꽉 찼을 때 찻잔 6개를 채울 양이라고는 생각해 보지 않았을 수도 있지요. 이 세 가지 가정의 어느 것을 들어도 그의 실책을 설명할 수 있지 않을까요?"

"그렇군요."

엘러리가 웃음을 지으며 말했다.

"당신 생각에도 일리가 있습니다. 내 가설에는 미확정 요소가 남아 있어서 단정적인 결론을 내리기에는 이릅니다. 하지만 일단 내 추론이 합리적이라 믿고 그것에 따라 이야기를 진행하겠습니다. 그럼 여러분, 다음은 동기가 문제입니다. 칼키스가 글림쇼를 죽였다고 하면 그 동기는 무엇이었을까? 그 전날 밤, 글림쇼는 혼자서 칼키스 씨를 방문했습니다. 그리고 칼키스 씨는 그날 밤에 우드러프 변호사에게 전화를 걸어서 유언장을 고쳐 쓸 것을 부탁했습니다. 게다가 그는 전화로 급박한 사정 때문이라는 말까지 했습니다. 변경할 것은 칼키스 미술관의 상속자 이름뿐이고 그 밖의 것은 원래대로인데, 칼키스는 새 상속자의 이름을 비밀로 해두는 데 신중하게 고려를 해 문면을 기초한 변호사에게도 알리지 않았습니다. 그 새 상속자를 글림쇼나 글림쇼의 대리인 누군가로 보는 것이 무리한 상상은 아니라고 나는 생각합니다. 그런데 왜 칼키스는 그런 일을 했을까? 유일한 대답은 글림쇼라는 인물과 그 범죄 경력을 아울러 생각해볼 때 협박에 의한 것으로 추측할 수 있습니다. 여기서 잊어서는 안될 것은 둘이 직업상 관련이 있다는 점입니다. 글림쇼는 예전에 미술관의 수위였고 감옥에 들어가게 된 것은 근무처인 미술관에서 그림을 훔쳐내려다 실패한 죄 때문입니다. 그리고 칼키스는 미술품 매매를 직업으로 한 사람으로, 글림쇼가 협박했다면 뭔가 칼키스의 약점을 잡고 있었음에 틀림없습니다. 아마도 미술품업계의 비리나 부정 거래에 관계된 사건, 나는 그것이 이 살인의 동기라고 생각합니다.

자, 그럼 이런 가정의 동기를 옳다고 보고 그것을 기초로 다시 한 번 이 범죄 사건을 재구성에 보기로 하겠습니다. 글림쇼는 목요일 밤에 칼키스 씨를 찾아와 협박을 했습니다. 말하자면 최후 통첩을 한 것입니다. 그리하여 칼키스는 상대의 공갈에 굴복해, 요구하는 금액을 현금으로 지불하는 대신 화랑의 상속자를 글림쇼 아니면 글림쇼의 대리인으로 변경하는 방법을 내놓은 겁니다. 조사해 보면 현재 칼키스 씨는 금융 사정이 어려워 현금 지불 능력이 없음을 알게 될 겁니다. 여하튼 칼키스는 변호사에게 유언장을 고쳐 쓸 것을 명령한 다음 그것만으로는 앞으로 또 협박받을 위험이 있음을 두려워해서인지, 또는 기분이 변해서였는지 공갈금 지불에 응하기보다 글림쇼를 죽이려고 결심했음에 틀림없습니다. 칼키스의 이 결심으로 글림쇼의 공갈이 단독행위이며 공범자가 없었음이 명백합니다. 그렇지 않으면 글림쇼를 죽인다 해도 칼키스에게는 조금도 이득이 없고, 계속해서 배후의 남자가 두 번째 공격을 해올 것이기 때문입니다. 글림쇼는 그 이튿날 밤, 새 유언장을 보여 준다는 구실로 유혹되어 칼키스의 덫에 걸려 목숨을 잃은 겁니다. 그러나 같은 운명이 칼키스에게도 찾아왔습니다. 그는 글림쇼의 시체를 영원히 처치할 때까지 임시로 가까운 어딘가에 숨겨 두었는데 계속된 마음 고생과 가책 때문에 그 이튿날 아침, 심장마비로 쓰러져 버린겁니다.”

"하지만……."

샘프슨이 뭔가 말을 하려고 했다.

엘러리는 빙그레 웃었다.

"질문하시는 취지는 알고 있습니다. 칼키스 씨가 글림쇼를 죽인 다음에 사망했다면, 그의 관 속에 글림쇼의 시체를 은닉한 것이 누구의 짓이냐는 것이겠죠?

글림쇼의 시체를 발견한 뒤 범죄를 영원히 감추려고 칼키스의 매장 장소를 이용한 사람이 있는 게 틀림없습니다. 그 사람은 아직 우리에게 미지의 인물입니다만, 시체를 발견한 것을 큰소리로 외치는 대신 애써서 묘를 파서 시체를 숨기는 방법을 선택했어요. 왜 그랬을까요? 생각건대 그는 살인범을 추측했다가 그 추측이 틀린 것도 모르고 시체를 숨겨 두면 이 사건이 영원히 밝혀지지 않을 거라고 생각했겠죠. 죽은 사람의 이름을 밝히지 않음으로써 산 사람의 생명을 지키려고 한 것입니다. 그리고 이 추리가 맞느냐 틀리느냐는 별도로 치고 우리의 용의자 명부 속에 이 논의에 해당하는 사람이 하나 있습니다. 은행예금을 모두 빼내 금족령을 무시하고 도망친 사나이──묘지가 파헤쳐지고 시체가 관 속에서 발견되자 모든 것이 끝났다고 체념하고 무서워 떨며 도망친 사나이──이제 새삼 이름을 들 필요도 없이, 칼키스 씨의 조카 앨런 체니입니다.

여러분, 체니를 찾아내면 그것만으로도 이 사건은 밝혀질 거라고 확신합니다."

녹스는 아주 이상한 표정을 지었다. 그리고는 엘러리가 말하기 시작한 이후 처음으로 입을 열었다. 엘러리의 추리를 흠잡는 듯한 투였다.

"그러면, 칼키스 씨의 금고에서 유언장을 훔친 사람은 누구지? 칼키스는 그때 죽었으니까. 체닌가?"

"아닙니다, 유언장을 훔친 사람은 체니가 아닐 겁니다. 그것을 훔쳐야 할 가장 큰 동기를 가지고 있는 사람은 길버트 슬론입니다. 우리 용의자 중에서 새로운 유언장에 의해서 권리를 잃게 되는 유일한 사람이기 때문이죠. 단, 슬론이 유언장을 훔친 것은 살인 사건과는 별개의 문제라는 거지요. 단순히 파생적인 사건이 경합한 것에 지나지 않습니다. 그리고 말할 것도 없는 일이지만 그 유언장 탈취 사실도 우리는 아직 슬론을 고발할 만한 물적 증거를 쥐고 있지 않습니다. 그러나 체니를 찾게 되면 바로 그가 유언장을 파기했다는 사실만큼은 확인할 수 있을 겁니다. 그는 글림쇼의 시체를 묻으려고 관 뚜껑을 열었을 때, 슬론이 숨겨둔 유언장을 발견하고는 그걸 읽고, 상속자가 글림쇼로 변경되어 있다는 걸 알자 쇠상자까지 함께 꺼내서 모두 파기해 버렸던 겁니다. 유언장을 없애면 칼키스 씨가 유언을 하지 않고 죽은 게 되고, 그렇게 되면 그의 가장 가까운 친척인 체니의 어머니가 법원에 의한 지정 상속인으로서 유산의 반 이상을 상속받게 되니까 말이죠."

샘프슨이 아직 의심이 풀리지 않은 표정으로 물었다.

"엘러리, 말한 김에 사건 전날 밤 글림쇼의 호텔로 찾아왔던 그 손님들의 일도 설명해 주지 않겠습니까? 그 사람들은 당신 이론에서 어느 부분에 해당됩니까?"

엘러리는 손을 흔들며 대답했다.

"그건 아무것도 아닙니다, 샘프슨 씨. 그 사람들은 별로 중요하지 않습니다."

이때 누군가 사무실의 문을 두드리자 경감은 신경질적인 목소리로 말했다.

"들어와!"

문이 열리면서 나타난 사람은 볼품 없는 모습의 존슨 형사였다.

"무슨 일이야, 무슨 일이 있나, 존슨?"

존슨은 재빨리 방을 가로질러 와 경감 앞에 고개를 숙이며 속삭였다.

"바깥에 조앤 브레트 양이 와 있습니다. 꼭 만나봐야 한다고 해서요……."

"나 말인가?"

존슨은 마치 변명이라도 하듯이 말했다.

"그것이 저, 엘러리 씨를 뵙고 싶다는 데요……."

"들여보내."

존슨이 문을 열고 그녀를 들여 보냈다. 남자들은 일어섰다. 조앤 브레트는 놀랄 만큼 아름다운 두 눈에 슬픈 빛을 가득 담고 문 앞에서 머뭇거리고 있었다.

"엘러리를 보고 싶다고요?"

경감이 사무적으로 물었다.

"우리는 지금 회의 중이어서 조금 바쁩니다. 알겠죠, 브레트 양."

"네. 하지만 대단히 중요한 문제라서요, 경감님."

엘러리가 재빨리 끼어들었다.

"체니한테서 연락이 왔습니까?"

조앤 브레트는 고개를 가로 저었다. 엘러리는 눈살을 찌푸렸다.

"아, 그 전에 먼저 소개해 드리겠어요. 브레트 양, 이쪽은 녹스 씨고, 이쪽은 샘프슨 검사님입니다."

샘프슨은 고개를 가볍게 끄덕였고 녹스 씨는 만나서 반갑다는 말을 했다.

어색한 침묵이 흘렀다. 엘러리는 조앤 브레트에게 의자를 갖다 주었고, 모두 자리에 앉았다.

"무슨 말을 어떻게 시작해야 좋을지 모르겠는데요……."

장갑을 만지작거리면서 조앤 브레트는 말을 꺼냈다.

"이런 말씀을 드리면 저를 멍청하다고 비웃으시겠지만…… 너무 사소한 일이라서요…… 하지만 전……."

더듬거리는 그녀에게 용기를 주듯 엘러리가 말했다.

"뭐 발견하신 거라도 있습니까, 브레트 양? 아니면, 뭔가 잊어버리고 말씀을 못하신 거라도?"

"네, 잊어버리고 말씀을 못 드린 게 있어요."

그녀는 들릴까 말까 하는 낮은 목소리로 마치 유령처럼 말했다.

"……찻잔에 관한 건데요."

"찻잔요?"

엘러리의 입에서 말이 총알처럼 튕겨 나왔다.

"네…… 그래요. 처음에 제가 질문을 받았을 때는 잘 기억이 나지 않았거든요…… 그런데 이제 겨우 생각이 났어요. 그 뒤 줄곧 생각을 해봤거든요."

"무슨 생각이 떠올랐습니까?"

엘러리가 날카로운 목소리로 말했다.

"그건 저…… 그날 저는 작은 탁자를 방해가 되지 않도록 책상 옆 방구석으로 옮겨 놓았어요."

"그 얘기는 벌써 하셨잖습니까?"

"네, 그런데 빼먹은 게 있어요, 엘러리 씨. 지금에서야 그 찻잔에 나중에 봤을 때와는 다른 점이 있었다는 것이 생각났어요."

엘러리는 산꼭대기에 앉아 있는 부처처럼 퀸 경감의 책상 위에 걸터앉아 이상스러울 정도로 조용하게 있었다…… 그러나 여느때의 평정은 이미 사라진 뒤였다. 그는 바보가 된 듯한 조앤 브레트의 얼굴을 바라보고 있었다.

조앤 브레트가 약간 빠르게 말을 해 나갔다.

"당신이 서재에서 찻잔을 보셨을 때는 더러워진 잔이 세 개 있었어요."

엘러리는 입술을 실룩거렸으나 말은 하지 않았다.

"지금 생각해 보니까, 제가 장례식 날 오후에 그 작은 탁자를 옮길 때 더러웠던 컵은 하나뿐이었던 것 같아요……"

엘러리가 무서울 정도로 얼굴을 찌푸리고 일어섰다. 얼굴의 선이 모두 굳어져 보기에도 불쾌할 정도였다.

"잘 생각해 봐요, 브레트 양. 이건 아주 중요한 문제입니다."

엘러리의 목소리가 갈라졌다.

"그러니까, 당신 말은 지난주 화요일에 작은 탁자를 책상 옆에서 방구석으로 옮길 때 쟁반 위에 찻잔이 세 개 있었는데 더러웠던 것은 한 개뿐이고 나머지 두 개는 사용하지 않은 깨끗한 거였다는 겁니까?"

"네, 맞습니다. 확실해요. 제가 지금 기억하기에는 그 잔 속에는 차가워진 차가 거의 가득 들어 있었고, 접시에는 말라 비틀어진 레몬 한 조각 하고 더러워진 스푼이 놓여 있었어요. 쟁반 위의 다른 것들은 다 깨끗했습니다…… 사용한 흔적이 없었어요."

"레몬 접시 위에 남아 있는 레몬은 몇 개였습니까?"

"그건 잘 기억이 나지 않는데요, 죄송합니다, 엘러리 씨. 아시겠지만 우리 영국 사람들은 레몬을 넣어 마시지 않거든요. 그건 러시아 사람들의 천박한 습관이에요. 그리고 그 차 봉지도!"
조앤 브레트는 질색이라는 듯이 몸을 떨었다.
"하지만, 찻잔에 대해서는 절대로 틀림이 없어요."
엘러리가 집요하게 물었다.
"그건 분명히 칼키스 씨가 죽은 다음입니까?"
"네."
조앤은 한숨을 쉬면서 말했다.
"정확하게는 돌아가신 뒤라기보다는 화요일 장례식이 끝난 다음이었죠."
엘러리는 아랫입술을 깨물었고, 눈빛이 돌처럼 굳어 있었다.
"거듭 감사드립니다, 브레트 양."
엘러리의 목소리는 낮았다.
"당신이 오지 않았더라면 터무니 없는 오류에 빠질 뻔했습니다…… 이젠 가셔도 좋습니다."

조앤 브레트는 아름다운 얼굴에 웃음을 떠올리고 모두를 둘러 보았다. 은근히 모두의 칭찬과 감사의 말을 기대했던 모양이지만 모두 이상한 눈으로 엘러리를 쳐다볼 뿐 그녀에겐 눈길조차 보내지 않았다. 그래서 그녀는 체념하고 일어나서 말없이 나갔다. 존슨이 그녀의 뒤를 따라가면서 조심스럽게 문을 닫았다.

샘프슨이 가장 먼저 입을 열었다.
"큰 실패였군, 엘러리."
"하지만, 뭐 그렇게 심각하게 생각할 필요는 없네. 누구나 실수를 하는 법이니까. 그래도 자네의 추리는 줄거리가 서 있고 꽤 훌륭했네."

엘러리는 기가 팍 죽어서 힘없이 손을 내저으며 고개를 푹 수그린 채 더듬거리는 듯한 소리로 말했다.

"실수가 아닙니다, 샘프슨 씨. 이것은 변명의 여지가 없습니다. 저 같은 놈은 혼쭐이 나야 합니다. 그래서 꼬리를 감추고 물러나야 합니다."

그때, 제임스 녹스가 갑자기 몸을 일으키더니 비꼬는 듯한 눈빛으로 엘러리를 보면서 빈정대듯 말했다.

"엘러리, 당신의 추론은 두 가지 전제 아래 성립이 되었네……."

"알고 있습니다, 녹스 씨. 그만하십시오. 상처를 건드리지 마십시오."

엘러리가 신음하듯이 말했다.

"아니, 아닐세. 무슨 일이나 경험이 필요해요. 실패는 성공의 어머니니까……"

재계의 거물은 말했다.

"아무튼 당신의 이론에는 전제가 두 가지 있었소. 하나는 찻잔 문제였는데 그것에 관한 자네의 분석은 멋진 것이었소. 하지만 브레트 양이 나타나서 그걸 다 뒤집어버렸지. 이렇게 되면 두 번째 문제가 되는 이 사건의 등장인물이 두 사람뿐이었다는 자네 주장은 성립되지 않게 되었소. 당신이 찻잔에서 추출해낸 결론은 사건의 관계자가 처음부터 칼키스와 글림쇼 두 사람뿐이었다는 것, 제3의 남자는 세밀히 꾸며낸 허구였다는 것, 나아가 그 제3의 남자 역할을 칼키스 자신이 맡았다는 것, 이상의 세 가지를 논증한 셈이죠."

"네, 그랬습니다."

엘러리는 어두운 얼굴로 말했다.

"하지만, 이렇게 되었으니까……."

녹스가 부드럽게 말했다.

"그런데 제3의 남자는 실제로 존재하고 있었어요. 나는 그것을 추리로서가 아니라 사실로서 증명할 수 있소."

"네? 뭐라구요?"
엘러리는 용수철처럼 고개를 들었다.
"어떻게 말입니까? 제3의 인물이 누구였습니까? 증명할 수 있다고요? 어떻게 아십니까?"
녹스가 피식 웃으면서 말했다.
"나는 알고 있소, 그 제3의 인물은 바로 나니까."

Yeast
소동

 만년에 엘러리는 그 당시를 회상하면서 비통한 목소리로 말했다. '나는 녹스 씨가 가르쳐 준 계시에 따라 처음으로 성숙하게 되었다. 그 뒤부터 나는 나 자신과 내 능력에 대한 고정관념을 바꾸었다.'
 그럴 듯하게 꾸며진 교묘한 추리가 그의 발 앞에서 무너져 산산조각이 났다. 그러나 이런 추리 따위가 무너져 내린 것은 엘러리가 느낀 개인적인 굴욕감에 비하면 아무것도 아니었다. 자기만이 가장 똑똑하고, 빈틈없고, 능란하다고 생각해 왔던 엘러리의 자만심에 치명적인 상처를 입힌 셈이었으니까. 녹스라는 경제계의 거물 앞에서 한껏 잘난 체를 하려다가 결국 자신을 비웃으며 이상하게 쳐다보고 있는 사람들에 둘러싸여 어쩔 줄을 모르고 있는 꼴이라니.
 그의 정신은 그를 배반하고야 만 사실들을 애서 잊어버리려고, 자신이 멋모르고 날뛴 부끄러운 기억을 없애버리려고 부산하게 움직이고 있었다. 절망감이 그의 머리를 강타해서 두뇌 회전이 점점 무뎌지고 있었으나 그도 한 가지만은 똑똑히 알고 있었다. 녹스를 조사해 봐야 한다는 것, 녹스의 그 이상한 발언을 따져보아야 한다는 것 말이다. 녹스가 제3의 인물이라니. 찻잔을 근거로 칼키스를 살인자로 몰아붙였던 자신의 논리가 제3의 인물 때문에 송두리째 무너져 내렸는데, 바로 제3의 인물이 녹스라니…… 그럼 칼키스가 눈이 보였다는 사실도 그런 허약한 토대 위에 서 있다는 것인가? 다시 처음으로 돌아가야 한다. 그래서 다시 설명해야 한다…….

다행스럽게도 사람들은 의자에 웅크리고 앉아 있는 엘러리에게 신경조차 쓰지 않고 있었다. 경감은 마구잡이로 질문을 퍼부었다. 그로 인해 녹스는 경감에게 주의를 기울이게 되었다. 그날 밤에 무슨 일이 있었느냐? 당신은 왜 글림쇼와 동행하게 되었느냐? 그게 의미하는 바는 무엇이냐?

녹스의 설명이 시작되었다. 그의 잿빛 눈망울은 샘프슨 검사와 퀸 경감을 찬찬히 뜯어보고 있었다.

지금부터 3년 전 칼키스는 그의 최고 고객인 제임스 녹스에게 이상한 제안을 했다. 자기가 소장하고 있는 그림 중에 가격을 평가할 수 없을만큼 고가의 그림이 있는데, 그것을 공개하지 않는다면 팔겠다는 것이었다. 거래치고는 아주 이상한 거래였다. 녹스는 당연히 심사숙고했다. 그 그림이 도대체 뭐 길래? 무슨 비밀이 있는 건 아닐까? 칼키스는 솔직하게 내막을 털어놓았다. 자기가 가지고 있는 그 그림은 원래 영국 빅토리아 미술관의 소장품으로 미술관에서는 최소한 100만 달러 이상으로 평가하는 그림이라는 것이다…….

"100만 달러라고요, 녹스 씨?"

샘프슨 검사가 놀라서 물었다.

"저는 그림에 관해서는 잘 모르지만, 아무리 유명한 걸작이라도 너무 비싼 게 아닙니까?"

녹스는 희미하게 웃었다.

"그 그림이라면 그리 비싼 값도 아니오. 바로 레오나르도의 그림이니까."

"레오나르도 다 빈치 말입니까?"

"그렇소."

"하지만, 그의 위대한 작품은 전부……."

"이 작품은 몇 년 전 빅토리아 미술관이 처음 발견한 거요. 다 빈치는 16세기 초에 피렌체에 있는 베키오 궁전의 요청으로 대회의장을 장식할 거대한 프레스코 벽화를 그리기 시작했는데, 그 벽화의 일부를 유화로 캔버스에 옮겨 놓은 것이 발견된 거죠. 그 벽화는 미완성에 그치고 말았지만. 지금은 다 설명드릴 수 없는 긴 얘기요. 이 귀중한 작품을 발견한 미술관에서는 〈군기 전쟁의 세밀화〉라고 호칭하고 있는데, 내 설명은 전적으로 믿어도 틀림없소. 새로 발견된 레오나르도의 그림이라면 100만 달러라도 아주 싼 거요."

"계속하시죠."

"나는 어떻게 해서 칼키스가 그 그림을 손에 넣게 되었는지 물어봤소. 그런 그림이 있다는 얘기조차 들어본 적이 없었으니까. 칼키스의 대답이 좀 모호하더군요. 그의 말인즉, 빅토리아 미술관 측에서는 그 명화가 영국을 떠난다는 사실을 국민이 알게 되면 거세게 반발할 것이 분명하니 은밀히 팔고 싶어 한다는 거였소. 칼키스는 자신이 빅토리아 미술관의 미국측 대리인으로 활동하는 것처럼 주장하면서 그 그림을 거래할 수 있다고도 했소. 레오나르도의 그림은 너무 아름다웠소. 칼키스도 강력히 권유했고 나도 욕심이 생겼소. 결국 난 그가 요구한 75만 달러에 그 그림을 사고 말았소. 아주 헐값이었지."

경감은 고개를 끄덕였다.

"일이 어떻게 되었는지 짐작이 가는군요."

"맞소. 일주일 전 금요일에 앨버트 글림쇼라는 사람이 찾아왔더군요. 보통 때 같으면 들여보내지 않았을 텐데 그 사람이 비서를 통해서 보낸 쪽지에 '군기(軍旗) 전쟁의 세밀화'라고 쓰여 있더군요. 그래서 그 사람을 만날 수밖에 없었소. 작고 까무잡잡한데다가 쥐새끼 같은 눈을 가지고 있는 사람이었지. 교활해 보여서 다루기가 무척 힘든 사람처럼 느껴졌소. 그런데 그 사람이 나에게 아주 엄청난 사실을 털어놓더군요. 그의 말에 따르면 내가 칼키스를 믿고 구입한 그 그림은 박물관에서 팔려고 내놓은 그림이 아니라는 거였소. 그건 칼키스가 5년 전에 빅토리아 미술관에서 훔친 그림이었다고 하더군요. 더구나 도둑질한 것은 자기라고 하면서, 넉살좋게도 유들유들 말하는 거였소."

샘프슨 검사는 녹스의 얘기에 푹 빠져 있었다. 경감과 페퍼는 몸을 앞으로 약간 숙였고, 엘러리는 꼼짝 않고 앉아 있었다. 하지만 눈으로는 녹스의 얼굴을 빤히 쳐다보고 있었다.

녹스는 서두르지 않고, 침착하게 설명해 나갔다.

5년 전, 그레이엄이라는 가명으로 빅토리아 미술관에서 일하고 있던 글림쇼가 그림을 훔쳐서 미국으로 도망쳤다. 영국을 빠져나올 때는 그림을 도난당한 사실이 밝혀지지 않아 무사히 미국으로 올 수 있었던 것이다. 그는 뉴욕에 오자마자 칼키스를 찾아가서 아무도 모르게 그림을 팔려고 했다. 칼키스는 정직한 사람이기는 했지만 끔찍이도 그림을 좋아했고, 이 세계 최고 걸작 가운데 하나를 소유할 수 있는 기회라서 쉽게 유혹에서 도망칠 수 없었다. 그래서 그는 그림을 샀다. 칼키스와 글림쇼는 50만 달러에 양도하기로 계약했다. 그러나 대금 지불이 끝나기 전에 그만 그전에 저지른 문서 위조죄에 걸려 뉴욕에서 체포되었고, 싱싱 교도소에서 5년을 썩어야 했던 것이다. 글림쇼가 투옥되고 나서 2년 후에, 칼키스는 투자에 실패하여 운영자금 대부분을 잃었고, 화랑 경영이 어려운 상태였기 때문에 당장 현금이 급해져 그 그림을 녹스에게 넘긴 것이다. 이미 언급한 것처럼 칼키스가 받은 돈은 75만 달러였다. 녹스는 칼키스의 말만 믿고 그림을 샀으며, 그것이 장물이라는 것을 알지 못한 것이다.

녹스의 이야기는 계속되었다.

"글림쇼는 지난주 화요일에 싱싱 교도소에서 출감하자마자 칼키스에게서 받지 못한 50만 달러를 받아야겠다고 생각한 모양이오. 그래서 목요일 밤 칼키스를 방문해서 돈을 달라고 요구했던 거지. 그런데 칼키스는, 여전히 투기 실패로 자금 사정이 계속 나빠 지불을 연기해줄 것을 간청했소. 글림쇼는, 그렇다면 그림이라도 돌려달라고 주장했지. 그러자 칼키스는 별수 없이 녹스에게 그림을 팔았다고 고백한 모양이오. 글림쇼는 어쨌든 돈을 내놓지 않으면 죽이겠다고 칼키스를 협박했다고 했소. 그리고 그 다음 날 나를 찾아온 거요.

글림쇼의 목적은 분명했소. 칼키스가 지불하지 못한 50만 달러를 내가 물어야 한다는 거였지. 물론, 처음에 나는 거절을 했소. 그랬더니 그자가 하는 말이 내가 돈을 내지 않으면 레오나르도의 그림을 불법으로 거래했다는 사실을 세상에 알리겠다고 협박을 하더군요. 나는 화가 났소. 완전히 돌아버릴 지경이었지."

녹스의 턱이 쥐덫처럼 딱 소리를 냈다. 그의 눈에서 잿빛 불꽃이 타올랐다.

"무엇보다도 칼키스가 나를 속여 이렇게 곤란한 지경에 빠지게 했다는 것이 참을 수가 없었소. 그래서 칼키스에게 전화를 걸어서 글림쇼와 삼자대면을 하자고 얘기했소. 그날이 지난주 금요일 밤인데, 문제를 해결하기 위해 나는 칼키스에게 비밀을 보장해 달라고 요구했소. 칼키스는 내가 다른 사람 눈에 띄지 않도록 조치를 취하겠다고 약속을 했지. 그의 비서인 미스 브레트는 분별력도 있고 이 일에 대해서는 전혀 모르고 있으니, 그녀가 우리들을 안내하도록 하겠고 안심하라고 전화로 강조를 하더군요. 다른 방법이 없었소. 아주 까다로운 거래였으니까. 그날 밤 나는 글림쇼와 함께 칼키스의 집으로 찾아갔고, 미스 브레트가 우리를 맞았소. 서재로 들어갔더니 칼키스 혼자 앉아 있더군. 그래서 솔직하게 문제의 해결책을 사업적으로 토의했소."

뺨과 귓불까지 다 빨개진 엘러리도 다른 사람과 마찬가지로 녹스의 얘기에 푹 빠져 있었다.

그날 녹스는 칼키스에게 의견을 말했다. 이 문제를 해결할 책임은 당연히 계약 당사자에게 있다고, 그러니까 글림쇼에게 대금을 지불해서 최소한 자기가 곤란한 입장에 처하지 않게 해 달라고 분명히 말했다. 늙고 쇠약한 칼키스는 절망적인 모습으로 자기에게는 주고 싶어도 줄 돈이 없다고 고백했다. 하지만 그 대안으로 글림쇼에게 새로 작성한 유언장을 보여주었다. 칼키스의 서명이 들어 있는 그 새 유언장에는 칼키스 화랑 건물과 시설의 상속자로 글림쇼가 적혀 있었다. 그 화랑은 돈으로 따져도 글림쇼에게 빚진 50만 달러는 훨씬 넘는 가치가 있었다.

"하지만 글림쇼가 바보는 아니지."

녹스는 단호하게 말했다.

"한마디로 딱 거절을 하더군요. 칼키스의 가족들과 유산 상속 문제로 법정 싸움이라도 붙으면 자기가 승소할 확률도 없거니와, 설령 그렇지 않다고 하더라도 칼키스가 죽을 때까지 기다려야 한다는 것 때문이었지. 그는 싫다고 했소. 현금이나 유가 증권 같은 걸로 달라고 하더군요. 그리고 이 일은 자기 혼자 하는 게 아니라고 했소. 자기의 동업자도 그림을 훔친 사실과 칼키스가 그 그림을 샀다는 사실을 알고 있다고 했소. 게다가 그는 그 전날 칼키스를 만나고 나서 동업자와 함께 베네딕트 호텔에서 협의를 했는데, 그 자리에서 그 그림이 내게 팔렸다는 얘기도 한 모양이오. 그들은 유언장이나 현물 거래 같은 것은 원하지 않는다고 하더군요. 만약에 칼키스가 당장 지급할 수 없으면, 소지인에게 지급되는 약속어음을 발행해 달라고……."

"동업자를 보호하기 위한 거군요."

경감이 중얼거렸다.

"그렇소. 소지인에게 지급되는 거니까 말이오. 금액은 50만 달러였고, 지불기일은 1개월 후였으니까. 칼키스가 화랑을 경매에 부쳐서라도 그 금액을 치러야 했던 거지요. 글림쇼는 추잡하게 웃으면서 자기를 죽여 봤자 소용이 없을 거라고 했소. 동업자가 모든 것을 다 알고 있으니, 자기 신변에 무슨 일이 생기면 우리를 끝까지 물고늘어질 거라더군요. 그러면서 동업자 이름은 밝히지 않았소. 낌새도 못 채게 했지…… 아주 교활하고 더러운 놈이었소."

"얘기가 점점 복잡해지는데요, 녹스 씨."

샘프슨 검사가 말했다.

"악인은 글림쇼뿐만이 아니라, 그의 동업자도 마찬가지 같군요. 이 사건을 조종하는 것이 동업자인지도 모르죠. 그런 거래에 도가 튼 놈인가 봅니다. 동업자를 비밀로 해 두면 동업자뿐만 아니라 자기도 안전할 수 있다는 걸 계산에 넣은 거지요."

"물론이오, 샘프슨 씨."

녹스가 말했다.

"얘기를 계속하자면, 장님인 칼키스는 소지인에게 지급되는 어음을 만들어서, 거기다가 서명을 하고는 글림쇼에게 건네 주었소. 글림쇼는 그걸 받아서는 낡은 지갑 속에 쑤셔 넣었지요."

"우리가 그 지갑을 찾았는데 그 안에는 아무것도 없었습니다."
경감이 진지하게 말했다.
"나도 신문에서 읽었소. 여하튼 나는 칼키스에게 이젠 그 일에서 완전히 손을 떼겠다고 했소. 자기가 저지른 일이니 스스로 책임을 지라고 했지. 우리가 서재를 나설 때 보니까, 칼키스는 절망에 빠진 불쌍한 장님이었소. 지나친 욕심에 의한 실패였지만 불쌍하게 생각되었소. 그는 그날 너무 무리를 했던 거요. 아주 끔찍한 거래였거든. 글림쇼와 나는 집을 나왔소. 다행스럽게도 길에서는 아무도 마주치지 않았고, 바깥 현관에서 나는 칼키스에게 했던 것과 똑같은 말을 글림쇼에게 했소. 이번 일은 이것으로 잊고 싶으니 두 번 다시 내 주변에 나타나지 말라고. 나는 이용당했지만, 하루라도 빨리 그쯤에서 잊어버리고 싶었소."
"글림쇼를 마지막으로 본 게 언젭니까, 녹스 씨?"
경감이 물었다.
"그때가 마지막이었소. 나로서는 그가 없어진 게 오히려 다행일 지경이오. 나는 길 건너 5번 거리 모퉁이로 가서 택시를 타고 집으로 갔소."
"그때 글림쇼는 어디 있었습니까?"
"뒤를 돌아보니 보도에 서서 나를 보고 있더군요. 얼굴에 악마 같은 웃음이 번지고 있었소."
"바로 칼키스 씨 집 앞이었군요!"
"그렇소. 그리고 또 하나 말할 게 있는데. 그 다음날, 그러니까 토요일 오후에 칼키스가 나에게 편지를 보냈소. 그때는 이미 칼키스가 죽었다는 소식을 들은 뒤였지. 겉봉에 찍혀 있는 도장을 보니까 사망한 날 아침에 보낸 거였소. 그러니까 틀림없이 글림쇼와 내가 떠난 금요일 밤에 써 놓았다가 아침에 부친 거겠지. 여기 가지고 왔소."

녹스는 주머니에서 봉투를 꺼냈다. 경감은 그것을 받아서 편지를 꺼내더니 휘갈겨 쓴 내용을 큰 소리로 읽었다.

친애하는 녹스 씨

오늘 밤에 일어났던 불미스러운 일 때문에 저를 아주 나쁘게 생각하고 계실 줄 알고 있습니다. 그러나 어쩔 수 없는 일이었습니다. 저는 돈을 다 잃었고, 이제는 속수무책입니다. 저는 선생님이 이 일에 개입되기를 원치 않았습니다. 글림쇼라는 악당놈이 선생님을 찾아가서 협박을 하리라곤 꿈에도 생각하지 못했으니까요. 그러나 지금부터는 아무런 신경을 쓰시지 않아도 됩니다. 선생님께는 폐가 없도록 조치하겠습니다. 화랑에 있는 그림을 경매에 부치든가 아니면 제 사업 전체를 팔아서라도, 필요하다면 제 생명보험 증서를 맡겨 돈을 빌려서라도 글림쇼와 그의 동업자 입을 막겠습니다. 선생님이 그 그림을 갖고 있다는 것을 아는 사람은 글림쇼와 그 동업자와 저밖에 없으니까 어떤 경우든 선생님은 절대로 안전할 것입니다. 어쨌든 그 두 놈의 입을 다물게 하겠습니다. 저는 맹세코 아무에게도 레오나르도에 관한 얘기를 하지 않았습니다. 나 대신 화랑 운영 사무를 맡고 있는 슬론에게도 말입니다. 걱정을 끼쳐드려 죄송합니다.

칼키스

"이게 칼키스가 토요일 아침에 미스 브레트에게 부치라던 그 편지로군요. 휘갈겨 쓰기는 했지만, 눈먼 사람치고는 꽤 잘 쓴 글씨군요."

나이많은 경감이 감탄한 듯 말했다.
엘러리가 녹스에게 조용히 물었다.
"이 일에 관해서 아무에게도 이야기하지 않으셨습니까?"
"물론이오. 지난 주 금요일까지만 해도 나는 칼키스의 그럴듯한 얘기를 완전히 믿고 있었소. 미술관 측에서 공개를 꺼린다는 따위의 말을 전부 말이오. 내 집에 있는 개인 소장품은 친구들이나, 수집가, 그 외의 전문가들이 가끔 와서 보기는 하지만, 레오나르도 작품만큼은 절대로 보여주지 않았소. 그리고 단 한 사람에게도 얘기를 하지 않았소. 지난 주 금요일 이후로는 더 말할 것도 없고, 그러니까, 내 쪽에서는 아무도 레오나르도에 관한 얘기를 모르고 있소."
샘프슨이 난감한 표정을 지으면서 말했다.
"녹스 씨, 당신이 지금 미묘한 처지에 놓인 것을 아시겠지요?"
"그게 무슨 말이오?"
"제가 드리고자 하는 말씀은……."
샘프슨의 목소리가 점점 더 조심스러워졌다.
"당신이 도둑맞은 장물을 가지고 있다는 것은 성격상으로……."
그 다음은 경감이 대신 설명했다.
"샘프슨 검사님 말씀은 당신이 그 작품을 계속 소지하는 것은 범죄 은닉에 가담하는 것이 되기 때문에 법적으로 대가를 치를 수도 있다는 겁니다."
경감이 설명했다.
"천만에."
녹스가 갑자기 웃음을 터뜨렸다.
"내가 범죄에 가담했다는 것은 말도 안 됩니다! 무슨 증거가 있소?"

"방금 그 작품을 가졌다고 자백을 하지 않으셨습니까."
"글쎄! 내가 이 얘기를 모두 부인한다면?"
"이제는 부인할 수 없을 것 같은데요."
경감이 단호하게 말했다.
"무엇보다도 그림이 확실한 증거가 될 수 있겠죠."
샘프슨이 말했다. 그는 신경질적으로 입술을 물어뜯고 있었다. 그러나 녹스는 웃음을 잃지 않았다.
"그럼 당신이 그 그림을 제시할 수 있소, 검사? 그림 없이는 아무 것도 증명할 수 없을 텐데. 안 그렇소?"
경감이 눈을 가늘게 떴다.
"녹스 씨, 그럼 당신은 그 그림을 끝까지 비밀로 하시겠다는 말씀입니까? 우리에게 넘기지 않으실 겁니까? 가지고 있지 않다고 오리발을 내밀 작정이시군요."
녹스는 턱을 문지르면서 경감과 검사를 번갈아 쳐다봤다.
"이것 봐요. 당신들은 아주 이상한 방향으로 이 사건을 몰고 가고 있는 것 같은데, 이 수사는 도대체 무엇에 관한 거지요? 살인 사건인가요, 아니면 그림 절도 사건인가요?"
녹스가 웃음을 지었다. 경감이 자리에서 벌떡 일어나며 말했다.
"제가 보기에는요, 녹스 씨. 선생이 오히려 이상한 태도를 취하고 있는 것 같은데요. 우리는 사회에서 발생된 모든 사건에 대해서 수사할 권한을 가지고 있습니다. 공표하지 않을 작정이면 무슨 이유로 우리에게 그 얘기를 하신 겁니까?"
"잘 들어요, 경감. 내가 말한 이유는 두 가지요. 하나는 살인 사건을 해결하기 위해서고, 또 하나는 내가 뒤통수를 얻어맞았기 때문이오."
녹스의 목소리는 여전히 팔팔했다.

"그건 또 무슨 말씀이시죠?"
"내가 속았다는 거요. 75만 달러나 주고 산 그림은 레오나르도의 작품이 아니었소!"
"뭐라고요?"
경감이 재빨리 녹스에게로 시선을 돌렸다.
"그게 가짜라는 얘깁니까? 그걸 언제 아셨죠?"
"어저께 알았소. 어젯밤에 처음으로 전문가에게 감정을 해 보았소. 그 사람은 내가 보증할 수 있는 사람이기도 하고, 물론 나의 수집품 속에 그것이 있다는 것을 알고 있는 유일한 사람이기도 하지요. 그도 어젯밤에서야 내 비밀을 알게 되었지만 말이오. 그가 말하기를 레오나르도의 제자 그림이거나, 어쩌면 로렌초 디 크레디의 그림일지도 모른다고 했소. 로렌초는 레오나르도와 동시대 인물이었는데 그 두 사람 모두 베로키오의 제자였다더군요. 레오나르도의 기법과 아주 유사하기는 하다고 했소. 하지만 자세히 보면 진짜 레오나르도 작품이 아니라는 거요. 기껏해야 몇 천 달러 정도의 가치밖에 없는 것인데…… 내가 속은 거요. 그 가짜를 거액을 주고 샀으니 정말이지 분통 터질 노릇이지."
"어쨌든 그건 빅토리아 미술관 것이지 않습니까?"
샘프슨 검사가 방어 자세를 취하며 말했다.
"그러니까 돌려주는 것이……."
"그게 빅토리아 미술관 건지 아닌지 내가 어떻게 알겠소? 누군가가 발견한 사본인지 어떻게 아느냔 말이오? 설사 빅토리아 미술관에서 진품을 훔쳤다 하더라도 글림쇼가 그림을 바꿔치기했는지도 모르지 않소? 칼키스가 바꿔치길 했을 수도 있고. 도대체 누가 알겠소? 안 그렇소?"
엘러리가 갑자기 끼어들었다.

"이 이야기는 없던 걸로 하는 게 좋을 것 같군요."

더 이상 왈가왈부하는 사람이 없었다. 녹스의 입장에서는 아주 좋은 제안이었다. 가장 심기가 불편한 사람은 샘프슨 검사였다. 그는 경감에게 뭔가 속삭였는데, 경감은 그저 어깨만 으쓱해 보일 뿐이었다.

엘러리가 말했다.

"제가 처음에 꺼냈던 얘기로 돌아갔으면 합니다."

엘러리의 목소리는 전 같지 않게 정중했다.

"녹스 씨, 지난 주 금요일 밤에 칼키스 씨가 해결법으로 내놓은 유언장은 어떻게 된 것인가요?"

"글림쇼가 거절하자, 칼키스는 멍하니 금고로 가서 유언장을 철제 상자 속에다 집어넣고 금고를 다시 닫았소."

"찻잔은 어떻게 된 겁니까?"

녹스가 재빨리 대답했다.

"내가 글림쇼와 같이 서재에 들어갔을 때 찻잔은 책상 옆에 있는 작은 탁자 위에 놓여 있었소. 칼키스는 차를 마실 거냐고 물었지. 나는 그때 주전자의 물이 끓고 있는 것을 보았소. 우리는 둘 다 안 마시겠다고 했소. 그러자 칼키스는 자기 잔에만 물을 따랐소."

"홍차 봉지와 레몬 조각도 넣었습니까?"

"그렇소. 홍차 봉지를 넣었다가 다시 꺼냈소. 그렇지만 얘기에 열중하느라고 정작 차를 마시지는 못했소. 차는 차갑게 식었소. 우리가 거기 있는 동안 그는 찻잔에 전혀 입을 대지 않은 걸로 알고 있소."

"쟁반 위에 찻잔은 3개가 있었습니까?"

"그렇소. 나머지 2잔은 깨끗한 상태였소. 물도 따르지 않았으니까."

엘러리는 씁쓸한 목소리로 말했다.

"제 오해를 좀 풀어야 될 것 같습니다. 솔직히 말씀드리면, 제가 마치 대단한 사람이나 되는 양 거드름을 피웠지만, 실제로 저는 아주 멍청한 놈이었습니다. 비웃으시는 것도 모두 당연하다고 생각합니다.

하지만, 한편으로 제 개인적인 의견은, 중대한 살인 사건을 애매하게 방지해서는 안 된다고 생각합니다. 녹스 씨, 샘프슨 검사님, 페퍼 씨, 그리고 아버지. 모두 제 얘기를 잘 들어주시기 바랍니다. 그리고 제 얘기에 이상한 점이 있으면 바로 지적해 주십시오.

저는 아주 교활한 범인에게 감쪽같이 속았습니다. 범인은 제가 머리를 써서 뭔가를 추리해 낼 것이라고 생각했습니다. 그래서 잘못된 단서를 흘린 거죠. 제 나름대로는 아주 훌륭하다고 생각되는 추리를 하게 만든 겁니다. 물론 칼키스가 살인범이라고 지목받게 하려는 게 목적이라고 하겠습니다. 그런데 우리는 지금, 칼키스가 죽고 난 며칠 동안 사용된 찻잔은 한 개뿐이라는 것을 알게 되었습니다. 그러므로 칼키스 씨가 증거를 조작했다는 추리는 틀린 거지요. 범인은 교묘하게 칼키스 씨의 잔에 든 차를 다른 깨끗한 잔에 부어 마치 세 사람이 차를 마신 것과 같은 흔적을 남겼습니다. 그런 식으로 주전자의 물이 한 잔밖에 사용되지 않았다는 증거를 남김으로써 잘못된 추리를 하도록 저를 유도한 것입니다. 미스 브레트가 얘기한 내용으로 미루어 봐서 칼키스 씨에게는 혐의가 없다는 것이 드러났습니다. 왜냐하면, 칼키스 씨는 이미 죽어서 매장되었기 때문입니다. 그러므로 잔을 가지고 장난을 친 것은 잘못된 단서를 남김으로써 자기에게 오는 혐의를 벗으려했던 누군가의 짓이라는 얘기가 되고, 그 누군가가 바로 살인범이라는 결론이 되는 것입니다. 거짓 증거를 만들어야 하는 동기를 가진 사람은 범인뿐입니다.”
엘러리는 여전히 씁쓸한 목소리로 말을 이어나갔다.
“자, 이제는 칼키스 씨가 장님이 아니었다는 추리를 살펴볼 차례인데…… 이것은 아마도 범인이 우연히 알게 된 사실을 이용했다고 봅니다. 그는 칼키스 씨의 복장 일정표를 발견했거나 아니면 알고 있었고, 찻잔을 가지고 조작을 한 것과 거의 같은 시간에 현관 책상 위에 있는 소포를 틀림없이 보았을 것이고 범인은 넥타이 색깔에 모순이 있다는 사실을 알게 되었을 것입니다. 그래서 그는 옷장의 세 번째 서랍에 그걸 집어넣어 두었습니다. 왜냐하면 그는 제가 그곳을 뒤져보리라는 것을 미리 알았고, 그로 인하여 잘못된 추리를 하게 될 것이라는 것까지도 예상했기 때문입니다. 그러면, 이제 의문이 생깁니다. 범인이 한 조작과는 상관없이 칼키스 씨는 진짜로 앞을 볼 수 없었는가, 아니면 볼 수 있었는가 하는 것입니다. 도대체 범인은 이에 대하여 어디까지 알고 있었을까요? 이것에 대한 결론은 잠시 유보해 두기로 하겠습니다.

그리고 여기 중요한 사실이 하나 있습니다. 칼키스 씨가 사망한 토요일 아침에는 본래와는 다른 넥타이를 매고 있었는데, 범인이 그렇게 시켰다고는 생각할 수 없습니다. 만약 칼키스 씨가 전과같이 장님이었다고 규정한다면, 그의 시력이 돌연 회복됐다는 결론인 나의 추리에는 어딘가에 잘못이 있는 거지요. 하긴 칼키스 씨는 시력을 회복할 가능성도 조금 있었지만…….”
“가능하기는 하지만 가망 있는 얘기는 아니지.”
샘프슨 검사가 토를 달았다.
“자네가 지적했다시피, 가령 시력이 갑자기 회복됐다면 칼키스는 기쁜 나머지 침묵을 지킬 수 없었을 거야.”
“네, 맞습니다. 정확합니다. 제 생각에도 칼키스 씨는 눈이 먼 상태 그대로 있었던 것 같습니다. 그러니까, 제 추론은 잘못된 것입니다. 자, 그러면 눈이 보이지 않는 칼키스 씨가 어떻게 자기가 붉은 넥타이를 매고 있었다는 것을 알았을까요? 물론 데미나 슬론, 브레트 양 가운데 누군가가 붉은 넥타이를 매고 있다는 사실을 알려주었다고 생각할 수도 있지요. 그러나 세 사람은 전부 그것을 부정했어요. 만약에 그 세 사람의 말이 진실이라면 아직 이에 대한 해답은 오리무중입니다. 우리가 이에 관한 만족스런 해답을 얻기 바란다면, 그 세 사람 가운데 한 사람의 거짓 증언을 먼저 확인해 보아야 할 것입니다."

"그 비서 브레트 양은 믿을 수가 없어."

경감이 불만스러운 듯이 말을 이었다.

"그 아가씨의 증언은 믿지 않는 것이 현명해."

"아버지, 아무리 경험자의 의견이라 해도 뒷받침할 근거가 없는 그런 애매모호한 느낌만 가지고는 문제를 해결할 수 없습니다."

엘러리는 고개를 가로저었다.

"우리의 추론이 적절하지 않았다는 것을 인정해야 합니다. 그건 제가 끔찍이도 싫어하는 일이지만 말이에요…… 그래서 저는 녹스 씨가 얘기하는 동안 머릿속으로 생각을 해 보았습니다. 제가 한 가지 가능성을 간과하고 있었다는 사실을 깨달았지요. 만약에 이 가능성이 사실로 판명된다면 놀라운 것이 될 겁니다. 칼키스 씨가 장님이지만, 누군가의 얘기를 듣지 않고도 자기가 매고 있는 넥타이가 붉은 넥타이였다는 것을 알 수 있는 방법이 있기는 있습니다. 그건 쉽게 증명할 수 있습니다. 잠깐만 실례하겠습니다."

엘러리는 수화기를 들고 칼키스의 집으로 전화를 걸었다. 사람들은 조용히 그의 행동을 지켜보고 있었다. 말하자면 이것이야말로 엘러리의 추리 능력 테스트라고 모두들 생각했다.

엘러리는 말했다.

"슬론 부인 좀 부탁합니다…… 슬론 부인이십니까? 네, 저는 엘러리 퀸입니다. 데메트리오스 칼키스 씨 계십니까?…… 네, 잘됐군요. 그분에게 센터 거리에 있는 경찰청으로 빨리 오라고 해주십시오. 거기서 퀸 경감의 사무실을 찾으라고 하세요…… 네, 이해합니다. 그러니까 윅스 씨가 데리고 오도록 해주세요…… 그런데 슬론 부인, 데미 씨에게 올 때 돌아가신 칼키스 씨의 녹색 넥타이를 좀 가져오라고 해주십시오. 아주 중요한 일입니다. 혼자만 알고, 윅스 씨한테는 데미 씨가 무얼 가지고 오는지 얘기하지 마십시오. 네, 부탁합니다."

엘러리는 계속해서 경찰 교환원과 통화를 했다.

"그리스어 통역관인 트리칼라 씨에게 퀸 경감님 사무실로 오라고 해주십시오."

"무슨 일을 꾸미는 건지 모르겠군……."

샘프슨의 불평이 막 시작되려고 하자 엘러리는 그 말을 침착하게 저지했다.

"잠깐만요."

엘러리는 다른 담배에 불을 붙이면서 말을 이었다.

"계속하겠습니다. 어디까지 했죠? 아, 거기까지 얘기했죠. 요지는 칼키스 씨를 살인범으로 지목했던 제 추리가 틀렸다는 것입니다. 제 추리는 2가지 가설을 가지고 있었습니다. 하나는 칼키스 씨가 시력을 회복했다는 것이고, 또 하나는 지난 주 금요일 밤 서재 안엔 세 사람이 아니고 두 사람만 있었다는 것입니다. 그 중에서 두 번째 가설은 조앤 브레트 양과 녹스 씨의 증언으로 물거품이 됐고, 첫 번째 가설도 몇분 후에 내 손으로 파기시킬 수가 있습니다. 다시 말해 그날 밤 칼키스 씨가 여전히 눈이 보이지 않았다면 더 이상 그를 글림쇼의 살인자로 의심할 필요가 없다는 얘깁니다. 그래서 더 이상 칼키스 씨에게 혐의를 두지 않기로 하겠습니다. 거짓된 단서를 흘린 사람이 범인인데, 그 거짓 증거는 칼키스 씨가 죽은 후에 조작된 것인데다가 죽은 자에게 혐의가 가도록 조작되었으니 칼키스 씨가 범인이 아닌 게 분명합니다. 글림쇼의 살해에 관한 한 칼키스 씨는 무죄입니다. 그리고 녹스 씨의 말에 따르면 글림쇼가 살해된 것은 훔친 레오나르도 그림과 관련이 있는 것이 분명해졌는데, 이 부분은 나의 처음 추리에서 크게 벗어나지 않았습니다. 그리고 살해 동기도 훔친 레오나르도 그림과 관련이 있다는 사실이 발견됐습니다. 즉, 글림쇼의 시체가 들어 있던 관에서, 녹스 씨가 증언한 칼키스 씨에게서 받은 약속 어음이 발견되지 않은 사실로 미루어 볼 때 살인범은 글림쇼를 살해하고 어음을 가져간 것이 틀림없습니다. 살인범은 어음을 칼키스 씨에게 제시하고 지불을 협박할 수 있었고 그 범행 시기가 칼키스 씨 사망 전이라는 사실이 이 판단이 옳다는 것을 뒷받침하고 있습니다. 그런데 칼키스 씨가 의외로 일찍 죽어버리자, 그 살인범이 가진 약속어음은 사실상 무용지물이 되어 버렸습니다. 이 같은 복잡한 성격의 어음을 칼키스 이외의 타인에게 제시한다 해도 지불을 강요할 수 없을 뿐더러 오히려 수사를 촉진시켜 살인범 스스로가 위험해질 수 있기 때문이지요. 범인은 칼키스 씨가 살아 있을 거라고만 생각하고 글림쇼를 죽이고 약속어음을 가지고 사라진 것입니다. 입장을 바꿔서 얘기하면, 칼키스 씨가 죽었기 때문에 유산 상속자들은 50만 달러를 빼앗기지 않게 되었다고도 할 수 있습니다. 그러나 여기에는 훨씬 더 중요한 문제가 있습니다."

엘러리는 말을 멈추고 사무실을 휘둘러보았다. 사무실 문은 닫혀 있었다. 엘러리는 사무실을 가로질러 가서 문을 열고는 바깥을 살펴본 뒤 다시 문을 닫고 자기 자리로 돌아왔다.

"이 사실은 정말로 중요한 거라서 검사를 돕고 있는 서기도 알면 안 됩니다. 방금 이야기한 바와 같이 사망한 칼키스 씨에게 살인죄를 뒤집어씌워야만 했던 그 사람이 바로 살인범인데, 그에게는 두 가지 특징이 있다는 겁니다. 하나는 장례식이 끝난 뒤, 그러니까 조앤 브레트 양이 두 개의 깨끗한 잔이 있는 것을 본 화요일 오후부터 깨끗하지 않은 찻잔을 우리가 발견한 금요일 사이에 그 살인자가 칼키스 씨의 집에 왔었다는 사실입니다. 그리고 그의 목적은 관계자가 두 명 뿐이라는 흔적을 만드는 것이었습니다. 살인범은 세 번째 인물, 즉 녹스 씨가 끝까지 침묵을 지킬 거라는 사실을 굳게 믿고 있었던 거죠.

자, 이걸 좀더 자세히 설명 드리겠습니다. 우리가 아는 바와 같이 그날 밤 서재에는 세 사람이 있었습니다. 나중에 찻잔을 가지고 장난을 친 사람은 서재에 세 사람이 있었다는 사실을 알았을 것이고, 누가 거기 있었는지도 알았을 것입니다. 그런데 그는 경찰이 실제로 서재에 두 사람밖에 없었다고 믿기를 바라고 있었습니다. 그러나 중요한 것은 그때 같이 있던 세 사람이 모두 침묵을 지키고 있지 않으면 그의 사기극은 성공하지 못한다는 것입니다. 그가 화요일과 금요일 사이에 찻잔을 건드렸을 때 그의 사기극이 성공하느냐 마느냐 하는 것은 세 사람의 침묵에 달려 있었습니다. 글림쇼는 이미 죽였고, 칼키스 씨는 심장마비로 죽었고, 이제 남은 사람은 제3의 인물인 녹스 씨밖에 없다는 얘긴데, 그가 발설을 하는 날에는 자기의 사기극이 모두 수포로 돌아가는 거죠. 그런데 녹스 씨는 아직 버젓이 건강하게 살아 있습니다. 그런데도 그의 사기극이 진행되고 있었던 걸 보면, 그는 분명히 녹스 씨가 침묵을 지킬 거라고 믿고 있었던 것입니다. 여기까지는 이해가 됩니까?"

모두들 고개를 끄덕였다. 그들은 한마디 한마디를 열심히 경청하고 있었다. 특히 녹스는 엘러리의 입술을 진지하게 쳐다보고 있었다.

"그러면 어떻게 그는 녹스 씨가 침묵을 지킬 거라는 것을 확신할 수 있었을까요?"

엘러리의 목소리는 뚜렷했다.

"그는 레오나르도의 그림에 관한 모든 얘기를 다 알고 있었고, 특히 녹스 씨가 불법적으로 그것을 소유하고 있다는 사실까지 알았기 때문입니다. 그래서 그는 지난 주 금요일 밤에 서재에 있었던 제3의 인물인 녹스 씨가 스스로를 보호하기 위하여 침묵을 지킬 거라고 믿었다는 얘깁니다."

"훌륭하군, 엘러리 씨."

녹스가 말했다.

"지금까지는 그렇다고 볼 수 있습니다."

엘러리는 웃지 않았다.

"그러나, 이 분석에서 가장 중요한 것은 이제부터입니다. 녹스 씨, 도둑질한 레오나르도 그림과 당신과의 관계를 상세히 알고 있는 것은 누굴까요? 자, 한 사람씩 지워가면서 검토해 보기로 하죠.

칼키스 씨의 편지를 보면 그는 누구한테도 얘기하지 않은 걸로 돼 있습니다. 그리고 그는 지금 죽었습니다.

녹스 씨, 당신은 그 전문가라는 사람한테 밖에 얘기하지 않았습니다. 그분은 당신이 자주 의뢰하는 미술감정가인데, 이분은 논리상으로 제외시킬 수 있지요. 그림을 본 다음, 진품이 아니고 동시대의 다른 화가가 그린 것이라고 감정했는데, 당신의 요청을 받은 것은 어젯밤이니까 그가 조작했을 가능성은 없습니다. 제가 찻잔을 발견한 것은 어제 아침이니까, 어젯밤에 들은 사람이 개입하기에는 불가능하다는 얘깁니다. 녹스 씨를 통해서 그림에 관한 얘기를 들은 유일한 사람인 그 전문가는 이제 제외됩니다…… 아니, 검토 그 자체가 불필요합니다. 그 미술감정가는 이 사건과 전혀 관련이 없고 그를 범인시하는 것은 비논리적이기 때문이지요. 단지 이렇게 얘기하는 것은 조금의 허점도 없는 논리를 세우기 위해서입니다."
엘러리는 엄숙한 표정으로 벽을 바라보다가 다시 말을 이었다.
"그러면 누가 남습니까? 글림쇼뿐이죠. 하지만 그는 이미 죽었습니다. 또 누가 있습니까? 녹스 씨가 제게 들려준 얘기가 정확하다면, 글림쇼는 이 세상에서 단 한사람에게만 그 얘기를 했다는 것을 알 수 있습니다. 글림쇼의 동업자라는 사람 말입니다. 글림쇼는 그 사람에게 훔친 그림에 관한 얘기도 했습니다. 그러니까 이 동업자야말로 도둑질한 그림과 녹스가 그것을 소유하고 있다는 것을 알고 있고 한편 3개의 찻잔이 깨끗하지 않은 것처럼 꾸민 다음, 녹스 씨의 침묵을 기대한 유일한 외부 사람인 셈이지요."
"그렇소. 맞는 얘기요."
녹스가 중얼거렸다.
"자, 그러면 이런 사실로 어떤 결론을 낼 수 있죠?"
엘러리는 조용한 목소리로 말을 이었다.
"글림쇼의 동업자는 전후 사정을 다 알고 조작을 할 수 있었던 유일한 사람입니다. 그리고 글림쇼를 죽인 사람은 사건을 조작해야 할 이유를 가지고 있는 사람이지요. 그러므로 글림쇼의 동업자가 바로 글림쇼를 살해한 범인입니다. 글림쇼의 말에 의하면, 그 사람은 목요일 밤에 베네딕트 호텔에서 글림쇼를 만난 걸로 되어 있습니다. 그리고 우리는 녹스 씨와 글림쇼가 칼키스 씨의 집에서 나온 이후에 그 사람이 글림쇼와 만났을 가능성이 있다고도 생각할 수 있습니다. 그때 그 사람은 유언장에 관한 얘기며, 그것을 거절하고 약속어음을 받은 이야기, 그밖에 칼키스 집에서 있었던 모든 얘기를 들었을 가능성이 있다는 것입니다."

"물론……."

경감이 생각에 잠긴 얼굴로 엘러리의 말을 끊었다.

"추리에 진전은 있지만 그게 지금으로서는 별 소용없는 것 아니냐? 지난 주 목요일 밤, 글림쇼와 만난 자가 누군지 알 수가 있어야 하는데, 지금으로서는 알 도리가 없지 않니?"

"네, 맞는 얘깁니다. 하지만 최소한 몇 가지 문제점들은 분명해졌습니다. 이제 수사의 방향은 정해졌으니까요."

엘러리는 담뱃불을 비벼 끄면서 걱정스러운 표정을 지어 보였다.

"그런데 한 가지 중요한 문제를 일부러 빠뜨렸습니다. 그것은 살인범도 실수를 저질렀다는 점입니다. 기대와는 달리 녹스 씨가 침묵을 지키지 않았기 때문이죠. 녹스 씨, 왜 말씀을 하시게 된 거죠? 이유가 뭡니까?"

"아까 말하지 않았소? 내가 가지고 있는 레오나르도 그림은 가짜였기 때문이라고. 그건 거의 값어치가 없는 것이었소."

녹스가 말했다.

"바로 그거네요. 녹스 씨는 그 그림이 가짜였다는 것을 알았기 때문에 우리에게 얘기할 수 있었던 겁니다. 녹스 씨 스스로 모든 얘기를 자유롭게 할 수 있게 된 거지요. 녹스 씨가 우리에게만 솔직하게 얘기를 했기 때문에 글림쇼의 동업자, 즉 글림쇼의 살해범은 우리가 아직까지 그림에 관한 얘기를 모른다고 생각할 겁니다. 그리고 칼키스를 살인범으로 추리하게 만든 사기극도 성공했을 거라고 믿고 있을 거고요. 이제 우리는 한편으로는 범인이 원하는 대로 해주고, 한편으로는 범인을 이용할 방법을 찾아야 합니다. 우리는 이미 칼키스 씨가 범인이라는 추리가 잘못되었다는 것을 알았기 때문에, 칼키스 씨가 범인이라는 거짓 발표를 공식적으로 할 수는 없습니다. 하지만 대신 범인에게 올가미를 씌울 수는 있습니다. 그렇게 해서 범인이 다음에 어떤 일을 하는지 지켜보아야 합니다. 우리는 언론에, 범인이 조작해 놓은 단서로 칼키스 씨가 글림쇼의 살해범이라고 단정했었는데, 조앤 브레트 양의 증언으로 그게 아니라는 것이 밝혀졌다고, 그래서 범인은 아직 잡히지 않았다고 발표하는 겁니다. 대신에 녹스 씨가 우리에게 털어놓은 얘기에 대해서는 한 마디도 언급하면 안 됩니다. 그래야 범인은 녹스 씨가 침묵을 지키고 있다는 것을 그대로 믿고 그 침묵에 근거한 행동을 계속할 겁니다. 그 그림이 100만 달러 짜리 진품이 아닌데도 범인은 그것을 눈치채지 못하는 거지요."
"그래 아주 좋은 생각이야, 엘러리."
샘프슨 검사가 고개를 끄덕이며 말했다.
"칼키스 씨가 범인이 아니었다는 사실을 밝히는 것을 두려워할 필요는 없습니다. 범인은 아마도 그 정도는 예상하고 일을 저질렀을 겁니다. 그는 거짓 공작을 시작할 때부터 찻잔의 더러운 모순이 누구에게 폭로될지도 모른다고 각오하고 있었다고 봅니다. 그는 그것이 운이 나쁘다고 생각할 뿐 반드시 실수라고 생각하지 않았을 겁니다."
"체니가 사라진 것은 어떻게 설명하죠?"
지방검사보인 페퍼가 물었다.
"물론 앨런 체니가 글림쇼의 시체를 묻었을 거라는 추리는 그의 삼촌인 칼키스가 범인이라고 가정했을 때만 성립될 수 있는 얘깁니다. 그러나 우리는 이제 글림쇼를 묻은 사람이 바로 글림쇼를 죽인 사람이라는 것을 알게 되었습니다. 현재로서는 앨런 체니가 왜 사라졌는지 알 수 없어요. 그 문제는 좀더 두고 봐야겠습니다."
이때 인터폰이 울렸고 경감은 인터폰을 집어 들었다.

"그래, 들여보내. 다른 사람들은 밖에 대기시키고."

경감은 엘러리를 쳐다보았다.

"네가 부른 남자가 온 모양이다. 윅스가 데려왔단다."

엘러리는 고개를 끄덕였다. 형사 한 사람이 문을 열어주자 데메트리오스 칼키스가 비틀거리면서 들어왔다. 아주 말끔하게 차려입은 모습이었으나 일그러진 입술 사이로 새어나오는 웃음이 그를 바보처럼 보이게 했다. 윅스 집사는 중절모를 가슴팍에 포갠 채 문 밖에 앉아 있었다. 데메트리오스 칼키스의 뒤로 기름기가 잘잘 흐르는 트리칼라가 재빨리 들어섰다.

"트리칼라 씨, 이 사람에게 가져오라는 것을 가져왔는지 물어봐 주십시오."

엘러리가 트리칼라에게 말했다.

데미는 트리칼라가 있는 것을 보더니 금세 표정이 밝아졌다. 트리칼라가 뭐라고 말을 퍼붓자 데미는 열심히 고개를 끄덕이면서 꾸러미 하나를 집어 들었다. 엘러리는 차분하고 조심스럽게 그 모습을 지켜보고 있었다.

"좋습니다. 그에게 자기가 가져온 게 무언지 물어봐 주십시오."

난폭한 단어들과 짧은 대화가 지나간 뒤, 트리칼라가 얘기했다.

"녹색 넥타이를 가져왔답니다. 칼키스 씨의 옷장에 있는 넥타이 중에서 꺼내온 것이랍니다."

"네, 잘됐군요. 그 넥타이를 꺼내놓으라고 하세요."

트리칼라가 날카로운 목소리로 데미에게 얘기를 했다. 데미는 고개를 끄덕이더니 가지고 온 꾸러미를 풀기 시작했다. 꽤 시간이 걸렸다. 그 동안에 사람들은 데미의 커다란 손가락이 꾸러미 위에서 어설프게 움직이는 모습을 쳐다보고 있었다. 마침내 그는 매듭을 풀고 끈을 칭칭 감아서 자기 호주머니에 집어넣었다. 종이가 스르르 벗겨졌다. 데미는 붉은 넥타이를 꺼내 들었다. 샘프슨과 페퍼가 놀라서 소리를 질렀고 퀸 경감은 욕을 했다. 엘러리가 곧장 그 소리들을 제지시켰다. 데미는 평소의 그 멍청한 웃음을 짓고는 사람들을 바라보았다. 잘했다는 소리를 듣고 싶은 모양이었다. 엘러리는 고개를 돌리고 아버지의 책상 서랍을 뒤지기 시작했다. 이윽고 엘러리는 녹색 사고 기록부를 꺼냈다.

엘러리가 또박또박 말했다.

"트리칼라 씨, 이 사고 기록부가 무슨 색인지 물어봐 주십시오."

트리칼라가 엘러리의 요구대로 데미에게 물어보았다. 대답을 하는 데미의 목소리는 자신감에 차 있었다.

트리칼라는 이상하다는 듯이 말했다.

"그게 붉은색이라는군요."

"네, 됐습니다. 감사합니다. 이 사람을 데리고 나가셔서 밖에서 기다리는 사람과 함께 집에 가도 좋다는 말을 해주십시오."

트리칼라는 데미의 팔을 잡고 사무실을 나갔다. 엘러리가 문을 닫고 말했다.

"제가 제 논리에 너무 자신을 갖고 오해한 실수의 원인을 이제야 알겠습니다. 데미가 색맹이었다는 사실을 상상도 못했던 거지요."

사람들이 모두 고개를 끄덕였다. 엘러리는 계속 말을 이었다.

"아무도 칼키스 씨에게 넥타이의 색깔이 뭔지 말해 주지 않았고, 데미가 복장 일정표대로 제대로 옷을 입혔는데도 칼키스 씨가 바꾼 넥타이의 색깔이 뭔지 알았다면, 칼키스 씨는 앞을 볼 수 있었다는 얘기가 된다, 저는 그렇게 추리를 했습니다. 그 일정표 자체를 틀리게 사용했으리라고는 전혀 생각하지 못했던 겁니다. 계획표에 따라서 데미는 토요일 아침에 칼키스 씨에게 녹색 넥타이를 주었습니다. 그러나 데미에게는 녹색이 바로 붉은색이었던 겁니다. 데미는 적록색맹이었기 때문에 칼키스 씨는 일정표를 데미에게 맞춰 다르게 써 놓았던 거죠. 칼키스 씨는 붉은 넥타이를 매기를 원하는 날에는 일정표에 녹색 넥타이라고 적어 놓은 것입니다. 그렇게 일정표를 짜야 자기가 원하는 대로 할 수 있으니까요. 그래서 토요일 아침 칼키스 씨는 녹색 넥타이라고 적혀 있는 일정표와는 달리 자신이 붉은 넥타이를 매고 있다는 것을 알고 있었던 거죠. 이건 데미와 칼키스 씨 사이에만 통하는 암호 같은 거라고 볼 수 있죠. 칼키스 씨는 넥타이를 바꿔 맨 것이 아닙니다. 데미가 집을 나선 9시에도 칼키스 씨는 붉은 넥타이를 매고 있었던 거지요."
"과연 그렇군! 그러면, 데미나 슬론 씨나 브레트 양도 모두 진실만을 고백한 것이 되는 거군! 그것도 의미가 있군요."
페퍼가 말했다.
"그렇다면, 여기에서 여러분! 우리는 이제까지 유보시킨 문제를 검토해야 됩니다. 살인범이 칼키스 씨를 장님으로 생각했는지, 아니면 저와 마찬가지로 눈이 보인다고 생각했는지 따져보기로 하겠습니다. 지금에 와서 이것은 실효성이 없는 고찰인지도 모릅니다만 제가 보기에는 범인도 데미가 색맹이라는 사실을 알지 못했기 때문에 저와 같은 추리를 통해 칼키스 씨가 앞을 볼 수 있었다고 생각한 것 같습니다. 아마 지금도 그는 그렇게 믿고 있을 겁니다. 하지만 이젠 범인이 어떻게 생각하든 별로 의미가 없지요."
엘러리는 아버지를 향해 몸을 돌렸다.
"화요일에서 금요일 사이에 칼키스 씨의 저택을 방문한 사람의 명단은 작성되어 있습니까?"
샘프슨이 대답했다.
"코헤이런이 작성했네. 우리 사무실에서 파견된 사람이지. 페퍼, 지금 가지고 있나?"

페퍼 지방검사보가 타자 친 종이를 꺼냈다. 엘러리는 재빨리 그 명단을 훑어보았다.

"잘 되어 있군요."

그 명단에는 무덤을 파내기 전날인 목요일에 퀸 부자가 본 일이 있는 방문객 명부를 포함하여 발굴 후부터 수사가 시작될 때까지 출입한 방문객 명단이 기록되어 있었다.

그 명단에 적힌 이름들은 칼키스 씨 집안의 거주자 외에 다음과 같은 사람들이었다.

내이쇼 스위서, 마일스 우드러프, 제임스 J. 녹스, 덩컨 프로스트 박사, 허니웰, 엘더 목사, 수전 모스 부인, 그리고, 칼키스의 고객으로 이미 기록되어 있었던 로버트 페트리와 듀크 부인 외에, 루벤 골드버그, 티모시 워커 부인, 로버트 액턴, 그리고 장례식에 참석한 칼키스 화랑의 직원 몇 사람의 이름이 있었다. 시몬 브뢰켄, 제니 보톰, 파커 인슐 등이 그 직원들의 이름이었다. 그리고 출입이 허락된 신문 기자들의 이름도 있었다.

엘러리는 그 종이를 페퍼에게 돌려주었다.

"마치 뉴욕에 사는 모든 사람들이 한 번씩은 온 것 같네요...... 그런데, 녹스 씨, 레오나르도의 그림에 관한 얘기와 당신이 그 그림을 가지고 있다는 얘기를 아무에게도 하지 않은 게 확실합니까?"

"입도 뻥끗 안 했소."

녹스가 말했다.

"계속 비밀을 지켜주시고요, 새로운 사실이 발견되면 즉시 경감님께 얘기해 주십시오."

"그렇게 하겠소."

녹스가 일어났다. 페퍼는 급히 녹스의 코트를 챙겨주었다.

"나는 우드러프와 같이 일을 하고 있소."

녹스는 코트를 받아 입으면서 얘기했다.

"그 변호사에게 유산에 관해 법적인 문제들을 처리하라고 맡겼소. 칼키스가 유언없이 죽게 되어서 모든 게 뒤죽박죽이오. 하지만 차라리 유언장이 발견되지 않는 게 좋겠소. 우드러프가 그러는데, 그게 발견되면 더 복잡해진다더군요. 가장 근친자인 슬론 부인이 유언장이 발견되지 않아도 내가 계속해서 집행인 노릇을 해줄 것을 부탁했기 때문에 법적 수속을 시작한 것이오."

"빌어먹을 유언장! 협박에 의해 유언장을 다시 썼으니까 무효 신청을 하면 되겠지만, 이놈의 소동이 끝나야 뭘 하든가 하지. 혹시 글림쇼에게 친척이 있는 건 아닌지 몰라."

샘프슨이 신경질적으로 내뱉었다. 녹스가 뭐라고 불평을 하더니 손을 흔들고는 나가버렸다. 샘프슨과 페퍼는 자리에서 일어나 서로의 얼굴을 쳐다보았다.

"저는 검사님이 무슨 생각을 하고 계시는지 알 것 같은데요."

페퍼가 부드럽게 검사의 의중을 떠보았다.

"가짜 레오나르도를 가지고 있다는 녹스 씨의 얘기가 거짓말이라고 생각하시는 거죠?"

"그럴 가능성도 있지."

샘프슨이 인정했다.

"내 생각도 그래요!"

경감이 말을 거들었다.

"그가 거물이든 아니든, 어쨌든 위험한 장난을 하고 있는 것은 틀림없지."

"아마 그럴 겁니다."

엘러리가 경감의 말에 동의하며 말을 이었다.

"그러나 나와는 상관없지만, 제가 알고 있기로는, 녹스 씨는 광적인 수집광으로 악명이 높거든요. 어떻게 해서든지 그 그림을 지키려고 할 겁니다."

"아주 골치 아프게 됐어."

늙은 경감이 한숨을 쉬었다. 샘프슨과 페퍼는 엘러리에게 고개를 끄덕이고는 사무실을 나섰다. 경찰청 출입기자들과의 기자회견을 위해 경감도 그 뒤를 이어 사무실을 나섰다.

사무실에 혼자 남은 엘러리는 편안한 자세로 앉아 여러 가지 기억을 떠올려 사건을 정리해 보면서 줄담배를 피워댔다.

경감이 혼자 사무실로 돌아왔을 때 엘러리는 구두만 골똘히 내려다보고 있었다.

"발표하고 왔다."

경감이 의자에 몸을 실으며 큰 소리로 말했다.

"칼키스를 범인으로 지목했었는데, 조앤 브레트의 새로운 증언으로 물거품이 됐다는 얘기를 했다. 틀림없이 기자들의 흥미를 끌겠지! 아마 몇 시간 뒤면 뉴욕 전체에 쫙 퍼지게 될 거다. 그 살인자도 이제 바빠지겠군."

경감이 인터폰에 대고 소리를 지르자 비서가 급하게 뛰어 들어왔다. 경감은 런던에 있는 빅토리아 미술관 앞으로 보낼 비밀 전문 내용을 구술하기 시작했고, 비서는 그것을 열심히 받아 적었다.

"자, 한번 생각해 보자고."

경감이 코담뱃갑을 뒤적거리며 말했다.

"이제 그림 거래에 관해 다시 정리해 보자. 바깥에서 샘프슨 검사하고 얘기해 보았는데, 녹스 씨 얘기만 그대로 믿고 다른 것을 무시할 수는 없지……."

경감은 침묵을 지키고 있는 엘러리의 얼굴을 찬찬히 뜯어보았다.

"엘러리, 그 일은 잊어버려라. 세상이 끝난 건 아니니까. 추리가 실패할 수도 있지 뭘 그러냐? 잊어버리라니까."
엘러리는 천천히 고개를 쳐들었다.
"잊어버리라고요? 오랫동안 잊지 못할 겁니다, 아버지."
엘러리는 주먹 쥔 손을 멍하니 쳐다보았다.
"이 사건을 통해서 저는 한 가지 배운 게 있습니다. 제 머리통을 날리는 한이 있어도 앞으로 이 원칙만은 꼭 지킬 겁니다. 아무리 사소해 보이는 것일지라도 설명이 안 되는 부분이 남아 있고, 사건을 설명할 수 있는 완벽한 시나리오를 갖고 있지 않는 한 절대로 결론을 내리지 않겠다는 겁니다."

(이후로 엘러리는 자신이 아버지 앞에서 맹세한 말을 지켰다. 억측과 비판이 난무하는 상황 속에서도 그는 확실한 결론을 거머쥐기 전에는 자신의 생각을 절대로 입 밖에 내지 않았던 것이다.)

경감은 걱정스러운 표정을 지었다.
"얘야, 이제 됐다. 뭘 그렇게까지 생각하니?"
"멋모르고 날뛰던 바보 같은 제 모습을 생각하면…… 겸손해할 줄 모르고 이기적으로 으스대던 꼴을 좀 생각해보세요. 얼마나 얼뜨기 같은 짓인 줄도 모르고……."
"비록 잘못되긴 했지만, 네 추리는 아주 날카롭고 훌륭했다."
경감이 엘러리를 따뜻하게 위로해 주었다. 엘러리는 아무런 대꾸도 하지 않고 열심히 안경알만 닦았다.

Stigma
불명예

앨런 체니는 10월 10일 일요일 새벽, 어둠을 뚫고 시카고행 비행기를 타려고 건들거리면서 버팔로 공항으로 걸어 들어오다가 큼직한 손에 붙잡히고 말았다. 미국 신사이긴 했지만 아직도 가슴 깊숙한 곳에는 늠름한 스칸디나비아인의 피가 흐르고 있는 헤이그스트롬 형사가 앨런을 체포한 것이다. 헤이그스트롬은 술에 잔뜩 취해 흐느적거리는 앨런 체니를 뉴욕행 열차에 태웠다.

찬송가를 부르고 싶지도 않을 만큼 침울하기만 했던 일요일 밤 늦게 퀸 부자는 앨런의 체포 소식을 들었다. 월요일 아침 일찍부터 퀸 부자는 경찰본부의 퀸 경감 방에서 귀가하는 반항 청년과 승리의 기쁨에 도취한 체포 형사의 도착을 기다리고 있었다. 얼마 후, 샘프슨 지방검사와 페퍼 검사보도 참석했다. 그래서 센터 거리 한쪽에 있는 사무실 분위기는 어느 때보다도 유쾌했다.

술기운이 빠져 형편없이 초췌한 몰골로 앉아 있는 앨런 체니에게 경감이 부드러운 목소리로 신문하기 시작했다.

"자, 앨런 체니. 할 말 없소?"

"얘기하지 않겠습니다."

앨런의 부르튼 입술 사이로 목쉰 소리가 새어나왔다.

"도망친 게 무엇을 의미하는지는 잘 알고 있겠지, 체니?"

샘프슨 지방검사가 단호하게 말했다.

"도망쳤다고요?"

앨런 체니는 멍한 눈빛으로 말했다.

"아니 도망친 것이 아니면, 산책을 갔다 온 건가? 유람 여행이라도 갔다 온 거냐고?"

경감은 낄낄거리며 웃다가 갑자기 험악한 표정을 지으면서 다그쳤다.

"지금 우린 농담하려고 모여있는 게 아니야. 너는 도망친 거야, 분명. 무엇때문이지?"

앨런 체니는 팔짱을 낀 채 반항적으로 바닥만 노려보았다.

경감은 첫 번째 책상 서랍을 뒤지면서 말했다.

"여기 있기가 겁나서 도망쳤던 거 아닌가?"

경감의 손에는 벨리 형사반장이 조앤 브레트의 침실에서 찾아냈던 난잡하게 갈겨 쓴 쪽지가 들려 있었다.

앨런은 그걸 보자 갑자기 얼굴이 창백해져서는 마치 적을 노려보듯 쪽지를 바라보았다.

"어떻게 그걸 찾아냈죠?"

앨런이 낮은 소리로 물었다.

"이제 정신이 드는 모양이군! 알고 싶으면 말해주겠는데…… 브레트 양의 매트리스 밑에서 찾았네!"

"그녀가, 그녀가 태우지 않았다는 말입니까?"

"태우지 않았네. 자, 이제 연극은 그만 하지, 체니. 순순히 말을 하겠나, 아니면 뜨끔한 맛을 보여줄까?"

앨런 체니는 놀라서 눈을 깜박였다.

"무슨 일이 있었습니까?"

경감은 다른 사람들을 쳐다보며 기가 막히다는 표정으로 말했다.

"이 애송이가 오히려 우리한테 정보를 캐내려고 하는군."

"브레트 양은…… 그녀는 괜찮습니까?"

"지금은 멀쩡해."

"그게 무슨 말씀입니까?"

앨런이 의자에서 벌떡 일어났다.

"혹시 당신들이……."

"우리가 뭘?"

앨런은 머리를 세차게 흔들더니 다시 의자에 앉아서 손으로 눈두덩을 꾹 눌렀다.

"경감."

"Q" 하고 샘프슨 검사가 눈짓으로 신호를 보냈다. 경감은 이상하다는 표정으로 앨런의 헝클어진 머리를 한번 쳐다본 뒤 지방검사와 함께 방 구석으로 걸어갔다.

검사가 낮은 소리로 말했다.

"저녀석이 얘기하기를 계속 거부할 경우, 무작정 기다릴 수는 없네. 꼭 잡아둬야 한다면 방법이 없는 건 아니지만 우리에게 그다지 큰 도움이 되지는 않을 것 같고, 저 애송이로부터 얻을 것이 없을 것 같아."

"그렇습니다. 하지만 이 놈을 석방하기 전에 한 가지 알아볼 것이 있습니다."

경감이 문 쪽에 대고 소리쳤다.

"토머스!"

벨리 형사반장이 문 앞에 거인처럼 다리를 벌리고 서 있다가 말했다.

"끌고 올까요?"

"그렇게 해. 즉시."

벨리는 느릿느릿 걸어 나갔다가 잠시 후 베네딕트 호텔의 밤근무자인 벨을 데리고 들어왔다. 앨런 체니는 침묵을 굳게 지키면서 가면처럼 무표정하게 있었지만, 얼굴에는 불안한 표정이 역력했다. 벨이 나타나자 앨런은 더욱 심하게 불안감으로 얼굴이 굳어져갔다. 그는 수척해진 벨의 얼굴을 쳐다보았다.

경감은 앨런을 향해 엄지손가락을 까딱거리며 말했다.

"벨, 일주일 전 목요일 밤에 글림쇼를 찾아왔던 손님 중의 하나가 이 사람 맞나?"

벨은 앨런의 얼굴을 자세하게 들여다보았다. 앨런이 반항적인 눈빛으로 벨의 시선을 받아냈다. 이윽고 벨은 머리를 세차게 흔들었다.

"아닙니다. 그들 중의 하나가 아닌데요. 한 번도 본 적이 없는 사람입니다."

경감은 매우 실망한 표정으로 투덜투덜댔다. 앨런은 경감의 말이 무엇을 의미하는지는 알지 못했지만, 경감의 뜻대로 안 되고 있다는 것을 눈치채고는 안도의 숨을 쉬었다.

"수고했네, 벨. 바깥에서 기다리게."

벨이 급하게 나갔고 벨리 형사반장은 다시 문 앞에 떡 버티고 섰다.

"체니, 아직도 도망간 이유에 대해 해명할 마음이 없나?"

앨런은 입술에 침을 묻혔다.

"변호사를 불러주십시오."

"빌어먹을! 그런 말엔 신물이 난다고. 도대체 네 변호사가 누군데?"

경감이 손을 높이 들어올리면서 말했다.

"마일스 우드러프입니다."

"당신 집안 칼키스 가문의 그 꼭두각시 변호사 말이지?"

경감이 불쾌하게 빈정거리면서 말했다.

"하지만 그럴 필요까지는 없네. 자넬 내보낼 생각이니까."

경감은 의자에 털썩 주저앉더니 앨런을 그냥 보내주는 것이 아깝다는 듯 코담뱃갑을 열어 흔들었다.

앨런 체니의 얼굴에 화색이 돌았다.

"집으로 가도 좋아."

늙은 경감이 몸을 앞으로 숙였다.

"대신, 한 가지만은 분명히 해두겠는데, 지난 토요일 같은 장난을 한 번만 더 하면 자넬 유치장에 처넣어 버릴 거야. 내가 장관으로부터 질책을 받더라도 꼭 그러고야 말겠어, 알아들었나?"

"알았어요."

앨런 체니가 작은 소리로 대답했다.

"그리고 또 하나, 자네는 손끝 하나도 자유롭게 움직이지 못할 거네. 외출할 때마다 형사가 자네를 미행할 테니까. 그것도 아주 철저히. 그러니 도망갈 생각은 꿈도 꾸지 않는 게 좋을 거야. 알았나? 헤이그스트롬!"

경감이 헤이그스트롬 형사를 부르며 자리에서 일어났다.

"이 사람을 집으로 데려가. 그리고 계속 옆에 붙어 있어. 마구 다루지는 말고, 이 사람이 어디를 가든 형제처럼 붙어 다니라고."

"알겠습니다. 갑시다, 체니 씨."

헤이그스트롬은 씩 웃고는 앨런 체니의 팔을 잡았다. 그러나 앨런은 벌떡 일어나더니 손을 뿌리치고는 어깨를 당당히 펴고 사무실을 나갔다. 그 뒤를 헤이그스트롬이 따랐다.

엘러리는 그때까지 단 한마디도 하지 않고 있었다. 그는 자기의 손톱을 찬찬히 들여다보는가 하면 마치 처음 보는 물건이라도 되는 양 코안경을 빛에 비춰 보거나, 크게 한숨을 쉬기도 하면서 벌써 몇 개비째 담배만 축내고 있었다. 벨과 앨런 체니가 맞닥뜨렸을 때 보였던 관심도 벨이 앨런을 모른다고 하자 곧 시들해졌다.

헤이그스트롬과 체니가 나가고, 페퍼의 말이 시작되자 그제서야 엘러리의 귀가 곤두섰다.

"검사님, 살인자를 방면하신 것 같습니다."

"그를 잡아둘 혐의가 없지 않나?"

샘프슨은 놀래지도 않고 조용히 말했다.

"자네의 큰 머리는 여러 가지로 재미있는 것을 생각해내거든. 어떤 근거로 그를 살인범으로 단정하나?"

"도망치지 않았습니까?"

"맞아, 하지만 도망쳤다는 이유만으로 그를 기소하여 배심원들을 설득시킬 자신이 있나?"

"그런 적도 있잖습니까."

페퍼는 자신의 주장을 굽히지 않았다.

"모르는 소리 하지 말게."

경감은 분명하게 말했다.

"헛소리하지 말아, 페퍼. 증거가 없잖나, 자네도 다 알면서 왜 그러나? 일단은 그 녀석을 가만 놔둘 걸세. 그러다가 뭔가 이상한 낌새만 보이면 샅샅이 파헤치는 거지…… 토머스, 무슨 일이야? 뭔가 말하고 싶어 우물쭈물거리는 것 같군?"

대화에 끼어들 틈이 없어 입을 꾹 다물고 있던 벨리 형사반장이 숨을 씩씩거리면서 말했다.

"밖에 두 사람을 데리고 왔습니다."

"두 사람이라니, 누구?"
"바니 시크의 무허가 술집에서 글림쇼와 싸웠다는 그 여자하고, 그녀의 남편입니다."
"정말이야?"
경감이 긴장해서 소리를 질렀다.
"그것 참 좋은 소식이군. 토머스, 어디서 찾았어?"
"글림쇼의 범죄 기록을 조사해서 추적했습니다."
벨리 형사반장은 의기양양해져 자랑하듯 말했다.
"이 여잔 릴리 모리슨이라고 하는데, 전에 글림쇼와 동거하다가 글림쇼가 감방에 있는 사이에 현재의 남편과 결혼을 했죠."
"바니 시크도 데려와."
"시크도 저쪽 방에 대기시켜 놓았습니다."
"좋았어, 세 사람 모두 들어오라고 해."

벨리가 걸어 나갔고, 퀸 경감은 기대에 가득 찬 표정으로 흔들의자에 몸을 맡겼다. 벨리 반장이 붉은 얼굴을 한 무허가 술집 주인을 데리고 들어왔다. 퀸 경감은 시크에게 조용히 하라는 주의를 주었고, 벨리는 다시 다른 문으로 나가 여자와 남자를 데리고 들어왔.

두 사람은 문 앞에서 머뭇거리다가 안으로 들어왔다. 금발의 여자는 비교적 몸집이 큰 편이었고, 남자도 그 여자와 비슷한 체격의 40대쯤으로 보였는데, 아일랜드 사람과 같은 사자코에 검은 눈을 빛내고 있었다.

벨리가 말했다.
"제러마이어 오델 부부입니다, 경감님."
경감이 의자를 손으로 가리키자 그들은 뻣뻣하게 자리에 앉았다.
늙은 경감은 책상 위에 널려 있는 서류 뭉치들을 뒤적거렸다. 단순히 겁을 주기 위한 행동인 듯했다. 그 행동에 잔뜩 긴장한 오델 부부는 사무실 안을 둘러보던 것도 멈추고 책상 위에 놓인 늙은 경감의 가느다란 손에 시선을 고정시켰다.

"오델 부인, 겁먹지 마십쇼. 그냥 형식적인 것뿐이니까요. 앨버트 글림쇼라는 사람을 압니까?"

그들 부부의 눈길이 마주치더니 이내 여자가 시선을 떨구었다.

"목이 졸려 죽은 채로 관에서 발견된 사람 말인가요?"

그녀는 잔뜩 쉰 듯한 목소리로 되물었다. 엘러리는 자기 목까지 아파 오는 것 같았다.

"그 사람을 압니까?"

"아뇨, 몰라요. 신문에서 읽었을 뿐입니다."

"그래요?"

경감은 고개를 돌려 방 한쪽 구석에 꼼짝없이 앉아 있는 바니 시크 쪽으로 고개를 돌렸다.

"어이, 바니. 이 여자분이 누군지 알아보겠나?"

오델 부부가 재빨리 바니를 쳐다보았다. 여자의 입이 딱 벌어졌다. 오델은 털이 북실북실한 손으로 부인의 팔을 잡았다. 여자는 정색을 하고 고개를 돌리면서 침착하려고 애를 썼다.

"네, 압니다."

시크가 말했다. 그의 이마는 땀으로 흠뻑 젖어 있었다.

"마지막으로 본 게 어디였나?"

"45번 거리에 있는 제 가게에서입니다. 1주일 전인가, 아니 거의 2주일쯤 됐을 겁니다. 수요일 밤이었어요."

"어떤 상황에서?"

"죽은 글림쇼라는 사람하고 같이 있었습니다."

"오델 부인이 죽은 사람하고 다투던가?"

"네, 그랬지요."

시크는 너털웃음을 지었다.

"그래도 그 남자, 그때는 죽지 않았었습니다. 아주 싱싱했죠, 경감님."

"실없는 소리 그만하게. 이 여자분이 틀림없이 글림쇼와 같이 있었지?"

"틀림없습니다."

경감은 오델 부인에게 시선을 돌렸다.

"당신은 앨버트 글림쇼를 한 번도 본 적이 없다고 했는데, 이래도 글림쇼를 진짜 모른다고 할 겁니까?"

그녀의 빨간 입술이 떨리기 시작했다. 남편인 오델이 인상을 찌푸리면서 몸을 앞으로 내밀었다.

"우리 마누라가 모른다면 모르는 거요, 아시겠소?"

그가 험악하게 소리를 질렀다.

경감은 잠깐 동안 생각에 잠기더니 중얼거렸다.

"그렇소? 그 말도 맞는 말이군…… 바니, 이 싸움 잘하게 생긴 아일랜드 사람을 본 적이 있나?"

경감이 손가락으로 아일랜드 거인을 가리키며 물었다.

"아니오, 한 번도 없습니다."

"좋아, 바니. 이제 가게로 돌아가도 좋네."

시크는 의자에서 일어나 구두 소리를 내면서 바깥으로 나갔다.

"오델 부인, 처녀 때 이름이 뭐였죠?"

그녀의 입술이 더욱 세차게 떨렸다.

"모리슨이에요."

"릴리 모리슨 맞죠?"

"네."

"오델 씨와 결혼한 지 얼마나 됐습니까?"

불명예 271

"2년 반 됩니다."

경감이 있지도 않은 그녀의 기록을 쳐다보는 척했다.

"잘 들어요, 릴리 모리슨 오델 부인. 내 책상 위에는 지금 앨버트 글림쇼에 대한 기록이 다 있습니다. 여기 기록에 보면, 앨버트 글림쇼는 5년 전에 체포돼서 싱싱 교도소에 수감된 걸로 돼 있습니다. 그가 체포되던 당시에는 당신과 관련이 있었다는 기록이 없습니다만, 그 몇 년 전에 그와 함께 살았던 걸로 되어 있군요…… 주소가 뭐였더라, 벨리 반장?"

"10번 거리 1045번지였습니다."

벨리가 대답했다.

이때 오델이 벌떡 일어났다. 얼굴이 진홍빛으로 불타고 있었다.

"내 마누라가 그 놈과 함께 살았다고?"

오델이 소리쳤다.

"남의 마누라한테 그 따위로 지껄이고도 니가 무사할 줄 알아? 덤벼, 이 쉬어빠진 늙다리야. 내가 아주 박살을 낼 거야."

오델이 몸을 앞으로 내밀어 권투 선수 같은 커다란 두 주먹을 휘두르는 순간 벨리 반장의 단단한 손이 그의 목덜미를 휘어잡았다. 오델의 머리가 척추에서 떨어져 나갈 것 같이 뒤로 젖혀졌다. 벨리 반장은 오델의 멱살을 움켜쥐고는 어린아이가 쥐새끼를 흔들 듯 그의 머리를 두어 번 흔들었다. 그 바람에 오델은 입을 벌린 채 의자에 눌러앉고 말았다.

"얌전히 있어. 이 깡패 같은 놈아."

반장이 으르렁거리며 말했다.

"경찰을 협박하면 어떻게 되는 줄 알아?"

반장이 멱살을 놓지 않아서 오델은 숨이 콱콱 막혔다.

"놔줘! 토머스. 괜찮을 거야."

경감이 아무 일도 아니라는 듯이 말했다.

"자, 오델 부인. 지금, 내 질문에 대해 어떻게 생각합니까······."

오델 부인은 남편의 거구가 무지막지하게 취급당하는 것을 보고는 겁을 먹어 숨을 헐떡거리기 시작했다.

"저는 아무것도 몰라요. 지금 무슨 말씀을 하고 계시는 건지 모르겠다고요. 저는 글림쇼라는 사람을 알지도 못하고, 본 적도 없어요."

"모르는 게 너무 많군요, 오델 부인. 2주일 전, 글림쇼가 감옥에서 나오자마자 왜 제일 먼저 당신을 찾아갔습니까?"

"대답하지 마!"

오델이 숨넘어가는 소리로 말했다.

"알았어요. 말 안 할 게요."

경감이 날카로운 눈으로 거구의 남자를 바라보면서 말했다.

"당신은 살인사건의 수사에서 경찰에 협력을 거부하면 공무집행방해죄로 체포할 수도 있다는 걸 모르오?"

"할 테면 해 봐. 나도 믿는 구석이 있는 놈이야. 이거 왜 이래? 당신 마음대로 할 수 있을 것 같아? 시청의 올리번트한테 전화만 하면······."

"들으셨습니까, 지방검사! 시청에 있는 올리번트 씨와 친구인 모양인데······."

경감이 한숨을 쉬며 말했다.

"우리 수사 당국에 불법적으로 압력을 넣겠다고 협박하는데······ 오델, 당신 죄지은 일이 있지?"

"그런 것 없소."

"그러면 성실하게 살았다고! 당신 직업이 뭐요?"

"배관공 사업을 합니다."

불명예 273

"그렇군! 시청의 도움을 받겠군. 그럼 주소는?"
"브루클린 플랫버시요."
"이 사람 전과기록이 있나, 토머스?"
벨리 반장이 오델의 멱살을 놓아주면서 말했다.
"없습니다, 경감님."
없어서 애석하다는 말투였다.
"이 여자는?"
"정직하게 살아온 것 같습니다."
"거봐요."
오델 부인이 의기양양하게 말했다.
"정직하게 살아온 걸 인정받아야 할 만한 이유가 있나보죠?"
황소만한 오델 부인의 큰 눈이 더 크게 벌어졌다가 즉시, 굳게 침묵을 지켰다.

그때, 옆의 의자 깊숙이 파묻혀 있던 엘러리가 불쑥 말했다.
"벨을 부르는 게 어떨까요?"
경감은 벨리에게 고개를 끄덕였고, 벨리는 즉시 호텔 야간 근무자 벨을 데리고 들어왔다.
"벨! 이 사람을 잘 보게."
경감이 말했다.
벨은 침을 꿀꺽 삼켰다. 그러고는 자신을 의심스러운 눈초리로 노려보고 있는 제레마이어 오델의 얼굴을 손가락으로 가리켰다.
"이 사람이에요. 이 사람이 틀림없어요."
벨이 외쳤다.
"하! 과연 그렇군!"
경감이 탄성을 지르면서 일어났다.
"몇 번째로 찾아온 사람인지 알겠나?"

벨은 잠깐 동안 어리둥절한 표정으로 '확실히 모르겠는데요'라고 조용히 말했다.

"잘 생각이 안 나는데…… 아, 그래요! 생각났어요! 끝에서 두 번째로 들어온 사람이네요. 턱수염을 기른 의사 바로 전에 온 사람이에요!."

그의 목소리는 확신에 차 있어 더욱 컸다.

"제가 전에 말씀드린 덩치가 큰 아일랜드 사람 있죠? 이제야 기억이 나네요, 경감님!"

"확실한가?"

"그럼요, 맹세합니다."

"좋아, 자넨 이제 집으로 돌아가게, 벨."

벨이 나가자, 오델의 거대한 턱이 아래로 떨구어졌다. 그의 검은 눈에는 절망의 빛이 가득했다.

"뭐 할말이 있나, 오델?"

오델은 혼수 상태에 빠진 권투선수처럼 머리를 흔들면서 되물었다.

"뭘 말이오?"

"지금 나간 사람을 본 적이 있냐고 묻고 있다."

"없소."

"그가 누군지 알고 있지?"

"몰라요."

"베네딕트 호텔에서 야간에 근무하는 접수원이지."

경감이 한껏 누그러진 목소리로 유쾌하게 말했다.

"베네딕트 호텔 말야, 그 호텔에 간 적 있지?"

"천만에 말씀!"

"9월 30일 목요일 밤 10시에서 10시 30분 사이에 당신이 호텔에 나타난 걸 봤다고 그러던데?"

"터무니없는 말이오. 거짓말이라고!"
"당신이 프런트에 와서 앨버트 글림쇼라는 사람이 투숙하고 있는지 물어봤다고 하던데."
"그런 적 없소"
"당신이 글림쇼의 방 번호를 물어보고는 314호로 올라갔다고 하던데, 기억나지 않소? 기억하기 좋은 숫자지! 대답해, 오델?"
오델이 비틀비틀 일어났다.
"잘 들으시오. 나도 세금을 내는 성실한 시민의 한 사람이오. 나는 지금 당신네들이 지껄이는 소리를 하나도 못 알아듣겠소. 여기가 러시아인 줄 아쇼?"
그가 소리쳤다.
"나한테도 시민으로서의 권리가 있소. 자, 릴리, 갑시다. 이 사람들은 우리를 붙잡아 둘 권리가 없으니까."
여자가 따라 일어섰다. 벨리가 오델의 앞을 가로막는 바람에 잠깐 동안 두 거구가 대치 상태로 서 있게 되었다. 경감은 벨리에게 물러나라는 손짓을 했다. 오델 부부는 처음에는 천천히 움직이다가 이상하리만큼 빠른 속도로 문을 빠져나갔다.
"미행을 붙여!"
경감이 무뚝뚝하게 얘기하자 벨리가 오델 부부를 쫓아나갔다.
"저렇게 다루기 힘든 증인은 처음 봤어! 이 사건 뒤에는 틀림없이 뭔가 있어!"
샘프슨 검사가 중얼거렸다.

엘러리도 투덜대며 말했다. "들으셨습니까! 샘프슨 검사님, 방금 제러마이어 오델 씨가 한 말을. 소비에트 러시아 말입니다. 공산주의 러시아의 선전 문구죠. 살기 좋은 러시아! 시민의 권리를 보장해야 훌륭한 사회 생활이 있다고 떠들기만 하는 그자들."

이같은 엘러리의 수다스런 말에 신경쓰는 사람은 없었다.

"뭔지는 모르겠지만 이상해. 확실히 수상해."

페퍼가 말을 이었다.

"글림쇼란 남자는 상당히 큰 범죄집단과 관련이 있는 것 같아요."

경감도 싫증난 표정으로 손을 펼쳐 보일 뿐이었다. 꽤 오랜 침묵이 흘렀다.

이윽고 페퍼와 지방검사가 자리를 뜨려고 일어나자, 엘러리가 명랑한 목소리로 말했다.

"테렌티우스의 말을 명심하세요. '어떤 운명에 처해도 마음의 평정을 잃지 말라'는 말을."

월요일 오후 늦게까지도 칼키스 사건은 지루하게 별다른 진척이 없이 계속되기만 했다. 경감은 잡다한 일에 시달렸고, 엘러리도 자기 일에 열중했다. 담배를 축낸다든가, 주머니에 쑤셔 넣은 작은 책을 꺼내서 사포의 시편들을 게걸스럽게 읽어 치운다거나, 때로는 아버지인 경감의 개인용 가죽의자에 파묻혀 생각에 잠기는 것이 전부였다. 엘러리도 테렌티우스의 말을 인용하기는 쉬웠으나 그의 충고를 완벽하게 따르는 것은 어려웠다.

퀸 경감이 하루 일을 마치고, 엘러리와 함께 직장보다는 그래도 나은 즐거운 자기 집으로 돌아가기 위하여 준비를 하고 있을 때 의외의 사건이 터졌다. 경감이 막 외투를 입으려는 순간 페퍼가 잔뜩 흥분해서 사무실로 뛰어 들어왔다. 웬일인지 기쁜 표정이었다. 그는 머리 위로 봉투 하나를 흔들어댔다.

"경감님! 엘러리! 이것 좀 보세요."

페퍼는 책상 위에 봉투를 던지고는 이리저리 왔다갔다하면서 안절부절못했다.

불명예 277

"우편으로 방금 도착했습니다. 샘프슨 검사님 앞으로 온 건데요, 검사님이 안 계셔서 비서가 열어보고는 제게 건네주었습니다. 저 혼자 알고 있을 수가 없어서 이리로 달려온 겁니다. 재미있는 소식입니다. 읽어보세요."

엘러리가 얼른 일어나서 경감의 옆으로 다가갔다. 두 사람은 머리를 맞대고 봉투를 들여다 보았다. 싸구려 봉투였다. 주소는 타자로 쳐져 있었는데, 우표에 찍힌 소인으로 보아 오늘 아침 그랜드 센트럴 우체국에서 보낸 것이 틀림없었다.

"자, 살펴볼까?"

경감이 말을 마치면서 봉투와 마찬가지로 싸구려로 보이는 편지지를 조심스럽게 꺼냈다. 종이에는 몇 줄 안 되는 문장이 타이핑 되어 있었다. 인사말, 서명, 날짜, 아무것도 없었다. 경감은 큰소리로 편지의 내용을 천천히 읽기 시작했다.

본인은 글림쇼 사건에 관한 아주 중요한 사실을 알아냈습니다. 샘프슨 검사님께서도 흥미가 있으실 겁니다.

그 내용을 말씀드리겠습니다. 앨버트 글림쇼에게는 형이 하나 있습니다. 앨버트 글림쇼에 관한 옛날 기록을 살펴보시면 아시게 될 겁니다. 그자는 글림쇼 사건에 깊이 연루되어 있습니다. 그자가 현재 쓰고 있는 이름은 길버트 슬론입니다.

"어떻게 생각하십니까?"
페퍼가 흥분해서 물었다.
퀸 부자는 눈길을 마주치다가 페퍼를 쳐다보았다.
"이게 사실이라면 확실히 흥미있는 일이로군."
경감이 말했다.

"하지만 장난치기 좋아하는 놈의 모함일 수도 있지."
엘러리가 예상 외로 담담하게 말했다.
"만일, 사실이라고 하더라도 그리 중요한 건 아닐 것 같은데요."
"뭐라고요? 슬론은 글림쇼를 본 적이 없다고 하지 않았습니까? 그런 그들이 형제 사이라는데 그게 왜 중요하지 않습니까?"
페퍼가 김빠진 표정으로 떠들었다.
엘러리는 고개를 가로저었다.
"뭐가 중요하죠? 자기 동생이 전과자라는 게 부끄러워 속일 수도 있지 않습니까? 게다가 동생이 살해당한 마당이라면요. 슬론이 침묵을 지킨 것은 사회적으로 무시당하는 것을 의식한 것 이상의 이유가 없을 것 같은데요."
"나는 그렇게 생각하지 않아요."
페퍼는 완강하게 버텼다.
"검사님도 나와 같은 생각일 겁니다. 그건 그렇고, 이제 경감님은 어떻게 처리하실 겁니까?"
"토론 좋아하는 두 젊은이의 의견을 들어본 뒤, 그 중대한 의미란 것이 밀고 편지 속에 있는지 조사해 보기로 하지."
경감은 시원스레 말했다.
그리고 경감은 인터폰을 눌렀다.
"램버트 양입니까? 나 퀸 경감이오. 잠깐 내 사무실로 와요."
그리고 그는 웃음을 지으면서 뒤를 돌아보았다.
"전문가가 뭐라고 그러는지 좀 들어보자고."
우나 램버트는 인상이 날카로운 젊은 여자로 반들반들 윤기가 흐르는 검은 머리칼 사이로 가느다란 잿빛 머리가 물결처럼 흐르고 있었다.
"부르셨습니까, 경감님?"

늙은 경감은 책상 너머로 밀고장을 넘겨주면서 말했다.

"이걸 좀 봐 주시겠소?"

유감스럽게도 그녀로부터 얻어낼 수 있는 정보는 별로 없었다. 그 편지가 비교적 최근 모델인 언더우드 타자기로 쳐졌다는 것과 활자 쓰는 습관은 현미경 검사를 해봐야만 특징을 알 수 있다는 것이 그녀의 감정 의견이었다.

우나 램버트가 나가자 경감이 불만스레 말했다.

"전문가를 동원해도 특별한 정보를 얻을 수 없군."

경감은 벨리에게 경찰과학연구소에 의뢰하여 편지 사진을 찍고 지문 채취를 하도록 지시했다.

"저는 검사님을 찾아서 이 편지에 관한 얘기를 해드려야겠어요."

페퍼가 씁쓸하게 말했다.

"네, 그렇게 하십시오. 그리고 아버지와 내가 지금 동쪽 54번 거리 13번지 집으로 간다고 좀 얘기해 주십시오."

엘러리가 말했다.

엘러리의 말이 떨어지자마자 경감은 깜짝 놀란 표정을 지었고, 페퍼도 마찬가지였다.

"지금 무슨 말을 하는 거냐? 13번지는 녹스의 빈 집인데, 이미 리터가 조사를 했잖냐? 도대체 지금 무슨 생각을 하고 있는 거냐?"

엘러리가 대답했다.

"아직은 애매한 점이 있지만 목적은 확실합니다. 한 마디로 말해서, 리터 형사의 정직성은 충분히 믿지만, 그의 관찰력은 불안하거든요!"

"그런 요소가 없지도 않아요."

페퍼도 동의하며 말을 이었다.

"리터가 실수를 했을지도 모르죠."

"쓸데없는 소리!"
경감은 날카롭게 잘라 말했다.
"리터는 내가 가장 신뢰하는 부하야."
엘러리는 한숨을 쉬고 난 뒤 진지한 목소리로 얘기했다.
"저는 오늘 오후 내내 여기서 생각을 해 봤습니다. 제가 저지른 어리석은 짓들과 계속 복잡하게 꼬이는 이 문제에 관해서 말이죠. 아버지 말대로 리터는 아버지가 가장 믿는 사람 가운데 하나입니다. 그래서 이번에는 제가 직접 그 집을 조사해야겠다고 결심했습니다."
그 말이 경감에게는 상당한 자극이 된 것 같았다.
"혹시 엘러리, 넌 내 앞에서 저 리터 형사를 믿을 수 없다고 말할 작정인 거냐?"
"그리스도교인들이 말하는 것처럼 하느님께 맹세코, 그건 아닙니다."
엘러리가 대답을 계속했다.
"리터 형사는 성실하고 믿을 만하고, 용감하고 양심적인 사람으로 경찰 내에서는 충분히 신뢰를 받고 있는 사람입니다. 하지만 저는 어떤 일이든지 제 어리석은 머리와 두 눈으로 본 것만 믿겠다는 얘깁니다. 저의 머리를 확실히 믿을 수는 없지만, 그래도 '슬기로운 최고의 지혜'나 '불멸의 지혜'가 저에게 행운을 가져다줄 거라고 생각합니다."

Testament
유언장

 그날 저녁 엘러리와 퀸 경감, 벨리 반장은 13번지에 있는 집의 음산한 대문 앞에 섰다. 녹스의 빈 집은 바로 옆의 칼키스의 집과 모양이나 구조가 아주 비슷했다. 이 낡은 갈색 석조 건물은 세월의 흐름을 말해주고 있었고, 회색 널빤지로 가려져 있는 커다란 창은 출입이 금지된 건물이라는 것을 말해 주고 있었다. 칼키스 집에서는 불빛이 흘러나오고 있었고, 형사들이 초조한 모습으로 집 주위의 동정을 살피며 돌아다니는 것이 보였다. 퀸 경감 일행이 서 있는 곳과는 대조적으로 칼키스의 집은 상당히 흥겨워 보였다.
 "열쇠 가지고 있지, 토머스?"
 경감조차도 두려운 느낌이 드는지 목소리가 가라앉아 있었다.
 벨리는 조용히 열쇠를 꺼냈다.
 "앞으로 전진!"
 엘러리가 나지막이 말하자, 세 사람은 행길쪽을 향한 문을 열고 안으로 들어갔다.
 "2층부터 시작할까요?"

벨리 반장이 말했다.
"그러지."
그들은 부서진 돌계단을 밟고 올라갔다. 벨리는 커다란 손전등을 꺼내 겨드랑이에 끼고는 현관문의 열쇠를 돌렸다. 벨리는 손전등을 이리저리 비추다가 잠겨 있는 안쪽 문을 발견하고는 열쇠를 집어넣어 문을 열었다. 세 사람은 앞서 가는 사람을 바싹 뒤쫓으며 줄을 지어 들어갔다. 집 안은 마치 커다란 동굴 같았고, 어둠 속에서 벨리가 손전등으로 주위를 비추자, 모양이나 크기가 옆의 칼키스 집 현관 홀과 비슷하다는 걸 알 수 있었다.
"자, 들어가자고."
경감이 말했다.
"엘러리! 네 아이디어니까 네가 앞장서라."
엘러리의 눈이 손전등 불빛을 받아 반짝였다. 엘러리는 머뭇거리면서 사방을 둘러보고는 현관 홀로 통하는 문을 열었다. 경감과 벨리도 조심스럽게 따라 들어갔다. 벨리의 손전등 불빛이 높이 출렁거렸.
방은 모두 비어 있었고 가구도 전혀 없었다. 집을 비울 때 주인이 말끔히 치워 놓은 것이 분명했다. 최소한 1층에서는 아무것도 찾을 수가 없었다. 빈 방에는 먼지만 켜켜이 쌓여 있었고, 리터 형사와 그의 동료들이 집을 뒤질 때 남기고 간 듯한 발자국만 군데군데 나 있을 뿐이었다. 벽은 누렇게 색이 바랬으며 천장은 금이 갔고, 바닥은 나무가 휘어져 삐걱거리는 소리를 냈다.
"이제 만족스러우냐?"
1층에 있는 방을 다 돌아보고 나서 경감이 엘러리를 향해 소리쳤다. 먼지를 뒤집어쓴 탓에 경감은 연신 재채기를 하면서 저주라도 하듯이 말했다.
"아직은요."

엘러리는 짧게 대답한 뒤 2층으로 올라가는 나무계단 쪽으로 방향을 잡았다. 발소리가 빈 집에 쿵쿵 울렸다.

그러나 2층에도 이렇다 할 만한 것이 없었다. 칼키스의 집처럼 2층도 침실과 욕실로 꽉 차 있었지만, 침대도 없었고 카펫도 깔려 있지 않아 사람이 살 수 있는 상태가 아니었다. 퀸 경감은 점점 더 화가 났다. 엘러리는 벽에 붙은 낡은 옷장을 뒤졌는데 그것은 그저 퀸 경감의 화를 무마시키기 위한 동작에 불과했다. 엘러리는 아무것도 찾아내지 못했다. 종이 부스러기조차 찾을 수가 없었다.

"이제 됐냐?"

"아뇨."

세 사람은 다시 삐걱거리는 계단을 밟고 다락으로 올라갔다.

아무것도 없었다.

"이젠 끝났지?"

현관문 쪽으로 내려오면서 경감이 말을 꺼냈다.

"너의 느낌때문이었지만, 다 쓸데없는 짓이었어. 집에 가서 밥이나 먹자고."

엘러리는 대답하지 않았다. 그는 코안경을 빙빙 돌리면서 생각에 잠겨 있더니 이윽고 벨리 반장을 바라보며 입을 열었다.

"지하실에 낡은 트렁크가 있다고 말하지 않았나요, 반장님?"

"그래요. 리터가 그렇게 보고했지요, 엘러리 씨."

엘러리는 현관 홀 안쪽으로 갔다. 계단 뒷쪽에 문이 하나 있었다. 엘러리는 그 문을 연 다음, 벨리의 손전등을 받아 들고는 아랫쪽을 비춰보았다. 금방이라도 내려앉을 것 같은 나무계단들이 보였다.

"지하실입니다. 내려가 봅시다."

엘러리가 말했다. 세 사람은 조심스럽게 계단을 밟고 내려갔다. 집 전체의 넓이와 맞먹을 정도로 널찍한 지하실은 귀신이라도 나올 것처럼 음산했다. 불을 비추는 곳만 조금씩 형체가 드러났는데, 언뜻 보기에 위층보다도 더 많은 먼지가 쌓여 있는 것 같았다. 엘러리는 큰 걸음으로 성큼성큼 걸어가서 벨리의 손전등을 비추었다. 테두리가 쇠로 된 낡고 커다란 트렁크가 보였다. 트렁크는 뚜껑이 굳게 닫혀 있었고 부서진 자물쇠가 보기 흉하게 삐져나와 있었다.

"뒤져봐야 아무것도 못 찾을 걸. 리터가 이미 살펴봤다니까."

퀸 경감이 말했다.

"물론 조사했겠죠."

엘러리는 건성으로 대답하고 나서 뚜껑을 들어올려 너덜너덜한 트렁크 안쪽으로 불빛을 비췄다. 아무것도 없었다. 뚜껑을 다시 닫으려던 엘러리가 갑자기 콧구멍을 벌름거리더니 고개를 잽싸게 앞으로 숙여 코를 킁킁거렸다.

"이거야, 찾았다!"

엘러리가 침착하게 소리쳤다.

"아버지! 벨리 반장님! 이 냄새를 좀 맡아보세요."

두 사람은 냄새를 맡아보더니 몸을 꼿꼿이 세웠다.

"어이쿠, 무덤을 열었을 때 나던 그 냄새잖아! 좀 약하긴 하지만 말이야."

경감이 말했다.

"맞아요. 바로 그 냄샌데요."

반장이 굵고 낮은 목소리로 동의했다.

"그렇죠?"

엘러리가 뚜껑을 내려 놓자 뚜껑이 탁 소리를 내면서 닫혔다. 엘러리는 계속 말을 이었다.

"틀림없어. 우리는 앨버트 글림쇼의 시체가 어디 숨겨져 있었는지를 발견한 거야."

"대발견이야! 엘러리. 유력한 증거지. 그런데 리터라는 놈은 왜 이걸 못 찾았지?"

경감은 이제까지의 불만스런 태도와는 달리 부드럽게 말했다.

엘러리는 계속했다. 아버지와 벨리에게가 아니라 스스로에게 말하듯이.

"글림쇼는 아마도 여기, 아니면 이 근처 어디에서 살해되었을 겁니다. 10월 1일 금요일, 밤늦은 시각이었겠죠. 살인자는 시체를 이 트렁크 속에 쑤셔 넣었을 거고 시체는 며칠 동안 여기 지하실에 있었을 겁니다. 범인도 여기 말고 다른 곳에는 시체를 둘 데가 없다고 생각했을 겁니다. 빈 집은 사람의 왕래가 전혀 없으니 이만큼 좋은 장소가 어디 있겠습니까?"

"그랬는데 칼키스가 죽었다는 말이지."

경감이 생각에 잠긴 표정으로 말했다.

"바로 그겁니다. 그 다음날인 10월 2일, 칼키스가 죽자 살인범은 시체를 영원히 감출 수 있는 더 좋은 장소에 옮길 수 있는 기회라고 생각했지요. 그래서 그는 장례식이 끝나기를 기다렸다가 화요일 밤이나 수요일 밤에 이리로 몰래 들어와서 시체를 꺼내……."

엘러리는 잠깐 말을 멈추고 어두운 지하실 안쪽으로 가서 비바람에 찢긴 낡은 문짝을 가리키며 고개를 끄덕이며 말을 계속했다.

"저 문으로 나간 다음에 묘지로 통하는 문을 들어섰던 것입니다. 그리고 매장지로 가서 흙을 3피트 정도 파내려 갔고…… 무덤이나 시체, 또는 시체썩는 냄새에 신경을 쓰지 않는다면 어두운 밤에 땅을 파고 시체를 묻기란 아주 쉬운 일이었겠죠. 우리가 쫓는 범인은 틀림없이 남자일 겁니다. 우리가 찾고 있는 살인범은 극히 현실적인 감각을 가진 자일 겁니다. 글림쇼의 시체는 나흘 내지 닷새 동안 여기 있었다고 볼 수 있고요. 그러니 썩는 냄새가 나는 것도 당연하죠."

엘러리는 손전등으로 여기저기를 비춰보았다. 나무와 시멘트가 섞여 있는 지하실 바닥은 트렁크와 먼지를 빼고는 아무것도 없었다. 그러나 아주 가까이에 이상하게 생긴 큰 통이 천장과 연결되어 있는 것이 보였다. 불빛을 위아래로 비춰보니 그 통은 집 전체에 열을 공급하는 거대한 난방로였다. 엘러리는 그리로 저벅저벅 걸어가서 녹슨 문고리를 잡았다. 그리고는 문을 당겨서 열고 손전등으로 안을 비춰보았다. 엘러리가 갑자기 소리쳤다.

"여기 뭔가 있어요! 아버지, 벨리, 빨리 와보세요!"

세 사람은 고개를 디밀어 난로 안을 들여다보았다. 난로 바닥 한쪽 구석에 쌓여 있는 재들 사이로 아주 작은 종이 조각이 삐죽이 나와 있었다.

엘러리는 주머니에서 확대경을 꺼내고는 그 종이 조각 위로 불빛을 비추면서 꼼꼼히 살펴보았다.

"뭐지?"

경감이 물었다.

엘러리는 다시 몸을 꼿꼿이 세우고 확대경을 내리면서 대답했다.

"우리가 드디어 게오르그 칼키스의 새 유언장을 발견한 것 같군요."

벨리 반장의 어려운 노력 끝에 10분도 안 되어 아래쪽 손이 닿지 않는 곳에 있는 종이 조각을 꺼낼 수 있었다. 벨리 반장은 몸집이 너무 커서 재 떨어지는 구멍으로 들어갈 수가 없었고, 그보다 좀 몸집이 작은 퀸 경감이나 엘러리는 몇년간 잿더미가 쌓인 구멍으로 작은 몸을 꿈틀거리며 기어들어가고 싶은 마음이 없었다. 엘러리가 머리를 써서 어떻게 해 보려고 했지만 소용이 없었다. 그래서 결국 기계에 관해 잘 알고 있는 벨리 반장이 나설 수밖에 없었다. 난방로에 쌓인 찌꺼기를 꺼내기 위해 뚫어 놓은 작은 구멍을 찾아낸 벨리 반장은, 엘러리가 항상 갖고 다니는 작은 연장통에서 바늘을 꺼내 엘러리의 지팡이에 꽂아 즉석에서 창을 만들었다. 벨리는 무릎을 꿇고 손을 들이밀어 별 어려움 없이 그 종이 조각을 찔러 들어올리는 데 성공했다. 그는 또 다른 조각이 발견되지 않을까 싶어 잿더미를 뒤적거려 보았으나 나머지는 완전히 타버려서 형체도 찾을 수 없었다. 그 종이 조각은 엘러리가 예상한 대로 칼키스의 유언장 일부였다. 다행히 칼키스 화랑의 상속자의 이름이 써 있는 부분은 불에 타지 않아서 휘갈겨 쓴 글씨가 약간 드러나 보였다. 경감은 그 필체를 보고 한눈에 칼키스의 필적이라는 것을 알았다. 거기 쓰여 있는 바에 의하면 칼키스 화랑의 새 상속자는 앨버트 글림쇼였다.

"이걸로 녹스 씨의 얘기가 확인된 셈이군."

경감이 말했다.

"게다가 또 한 가지. 새로운 유언장으로 인해 손해를 보게 된 사람은 길버트 슬론 뿐이라는 것도 말이지."

"네, 그렇군요. 그리고 이 유언장을 태운 사람은 아주 어리석고 서투른 짓을 한 셈인데요…… 이상하네요. 문제가 아주 성가시게 됐어요."

엘러리는 코안경으로 자기의 이빨을 톡톡 두드리면서 가장자리가 검게 그을린 종이 조각을 바라보았다. 뭐가 문제라는 건지, 왜 이상하다는 건지에 대해서는 설명하지 않았다.

경감의 표정은 상당히 만족스러워 보였다.

"한 가지는 분명해졌지. 이제 길버트 슬론은 글림쇼가 그의 동생이라는 편지 내용과 이 유언장에 관해서 설명해야 할 차례라는 거말이야. 이번 수사는 다 끝난 것 같군, 엘러리?"

엘러리는 고개를 끄덕거리면서 지하실을 한 번 더 둘러 본 다음 대답했다.

"네, 완전히 끝난 것 같군요."

"그럼, 가자."

퀸 경감은 불에 타다 만 유언장 조각을 잘 접어서 지갑 속에다 집어넣은 다음 현관으로 올라가는 문을 향해 걸어갔다. 엘러리가 생각에 잠긴 얼굴로 그 뒤를 따랐고 벨리가 맨 뒤에서 급히 따라왔다. 죽음과도 같은 짙은 어둠이 벨리 반장의 넓은 등마저 뚫고 덮쳐오는 것 같았다.

Exposé
폭로

 경감과 벨리, 그리고 엘러리가 칼키스 저택의 현관문에 들어서자, 즉시 윅스 집사가 모든 사람들이 다 집에 있다고 보고했다. 경감이 퉁명스럽게 길버트 슬론을 끌고오라고 그에게 명했다. 집사가 홀 안 쪽에 있는 계단을 향하여 급히 뛰어가는 사이에 세 사람은 칼키스의 서재로 들어갔다.

 경감은 방에 들어가자마자 수화기를 들고 샘프슨 검사의 사무실에 전화를 걸어, 페퍼에게 간단히 칼키스의 유언장 같아 보이는 종이 조각을 찾았다는 얘기를 해주었다. 전화를 받은 페퍼는 흥분한 목소리로 당장 칼키스의 저택으로 오겠다고 했다. 경감은 다시 경찰서로 전화를 걸어 고함치듯이 몇 가지 질문을 던진 다음에 그쪽의 대답을 듣고 씩씩거리며 수화기를 내려놓았다.

 "그 익명의 편지에 관해서는 아무것도 알아낸 게 없다더군. 지문도 없고, 지미 말이 그걸 쓴 놈은 아주 영리한 놈이라는데…… 아 슬론 씨, 들어오십시오. 물어볼 게 있습니다."

 슬론은 문 앞에서 서성거리고 있었다.

"무슨 일이 또 생겼습니까, 경감님?"

슬론이 물었다.

"어쨌든, 얼른 들어오기나 하세요. 공격은 하지 않을 테니."

슬론은 서재로 들어와서 의자 끄트머리에 앉아 하얀 손을 얌전히 포개어 무릎 위에 올려놓았다. 벨리는 쿵쿵 소리를 내며 구석으로 걸어가서 의자 등받이에 코트를 걸었다. 엘러리는 담배에 불을 붙인 다음, 꼬여 올라가는 연기 사이로 슬론의 옆모습을 유심히 관찰하고 있었다.

"슬론 씨."

경감이 갑자기 말을 꺼냈다.

"당신 골치아픈 사람이더군! 우린 당신이 그동안 새빨간 거짓말을 했다는 증거를 알아냈소."

슬론의 얼굴이 창백해졌다.

"지금 무슨 말씀을 하는 건지? 나는 결코……"

"글림쇼의 시체를 칼키스 씨의 관에서 꺼내 당신에게 보여줬을 때 당신은 처음 보는 사람이라고 얘기했소. 그리고 베네딕트 호텔의 밤 근무자인 벨이, 9월 30일 밤에 호텔로 글림쇼를 찾아 온 손님 중의 하나가 당신이라고 했을 때도 잘못 본 거라며 부인을 했소."

슬론이 말을 더듬거리면서 중얼거렸다.

"물론입니다. 물론이고말고요. 거짓말이 아닙니다."

"뭐! 거짓말이 아니라고?"

경감은 슬론에게로 다가가 그의 무릎을 탁 치면서 소리쳤다.

"그러면, 길버트 글림쇼 씨! 우리가 당신이 앨버트 글림쇼의 형이라는 사실을 밝혀냈는데도 말이요?"

순간, 슬론의 표정이 추악하게 변했다. 턱이 바보처럼 축 내려앉았고, 눈이 툭 불거져 나왔으며, 혀로는 연신 입술을 축이고 있었다.

이마에는 땀이 맺혔고, 손은 어쩔 줄 몰라하며 꼼지락거리고 있었다. 그는 두 번이나 말문을 열려고 했으나, 벌어진 입으로 침만 뚝뚝 흘리며 알아들을 수 없는 소리만 토해내고 있을 뿐이었다.

"그때, 당신은 몹시 취해 있었나? 이번엔 솔직히 털어놓으시지. 도대체 어떻게 된 거요?"

경감이 호통을 쳤다.

슬론이 드디어 솔직히 고백하려는 것 같았다.

"어떻게…… 도대체 어떻게 그걸 알았습니까?"

"어떻게 알았느냐고 묻는걸 보니 그게 사실인 모양인데, 사실이지!"

"네."

슬론은 손을 이마로 가져가 땀을 닦았다.

"맞습니다. 하지만 어떻게 그걸 알아냈는지……."

"어서 털어놓기나 하시오, 슬론 씨."

"앨버트는……앨버트는 경감님 말씀대로 내 동생입니다. 아주 오래 전에, 아버지와 어머니가 돌아가시자 우리 단 둘이만 이 세상에 달랑 남게 됐죠. 앨버트는 항상 문제였어요. 그래서 우리는 자주 싸웠고, 결국 서로 갈라서게 된 겁니다."

"그래서 당신은 이름을 바꾼 건가?"

"그렇습니다. 원래 내 이름은 길버트 글림쇼입니다."

슬론은 침을 꿀꺽 삼켰다. 그의 눈에는 물기가 촉촉했다.

"앨버트는 교도소에 갔습니다. 큰 죄는 아니었지만, 나는 부끄러웠고, 세상 사람들의 평판이 두려웠습니다. 그래서 어머니의 옛날 성인 슬론으로 이름을 바꾼 다음 인생을 새로 출발했습니다. 나는 그때 앨버트에게 아주 인연을 끊기를 바란다고 얘기했습니다……."

슬론이 머뭇거리기 시작하더니 말이 점점 느려졌다. 말을 조심스럽게 하려는 것 같았다.

"동생은 내가 개명한 것을 몰랐을 겁니다. 내가 이름을 바꿨다는 얘기를 하지 않았거든요. 나는 가능하면 앨버트에게서 멀리 떨어져 살려고 했습니다. 그래서 이곳 뉴욕까지 와서 사업을 하게 된 거죠…… 하지만 나는 동생의 행동을 항상 살피고 있었습니다. 내가 무슨 일을 하는지 동생이 알게 되면 또 문제를 일으키거나 나에게서 돈을 뜯어가지 않을까 두려웠거든요. 동생과의 관계를 다른 사람이 알게 되는 것도 두려웠고…… 앨버트는 내 친동생이긴 했지만 도저히 내가 손을 쓸 수 없는 악질이었습니다. 우리 아버지는 학교 선생님이셨습니다. 그래서 우리 형제는 아주 훌륭한 가정에서 문화적으로 풍부하게 자랐는데, 도대체 어쩌다 앨버트가 그렇게 변했는지 나는 이해할 수가……."

"옛날 얘기는 듣고 싶지 않소. 급한 문제부터 먼저 얘기해 봐요. 당신은 확실히 목요일 밤에 호텔로 글림쇼를 찾아갔었죠?"

슬론은 한숨을 쉬었다.

"이제는 더 이상 숨기고 말고 할 것도 없으니……네, 맞습니다. 나는 앨버트가 나쁜 짓을 하는 것을 줄곧 지켜봐 왔는데, 그 애는 점점 더 나빠지기만 할 뿐 좋아질 기미가 보이지 않았습니다. 물론 동생은 내가 자기를 지켜보고 있다는 사실을 모르고 있었죠. 나는 동생이 싱싱 교도소에 있다는 것도 알았습니다. 그래서 출옥할 때까지 기다렸죠. 그리고 화요일에 그가 출옥하자 어디에 머물고 있는지 알아내고는 목요일 밤에 베네딕트 호텔로 동생을 찾아갔습니다. 얘기를 나누기 위해서 말입니다. 나는 그 애가 뉴욕에 있지 않기를 바랐습니다. 나를 위해서라도 멀리 떠나 주기를……."

"멀리 떠나기는 떠난 셈이네요."

엘러리가 끼어들었다. 슬론은 머리를 옆으로 돌려서 부엉이 같은 눈으로 엘러리를 쳐다보았다.
"그러면, 슬론 씨! 목요일 밤, 호텔로 찾아가서 만나기 전에 동생을 마지막으로 본 게 언제입니까?"
"직접 대면한 걸 말하는 건가요?"
"그렇지요."
"내 이름을 슬론으로 바꾼 뒤로는 한 번도 없습니다."
"대단하군요."
엘러리는 매우 감탄한듯 말하면서 다시 담배에 불을 붙였다.
"그날 밤 당신들 형제 사이에 무슨 일이 있었소?"
퀸 경감이 계속 질문했다.
"아무 일도 없었습니다. 맹세합니다. 나는 앨버트에게 뉴욕을 떠나 달라고 얘기했을 뿐입니다. 새 출발에 필요하다면 금전적으로 도와 주겠다고 했어요. 그러자 그 애는 좀 놀라는 눈치였습니다. 내가 찾아오리라고는 생각도 못한 듯했고…… 나를 보더니 씩 웃더군요. 이 세상에서 다시는 못 볼 줄 알았다는 표정이었습니다. 다시 보니까 기분이 그렇게 나쁘지는 않다, 뭐 이런 거였습니다…… 나는 잘못 찾아왔다는 생각이 들었습니다. 불쾌한 기억은 아예 잊고 살았어야 하는 건데. 자기는 몇 년 동안 한 번도 내 생각을 한 적이 없다고 하더군요. 형이 있었다는 사실조차 잊고 지냈다면서요. 동생이 한 말을 그대로 옮기는 겁니다.

그러나 후회해도 때는 이미 늦어 있었습니다. 나는 앨버트가 뉴욕을 떠나주는 대가로 5천 달러를 주겠다고 했습니다. 나는 그 돈을 소액권으로 준비해서 가져 갔었고, 앨버트는 돈을 받고는 떠나겠다고 약속했습니다. 나는 동생의 말을 믿고 그길로 곧장 호텔을 나왔습니다."
"그 이후에 다시 그와 만난 것이 언제입니까?"

"없습니다. 나는 그 애가 뉴욕을 떠난 줄로만 알았습니다. 그랬기 때문에 그날 관 속에서 앨버트를 봤을 때 나는……."
엘러리가 조용하게 질문을 계속했다.
"앨버트와 호텔에서 얘기를 나눌 때 당신이 지금 쓰고 있는 이름을 말해 줬습니까?"
슬론은 겁먹은 얼굴로 대답했다.
"그런 것은 말할 필요가 없지요. 물론 하지 않았습니다. 그것은, 뭐라고 할까 나 자신의 자기 방어였지요. 동생도 내가 이름을 바꿨다는 사실에 대해서는 의심조차 해보지 않았을 겁니다. 그렇기 때문에 처음에 경감님 입에서 우리들이 형제란 사실을 알았다고 했을 때, 내가 그렇게 놀란 겁니다. 도대체 그걸 어떻게 아셨습니까?"
"결국, 당신 말은 길버트 슬론이 앨버트 글림쇼의 형이라는 사실을 아무도 모르고 있다는 뜻입니까?"
엘러리가 재빨리 말했다.
"네, 그렇습니다."
슬론은 다시 한번 이마의 땀을 닦아냈다.
"나는 내게 동생이 있다는 사실도 아무에게 얘기하지 않았습니다. 심지어 아내에게도요. 앨버트가 자기 형이 어딘가에 살아 있다는 것을 알았다고 해도, 길버트 슬론이란 이름을 쓰고 있는 줄은 모를 테니까 아무한테도 얘기할 수 없었을 겁니다. 그날 밤 내가 호텔을 방문한 뒤에도 아무런 변화가 없었습니다."
"웃기는 얘기군."
경감이 중얼거렸다.
"정말 그렇지요?"
엘러리가 맞장구쳤다.
"슬론 씨, 앨버트는 당신과 게오르그 칼키스와의 관계를 알고 있었습니까?"

엘러리가 물었다.

"아니에요, 앨버트는 절대로 몰랐습니다. 그 애가 비웃는 투로 요즘 무슨 일을 하고 있느냐고 물었지만, 나는 거짓말을 했습니다. 내가 뭘 하는지 그 애가 아는 게 싫었거든요."

"한 가지만 더 묻겠습니다. 목요일 밤 당신은 앨버트를 어딘가에서 만난 뒤 함께 호텔로 들어갔습니까?"

"아닙니다. 나 혼자 직접 갔습니다. 호텔 로비에 들어서자 앨버트의 모습이 보였습니다. 그는 방금 밖에서 호텔로 돌아온 것 같았는데 일행이 한 사람 있었지요. 그 남자는 모자를 푹 눌러 쓴 사람인데……."

"모자를 푹 눌러썼기 때문에 그 사람의 얼굴은 보지 못했습니다. 그날 밤 내내 앨버트를 미행한 것이 아니라, 어디서부터 동행한 남자인지는 모르겠습니다. 나는 앨버트의 얼굴이 보이자 프런트로 가서 그의 방 번호를 물었고, 위층으로 올라간 앨버트 일행의 뒤를 쫓았습니다. 나는 3층으로 올라간 뒤에도 복도에 숨어서 꽤 오랫동안 기다렸습니다. 동행한 사람이 방에서 나가고 나면 들어가서 앨버트와 얘기를 나누려고요……."

"그럼, 계속 314호실의 문을 주시하고 있었겠군요?"

엘러리가 날카롭게 물었다.

"글쎄요, 보다 말다 했습니다. 내 생각에는 내가 한눈 판 사이에 그 사람이 나간 것 같습니다. 나는 조금 기다리다가 314호로 가서 노크를 했죠. 조금 있다가 앨버트가 문을 열어주었고……."

"방에는 아무도 없었습니까?"

"네, 앨버트 혼자 있었습니다. 동생은 앞에 나간 손님에 대해서는 아무 말도 안 하더군요. 그래서 나는 그 손님이 호텔에서 알게 된 사람인 줄로만 알았습니다."

슬론은 다시 한숨을 쉬었다.

"얘기를 빨리 끝내고 나와야 한다는 것에만 신경이 곤두서 있었기 때문에 동생에게 물어보고 어쩌고 할 겨를이 없었죠. 아까 말한 대로 나는 동생과 얘기를 나누고는 거의 도망치다시피 호텔을 빠져나왔습니다. 호텔을 나오고 나서야 안도의 한숨이 나오더군요."

퀸 경감이 갑자기 말했다.

"묻고 싶은 것은 이것이 전부요, 슬론 군!"

슬론은 자리에서 급히 일어나며 대답했다.

"감사합니다, 경감님. 그리고 엘러리 씨도요. 이렇게 중요한 일을 다그치지 않고 차근차근 물어봐 주시고, 이해해 주시니 말입니다."

슬론은 넥타이를 만지작거렸다. 벨리 반장의 어깨가 폭발하려는 화산의 산등성이처럼 흔들렸다.

"그럼, 이제 나가봐야겠습니다. 화랑에 일거리가 남아 있어서 말입니다."

슬론이 작은 목소리로 말했다. 그들은 슬론을 바라보면서 아무 말도 하지 않았다. 슬론은 뭐라고 중얼거리더니 킥킥대며 미끄러지듯이 서재를 빠져나갔다. 조금 있다가 현관문이 쾅 하고 닫히는 소리가 들렸다.

"토머스, 9월 30일 목요일부터 10월 1일 금요일까지 베네딕트 호텔에 숙박했던 사람들 명단을 모두 가져와."

벨리 반장이 경감의 명령을 받고 나가자 엘러리는 재미있다는 표정으로 퀸 경감에게 물었다.

"아니, 아버지는 슬론이 말한 대로 글림쇼의 일행이었다는 사람이 그 호텔에 투숙한 사람이라고 생각하시는 겁니까?"

경감의 창백한 얼굴이 발그스름해졌다.

"그렇게 보면 안되나? 너는 어떻게 생각하는데?"

엘러리는 푸 하고 한숨을 쉬었다. 바로 그때 페퍼가 코트 깃을 휘날리며 뛰어 들어왔다. 바람을 맞아서인지 페퍼의 붉은 얼굴이 평소보다 더 붉어 보였다. 그는 눈을 반짝이며 옆집에서 찾았다는 유언장 조각을 보여 달라고 했다. 페퍼와 경감이 책상 위의 밝은 불빛 아래서 종이 조각을 살펴보고 있는 동안 엘러리는 옆에 있는 의자에 앉아 아무 말 없이 생각에 잠겨 있었다. 페퍼가 말했다.

"지금 당장 말씀드리기는 어렵지만, 제가 보기에도 그 유언장의 일부인 것 같은데요…… 필체는 확실히 칼키스 것인가요?"

"지금 감정하고 있는 중이야."

페퍼는 그제서야 코트를 벗으며 이것저것 생각하는 표정으로 말했다.

"이게 칼키스의 유언장 일부라는 것이 밝혀지고 녹스 씨의 얘기가 덧붙여지면 우리는 복잡한 유산 싸움에 휘말려 처리를 해야 되고…… 바빠지는 사람은 유언 확인 판사겠는데요?"

"그게 무슨 뜻이지?"

"제 말은요. 이 유언장이 글림쇼의 협박을 받아서 작성된 거라는 사실을 우리가 증명하지 못하면 칼키스 화랑은 죽은 글림쇼에게 상속되게 된다는 말이지요."

두 사람의 눈빛이 마주쳤다. 경감이 느릿느릿하게 말했다.

"무슨 말인지 알겠네. 슬론이 앨버트에겐 가장 가까운 친척이니까……."

"안 그래도 의심을 받고 있는 상황에서 슬론이 유산을 받으려고 할까……."

엘러리가 중얼거렸다.

"그럼 슬론이 자기의 부인을 통해서 유산을 상속받는 것이 더 안전하다고 생각하고 있다는 말인가요?"

"그렇지 않습니까? 페퍼 씨, 슬론의 입장에서 보면 그럴 수도……" 하면서 경감이 끼어들었다.

"분명히…… 거기에 뭔가 있기는 있는 것 같은데……"라고 중얼거리며 경감은 힘없이 페퍼에게 조금 전의 슬론 이야기를 들려주었다.

그러자, 페퍼도 고개를 끄덕였고 모두들 궁색한 표정으로 타다 남은 유언장 조각에 시선을 집중했다.

이윽고 페퍼가 입을 열었다.

"무엇보다도 먼저 해야 할 일은 우드러프 변호사가 가지고 있는 유언장의 사본과 비교해 보는 것이겠지요. 필체를 대조해 보면 알 수 있을 겁니다."

마침 그때 서재 밖 홀에서 살금거리는 발자국 소리가 들려 세 사람 모두 재빨리 고개를 돌렸다. 브릴랜드 부인이 반짝거리는 검은 가운을 입고, 뭔가 의심스런 태도로 서 있었다. 페퍼는 얼른 유언장 조각을 주머니 속에 감추었고, 경감은 조용히 아무 일도 없다는 듯이 브릴랜드 부인에게 말했다.

"들어오십시오, 부인. 나를 만나러 오셨습니까?"

"네."

브릴랜드 부인의 대답은 속삭이는 소리에 가까웠다. 그녀는 바깥 홀의 동정을 살피고는 재빨리 서재로 들어와서 문을 꼭 닫았다. 조심스럽게 행동하는 것으로 보아 은밀한 무언가가 있는 것 같았다. 여성의 감춰진 감정 같은 것을 남자인 그들이 알 수는 없었지만, 어쨌든 알 수 없는 무엇으로 인하여 그녀의 뺨은 붉게 달아올랐고, 커다란 눈에 불꽃이 튀었으며, 숨을 쉴 때마다 가슴이 파도처럼 출렁거렸다. 게다가 그녀의 예쁘장한 얼굴에는 날카로운 칼날같은 긴장감이 감돌았다. 대담한 그녀의 눈빛이 그걸 말해 주고 있었다.

브릴랜드 부인은 의자를 권하는 퀸 경감의 친절을 정중하게 사양하고 서재 문에 꼿꼿하게 기대섰다. 그녀의 자세는 아주 조심스러웠다. 마치 홀 밖에서 무슨 소리가 나는지 듣기 위해 잔뜩 긴장하고 있는 것처럼 보였다. 경감의 눈도 긴장했고, 페퍼도 눈살을 찌푸렸으며 엘러리마저 호기심 어린 눈으로 그녀를 유심히 지켜보고 있었다.
"무슨 일이 있으십니까, 브릴랜드 부인?"
"경감님, 사실은 이건 제가 말씀드리지 않고 있었던 건데요……."
브릴랜드 부인의 속삭임이 들려왔다.
"무슨 말씀입니까?"
"말씀드려야겠다고 생각했습니다. 아주 흥미 있어 하실 것 같아서요."
브릴랜드 부인의 물기 어린 속눈썹이 눈을 잠시 덮었다가 올라가자 검은 눈동자가 반짝반짝 빛났다.
"1주일 전 쯤, 수요일 밤이었어요."
"그럼, 장례식 다음날 말인가요?"
경감이 재빨리 확인했다.
"네. 그렇습니다. 지난주 수요일 밤이었어요. 아주 늦은 시각이었는데, 저는 잠을 이룰 수가 없었죠. 아실지 모르겠지만 저는 불면증에 시달리고 있거든요. 저는 침대에서 나와 창가로 걸어갔죠. 제 침실 창문에서 보면, 집 뒤쪽의 정원이 내려다보이거든요. 그런데 그때 우연히 한 남자가 정원을 가로질러 묘지 쪽으로 살금살금 걸어가는 것이 보였어요. 틀림없이 묘지쪽으로 가고 있었어요, 경감님."
"그거 정말로 흥미있는 얘긴데요, 브릴랜드 부인. 그래, 그 남자가 누구였습니까?"
경감은 침착하게 머리를 끄덕이며 물었다.

"길버트 슬론이었어요!"

길버트 슬론이라는 이름이 브릴랜드 부인의 입에서 강하게 튀어나왔다. 그것은 틀림없이 독을 품고 있는 목소리였다. 그녀는 세 사람을 검은 눈동자로 노려보았다. 그녀의 입술이 관능적으로 꿈틀거렸다. 경감은 눈을 깜빡였으며, 페퍼는 뭔가를 잡았다는 듯이 주먹을 눈앞에서 꽉 쥐어보였다. 엘러리만 꿈쩍하지 않고 가만히 앉아 있었다. 엘러리의 눈에는 브릴랜드 부인이 현미경을 통해서나 볼 수 있는 박테리아쯤으로 비치는 것 같았다.

"길버트 슬론이라고요? 확실합니까, 브릴랜드 부인?"

"절대로 분명합니다."

브릴랜드 부인의 입에서 말소리가 채찍을 휘두르는 것처럼 나왔다. 경감이 가느다란 어깨를 펴며 말했다.

"부인 말대로 이건 아주 중요한 문제입니다. 그러니까 아주 신중하게 대답하셔야 합니다. 각별히 조심해서 말이죠. 내게 본 그대로를 말해 주십시오. 보태지도 말고, 빼지도 말고 말입니다. 당신이 창문으로 내려다봤을 때 슬론 씨가 어디서 나오는 것 같던가요?"

"제 창 바로 밑에 있는 어둠 속에서 슬금슬금 기어 나왔어요. 이 집에서 나온 건지 아닌지 확실하게 말씀드릴 수는 없지만, 제 생각에는 지하실에서 기어 나오는 것 같았어요. 최소한 제가 느끼기에는 그랬어요."

"무슨 옷을 입고 있던가요?"

"중절모를 쓰고 외투를 입고 있었어요."

"브릴랜드 부인, 그때가 아주 늦은 시각이었다고 하셨나요?"

엘러리의 목소리가 굽이치듯이 그녀의 머리 주위를 맴돌았다.

"네, 정확한 시간은 말씀드릴 수 없지만 자정이 훨씬 지난 건 틀림없어요."

"그런 시간이라면, 정원이 굉장히 어두웠을 텐데요."

엘러리가 부드럽게 말했다. 브릴랜드 부인의 목에 핏줄이 섰다.

"무슨 말을 하려는 건지 알겠네요. 제가 그 사람을 잘못 봤다고 생각하시는 모양인데, 아닙니다. 그 사람은 확실히 길버트 슬론이었습니다. 저는 확신할 수 있어요."

"잠깐이라도 길버트 슬론 씨의 얼굴이 확실히 보였습니까?"

"보지는 못했어요. 하지만, 그 모습으로 보아 틀림없이 길버트 슬론이었어요. 저는 언제, 어디서, 어떤 상황에서든 그 사람을 알아볼 수가 있어요……."

그녀는 입술을 깨물었다. 페퍼는 고개를 끄덕였고, 경감은 굳은 표정으로 브릴랜드 부인의 말을 듣고 있었다.

"필요하다면, 그날 밤에 정원에서 묘지로 가는 길버트 슬론 씨를 봤다고 증언할 수 있습니까?"

경감이 물었다.

"네, 언제든지 할 수 있어요."

그녀는 곁눈으로 엘러리를 쳐다보며 대답했다.

"슬론이 묘지 쪽으로 사라지고 난 뒤에도 창문에 계속 서 있었습니까?"

이번에는 페퍼가 질문을 던졌다.

"네, 계속 서 있었습니다. 그러고는 한 20분쯤 후에 다시 모습을 나타냈어요. 그때는 걸음이 무척 빠르더군요. 남의 눈에 띄지 않으려고 애쓰는 것 같았어요. 그러더니 제방 창문 바로 밑의 어둠 속으로 뛰어 들어갔어요. 이 집으로 들어온 것이 틀림없지요."

"그 외에 더 본 것은 없습니까?"

페퍼의 질문이 끈덕지게 계속되었다.

"더라니요? 그걸로 충분하지 않다는 말인가요?"

브릴랜드 부인의 목소리는 사뭇 심각했다. 경감은 몸을 꿈틀거렸다. 그의 날카로운 콧날이 정면에 있는 브릴랜드 부인의 가슴께로 향하고 있었다.

"처음에 묘지로 가는 것을 봤을 때 말입니다, 뭘 들고 있지는 않던가요?"

"아뇨."

경감은 낙담한 빛을 숨기려고 고개를 돌렸다. 엘러리가 점잖게 말했다.

"왜, 이 중요한 사실을 진작에 말씀하지 않으셨습니까, 브릴랜드 부인?"

그녀는 다시 한번 엘러리를 노려보았다. 충격적인 얘기를 듣고도 부드러운 태도에 분별력이 있고, 날카롭게 질문하는 것이 이상한 모양이었다.

"그때는 그렇게 중요한 줄 몰랐기 때문이지요."

브릴랜드 부인은 강하게 주장했다.

"그러면, 지금은 중요하다는 사실을 알았단 말입니까?"

"네, 그리고, 잊고 있다가 방금 전에야 생각이 났기 때문입니다."

"음, 그게 전부입니까, 브릴랜드 부인?"

경감이 입을 열었다.

"네."

"이 얘기를 아무한테도 해서는 안 됩니다. 아무한테도요. 자, 이제 나가셔도 좋습니다."

그 순간, 마치 그녀를 지탱해 온 철근 구조가 붕괴되는 것처럼 긴장이 풀리자 갑자기 그녀는 몇 년은 더 늙어 보였다. 그녀는 문으로 천천히 걸어가면서 조용히 말했다.

"왜 이런 얘기를 듣고도 아무런 조치를 취하시지 않는 거죠?"

"그만 가셔서 쉬십시오, 브릴랜드 부인."

브릴랜드 부인은 지친 표정으로 손잡이를 돌리고는 뒤도 돌아보지 않고 나가버렸다. 경감은 그녀가 나가자 직접 문을 닫고 두 손을 마주 비비기 시작했다. 뭔가 호기심이 동할 때 쓰는 몸짓이었다. 경감의 목소리는 활기에 넘쳐 있었다.

"자, 다른 색깔의 말이 한 마리 뛰어 들어온 셈인데. 그녀 이야기도 전부 거짓말같진 않아. 오히려 이것이 수사에 도움이 될지도 모르지!"

"아버지도 느끼셨겠지만, 브릴랜드 부인이 그 남자의 얼굴을 실제로 보지 못했다는 사실을 염두에 두어야 합니다."

엘러리가 제지하고 나섰다.

그러자 페퍼가 한마디 거들었다.

"그러면, 당신이 보기에 그녀가 거짓말을 하는 것 같다는 말인가요?"

"내 생각에는, 그녀는 다만, 자기가 진실이라고 믿고 있는 것을 말한 것 같습니다. 여성의 심리란 원래 미묘한 거거든요."

"하지만, 엘러리. 그가 슬론일 가능성이 있다는 것은 너도 인정할 수 있지?"

경감이 두 사람 사이에 끼어들어 말했다.

"물론이죠."

엘러리는 한쪽 손을 내저으면서 아무렇지도 않은 것처럼 대답했다.

페퍼는 긴장을 늦추지 않고 밀어붙였다.

"자, 이제 할 일이 생겼는데요."

"우선 2층에 있는 슬론의 방부터 철저히 조사해야 합니다."

"동감이야."

경감의 목소리도 단호했다.

"너도 가야지? 엘러리."

엘러리는 한숨을 쉬면서 마지못해 아버지와 페퍼의 뒤를 따라 서재를 나섰다. 그러나 그의 표정으로 보아서는 별로 기대하는 것이 없는 듯했다. 세 사람이 복도로 나섰을 때, 현관 앞에서 서성거리고 있는 델피나 슬론의 메마른 체구가 눈에 들어왔다. 상기된 얼굴과 열에 들뜬 눈으로 잠시 뒤를 돌아본 다음 그녀는 응접실 문으로 사라졌다.

경감은 가던 길을 멈추고 걱정스러운 듯이 말했다.

"그녀가 우리 발소리를 듣지 않았을까?"

경감은 머리를 절레절레 흔들면서 계단 쪽으로 걸음을 옮겼다. 세 사람은 2층으로 올라갔다. 계단 끝에 이르자 경감은 주위를 한번 살피고는 왼쪽으로 방향을 틀었다. 그는 브릴랜드 부인의 방문을 노크했다. 브릴랜드 부인이 금세 나타났다.

"부탁이 있는데요, 브릴랜드 부인."

경감이 조용하게 말했다.

"지금 내려가셔서 응접실에 있는 슬론 부인을 좀 감시해 주십시오, 우리가 내려갈때까지만요."

경감은 살짝 윙크를 했고, 브릴랜드 부인은 고개를 끄덕였다. 그녀는 방문을 닫고 쏜살같이 아래층으로 달려 내려갔다. 경감은 만족스러운 표정으로 말했다.

"이렇게 되면, 최소한 우리가 방해받지 않고 수사할 수 있겠군! 자, 가지."

위층에 있는 슬론의 방은 두 개로 나뉘어 있었다. 하나는 거실이고, 하나는 침실이었다.

엘러리는 수사에 관여하지 않고 거기에 선 채, 경감과 페퍼의 움직임을 지켜보고만 있었다. 경감은 온 방을 샅샅이 뒤지고 다녔다. 방 안에서 경감의 감시망을 벗어날 수 있는 것은 하나도 없어 보였다. 경감은 무릎을 꿇고 카펫 밑을 들춰보고 벽을 두드려 보기도 하고, 옷장 안을 자세히 들여다보기도 했다. 그러나 소득이 없었다. 페퍼도 경감과 마찬가지로 가치 있는 작은 종이 쪽지 한 장 발견하지 못했다.

두 사람은 이번에는 거실의 수사에 착수했다. 엘러리는 여전히 벽에 기대어 두 사람의 모습을 바라보고만 있다가 담배를 꺼내 입에 물고 성냥개비에 불을 붙였으나 이내 불어 꺼버렸다. 담배 맛이 날 것 같은 장소가 아니라고 생각한 모양인지 엘러리는 담배와 다 타버린 성냥개비를 조심스럽게 주머니에 집어넣었다.

방 안 수색이 실패했다는 결론이 내려질 때쯤 뭔가가 발견되었다. 호기심 어린 눈으로 거실 구석에 있는 조각이 새겨진 책상을 뒤지던 페퍼가 그것을 발견했다. 책상 서랍을 있는 대로 열어봤지만 아무것도 찾을 수 없었던 페퍼는 책상 앞에 서서 최면에 걸린 사람처럼 멍하니 책상 위에 놓인 담배통을 바라보았다. 그리고는 담배통 뚜껑을 열었다. 파이프 담배가 꽉 차 있었다.

"뭔가를 숨기기에 좋은 데 같군."

페퍼는 그렇게 중얼거리고 나서, 손을 넣어 축축한 담배 사이를 이리저리 뒤지기 시작했다. 페퍼의 손에 차가운 금속성 물질이 하나 걸려들었다.

"오, 이런!"

페퍼가 탄성을 질렀다. 벽난로를 뒤지고 있던 경감은 고개를 들고 뺨에 묻은 숯검정을 닦으면서 책상 쪽으로 달려왔고, 무관심하게 있던 엘러리도 그쪽으로 급히 걸어갔다.

담뱃가루가 묻은 페퍼의 떨리는 손에 열쇠가 들려 있었다. 경감은 페퍼의 손에서 열쇠를 낚아챘다.

"이건 아무리 생각해도……."

경감의 입술이 움직였다. 그는 조끼 주머니에 열쇠를 집어넣으면서 말했다.

"대단히 중요한 물건 같군. 페퍼, 이것으로 이번 수사는 대성공을 거둘지도 모르겠네. 일단 여길 나가자구. 내가 생각하고 있는 곳에 이 열쇠가 들어맞는다면 아주 중요한 단서를 잡게 되는 것일 테니까 말이야."

그들 세 사람은 슬론의 방에서 조심스럽게 나왔다. 아래층으로 내려오니 벨리 반장이 와 있었다.

"베네딕트 호텔의 숙박부를 찾으러 사람을 보냈는데 아직 안 왔습니다."

벨리는 큰소리로 경감에게 보고했다.

"이제 숙박부는 급할 것 없어, 토머스."

경감은 벨리의 손을 잡으면서 말했다. 경감은 주위를 조심스럽게 둘러보고 아무도 없는 것을 확인한 뒤 조끼 주머니에서 열쇠를 꺼내 벨리의 손에 쥐어주었다. 그리고는 그의 귀에 대고 뭔가를 속삭였다. 벨리가 고개를 끄덕이고는 복도를 지나 현관 쪽으로 성큼성큼 걸어갔다. 조금 후에 현관문이 닫히는 소리가 들렸다.

"일단, 됐다."

경감은 즐거운 표정으로 말을 꺼내면서 코담배를 세차게 빨아들였다.

"저 말이야……."

코담배를 들이마시는 소리와 함께 재채기를 몇 번 하면서 경감은 말을 이었다.

"진짜 중요한 것을 찾아낸 것 같아. 저 열쇠가 그 문에 맞기만 하면…… 자, 서재에서 벨리가 올 때까지 기다리지."

경감은 페퍼와 엘러리를 서재에다 밀어넣고 자기는 문 앞에 섰다. 문은 약간 열어놓은 채였다. 세 사람 모두가 아무 말 없이 기다리고만 있었다. 엘러리의 갸름한 얼굴엔 불안과 기대가 뒤섞인 표정이 스쳐갔다. 갑자기 경감이 문을 확 열고는 뭔가를 잡아당겼다. 경감의 손에 이끌려 서재로 들어온 것은 벨리 반장이었다.

경감은 잽싸게 문을 닫았다. 벨리의 빈정거리는 듯한 표정으로 보아 그가 썩 흥분된 상태라는 것을 알 수 있었다.

"어때, 토머스, 맞아?"

"네, 맞습니다. 아주 꼭 맞습니다."

"됐어!"

경감은 탄성을 질렀다.

"슬론의 담배통에서 나온 열쇠가 녹스의 빈 집 지하실 문에 꼭 맞아!"

나이많은 경감은 흡사 늙은 울새처럼 높고 날카롭게 찍찍거렸다. 닫힌 문 앞에서 보초처럼 떡 버티고 서 있는 벨리 반장은 이글거리는 눈빛의 독수리 같았고, 예상이 적중한 페퍼는 계속 뛰어다니는 참새였다. 그리고 거듭 실패한 엘러리는 검은 깃털이 더욱 윤기를 띠면서 음침한 울음소리로 중얼거리는 침울한 갈까마귀와 비슷했다.

"이 열쇠에는 두 가지 의미가 함축되어 있지."

경감은 긴장된 표정이면서도 웃으며 말을 이었다.

"이제…… 엘러리도…… 어느 정도는 나의 수사 방법을 존중하는 것이 좋을 거야. 우리가 밝혀낸 것은 유언장을 훔칠 수 있는 가장 큰 동기를 가진 길버트 슬론이 유언장 조각이 발견된 녹스의 빈 집 지하실 문을 열 수 있는 열쇠를 가지고 있다는 사실이다. 이같은 사실은 그 유언장을 지하실의 화로에서 소각시키려고 한 사람이 바로 그 사람임을 증명하지. 알고 있다시피 장례식 날 이 방에 있던 벽금고에서 유언장을 꺼낸 그는 그것을 칼키스의 관에다 밀어 넣었다. 그때는 물론 철제 상자를 열지 못한 상태겠지만, 우선 관 속에 숨겼다가 수요일이나 목요일 밤에 다시 꺼냈을 거야.

그리고 중요한 것은 지금까지 우리가 밝혀낸 사실들을 확인시켜 주고 있다는 점이다. 이웃의 빈 집 지하실에 있던 그 냄새나는 낡은 트렁크는 칼키스의 관 속에 글림쇼의 시체가 들어가기 전까지 거기에 보관되어 있었다는 사실을 말해 주고 있다. 그 빈 집 지하실은 시체를 숨겨 놓기에 안성맞춤이었지…… 무엇보다도 리터 녀석이 화로에서 유언장 조각을 발견해 내지 못한 것은 상상할 수 없는 멍청한 짓이었어!"
"점점 재미있어지는데요."
페퍼가 턱을 문지르면서 말했다.
"제가 할 일이 분명해졌군요. 즉시 우드러프 변호사를 만나 그가 가지고 있는 유언장의 사본과 이 종이 조각을 비교해 보도록 해야겠습니다. 이 조각이 진짜라는 것을 확인해야죠."
페퍼는 책상으로 가 다이얼을 돌렸다.
"통화중인데요."
수화기를 내려놓으면서 페퍼가 말했다.
"경감님! 이 수사는 처음부터 경감님이 직접 지휘를 했어야 했는데……. 다른 사람들은 해결할 수 없지요. 이것을 빨리 확인해야 되는데……."
그는 변호사의 집으로 다시 다이얼을 돌렸고 이번에는 성공했다. 우드러프의 하인이 우드러프는 지금 집에 없으나 30분 안에는 돌아올 거라고 말했다. 페퍼는 다시 전화를 걸겠으니 기다려 달라고 말한 다음 전화기를 쾅 소리 나게 내려놓았다.
"서두르는 게 좋을 것 같은데, 시기를 놓칠 수가 있으니까. 우리는 빨리 이 종이 조각이 진짜라는 사실을 확인할 필요가 있어. 우리는 여기서 기다릴 테니까, 그것이 확인되는 대로 우리에게 좀 알려주게."

"아닙니다. 제가 즉시 우드러프의 사무실로 가서 그 복사된 원본을 가져오는 게 좋을 것 같군요. 시간은 얼마 안 걸릴 겁니다."

페퍼는 모자와 외투를 집어 들고 서둘러 서재를 빠져나갔다.

"하지만, 아버지 이건 너무 독선적인 것 아닙니까?"

엘러리가 걱정스런 표정으로 경감에게 말했다.

"무엇이 잘못됐나?"

경감은 칼키스의 회전의자에 몸을 깊이 뉘면서 편안하게 숨을 내쉬었다.

"내가 보기에는 이것으로 이번 수사도 다 끝난 것 같은데…… 우리 일뿐만 아니라 슬론의 운명도 말이지."

엘러리는 뭐라고 투덜거렸다.

"이 사건은 너의 그 뛰어난 추리 방식이 별로 실효가 없다는 것을 증명했지. 내 방식대로 그냥 옛날처럼 밀고 나가는 게 최고야. 범죄수사에 상상력 따위가 무슨 소용이 있겠냐, 엘러리?"

경감은 웃으면서 말했고, 엘러리는 여전히 투덜거리고 있었다.

경감이 우쭐한 태도로 신명나게 말했다.

"너의 문제점은 말이다. 모든 사건이 머리싸움을 해야 해결된다고 생각하는 데 있다. 너는 늙은 내가 사건을 해결할 만한 조금의 상식도 갖고 있지 않다고 생각하는 게 잘못이야. 수사관에게 필요한 것은 무엇보다도 일반적인 상식이다. 그것만 잘 활용하면 문제가 없지. 젊은 너는 그것을 잘 모르고 있어!"

엘러리는 아무런 대꾸도 하지 않았다.

늙은 경감은 계속 말했다.

"예를 들면, 이번 사건 같은 경우도 말인데…… 너도 이제 길버트 슬론에게 혐의를 두어야지. 누가 봐도 명백하니까. 동기? 충분하지. 슬론은 두 가지 이유로 글림쇼를 살해했지. 그중 하나는 앨버트 글림쇼라는 인물의 존재 자체가 자기에게 위험했다는 거지. 구체적으로는 알 수 없지만 아마도 그에게서 돈을 뺏으려고 했을 거야. 하지만 그것이 핵심적인 동기는 아니지. 그보다 더 중요한 동기는, 글림쇼가 칼키스의 새 유언장에 의해 칼키스 화랑의 새로운 상속자로 지목되었다는 점인데, 그렇게 되면 길버트 슬론은 상속에서 제외되는 것이지. 즉, 글림쇼와 새 유언장은 슬론에게 방해물이었지. 길버트 슬론은 앨버트 글림쇼가 자기 동생이라는 것이 알려지는 것도 원하지 않았고, 새로 만든 유언장만 파손시키면 칼키스는 유언을 하지 않고 죽은 게 되고, 화랑은 가장 안전하고 쉬운 방법, 즉 부인을 통해 그의 소유가 되기 때문이지. 어때 훌륭하지?"
"네, 그렇군요."
경감은 미소를 지으면서 말했다.
"엘러리…… 너무 의기소침하지 말아라. 슬론의 기록을 조사해 보면 그가 자금 압박을 받고 있었다는 것을 확인하게 될 걸. 내가 장담하지. 그는 돈이 필요했던 거야. 그랬겠지. 그게 하나의 동기가 되었을 거고, 다른 방향에서 한번 생각해 볼까?

칼키스를 범인으로 지목한 너의 분석에서 지적된 바와 같이, 글림쇼를 죽인 사람이 누구였든 간에 후에 칼키스에게 불리한 가짜 증거를 흘린 사람과 동일 인물인 것만은 확실하다. 따라서, 그 남자는 녹스가 그 문제의 그림을 계속 소지할 가능성이 전적으로 자기의 침묵 여하에 따라 달려 있다는 것을 분명히 알았을 것이다. 그건 그렇고, 이것도 네가 지적한 것이지만 가짜 단서를 만든, 녹스가 문제의 그 그림을 가진 것을 알고 있는 유일한 외부 사람은 글림쇼가 얘기한 수수께끼의 동업자란 게 틀림없다. 나의 논리가 어떠냐?"

"훌륭합니다."

"자, 그러면……."

늙은 경감은 그럴싸하게 눈살을 찌푸려가며 손가락을 모아 책상을 톡톡 두드렸다.

"토머스! 좀 침착하게 잘 들어봐!" 하고 꾸짖은 다음, 경감은 계속 말을 이었다. "그러니까 슬론이 살인범이고 글림쇼의 '수수께끼'의 동업자란 사람은 그 형제일 가능성이 많다는 얘기야."

엘러리는 거의 신음에 가까운 소리를 냈다.

경감은 엘러리의 태도에 개의치 않고 얘기를 계속해 나갔다.

"이런 사실들로 미루어 볼 때 슬론은 아주 중요한 거짓말을 두 번씩이나 한 셈이지. 우선 첫째, 그가 글림쇼의 동업자라고 한다면 글림쇼는 슬론이란 남자가 성은 다르지만 그의 형이라는 것과 칼키스의 사업체에서 일하고 있다는 것을 알고 있었다는 거야. 그리고 둘째, 슬론은 베네딕트 호텔에 글림쇼와 같이 갔기 때문에 그가 주장하는 바와 같이 글림쇼 일행의 뒤를 따라 한발 늦게 호텔에 들어간 남자가 아니라는 결론이 된다. 결국 글림쇼가 호텔에 돌아왔을 때의 일행이 슬론이고, 그날 밤 5명의 방문객 중에서 사실상 정체를 알 수 없는 사람은 두번째 온 남잔데, 이것이 누구냐하는 것은 하느님만이 알겠지!"

"범죄 수사에는 모든 사실이 다 꼭 들어맞아야 합니다."

엘러리가 반박하고 나섰다.

"너는 그럼 다 안단 말이냐? 나로서는 이 정도면 충분해. 슬론이 글림쇼의 동업자이자 살인자라면 일단 유언장이 결정적인 동기가 되고, 또 하나는 그들이 형제란 사실을 세상에 알리고 싶지 않다는 부수적인 동기가 첨가되며 세 번째로, 녹스의 불법적인 그림 소유에 관하여 글림쇼가 녹스를 협박함으로써 판을 깨게 될까봐 두려웠던 것도 생각할 수 있지."
"정말로 그것은 중요한 핵심이지요. 하지만······."
엘러리가 자기 의견을 말하기 시작했다.
"우리가 결론을 내리려면 모든 것을 다 설명할 수 있어야 한다는 것입니다. 지금 아버지가 만족하실 만큼 모든 사실들을 종합해 놓으셨으니까 이제는 그것을 토대로 제가 사건을 재구성해 봐야겠습니다. 저한테도 많은 공부가 될 테니까요. 그리고 저는 아직 더 훈련을 쌓아야 할 필요가 있거든요."
"그래야지. 하지만 이건 아주 간단한 거야. 슬론은 수요일 밤에 글림쇼의 시체를 칼키스의 관 속에 은닉한 거야. 그때 브릴랜드 부인이 정원에서 서성거리는 슬론을 보게 된 것이고, 슬론이 글림쇼의 시체를 들고 있지 않은 걸로 봐서 브릴랜드 부인은 그가 두 번째 묘지로 가는 걸 봤겠지. 그러니까 브릴랜드 부인이 봤을 때는 이미 글림쇼의 시체를 묻은 후가 되는 거지."
엘러리는 고개를 가로저었다.
"아버지 말씀을 반박할 만한 증거는 없지만요, 아버지. 그래도 뭔가 이상한 게 있습니다. 간단히 동의할 수는 없다는 말입니다."
"너도 참 고집불통이구나. 나한테는 다 사실로 들리는데······. 처음에 슬론이 글림쇼를 묻을 때는 설마 나중에 수사 당국이 이 무덤을 발굴하리라곤 상상도 못했을 테니까 자연스러운 거지. 그래서 그가 시체를 묻으려고 땅을 팠을 때 유언장도 완전히 인멸시키려고 꺼냈다고 생각해. 기왕에 무덤이 열린 거니까, 그걸 꺼낸다고 뭐 달라지는 게 있겠니? 약속어음은 슬론이 글림쇼를 죽였을 때 글림쇼의 몸에서 꺼낸 틀림없이 없애버렸을 거야. 그래야 자기가 간접적으로 나마 상속을 받게 될 수 있으니까. 나중에 얼굴도 모르는 놈이 찾아와서 약속 어음을 내밀고는 돈을 내놓으라고 하면 간접적인 경로로 승계된 자산이 그만큼 감소되기 때문이지. 자, 이러면 설명이 다 딱 들어맞는 거 아니냐고."
"정말 그렇게 생각하세요?"
"그래 나는 그렇게 생각한다. 슬론의 담배통에서 나온 지하실 열쇠와, 녹스의 집 난방로에서 나온 종이 조각도 그 증거지. 그리고 무엇보다도 글림쇼와 슬론이 형제였다는 사실이 모든 걸 증명해 주지…… 엘러리, 정신 차려, 명백한 증거를 무시하면 안 되는 거야."
엘러리가 한숨을 쉬었다.
"유감스러우나 사실이군요. 하지만 아버지, 저는 이 사건에서 손을 떼겠습니다. 사건 해결의 공로는 모두 아버지가 차지하세요. 저는 끼어들고 싶지 않아요. 이미 손가락이 화상을 입었어요. 밝혀진 증거가 고의적으로 만든 조작이라는 걸 알게 됐고……."
"조작이라고?"
경감은 콧방귀를 뀌었다.
"그러면 너는 슬론의 담배통에서 나온 열쇠가 누가 그를 함정에 빠뜨릴 목적으로 했다고 생각하는 거냐?"
"제 대답은 비밀에 붙여 두겠습니다. 하지만, 제 눈도 모든 걸 상세히 관찰하고 있다는 사실을 인정해 주세요."
엘러리가 일어서면서 말했다.
"지금은 우리들의 앞에 어떤 허위가 있는지를 정확하게 다 볼 수 없지만, 그래도 저는 라 퐁텐이 적절하게 표현한 '이중의 기쁨'을 느끼려고 노력할 겁니다. 속인 자를 다시 속이는 기쁨을 맛보고 싶다고 우리의 수호신인 하느님께 기도하겠습니다."
"쓸데없는 소리!"

경감이 회전의자에서 몸을 일으키면서 소리를 질렀다.

"토머스, 모자를 쓰고 외투를 입게. 그리고 형사 몇을 불러. 지금 당장 칼키스 화랑에 가야겠어."

"아니, 아버지. 겨우 그 정도를 증거랍시고 주장하실 겁니까? 슬론과 정말 부딪칠 작정이시냐고요?"

엘러리가 침착하게 물었다.

"당연하지. 그리고 페퍼가 그 유언장 조각이 진짜라는 것만 확인해 오면 슬론은 당장 오늘 밤에 살인 사건의 용의자로 반짝거리는 철창 속에 갇히는 신세가 될 거다."

"하지만 철창은……."

벨리 반장이 큰 소리로 계속 대꾸했다.

"그리 반짝거리지는 않지요, 경감님."

Reckoning
응보

 그날 저녁 퀸 경감과 엘러리와 벨리 반장, 그리고 여러 명의 형사들이 여러 방향에서 떼를 지어 도착했을 때, 칼키스 화랑이 있는 매디슨 거리는 어둡고 조용했다. 그들은 조용히 앞으로 나아갔다. 평소 넓은 창유리로 화랑의 내부가 훤히 보이는 칼키스 화랑도 그날만큼은 바깥과 다름없이 어두컴컴했다. 가게문은 닫혀 있었으며, 도난 방지를 위해 설치한 격자무늬의 전선만이 부지런히 전류를 보내고 있었다. 정문의 한쪽 귀퉁이에 딸린 조그만 쪽문으로 사람들의 시선이 모아졌다. 경감과 벨리 반장은 귓속말을 주고 받았다. 그리고 나서 벨리 반장은 두꺼운 엄지손가락으로 '야간 벨'이라고 쓰인 글씨 위에 있는 초인종을 누른 다음 안에서 응답이 오기를 잠자코 기다렸다. 아무런 반응이 없었다. 벨리가 다시 초인종을 눌렀다. 5분이 지나도록 인기척이나 불이 켜지는 기미가 없자, 벨리는 투덜거리면서 부하 몇 사람을 불렀다. 그리고는 힘을 합쳐서 문을 부수기 시작했다. 나무와 쇠로 된 경첩이 삐걱거리면서 쨰지는 소리를 냈다. 잠시 후 문은 마침내 현관 안의 어둠 속으로 산더미처럼 무너져 내렸다.

그들이 계단을 기어올라 또 다른 문에 이르렀을 때 불빛에 도난방지 장치가 드러나 보였다. 그들은 조금도 주저하지 않고 단단히 힘을 주어 그것들을 부숴버렸다. 시끄럽게 울리는 경보기 소리 따위에는 아랑곳하지 않고 그들은 문을 밀고 들어갔다.

화랑 안은 마치 길고 어두운 터널 같았다. 복도가 터널의 끝을 향해 끝없이 뻗어 있었다. 손전등을 비추자 벽에 걸려 있는 그림 속의 창백한 얼굴과 예술품을 담은 진열장, 그리고 많은 조각품들이 하나하나 그 모습을 드러냈다. 모든 것이 다 정상이었다.

화랑 저 끝의 왼쪽으로부터 가느다란 불빛이 새어나와 마룻바닥을 비추고 있었다. 그 불빛은 열린 문을 통해 나오고 있었다.

경감이 "슬론 씨! 슬론 씨!" 하고 불렀으나 아무런 대답이 없었다. 그들은 불빛이 새어나오는 곳을 향해 몸을 움직였다. 입을 벌리고 있는 출입구 앞에 다음과 같은 푯말이 붙어 있었다.

'길버트 슬론 사무실'

그러나 그들은 그런 사소한 것에 오래 눈길을 두고 있을 겨를이 없었다. 문 앞에 선 그들은 일시에 숨을 죽이고 말았다. 방 안에 죽어 있는 사람이 보였기 때문이다…… 책상 위에 사지를 늘어뜨리고 엎드려 있는 시체를 스탠드 불빛이 아무렇지도 않다는 듯이 비추고 있었다. 그것은 길버트 슬론이었다.

생각하고 말고 할 여지가 없었다. 누군가 방 안의 불을 켰고, 사람들은 모두 멍청히 서서 피로 흥건하게 젖어 있는 길버트 슬론의 머리를 쳐다보았다.

사무실 중간에 책상이 놓여 있었으며, 길버트 슬론은 그 위에 왼쪽 얼굴을 녹색 장부 위에 대고 엎드려 있었다. 책상 왼쪽 면이 출입문과 직각을 이루고 있었기 때문에 바깥에서는 슬론의 옆모습만 보였다. 슬론은 가죽 의자에서 앞으로 팍 꼬꾸라진 것처럼 보였다. 슬론의 왼손은 녹색 장부의 끝부분에 닿아 있었고, 오른손은 바닥으로 축 늘어진 상태였다. 그리고 권총 하나가 정확히 그의 오른손 아래에 놓여 있었다. 바로 몇 센티 아래 놓여 있는 걸로 보아 손에서 미끄러져 떨어진 것 같았다. 경감은 고개를 숙여 불빛에 훤히 드러난 슬론의 오른쪽 관자놀이를 살펴보았다. 거무스름한 화약 자국이 묻어 있는 것으로 보아 총알이 관통해서 들어간 부분인 것 같았다. 경감은 무릎을 꿇고 리볼버 권총을 열어보았다. 총알 하나만 비고 나머지는 꽉 찬 상태였다. 그는 총구에 코를 대고 냄새를 맡아 보았다. 그러고는 고개를 끄덕였다.

"이건 누가 봐도 자살이군."

경감이 일어서면서 사람들을 향해 선언했다.

엘러리는 방 안을 휘둘러보았다. 작고 아늑한 사무실이었다. 모든 게 다 제자리에 있었고, 격투가 벌어진 흔적이라곤 어디서도 찾아 볼 수 없었다.

그러는 사이에 경감은 부하 한 사람에게 종이에 싼 권총을 건네주면서 누구 것인지 알아보라고 시켰다. 명령을 받은 형사가 밖으로 나가자 경감이 엘러리를 돌아보며 말했다.

"아직도 충분하지 않으냐? 이래도 범인이 만든 조작이라고 할 거야?"

엘러리는 방 너머 먼 곳으로 시선을 향하고 있었다. 그가 중얼거렸다.

"아니에요, 아버지. 이건 진짜처럼 보이는데요. 하지만 저로서는 도저히 이해할 수가 없습니다. 자살을 할 정도로 압박을 받고 있지는 않았던 것 같은데 말이죠. 오늘 저녁에 아버지와 내가 그를 신문했을 때도 슬론은 아버지가 자신에게 혐의를 두고 있다고는 전혀 생각하지 않았을 겁니다. 그리고 그때 유언장에 관한 얘기는 한마디도 안했고요. 열쇠를 찾았다는 얘기며, 브릴랜드 부인이 그를 봤다는 증언도 그 신문 뒤의 일이고……. 그러니까 나는……?"
퀸 경감과 엘러리의 눈이 갑자기 마주쳤다.
"슬론 부인이 엿들은 것이 아닌가!"
그들은 동시에 소리쳤다. 엘러리는 슬론의 책상 위에 있는 수화기를 얼른 집어 들었다. 그는 교환원과 급하게 얘기를 나누고는 전화를 중앙교환국으로 돌렸다.

이때 경감의 관심이 다른 데로 쏠리게 된 것은 매디슨 거리로부터 희미한 사이렌 소리가 들려왔기 때문이다. 곧이어 브레이크가 아스팔트에 긁히는 소리가 들렸고, 계단을 쿵쾅거리며 뛰어올라오는 소리가 들렸다. 경감은 화랑 쪽으로 고개를 내밀었다. 벨리 반장이 무지막지하게 경보장치를 파괴한 것이 이제야 문제가 된 모양이었다. 잔뜩 긴장한 남자 일당이 권총을 들고 달려왔다. 경감은 즉시 이 상황을 설명하지 않을 수 없었다. 그 사내들이 익히 들어 알고 있는 퀸 경감이 바로 자기이고, 여기저기 흩어져 있는 사람들은 형사들이지 도둑이 아니며, 또 실제로 도난당한 것은 하나도 없다는 것을 납득시키는 데 몇 분이 걸렸다. 경감이 그 사내들을 잘 얼러서 경비 본부에 보내고, 다시 사무실로 돌아왔을 때 엘러리는 어느 때보다 더 혼란스러운 표정으로 의자에 앉아서 담배를 피우고 있었다.

"뭘 좀 알아보았니?"
"믿을 수 없는 얘깁니다. 시간이 좀 걸리기는 했지만 다 알아봤는데요. 오늘 밤에 이리로 전화가 온 것은 딱 한 번이랍니다."
엘러리의 목소리가 침울하게 가라앉았다.
"한 시간 전에요. 그 전화를 추적해 봤더니 그게 칼키스의 집에서 온 거더라고요."
"내가 생각한 대로군. 그 전화를 받고 슬론은 일이 다 망쳐졌다는 것을 안 게지. 틀림없이 누군가가 서재에서 우리가 하는 대화를 엿듣고는 전화를 걸어서 슬론에게 알려준 거야."
"그런데 말입니다."
엘러리는 여전히 걱정스러운 말투였다.
"통화 내용에 대해서는 알아볼 방법이 없었습니다. 누가 걸었는지도 알 수 없고요. 거기에 대해서 좀 알아보셔야겠는데요."
"그야 쉬운 일이지. 나만 믿으라고. 토머스!"
벨리가 문 앞에 나타났다.
"얼른 칼키스의 집으로 가서 사람들에게 물어봐. 우리가 슬론과 브릴랜드 부인을 신문하고 서재에서 얘기하는 사이에, 그리고 슬론의 방을 뒤질 동안에 집에 있던 사람들이 누군지 말이야. 오늘밤에 그 집에서 전화를 쓴 사람이 있는지도 알아보고. 그리고 말이야, 슬론 부인을 철저하게 조사하도록 해. 알았지?"
"식구들에게 슬론 씨가 죽었다는 말을 할까요?"
벨리 반장이 물었다.
"그래 꼭 전해. 형사를 몇 명 데리고 가게. 내가 허락할 때까지 아무도 집 밖으로 나가지 못하게 해."
벨리가 칼키스의 집으로 떠나자 전화벨이 울렸다. 권총을 가지고 조사하러 갔던 형사의 전화였다. 추적해 본 결과, 그 총은 길버트 슬론이라는 이름으로 경찰서에 등록되어 있는 총이었다고 했다. 빙긋 웃으면서 늙은 경감은 경찰서로 전화를 걸어 검시관 프라우티 박사를 불러 얘기를 나누었다.
경감이 고개를 돌렸을 때 엘러리는 슬론의 책상 뒤에 있는 벽금고를 조사하고 있었다. 둥그런 금고문이 활짝 열린 상태였다.
"뭐가 있어?"
"아직은 잘…… 앗, 있어요!"

엘러리는 코안경을 올려쓰고 고개를 들이밀었다. 작은 금고 바닥에 흩어져 있는 서류들 밑에서 금속제 물건이 하나 집혔다. 경감은 즉시 엘러리에게서 그것을 낚아챘다.

그것은 무겁고 낡은 구식 금시계였다. 오래 써서 낡은 티가 많이 났고 바늘도 움직이지 않았다.

경감은 시계를 뒤집어보았다.

"아주 중요한 증거를 찾아냈군."

경감은 전리품이라도 되는 듯 시계를 높이 들어 흔들더니 엘러리를 보고 소리를 질렀다.

"엘러리, 사건이 해결됐다. 틀림없어, 이 지긋지긋한 사건도 이것으로 끝났다고."

엘러리는 시계를 다시 한번 철저하게 살펴보았다. 시계 뒷면의 금박으로 판을 입힌 곳에 작은 글자가 새겨져 있었다. 지워질 듯 말 듯한 그 글자는 '앨버트 글림쇼'였다. 새겨진 글자들은 진짜로 오래되어 희미했다. 엘러리는 전보다 훨씬 더 불만스러운 표정이었다. 경감이 조끼 주머니에 시계를 집어넣으며 다음과 같이 말했을 때 그의 불편한 심기는 더욱 더 가중되었다.

"여기에 대해서는 아무 말도 하지 마라. 이미 확인된 거나 다름없으니까. 슬론은 글림쇼의 시체에서 약속어음을 꺼낼 때 이것도 함께 꺼낸 게 틀림없어. 슬론이 자살했다는 것과 이 시계까지 연관시키면 슬론이 범인이란 증거로 더 이상 확실한 것은 없는 거다."

"저도 아버지의 의견에 전적으로 동의합니다."

엘러리는 쓸쓸한 표정이긴 했지만 그렇게 말했다.

조금 있다가 변호사 마일스 우드러프와 지방검사보 페퍼가 자살 현장에 나타났다. 그들은 침착한 표정으로 길버트 슬론의 시신을 내려다보았다.

"이게 모두 길버트 슬론의 짓이었군요."

우드러프 변호사가 말했다. 그의 붉은 얼굴에 경련이 일었다.

"저도 처음부터 유언장을 훔친 게 길버트 슬론이라고 의심을 했습니다…… 그럼 경감님. 이제 사건은 모두 끝난 거군요."

"그렇네. 끝나서 다행이지."

"그러나, 남자로서 지나치게 무자비한 해결 방법이지!"

페퍼가 말을 계속했다.

"겁쟁이 같으니라고. 내가 듣기로는 길버트 슬론은 여성적인 남자라고 했는데…… 우드러프 씨와 함께 칼키스 씨 댁으로 가는 도중에 벨리 반장님을 만나 이 사실을 듣고 곧장 이리로 왔습니다. 우드러프 씨, 유언장에 관한 얘기는 당신이 해주셔야 할 것 같은데요."

우드러프 변호사는 구석에 있는 멋진 소파에 무거운 몸을 앉혔다. 그리고는 땀을 닦아낸 뒤 말했다.

"특별히 드릴 말씀은 없습니다. 그 종이 조각은 진짜 유언장의 일부입니다. 페퍼 씨가 그것에 대해서는 확인을 해 줄 겁니다. 제 사무실에 있는 복사본하고 정확하게 맞습니다. 아주 정확하게요. 그리고 글림쇼라고 쓴 그 필체도 칼키스 씨의 필체가 맞습니다."

"좋아요. 하지만 한 번 더 우리 눈으로 확인해 보는 것도 나쁘지 않겠지요. 종이 조각과 사본을 가지고 왔습니까?"

"물론이지요."

우드러프는 경감에게 마닐라지로 된 봉투를 건네주었다.

"이 속에 칼키스 씨의 필적 견본 몇 개를 넣어두었으니까 비교해 보세요."

경감은 봉투 안을 들여다 본 다음 고개를 끄덕이고는 옆에 대기하고 있던 형사를 불렀다.

"존슨, 즉시 우나 램버트라는 필적 감정사 집을 방문해주게. 경찰서에 가면 그녀의 주소가 있을 거야. 만나거든 이 봉투를 주고 그 속의 필적과 타다남은 종이에 있는 활자를 대조해 달라고 하게. 오늘 밤 안에 확인해 달라고 그래."

존슨이 나가자 키가 크고 호리호리한 검시관 프라우티 박사가 구부정한 자세로 들어왔다. 프라우티 박사는 어김없이 시가를 물고 있었다.

"어서 오세요, 박사님. 시체를 또 하나 확인해 주셔야겠습니다. 아마 이게 마지막일 겁니다."

경감이 활기찬 목소리로 말했다.

"이번 사건과 관련이 있겠지!"

프라우티 박사는 전혀 거리낌이 없는 듯했다. 그는 검은 가방을 시체 옆에 내려놓고 구멍 뚫린 머리를 살펴보았다.

"아니, 이 사람, 슬론이군. 이런 상태에서 다시 보게 될 줄은 몰랐는데."

프라우티 박사는 모자와 외투를 벗어 놓고 바삐 움직이기 시작했다. 프라우티 박사는 5분 정도 시체를 이리저리 살피더니 무릎을 펴며 일어났다.

"자살이 틀림없습니다. 다른 분들이 이의를 제기하지 않는 한 나는 그렇게 결론 내리겠어요. 권총은 어딨죠?"

프라우티 박사는 시원시원한 말투로 얘기했다.

"조사를 하기 위해 보냈습니다. 총도 슬론의 것이 맞아요."

경감이 대답했다.

"38구경인 것 같은데요?"

"네, 맞습니다."

프라우티 박사가 씹고 있던 담배를 뱉으면서 말했다.

"머릿속에 총알이 없어서 알아봤습니다."
"그게 무슨 뜻이죠?"
엘러리가 총알같이 물었다.
"아, 침착해요, 엘러리 씨. 모두들, 이리 좀 와 봐요."
사람들이 책상 주위로 모여들었다. 프라우티 박사는 고개를 숙여 흐트러진 시신의 머리카락을 잡고 머리를 들어올렸다. 녹색 장부 위에 대고 있던 슬론의 왼쪽 머리에 굳은 핏자국이 있었고, 구멍 하나가 눈에 띄었다. 그의 머리가 놓여 있는 장부는 온통 피로 얼룩져 있었다.

"총알이 머리를 뚫고 나갔어요. 여기 어딘가에 있겠는데……."
프라우티 박사는 시신을 다시 의자에 앉혔다. 마치 물주머니를 만지는 것처럼 자연스러운 동작이었다. 그는 흘러내리는 머리카락을 손으로 잡아 시신의 머리를 고정시켜 꼿꼿이 세웠다. 그리고는 슬론이 의자에 앉은 채 자기 머리를 쏘았다면 어느 방향으로 총알이 떨어졌을지를 가늠해 보았다.

"저기 문이 열려 있었으니까 밖으로 나갔겠군."
경감이 말을 이었다.
"시체의 위치나 총구의 방향으로 봐서 이런 정도야 쉽게 알 수 있지. 우리가 슬론을 발견했을 때 문이 열려 있었으니까 전시장 어딘가에 떨어져 있겠군."

경감은 문을 지나서 환하게 불이 켜진 전시장 쪽으로 걸어갔다. 그는 눈으로 탄도의 궤적을 상상하고는 고개를 끄덕인 다음에 문 반대쪽 벽을 향해서 걸어갔다. 거기에는 두꺼운 고대 페르시아 태피스트리가 걸려 있었다. 잠시 동안 그는 아주 자세히 태피스트리를 살펴보더니 주머니칼로 콕콕 찔러 뭉개진 작은 총알을 들고 의기양양하게 돌아왔다.

프라우티 박사가 맞다고 확인을 해주었다. 프라우티 박사는 시신을 원래 있던 자리로 되돌려 놓았다. 경감은 작은 총알을 손가락으로 돌리면서 말했다.

"찾는 거야 뭐 별거 아니지. 슬론이 자신의 머리를 쏘았을 테고, 총알은 머리를 완전히 관통해 왼쪽 머리통으로 나와서 출입구 쪽으로 날아간 거지. 그때 총알은 이미 힘을 다 썼을 테니까. 저 바깥 반대쪽 벽에 있는 태피스트리 위에 내려앉았겠지. 그리 깊이 박히지도 않았더군. 모든 게 뻔한데."

엘러리는 총알을 살펴본 뒤 심하게 어깨를 으쓱하면서 경감에게 돌려주었다. 그런 몸짓으로 보아 굉장히 당혹스러워하고 있는 것 같았다. 엘러리는 구석으로 가 우드러프와 페퍼가 있는 긴 의자에 앉았다. 그러는 동안에 프라우티 박사와 경감은 시신을 옮기는 것을 감독하고 있었다. 경감은 몇 번이고 조심하라고 주의를 주었는데, 경감이 만일을 위해 시체를 해부하자고 주장했기 때문이다.

시신이 밖으로 옮겨지고 있을 때 벨리 반장은 계단을 성큼성큼 걸어 올라와 들것에 실린 시신에는 눈길도 주지 않은 채 복도를 지나, 마치 열병식을 하는 병사처럼 슬론의 사무실로 들어왔다. 그는 머리 위에 잼처럼 발라져 있는 커다란 중절모도 벗지 않고 으르렁거리는 소리로 경감에게 보고했다.

"못 찾았습니다."

"어쨌든 들은 대로만 얘기해 봐."

"아무도 오늘 밤에 전화를 건 사람이 없답니다. 적어도 그들이 말한 바로는 그렇습니다."

"당연히 전화를 건 사람은 그 사실을 인정하려 들지 않겠지. 영영 밝혀지지 않을지도 몰라."

경감이 코담뱃갑을 만지작거리면서 말했다.

"하지만 슬론에게 전화한 게 슬론 부인이라는 것은 거의 확실해. 그녀가 우리가 얘기하는 것을 엿듣고 있다가 브릴랜드 부인이 나가자 급히 슬론에게 전화를 했겠지. 그녀가 공범이든 아니든 우리가 얘기하는 것을 엿듣고는 자기 남편에게 혐의가 갈 거라고 생각했을 거고, 그래서 남편한테 전화를 건 게 아니겠냔 말이야…… 그녀가 무슨 얘기를 했는지, 또 슬론이 무슨 얘기를 했는지는 확실히 알 수 없지만, 슬론으로서는 전화를 받고 일이 다 틀렸다는 것을 알게 됐겠지. 그래서 유일한 탈출구로 자살을 택한 거고."

"제가 보기에는 부인에게는 죄가 없는 것 같습니다. 슬론의 죽음을 전했더니 그만 기절해 버렸습니다, 경감님. 충격 받은 것처럼 보이려고 쇼를 하는 게 아니라, 정말로 의식을 잃었다니까요."

벨리가 큰 소리로 말했다.

엘러리는 안절부절못하고 일어나 있었다. 그는 사람들의 얘기를 거의 듣지 않고, 서성거리기만 했다. 그러다가 다시 금고로 갔다. 그러나 금고 안에는 흥미를 끌 만한 것이 없었다. 엘러리는 슬론의 머리에서 흘러내린 피로 얼룩진 자국들을 안 보려고 애쓰면서 어슬렁어슬렁 걸어서 책상으로 갔다. 책상 위에는 서류들이 어수선하게 널려 있었다. 엘러리는 무슨 생각이 났는지 서류들 사이를 뒤지기 시작했다. 책같이 보이는 물체가 하나 있었다. 염소가죽으로 겉을 댄 일기장이었다. 표지에는 금박을 입힌 글자로, '191-년 일기'라고 쓰여 있다. 엘러리는 호기심이 동하여 그걸 꺼내들었다. 경감이 엘러리의 옆으로 와서 어깨 너머로 일기장을 훔쳐보고 있었다. 엘러리는 일기장을 펼쳤다. 한 장 한 장 넘길 때마다 또박또박하고, 단정하고, 커다란 글씨들이 눈에 들어왔다. 그는 책상 위에서 서류를 들어 거기 쓰여진 필적과 일기장에 쓰여진 필적이 맞는지 확인해 보았다. 틀림없이 슬론의 글씨였다. 엘러리는 일기장을 훑어보다가 머리를 절레절레

내젓고는 일기장을 자기 외투 주머니에다 쑤셔 넣었다.

"거기 뭐가 있냐?"

경감이 물었다.

"뭐가 있더라도 아버님은 관심이 없으실 텐데요. 사건이 끝났다고 생각하셨으니까요!"

경감은 씩 웃으면서 그곳을 떠났다. 화랑 밖에서 한 무리의 사람들이 모여 거친 목소리로 떠들고 있었다. 소리를 지르는 기자들에게 둘러싸여 벨리 반장이 들어왔다. 사진 기자들이 들이닥치자 여기저기서 플래시가 터졌고, 사무실은 왁자지껄한 소리로 가득 찼다. 퀸 경감은 기자들 앞에서 사건의 요지를 설명하기 시작했고 기자들은 바쁘게 펜을 놀렸다. 벨리 반장도 형사반장의 얘기를 들으려는 사람들에게 몰려 한쪽 구석에서 설명을 해야 했다. 지방검사보인 페퍼는 겉치레로 칭찬을 늘어놓는 사람들에게 둘러싸였다. 그리고 마일스 우드러프는 우드러프대로 가슴을 쭉 펴더니 아주 빠르게 개인적인 의견을 털어놓고 있었다. 자신은 칼키스 집안의 변호사로서 진작부터 누가 범인인지 짐작하고 있었으나 말할 수 있는 입장이 아니었고, 그런 일은 경찰본부의 임무라고…….

사무실이 혼란스러워지자 엘러리는 슬그머니 화랑을 빠져나왔다. 그는 화랑 안의 조각품들과 벽에 걸린 많은 그림 사이를 지나서 가볍게 계단을 걸어 내려온 다음, 부서진 문을 통과해 나오고 나서야 휴 하고 한숨을 쉬었다. 매디슨 거리의 차갑고 상쾌한 공기가 폐부 깊숙이 밀려들어왔다.

15분쯤 후에 퀸 경감이 바깥으로 나왔을 때, 엘러리는 불이 꺼진 상점의 쇼윈도에 등을 기대고 서서 무언가 골똘히 생각하고 있었다. 그의 아픈 머릿속에서는 여러 가지 모순된 어두운 생각들이 소용돌이치고 있었다.

Yearbook
일기장

 칼키스 미술관을 나온 뒤부터 계속된 엘러리의 우울한 기분은 동녘 하늘이 밝아오는 쌀쌀한 아침까지 계속되었다. 경감은 아버지로서 할 수 있는 모든 노력을 다 동원해 침울해 있는 엘러리에게 빨리 침대로 가서 잠을 자라고 권했으나 효과가 없었다. 엘러리는 실내복 차림에 슬리퍼를 신은 채, 거실에 있는 팔걸이의자에 앉아서 다 꺼져가는 벽난로의 불빛을 받으며 슬론의 책상에서 가져온 일기장을 한 단어도 빠짐없이 읽고 있었기 때문에 그의 비위를 맞추는 아버지의 말에는 대답조차 하지 않았다. 마침내 권유하기를 포기한 경감은 슬리퍼를 질질 끌며 부엌으로 들어가서 커피를 끓인 다음, 경감 혼자서 말없이 쓸쓸하게 마셨다. 심부름하던 소년은 자기방에서 잠자고 있었다. 엘러리가 일기장 읽는 것을 멈추고 졸린 눈을 비비고 있을 때 커피 향기가 그의 코를 자극했다. 그래서 엘러리도 부엌으로 가 커피를 끓여 아버지와 같이 마셨는데, 부자간에는 침묵만이 감돌 뿐이었다.
 부친은 큰 커피잔을 소리 나게 내려놓으며 입을 열었다.
 "말 좀 해봐라. 도대체 무슨 생각을 하고 있는 거냐, 나에게 이야기해보렴."

엘러리가 말했다.

"질문 잘하셨습니다, 아버지. 맥베드 부인처럼 못 참고 물어보실 줄 알았습니다. 아버지가 물으셨으니까 말씀드리죠. 아버지는 길버트 슬론이 그의 동생인 앨버트 글림쇼의 살인범이라고 단정하셨죠. 이미 우리가 알게 된 상황을 근거로 해서 말이죠. 아버지는 이 사건이 아주 분명하게 드러났다고 생각하시나 본데요, 그럼 제가 하나 여쭙겠습니다. 길버트 슬론이 앨버트 글림쇼의 형이라는 사실을 폭로한 그 밀고 편지는 누가 쓴 것일까요?"

늙은 경감이 나이 든 이빨을 쩝쩍거리면서, "좋아, 마음 속에 있는 것을 모두 털어놓고 한번 얘기 해 보자. 어떤 일이나 모두 해답이 있기 마련이니까"라고 말했다.

"좋아요. 그럼 제가 먼저 말씀드리죠."

엘러리는 불만스런 표정을 지으며 말을 이었다.

"슬론 자신이 그런 편지를 보낸 것은 아닙니다. 그가 범인이면 자기 자신에게 불리한 정보를 경찰에 제공했을 리가 없으니까 분명히 아니죠. 그러면 도대체 누가 편지를 썼을까요. 아버지도 아시는바와 같이, 슬론은 자기 이외에, 길버트 슬론이 살해당한 앨버트 글림쇼의 형이란 사실을 아는 사람이 없다고 했어요. 바꿔 말하면 슬론이 앨버트 글림쇼의 형이란 것을 아는 사람은 슬론 자신뿐이라는 얘기지요. 그런데, 그 편지는 슬론을 글림쇼의 형이라고 폭로하고 있습니다. 슬론 스스로가 그런 무모한 짓을 했을 리가 없다면 그것을 쓴 것은 누굴까요. 그 필자는 분명히 슬론과 글림쇼의 관계를 알고 있었고 특별히 그러한 편지를 쓸 이유가 없는 사람이 쓴 것이 되지요. 제 이야기를 이해하세요?"

"모든 질문이 그것처럼 쉽다면 별 문제가 되지 않겠구나, 얘야."

경감이 웃으면서 말했다.
"물론 슬론이 쓴 건 아니지. 그런데, 누가 썼느냐 하는 것은 나에겐 조금도 중요하지 않아. 왜냐하면……."
경감은 메마른 손가락을 정겹게 흔들면서 말을 이었다.
"슬론 이외에 아무도 아는 사람이 없다는 것은 슬론이 말한 것에 불과하다. 그렇지! 만일 그 말이 진실이라면, 분명히 복잡한 문제지만 슬론을 범인으로 볼 경우 그의 말은 모두 의심해 보는 것이 당연한 생각이지! 특히 그가 그 말을 했을 때는 범인으로 짐작되지 않았을 때니까 그렇게 대답할 수 있었고, 수사의 초점을 흐리게 할 수 있다고도 생각했을 거야. 상식적으로 생각해 볼 때 현재 슬론이라는 성을 가진 그가 글림쇼의 형이라는 것을 알고 있는 사람이 분명히 있었을 거라고 생각한다. 슬론 스스로가 누구에게 흘렸다고도 볼 수 있지. 그 중에서 가장 가능성이 있는 사람은 물론 슬론 부인이지. 그녀가 남편에게 불리한 사실을 밀고 편지에 쓴 이유는 잘 모르겠지만……."
"매우 날카로운데요. 그러나 아버지의 말씀에는 모순되는 점이 있어요. 아버지는 슬론이 범인이라고 단정하고 그에게 전화로 범행의 발각을 알려준 사람이 슬론 부인이라고 하셨지요. 그렇다면 슬론 부인은 한편으론 악의에 차 밀고 편지를 보내고 또다른 한편으론 발각 사실을 알려준 셈이 되는데 이 점에 대해선 어떻게 설명하실 건가요?"
"확실히 그래! 그러니까,"
경감이 곧바로 말을 받았다.
"이렇게 한번 생각해 보자. 슬론에게 적이 없었는가? 물론 있지. 그중 한 사람이 브릴랜드 부인이지! 그녀가 편지의 필자일 가능성이 충분히 있거든. 문제는, 어떻게 그 두 사람이 형제라는 사실을 알게 되었느냐 하는 것을 짐작할 수 없을 뿐인데…… 하지만 내기를 해도 좋아. 그녀는…….”

"내기를 하면 아버지께서 크게 손해보실 텐데요. '덴마크라는 나라의 어느 둑이 무너지고 있다'는 것이 지금 내 두통의 씨가 된 겁니다. '찬바람, 쌀쌀한 바람이 머리를 스쳐지난다!' 나도 도박을 하고 싶지만, 만약…….”

그러나, 엘러리는 이야기를 끝맺지 않았다. 그는 무척 우울해진 얼굴로 화가 난 듯 꺼져가는 아궁이 속에 불쏘시개를 쑤셔넣고 있었다.

그때 갑자기 전화벨이 울려 부자 두 사람을 놀라게 했다.

"이 시간에 도대체 누구지?"

늙은 경감이 투덜거리면서 전화를 받았다.

"여보세요! 어, 안녕하십니까……괜찮아요, 뭐 알아낸 거라도…… 알겠소, 됐어요. 이제 그만 자요. 늦게 자는 것은 젊은 아가씨 피부에 좋지 않으니까. 하하!…… 그래요, 잘 자요.”

경감이 웃으면서 전화를 끊었다. 엘러리는 눈살을 찌푸리면서 누구냐고 물었다.

"우너 램버트다. 유언장에 쓰여진 필적에는 문제가 없다는 구나. 칼키스의 필적이 틀림없대. 그리고 다른 것들을 봐도 그 종이 조각이 유언장의 일부라는 걸 알 수 있다는 구나.”

"그래요."

경감은 상상할 수도 없겠지만 그 정보는 엘러리를 더욱 침울하게 만들었다.

이같은 그의 태도가 늙은 경감에겐 불만인듯 순간에 짜증난 것처럼 크게 소리를 질렀다.

"이런 빌어먹을! 너는 도대체 이 지긋지긋한 사건이 끝나기를 바라지 않는 사람 같구나!”

엘러리는 머리를 얌전하게 흔들었다.

"그렇게 꾸짖지 마세요, 아버지. 해결되기를 바라고 있어요. 다만 아직 만족스러운 해답을 찾지 못해서 그래요. 하지만 꼭 찾을 겁니다."

"나한테는 만족스럽다. 슬론이 범인이라는 것은 확실해. 그리고 슬론이 자살했으니 글림쇼의 동업자도 자연스럽게 사라진 셈이고 모든 게 해결된 거야. 네가 말한 것처럼 글림쇼의 동업자만이 녹스가 레오나르도의 그림을 불법으로 소유하고 있다는 사실을 아는 유일한 사람인데 그는 죽었고, 그 문제는 이제 경찰만 알고 있는 것이 되었으니 말이다. 아마도 그 그림은 슬론이 이 사건을 저지르게 된 가장 큰 동기였을 거다. 이제 우리가 할 일은······."

경감이 혀를 끌끌 차면서 얘기를 계속했다.

"그 그림이 글림쇼가 빅토리아 박물관에서 훔친 진짜 레오나르도 작품이라면 녹스 씨를 설득해서 그걸 제자리에 갖다 놓기만 하면 되는 거 아니겠니?"

"전보에 대한 답신은 왔습니까?"

"아직 아무런 연락이 없다."

경감이 눈살을 찌푸렸다.

"왜 답신을 안 보내는지 이해를 못 하겠단 말이야. 아무튼 영국 사람들이 그림을 돌려받기를 원한다면, 분명히 녹스하고 한바탕 싸움을 벌이겠지. 녹스의 입장에서야 자금과 권력을 동원해서라도 자기 주장을 밀고 나갈 것이고······. 이 문제는 오히려 샘프슨과 여유 있게 해결하는 것이 좋을 거야. 괜히 녹스의 심기를 불편하게 하면 어떤 결과가 될지 알 수 없으니까."

"그 문제의 해결은 예상 외로 간단할지도 모릅니다. 미술관 측에서도 소속된 전문가의 감정에 의해 진짜 레오나르도의 걸작이라고 전시되었던 그림이 별 가치도 없는 모조품이라는 사실이 공개되기를 원하지 않을 테니까요. 무엇보다도 모조품이란 주장은 녹스 씨 자신의 주장에 불과하지만 말이에요."

경감은 깊은 생각에 잠기면서 벽난로에 침을 뱉었다.

"점점 더 복잡해지겠군. 어쨌든 슬론 사건으로 돌아가 보자. 토머스가 목요일과 금요일 사이에 글림쇼가 묵은 베네딕트 호텔의 투숙객 명단을 가져왔는데 거기에는 이 사건과 관계된 등장 인물 이름은 전혀 없었다. 얼굴을 감춘 남자가 같은 호텔의 숙박객인 것 같다고 슬론은 말했지만, 이것은 그의 거짓말이 분명해. 그리고 슬론의 뒤를 따라 들어온 수수께끼의 인물도 어쩌면 이 사건과 전혀 관계 없는 사람인지도 모르고……."

퀸 경감은 스스로 만족스러워하면서 얘기를 계속했다. 그러나 엘러리는 수다스런 아버지의 얘기에는 한마디 대꾸도 하지 않고 팔을 뻗어 슬론의 일기장을 집어 들었다. 그리고는 침통한 표정으로 일기장을 넘기며 내용을 검토하기 시작했다.

"아버지, 제 얘기 좀 들어 보세요."

엘러리가 일기장에 눈을 고정시킨 채 말했다.

"슬론을 이 번거롭고 복잡한 사건의 '해결사'로 볼 수 있다는 가정 하에서, 표면상으로 여러 가지 설명이 가능한 것은 사실인데요, 저는 그게 문제라고 생각해요. 모든 것들이 너무도 잘 맞아떨어져서 저의 까다로운 감수성이 반발할 수 밖에 없는 것이지요. 지난번에 제가 누군가한테 속아서 잘못된 해답을 냈던 걸 기억하시죠? 그때 브레트 양의 우연한 증언이 없었다면 이미 사건이 그대로 종결되고 그렇게 세상에 알려져 지금쯤은 해결된 사건으로 망각됐을 겁니다. 이번 해결은 말하자면 흠잡을 데가 없는 것처럼 보이는데요……."

엘러리는 고개를 절레절레 흔들었다.

"저로서는 이러쿵저러쿵 말할 수는 없지만, 그렇기 때문에 뭔가 잘못 되었다는 느낌이 들어요."
"그렇다고 해서 바위에 머리를 부딪치는 짓을 해 봐야 너만 손해지."
엘러리는 희미하게 웃었다.
"다만, 다음과 같이 생각하면 영감이 떠오를지도 모르죠."
엘러리가 입술을 깨물며 말을 계속했다.
"잠깐만 제 이야기를 들어보세요, 아버지."
엘러리는 일기장을 쳐들었다. 경감은 슬리퍼를 끌면서 엘러리가 들고 있는 일기장 가까이로 다가가서 살펴보았다. 엘러리는 일기장의 마지막 부분을 폈다. '10월 10일, 일요일'이라고 인쇄된 곳 아래 깨알 같은 글씨들이 빽빽이 박혀 있었고, 그 반대 쪽엔 '10월 11일, 월요일'이라고 인쇄는 되어 있었으나 아무런 글씨가 없었다.
엘러리는 한숨을 쉬면서 말했다.
"자, 보세요. 제 흥미를 끄는 게 있을까 하고 이 일기장을 가져와서 열심히 살펴보았는데요, 아버지께서 말씀하신 대로라면 그가 자살을 한 오늘밤에는 정작 아무런 기록이 없다는 사실을 발견하게 되었죠. 우선 이 일기장의 내용을 말씀드려야 될 것 같네요. 이 일기장에는 글림쇼를 살해한 것에 대한 아무런 기록이 없어요. 그야 자신에게 불리한 내용이었으니까 당연하다고 볼 수도 있겠죠. 그리고 칼키스가 죽은 사건에 대해서는 아주 짤막하게 기록을 해 놓았고요. 그의 일기에는 분명한 특징이 있어요. 첫째로 슬론은 거의 매일 비슷한 시간에 하루도 빠짐없이 일기를 썼다는 거예요. 그리고 그는 항상 일기 쓰는 시간을 날짜 밑에 적어 놓았는데, 보이시죠? 그 시간을 보면 몇 개월 동안 똑같이 밤 11시 경이었어요. 그리고 또 하나, 이 일기장을 보면 슬론이 엄청나게 자의식이 강한 사람이라는 것을 알 수 있어요. 자기 자신에 대해 완전히 몰두하고 있는 사람이죠. 자기 자신에 관련된 거라면 아주 사소한 얘기까지 다 적어 놓았어요. 심지어는 여자와 정사를 나눈 것까지 다요. 물론 여자의 이름은 적지 않았지만요."

엘러리는 일기장을 덮은 다음 책상 위에 던져 놓고는 자리에서 일어났다. 그리고는 난로 앞을 이리저리 서성거리기 시작했다. 늙은 경감은 걱정스러운 표정으로 말없이 엘러리의 모습을 지켜보고 있었다.

"자, 아버지, 그럼 제가 현대 심리학의 지식을 빌려서 질문을 하나 하겠습니다."

엘러리는 거의 울 듯한 목소리였다.

"이 일기장이 충분히 증명하는 것처럼 자의식이 강해, 스스로를 드라마틱하게 생각하지 않을 수 없는 남자, 병적일 만큼 자기 과시에 집착해야 만족하는 남자가 그의 생애에서 가장 극적인 사건——다가오는 죽음을 앞두고 왜 침묵을 지켰다고 생각하시는지요?"

"자살에 관한 생각 때문에 다른 것에는 신경을 쓰지 못했는지도 모르잖니?"

경감이 자기의 생각을 말했다.

"저는 그렇게 생각하지 않아요."

엘러리가 강한 어조로 말했다.

"슬론이 괴상한 전화로 수사 당국이 자기를 주목하고 있는 사실을 알고 이미 저지른 범죄에서 피할 수 없다고 생각했을 때는 단독적으로 아무런 방해없이 행동할 수 있는 시간이 남아 있었어요. 그렇다면 그의 성격으로 보아 최후의 영웅적 문구를 일기장에 기록하지 않을 수 없었을 것입니다. 내 짐작으로, 그가 자살한 것은 11시쯤인데 그때는 습관적으로 그가 일기 쓰는 시간이지요. 그런데도……"

엘러리는 말을 끊은 다음 계속했다.

"오늘밤엔 한 줄도 쓰지 않은 것은 무슨 이유일까요!"

엘러리의 눈이 이글이글 타올랐다. 경감은 일어서서 야윈 손을 부드럽게 엘러리의 팔에 얹더니, 마치 어머니처럼 정답게 말했다.

"됐다, 그만해라. 아주 좋은 생각이다만 그런다고 뭐가 증명될 수 있겠니…… 이만 가서 자도록 해라!"

엘러리는 경감의 손에 이끌려 부자가 같이 자는 침실 쪽으로 가면서 말했다.

"네, 맞아요. 아무것도 증명하지 못하죠."

30분쯤 지난 뒤, 그는 코를 골며 자고 있는 아버지를 향해 말했다.

"이같은 심리적인 특징을 가졌기 때문에 나는 길버트 슬론의 죽음아 자살로 보기 어렵다는 것이지요."

물론, 아버지의 대답은 없었다. 침실의 오싹한 어둠은 그에게 안락을 가져다주지 못했다. 엘러리는 마침내 모든 일에 초연한 사람처럼 잠이 들고 말았다. 그리고 그는 밤새 누군가의 관에 걸터앉아, 리볼버 권총을 들어 달빛에 비치는 사람을 향해 총을 쏘는 꿈을 꾸었다. 둥그런 달처럼 생긴 그 사람은 틀림없이 앨버트 글림쇼였다.

제2부

현대과학의 위대한 발견은 기본적으로 발견자가 그의 논리를 냉정하면서도 끈질기게 하나로 이어지는 작용과 반작용에 적용함으로써 성공했다. 예를 들면, 라부아지에는——현대인들에겐 매우 단순한 조작으로 생각되겠지만——순수한 납을 '연소'시키는 간단한 방법으로 중세 때부터 수백년간 인정되어온 프로기스톤(연소)설의 오류를 분명하게 밝혀냈다. 발달된 현대과학에서 볼 때는 유치할 만큼 기초적인 원리의 적용인 것이다. 즉, 공기 속에서 연소되기 전에 1온스의 중량이었던 물질이 연소된 뒤에는 1.07 온스의 중량의 물질로 변했다고 하면 0.07온스의 중량을 가진 공기중 물질이 부가되었기 때문이다. 우리 인류가 이 단순한 사실을 알고 새로운 소산물을 산화납이라고 이름 붙이기까지는 거의 16세기란 세월이 필요했다.

어떤 범죄도 해결 불가능한 것은 없다. 끈기있는 인내와 단순한 논리 전개야말로 범죄 수사의 핵심적인 필수조건이다. 소홀하게 생각하는 자에게는 수수께끼가 되지만 철저하게 계산하고 생각하는 연구자에게는 분명한 사실이 된다. ……이제 범죄 수사는 수정 구슬 앞에서 중세기의 점쟁이가 허튼 소리 하는 것이 아니다. 엄정하면서도 철저한 논리 전개를 밑바탕으로 하는 현대과학의 가장 정밀한 분야인 것이다.

조지 힌치크립 박사의 《현대과학의 응용》 중에서

Bottom
밑바닥

 엘러리는 날이 갈수록 점점 허탈감에 빠져들었다. 그에게 뛰어난 지혜를 제공해 준 많은 선각자 중에서, 고대 그리스 7대 현인의 하나인 피타쿠스까지도 인간의 나약함을 극복하는 방법에 대하여는 어떤 가르침도 주지 못했다. 엘러리는 '시간'이라는 것이 이 현인의 말과 같이, 어느 누구도 붙잡아 둘 수 없다는 것을 알고는 있었지만 귀중한 시간이 시시각각 흐르는 것을 보면서도 어쩔 수가 없었다. 금세 1주일이 지나갔다. 그러나, 그는 흘러가는 시간 속에서 괴로움을 맛보았을 뿐 정신적인 여유는 가질 수 없었고 여러 가지로 공허한 유리병의 밑바닥은 바짝 말라 불행만이 점차 증가되고 있었다.
 그러나 그 1주일 동안 얄궂게도 다른 사람들에게는 눈부신 수확이 있었다. 슬론의 자살과 그 장례식은 때아닌 뉴스의 홍수를 가져와 신문지상을 풍부한 기사로 화려하게 장식했다. 그들은 길버트 슬론의 과거 경력을 철저히 파헤치고 그의 죽음에 완곡하면서도 가차없이 독설을 퍼부었다. 그가 철저하게 감추고 있었던 그의 내력은 거대한 저널리즘 앞에서 무력하게 폭로되었고 생존하고 있는 유가족까지도 그

여파에 시달릴 수 밖에 없었다. 그 중에서도 아내인 델피나 슬론은 냉혹한 여론의 집중 공세를 받았으며 남편을 잃은 슬픔 위로 터무니 없는 소문들이 쏟아져 잔인한 채찍질을 받아야 했다. 이제 칼키스의 집은 한 떼의 신문 기자들이 그들의 해적선을 몰고 들어오는 목적지로 변했던 것이다.

〈엔터프라이즈〉라는 작은 신문사는 델피나 슬론에게 어떤 조건을 제시했는데, 만약 그들의 제안을 허락하면 엄청난 돈을 지불하겠다고 했다. 그것은 다름 아닌 '살인자와 살아온 델피나 슬론의 고백'이었다. 물론, 이같은 신문사의 제안은 그녀의 한 마디로 일축되었다. 그러자 무례하고 뻔뻔스런 신문사는 슬론 부인의 몇 차례 이혼 경력을 들추어 마치 고고학자가 귀중한 역사적 사실을 발견한 것처럼 신문에 대서특필했다. 혈기 왕성한 앨런 체니는 신문 기자를 주먹으로 때려 눈과 코에 멍이 든 채로 편집장에게 돌아가게 했는데, 편집장이 앨런을 폭행죄로 고소한다고 위협하여 많은 돈을 감쪽같이 가로채고 말았다.

이와 같이, 독수리들이 썩은 고기를 놓고 서로 싸우는 동안 경찰청은 이상하리만큼 조용했다. 퀸 경감은 사무실에서 소위 신문에서 떠들고 있는 칼키스──글림쇼──슬론 사건의 공식 기록을 정리하고 거기에 남아 있는 불합리한 점을 보완함으로써 만족했다. 슬론의 시체는 프라우티 박사가 해부하였고, 형식적이었다고 해도 철저히 검사했는데, 관자놀이의 상처로 보아도 전형적인 자살이고 어떤 조작 같은 흔적은 없었으며 독성물질이나 폭행 당한 상처도 찾아볼 수 없었다. 슬론의 시체는 법규에 따라 부검실에서 나와 교외에 있는 꽃으로 덮인 묘지에 안장되었다.

엘러리가 해부보고서를 읽어보고 유일하게 이해할 수 있었던 정보는 슬론이 즉사했다는 것뿐이었다. 그러나 이런 사실이 현재와 같이 짙은 안개 속에 휩싸여 있는 상황에서 어떤 도움이 될지는 그로서 알 수 없었으나, 얼마 후 안개가 맑게 걷히자 그 사실은 사건 해결의 훌륭한 길잡이가 된 것이다.

Yarns
이야기

 사건이 새롭게 전개되기 시작한 것은, 10월 19일 화요일 정오가 되기 조금 전이었다. 처음부터 이것이 사건 해결의 단서가 되리라곤 당시 누구도 예상 못했다. 슬론 부인은 신문 기자들의 집요한 추적을 피해 수수한 검은 상복에 베일을 쓰고 혼자서 경찰본부를 찾아와 겁먹은 말투로 리처드 퀸 경감을 중요한 일로 면회하기를 원했다.
 경감은 원래 신사적이고 어떤 의미에서 부인 문제에 대하여는 숙명론자이기도 했기 때문에 이것은 어쩔 수 없다고 생각한 끝에 그녀를 만나기로 한 것이다.
 부인이 안내되어 들어왔을 때 경감은 혼자 사무실에 앉아 있었다. 베일을 쓰고 있었지만, 보기에 여윈 몸매의 허약 체질같은 중년 부인의 눈은 이글이글 불타고 있는 것 같았다. 경감은 평범한 위로의 말을 건네고는 손수 그녀를 의자에 앉도록 한 다음 자신은 책상 옆에 서서 부인이 말하기를 기다렸다. 마치 경감이라는 직책은 늘 바쁜 자리이며, 그녀가 빨리 용건을 말해주면 그만큼 뉴욕시에 공헌한다는 것을 인식시키려는 태도 같았다.

그녀는 주저하지 않고 용건을 꺼냈다. 약간 신경질적인 목소리였다.

"경감님! 당신네들은 모두 남편을 살인범으로 보는 것 같은데, 그건 절대로 거짓입니다."

경감은 한숨을 푹 쉬었다.

"하지만 그건 여러 가지로 증명된 사실입니다, 슬론 부인."

그러나 그녀는 그의 말을 무시했다. 물적 증거란 것이 수사 당국의 눈에는 아무리 중요해도 그녀에겐 전혀 가치가 없는 듯했다.

슬론 부인이 갑자기 소리쳤다.

"저는 1주일 내내 기자들에게 얘기했어요. 제 남편은 죄가 없다고요. 제가 원하는 건 정의라고요. 아시겠어요, 경감님? 이 더러운 오명으로 저와 제 아들과 우리 식구 모두는 한 평생 세상 사람의 멸시를 받고 살아갈 수 밖에 없어요!"

"하지만 부인. 당신 남편은 스스로 올바른 심판을 받았잖습니까? 그가 자살했다는 사실이 죄에 대한 명백한 자백이 된다는 것을 잊으셨나요?"

"자살이라고요?"

비웃는 듯한 소리가 그녀 입에서 튀어나왔다. 그녀는 더이상 못 참겠다는 듯 베일을 걷어냈다. 경감을 노려보는 눈이 타는 듯했다.

"당신들은 눈이 멀었군요, 자살이라니!"

그녀의 목소리에 물기가 어렸다.

"불쌍한 내 남편은 살해된 거라고요. 그런데 아무도……."

그녀는 흐느껴 울기 시작했다.

분위기가 매우 침울해졌고 경감은 언짢은 표정으로 창 밖을 내다보았다.

"슬론 부인, 그 말씀에는 증거가 필요한데요, 무슨 증거라도 있나요!"

그녀는 의자에서 벌떡 일어났다.

"여자에겐 증거가 필요없어요! 증거요? 물론 없죠. 하지만 그게 무슨 상관이에요? 제가 다 아는데."

"슬론 부인."

경감이 냉정하게 말했다.

"바로 그 점이 법률과 당신 같은 부인네들과 다른 점인데요, 누군가가 앨버트 글림쇼를 죽였다는 명확한 증거를 대지 못한다면 나는 이 사건을 더 이상 조사하지 않을 겁니다. 우리의 기록상으로 이 사건은 이미 끝났습니다."

실망한 슬론 부인은 아무 말 없이 귀가했다.

그런데, 이 짧고 불행한 이야기가 언뜻 보기에 별 의미가 없는 것처럼 생각되었으나 그 후 이와 관련된 새로운 사건들의 도화선이 되었다. 엘러리가 그 후에도 자주 주장하는 바와 같이, 만약 이 사실을 퀸 경감이 엘러리에게 거론하지 않았다면 이 사건에 있는 모든 가능성들이 다 경찰청의 문서 보관창고에 파묻혀 버렸을 것이다. 퀸 경감은 그날 저녁 밥상에서, 슬픈 표정을 하고 앉아 있는 엘러리가 안돼 보였는지 슬론 부인이 찾아왔었다는 얘기를 꺼내고야 말았다. 아들을 생각하는 아버지의 애처로운 마음으로 봤을 때, 어떤 소식이든 알려주면 엘러리의 굳은 얼굴을 부드럽게 할 수 있을 것 같았기 때문이다.

놀랍게도 경감의 의도는 딱 맞아떨어졌다. 엘러리는 즉각 반응을 보였다. 엘러리의 얼굴에 깊게 패어 있던 초조함이 순간 사라지고 눈동자가 이상하게 빛나기 시작했다.

"그러니까 슬론 부인은 자기 남편이 살해됐다고 믿고 있단 말이죠.

재밌군요."

엘러리는 약간 놀란 듯이 말했다.

"그렇다니까. 상당히 재미있지!"

경감은 엘러리에게 동감을 나타내면서 바싹 마른 주나에게 윙크를 했다. 주나는 가느다란 손으로 커피잔을 쥔 채 집시처럼 몽롱한 눈으로 엘러리를 바라보고 있었다.

"하지만, 더 재미있는 것은 여자의 심리거든! 한 번 믿어버리면 고집불통이야! 마치 너처럼 말이다."

그는 속으로 낄낄거렸다. 그의 눈빛은 엘러리도 자기에게 맞장구를 쳐주기를 기다리고 있는 것이 분명했다.

그러나 그 기대와는 달리 엘러리는 의외로 진지하게 조용히 말했다.

"아버지! 저는 아버지가 이 사건을 너무 경솔하게 처리하셨다고 생각합니다. 저도 이제까지는 너무 오래 어린애처럼 앵돌아지거나 멍청하게 있었던 것 같습니다. 지금은 생각이 달라졌습니다. 바쁘게 일을 해야 할 때가 됐습니다."

경감은 깜짝 놀랐다.

"무슨 말을 하는 거야? 엘러리. 바쁘게 일하겠다고? 쓸데없이 옛날 잉걸불을 가지고 떠들어대는 건 아니겠지. 도대체 너는 왜 가만히 있지를 못하니?"

"자유방임주의적인 생활 태도가 프랑스 이외의 국민들에게는 부정적으로 작용했지요. 또 중농주의 경제학의 옹호가 다른 경제 분야에서는 부정적이었습니다. 제 이야기가 조금 교훈적인 것 같아 죄송한데요, 너무나 많은 불쌍한 영혼들이 살인자라는 오명을 뒤집어쓰고 무덤에 누워 있는데 그들이 마음에 걸립니다. 그들에게도 그의 후손들에게도 살인자의 누명을 씻을 권리가 있지요!"

"정신 차려라, 엘러리."
늙은 경감이 불쾌한 표정으로 엘러리를 꾸짖었다.
"너는 아직도 슬론이 무죄라고 생각하는 거냐, 증거가 버젓이 있는데도 말이야?"
"반드시 슬론이 무죄라고 생각하는 것은 아닙니다."
엘러리는 손톱 끝으로 담배를 툭 쳤다.
"장황하고 번거로운 설명은 피합니다만, 이것만은 말씀드려야겠군요. 이 사건에서 많은 요소들이, 아버지와 샘프슨과 페퍼, 경찰본부장, 기타 많은 분들이 이 사건의 많은 문제점을 검토하지도 않고 사소한 것, 관계없는 것으로 무시하고 있습니다. 현재는 막연하지만, 저는 이제부터 조금이라도 가능성이 있는 것은 계속해서 추적해보려고 합니다."
"너, 뭔가 알고 있는 거라도 있는 거냐? 슬론이 범인이 아니라고 주장하는 걸 보면 뭔가 짐작하는 바가 있는 것 같은데?"
경감이 즉각 물었다.
"아니…… 아닙니다. 지금은 전혀 범죄의 배후에 누가 있는지 모릅니다."
엘러리는 깊이 들이마신 담배 연기를 우울하게 토해냈다.
"다만 한 가지, 모두의 생각에 잘못이 있다는 건 확신합니다. 길버트 슬론이 앨버트 글림쇼를 죽이지도 않았고, 자살한 것도 아니라는 얘깁니다."

엘러리의 그 말은 허세였다. 그러나 확고한 의지에 의한 허세였다. 뜬눈으로 밤을 지샌 엘러리는 아침식사도 하는 둥 마는 둥 하고 동쪽 54번 거리의 칼키스 저택으로 슬론 부인을 방문했다. 칼키스 저택의 문은 굳게 닫혀 있었다. 집 밖에는 집지키는 사람도 없어 묘지처럼 고요했다. 엘러리는 계단을 걸어 올라가 벨을 눌렀다. 그러나 문이 열리는 대신 부루퉁한 목소리가 들려왔다.

"누구요?"

퉁명스런 목소리가 들리고 난 뒤 문이 열리기까지는 꽤 오랜 시간이 흘러야 했다. 마침내 문이 열렸다. 그러나 열렸다기보다는 약간 틈이 생겼다고 하는 편이 더 정확한 표현이었다. 그 틈새로 엘러리는 윅스의 분홍빛 머리통과 휘둥그레진 눈을 확인할 수 있었다. 일단 서로의 얼굴을 확인하자 그 다음부터는 문제가 없었다. 윅스가 문을 활짝 열고 붉은 머리를 쑥 내밀어 54번 거리 쪽 도로를 둘러본 다음 급히 엘러리를 안내했다. 그리고 급히 문을 닫고 걸쇠를 건 다음에 엘러리를 응접실로 안내했다.

슬론 부인은 2층에 있는 자기 방에 틀어박혀 있는 모양이었다. 윅스가 되돌아와서 보고한 바에 의하면, 부인은 엘러리 퀸이란 이름을 듣자마자 얼굴색이 변해지더니 눈을 번쩍이며 욕설을 퍼부었다고 한다. 윅스는 헛기침 섞인 말투로, 만나고 싶지도 않고 그런 기분이 아니라고 했다고 전했다.

그러나 오늘의 엘러리는 거기서 물러나지 않았다. 엘러리는 쉽게 후퇴하는 남자가 아니었다. 윅스에게 수고했다고 정중하게 말했지만, 응접실에서 나와 현관과는 반대 방향인 북쪽으로 걸어나갔다. 거기엔 2층으로 올라가는 계단이 있었다. 윅스는 깜짝 놀라 두 손을 비벼대며 흔들었다.

엘러리가 슬론 부인의 허락을 받는 방법은 간단했다. 그는 곧장 부인의 방문을 두드렸던 것이다. 안에서 딱딱한 목소리가 들려왔다.

"또 누구야, 윅스?"

"부인의 남편, 길버트 슬론 씨가 살인자가 아니라고 생각하는 사람입니다."

엘러리가 정중하게 대답했다.

즉시, 그녀가 반응을 보였다. 문을 열고 숨을 헐떡거리면서 구원해줄 남자를 고대하는 것과 같은 표정으로 서 있었다. 그러나 막상 방문자가 누구인지 확인을 하자, 순간적으로 부인의 표정은 증오로 변해버렸다.

"장난을 쳤군요!"

그녀가 화난 목소리로 말했다.

"나는 당신들을 만날 생각이 없어요!"

"슬론 부인."

엘러리가 부드럽게 말했다.

"부인은 지금 상대방을 잘못 알고 있습니다. 저는 장난을 친 적이 없습니다. 저는 진심을 말씀드린 겁니다."

슬론 부인은 이내 증오의 표정이 사라지고 뭔가를 생각하는 냉정한 모습이 되었다. 그녀는 말없이 엘러리를 바라보았다. 그리고 냉정한 표정을 풀더니 한숨을 쉬며 문을 활짝 열고 말했다.

"죄송합니다, 엘러리 씨. 신경이 날카로워져서요. 들어오세요."

엘러리는 방에 들어가서도 자리에 앉지 않았다. 그는 모자와 지팡이를 책상 위에 올려놓고 얘기를 꺼냈다. 책상 위에는 슬론의 운명을 바꾸어 놓은 담배통이 그대로 놓여 있었다.

"중요한 것만 말씀드리겠습니다, 슬론 부인! 어떤 분의 힘을 빌려서라도 부인은 남편이 오명을 벗게 되기를 바라시죠?"

"네, 물론입니다. 엘러리 씨."

"그럼 좋습니다. 솔직하게 말씀드리겠습니다. 저는 이 사건의 감추어진 부분을 파헤쳐 철저하게 진상을 밝힐 각오입니다. 그러기 위해서는 우선 부인께서 진실을 말씀해주셔야 하고 또한 부인의 신뢰가 중요합니다, 슬론 부인."

"그럼 당신이……."

"네, 그렇습니다."

엘러리는 단호하게 말했다.

"저는 부인이 몇 주 전에 베네딕트 호텔로 글림쇼를 찾아간 이유를 알고 싶습니다."

그녀는 고개를 숙인 다음 이리저리 생각에 빠져 괴로워하는 것 같았다. 엘러리는 그리 큰 기대 없이 가만히 기다렸다. 그러나 슬론 부인이 고개를 들었을 때 엘러리는 전초전에서 승리했다는 것을 직감할 수 있었다.

"모두 말씀드리겠습니다."

그녀는 스스럼없이 얘기를 시작했다.

"내 얘기가 당신에게 도움이 되기를 하느님께 기도하겠습니다…… 내가 전에 베네딕트 호텔로 글림쇼를 만나러 간 적이 없다고 말한 것은 나 나름대로는 거짓이 아니라 진실을 말한 겁니다."

엘러리는 고개를 끄덕이며 이야기를 독촉했다.

"나는 내가 어디로 가고 있는지, 스스로도 몰랐으니까요."

그녀는 잠깐 말을 멈추고 바닥을 내려다보았다.

"나는 그날 밤, 줄곧 남편의 뒤를 미행하고 있었거든요."

사건의 내막이 주르르 흘러 나왔다. 슬론 부인은 오빠 칼키스가 죽기 몇 달 전부터, 자기 남편이 브릴랜드 부인과 몰래 밀회를 나누고 있다는 의심을 품기 시작했다. 브릴랜드 부인은 미인이었고, 한 집에 살고 있었으며 브릴랜드 씨의 장기 출장이 없었다고 해도, 또 슬론이 상당히 자기 중심적이고 외도에 빠지기 쉬운 성격이 아니었다고 해도, 두 사람 사이에 그런 은밀한 관계가 일어날 수 있다고 생각했던 것이다. 그러나 마음속에 질투의 씨앗을 품고는 있었지만 확증이 없었다. 그래서 그녀는 표면상으로는 아무것도 모른 체하며 지내는 날

들이 계속되었다. 그러는 동안에도 그녀는 눈을 크게 뜨고, 두 사람의 밀회를 알려고 그들의 행동에 항상 신경을 곤두세우고 있었다.

슬론은 그때쯤 몇 주째 귀가 시간이 늦었다. 그때마다 여러 가지 핑계를 댔는데 그것이 더욱 슬론 부인의 의심을 샀다. 그 질투의 쓰라린 고통을 참지 못해 오랫동안 고민하던 중, 9월 30일 목요일 밤 그녀는 남편을 미행하기로 결심했다. 그날도 슬론은 무슨 회의가 있다는 핑계를 대고 저녁 식사 후에 칼키스 저택을 나섰던 것이다.

슬론에겐 갈 곳이 없었다. 회의라는 것도 있을 리가 없다. 밤 10시가 지날 때까지 여기 저기를 헤매다가 브로드웨이 쪽으로 방향을 틀더니 초라한 베네딕트 호텔의 빈약한 입구로 들어갔다. 슬론 부인은 그를 따라 로비로 들어가 보았다. 의심과 분노로 그녀의 가슴은 들끓었다. 그녀와 슬론의 부부 생활도 오늘밤, 여기서 마감하는 거라고 생각했다. 남편은 이 싸구려 호텔의 더러운 방에서 몸서리치는 음란한 목적으로 브릴랜드 부인과 은밀하게 만날 것이다. 마침내 슬론 부인은 자기 남편이 프런트로 가서 호텔 직원과 얘기하는 것을 보았다. 그리고 은밀한 자세로 엘리베이터로 가는 것도 보았다. 슬론 부인은 남편의 얘기 가운데 314호라는 말을 엿들었다. 그래서 그녀는 프런트로 가 그 밀회 장면을 엿들을 수 있는 바로 옆방을 달라고 요구했다. 그녀의 행동은 모두가 충동적일 뿐 어떤 확고한 목적이 있었던 것이 아니었다. 다만 옆방에 숨어 있다가 두 사람의 사랑 이야기를 도청하고 서로가 포옹하는 순간에 덮쳐야겠다는 한 가지 생각뿐이었다.

이 얘기를 하는 슬론 부인의 눈에서 불꽃이 일었다. 당시의 그 순간을 떠올리고 있는 모양이었다. 엘러리는 슬론 부인의 들뜬 마음을 진정시키면서 그 다음에 어떻게 했는지 물었다. 그녀는 얼굴을 붉히면서 이야기를 계속했다. 프런트에서 계산을 끝낸 그녀는 316호로 가서 벽에다 귀를 바싹 들이댔다…… 그러나 아무 소리도 들리지 않았다. 베네딕트 호텔은 옛날에 지은 것이라 벽이 유난히 두꺼웠던 것이다. 당황스럽기도 하고 떨리기도 해서 그녀는 더욱 바싹 벽으로 몸을 밀착시켰다. 그때 옆방 문이 급하게 열리는 소리가 들렸다. 그녀는 잽싸게 문 쪽으로 달려가서 조심스럽게 문을 열어보고 슬며시 밖을 내다보았다. 그때, 남편 슬론이 314호에서 나와 엘리베이터 쪽으로 걸어가는 게 보였다…… 그녀는 어떻게 행동해야 할지 갈피를 잡을 수 없었다. 어쨌든 살금살금 방에서 빠져나와 비상구를 통해 뛰어내려왔고 슬론이 급히 호텔을 빠져나가는 것을 보고 빠른 걸음으로 그 뒤를 밟았다. 그런데, 의외로 슬론은 칼키스의 집으로 돌아가고 있는 것이 아닌가. 그녀는 집에 도착하자마자 아주 교묘하게 심즈 부인에게 물어보았다. 그런데 심즈 부인 말이 그날 브릴랜드 부인은 저녁 내내 집에 있었다는 것이다. 심즈 부인의 말을 통해서 최소한 그날 만큼은 슬론이 부정한 짓을 저지르지 않았다는 사실을 알았다. 바보스럽게도 그녀는 슬론이 몇 시에 314호방에서 나왔는지 알지 못했다. 그날 저녁 내내 시간이란 관념은 머리속에 없었기 때문이다.

이것이 그녀가 들려준 사건의 전부였다.

얘기를 끝낸 그녀는 이 부끄러운 고백이 진상을 밝히는데 도움이 되겠느냐는 표정으로 엘러리를 바라보았다.

엘러리가 잠시 생각한 끝에 질문을 던졌다.

"부인이 316호에 있는 동안 다른 사람이 314호로 들어가는 소리를 듣지 못했습니까?"

"아뇨, 절대로 아무 소리도 나지 않았어요. 나는 남편이 그 방으로 들어가는 것을 보았고, 거기에서 나오는 소리를 듣는 즉시 뒤를 미행했으니까 그 사이에 만약 누가 그 방으로 들어갔다면 내가 못 들었을 리가 없습니다."

"과연, 그렇겠군요. 많은 도움이 됐습니다. 슬론 부인. 솔직하게 말씀해 주시니 한 가지만 더 묻겠습니다. 지난주 월요일 저녁, 그러니까 남편께서 돌아가시던 날 남편 사무실에 전화를 거신 적이 없습니까?"

"아뇨, 없어요. 그날 밤, 벨리 반장님께서도 같은 질문을 하더군요. 그때도 말씀드렸지만 경찰은 내가 남편에게 연락했을 거라고 의심하는 모양이던데 절대로 아니에요. 나는 그때 경찰이 남편을 체포하려 한다는 것조차 전혀 몰랐으니까요."

엘러리는 그녀의 표정을 유심히 살폈지만, 거짓말처럼 느껴지지 않았다.

"기억나실지 모르겠는데요, 그날 밤, 저와 저의 아버님과 페퍼가 서재에서 나올 때 부인이 급히 응접실로 들어가는 것을 봤는데요 …… 죄송합니다만, 혹시 부인께서 우리들이 서재에서 했던 얘기를 들으셨습니까?"

그녀는 얼굴이 다시 빨개졌다.

"엿듣는다는 것은 아주 천한 짓이라는 것을 모르는 바는 아닌데요, 남편에 관한 내 행동 때문에 그런 의심을 하는 것 같은데…… 맹세코 엿듣지 않았습니다."

"그럼…… 누군가 엿들었을 만한 사람은요? 뭐 짐작되는 사람도 없습니까?"

강하게 증오하는 표정이 즉시 그녀 얼굴에 넘쳐흘렀다.

"네, 그럴 만한 사람이 있어요. 브릴랜드 부인이에요! 그녀는 내 남편과 아주 가까웠어요, 두 사람은 상당히 가까웠으니까……."

"하지만 그건 우리가 알고 있는 사실과는 다른데요. 브릴랜드 부인은 그날 저녁에 슬론 씨가 묘지로 가는 것을 본 적이 있다고 우리에게 밀고했습니다. 브릴랜드 부인은 오히려 슬론 씨를 중상하려는 태도였습니다."

엘러리가 침착한 목소리로 설명을 해주었다.

슬론 부인이 자신이 없는 듯 한숨을 쉬었다.

"나의 지나친 생각인지도 모르죠. 브릴랜드 부인이 그날 밤에 당신들에게 밀고했다는 것도 남편이 죽고 난 다음 신문에 난 것을 보고야 알았으니까요……."

"알겠습니다. 한 가지만 더 묻겠습니다, 슬론 부인. 슬론 씨는 동생이 있다는 얘기를 부인에게 한 적이 있습니까?"

그녀는 고개를 가로저었다.

"전혀요. 그런 얘기는 전혀 없었어요. 사실 남편은 자기 가족 얘기를 자주 하지 않는 편이었죠. 가끔 자기 아버지와 어머니에 대한 얘기를 하는 정도였죠. 두분께서는 얌전하시고 전형적인 중류 가정에서 별 문제없이 자란 것 같았어요. 하지만 동생에 대해서는 한마디도 하지 않았어요. 그래서 나는 남편이 혼자인가보다 생각했죠."

엘러리는 모자와 지팡이를 집어 들며 말했다.

"수고가 많으셨습니다, 슬론 부인. 그리고 지금 한 얘기는 아무한테도 하지 마세요."

이와 같이 당부한 다음, 웃으면서 엘러리는 서둘러 방을 빠져나왔다.

그런데 엘러리는 아래층에 내려온 순간, 웍스로부터 예상치 못한 충격적인 소식을 듣고 아연실색했다. 워디스 박사가 떠났다는 것이다.

엘러리는 이를 갈았다. 이것은 아주 중요한 사실이라고 엘러리는 생각했다. 뭔가 수상하다. 하지만 웍스에게서 얻을 수 있는 정보는 다음과 같은 것에 불과했다. 예상과는 달리 글림쇼 사건이 끝났다는 것이 공표되자 워디스 박사는 전보다 더욱 영국 신사처럼 침묵을 지켰고 세간에서 주목받고 있는 칼키스 집을 벗어날 궁리만 하고 있었는데, 때마침 경찰에 의한 금족명령이 해제되자 재빨리 짐을 싸서 슬론 부인에게만 떠나겠다는 얘기를 하고 행선지도 말하지 않고 떠났다는 것이다. 남편의 불행때문에 의기소침해진 슬론 부인은 특별히 만류하지 않았다. 윅스의 말로는, 그가 떠난 것이 지난주 금요일인데, 그의 행선지를 아는 사람은 아무도 없을 거라고 했다.

"그리고 브레트 양도……."

윅스가 덧붙여 말했다. 갑자기 엘러리의 얼굴이 창백해졌다.

"뭐라고! 브레트 양도 어떻게 됐다고요? 그녀도 떠났습니까? 오, 이런, 확실하게 말 좀 해 봐요, 윅스."

윅스 집사는 겨우 말을 이었다.

"아닙니다. 아직 떠난 건 아닌데요, 제 생각에는 떠나려고 하는 것 같아서요. 제 얘기를 잘못 알아들으시는 것 같은데, 브레트 양은……."

"윅스, 확실히 말해! 도대체 어떻게 된 거요?"

엘러리가 난폭하게 추궁했다.

"조앤 브레트 양이 떠날 채비를 하고 있는 것 같습니다."

윅스가 쿨럭거리면서 공손하게 말했다.

"이젠 고용 계약도 끝난 거니까요. 슬론 부인께서……."

기침 때문에 사이사이 말이 끊겼다.

"……슬론 부인께서도…… 이제는 브레트 양은 할 일이 없다고…… 쉬라고 했으니까……."

"그녀는 지금 어디 있죠?"

"위층에서 짐을 싸고 있을 겁니다. 계단을 올라가서 오른쪽 첫 번째 방입니다."

엘러리는 윅스의 말이 끝나기도 전에 외투깃을 날리며 쏜살같이 뛰어갔다. 그는 급한 나머지 한 걸음에 두 계단씩 밟아 올라갔다. 그가 계단 끝을 막 올라섰을 때 누군가의 목소리가 들렸다. 엘러리는 급히 걸음을 멈추었다. 엘러리의 귀가 잘못된 게 아니라면 그건 바로 조앤 브레트 양의 목에서 나오는 소리였다. 엘러리는 안도의 한숨을 쉬고는 태연하게 지팡이를 손에 들고 오른쪽으로 고개를 쑥 내밀어 귀를 쫑긋 세웠다. 사랑의 감정으로 들뜬 남자의 굵은 목소리도 들렸다.
　"조앤! 나는 당신을 사랑해. 제발……."
　"또 술을 먹었군요."
　남자의 고백을 듣는 젊은 여성치고는 너무나 차가운 음성이었다.
　"조앤, 취하지 않았어요! 내 말을 장난으로 듣지 말아요! 나는 지금 무척 심각해요. 당신을 사랑해요. 사랑한다고요. 진심이오."
　남자 주인공이 온 힘을 바쳐서 거듭거듭 애원하는 목소리가 들리더니 남자가 자신의 입술을 밀어붙인 듯했고 계속 여자의 숨막히는 소리가 들리더니 곧이어 분명하게 철썩! 뺨을 때리는 소리가 들렸다. 조앤의 손이 닿지 않는 안전한 곳에 있는 엘러리 마저도 가슴이 뜨끔할 지경이었다.
　그러고는 침묵이었다. 그 두 전사는 지금쯤 인간이 잔뜩 성이 났을 때 그렇듯 적의에 가득 찬 눈으로 서로를 노려보면서 고양이처럼 원을 그리고 있을 것이다. 엘러리는 침착하게 귀를 기울였다. 그러다가 남자의 중얼거리는 소리가 들리자 엘러리는 피식 웃고 말았다.
　"이렇게 도망칠 필요는 없어요, 조앤. 당신을 겁주려고 그런 게 아닌데……."
　"저를 겁준다고요? 흥! 저는 절대로 당신 같은 사람한테 겁먹지 않아요!"
　콧대 높은 조앤의 목소리가 들렸다.

"이런, 빌어먹을!"

남자가 갑자기 소리를 질렀다.

"이게 남자의 프로포즈를 받는 여자의 태도요?"

다시 숨막히는 소리가 들렸다.

"당신이 무슨 낯짝으로 나한테 그따위 고백을 해!"

조앤도 계속 소리를 질렀다.

"당신 아무래도 나한테 혼나야겠군요. 내 평생 이렇게 모욕적인 경우는 처음이에요. 얼른 이 방에서 나가요!"

엘러리는 벽 뒤쪽으로 얼른 몸을 숨겼다. 흥분한 나머지 고래고래 고함치는 소리가 들렸고, 조금 있다가 문이 세차게 열렸다. 그 소리에 집 전체가 흔들릴 지경이었다. 엘러리는 고개를 내밀고 동정을 살폈다. 앨런 체니가 성난 몸짓으로 발을 쿵쾅거리며 복도를 걸어가는 게 보였다. 주먹은 꽉 쥔 채였고, 머리를 제멋대로 흔들고 있었다.

앨런 체니가 자기 방으로 사라지자 다시 한 번 온 집안이 떠나갈 듯한 소리가 들렸다. 앨런 체니가 자기 방 문을 닫는 소리일 것이다.

엘러리는 일단 흥분을 가라앉히고 넥타이를 매만졌다. 그리고는 주저함 없이 곧장 조앤 브레트의 방으로 갔다. 그는 지팡이를 들어 가볍게 노크를 했다. 그러나 아무런 반응이 없었다. 엘러리는 다시 노크를 했다. 그러자 이번에는 콧물을 훌쩍거리면서 조앤 브레트의 목소리가 들려왔다.

"또 왔군요. 뻔뻔스러운 사람이군. 당신이란 사람은……."

"저는 엘러리 퀸입니다. 조앤 브레트 양."

엘러리는 매우 침착한 목소리로 말했다. 자기가 노크했을 때 젊은 여자가 흐느껴 울었다는 사실이 조금도 이상스럽지 않다는 투였다. 콧물을 훌쩍거리는 소리가 사라졌다. 엘러리는 참을성 있게 기다렸다. 얼마 후, 그녀의 가냘픈 목소리가 들려왔다.

"들어오세요, 엘러리 씨. 문은 열려 있어요."

엘러리는 문을 밀고 들어갔다.

조앤 브레트는 침대 옆에 서 있었다. 그녀의 하얀 손에는 눈물 젖은 손수건이 쥐어져 있었고, 뺨에는 두 개의 둥그런 얼룩이 나 있었다. 아주 아늑해 보이는 방이었다. 의자, 바닥, 침대 위, 사방에 갖가지 여자 옷이 널려 있었다. 의자 위에는 두 개의 여행가방이 있었는데, 하나는 입을 벌린 채였고, 바닥에 있는 트렁크도 하품을 하고 있는 중이었다. 화장대 위에 있는 사진틀에 엘러리는 시선을 주목했다. 앞면을 바닥으로 한 채 넘어져 있는 걸로 봐서 누군가 급하게 넘어뜨린 것 같았다.

엘러리는 지금 매우 부드럽고 정이 넘쳐흐르는 젊은이로 변해 있었다. 그는 마음만 먹으면 언제든지 어떤 모습으로도 변할 수 있었다. 여기에는 책략과 근시안적인 회화가 필요하다. 엘러리는 날카로움을 미소로 감추고 멍청한 표정으로 말했다.

"브레트 양! 제가 처음에 노크했을 때 저한테 뭐라고 말씀하셨죠, 브레트 양? 죄송합니다만 제가 못 들어서요."

"오! 그랬군요!"

조앤은 아주 짧게 말하고는 엘러리에게 의자를 권한 뒤 자기도 다른 의자에 앉았다.

"네…… 달리 뭐라고 한 게 아니에요! 저는 가끔 혼잣말을 잘 하거든요. 아주 이상한 버릇이죠?"

"아뇨, 전혀 이상하지 않은데요."

엘러리도 의자에 앉으면서 정답게 대답했다.

"하나도 이상하지 않습니다. 내 친구들 가운데 그런 버릇을 가지고 있는 사람들이 몇 사람 있거든요. 보통 그런 버릇이 있는 사람들은 은행에 가진 돈이 많다던데 브레트 양도 은행에 돈이 많이 있겠군요?"
조앤 브레트가 가볍게 웃음을 지었다.
"조금밖에 없어요…… 그리고 곧 은행도 바꿀 예정이구요."
그녀의 뺨에 있던 불그스레한 얼룩이 희미해졌다. 그녀는 깊게 한숨을 쉬었다.
"저는 미국을 떠나려고 해요, 엘러리 씨."
"웍스 집사한테 얘기 들었습니다. 외롭고 적적하겠군요! 브레트 양."
"그래요!"
그녀가 이번에는 큰 소리로 웃으며 말을 이었다.
"꼭 프랑스 사람처럼 겉치레 말씀에 능숙하군요! 퀸 씨!"
조앤 브레트는 침대로 손을 뻗어 핸드백을 집어 들었다.
"이것들이 다 제 짐이에요…… 또 배를 타고 한참을 가야 하는데."
그녀는 지갑에서 승선권을 꺼냈다.
"오늘……오신 것은……수사 때문에 찾아오신 건가요? 저는 정말 떠나요, 엘러리 씨. 이게 거짓이 아니라는 증거지요. 설마 제가 떠나지 못할 이유가 있다고 말씀하시려는 건 아니시겠죠?"
"제가요? 아뇨, 천만에요. 정말 떠나실 작정입니까, 브레트 양?"
"네, 지금 당장요."
조앤 브레트는 조그만 이를 꽉 물고 말했다.
"지금이라도 미국을 떠나려고 생각하고 있습니다."
엘러리는 갑자기 멍한 표정이 되어버렸다.
"이해합니다. 살인이나 자살 등 유쾌하지 못한 일이 많았으니까요…… 제가 감히 어떻게 붙잡을 수 있겠습니까. 오늘 여기 찾아온 것은 그런 유쾌하지 못한 것과는 전혀 반대되는 일이지요."
그러면서 엘러리는 신중한 태도로 조앤 브레트를 바라보았다.

"아시다시피, 이 사건은 끝났습니다. 하지만 몇 가지 이해할 수 없는 게 있어서요. 뭐, 별로 중요한 것들은 아닙니다만, 제가 워낙 고집스러워 하나라도 납득이 가지 않으면 그냥 넘기질 못하거든요. ……조앤 브레트 양이 밤 늦게 아래층 서재에서 서성거리던 걸 페퍼가 보았다고 하던데, 그때 뭘 하고 계셨죠?"

조앤 브레트의 푸른 눈이 엘러리의 질문 의도를 냉철하게 간파한 듯싶었다. 그녀는 간신히 입을 열었다.

"그날 제가 말한 것을 믿지 않으셨군요. 좋습니다. 전부 말씀드리겠어요. ……저……담배 한 대 피우시겠어요, 엘러리 씨?"

엘러리는 정중하게 사양했다. 조앤 브레트는 담배를 한대 입에 물고 성냥에 불을 그었다.

"아마도 저속한 폭로 신문이라면 제목이 '도망중인 비서가 모든 것을 폭로하다'가 될 터인데…… 다 말씀드리겠어요. 아마 제 얘기를 들으시면 엄청나게 놀라실 거예요, 엘러리 씨."

"그 점에 대해서는 조금도 걱정하지 마십시오."

"그래도 각오를 단단히 하고 들으세요!"

조앤 브레트는 숨을 깊게 들이쉬었다. 그녀가 얘기할 때마다 예쁜 입에서 도넛 같은 담배 연기를 토해냈다.

"제가 여자 탐정 같아 보이지 않으세요, 엘러리 씨?"

"설마! 전혀 아닌데요."

"정말이에요. 저는 런던에 있는 빅토리아 미술관에서 파견됐습니다. 런던 경시청 직원은 아니고요. 그곳 일은 너무 책임이 무거워요, 나에게. 미술관 직원일 뿐입니다. 엘러리 씨!"

"놀랐군요! 내 몸이 갈기갈기 난도질 당하고 기름으로 튀기는 것 같은 느낌이군요. 무슨 수수께끼 같은 말을 하고 계신 건가요, 빅토리아 미술관이라고요? 마치 탐정들이 꿈에서 보고 있는 뉴스같군요. 좀 더 자세히 설명을 해주시죠."
조앤 브레트는 담뱃재를 가볍게 털었다.
"제가 게오르그 칼키스 씨의 비서로 취직한 것은 빅토리아 미술관을 위하여 수사할 목적이었어요. 도난 당한 그림을 추적하던 중, 여러 가지 정보 속에 칼키스가 이 사건과 관련이 있고, 그가 범인으로부터 구입한 것 같다고 해서……."
엘러리의 입가에서 어느새 웃음이 사라졌다.
"누가 그린 그림이죠, 브레트 양?"
그녀는 어깨를 으쓱했다.
"세밀화였어요. 레오나르도 다빈치가 그린 거죠. 충분히 걸작으로서의 가치가 있었죠. 그 그림은 빅토리아 미술관의 직원이 이탈리아에서 발견해낸 겁니다. 레오나르도는 16세기 초에 피렌체에서 프레스코 벽화를 그릴 계획이었는데, 그 작업이 어떤 사정으로 중단되자 그 일부를 유화로 남겨 놓았죠. 제목이 〈군기 전쟁의 세밀화〉였어요."
"재미있는 이야기군요. 계속하세요, 아주 관심이 갑니다. 칼키스 씨와는 어떤 관계가 있나요?"
조앤 브레트가 한숨을 쉬었다.
"확실하진 않아요. 미술관측에서는 도난 당한 그림을 그가 소유하고 있을 거라고 짐작했을 뿐 정확한 정보도 주지 못했어요. 제 '육감'같은 거였지요. 그보다 우선 제 얘기를 계속하기로 하죠.
저를 칼키스 씨 댁에 추천해 준 사람은 아서 유윙 경이었어요. 유윙 경이 직접 인물증명서를 써 주셨죠. 그분은 영국의 유명인사예요. 빅토리아 미술관의 이사이면서도 런던의 유명한 그림 거래상이기도 하죠. 유윙 씨가 그림을 도난당한 사실을 알고 제게 추천장을 써 주셨어요. 저는 전에도 미술관의 요청에 의해 조사를 한 적이 몇 차례 있었죠. 하지만 이곳 미국에서는 처음이에요. 주로 유럽에서 활동을 했거든요. 이사회에서는 이 모든 일을 비밀로 하기를 원했죠. 그래서 저는 신분을 숨기고 그림을 추적해서 그것이 어디에 있는지를 알아내는 일을 맡게 된 것입니다. 제가 그림을 찾을 때까지 도난당한 그림은 '복원중'이라고 세간에 알리고 말이죠."
"이제 알겠습니다."
"당신도 대단한 통찰력을 갖고 계시다는 걸 잘 알지만 그래도 하던 얘기는 마저 해야겠지요?"
조앤 브레트는 진지하게 말을 이었다.
"저는 칼키스 씨의 비서로 일하면서 잃어버린 레오나르도 그림의 행방을 알 수 있을만한 단서를 찾으려고 노력했지만 서류에서나 그 분과의 대화에서나 조그만 단서도 발견하지 못했어요. 우리의 정보가 확실하다고 믿고는 있었지만 어떻게 된 것인가 하고 절망하고 있을 때, 앨버트 글림쇼가 등장한 겁니다. 원래 그 그림은 그레이엄이라고 불리는 박물관 직원이 훔쳐간 것인데 나중에 알고 보니까 그의 본명은 앨버트 글림쇼였어요. 그가 9월 30일 밤, 칼키스 씨의 집 현관 앞에 나타났을 때 저는 처음으로 기쁜 마음에 춤을 출 것 같았어요. 찾고 있던 구체적 증거가 눈 앞에 나타나 희망을 주었기 때문인데, 내가 미술관에서 제공받은 얼굴 모습에 대한 정보 서류로 보아도 이 남자가 분명 5년 전, 미술관에서 도난 사건이 일어난 직후 영국에서 행방불명된 그레이엄이 분명했어요."
"아, 그렇군요."
"저는 서재 문 앞에서 그들이 하는 얘기를 엿들으려고 했죠. 하지만 그때 글림쇼와 칼키스 씨와의 대화를 한 마디도 듣지 못했어요. 그리고 다음날 밤, 글림쇼가 이상한 사람과 함께 나타났을 때도 저는 아무것도 알아내지 못했습니다. 게다가 일이 꼬이려고 하니까

……."

그녀의 얼굴이 어두워졌다.

"앨런 체니가 하필 그 시간에 잔뜩 술에 취해 가지고 비틀비틀 걸어 들어왔던 거예요. 내가 그를 방으로 데려가는 동안 두 사람 다 사라져 버렸죠. 하지만 한 가지는 확실히 알았죠. 글림쇼와 칼키스 씨 사이의 어떤 범위 안에 그림에 대한 비밀이 숨겨져 있다는 것을요."

"그렇군요! 그러니까 그날 당신이 서재를 뒤진 것은 칼키스 씨에게 그림의 행방을 알 수 있을 만한 새로운 단서가 있는지 알아보기 위해서였다는 거죠?"

"네, 맞아요. 하지만 그날도 저는 찾지 못했어요. 짐작하시겠지만 저는 틈날 때마다 집이며, 가게, 화랑 같은 곳을 다 뒤졌거든요. 그런데 도저히 찾을 수 없어 결국 그 그림이 칼키스 씨가 소유하고 있는 건물 안에는 없다는 결론을 내리게 됐죠. 그런데 마침 글림쇼와 같이 온 그 이상한 수수께끼의 사람이 제 관심을 끌게 된 겁니다. 칼키스 씨의 행동으로 보나 뭘로 보나 그 사람이 그림과 관련되어 있다는 생각이 들었죠. 정체를 감추고 있는 것과, 칼키스 씨가 신경질을 부리는 모습을 보여 결국 저는 레오나르도 그림의 운명에 관한 결정적인 단서는 그 사람이 갖고 있다고 확신하게 되었어요."

"그런데, 당신은 그 사람의 정체를 전혀 알아내지 못했나요?"

조앤 브레트는 담배를 재떨이에 비벼 끄며 엘러리를 의심스러운 눈초리로 훑어보았다.

"네, 알아내지 못했어요. 그럼 당신은 그 사람이 누군지 알고 있다는 말인가요?"

엘러리는 조앤 브레트의 질문에 대답하지 않고 망연히 허공을 보면서 말했다.

"그럼, 엉뚱한 것 한 가지만 더 묻겠습니다. 수사가 여기까지 진행됐는데, 왜 다시 영국으로 돌아가려는 거죠?"

"이 사건이 제게 너무 부담스럽다고 생각했기 때문이에요."

조앤 브레트는 핸드백을 뒤져 런던의 소인이 찍힌 편지를 꺼낸 다음, 그 편지를 엘러리에게 건네주었다. 편지는 빅토리아 미술관에서 온 것으로 관장의 서명이 들어 있었다. 엘러리는 아무 말 없이 그것을 읽었다.

"아시겠지만 저는 일의 진척 상황을 계속 런던에 보고해 오고 있었어요. 진척 상황이라기보다는 가시적인 것이 없다는 보고를 매번 한 거죠. 이 편지는 그 수수께끼 인물에 대한 최종적인 보고서에 대한 답신입니다. 이제는 막다른 골목에 이른 거나 다름없어요. 미술관 측 얘기로 퀸 경감님이 미술관으로 전보를 보낸 뒤에 뉴욕 경찰청과 미술관 사이에 빈번하게 연락이 오갔다고 해요. 물론 처음에는 미술관에서도 얘기를 해야 할지 말아야 할지 망설였겠죠. 사실대로 얘기하면 결국 모든 비밀이 누설되는 거나 다름없으니까요.

보셔서 아시겠지만 이 편지에는 저더러 경찰에 가서 모든 것을 털어놓으라고 적혀 있어요. 그 다음 행동은 제 재량에 맡긴다고 했고요."

조앤 브레트는 한숨을 쉬었다.

"제가 판단하기에 이 사건은 제 능력 밖인 것 같아요. 그래서 저는 퀸 경감님께 가서 모든 것을 얘기하고 런던으로 돌아가기로 마음을 정했습니다."

엘러리는 편지를 돌려주었다. 조앤 브레트는 편지를 받아서 조심스럽게 지갑 속에 집어넣었다. 엘러리가 이야기를 시작했다.

"제 생각에는 말입니다. 그림 추적 사건이 점점 더 복잡해져 나도 놀라고 있는데, 이제부터는 아마추어 조사관의 자세가 아니라 직업적인 탐정의 자세가 필요할 것 같은데요. 그러니까……."
그는 말을 잠깐 멈추고 곰곰이 생각에 잠겼다.
"절망적으로 보이는 당신의 조사에 이젠 제가 도움을 드릴 수 있을 것 같은데요."
"어머, 정말입니까! 엘러리 씨!"
조앤 브레트의 눈이 반짝 빛났다.
"레오나르도의 그림을 찾을 수 있는 가능성이 있다고 얘기하면 미술관 측에서 당신이 뉴욕에 더 머무는 것을 허락할까요?"
"물론이죠. 틀림없어요, 엘러리 씨! 제가 당장 관장님께 전보를 치겠어요."
"그렇게 하세요. 그리고 브레트 양."
엘러리가 웃음을 지으며 말을 이었다.
"제가 당신이라면 아직은 경찰에게 얘기하지 않겠습니다. 우리 아버지에게도 말이죠. 당분간은 신분을 드러내지 않고 활동하는 게 좋을 것 같은데요."
조앤 브레트가 갑자기 자리에서 일어났다.
"저도 그게 좋아요. 다른 명령은 없으십니까, 사령관님?"
조앤 브레트는 차렷 자세를 흉내 냈다. 그러고는 오른손을 들어 어색하게 경례를 했다.
엘러리가 웃음을 지었다.
"당신은 아주 훌륭한 탐정이 될 것 같군요. 저는 벌써 그걸 알 수 있겠는데요. 좋아요, 브레트 양. 지금부터 우리는 동지가 되는 겁니다. 우리는 이제 비밀 협정을 맺은 겁니다."
"가능하면 성실한 협정이 되길 바랍니다. 아주 스릴이 있겠군요."
그녀는 행복한 웃음을 지어 보였다.

"동시에 위험하기도 할 겁니다."

엘러리가 말했다.

"그런데, 브레트 부관. 우리가 비밀 협정을 맺기는 했지만 당분간 내가 알고 있는 몇가지 사실을 숨겨야 할 것 같군요. 당신의 안전을 위해서 말이죠."

조앤 브레트가 실망스러운 듯 고개를 떨구었다. 엘러리는 그녀의 손을 톡톡 두드리며 말했다.

"절대 오해하지 마세요. 당신을 의심해서가 아니라는 걸 하느님께 맹세합니다. 당분간은 저를 믿어주셔야 합니다."

"알았어요, 엘러리 씨."

조앤 브레트는 진지한 표정으로 대답했다.

"당신에게 모든 것을 맡기겠어요."

"아닙니다. 그건 안 돼요."

엘러리가 급하게 정정했다.

"당신의 아름다움이 나에겐 너무 큰 유혹이므로 한계가 필요해요. 그……그 당신의 눈이 위험해요!"

엘러리는 조앤 브레트의 은근한 눈빛을 피하려고 일부러 고개를 돌리고는 아무렇지도 않다는 듯 큰 소리로 떠들었다.

"자, 이제부터 우리에게 그럼 어떤 길이 열릴 것인지 살펴보기로 하죠. 우선, 여기 뉴욕에 남아 있어야 할 만한 구실이 필요한데, 칼키스가 죽어 당신의 고용 계약이 끝난 걸 모두 알 테니까, 가만 있자…… 아무런 직업 없이 뉴욕에 머물러 있을 수도 없고, 이 집에 계속 있기도 뭣하고…… 그렇다!"

엘러리가 흥분한 나머지 조앤 브레트의 손을 잡았다.

"당신이 합법적으로 머물 수 있는 곳이 한군데 있어요. 거기라면 아무도 의심하지 않을 겁니다."

"그게 어딘데요?"

엘러리는 그녀를 침대 쪽으로 데리고 가서 나란히 앉은 다음, 머리를 맞대고 설명을 시작했다.

"당신은 칼키스 씨의 비서였으니까 그의 사업이나 개인적인 문제도 잘 알고 있을 거 아닙니까? 유산 문제니 뭐니 해서 지금 궁지에 빠져 있는 아주 자상한 신사가 한 분 계십니다. 제임스 녹스 씨 말입니다."

"오, 그렇군요."

조앤 브레트가 조용하게 말했다.

"자, 봐요."

엘러리가 급하게 말을 이어갔다.

"녹스는 지금 골머리를 앓고 있을 테니까 당신 같은 전문가의 도움이 절대적으로 필요할 겁니다. 어젯밤 우드러프 변호사가 얘기하기로는 녹스의 비서가 아픈 모양이던데, 내가 어떻게든 녹스가 먼저 당신에게 요청하도록 일을 꾸며 놓겠어요. 그래야 전혀 의심을 받지 않을 테니까. 당신은 이 일에 관해서는 입을 꼭 다물고 있어야 해요, 알겠죠? 당신은 진짜 녹스의 비서처럼 충실하게 그 일을 하는 것으로 보이면 됩니다. 그렇게 되면 우리들의 비밀스런 목적을 아무도 깨닫지 못할 겁니다."

"그 점에 관해서는 걱정 안 하셔도 돼요."

조앤 브레트가 진지한 표정으로 말했다.

"그럼 당신만 믿겠어요."

엘러리는 모자와 지팡이를 들고 일어났다.

"자, 하느님의 영광을 위해! 저는 할 일이 있어서 이만…… 잘 있어요, 부관. 녹스 씨로부터 연락이 올 때까지 이 집에 계속 있어요."

조앤 브레트가 잠긴 목소리로 고맙다고 애기하는 것을 들으면서 엘러리는 서둘러 그녀의 방을 빠져나왔다. 엘러리는 복도에 서서 잠시 생각에 잠겼다. 이윽고 심술궂은 웃음을 띠우면서 그는 복도를 걸어가 앨런 체니의 방문을 두드렸다.

앨런 체니의 방은 캔자스의 회오리바람이 지나간 것처럼 지저분하게 흐트러져 있었다. 이 젊은이는 자기 그림자를 상대로 던지기 경기에 열중해 있는 것 같았고, 방 가득히 널려 있는 물건들은 전투장에 넘어진 병사들의 시체를 연상케 했다. 머리칼은 탈곡기가 지나간 것처럼 엉망이었고, 화가 나서 붉어진 눈만 빛나고 있었다.

앨런 체니는 방 안을 왔다 갔다 하면서 쿵쿵 짓밟기도 하고, 마구 뛰어다니기도 했다. 그런 소동은 끝이 없을 것 같았다. 앨런 체니는 문 앞에 서 있는 엘러리를 보더니 눈을 휘둥그렇게 뜨고 낮은 소리로 말했다.

"빨리빨리 가시지! 누군지 모르지만!"

엘러리는 전쟁터로 발을 들여놓았다.

"아아, 당신이군요. 무슨 일입니까?"

방문객이 누구인지 확인을 하자 앨런 체니는 발길질을 멈추고 소리를 질렀다.

"애기를 좀 나누고 싶어서요."

엘러리가 방문을 닫으며 말했다.

"기분이 무척 안 좋아 보이시는 군요."

엘러리는 어색하게 웃음을 지으며 말을 계속했다.

"당신의 귀중한 시간을 빼앗을 생각은 전혀 없습니다. 앉아도 되겠습니까? 아니면 이런 결투할 것 같은 자세로 애기를 계속할까요?"

앨런 체니에게도 아직은 예의라는 게 남아 있는 것 같았다. 그가 중얼거리면서 말했다.

"죄송합니다. 이 의자에 앉으시죠."

앨런 체니는 그렇게 얘기하면서 의자에 가득한 담배 꽁초를 이미 더러워질 대로 더러워진 바닥으로 쓸어냈다.

엘러리는 자리에 앉자마자 안경알을 문지르기 시작했다. 앨런은 화가 좀 가신 얼굴로 움직이는 엘러리의 손을 바라보고 있었다.

"자, 체니 씨."

엘러리는 코안경을 걸치면서 얘기를 꺼냈다.

"용건을 말씀드리죠. 나는 지금 글림쇼의 살인 사건과 당신의 계부인 슬론 씨의 자살에 관한 슬픈 사건을 매듭지으려고 합니다. 몇 가지 확인할 것이 아직 남아 있어서 말이죠."

"자살이라뇨? 그럴 리가 없어요."

앨런 체니가 반박했다.

"그렇게 생각하십니까? 당신의 어머니도 전에 같은 말씀을 하셨는데, 그럼, 당신은 그런 믿음을 뒷받침할 만한 구체적 증거를 가지고 있습니까?"

"아뇨, 없어요. 하지만 그게 무슨 소용입니까? 아버지는 이미 죽었고, 땅 속에 묻혀 있는데요. 그런다고 뭐 달라지는 게 있습니까?"

앨런 체니는 침대에 몸을 던지면서 말했다.

"그런데, 퀸! 당신은 뭐가 그렇게 궁금한 거죠?"

엘러리는 웃으면서 대답했다.

"시시한 질문이 하나 있는데……. 이제는 대답 못할 이유가 없을 것 같은데요…… 1주일쯤 전에, 도망치려고 했었는데, 무슨 이유 때문이었는지요?"

앨런은 여전히 누운 자세로 벽에 걸려 있는 아프리카산 투창을 응시하며 담배를 피우고 있었다. 그가 입을 열었다.

"아버지에게 있어서 아프리카는 천국이었지!"

앨런은 담배 꽁초를 휙 던지며 침대에서 벌떡 일어났다. 그리고는 다시 방 안을 마치 미친 사람처럼 이리저리 걷기 시작하더니 조앤 브레트의 방 쪽인 북쪽을 향해 성난 눈빛을 던졌다.

"좋습니다."

앨런이 결심했다는 듯 말을 꺼냈다.

"얘기하겠습니다. 생각해보면 난 바보짓을 했지요. 저 여자는 아주 착하디 착한 얼굴을 하고 있지만, 원래 남자를 홀리게 하는 재주꾼이에요!"

"체니 씨, 지금 도대체 무슨 얘기를 하는 겁니까?"

엘러리가 물었다.

"내가 눈먼 바보였다는 얘기를 하고 있는 겁니다. 내가 얼마나 머저리 같은 짓을 했는지 들어보세요, 엘러리 씨. 사랑에 빠진 용감한 기사에 관한 얘기니까요."

앨런은 이를 박박 갈았다.

"그때 나는 사랑에 빠져 있었습니다. 당신도 아실지 모르겠지만, 그건…… 그건…… 바로 조앤 브레트입니다. 나는 벌써 몇 달째 조앤 브레트가 이 집을 뒤지면서 뭔가를 찾는 것을 목격했습니다. 물론, 무엇을 찾고 있는지는 아무도 모릅니다. 난 모른 체했어요. 그리고 나는 이 얘기를 그녀는 물론이고 그 누구에게도 하지 않았습니다. 바보스럽게도, 애인을 위해 희생적인 정신을 지켜온 것이지요. 그런데, 저 페퍼라는 남자가, 백부님의 장례식 한밤중에 조앤 브레트가 서재에서 뭔가를 뒤지고 있는 것을 봤다고 얘기했을 때, 그래서 경감님이 그걸 가지고 조앤 브레트를 다그치는 걸 보았을 때는…… 나는 머릿속에 아무 생각이 없었습니다. 그러다가 상황을 종합해 보니까…… 잃어버린 유언장하며 살해된 남자, 이 두 가지를 연결시키자 무서운 결론이 나왔어요…… 그녀가 이 괴상한 사건에 어느 정도 관계가 있다고 생각했습니다. 그렇게 생각한 순간…….”
그의 목소리는 아주 작아져 있었다. 엘러리가 한숨을 쉬었다.
“사랑 때문이군요. 그것에 관한 거라면 떠오르는 얘기가 있는데 오늘은 하지 않는 게 좋겠습니다…… 그래서 용감한 당신은, 숙녀에게 모욕 받은 펠레아스처럼 백마를 타고 떠나버렸다는 얘기죠. 기사로서의 길을 계속 가기 위해서…….”
“놀리지 말아요…… 자! 좋아요! 사실이 그러니까. 당신 말대로 용감한 기사인 척했던 내가 바보였어요. 혐의가 내게 오도록 할 목적으로 일부러 이상한 행동을 취한 거지요. 그것이 도망의 제1막인데…….”
앨런 체니는 어깨를 흔들며 쓴웃음을 지었다.
“그런데 이게 뭡니까? 그럴 만큼 그녀가 가치 있습니까? 나한테 놀아온 게 뭐죠? 이 얘기를 다 내뱉고 나니까 속이 시원하네요. 이젠 잊어버려야죠. 이 얘기도 그렇고, 또 그녀도.”
엘러리가 중얼거리면서 자리에서 일어났다.
“지금 우리는 살인 사건을 수사하고 있습니다. 그런데 이건 너무 복잡하군요. 정신병리학이 인간 행위의 여러 가지 기괴하고 변덕스런 상태를 밝혀내지 못한다면, 살인 사건에 대한 수사는 여전히 초보적인 수준에 머물 수밖에 없다는 사실 말입니다…… 감사합니다. 앨런 체니 씨. 그리고 쉽게 절망하지 마시기를 바랍니다. 좋은 하루가 되시길!”

그후 거의 1시간쯤 지나 엘러리 퀸은 마일스 우드러프 변호사와 마주 앉아 있었다. 우드러프 변호사 사무실은 브로드웨이 아래쪽으로 난 작은 길가에 있었다. 엘러리는 우드러프가 권한 여송연 한 대를 뻐끔뻐끔 피우면서 잡담을 늘어놓았다. 우드러프는 마치 정신적인 변비 때문에 고생하는 사람처럼 얼굴은 벌겋고 눈은 누렇게 떠 있었다. 그는 매우 언짢은 얼굴로 책상 옆에 있는 타구(唾具)에다 가끔 침을 뱉었다.

우드러프의 불평은 대충 이런 것이었다. 자기가 변호사 생활을 시작한 이래로 이렇게 골치 아픈 상속 문제는 처음인데다, 칼키스 씨의 유산 상속 문제가 너무 복잡하게 얽혀 있었기 때문이었다.

"퀸 씨, 당신은 모를 겁니다."

우드러프가 갑자기 큰 소리로 말했다.

"우리가 직면한 문제가 얼마나 골치 아픈 사건인지 말입니다. 여기 이 종이 조각이 진짜 유언장의 일부로 판명되었기 때문에 우리는 그 유언장이 협박에 의해 쓰여졌다는 것을 증명해야만 합니다. 그렇지 않으면 유산의 대부분은 글림쇼의 유족에게 넘어가게 되고…… 불쌍한 녹스 씨는 유언 집행자가 된 것을 후회하게 될 겁니다."

"녹스 씨요? 그렇군요. 아마 굉장히 바쁘겠군요."

"이루 말할 수 없죠. 법적으로 재산 상속자가 확정되기까지 할 일이 얼마나 많은 줄 아십니까? 재산을 항목별로 정리하는 것도 보통일이 아닙니다. 워낙 칼키스 씨가 남긴 재산이 많아서요. 그리고 녹스 씨는 그 일을 틀림없이 나한테 떠맡길 겁니다. 집행자가 녹스 씨 같은 사람일 경우에는 보통 우리 같은 사람이 고생을 하니까요."

"녹스 씨의 비서는 아파서 일을 제대로 할 수 없다고 하고……."

엘러리가 무관심한 척하면서 얘기를 꺼냈다.

"마침 조앤 브레트 양이 할 일이 없으니까, 그녀를 임시로……."
우드러프의 입에 물려 있던 담배가 갑자기 흔들렸다.
"조앤 브레트! 맞아요! 엘러리 씨. 그거 좋은 생각입니다. 그녀라면 칼키스 씨의 재산에 대해서 누구보다도 잘 알 테니까. 지금 당장 녹스 씨에게 전화를 해야겠어요. 전화를 걸어서……."
엘러리는 말만 살짝 흘린 것으로 만족하고, 잠시 후 변호사 사무실을 빠져나왔다. 브로드웨이를 따라 걸어가는 그의 얼굴엔 만족스러운 웃음이 흘러 넘쳤다.

우드러프는 엘러리가 나가자마자 제임스 녹스와 통화를 했다.
"이건 제 생각인데요, 조앤 브레트 양이 칼키스 씨의 집에서는 더 이상 할 일이 없으니……."
"우드러프! 그거 참 좋은 생각이오!"
제임스 녹스는 안도의 한숨을 쉬면서 기막힌 제안을 해준 우드러프에게 고맙다는 말을 전한 뒤, 곧장 칼키스 집으로 전화를 했다.
그리고 녹스는 조앤 브레트가 전화를 받자 순전히 자기 머리에서 나온 생각인 것처럼 내일부터 당장 칼키스의 유산 상속 문제가 해결될 때까지 자기를 도와 달라고 제안했다. 그리고 그녀는 영국인으로 뉴욕에 거처할 곳이 없으니 자신의 일을 도와줄 동안은 자기 집에 와 있으라는 얘기까지 했다. 게다가 녹스는 봉급도 선조들의 무덤에 평화롭게 묻혀 있는 그리스계 미국인이 주던 것보다 많이 주겠다고 했다. 조앤 브레트는 새침을 떨면서 그 제안을 받아들였다. 그러면서 그녀는 어떻게 엘러리 퀸이 이런 교묘한 방법으로 모든 사태를 조작했는지 몹시 궁금해졌다.

Exhibit
증거물

    10월 22일 금요일, 엘러리 퀸은 비공식적이었으나 금융계의 거물을 방문했다. 그날 아침, 제임스 J. 녹스 씨로부터 무척 흥미로운 애기가 있으니 집으로 찾아와 달라는 전화 요청이 있었기 때문이다. 엘러리가 그 전화를 받고 기뻐했던 이유는 녹스라는 상류사회의 거물이 초대한 사실 외에도 보다 현실적인 이유가 도사리고 있는 것 같은 예감 때문이었다. 그는 급히 택시를 잡아타고 리버사이드 드라이브를 향해 달렸다. 그가 도착한 곳은 거대한 저택이 바라보이는 곳이었다. 엘러리는 어색하게 간살부리는 듯한 택시 운전 기사에게 돈을 지불하고 한껏 위엄을 부리면서, 높은 땅값과 고급 주택으로 유명한 저택으로 들어갔다.

    엘러리는 까다로운 절차 없이, 키 큰 늙은 집사의 안내를 받아 집 안으로 들어갔다. 그리고 메디치 궁을 그대로 옮겨 온 것 같은 으리으리한 응접실에서 얼마 동안 기다린 뒤 녹스 씨의 집무실로 안내되었다.

    집 안은 대부분 고딕풍으로 장식되어 있었는데, 녹스의 책상만은 초현대적인 것이었다. 엘러리는 녹스의 방으로 오는 동안 줄곧 거드름피우는 듯한 집사의 안내를 받았다. 녹스의 집무실도 그의 책상만큼이나 현대적이었다. 벽은 에나멜로 칠해져 있었으며 휘황찬란한 가구들이 늘어서 있었고, 램프에서 나오는 불빛이 환상적인 분위기를 자아내고 있었다. 웬만한 부자들은 흉내조차 내기 어려울 정도였다. 녹스 씨 옆에는 조앤 브레트 양이 무릎 위에 공책을 가지런히 놓고 다소곳이 앉아 있었다.

녹스는 엘러리에게 반갑게 인사를 하고, 길이가 15센티미터나 되는 담배가 가득 들어 있는 담배통을 내밀었다. 녹스는 얼떨떨한 표정을 짓고 있는 엘러리에게 의자를 권했다. 의자는 보기와는 달리 아주 편안했다.

녹스가 부드러운 목소리로 말을 꺼냈다.

"어서 오시오, 엘러리 씨. 이렇게 빨리 와주다니 기쁘군. 여기 있는 브레트 양을 보고 놀라지 않았소?"

"네, 깜짝 놀랐습니다."

엘러리가 정중한 목소리로 대답했다. 조앤 브레트가 눈을 깜박거리더니 스커트를 얌전히 매만졌다.

"조앤 브레트 양에게는 아주 큰 행운이겠군요."

"아니오, 천만에. 오히려 내가 운이 좋은 거지. 브레트 양은 보석이오. 내 비서가 볼거리인가 설사로 누워버렸는데 브레트 양이 와서 칼키스 씨 문제뿐만 아니라 내 개인적인 일까지 도와주고 있으니 얼마나 마음이 든든한지. 그리고 이렇게 예쁜 비서를 보면서 하루 종일 일할 수 있다는 것도 아주 큰 위안이오. 엘러리, 잠깐 실례해야 되겠소. 조앤 브레트 양과 해결해야 할 일이 좀 남아 있어서. 그것을 끝낸 다음에 이야기합시다. 지불날이 된 청구서에 대해서 수표를 끊어야 되겠는데, 브레트 양."

"청구서요?"

조앤 브레트가 얌전하게 되물었다.

"그 다음에 브레트 양이 주문한 여러 가지 문방구도 결제해야지. 새로 구입한 타이프라이터 청구서에는 잊지 말고 새로 바꾼 키에 대한 가격도 포함시키도록 하고…… 낡은 타자기는 자선 단체에 기증하도록 하고…… 난 낡은 기계는 질색이니까……."

"자선 단체요?"

"그럼, 그리고 시간이 있을 때 브레트 양이 얘기한 강철로 만든 서류철도 주문하고, 자, 됐어요."

조앤 브레트는 일어나서 반대편에 있는 자기 책상으로 갔다. 그녀는 유능한 비서처럼 앉아서 타자를 치기 시작했다. 그녀가 앉은 책상도 최신식이었다.

"자, 너무 오래 기다렸군요, 엘러리 씨. 이런 자질구레한 일들이 보통 신경 쓰이는 게 아니오. 이 일을 맡아 하던 비서가 병이 나는 바람에 아주 골머리를 앓고 있소."

"그러시겠습니다."

엘러리가 중얼거렸다. 엘러리는 그러면서도 곰곰이 생각하지 않을 수 없었다. 왜 녹스가 친분도 없는 자기한테 그런 개인적인 얘기를 늘어놓는 건지, 그리고 일부러 초대한 용건은 언제쯤 얘기할 건지, 혹시 녹스가 잡담을 늘어놓으면서 고의적으로 뭔가 중요한 마음의 동요를 숨기려고 하는 것은 아닌지.

녹스는 금색 펜을 만지작거리면서 드디어 이야기를 시작했다.

"사실은, 오늘 아침에서야 갑자기 생각이 떠올랐소. 지금까지 잊고 있었다는 사실에 매우 당황했지. 전날, 경찰청의 퀸 경감 사무실에서 합석했을 때, 당연히 말했어야 했는데……."

엘러리! 넌 드디어 행운을 잡은 거야! 엘러리는 속으로 이렇게 외쳤다. 인내심을 가지고 개처럼 찾아다닌 덕택이다. 자, 행운의 귀를 쫑긋 세우고 한 마디 빠짐없이 들어보자!

"어떤 생각이 나셨습니까?"

엘러리는 별로 중요하지 않은 것을 묻는 듯한 말투였다.

녹스는 얘기를 시작했다. 신경이 날카로워져 있던 녹스는 얘기가 계속될수록 점점 마음의 안정을 찾고 있는 모양이었다.

녹스가 글림쇼와 함께 칼키스의 집에 갔던 날, 이상한 일이 하나 있었다. 이 일은 칼키스가 글림쇼의 요구대로 약속어음을 끊어서 서명을 하고 그에게 건네준 직후에 일어났다. 글림쇼는 약속어음을 받아 지갑에 집어넣으면서 칼키스에게 압력을 가해 좀더 많은 것을 긁어내도 될 것이라고 생각한 모양인지, 현금으로 1천 달러를 더 줄 수 있겠느냐고 말했다. 약속어음 결제일이 될 때까지 기다리려면 수중에 현금이 좀 있어야 한다는 것이었다.

"이 사건에서 1천 달러라는 돈은 나오지 않았는데……"

엘러리가 날카롭게 말했다.

"이야기를 중간에 끊지 말아요, 엘러리 씨."

녹스가 말했다.

"칼키스는 집에 돈이 없다고 바로 대답했소. 그러더니 나를 돌아보면서 돈을 좀 빌려달라고 했지. 다음날 갚겠다면서 말이오. 그래서……"

녹스는 언짢은 표정으로 담뱃재를 털었다.

"칼키스는 신용이 확실한 사람이었소. 다행히 그날 나에겐 1천 달러짜리 지폐 5장이 있었소. 그날 쓸 일이 있어서 은행에서 미리 찾아다 놓은 거였지. 나는 그 중에서 1장을 칼키스에게 빌려주었소."

"그랬군요. 그 다음에 글림쇼가 어디다 집어넣던가요?"

엘러리가 물었다.

"글림쇼는 칼키스의 손에서 돈을 확 낚아채더니 조끼에서 낡은 금시계를 꺼낸 다음에 그 뒤쪽 덮개를 열고 돈을 꼬깃꼬깃 집어넣었소. 그것이 틀림없이 슬론 사무실의 금고에서 발견됐다는 그 시계일거요. 그리고 글림쇼는 뚜껑을 닫고 다시 조끼 속에 집어넣었지……."

엘러리는 손톱을 물어뜯고 있었다.

"낡고 두꺼운 금시계였다고……. 확실히 슬론의 금고에 들어있던 그 시계였나요?"

"틀림없어요. 슬론의 금고에서 꺼낸 시계를 신문에서 봤으니까 틀림없이 같다고 단언할 수 있지요."

"결정적인 큰 뉴스군요!"

엘러리가 숨을 헐떡이며 계속 말을 이었다.

"그런데, 녹스 씨. 그날 은행에서 찾은 지폐 번호를 기억하십니까? 그 시계 안에 돈이 들어 있는지 확인하는 게 아주 중요할 것 같은데요. 만일, 지폐를 분실했다면 일련번호를 추적해서 살인범을 잡을 수 있을지도 모르니까요!"

"내 생각도 바로 그거요. 잠깐만 기다리시오. 브레트 양, 거래 은행에 전화를 걸어 출납 담당 보먼을 연결시켜 줘요."

조앤 브레트는 지시대로 전화를 걸어 녹스 씨에게 넘겨주고는 자기 자리로 돌아갔다.

"보먼? 나 녹스요. 내가 지난 10월 1일에 인출한 천 달러 지폐 5장 있잖소? 그 일련번호를 좀 알고 싶은데…… 알겠소, 기다리지."

녹스는 잠시 후 메모지를 집어 들더니 금색 펜으로 숫자를 적기 시작했다. 그는 웃으면서 전화를 끊고는 엘러리에게 메모지를 건네주었다.

"여기 있소, 엘러리 씨."

엘러리는 그 메모지를 손끝으로 만지작거리면서 말을 이었다.

"녹스 씨, 죄송합니다만 저랑 같이 경찰서로 가셔서 시계 안에 돈이 들어 있는지 확인해 주시겠습니까?"

"기꺼이 그러겠소. 그런 조사라면 재미있을 테니까."

그때 책상 위에 있던 전화 벨이 울렸다. 조앤이 일어나서 전화를 받았다.

"녹스 씨를 찾으십니다. 보증회산데요, 어떻게 할까요?"

"내가 받겠소. 엘러리 씨, 잠깐 실례하겠소."

녹스가 무뚝뚝하고 지루하기 짝이 없는 사업얘기를 하고 있는 동안 엘러리는 일어나서 조앤이 앉아 있는 책상 쪽으로 느릿느릿 걸어갔다. 그리고는 그녀에게 의미있는 시선을 보내면서 일부러 큰 소리로 말했다.

"브레트 양, 수고스럽겠지만 이 일련번호를 타자로 좀 쳐 주시겠습니까?"

엘러리는 그걸 구실로 그녀의 의자 위로 몸을 숙이면서 그녀와 귓속말을 하려고 했다. 그녀는 금색 펜으로 쓰여진 메모시를 받고는 타자기에 종이를 걸고 타자를 치기 시작했다. 그러면서 작은 소리로 엘러리에게 말했다.

"녹스 씨가 그날 밤 글림쇼와 함께 왔던 그 베일에 싸인 사내라는 것을 왜 내게 이제까지 말하지 않았어요?"

그녀의 목소리는 엘러리를 원망하는 것처럼 들렸다.

엘러리는 머리를 흔들어 함부로 말하지 말라고 경고했으나, 녹스는 대화에 열중하느라 눈치채지 못하고 있었다. 조앤은 재빨리 타자기에서 종이를 빼내면서 짐짓 큰소리로 말했다.

"어머, 이런, '번호'라는 글자를 빼먹었네."

그러더니 그녀는 새로운 종이를 집어넣어 빠른 속도로 다시 글자를 치기 시작했다.

엘러리가 속삭였다.

"런던에서 연락이 있었습니까?"

조앤 브레트는 고개를 가로저었다. 그 사이에 그녀의 손동작이 약간 둔해지면서 또다시 큰 소리로 말했다.

"저는 아직 녹스 씨의 타이프라이터에 익숙하지 못해요. 이건 레밍턴이거든요. 제가 쓰던 것은 언더우드인데, 여기엔 이 타자기밖에 없어요……"

그녀는 작업을 끝내고 종이를 꺼내 엘러리에게 넘겨주면서 다시 한번 속삭였다.

"그가 레오나르도를 가지고 있을 가능성이 있지요?"

엘러리는 조앤 브레트의 어깨를 세게 잡았다. 그 바람에 조앤 브레트는 어깨를 움츠리면서 얼굴이 창백해졌다. 엘러리는 웃음을 지으면서 따뜻한 목소리로 말했다.

"잘 됐어요, 브레트 양, 고맙습니다."

그리고 나서 그는 타이핑 된 용지를 포켓 속에 넣으면서 이번에는 속삭이는 소리로 말했다.

"부디 조심해요. 아무 데나 뒤지지 말고, 눈에 띄면 모든 것이 끝이요. 그리고 제발 나를 좀 믿어요. 당신은 그저 비서일 뿐이라는 것을 명심하라고요. 천 달러짜리 지폐에 관해서는 아무한테도 얘기하지 말아요."

"네, 좋습니다. 알겠습니다, 엘러리 씨."

조앤 브레트는 귀여운 악마처럼 윙크를 하면서 또박또박 대답했다.

엘러리는 제임스 J. 녹스 씨의 호화스런 자가용을 타고 재계의 거물과 함께 제복을 입은 운전 기사가 모는 고급차 뒷 좌석에 나란히 앉아 시내로 들어가게 되어 아주 기분이 좋았다.

자가용이 센터 거리에 있는 경찰 본부 앞에 이르자, 두 사람은 차에서 나와 성큼성큼 계단을 걸어 올라가 안으로 들어갔다. 녹스 씨는 신분을 막론하고 제복이나 평복의 구별 없이 모든 경찰이 경감의 아들인 퀸 2세를 경애하는 것에 감복했다. 엘러리도 이 대부호가 자기를 다시 보고 있는 것을 느끼면서 아주 의기양양해졌다. 그는 녹스를 기록자료실로 안내했다. 엘러리는 거드름을 피우면서 담당 경관에게 글림쇼·슬론 사건의 증거물이 들어있는 상자를 가져오도록 명령했다. 증거물이 도착하자 엘러리의 관심은 오직 옛날 금시계에 있었다. 엘러리는 철제 상자에서 시계를 꺼낸 뒤 조용히 옆방으로 가서 녹스와 함께 한동안 말없이 시계를 살펴보았다.

엘러리는 그 순간 앞으로 일어날 의외의 사태를 예감했다. 그러나 녹스는 단순한 호기심 정도만 보일 뿐이었다. 엘러리가 시계의 뒤 뚜껑을 열었다.

그 안에는 녹스가 증언한 것처럼 천 달러짜리 지폐가 꼬깃꼬깃하게 접힌 채 들어 있었다.

그것을 본 엘러리의 얼굴에는 실망하는 기색이 역력했다. 녹스의 사무실에서부터 마음속에 품어 왔던 가능성이 지폐가 발견됨으로써 일시에 사라지는 순간이었다. 그렇긴 했지만 엘러리는 신중하게 주머니에 있던 지폐의 일련번호를 꺼내 시계 안에서 나온 지폐 번호와 대조해 보는 것을 잊지 않았다. 그가 찾아낸 지폐는 녹스가 얘기한 5장의 지폐 가운데 하나가 분명했다. 엘러리는 시계 뒤 뚜껑을 닫고 그것을 자료함에 다시 집어넣었다.

"어떻게 생각하시오, 엘러리 씨?"

"별로 놀랄만한 사실은 아니었던 것 같습니다. 이 새로운 사실이 슬론이 범인이라고 하는 것을 바꿀 만한 단서가 되지는 못하겠는데요."

엘러리가 실망한 목소리로 말을 이었다.

"시계 속에 지폐가 남아 있다는 것은, 슬론이 그 사실을 몰랐다는 것이지요. 슬론이 글림쇼를 죽인 범인이며 글림쇼의 동업자였다는 결론은 변함이 없는 겁니다. 그들 두 사람 사이는 솔직한 관계가 아니었던 겁니다. 글림쇼에게 그 천 달러를 동업자와 나눌 생각이 있었다면 그런 이상스런 곳에 감추지 않았을 겁니다. 여하튼, 슬론이 글림쇼를 살해했을 때, 금시계를 착복했지만 돈이 있는 줄은 전혀 몰랐으니까 뚜껑을 열어볼 생각을 전혀 못했겠지요. 그러니까 돈이 아직도 시계 안에 그대로 남아 있는 겁니다."

"당신은 아직도 슬론이 범인이 아니라고 생각하고 있는 것 같군요?"

눈치 빠른 녹스가 얘기했다.

"사실은 녹스 씨, 저는 지금 뭘 생각해야 할지 갈피를 못 잡고 있는 상탭니다."

두 사람은 복도를 걸어 내려왔다. 엘러리가 녹스에게 말했다.

"하지만 한 가지 부탁드려야겠군요."

"뭐든지 말씀만 하시오, 엘러리 씨."

"이 1천 달러짜리 지폐에 관해서는 아무한테도 얘기하지 말아 주십시오."

"알겠소. 하지만 브레트 양은 이미 알고 있을 텐데. 우리가 얘기하는 것을 들었을 테니까 말이오."

"그녀에게도 입 다물라고 주의를 시켜 주십시오."

두 사람은 악수를 나누었다. 엘러리는 녹스가 걸어 나가는 것을 지켜보았다. 그리고 나서 할 일 없이 몇 분 동안 현관을 서성거리다가 퀸 경감의 사무실로 올라갔다. 그러나 아무도 없었다. 그는 고개를 절레절레 흔들고는 센터 거리로 내려와서 택시를 잡아탔다.

엘러리는 5분쯤 뒤에 제임스 녹스의 거래은행에 들어가 출납 담당 보먼을 찾았다. 그리고는 경감의 묵인하에 들고 다니는 경찰 신분증을 쓱 보여주면서, 제임스 녹스가 10월 1일에 찾아간 천 달러짜리 지폐의 일련번호를 가르쳐 달라고 했다.

글림쇼의 시계에서 나온 지폐의 번호와 은행에서 말한 일련번호는 일치했다.

엘러리는 사건 해결에 아무런 진전이 없다는 것을 깨닫고는 은행을 나와 비싼 택시를 타는 대신 지하철을 타고 귀가했다.

Leftover
나머지

 토요일 오후의 브루클린…… 나뭇잎이 모두 떨어져버린 가로수 밑에 길게 늘어선 주택가를 걸으면서 엘러리는 마음 속으로 후회하기 시작했다. 토요일 오후의 시골 마을, 브루클린에서 집을 찾아낸다는 것은 매우 어려운 일이다. 엘러리는 집 주소를 확인하면서 생각했다. 만담가들이 가끔 놀리기는 하지만, 이 브루클린은 비교적 살기좋은 곳이다. 조용하고 평화롭고 차분한 거리의 분위기. 보기만해도 목가적인 풍경에 어울리는 한 집에서 브로드웨이에서 빠져나온 듯한 매우 아리따운 오델 부인을 발견하고 엘러리는 자기도 모르게 웃지 않을 수 없었다.
 납작한 돌을 따라가다가 하얀 페인트를 칠한 집 앞에 섰다. 현관에 있는 벨을 누르자, 문을 연 오델 부인은 집집마다 돌아다니는 상품 판매원이라고 생각한 모양인지 짜증스럽다는 듯이 눈썹을 치켜뜨더니 문을 닫으려고 했다. 엘러리는 미소를 지으며 재빨리 문틈에다 발을 끼웠다. 엘러리가 웃으면서 명함을 보여주자 지금까지의 강한 태도는 순간 사라지고 두려워하는 표정이 그녀의 얼굴을 스치고 지나갔다.
 "들어오세요, 엘러리 씨, 미처 몰라뵈서 죄송합니다."
 그녀는 꽃무늬가 수놓아져 있는 뻣뻣한 실내복을 입고 있었는데, 엘러리가 들어가자 매우 불안한 모습으로 앞치마에 연신 손을 문질러 댔다. 오델 부인은 컴컴하고 서늘한 현관으로 엘러리를 안내했다. 현관 왼편으로 활짝 열린 프랑스식 창문이 보였다. 오델 부인은 그들의 거실인 듯한 건너편 방으로 엘러리를 안내했다.
 "우리 그이가 같이 있는 게 좋으시겠죠? 오델 말이에요."
 "집에 계시다면……."
 그녀는 재빨리 문 바깥으로 나갔다.
 엘러리는 흐뭇한 표정으로 주위를 둘러보았다. 결혼은 릴리 모리슨이 릴리 오델로 된 것 이상의 변화를 가져다준 것 같았다. 결혼생활이 그녀의 풍만한 가슴속에 숨겨져 있던 삶에 대한 애착을 되찾아 준 게 분명했다. 방 안은 매우 아늑하고 깨끗했으나 집 가꾸는 일이 손에 익숙하지 않아서인지, 혹은 잘 해야 된다는 강박관념이 작용한 탓인지 쿠션의 색깔은 현란했고, 싸구려 벽지도 그녀가 고급품인 줄 알고 선택한 것 같았다. 벽면 여기저기에는 빅토리아풍의 스탠드가 놓여 있었으며, 사치스럽게 조각된 가구들이 번쩍거리고 있었다. 엘러리는 앨버트 글림쇼 같은 인물과 사귀던 붉은 얼굴의 릴리가 건실한 제러마이어 오델과 함께 싸구려 가구점에 들어가서 가장 비싸고, 크고, 화려한 가구들을 고르는 모습을 어렵지 않게 떠올릴 수 있었다.
 엘러리가 웃음을 머금고 생각에 잠겨 있는 사이에 집주인인 제러마이어 오델이 들어왔다. 그의 손에 기름때가 묻어 있는 것으로 보아 집 뒤쪽 어딘가에 있는 차고에서 자동차를 손보다 온 것이 분명했다. 이 아일랜드 거인은 자기의 때 묻은 손하며, 후줄근한 차림새와 더러운 구두 따위는 아랑곳하지 않고 엘러리에게 의자를 권했다. 오델 부인은 남편 옆에 다소곳하게 서 있었다. 오델이 먼저 큰 소리로 입을 열었다.

"무슨 일이오? 그 골치아픈 사건은 다 끝난 걸로 알고 있는데, 또 뭐 물어볼 일이 있소?"

오델 부인은 자리에 앉을 마음이 없는 것 같았다. 그래서 엘러리도 서 있었다. 우거지상의 오델은 금방이라도 폭발할 것 같았다.

"그냥 얘기를 하러 온 겁니다. 뭘 캐물으려고 온 게 아니고요."

엘러리가 중얼거렸다.

"단지 개인적으로 확인할 게 있어서……."

"사건은 다 끝났잖소!"

"네, 그렇습니다."

엘러리는 숨을 크게 들이마셨다.

"그렇게 오래 걸리지는 않을 겁니다. 그다지 중요하지는 않지만 아직 명확하게 해결이 안 된 것들을 나름대로 정리하고 있는 중이거든요……."

"우리는 할 말이 없소."

"네, 네, 압니다."

엘러리는 어색하게 웃음을 지으면서 계속 얘기했다.

"물론 당신이 이 사건에 대해서 특별히 할 말이 없다는 것을 잘 압니다. 오델 씨, 아시다시피 중요한 것은 다 해결된 셈이니까요."

"그것도 경찰이 잘 쓰는 수법 중 하나요?"

"오델 씨!"

엘러리가 전혀 다른 표정으로 말을 이었다.

"당신은 신문도 못 보셨습니까? 우리가 왜 당신을 속이겠습니까? 당신이 퀸 경감의 신문에 대해 애매한 답변으로 피한 사실은 알고 있어요. 하지만 지금은 사정이 변했고 당신에게 혐의를 둘 필요도 없어졌어요."

"좋소, 좋다고요. 그래, 도대체 뭘 알고 싶은 거요?"

"왜 지난번에는 목요일 밤에 베네딕트 호텔로 글림쇼를 찾아간 적이 없다고 거짓말을 하셨습니까?"

"뭐라고!"

오델이 험악한 표정으로 말을 하려다가 자기 부인이 어깨를 살짝 만지자 말을 멈췄다.

"당신은 좀 빠져, 릴리."

"아니에요."

릴리가 떨리는 목소리로 말을 꺼냈다.

"제리, 숨긴다고 될 일이 아니에요. 당신은 경찰을 잘 몰라서 그래요. 경찰은 사실을 알아낼 때까지 우리를 계속 괴롭힐 거예요…… 엘러리 씨에게 사실대로 말씀드리세요, 제리."

"그것이… 제일 현명한 방법이요, 오델 씨."

엘러리가 부드럽게 얘기했다.

"당신이 진짜로 꺼리는 게 없다면 얘기를 못할 이유가 없잖습니까?"

오델 부부의 눈이 서로 마주쳤다. 오델이 머리를 떨구고는 손으로 턱을 천천히 문지르기 시작했다. 그는 뭔가를 곰곰이 생각하면서 시간을 끌고 있었다. 엘러리는 잠자코 그가 말하기를 기다렸다.

"좋소."

오델이 마침내 입을 열었다.

"말하겠소. 하지만 당신이 지금 나를 속이거나 사기를 치는 거라면 무사하지 못할 줄 아쇼! 릴리 당신도 앉아, 신경 쓰이니까."

오델 부인이 소파에 앉았다.

"그렇소. 그 호텔에 갔었지. 퀸 경감의 말이 맞소. 어떤 여자가 들어가고 난 다음 3, 4분 있다가 나는 프런트로 갔소."
"그럼 당신이 글림쇼의 네 번째 방문객이 되는군요."
엘러리가 생각하면서 말했다.
"거기는 왜 갔습니까?"
"그 쥐새끼 같은 자식이 형무소에서 나오자마자 내 아내를 찾았소. 나는 릴리가 그 자식을 알고 있다는 것도 몰랐소. 결혼하기 전의 릴리의 생활은 전혀 몰랐으니까. 나는 여자의 과거 따위는 상관하지 않소. 그런데 릴리는 내가 기분 나빠 할 거라고 생각한 모양이오. 그래서 바보같이 나와 만나기 전의 일을 감추고……."
"그건 현명한 방법이 아니지요, 오델 부인."
엘러리가 갑자기 진지한 표정으로 토를 달았다.
"영혼의 동반자에겐 항상 모든 것을 털어놓아야 합니다. 그거야말로 행복한 결혼 생활을 위한 지름길이자 기본적인 자세 아니겠습니까?"
오델이 씩 웃었다.
"이 젊은 친구 얘기하는 것 들었지, 릴리? 내가 당신의 과거를 알면 당신을 버릴 줄 알았소?"
그녀는 아무 말 없이 앞치마의 주름을 만지작거리면서 무릎만 뚫어지게 내려다보고 있었다.
"여하튼 글림쇼는 내 아내를 만났소. 어떻게 릴리가 있는 곳을 알아냈는지는 모르겠지만, 그 쥐새끼 같은 놈이 연락을 해서 시크의 술집에서 만나자고 했소. 아내는 자꾸 피하면 그 자식이 나한테 모든 사실을 다 일러바칠까봐 두려워서 그 자리에 나갔소."
"이해합니다."
"그 자식은 아내가 아직도 나쁜 짓을 하고 돌아다니는 줄 알았던 모양이오. 이제는 마음을 잡았고 당신 같은 건달은 필요하지 않다

나머지

고 말했는데도 믿지 않았다고 했소. 오히려 화를 내면서 베네딕트 호텔에 있는 자기 방으로 오라고 했다더군. 그 죽일 놈이 말이오. 그 얘기를 듣고 아내는 술집에서 뛰쳐나왔고 집에 와서 내게 모든 걸 털어놓았소…… 예상했던 것보다 상황이 매우 심각하다고 느꼈던 거요."
"그래서 담판을 지으려고 베네딕트 호텔로 찾아갔습니까?"
"바로 그거요."
오델은 멍청한 표정으로 상처투성이인 손을 내려다보았다.
"그 자식에게 사실대로 얘기한 다음, 아내를 두 번 다시 부르면 껍질을 벗겨 버리겠다고 말했소. 그게 전부요. 겁을 잔뜩 주고 나와 버렸지."
"그때, 글림쇼의 반응이 어떻던가요?"
오델은 몹시 난처한 표정을 지었다.
"잔뜩 겁을 먹은 표정이었소. 내가 멱살을 잡았더니 얼굴이 새파래져 가지고는……."
"아, 좀 거칠게 다루셨나보죠?"
오델이 큰 소리로 웃었다.
"당신네들은 멱살을 잡고 몇 번 흔들어 준 걸 가지고 거칠게 다루었다고 하나요, 엘러리 씨? 당신도 우리가 기계를 만지는 걸 봤어야 하는데, 우리는 기계가 말을 안 들으면 통째로 작살을 내버린다고……. 그 자식은 약간 흔들어 준 것 뿐이오. 그놈은 얼어 가지고 손가락 하나 까딱하지 못하더군."
"그자가 권총을 가지고 있던가요?"
"아니, 갖고 있지 않은 것 같았소. 원래 그런 놈들은 다 가지고 다니는데……."
엘러리는 생각에 잠겼다. 오델 부인이 작은 소리로 말했다.

"들으셨지요! 제 남편은 나쁜 짓을 하지 않았어요."
"그러니까, 처음부터 사실대로 말씀하셨으면 그만큼 수사 당국의 일이 줄어들었을 것 아닙니까?"
"나 자신을 옭아매는 게 될까봐 얘기를 안 했소. 그 나쁜 놈을 살해했다는 의심을 받기가 싫었소."
오델이 소리쳤다.
"오델 씨, 글림쇼의 방에 들어갔을 때 다른 사람은 없었습니까?"
"글림쇼 밖에 없었소."
"방이 어질러져 있다든가 위스키 잔이라든가, 누군가 다른 사람이 있었다는 걸 알 수 있는 흔적이 전혀 없었나요?"
"흔적이 있었더라도 보지 못했을 거요. 그때 나는 몹시 흥분해 있었으니까 말이오."
"두 분 다 그날 밤 이후, 글림쇼를 다시 보신 적이 없습니까?"
그들은 바로 고개를 가로저었다.
"알겠습니다. 다시는 두 분을 귀찮게 하는 일이 없을 겁니다."

  엘러리는 지하철을 타고 따분하게 뉴욕에 돌아왔다. 아무런 생각도 나지 않았다. 신문을 사 보았지만 그에게 위안이 될 만한 것은 없었다. 엘러리가 서쪽 87번 거리에 있는 갈색의 자기 집에 돌아와서 3층으로 올라가 벨을 눌렀을 때, 그의 표정은 잔뜩 일그러져 있었다. 주나가 문을 열어주었다. 집시족 같은 날카로운 주나 얼굴을 보았으나 엘러리의 표정은 밝지 못했다. 주나는 항상 그에게 있어서 정신 자극제였다.
  주나는 그 약삭빠른 머리로 엘러리의 기분이 언짢다는 것을 감지한 다음, 나름대로 젊은 퀸의 기분을 띄워 보려고 머리를 굴렸다. 엘러리의 모자와 외투와 지팡이를 과장된 몸짓으로 받아 들고 일부러 엘러리의 기분을 떠보았다. 평소 같으면 이쯤에서 엘러리가 씩 웃음을 짓곤 했는데, 오늘은 별 소용이 없었다. 주나는 엘러리의 입에 담배를 물려준 뒤 정중한 태도로 성냥불을 그었다.
"뭐가 잘못됐어요, 엘러리 아저씨?"
자기의 모든 노력이 실패했다는 것을 알자 주나는 슬픈 목소리로 엘러리에게 물었다.
엘러리는 한숨을 쉬었다.
"주나, 모든 게 잘못됐어. 평소같으면, 그것이 오히려 나한테 힘이 될 수도 있을 것 같은데 말이야. 이런 말이 있거든. '모든 게 잘못되었을 때에는 다른 음악을 틀어라.' 로버트 W. 서비스라는 사람이 해학적인 시에서 한 말이야. 그런데, 생각해 보니까 이런 말은 나한테 별로 소용이 없을 것 같아. 힘차고 만족스러운 음악을 틀고, 큰 소리로 웃을 수가 없을 것 같아. 난 아주 불쌍한 음치거든."
주나는 그 어려운 말들을 잘 알아듣지 못했다. 그러나 엘러리의 표정으로 봐서 뭔가 문제가 있는 게 분명하다는 것만은 알 수 있었다. 주나는 엘러리의 기운을 북돋워 주려고 애써 웃음을 지어보였다.
"주나, 들어보렴!"
엘러리가 의자에 몸을 파묻으면서 말을 계속했다.
"잘 들어봐. 글림쇼라는 놈을 찾아온 손님이 5명이 있었어. 그 중에서 3명은 이미 밝혀졌지! 죽은 길버트 슬론하고, 그의 아내, 우락부락한 제러마이어 오델, 이렇게 3명인데 말이야. 아직 나머지 2명은 모르겠거든. 자기는 아니라고 하지만, 워디스 박사가 그 중 한 사람인 것 같은데 아마 그 의사도 죄가 없다고 말할 것 같아. 자, 그럼 이제 한 사람만 남게 되는데, 그 사람은 이름도 모르고 얼굴도 몰라. 이 사람이 가장 흥미있는 대상인데, 방문 순서에서 보면 슬론이 범인인 경우, 두 번째 나타난 남자거든."

"네, 그렇군요. 엘러리 아저씨!"

주나가 말했다.

"그런데 말야, 솔직하게 말해서 실패한 것 같아. 슬론이 살인범이 아니라는 증거를 아직 하나도 찾지 못했으니 말이지."

"그렇군요! 좋은 커피를 부엌에 갖다 놓았어요, 제가요."

"'제가 부엌에 맛있는 커피를 마련해 놓았어요'라고 해야지. 정확한 표현을 쓰는 버릇을 들여야 해, 주나. 이젠 그럴 때도 됐잖아?"

엘러리가 핀잔을 주었다.

어쨌든 모든 것을 종합해 볼 때, 그날은 가장 마음에 안 드는 날이었다.

Light
광명

 그러나 그 후 엘러리는 깨닫게 되지만 그날은 아직 끝난 것이 아니었다. 우울한 기분으로 앉아 있는 엘러리에게 아버지 퀸 경감으로부터 뜻밖의 전화가 왔다. 슬론 부인의 예기치 않은 방문에서 시작된 엘러리의 노력이 꽃을 피우고 열매를 맺는 순간이었다. 엘러리는 기대하고 있지 않았던 것이었기 때문에 더욱 놀랍고 반가웠다.
"정보가 있다, 엘러리."
퀸 경감은 전화에 대고 기운찬 목소리로 말을 꺼냈다.
"믿을 수 없을 만큼 기묘한 이야긴데…… 빨리 너에게 알려주려고 전화했지!"
엘러리는 별로 기대하지 않았다
"그 동안 너무 많이 실망을 해서요……."
"글쎄, 내가 보기에도 슬론이 범인이라는 사실을 바꿀 수는 없을 것 같은데 말이야."
퀸 경감의 말이 점점 퉁명스러워졌다.
"애야, 너 듣고 싶은 거냐, 아니면 듣기 싫은 거냐?"

"듣고 싶지 않은 것은 아닌데요…… 얘기해 보세요, 무슨 일이 있었는데요?"

수화기를 통해서 퀸 경감의 헛기침 소리가 들려 왔다. 그것은 엘러리의 태도가 마음에 들지 않는다는 표시였다.

"전화로는 다 못하니까, 네가 사무실로 나오면 좋겠다."

"네, 알겠습니다."

엘러리는 마지못해 일어나 시내로 향했으나 그리 유쾌한 기분이 아니었다. 지하철이라면 이제 신물이 났고, 머리도 아파왔기 때문에 눈에 보이는 세상이 따분하게 보였던 것이다. 게다가 경찰청에 들어갔더니 퀸 경감이 부관과 얘기를 하고 있는 중이어서 바깥에서 45분이나 기다려야 했다. 엘러리는 불쾌한 표정을 노골적으로 드러내며 사무실로 들어갔다.

"세상이 깜짝 놀랄 뉴스라는 게 뭐죠?"

경감은 엘러리를 향하여 다리로 의자를 내밀었다.

"일단 앉아라. 내막을 얘기해 줄 테니까…… 오늘 오후에 네 친구가 날 찾아왔다. 그 누구더라…… 그래…… 스위서라든가?"

"내이쇼 스위서일 거에요, 내 친구는 아니지만. 그런데요?"

"그가 하는 말이 슬론이 자살하던 날 밤, 자기가 칼키스 화랑에 갔었다는구나."

엘러리의 표정에서 피곤한 기색이 일시에 싹 사라졌다. 엘러리는 자리를 박차고 일어났다.

"그럴리가요?"

"그렇게 흥분할 건 없다."

경감이 불쾌하게 말했다.

"뭐, 특별한 것은 없으니까. 그날 스위서는 칼키스 화랑의 전시품에 대한 설명서를 작성할 일이 있었단다. 그 친구 말이, 그 일은 워낙 시간이 오래 걸리고, 복잡한 작업이라서 그날 밤부터 착수하게 되어 그곳에 갔다는구나."
"그날이 슬론이 자살한 밤이었단 말이죠?"
"그래. 진정하고 일단 내 말을 좀 들어라. 그래서 거기에 갔단다. 열쇠를 가지고 있어서 그냥 문을 따고 위층 전시실로 올라간 모양인데……."
"열쇠가 있었다고요? 도난 경보장치가 돼 있었을 텐데요?"
"그때는 경보장치가 꺼져 있었대. 그러니까 안에 누가 있었다는 얘기지. 원래 제일 마지막으로 나오는 사람이 경보장치를 가동시키고, 경보장치 회사에 전화를 건다는구나. 여하튼 위층으로 올라갔는데 슬론의 방에 불이 켜져 있더란다. 스위서는 설명서에 대해서 물어볼 게 있어서 방으로 갔다는데 그때는 슬론이 늦게까지 일을 하고 있는 줄 알았다는 거야. 그래서 무심결에 들어갔더니 슬론이 시체가 되어 있더란 말이지. 우리가 확인한 것과 똑같이 말이야."
엘러리는 이상하리만큼 무척 흥분해 있었다. 그는 습관적으로 담배를 꺼내 물면서 마치 최면술에 걸린 사람처럼 멍한 눈으로 경감을 바라보았다.
"우리가 발견했을 때와 똑같은 모습으로 말이죠?"
"그래, 그래"
경감이 얘기했다.
"머리는 책상에 대고 있고, 오른손 아래에는 총이 떨어져 있고 말이야. 우리가 본 것하고 똑같애. 우리가 들어가기 바로 몇 분 전 상황이니까. 그걸 보고 스위서는 당황했던 모양이야. 그 사람을 나무랄 수는 없지. 그가 아주 좋지 않은 시간에 거기 있었던 셈이니까. 그래서 그는 자기가 거기 있었다는 게 밝혀지면 난처해질까 봐 방에 있는 것은 아무것도 손대지 않고 급히 빠져나왔단다."

"스위서의 그 말이 진실이라면 그랬겠죠."
엘러리가 눈을 반짝이면서 속으로 말했다.
"진실이라면이라니? 침착하게 듣거라!"
경감이 엘러리를 엄숙하게 타일렀다.
"이상하게 생각하지 말아라. 이미 내가 1시간에 걸쳐 스위서에게 그 방의 모습이 어땠는가에 대해서 꼬치꼬치 다 물어봤다. 그의 대답으로 미루어 보건대 그의 답변은 의심스런 것이 전혀 없어. 자살 사실이 신문에 보도되자 좀 안심이 되긴 했는데, 그래도 신경이 쓰이더라는 거지. 일단은 사태가 어떻게 진전되는지 관망해 보려고 했던 것 같아. 그런데 새로운 사실도 없고, 자기를 의심살 만한 일도 없으니까 이제는 말해도 되겠다 싶어서 말을 한 거야. 게다가 감춘 사실이 양심에 걸리기도 하고 해서 나한테 모든 얘기를 털어놓은 거지. 이게 전부다."
엘러리는 뻐끔뻐끔 담배를 피워댔다. 그의 정신은 지금 딴 데 가 있는 듯했다.
"어쨌든 중요한 문제는 아니다. 슬론이 자살했다는 것과 그가 범인이라는 점에는 별 영향을 못 끼치는 후일담일 뿐이지."
퀸 경감은 엘러리의 표정을 보고 약간은 불쾌해진 목소리로 말했다.
"네, 네. 저도 그 의견에는 동감합니다. 스위서가 결백하지 않았다면 그 말을 하지 않았을 것이고, 또 슬론이 자살했다는 것이 밝혀졌으니 말을 해도 살인혐의가 돌아오지 않을 거라고 생각해서 그 얘기를 했다는 것은 분명해요. 제가 지금 생각하는 것은 전혀 다른 것입니다, 아버지!"
"그게 뭔데?"
"슬론이 자살했다는 것을 논리적으로 확실하게 증명할 필요가 있다고 생각하지 않으세요?"
"그게 무슨 말이냐? 증명이라니?"
퀸 경감은 콧방귀를 뀌었다.
"그건 가설이 아니라 실제 상황이야. 하지만 뭐, 좀더 확실한 증거가 있다고 해서 나쁠 건 없겠지. 넌 무슨 생각을 하고 있는데 그러느냐?"
엘러리가 긴장된 모습으로 크게 말했다.
"아버지가 지금 저에게 얘기해 주신 스위서의 증언에는 슬론이 자살했다는 사실을 뒤엎을 만한 것이 없지요. 하지만 내이쇼 스위서를 다시 한 번 철저하게 신문해보면 슬론이 정말 자살을 한 건지 확실하게 알 수 있다고 생각합니다. ……그런데, 스위서가 그 건물에서 도망칠 때, 경보 장치를 정상적으로 작동시켰을까요?"
"그래, 그가 작동시켰다고 하더구나. 무의식적으로 했다고 하던데……."
"알겠습니다."
엘러리가 벌떡 일어났다.
"지금 당장 스위서를 만나 보기로 하지요. 그 점에 대해서 제가 직접 확인을 해봐야만 오늘 밤 잠을 잘 수 있을 것 같습니다."
늙은 경감은 아랫입술을 깨물었다.
"그래, 맞아."
경감도 뭔가 떠오른 모양이었다.
"네 말이 맞다. 넌 역시 냄새를 잘 맡는구나. 그 점을 철저하게 신문했어야 했는데……."
퀸 경감도 자리에서 벌떡 일어나 외투를 집어 들었다.
"아까 스위서가 칼키스 화랑에 간다고 그랬다. 자, 가자!"
매디슨 거리의 인적없는 칼키스 화랑에 혼자 남아 있던 내이쇼 스위서는 돌연 퀸 부자가 들어서자 묘하게 안절부절못했다. 스위서는 보통 때보다 머리나 복장 등이 이상스럽게 더 지저분해 보였다. 그는 출입이 금지된 슬론의 사무실 맞은편 방에 있었다. 그는 슬론이 죽은 다음부터는 슬론의 사무실을 쓰지 않는다고 무덤덤하게 말했다. 흥분된 마음의 동요를 감추려고 묻지도 않았는데 쓸데없는 말을 하고 있는 것이 분명했다. 그는 퀸 부자를 골동품이 여기저기 늘어서 있는 자기 사무실로 안내한 다음, 불쑥 말을 꺼냈다.

"뭐가 잘못 됐습니까? 저는 이미……."

"놀라실 거 없소."

경감이 부드럽게 말했다.

"내 아들이 물어볼 게 좀 있다고 그래서."

"뭔데요?"

"제가 알기로는."

엘러리가 입을 열었다.

"슬론 씨가 죽던 날 밤, 저 옆에 있는 사무실에 불이 켜져 있어서 당신이 들어갔다는데, 그게 틀림없습니까?"

"네, 하지만 꼭 그것 때문만은 아니에요. 더 정확하게 말하면……."

스위서는 두 손을 굳게 잡고 말했다.

"슬론에게 물어볼 게 있어서였습니다. 전시실로 올라온 뒤 슬론이 자기 사무실에 있다는 것을 알았죠. 창문의 난간을 통해 불빛이 새어나왔기 때문에……."

퀸 부자가 마치 전기의자에 앉았다가 감전된 사람들처럼 동시에 고개를 들었다.

"아, 창문 난간으로 불빛이 새어나와……."

엘러리의 말투가 이상한 억양으로 변했다.

"그러면 당신이 들어가기 전에는 슬론 씨 사무실 문이 닫혀 있었습니까?"
스위서는 의아스런 표정이었다.
"물론이지요. 왜요? 그게 중요한 건가요? 제가 아까 퀸 경감님께 말씀드렸는데요."
"당신이 언제 얘기했소?"
퀸 경감이 소리를 질렀다. 그의 코끝이 거의 입까지 내려갈 지경이었다.
"그러면, 당신이 방에서 본 것에 놀라 튀어나올 때는 문을 열어놓았소?"
스위서는 말을 더듬거렸다.
"네, 저는 너무나 겁이 나서 문을 닫을 생각도 못하고…… 그런데 도대체 물어보시는 게 뭔지……."
"이미 끝났소! 당신은 이미 대답했습니다."
엘러리가 간단히 말했다.

퀸 부자의 입장이 완전히 역전되어 있었다. 30분 후에 퀸 부자는 아파트 거실에 앉아 있었다. 경감은 기분이 나빠져서 혼자 중얼거리고 있었고, 엘러리는 아주 즐거운 표정으로 콧노래를 부르면서, 영문도 모르는 주나가 허둥지둥 지펴 놓은 장작불 앞을 이리저리 왔다 갔다 했다. 경감이 두 군데에 전화를 했으나, 부자 사이에는 전혀 대화가 없었다. 엘러리는 자신이 가장 좋아하는 의자에 앉고서야 비로소 조용해졌지만, 눈빛만은 여전히 빛나고 있었다. 그는 불을 때려고 쌓아 놓은 장작 위에 발을 올려놓고 난로 속의 불빛을 바라보았다.

그때 현관 벨이 울리면서 얼굴이 붉어진 두 사람의 신사가 주나의 안내를 받으며 집 안으로 들어왔다. 샘프슨 검사와 페퍼였다. 주나는 이상스런 느낌을 받으면서 두 사람의 외투를 받았다. 두 사람 다 신경이 날카로워져서 하는 둥 마는 둥 인사를 건넸다. 그리고는 의자에 앉아 갑자기 방 안에 번진 시무룩한 분위기 속으로 빠져들었다.

"이것 참 골치 아프게 됐군. 일이 점점 꼬이고 있어! 아까 자네 전화로는 확실한 것 같던데 어떻게 된 건가, 퀸 경감?"

마침내 검사가 침묵을 깼다.

늙은 경감은 엘러리 쪽을 향하여 고개를 까딱거렸다.

"그것은 저애한테 물어보게. 처음부터 저애가 생각한 거였으니까."

"엘러리, 그게 맞나?"

세 사람 모두 엘러리에게 눈길을 주었다. 엘러리는 피고 있던 담배를 불 속으로 던졌다. 그리고는 고개도 돌리지 않은 채 점잖게 말했다.

"여러분, 지금부터 제 얘기를 잘 들으십시오. 나의 육감을 인정받고 싶습니다. 친구인 페퍼가 나의 예감을 변덕스런 생각에 가깝다고 했지만, 그 예감이 사실로 입증됐어요.

하지만 그것은 그다지 중요하지 않습니다. 진짜 중요한 것은 다음의 사실입니다. 슬론이 쏜 총알은 슬론의 머리를 관통한 다음, 그대로 직행하여 그의 사무실 맞은편 화랑의 벽에 걸려 있는 태피스트리에 박혀 있었습니다. 다 알고 있다시피 사무실 바깥에 말입니다. 그렇다면 총을 쏘았을 때는 문이 열려 있었다는 얘기가 됩니다. 슬론이 죽던 날 밤 우리가 화랑으로 갔을 때 슬론의 사무실 문은 열려 있었고, 총알이 박힌 위치로 볼 때도 이것은 딱 들어맞았습니다. 그런데 우리보다 먼저 화랑을 다녀간 사람이 있었다는 사실이 오늘 밝혀졌습니다. 그 사람이 내이쇼 스위서 씨입니다. 그러므로, 슬론의 사무실 문이 열려 있었는지 닫혀 있었는지의 문제는 우리보다 앞서 다녀간 내이쇼 스위서의 증언으로 판단해야 한다는 애깁니다. 자, 그러면 여기서 한 가지 질문을 던질 수 있습니다. 내이쇼 스위서 씨가 거기 도착했을 때, 사무실 문이 어떤 상태였느냐는 것이죠. 만약에 그가 봤을 때도 문이 열려 있었다면 더 이상 논의를 끌고나갈 필요 없이, 슬론이 자살했다는 결론이 그대로 확인되는 겁니다."

엘러리는 웃음지으면서 말을 계속해 나갔다.

"그러나 스위서의 말에 의하면 그때 문은 닫혀 있었습니다. 이 말은 무엇을 의미하죠? 우리가 믿고 있는 사실대로라면 총알이 날아갔을 때는 문이 열려 있었어야 합니다. 그렇지 않았다면 총알은 사무실 맞은편에 있는 태피스트리가 아니라, 문에 맞았을 테니까요. 스위서가 본 대로 문이 닫혀 있었다면 그 문은 총알이 날아간 다음에 닫혔다는 얘기가 되는 겁니다. 슬론이 자기 머리를 쏜 다음에 문으로 가서 문을 닫고, 다시 자기 자리로 돌아가서 아까 총을 쏜 그 자리에서 그 자세로 죽었다! 이건 웃기는 얘깁니다. 말도 안되는 불가능한 얘기라고요. 프라우티 박사의 부검 기록이 말해주듯이 슬론은 즉사했으니까요. 슬론이 즉사했기 때문에 그가 사무실 바깥에서 머리에 총을 쏜 다음 몸을 이끌고 사무실로 와서 문을 닫았을 가능성도 전혀 없습니다. 절대 그럴 수 없지요. 총을 쏘자마자 슬론은 즉사했습니다. 게다가 그때 문은 열려 있었습니다. 그러나 스위서가 본 문은 닫혀 있었습니다……

말을 바꾸면, 슬론이 죽은 직후에 스위서가 본 문은 닫혀 있었는데, 그 문은 강철제로 총알이 관통할 수 없는 것이기 때문에 우리들은 논리상 필연적으로 다음 결론에 도달할 수 밖에 없습니다.

슬론이 죽고 난 다음 스위서가 가기 전에, 누군가가 문을 닫았다는 것입니다."

"하지만, 엘러리 씨!"

페퍼가 엘러리의 말을 반박하고 나섰다.
"스위서만 거기 갔던 게 아닐 수도 있잖습니까? 그가 오기 전에 누군가 왔다 갔을 수도 있잖습니까?"
"아주 훌륭한 가정입니다, 페퍼 씨. 그게 바로 제가 지적하고자 하는 점입니다. 스위서가 방문하기 전에 누군가가 있었고, 그가 바로 슬론의 살해범이라는 거지요."
샘프슨이 야윈 뺨을 신경질적으로 문질러대며 듣고 있었다.
"그렇지만! 이것 보게, 엘러리. 그렇다고 해서, 슬론 자살설을 부정하는 것은 위험하지 않을까! 지금 페퍼가 말한 것처럼 그도 스위서처럼 죄는 없지만 너무 겁이 나서 그 방에 들어갔었다는 사실까지도 감추고 있는지도 모르지!"
엘러리는 가볍게 손을 내저었다.
"그럴지도 모르지요. 하지만 그 짧은 시간에 범인이 아니면서 두 사람이나 들른다는 것도 상당히 지나친 생각이지요. 결국, 우린 자살설을 포기하고 타살설을 택해야 된다고 믿습니다."
"그것도 일리가 있는 것 같군!"
경감이 엘러리의 말에 동조하며 중얼거렸다. 그러나 샘프슨도 자기 의견을 굽히지 않았다.
"좋아, 그러면 타살설을 인정하고, 살해한 범인이 문을 닫고 나갔다고 치세. 그랬다면 범인은 매우 바보같은 짓을 한 셈이지. 문을 닫았다고 해서 모든 것이 깨끗이 은폐되는 것이 아니거든!"
"잘 생각을 해 보십시오, 검사님."
엘러리는 정말 설명하기 힘든 일이라고 생각하면서 말했다.
"아무리 느린 총알도 사람의 눈으로 날아가는 것을 볼 수는 없지요. 더구나 총알이 슬론의 머리를 관통했다는 것을 알았다면 범인도 문을 닫지 않았겠지요. 하지만 아시는 바와 같이, 총알은 오른

쪽에서 왼쪽으로 관통했고, 슬론은 머리 왼쪽을 아래로 책상 위에 엎어졌기 때문에 총알이 뚫고 나간 구멍과 출혈 자국을 감추어버렸지요. 더구나 범인은 매우 당황하고 있었으므로 죽은 사람의 머리를 조사할 여유가 없다는 것이 당연하고요. 결국 범인은 총알이 머리를 뚫고 나갔다는 사실을 생각조차 못했을 겁니다. 총알이 머리를 관통하는 것은 흔한 경우가 아니거든요."

그들 사이에 잠시 침묵이 흘렀다. 경감은 쓴 웃음을 지으며 검사와 페퍼를 바라보았다.

"아무래도 이번 승부는 이 녀석의 승리같군! 슬론은 결국 살해된 것 같아!"

그들도 마지못해 고개를 끄덕였다.

엘러리는 다시 또박또박한 말투로 자기 주장을 계속 폈으나, 전에 칼키스를 범인으로 잘못 추정하고 설명할 때와 같은 우쭐한 태도는 전혀 찾아볼 수 없었다.

"그러면, 새로운 입장에서 이 사건을 해석해 보기로 합시다. 결론적으로 말해서 슬론이 타살됐다면 글림쇼를 죽인 진짜 범인은 슬론이 아닌 딴 사람입니다. 신싸 범인은 글림쇼에 대한 살해 혐의를 슬론에게 돌리기 위해 그를 죽이고 자살처럼 위장하여 그가 진짜로 글림쇼를 죽였다는 것을 고백하는 것처럼 생각하도록 꾸며 놓은 겁니다.

이제, 사건 시작부터의 논의를 되돌아볼 때, 진짜 범인은 그 문제의 그림이 녹스에게 은폐되어 있다는 걸 알고 있다는 게 우리의 추리를 통해서 분명해졌습니다. 그렇기 때문에 범인은 녹스가 입을 열지 않을 거라고 생각했고 그러면 자신은 사건의 표면에 나타나지 않고 피할 수 있다고 확신한 나머지 칼키스를 범인으로 몬 것입니다. 그리고 우리가 이미 증명한 것처럼 녹스의 소유 사실을 알고 있는 유일한 외부 사람은 바로 글림쇼의 동업자이기 때문에 동업자가 바로 글림쇼의 진짜 살해범이 되는 겁니다. 그런데, 슬론은 살해되었으므로 그는 이제 제외됩니다. 따라서 살인범은 자유롭게 나쁜 짓을 계속하고 있는 셈입니다. 최근에 특히 강조한 바와 같이 진짜 범인은 현재 제멋대로 날뛰는 상태이고 녹스와 레오나르도 그림과의 관계를 알고 있습니다. 그래서, 다음에 우리들이 할 일은, 이제까지 슬론을 범인으로 믿게 한 증거들을 재검토하는 것이지요. 슬론도 피해자이고 범인이 아니라면 이들 증거는 모두 진범의 조작에 의해 고의로 만들어진 트릭으로 볼 수 밖에 없어요.

우선 첫째로 생각해 보아야 할 것은 슬론이 베네딕트 호텔로 글림쇼를 찾아갔던 그날 밤 일에 관한 것입니다. 이제 슬론의 결백이 분명해졌기 때문에 그날에 관한 그의 증언은 신빙성이 있는 것으로 받아들일 수 있습니다. 범인으로 지목되었을 때에는 그의 말을 믿을 수 없었지만, 이제는 누명이 벗겨졌기 때문에 그의 증언도 사실로 받아들여야 합니다. 그날 밤, 자기가 두 번째 방문객이었다는 슬론의 말은 진실일 겁니다. 그 앞에 정체불명의 남자가 한 사람 있습니다. 이 남자야말로 글림쇼의 동업자로 보아도 틀림없을 것입니다. 그는 글림쇼와 동행하여 호텔에 돌아와 같이 로비를 통해 314호로 들어갔다고 합니다. 이건 엘리베이터 안내원이 확인해 준 얘기입니다. 요컨대 그날 밤의 방문객 순서를 보면, 모자를 눌러쓴 정체불명의 남자가 있었고, 그 다음이 슬론, 그 다음으로 슬론 부인, 네번째가 제러마이어 오델, 그리고 마지막이 워디스 박사의 순입니다."

엘러리는 가느다란 손가락을 흔들면서 계속 말했다.

"저는 이제 어떻게 논리가 전개되고 두뇌의 조작이 어떤 결과를 가져오는지에 대해서 설명해 드리겠습니다. 아시는 바와 같이, 길버트 슬론이 글림쇼의 형이라는 것을 아는 사람은 이 세상에 슬론밖에 없습니다. 이건 슬론이 말한 겁니다. 글림쇼 조차도 자기 형이 이름을 바꾼 것을 몰랐다고 했습니다. 그런데 누군지는 모르지만 익명의 편지를 보낸 사람은 슬론이 글림쇼의 형이라는 사실을 알고 있었습니다. 그리고 또, 슬론의 증언에 의하면 그들 형제가, 슬론이 성을 바꾼 뒤 얼굴을 마주한 것은 단 한 번 호텔에서의 하룻밤뿐이었다고 합니다. 이렇게 보면, 편지의 필자는 그날 밤, 형제가 호텔에서 상면하는 것을 보고 그 대화를 직접 들은 남자입니다. 그리고 그 남자는 슬론의 얼굴을 보았든지, 소리를 듣기만 해도 그가 길버트 슬론이라는 것을 알 수 있었다고 보아야 합니다. 글림쇼는 그의 형 이름을 몰랐기 때문에 길버트 슬론이 자기 형이라는 사실을 아무한테도 얘기할 수 없었습니다. 슬론도 물론 아무한테도 얘기하지 않았습니다. 그의 신빙성 있는 증언에 의하면 말이죠. 그러므로 그들 두 사람이 형제라는 것을 아는 사람은 그들 둘이 함께 있는 것을 본 사람밖에는 없습니다. 그 자리에서 그 누군가는 그들이 형제라는 것을 들었고, 슬론의 목소리나 얼굴을 기억하고 있었기 때문에, 혹은 나중에 슬론이 그 자리에 있었던 사람이라는 것을 알았기 때문에 길버트 슬론이 글림쇼의 형이라는 것을 알 수 있었던 것입니다. 여기에 아주 이상한 점이 있습니다. 슬론 자신이 얘기하기로는 슬론이 이름을 바꾼 이후에 그들 형제가 서로 얼굴을 대면한 것은 그날 베네딕트 호텔로 글림쇼를 찾아간 때가 처음이었다고 했습니다.

 바꿔 말하면, 길버트 슬론이 글림쇼의 형이라는 사실을 알 수 있었던 사람은 슬론이 호텔로 글림쇼를 찾아간 그날 밤, 그 자리에 있었어야 한다는 얘기가 되는 겁니다. 그러나 슬론 자신이 얘기하기로는 그날 글림쇼와 얘기할 때 방에는 아무도 없었다고 했습니다. 그런데 어떻게 그 누군가가 거기 있을 수 있었지요? 해답은 간단합니다. 단지 슬론이 보지 못했을 뿐, 방 안에는 틀림없이 또 다른 누군가가 있었다는 겁니다. 가령 방 안 어딘가에 숨어 있었다면 어떻습니까? 옷장 속이나 욕실 같은 데 말입니다. 슬론은 글림쇼와 동행한 남자가 314호실에 들어가는 것을 보았으나 나오는 것은 못보았다고 했습니다. 그리고 그가 방의 문을 노크하고 글림쇼가 열어줄 때까지는 몇 분의 간격이 있었습니다. 결국, 슬론이 노크했을 때 문제의 인물이 아직 방 안에 있었는데, 황급히 방의 어딘가에 몸을 숨긴 것으로 추정할 수 있습니다.

이제, 머릿속으로 그 상황을 그려보기로 하죠. 슬론과 글림쇼가 방 안에서 이야기를 하고 있습니다. 우리가 잘 모르는 수수께끼의 인물이 숨어서 거기에 열심히 귀를 기울이고 있습니다. 그러다가 두 사람이 대화하는 중에 이런 얘기를 듣게 됩니다. 물론 글림쇼가 한 말이죠. 글림쇼는 나에게 형이 있었다는 것을 완전히 잊었었다고 빈정대는 말투로, 심술궂게 무의식 중에 말합니다. 이때 그 방에 숨어 있던 수수께끼 남자는 글림쇼와 그를 찾아온 손님이 형제라는 것을 알게 됩니다. 그때, 목소리로 알았는지, 얼굴을 보고 알았는지, 또는 나중에 슬론을 만나고 나서 알았는지, 확인할 수 있는 방법은 없으나 어쨌든 아무도 모르는 사실을 그가 알게 되는 순간이지요. 어떤 게 정확한지는 모릅니다. 하지만 한 가지는 확실해졌습니다. 그 누군가가 그날 글림쇼의 방에 있었고, 슬론과 글림쇼가 얘기하는 것을 엿들었고, 추리를 통해서 글림쇼와 슬론이 피를 나눈 형제간이라는 사실을 알았다는 것입니다. 바로 이것이 아무도 알 수 없었던 사실을 그가 알게 된 경위입니다."

"그래, 이제 뭔가 가닥이 잡히는 것 같네."

샘프슨 검사가 얘기했다.

"계속하게, 엘러리. 자네의 마술을 통해 알아낸 게 또 뭐가 있지?"

"이건 마술이 아닙니다. 논리라는 거지요. 물론 저는 지나간 것들을 통해서 앞으로 무슨 일이 일어날지를 알게 되기를 기대하지만, 그렇다고 해서 마술은 아닙니다…… 어쨌든 저는 이 사실만큼은 확실하게 압니다. 방 안에 숨어 있던 그 누군가가 슬론이 들어가기 바로 전에 글림쇼와 함께 방으로 들어갔던 그 사람이고, 그 사람이 바로 글림쇼의 동업자라는 겁니다. 그 다음날 칼키스 씨의 서재에서 글림쇼가 언급한 동업자가 바로 이 사람입니다. 그리고 이 동업자라는 사람은 우리가 증명한 것처럼 글림쇼의 살해범이기도 합니다. 그리고 슬론과 글림쇼가 형제라는 사실을 경찰에 흘린 유일한 그 익명의 편지를 쓴 사람이기도 하고요."

"이야기 줄거리가 맞는 것 같구나."

퀸 경감이 얘기했다.

"저는 이것이 올바른 추론이라고 생각합니다."

엘러리는 손을 목 뒤로 해서 깍지를 낀 다음 계속했다.

"이 사실을 통해서 무엇을 알 수 있죠? 그 익명의 편지는, 슬론을 살인범으로 모는 조작 가운데 하나라는 사실입니다. 다만 이것이 그때까지 조작된 것들과 다른 점은, 내용 그 자체는 거짓으로 꾸며낸 것이 아니라 진실이라는 점뿐입니다. 그리고, 그 내용도 그 자체는 특별한 것도 아닌데 다른 증거와 결부되면 갑자기 힘을 얻어 수사 당국의 주의를 끌 수 있었다는 것이지요. 슬론과 글림쇼가 형제라는 사실을 적은 밀고편지가 범인이 조작한 것 중 하나라면 슬론의 담배통에서 찾아낸 지하실 열쇠도 조작 가운데 하나라고 생각할 수 있습니다. 슬론의 금고 안에 있던 금시계도 마찬가지고요.

왜냐하면 글림쇼를 죽인 범인만이 그의 금시계를 가지고 있을 수 있으니까요. 그는 슬론을 자살로 위장시킨 다음, 즉시 발견되지 않게 금시계를 금고 속에 넣어둔 것이지요. 타버린 유언장 조각도 또한 슬론을 의심하게 하는 조작의 하납니다. 맨 처음, 슬론이 유언장을 훔쳤고, 그가 그것을 칼키스의 관 속에 집어넣어 영원히 숨길 수 있다고 생각했으나, 때마침 범인이 이것을 관 속에서 발견하고 어떤 기회에 이용할 수 있다고 생각했을 겁니다. 그리고, 칼키스를 범인으로 모는 최초의 계획이 실패한 사실을 알고, 그것을 이용함으로써 슬론을 다시 범인으로 조작하는 계획을 생각한 거지요."
페퍼와 샘프슨은 고개를 끄덕였다.
"그렇다면, 이제 동기에 관해 살펴볼 차례입니다."
엘러리의 말이 계속되었다.
"왜 범인은 희생자로 슬론을 선택한 걸까요? 이건 아주 흥미로운 문제지만, 반복할 것 없이 슬론에게는 조건이 구비되어 있어요. 슬론이 글림쇼의 형이고, 동생의 전과기록이 부끄러워서 자기 이름을 바꿨다는 점과, 화랑의 계승권 상실이 두려워 유언장을 훔친 것 등, 그를 범인으로 위장시킬 이유가 충분했습니다. 더구나 슬론은 칼키스 집안의 일원이고 칼키스를 계략에 빠뜨리기 위해 만든 재료의 하나 하나는 동시에 그에게도 해당되기 때문에 우선 슬론이 용의자로써 가장 좋은 조건을 구비한 셈이지요.

이유는 그뿐이 아닙니다. 브릴랜드 부인의 증언인데, 글림쇼의 시체가 묻히던 그 수요일 밤, 슬론은 묘지를 헤매고 다녔다고 합니다. 그것은 무엇 때문일까요."
엘러리는 난롯불을 지긋이 바라보았다.
"그는 살인범이 아니기 때문에 시체를 감출 이유가 없다는 것은 확실합니다. 사실 브릴랜드 부인이 본 슬론은 손에 아무것도 가지고 있지 않았습니다. 나의 짐작이지만, 슬론은 아마도 그날 밤, 이상한 범인의 행동을 봤을 것입니다. 그리고, 그 뒤를 미행하여 묘지까지 갔었고 범인이 시체를 묻을 때, 유언장을 꺼내는 것을 보았다고 생각합니다.

이것이 단순한 상상이 아니란 것은, 그 후 슬론의 행동으로 판단할 수 있습니다. 그는 범인의 정체를 알았습니다. 슬론은 범인이 글림쇼의 시체를 묻는 장면을 보았습니다. 그럼에도 그는 그 정보를 수사 당국에 알리지 않았습니다. 무슨 이유일까요. 물론, 그만한 이유가 있었습니다. 범인이 슬론을 유산 상속에서 제외시킨 유언장을 갖고 있었기 때문입니다. 그래서, 슬론은 나중에 범인을 찾아가 새로운 유언장을 나에게 주거나, 내 앞에서 태워버려라, 그렇지 않으면, 모든 사실을 경찰에 밀고하겠다고 협박했을 겁니다. 나의 이 추론이 지나친 것일까요? 요컨대, 범인은 이런 이유로 슬론을 살해하게 된 겁니다."

"그럴지도 모르지만……."

샘프슨 검사가 반기를 들었다.

"슬론은 범인을 협박하여 결국 새 유언장을 획득한 것이 아닐까? 그렇게 생각해도 사실과 모순되지 않을 텐데…… 사실상, 빈 집의 지하실에서 타다 남은 유언장이 발견 됐다. 그것은 슬론이 태우려고 한 증거다. 자네는 범인이 고의로 우리들이 발견하도록 꾸민 것이라고 주장하고 있지만……."

엘러리는 어안이 벙벙한 표정으로 말했다.

"샘프슨 검사님. 그 동안 범죄를 다루면서 도대체 뭘 배우셨습니까? 범인이 바보 멍청인 줄 아십니까? 그로서는 슬론을 위협하는 게 급선무였습니다. 아마 그는 슬론에게 이렇게 말했을 겁니다. '당신이 내가 글림쇼를 죽였다는 것을 발설하는 날에는 나도 이 유언장을 경찰한테 넘기겠어. 지금 내가 이걸 당신한테 넘겨줄 수는 없지. 당신이 진짜 입을 다물고 있을지 확신할 수 없으니까.' 범인의 이런 말 때문에 슬론으로서는 타협할 수 밖에 없었을 겁니다. 범인의 말대로 따르는 수밖에. 즉, 그 순간에 슬론은 살인범에게 자기의 목숨을 내맡기는 처지가 되었던 것입니다. 불쌍한 슬론! 저는 그가 좀 더 똑똑하지 못했던 것이 안타깝습니다."

그때부터 얼마동안 수사 당국은 화가 날 정도로 번잡하고 귀찮은 사무로 정신이 없었다. 경감은 그의 의사와는 반대로 사건의 새로운 전개를 발표하고 스위서의 증언과 그와 관련된 일들을 기자들에게 알려주어야 했다. 일요일 신문은 그 기사를 짤막하게 다루었지만 평소에도 기삿거리가 별로 없던 월요일 신문은 요란하게 떠들어댔다. 그리하여 사람들은 살인범으로 매도되었던 슬론이 자살한 게 아니고, 그도 아주 교활한 살인범의 희생양이라는 경찰의 생각을 알게 되었다. 타블로이드판 신문은 범인을 악마적 남자라고 표현했다. 그리고 수사 당국이 이제 진짜 범인을 쫓고 있다는 것, 피해자가 한 사람인 줄 알았으나, 범인은 이중 살인죄의 장본인이라는 것이 명백해졌다고도 실었다.

여기에서 슬론 부인이 뒤늦게 명예를 회복했다는 것도 특별히 언급해 두어야 할 것 같다. 그 부인의 소중한 가족들의 명예는 회복되었고, 늦은 감은 있지만 신문과 경찰과 검찰은 그녀에게 정중하게 사과했다. 그녀는 흔쾌히 사과를 받아들였다. 그리고 경우가 밝았던 슬론 부인은 사건의 진상이 밝혀진 데에 엘러리 퀸의 노력과 공이 절대적으로 작용했다는 것을 신문 기자들에게 공개함으로써 엘러리를 당황스럽게 만들었다.

샘프슨 검사와 페퍼, 퀸 경감에 대해서는 언급하지 않는 것이 좋을 것이다. 샘프슨은 이 기간 동안에 흰머리가 더 늘었고, 퀸 경감은 엘러리의 그 '논리'라는 것과 집요한 태도 때문에 자기는 거의 무덤까지 갈 뻔했다고 투덜댔다.

Exchange
절충

슬론 부인이 뜻밖에도 사건을 새롭게 전개시킴에 따라 슬론이 범인이 아니라는 사실이 판명된 날로부터 정확히 1주일 지난 10월 26일 화요일, 엘러리는 아침 10시쯤 벨소리에 놀라 잠이 깼다. 아버지에게서 걸려온 전화였다. 뉴욕과 런던 사이의 서신 교환으로 그날 아침 긴장 상태가 발생했다는 것이었다. 빅토리아 미술관 측에서 잔뜩 화가 난 모양이었다.

"1시간 후에 샘프슨 검사 사무실에서 회의가 있다."

퀸 경감의 목소리는 그날따라 유난히 피곤에 지친 듯이 들렸다.

"네가 참석하고 싶어할 것 같아서."

"곧 가겠습니다, 아버지."

엘러리는 그렇게 대답하고는 부드럽게 한마디를 덧붙였다.

"아버지, 그 좋던 스파르타 정신은 다 어디로 가셨어요? 기운 좀 내세요."

엘러리가 1시간 후에 검사 사무실에 도착했을 때, 방 안은 험악한 분위기였다. 퀸 경감은 언짢은 표정이었고, 샘프슨 검사는 노기등등

했으며, 페퍼는 말이 없었다. 그리고 재계의 거물 제임스 녹스만이 굳은 얼굴로 마치 옥좌에 앉은 듯 의연히 앉아 있었다.

그들은 엘러리의 인사를 받는 둥 마는 둥 했고, 샘프슨 검사는 손가락을 까딱거려 의자를 가리켰다. 엘러리는 호기심에 가득 찬 표정으로 미끄러지듯 의자에 앉았다.

"녹스 씨."

검사가 책상 주위를 서성거리다가 말을 꺼냈다.

"제가 오늘 아침 이리로 오시라고 한 것은……."

"그래, 무슨 일이오?"

녹스의 부드러운 말투에는 사람을 현혹시키는 구석이 있었다.

"제 말을 들어보십시오, 녹스 씨."

샘프슨 검사는 녹스 쪽으로 방향을 틀었다.

"저는 그 동안 이 사건에 큰 신경을 쓰지 못했습니다. 아시겠지만 다른 일들이 너무 바빠서요, 여기 있는 페퍼가 제 대신 일을 도맡아 했죠. 하지만 이제는, 페퍼의 능력을 의심해서가 아니라, 사건이 의외의 방향으로 흘렀기 때문에 제가 직접 나서게 되었습니다."

"아, 그렇군요!"

녹스의 말에는 빈정거린다거나 비난하는 빛은 없었다. 그는 무슨 말이 나올까 잔뜩 기대하는 표정이었다.

"네, 그렇습니다."

샘프슨이 급히 큰 소리로 말했다.

"제가 왜 이 일을 직접 처리하려고 하는지 아십니까?"

샘프슨 검사는 녹스가 앉은 의자 앞에 서서 심각하게 쳐다보았다.

"그 이유는 녹스 씨의 태도가 국제적인 분쟁을 일으킬 가능성이 있기 때문입니다, 아시겠습니까?"

"뭐요! 나의 태도가?"

녹스는 오히려 재밌다는 듯이 대꾸했다.

샘프슨은 곧바로 대답하지 않았다. 그는 자기 책상으로 가서 하얀 종이 뭉치를 집어 들었다. 웨스턴 유니언 회사의 전보용지들이었다. 노란 줄이 쳐진 종이 위에 전보 내용이 깨알같이 들어 있었다.

"자, 녹스 씨."

샘프슨이 다시 말을 잇기 시작했다. 그러나 목이 꽉 잠겨서 소리가 잘 나오지 않는 모양이었다. 마치 희가극을 부르는 가수의 목소리 같았다.

"이제부터 제가 이 전보 내용을 순서대로 읽어드리겠습니다. 이 전보는 그 동안 퀸 경감과 빅토리아 미술관 관장이 주고받은 것들입니다. 하지만 제일 마지막에 있는 전보는 퀸 경감이 보낸 것도 아니고, 빅토리아 미술관에서 보낸 것도 아닙니다. 이것이야말로 국제적인 분쟁의 씨앗이 될 위험성이 다분히 있는 것입니다."

"놀랄만한 이야기같군!"

녹스가 가볍게 웃으며 말을 이었다.

"나로서는 무엇때문에 그런 중대한 문제에 내가 관련이 있는지 전혀 모르겠지만, 나도 명예있는 미국 국민이고, 공공적 정신은 누구보다 뒤지지 않으니까 들어봅시다."

퀸 경감의 얼굴이 부르르 떨렸다. 그러나 화를 꾹 참으며 의자에 깊게 파묻혀 있었다. 그의 얼굴은 녹스가 맨 넥타이만큼이나 빨개져 있었다.

"첫 번째 것은 퀸 경감이 빅토리아 미술관에 처음으로 보낸 전보입니다."

샘프슨은 큰 목소리로 얘기했다.

"당신의 증언에 의해 칼키스 범인설이 깨진 직후에 일어난 일입니다."

샘프슨은 제일 위에 놓여 있는 전보를 큰 소리로 읽기 시작했다.

귀 미술관에서 5년 전 레오나르도 다빈치의 그림을 도난당한 일이 있습니까?

녹스가 한숨을 쉬었다. 샘프슨은 잠깐 쉬었다가, 이내 계속했다.
"그리고 그 다음 것은, 며칠 지난 다음에 미술관으로부터 온 회신입니다."
샘프슨은 다시 두 번째 전보를 읽기 시작했다.

그 그림은 5년 전에 그레이엄이라는 가명을 쓰던 미술관 직원이 훔쳐간 것입니다. 본명은 글림쇼입니다. 우리는 그 사람이 훔쳐갔다고 생각하지만, 아직까지 행방을 알아내지 못했습니다. 우리는 도난 사실에 대해서는 일체 비밀로 하고 있습니다. 귀하의 전보 내용으로 보아 그 그림의 행방을 알고 있는 것 같은데, 아신다면 즉시 우리에게 알려주시기 바랍니다. 그리고 이에 관해서는 비밀로 해주시기 바랍니다.

"뭔가 실수가 있군. 실수가 있는 게 틀림없소."
녹스는 그럼에도 불구하고 부드럽게 말했다.
"그렇게 생각하십니까, 녹스 씨?"
샘프슨의 얼굴도 빨개졌다. 그는 전보를 또 넘기더니 세 번째 것을 읽기 시작했다. 미술관 측의 요구에 대한 퀸 경감의 답신이었다.

귀 미술관에서 소장하고 있던 그림이 레오나르도가 그린 것이 아니고, 그와 동시대의 화가나 제자의 그림일 가능성은 전혀 없습니까? 그 그림이 진짜로 그렇게 값비싼 것입니까?

이 전보에 대한 미술관 측 답신은 다음과 같았다.

전에 말씀드린 바와 같이 그림의 행방에 대해서 알려주시기 바랍니다. 만약 즉각 회신을 안 해주시면 심각한 문제가 발생할 것입니다. 그 그림의 가치에 대해서는 영국의 저명한 전문가들이 이미 확인한 바 있습니다. 그 그림은 20만 파운드 정도의 가치가 있는 것으로 알려져 있습니다.

그 다음은 또 경감의 답신이었다.

우리에게 시간을 주시기 바랍니다. 아직 확실한 것은 아니지만, 우리는 미술관 측이나 우리 측 모두에게 불쾌한 문제가 생기지 않도록 노력하고 있습니다. 우리가 지금 조사하고 있는 그림이 진짜 레오나르도의 그림이냐에 대해서 이견이 있다는 것을 알려드리는 바입니다.

미술관의 답신은 다음과 같았다.

무엇이 문제인지 이해하지 못하겠습니다. 귀측에서 말씀하시는 그림이, 1505년에 베키오 궁에 그리던 프레스코 벽화가 중단된 다음에 레오나르도 다빈치가 유채로 그린 〈군기 전쟁의 세밀화〉가 맞는다면, 그것은 틀림없이 우리 것입니다. 그 그림의 가치에 관한 논란이 있다는 얘기는, 귀측에서 그림의 행방에 관해 알고 있다는 얘긴데, 만약 그렇다면 귀국의 전문가들의 감정 결과에 상관없이

절충 415

그 그림을 즉각 돌려주시기 바랍니다. 그 그림은 우리 미술관 발굴팀에 의해서 발견된 것이므로 우리 박물관 소유입니다. 귀국에 있는 그림이 장물이라는 것을 우리는 강조하는 바입니다.

이에 대한 경감의 답신은 이랬다.

우리의 사정을 고려해 주시기 바랍니다. 좀더 시간이 필요할 것 같습니다. 부디 우리를 믿어주시기 바랍니다.

샘프슨 검사는 여기까지 읽고 잠시 사이를 두었다.
"자, 녹스 씨. 이제 다음에 읽어 드릴 것은 우리를 곤란에 빠뜨린 두 개의 전보 중 첫 번째 것입니다. 이것은 방금 전에 읽어드린 전보에 대한 답신이며, 런던 경시청의 브룸 경감의 서명이 들어 있습니다."
"매우 재미있군."
녹스가 태평하게 말했다.
"참 재미도 있겠네요, 녹스 씨."
샘프슨은 녹스를 노려보고 나서 떨리는 목소리로 다시 전보를 읽어 나가기 시작했다. 런던 경시청에서 보낸 전보에는 다음과 같이 쓰여 있었다.

빅토리아 미술관으로부터 사건을 접수받았습니다. 뉴욕 경찰청의 입장을 말씀해 주시기 바랍니다.

"녹스 씨."
샘프슨이 노란 전보용지를 넘기면서 긴장한 목소리로 말했다.

"이것으로, 녹스 씨도 우리가 처한 입장을 알아주시기 바랍니다. 런던 경시청의 전보에 대해서 퀸 경감은 이렇게 대답했습니다."

우리는 지금 레오나르도의 그림을 가지고 있지 않습니다. 만약 귀측에서 우리에게 국제적 압력을 가하신다면, 그 그림을 아주 잃어버리게 되는 결과를 낳을지도 모릅니다. 우리는 이 모든 사태를 빅토리아 미술관의 입장에서 해결하려고 노력하고 있습니다. 부디 1주일의 시간을 허락해 주시기 바랍니다.

제임스 녹스는 고개를 끄덕거렸다. 그는 몸을 비틀어 퀸 경감을 바라보았다. 퀸 경감은 의자 끝을 두 손으로 꽉 쥔 채 앉아 있었다. 녹스가 퀸 경감에게 찬사를 보냈다.
"아주 훌륭한 답신이오, 퀸 경감. 아주 현명한 답신이었소. 훌륭하오."
경감은 대꾸도 하지 않았다. 엘러리는 가능한 한 표정을 숨기려고 노력했지만 얼굴에 번지는 웃음기를 막을 수가 없었다. 퀸 경감은 침을 꿀꺽 삼켰고, 페퍼와 검사는 날카로운 눈빛을 주고받으면서 다음 전보를 보았다. 그러나 분통이 터져 의미가 잘 전달되지 못한 정도였다.
"자, 여기 마지막 전보가 있습니다. 오늘 아침에 도착한 것입니다. 마찬가지로 브룸 경감이 보낸 겁니다."
샘프슨 검사는 그렇게 말하고 나서 또박또박 전보를 읽어 내려갔다.

미술관 측으로부터 2주일의 시간 여유를 얻어냈습니다. 그 이후에는 우리도 모종의 조치를 취할 것입니다. 진전이 있기를 바랍니다.

　샘프슨은 전보 뭉치를 책상 위에 던진 다음, 허리에 양손을 얹고 녹스를 바라보았다. 방 안에 침묵이 흘렀다.
　"자, 녹스 씨. 우리가 궁지에 몰려 있는 입장은 이런 것입니다. 선생도 이제는 우리를 도와주셔야 합니다. 최소한 우리에게 그 그림을 보여주기라도 하십시오. 전문가가 그 그림을 감정해 볼 수 있게 말이죠."
　"바보 같은 소리 하지 마시오!"
　재계의 거물은 태연하게 대답했다.
　"그럴 필요가 없소. 이미 내가 의뢰한 감정인은 진짜 레오나르도의 작품이 아니라고 단언했소. 그는 무책임한 남자가 아니오. 내가 지불한 감정료는 막대한 돈이오. 빅토리아 미술관이라고? 웃기지 말라고 하시오. 공공시설인 미술관도 거의 쓸만한 게 없지!"
　퀸 경감이 더 이상 참지 못하고 자리에서 벌떡 일어나 소리를 질렀다.
　"거물이고 나발이고, 이런 제기랄! 샘프슨, 내가 이걸……."
　퀸 경감은 목이 메어 더 이상 말을 이을 수가 없었다. 샘프슨 검사는 재빨리 경감의 팔을 잡고 구석으로 끌고 가서 퀸 경감에게 뭐라뭐라 속삭였다. 그러자 퀸 경감은 아직 흥분이 가라앉지 않아 벌겋게 상기된 얼굴로 샘프슨과 함께 녹스에게로 걸어와 사과를 했다.
　"죄송합니다, 녹스 씨. 내가 너무 흥분한 것 같군요. 왜 선생은 정당하게 그림을 수집하지 못하십니까? 미술관에 그림을 돌려주십시오. 좋은 일 하는 셈치고 말입니다. 투기 시장에선 몇배 더 많은 돈을 손해 보시고도 눈 하나 까딱하지 않으셨잖습니까?"
　녹스의 얼굴이 갑자기 굳어졌다.

"좋은 일 하는 셈 치란 말이오? 농담 마시오."
그는 육중한 몸을 일으켰다.
"내가 75만 달러나 주고 산 것을 돌려주어야 할 이유라도 있소? 도대체 그런 바보가 어디 있소?"
"하지만 결국……."
경감이 대꾸를 하기도 전에 페퍼가 재치 있게 끼어들었다.
"그 작품 하나 없다고 해서 그 방대한 수집품의 가치에 별 영향을 끼치는 것도 아니잖습니까…… 뭣보다도 전문 감정가는 예술품으로서 가치가 없다고 말했다면서요!"
"게다가 그 물건이 장물이라면 말입니다…… 장물 취득은 법적으로 문제가 될 수도 있……."
검사가 페퍼의 말을 거들었다.
"증거가 있소? 장물이라는 증거가 있다면 증명해 보시오."
녹스는 몹시 화가 나 있었다. 그의 아래턱 살이 물결을 쳤다.
"내가 산 그림은 빅토리아 미술관에서 훔친 게 아니라고 당신들에게 처음부터 누누이 얘기를 했잖소. 내 그림이 박물관에서 도난당한 그림이라는 사실을 증명해 보시오. 내게 압력을 가한다고 해서 얻을 것은 아무것도 없소."
샘프슨은 난감한 표정을 지어 보였다. 이때 엘러리가 부드러운 목소리로 녹스에게 질문을 던졌다.
"좋습니다. 그럼 의뢰하신 그 감정인은 누굽니까?"
녹스는 재빨리 엘러리 쪽으로 고개를 돌렸다. 그리고는 잠시 눈을 껌뻑거리더니 웃으면서 말했다.
"당신이 상관할 바가 아니오, 엘러리. 그 사람 이름을 대고 말고는 내가 결정하는 거니까. 당신들이 자꾸 이렇게 귀찮게 굴면 나는 그 그림을 가지고 있다는 것조차 부인하겠소."

"우리는 선생을 귀찮게 하지 않을 겁니다."

마침내 퀸 경감이 입을 열었다.

"귀찮게 할 리가 있습니까? 선생을 위증죄로 고발하면 그뿐인데!"

샘프슨도 책상을 탁 치면서 얘기했다.

"선생의 그런 태도 때문에 경찰과 검찰이 아주 곤경에 빠지게 됐습니다. 그런데도 그렇게 고집을 부리신다면 우리로서는 이 사건을 연방 수사기관에 넘길 수밖에 없습니다. 그랬을 경우, 런던 경시청이나 연방 검찰은 선생의 그 허무맹랑한 설명을 믿지 않을 겁니다."

듣고 있던 녹스는 모자를 집어 들고 문 쪽으로 쿵쿵거리며 걸어갔다. 그게 그의 대답이었다.

엘러리가 점잖게 말했다.

"녹스 씨, 설마 미국 연방 정부와 영국 정부를 상대로 싸움을 하시려는 것은 아니겠지요?"

녹스가 엘러리를 돌아보았다. 그러고는 모자를 머리 위에 눌러쓰면서 말했다.

"75만 달러라는 돈을 지키기 위해서 내가 이제까지 누구하고 싸웠는지 당신 같은 애송이는 상상도 못할 거요. 그 돈은 이 녹스에게도 절대로 적은 돈이 아니오. 나는 이전에도 정부와 싸움을 한 적이 있고, 내가 이겼소."

방문이 쾅 닫혔다.

"성경책을 좀더 자주 읽을 필요가 있겠군요, 녹스 씨."

엘러리가 흔들거리는 문을 보면서 조용히 말했다.

"하느님께서는 약한 백성들로 하여금 강한 것을 물리치도록 하시는 도다……."

그러나 아무도 엘러리의 말에 귀를 기울이지 않았다. 샘프슨 검사는 거의 신음에 가까운 소리를 냈다.

"전보다 상황이 더 어려워졌군. 이제 어떻게 한다?"

경감은 화가 난 나머지 콧수염을 잡아당겼다.

"꾸물거리고 말고 할 여유가 없을 것 같네. 우리가 그 동안 너무 겁을 먹고 있었어. 녹스가 며칠 내로 그림을 내놓지 않으면 이 사건을 연방 검찰에 넘겨버리고…… 런던 경시청과 연락해 볼 수 밖에 없지!"

"결국엔 강제 수사권을 발동시켜 그림을 강제로 압류하는 수밖에 없을 것 같네."

검사가 침통한 표정으로 말했다.

"녹스가 그림을 찾을 수 없다고 발뺌을 하면요?"

엘러리가 말했다.

그들은 그 일에 관하여 계속 얘기를 나누었으나 뚜렷하게 떠오르는 묘책이 없었다. 그들의 표정이 그걸 말해 주고 있었다. 샘프슨이 어깨를 으쓱하며 얘기했다.

"자네는 모든 해답을 알고 있는 듯한데, 이 일을 어떻게 처리하면 좋겠나?"

엘러리는 하얀 천장을 올려다보는 자세로 말했다.

"저라면 아무 일도 하지 않겠습니다. 지금이야말로 적극적으로 움직일 때가 아닙니다. 지금 녹스를 다그쳐봐야 오히려 화만 돋우게 될 뿐입니다. 그는 본질적으로 아주 현실적인 사업가입니다. 그러니까 그에게 좀더 시간을 주면 반드시 생각을 바꾸어 타당한 행동으로 나올 겁니다…… 누가 압니까? 좋은 결과가 있을지."

엘러리는 웃음지으면서 자리에서 일어났다.

"박물관 측에서도 2주일의 시간 여유를 주었으니까 우리도 그에게 최소한 그만큼의 시간을 주어야지요. 녹스 쪽에서 틀림없이 반응을 보일 겁니다."

모두들 마지못해 고개를 끄덕였다.

그러나 엘러리의 예측은 이번 사건에서 계속 그랬던 것처럼 완벽하게 빗나가고 말았다.

사건의 다음 전개는 전혀 예상할 수 없는 데서 나타난 것이다. 그리고 사건은 해결에 가까워지는 것이 아니라 점점 복잡해질 뿐이었다.

Requisition
협박장

　돌연 하느님의 재판이 떨어진 것은 제임스 녹스가 영국과 미국 연방 정부를 상대로 싸우겠다고 선언한 지 이틀이 지난 목요일이었다. 이리하여 사건은 새로운 국면에 돌입하게 되었고 녹스의 호언장담에도 불구하고 문제를 법정에서 해결할 필요가 없게 되었다.
　그날 아침 엘러리는 퀸 경감의 사무실에서 할 일 없이 우울한 심정으로 푸른 하늘을 쳐다보고 있었다. 그때, 뜻밖에도 운명의 여신이 보낸 심부름꾼 깡마른 전보 배달부가 엘러리 앞에 나타났다. 그리하여 호전적인 재계의 거물과 법과 질서의 수호자가 확정적으로 동맹을 하게 된 것이다.
　그 전보는 녹스가 보낸 것으로, 수수께끼같은 내용이었다.

　〈지급 전보〉 웨스턴 유니온 우체국의 33번 거리 지국으로 소포를 보낼 테니 사복한 형사가 찾아가도록 하시오. 이 방법 외에는 달리 전할 도리가 없다는 것을 이해해 주기 바라오.

퀸 부자는 서로의 얼굴을 쳐다보았다.
"그도 이제 마음이 약해진 것인가? 설마 녹스가 이런 식으로 레오나르도 그림을 보내는 것은 아니겠지, 엘러리?"
경감이 중얼거렸다.
엘러리는 눈살을 찌푸렸다.
"아니에요, 그럴 리 없습니다. 아버지. 제가 알기로 그 문제의 그림은 가로 1.2미터에 세로 1.8미터는 족히 될 텐데 그걸 접거나 만다고 해도 꾸러미 속에 들어갈 수는 없지 않겠어요? 그림이 아니에요, 분명히 다른 것일 겁니다. 어쨌든 빨리 가져오라고 하세요. 녹스의 전보 내용으로 보아 뭔가 충격적인 게 들어 있을 것 같으니까요."
퀸 부자는 형사가 소포를 찾아올 때까지 걱정스러운 표정으로 사무실에서 기다리고 있었다. 1시간쯤 후에 형사는 작은 소포를 들고 돌아왔다. 소포 겉면에는 주소도 없이 한 귀퉁이에 녹스의 서명만이 있었다. 경감이 뜯어보니 1통의 봉투와, 녹스가 경감 앞으로 쓴 쪽지가 따로 들어 있었다. 그 두 가지를 소포처럼 보이게 하기 위해 두꺼운 상자 안에 넣어 보낸 것이다. 그들은 우선 녹스의 편지부터 읽어보았다. 짧고 간결하고 사무적인 투였다.

퀸 경감.
오늘 아침에 우편물 함에서 꺼낸 편지 하나를 동봉하겠소. 그 편지를 보낸 자가 감시를 하고 있을까봐 이런 간접적인 방법으로 경감에게 편지를 전달하는 것이오. 어떻게 하면 좋겠소? 우리가 신중하게 대응을 하면 이 범인을 잡을 수도 있을 것 같소. 이 사람은 내가 몇 주 전에 그림에 관한 얘기를 경감에게 다 털어놓았다는 사실을 모르고 있는 게 틀림없소.

제임스 녹스

녹스의 편지는 공을 들여서 직접 쓴 것이었다. 봉투 안에 들어 있는 편지는 작고 하얀 종이에 쓰여진 것이었다. 봉투는 근처 가게에서 산 싸구려 봉투였고, 겉봉에는 녹스의 주소가 타이핑되어 있었다. 소인으로 보아 시내에 있는 우체국을 통한 것으로 전날 밤에 발송한 듯했다. 그리고 편지를 쓴 종이의 가장자리가 너덜너덜한 걸로 보아 한 장을 반으로 찢은 듯했다. 그러나 경감은 그 용지에 별로 신경을 쓰지 않고 편지 내용에 관심을 집중했다.

제임스 녹스,

나는 당신에게서 받을 것이 있는 사람이오. 그러니 머뭇거리지 말고 속히 여기에 응하는 것이 현명할 거요. 그게 무슨 돈인지 알고 싶다면 이 편지의 뒷면을 보면 알게 될 거요. 나는 지금 몇 주 전 밤, 당신이 보는 앞에서 칼키스가 글림쇼에게 준 약속어음의 뒷면에 편지를 쓰고 있는 거요.

엘러리가 자기도 모르게 소리를 질렀고, 퀸 경감은 편지를 읽다 말고 떨리는 손가락으로 편지를 뒤집어보았다. 믿을 수 없는 일이었지만, 뒷면에는 칼키스가 휘갈겨 쓴 필적이 있었다.
"이게 약속어음의 반쪽이군."
퀸 경감이 놀란 표정으로 말했다.
"틀림없어! 약속어음을 반으로 찢은 거야. 여기 있는 반쪽에 칼키스의 서명이 들어 있군. 놀라운 일이다, 엘러리……."
"이상한데요."
엘러리가 중얼거렸다.

"어쨌든 계속 읽어보세요. 그 나머지는 뭐라고 쓰여 있지요?"
경감은 종이를 뒤집으면서 입술에 침을 묻혔다. 그리고는 계속 읽기 시작했다.

나는 당신이 이 편지를 수사관에게 알릴 정도로 바보라고는 생각하지 않소. 만약 그렇게 되면 빅토리아 미술관에서 훔친 100만 달러짜리 레오나르도 그림을, 사람들이 그렇게도 존경하는 제임스 녹스가 감춘 사실을 만천하에 공개하는 꼴이 될 테니까. 나는 당신에게서 돈을 서서히 요구할 거요. 그걸 전할 방법은 그때마다 적당히 알려주겠소. 그리고, 당신이 나와 싸우는 것은 무모한 일임을 알기 바라오. 만약 당신이 불만스럽게 군다면 즉시 수사기관에 도난당한 장물을 은닉하고 있다고 밀고할 것임을 명심하기 바라오.

편지에는 서명도 없었다.
"말이 많은 놈이군요."
엘러리가 중얼거렸다.
늙은 퀸 경감이 머리를 절레절레 흔들면서 "이제 우리도 줄동할 때가 온 것 아닌가?"라고 말했다.
"누가 이 편지를 쓴지는 모르나, 정말 대단한 놈이야. 훔친 그림을 가지고 있다는 이유만으로 거물 녹스를 협박하다니!"
경감은 편지를 조심스럽게 책상 위에 올려놓고 유쾌하게 두 손을 문지르며 계속 말을 이었다.
"그렇지만, 엘러리! 이것으로 우리는 범인을 잡게 될 거다! 그놈은 녹스가 우리에게 솔직히 털어놓은 것을 모르거든. 그러니까 우리는……."
엘러리는 멍하니 고개를 끄덕였다.

"그런 것 같군요……."

그러면서, 엘러리는 마치 수수께끼 문제를 들여다보듯이 책상 위의 편지를 쳐다보았다.

"어쨌든…… 칼키스의 서명이 틀림없는지 확인해 보는 것이 좋을 것 같네요. 이 편지는 증거물로 엄청나게 중요한 거니까요."

"중요하다고?"

퀸 경감이 낄낄거리며 웃었다.

"너, 너무 깊게 생각하는 거 아니냐? 확인하기 위해 조사해보자! 토머스! 토머스 어디 있는 거야?"

경감은 문으로 달려가서 바깥에 있는 누군가에게 지시를 하는 듯했다. 벨리 반장이 급히 뛰어 들어왔다.

"토머스! 증거물 보관상자에서 지난번에 온 그 익명의 편지 좀 가져와. 슬론과 글림쇼가 형제간이라고 밀고한 편지 말이야. 그리고 오는 길에 우나 램버트도 좀 데려오고. 그녀에게 칼키스의 필적을 확인할 수 있는 샘플을 가져오라고 해. 아마 두세 개 가지고 있을 거야."

벨리가 나갔다가 얼마 후 검은 머리에 날카로운 인상을 갖고 있는 여자와 함께 돌아왔다. 벨리는 경감에게 작은 꾸러미를 건네주었다.

"어서 와요, 램버트 양."

경감이 반갑게 램버트를 맞았다.

"당신이 도와줘야 할 일이 있어요. 이 편지를 좀 살펴보고, 지난번에 당신이 확인한 편지와 비교를 해 봐요."

우나 램버트는 조용히 감정 작업에 착수했다. 그녀는 약속어음의 뒷면에 씌어진 칼키스의 필적과 샘플로 가져온 칼키스의 필적을 비교해 보고, 그것이 끝나자 커다란 돋보기로 협박 편지를 들여다보았다. 그러면서 짬짬이 벨리가 증거물 보관상자에서 가져온 밀고 편지도 쳐다보았다. 모두들 초조하게 그녀의 감정 결과를 기다렸다.

우나 램버트가 마침내 두 장의 편지를 모두 내려놓으며 말했다.

"약속어음에 있는 필적은 칼키스의 것이 맞아요. 그리고 2장의 편지를 비교해 본 결과 같은 사람이 같은 타자기로 친 게 확실합니다."

경감과 엘러리는 동시에 고개를 끄덕였다.

"이제 확실해졌군요. 밀고의 편지를 보낸 사람을 범인으로 볼 수 있는 증거가 생긴 셈이지요."

엘러리가 말했다.

"그 외에 다른 것은?"

경감이 우나 램버트에게 더 상세한 걸 물었다.

"이 편지도 지난번 편지와 마찬가지로 언더우드 타자기로 친 것입니다. 하지만 단서가 될 만한 것은 거의 없어요. 이 편지를 타자친 사람이 누구인지는 모르지만 자기의 특징을 남기지 않기 위해 무척 조심했다는 것만은 틀림없어요. 타자 습성을 전혀 알 수 없게 했어요."

"우리가 쫓고 있는 상대는 아주 교활한 범인입니다, 램버트 양."

엘러리가 냉정하게 분석적으로 말했다.

"네, 그런 것 같군요. 그 증거는 여러 가지 있습니다. 타이프에는 보통 글자 배치나 여백, 마침표와 어느 키를 칠 때 힘을 줬는지에 따라 특징을 알아내곤 하는데, 이 편지에는 그런 특징들을 드러내지 않으려고 노력한 흔적이 역력해요. 하지만 어떤 타자기를 사용했는지 만큼은 숨길 수가 없죠. 타자기 자체에도 나름대로의 다른 점이 있습니다. 사람으로 치면 지문 같은 거죠. 이 2개의 편지가 다 같은 타자기로 친 것이라는 데에는 의심의 여지가 없어요. 그리고 타자를 친 사람도 동일인인 것 같고요."

경감은 씩 웃음을 지었다.

"잘 알았어요. 당신의 감정은 믿을 수 있어요, 램버트 양. 수고했어요. 토머스, 이 공갈 편지를 감식과에 가지고 가서 지미에게 지문 검사를 해 달라고 해. 워낙 빈틈이 없는 놈이라서 찾기가 매우 어렵겠지만 말이야."

벨리는 조금 후에 편지를 들고 돌아와서 아무것도 찾은 것이 없다고 보고했다. 문제의 종이 뒷면, 새로 타자를 친 면에는 지문이 전혀 없다는 것이었다. 그런데 칼키스가 글림쇼에게 서명을 해준 어음 표면에서는 칼키스의 지문이 선명하게 발견되었다.

"필적이나 지문으로 봤을 때도 이 어음은 진짜라는 결론이 나오는군."

경감이 만족스러운 표정으로 말을 이었다.

"그래, 엘러리. 누군지는 모르지만 이 약속어음의 뒷면에 타자를 친 놈이 범인이라는 게 틀림없다. 그자가 글림쇼를 죽였고 시체에서 어음을 탈취한 거겠지."

"이것으로 적어도 길버트 슬론이 살해되었다는 제 추리가 확인된 셈이군요."

엘러리가 낮은 소리로 말했다.

"그렇지. 그런 셈이지. 자, 샘프슨 검사 사무실에 가서 의논해보자!"

퀸 부자가 도착했을 때 샘프슨 지방검사실에서 검사와 페퍼는 밀담을 나누고 있었다. 경감은 의기양양하게 새로운 공갈 편지를 꺼내 들었다. 그리고는 감정 결과도 설명해 주었다. 샘프슨 검사의 얼굴이 금세 밝아졌다. 사무실은 갑자기 사건이 빠른 시일 내에 해결되리라는 기대감으로 가득 찼다. 제대로 된 해결이 가까워진 것이다.

"그런데, 경감, 말해두겠는데……."

샘프슨 검사가 조심스럽게 말했다.

"퀸 경감, 부하들에게는 당분간, 아무 말도 하지 않는 것이 좋을 거야. 범인이 안심하도록 해야지. 반드시 범인은 두 번째 편지를 보내 구체적으로 요구를 할 거야. 그때야말로 우리가 행동을 개시하여 그놈을 잡아들이는 거지. 그때까지 녹스의 저택에 누군가를 잠복시켰으면 하는데, 형사들이 우왕좌왕하면 그쪽에서 눈치채고 달아날 위험이 있어서."

"좋은 생각이군. 그럼, 누굴 보낼까?"

경감이 선선히 동의하며 물었다.

"제가 가면 어떻겠습니까? 검사님!"

페퍼가 열의를 가지고 말했다.

"좋아, 자네가 아주 적당하겠군. 가서 사건이 어떻게 진전되는지 살펴보라고."

샘프슨 검사가 회심의 미소를 지으며 말했다.

"이번에야말로 두 마리 토끼를 잡아봅시다. 퀸 경감, 공갈 편지를 보낸 놈도 잡고 녹스 저택에 우리 사람을 배치하여 그림을 빼돌리는 것도 감시하고……."

엘러리가 낄낄거리고 웃었다.

"검사님! 악수하시지요. 저도 자기 방위를 위하여 침례교도들의 빈틈없는 철학을 배워야 될 것 같군요. '간교한 자에게 보다 더 친절해'라는 말처럼 말입니다."

Yield
수확

샘프슨 검사도 확실히 노련하고 교활한 인물이었지만, 그가 함정을 만들어 놓고 잡으려는 상대방은 그 이상으로 교활한 것 같았다. 1주일이 꼬박 지났으나 아무 일도 일어나지 않았다. 익명의 편지를 쓴 사람은 아무도 모르는 천지개벽에 휩쓸려 모습을 감춘 것처럼 생각되었다. 리버사이드 드라이브에 있는 녹스 집에서 매일 페퍼가 보고했지만, 살인범과 공갈범에 관한 정보는 한 마디도 없어 범인들의 생사 여부조차 알 수 없는 상태였다. 그러나, 샘프슨은 계속 페퍼를 격려했다. 어쩌면 범인이 우리가 세운 계략을 눈치채고 동정을 살피거나 경계하고 있는지도 모르지만 언젠가는 꼬리가 틀림없이 잡힐 것이니 좀더 인내심을 가지라고 당부했다. 그래서 페퍼는 가능한 한 범인의 눈에 띄지 않도록 조심하기로 했다. 녹스와 상의하여, 앞으로 며칠간은 적극적 행동을 피하기로 방침을 정하고 페퍼 자신도 주야간을 불문하고 집 안에 있으면서 샘프슨과는 오로지 전화로만 연락했다. 녹스는 사태가 전혀 진전되지 않는데도 불구하고 이상하리만큼 평정을 유지하고 있었다.

어느 날 오후, 페퍼는 전화로 지방검사에게 제임스 J. 녹스가 레오나르도 그림에 관하여 신중히 침묵을 지키고 있으며 그 그림의 소재조차도 언급하지 않는다고 보고했다. 이와 동시에 조앤 브레트의 행동에 대해서도 특별히——'매우 특별히'——감시하고 있다고 첨가하자 샘프슨은 자기도 모르게 쓴웃음을 지었다. 아름다운 여자를 감시하는 페퍼의 임무가 그다지 불쾌하거나 나쁜 역할도 아니라고 생각했기 때문이다.

그러나, 11월 5일 금요일 아침에 드디어 휴전 상태가 깨지고 말았다. 그날 오전 우편물이 배달되자 녹스의 집은 심상치 않게 술렁거리기 시작했다. 드디어 간교하기 짝이 없는 범인이 행동을 개시한 것이다. 페퍼와 녹스는 에나멜 인조 가죽으로 장식한 녹스의 집무실에서 방금 배달된 편지를 약간 들뜬 기분으로 살펴보았다. 몇마디 어수선한 이야기를 끝낸 뒤, 페퍼는 그 편지를 안주머니에 깊이 쑤셔 넣고 얼굴을 반쯤 가린 채 하인들이 드나드는 문을 통해 바깥으로 빠져나왔다. 페퍼는 전화로 대기시켜 놓은 택시를 타고 쏜살같이 센터 거리에 있는 샘프슨 검사 사무실로 뛰어 들어갔다.

곧장 문제의 편지를 받아든 샘프슨 검사의 눈빛은 타올랐다. 샘프슨 검사는 아무 말 없이 외투를 집어 들고 페퍼와 함께 경찰 본부로 달려갔다.

경찰 본부의 퀸 경감 사무실에서, 경감은 우편물을 처리하고 있었고 그 옆에서 엘러리는 하는 일 없이 영양가도 없는 손톱만 물어뜯고 있을 때, 페퍼와 샘프슨이 갑자기 들이닥치자 퀸 부자는 누가 먼저랄 것도 없이 자리에서 벌떡 일어났다. 아무런 질문도 필요없었다. 이야기는 분명했다.

"두 번째 협박 편지야!"

샘프슨 검사가 숨을 헐떡거리면서 말했다.

"오늘 아침에 배달된 거야."

"거듭 약속어음의 나머지 반쪽에 타자를 쳐서 보내왔습니다. 경감님."

페퍼가 소리를 쳤다.

퀸 부자는 급히 편지를 들여다보았다. 페퍼의 말처럼 칼키스가 지급하기로 되어 있던 어음의 나머지 반쪽에 타자를 친 것이었다. 경감은 첫 번째 편지를 들어서 두 개의 편지를 맞추어 보았다. 두 쪽이 꼭 들어맞았다.

두 번째 협박 편지에도 첫 번째 것과 마찬가지로 서명이 없었는데, 다음과 같은 문구가 타이핑되어 있었다.

첫 번째로 당신이 지급할 금액은 30,000달러요. 모두 100달러 이하의 소액권으로 준비하시오. 오늘 밤 10시까지 타임스 광장에 있는 타임스 빌딩 하물 일시 보관소에 잘 포장해서 맡겨 놓으시오. 겉봉에 레오나르도 다빈치라고 쓰고, 그 이름을 대는 사람에게 주라고 전하시오. 경찰에는 알리지 않는 게 좋다는 걸 명심하시오. 서투른 짓을 하는지 전부 감시하고 있으니까.

"우리의 범인은 유머 감각이 뛰어난 것 같군요. 레오나르도 다빈치라고 하다니 아주 재미있는데요."

엘러리가 말했다.

"오늘 밤 안으로 끝장내 주겠어."

샘프슨 검사가 소리쳤다.

"자, 지금, 다들 이런 소리하고 있을 때가 아니네."

퀸 경감이 웃으면서 두 사람에게 말하고는 인터폰을 통해 관계 부서에 명령했다. 불과 몇 분 안에 필적 감정가인 우나 램버트와 몸이

야윈 지문 감정 주임도 함께 들어왔다. 우나 램버트는 몸을 숙여 퀸 경감의 책상 위에 있는 편지를 들여다 보았다. 뭔가 특징을 나타내 주는 단서가 있는지 알아보기 위해서였다.

우나 램버트는 조심스럽게 말을 꺼냈다.

"이 편지는 첫 번째 편지와는 다른 타자기를 사용해서 친 것입니다. 필체로 봐서 신형 레밍턴 타자기로 친 것 같아요. 친 사람은……."

그녀는 어깨를 으쓱해 보였다.

"확실하지는 않지만, 겉으로 보기에는 다른 2개의 편지를 보낸 사람과 같은 사람인 것 같습니다…… 아, 그리고 재미있는 점이 하나 있는데요. 30,000달러라고 칠 때 숫자를 잘못 친 흔적이 있어요. 전체적으로는 자신만만한 편인데, 이걸 칠 때는 약간 신경이 날카로웠던 것 같습니다."

"그래요?"

엘러리가 반응을 보였다. 그리고 나서 엘러리는 손을 내저었다.

"동일인이 보낸 건지 아닌지는 확인할 필요가 없을 것 같네요. 첫 번째 것은 약속어음의 반쪽을 찢어서 부쳤고 두 번째 것은 그 나머지에다가 썼으니까 그걸로 충분히 확인된 거 아니겠습니까?"

"지문은 어떤가, 지미?"

경감이 별로 기대하지 않는 듯한 표정으로 지문 감정 주임에게 물었다.

"없습니다."

지미가 대답했다.

"좋아요, 됐습니다. 지미, 감사합니다. 그리고 램버트 양도요."

경감이 말했다.

"자, 여러분! 일단 자리에 앉아요. 앉으세요."

엘러리가 즐거운 표정으로 입을 열면서 먼저 자리에 앉았다.

"급하실 것 없습니다. 아직도 하루가 남아 있으니까요."

이 한 마디에 어린 아이처럼 안절부절못하고 있던 페퍼와 샘프슨이 순순히 자리에 앉았다.

"아시다시피, 이 새로운 편지에는 여러 가지 이상한 점이 있어서……."

엘러리가 말했다.

"뭐라고? 내가 보기에는 아무런 이상이 없는 것 같은데. 정직하고 당당한 공갈 편지 아니냐?"

퀸 경감이 갑자기 소리를 쳤다.

"아니, 아니, 저는 결코 공갈 편지의 가짜, 진짜를 말하는 것이 아닙니다. 문제는 이 숫자입니다. 공갈한 사람이 아무리 어떤 숫자에 호기심이 있다고 하더라도 3만 달러는 이상한 금액이라고 생각하지 않습니까? 이런 협박 사건에서 이제까지 3만 달러를 요구한 것을 보신 적이 있습니까? 보통은 10만이나 2만 5천, 아니면 5만 달러 정도를 요구하지 않습니까?"

"핏!"

샘프슨은 콧방귀를 뀌었다.

"그게 뭐가 이상한가? 내가 보기에는 하나도 이상하지 않네."

"그것 가지고 싸우고 싶은 마음은 없습니다. 하지만 이상한 것은 그것뿐이 아닙니다. 우나 램버트 양 얘기 못 들으셨습니까?"

엘러리는 두 번째 편지를 책상 위에 펼치고는 손톱 끝으로 3자를 가리켰다.

"잘 보십시오."

엘러리는 자기 주위로 모여든 사람들에게 설명을 하기 시작했다.

"이 편지를 칠 때 범인은 보통 타이피스트들이 많이 저지르는 실수를 범했습니다. 우나 램버트 양은 신경이 날카로운 사람 같다고 했는데, 표면적으로 볼 때는 수긍할 수 있는 해석이지만······."
"그게 맞지않아? 그럼 뭔가?"
경감이 물었다.
"그 실수란 이런 것입니다."
엘러리가 침착하게 설명하기 시작했다.
"3만 달러란 금액을 치려면, 맨 처음 시프트키를 누르고 달러의 기호를 칩니다. 그리고 그 다음 글자인 3을 치려면 시프트키에서 손을 떼야 하죠. 보통 숫자는 시프트키를 안 눌러도 되는 아래쪽에 있으니까요. 그런데 이 편지를 보면, 범인이 3을 칠 때 시프트키에서 손을 완전히 떼지 않고 3을 친 걸 알 수 있습니다. 그 결과 불분명한 표시가 생긴 거죠. 그래서 범인은 다시 3을 치려는 자리로 돌아가 숫자를 친 겁니다. 그점이 매우 흥미있는데······ 생각할수록 재미있어요."
그들은 모두 엘러리가 지시하는 부분을 세심하게 살펴보았다. 그 모양은 다음과 같았다.

$$\overset{\sim}{\$}30,000$$
$$\underset{3}{}$$

"뭐가 그렇게 재미있는가?"
샘프슨 검사가 물었다.
"내가 둔해서 그런지는 몰라도, 지금 설명한 것 이외에 어떤 중대한 의미가 있는지 전혀 알 수가 없군. 잘 치는 타이프를 실수했고 그것을 지우지 않고 다시 친 것뿐이잖나? 램버트 양의 결론도 실수는 신경질이 났거나 침착성을 잃었기 때문이라는 것이었는데······ 그것이 진상이 아닌가?"

엘러리는 웃음지으면서 어깨를 으쓱했다.

"그러나, 샘프슨 검사님. 중요한 것은 그 실수가 아닙니다. 물론 그것도 제게는 좀 이상하기는 하지만요. 정작 중요한 것은 이 편지에 사용된 레밍턴 타자기의 글자판이 표준형과 다르다는 겁니다. 저는 그 점이 더 중요하다고 생각합니다."

"표준형이 아니라고?"

샘프슨 검사가 놀라서 괴상한 표정을 지었다.

"어떻게 그걸 알지?"

엘러리는 다시 한번 어깨를 으쓱했다.

"그런 것은 관계없어! 지금 우리가 해야 할 일은 그 악당이 의심하지 않게 해야 하는 거야. 오늘 밤에 그가 타임스 빌딩에 나타날 때 잡아야지."

경감이 두 사람 사이에 끼어들었다.

엘러리를 궁금한 눈으로 바라보고 있던 샘프슨은 골치 아픈 것은 생각하기 싫다는 듯이 머리를 흔들었다. 그리고는 경감을 향해 고개를 끄덕였다.

"조심해야 하네, 퀸 경감. 녹스가 범인이 요구한 대로 돈을 맡겨 놓겠다고 했으니까 자네도 만반의 준비를 해야 할 거네."

"그 점은 염려하지 말게."

늙은 경감이 웃으면서 대답을 이었다.

"자, 이제부터 녹스 씨와 상의를 해야 하는데, 그의 집으로 어떻게 들어가지? 감쪽같이 범인이 모르게 들어가야 하는데……."

퀸 경감의 사무실에서 나온 그들은 경찰차 중에서도 일반 자가용 비슷한 것을 타고 녹스의 집을 향했다. 도착한 뒤, 하인들이 평소 드나드는 뒷문 쪽으로 가기 전에 운전 기사는 주의깊게 저택 주위를 몇 바퀴 돌아보았으나 별다른 낌새를 발견하지 못했다. 퀸 부자와 페퍼와 검사는 쏜살같이 높은 뒷문을 지나 하인들의 방으로 들어갔다.

일행이 녹스의 집무실에 들어섰을 때 그는 침착하게 앉아 조앤 브레트에게 편지 내용을 설명하고 있었다. 조앤은 새침한 얼굴로 인사를 했는데 페퍼에게는 아주 공손했다. 녹스가 그녀에게 잠시 쉬라고 하자 그녀는 구석에 있는 자기 책상으로 돌아갔다. 즉시, 녹스와 퀸 경감, 페퍼와 검사는 그날 밤의 작전 계획에 대해서 이야기를 나누기 시작했다.

그러나, 엘러리만은 이들의 회의에 가담하지 않고 휘파람을 불면서 방을 이리저리 돌아다녔다. 그러다가 그는 조앤 브레트가 앉아 있는 책상 근처로 어슬렁거리며 다가갔다. 조앤 브레트는 평소와 같이 짐짓 얌전한 표정으로 타이프라이터를 치고 있었다. 엘러리는 그녀가 뭘 하는지 궁금해서 알아보려는 것처럼 조앤의 어깨 너머로 타자기를 내려다보며 작은 소리로 속삭였다.

"아주 잘하고 있군! 아무것도 모르는 여학생처럼 앉아 있어요. 아주 잘하고 있어요. 이제 사건의 전모가 곧 밝혀질 거예요."

"아! 그래요?"

조앤 브레트도 태연하게 머리도 움직이지 않고 중얼거렸다. 엘러리는 웃으면서 몸을 펴고는 사람들이 모여 있는 자리로 돌아왔다.

샘프슨이 날카롭게 녹스를 상대로 얘기하고 있었다. 그는 어떤 상황을 이용하여 자기 의도대로 추진하는 노련하고 교활한 괴물이었다. 기회를 포착한 그는 녹스와의 흥정과 절충에 빈틈없이 착수했다.

"물론 녹스 씨도 아시겠지만 이제는 상황이 좀 바뀌었습니다. 오늘 밤 이후로 당신은 우리에게 큰 빚을 지는 셈이니까요. 선생은 우리한테 그림을 보여주는 것조차 거절했는데, 우리는 지금 한 사람의 시민을 보호하려고 병력을 배치해 놓고 있는 중입니다."

녹스는 갑자기 두 손을 들어 항복을 나타내며 말했다.

"좋소, 내가 졌소. 어쨌든 이 타협이 마지막이오. 이제 그 그림이라면 신물이 나는군. 이런 식의 협박도 그렇고…… 그 그림을 가져가서 마음대로 하시오."

"그런데, 제가 듣기에 선생이 가지고 있는 그 그림은 빅토리아 미술관에서 훔친 것과는 다르다고 하던데……?"

퀸 경감이 조용히 말했다. 그는 마음 속으로는 안심했으나 눈치채지 못하게 일부러 침착한 척했다.

"물론, 그렇소. 하지만 그 소유권은 절대로 나에게 있소. 그런데, 당신들도 전문가를 시켜 감정해보는 게 좋을 것이오. 그 결과 내 말이 옳다고 판단되면 즉시 반환하기 바라오."

"물론이죠. 그렇게 하겠습니다."

샘프슨 검사가 흔쾌히 대답했다.

"검사님, 지금, 그림이 문제가 아니라 이 협박 범인에 대해서 먼저 얘기를 해야 하지 않을까요? 그놈이 아마도……."

페퍼가 걱정스러운 듯이 끼어들었다.

"자네 말이 맞네, 페퍼. 그것이 선결 문제지!"

경감은 얼굴에 웃음을 가득 머금고 말했다.

"그놈 얘기부터 먼저 해야겠지. 조앤 브레트 양! 이것 좀 도와주시겠습니까?"

퀸 경감은 방을 가로질러 조앤 브레트의 책상 앞에 섰다. 조앤 브레트는 미소를 띠고 무슨 일이냐고 묻는 얼굴로 경감을 올려다 보았다.

"브레트 양! 수고스럽지만 전보를 쳐 주셨으면 하는데요. 아, 잠깐만, 볼펜 좀 주시겠습니까?"

조앤 브레트는 경감에게 볼펜과 메모지를 건네주었다. 경감은 급하게 뭔가를 써내려갔다.

"이 문장으로 타자를 쳐 주시오. 매우 중요한 전봅니다."

즉시, 조앤의 타자기가 움직이기 시작했다. 그녀는 마치 심장의 박동 소리에 맞춰 타자를 치는 것처럼 힘들이지 않고 쳐 나갔다. 그녀의 얼굴에는 흥분된 감정이 조금도 나타나지 않았다. 그 전문은 다음과 같았다.

런던 경시청 브룸 경감께.

문제의 레오나르도는 미국의 명망 있는 수집가가 150,000파운드를 주고 구입한 것으로 밝혀졌습니다. 물론 그 그림이 훔친 물건이라는 사실은 전혀 모르고 산 것입니다. 저희가 가지고 있는 그림이 빅토리아 미술관에서 도난당한 것인지 아닌지는 아직도 불분명하나 그것을 확인하기 위해서라도 귀측에 그림을 돌려드리겠습니다. 이쪽에서 아직 몇 가지 확인해야 할 문제가 있다는 점 양해해 주시기 바랍니다. 24시간 안에 반환 날짜를 알려드리겠습니다.

리처드 퀸 경감

여러 사람들이 전보의 내용을 읽어본 다음, 만족스럽다고 하자 퀸 경감이 그것을 조앤 브레트에게 건네주었고 그녀는 전신국에 전화를 걸어 전보 내용을 불러 주었다. 녹스만이 전보 내용을 흘끗 쳐다볼 뿐이었다.

퀸 경감은 다시 자리로 돌아와 그날 밤의 행동 계획을 개략적으로 설명했다. 녹스는 알겠다는 듯이 고개를 끄덕였고, 일행은 외투를 집어 들었다. 그러나 엘러리만은 움직이려고 하지 않았다.

"너는 안 갈 거냐?"

아버지 퀸 경감이 물었다.

"저는 좀더 녹스 씨를 귀찮게 해야 될 것 같은데요. 샘프슨 검사님과 페퍼와 먼저 가십시오. 저도 금방 집으로 가겠습니다."

"아니, 집이라니? 나는 지금 사무실로 가려던 참인데."

"그러면 저도 사무실로 가겠습니다."

일행은 엘러리를 이상한 눈으로 쳐다보았다. 엘러리는 아무렇지도 않게 씩 웃고만 있었다. 엘러리는 나가는 사람들을 향해 정중하게 손을 흔들었고, 그들은 조용히 문을 나갔다. 그러자 녹스가 엘러리에게 말했다.

"당신이 뭘 하려는지는 잘 모르겠지만, 좀 나중에 하는 것이 좋겠소. 지금 나는 혼자 은행에 가서 3만 달러를 인출하는 척해야 될 것 같소. 샘프슨 검사는 틀림없이 범인이 나의 행동을 계속 감시하고 있을 거라고 생각하는 모양이오."

"샘프슨 검사님은 워낙 철저한 분이시거든요."

엘러리가 웃음지었다.

"그리고 녹스 씨는 아주 친절한 분이시고요."

"천만에."

녹스는 바로 대꾸를 하더니 조앤 브레트가 있는 쪽으로 의미있는 눈길을 보냈다. 그녀는 모범적인 비서답게 아무것도 못 들은 체하며 완벽한 자세로 앉아 타자를 치고 있었다.

"부탁인데…… 조앤 브레트 양을 유혹하지 마시오. 나의 책임이 될지도 모르니……."

녹스는 어깨를 한번 으쓱하고는 방을 나갔다.

엘러리는 녹스가 나간 뒤에도 한 10분 정도 가만히 기다렸다. 조앤에게도 말을 걸지 않았고, 조앤 역시 타자만 계속치고 있었다. 엘러리는 창 밖을 바라보면서 한가로이 시간을 보냈다. 조금 있자 키가 크고 야윈 녹스가 현관 앞 차 타는 곳으로 걸어 나가는 것이 보였다. 엘러리가 서 있는 창은 중앙 건물에서 기역자로 꺾어진 곳에 있기 때문에 현관 전체가 한눈에 들어왔다. 녹스는 대기하고 있던 차에 올라탔고 이윽고 차는 스르르 움직였다.

엘러리는 갑자기 생기가 돌았다. 그것은 조앤 브레트도 마찬가지였다. 그녀는 타자기에서 손을 뗀 다음 약간 장난기 어린 표정으로 엘러리를 올려다 보았다.

엘러리는 조앤 브레트의 책상 쪽으로 뚜벅뚜벅 걸어갔다.

"이러지 말아요."

조앤 브레트가 일부러 겁에 질린 시늉을 하며 소리쳤다.

"당신, 설마 녹스 씨의 충고를 이렇게 빨리 어기려는 것은 아니겠죠? 미스터 퀸!"

"지금 농담할 때가 아니오."

엘러리가 진지한 태도로 말했다.

"자, 우리끼리 있을 때 몇 가지 물어볼 게 있어요."

"나는 예언자들이 몇마디만 해도 가슴이 황홀해지는데요."

조앤 브레트가 아직도 장난기 섞인 목소리로 중얼거렸다.

"당신은 숙녀라는 것을 잊지 말아요. 자, 질문하겠소. 이 넓은 집에 고용되어 있는 사람들이 몇 명이나 되죠?"

조앤 브레트는 실망했다는 표정을 지으면서 입술을 깨물었다.

"이상한 질문이네요. 남자 앞에서 순결과의 투쟁을 예상하고 있는 숙녀에게 묻는 질문치고는 아주 시시한 질문이네요…… 가만 있자 몇 명이더라……."

그녀는 속으로 숫자를 세었다.

"여덟, 네, 여덟 명이에요. 얼마 안 되죠? 녹스 씨는 사람을 많이 두지 않는 편이거든요. 사람들을 초대하는 일도 드물고요."

"그 사람들의 내력에 대해서 다 알고 있어요?"

"그럼요. 숙녀는 원래 모든 것을 알죠. 뭐든지 물어보세요. 퀸 씨!"
"그 사람들 가운데 최근에 고용된 사람이 있나요?"
"아뇨, 전혀 없어요. 이 집은 아주 까다로운 곳이에요. 제가 알기로는 이 집에 고용된 분들은 최소한 5년에서 6년은 됐어요. 어떤 분은 15년이 넘어요."
"녹스 씨는 그 사람들을 믿습니까?"
"백 퍼센트요."
"좋아요."
엘러리는 불어로 얘기하기 시작했다.
"자, 잘 들어요. 지금부터 그 고용인들을 하나하나 조사해 봐야겠어요. 남자건 여자건 전부 다요."
조앤 브레트 역시 자리에서 일어나 무릎을 굽혀 인사하며 불어로 대답했다.
"알겠습니다, 대장님. 다른 명령 사항은 없으신가요?"
"나는 옆방에서 문틈으로 내다보고 있을 테니 당신은 그 사람들을 하나하나 불러들여요. 이유는 적당히 둘러대고, 내가 그 사람들의 얼굴을 확실히 볼 수 있게 내 쪽으로 세워 놓도록 해요. 지금 운전기사만 없는 상태인데 그 사람은 벌써 봤으니까 빼기로 하고, 그 운전 기사 이름이 뭐죠?"
"슐츠요."
"운전 기사는 그 사람 하나뿐인가요?"
"네."
"좋아요. 그럼 시작하기로 합시다."
엘러리는 재빨리 옆방으로 가서 문을 약간만 열어 놓고 자리를 잡았다. 조앤 브레트가 벨을 누르는 게 보였다. 제일 먼저 검은 호박단 무늬의 옷을 입은 중년부인이 들어왔다. 녹스의 방에서 한 번도 본 적이 없는 사람이었다. 조앤은 중년부인에게 질문을 던졌고, 그녀는 몇 마디 대답을 한 뒤 밖으로 나갔다. 조앤이 다시 벨을 눌렀다. 그러자 이번에는 검은 하녀복을 입은 젊은 여자 셋이 들어왔고 그 뒤를 따라 키가 크고 늙은 집사, 말끔하게 옷을 입은 땅딸막한 남자, 그리고 마지막으로 깨끗하고 화려한 주방 옷을 입고 전형적인 주방장 모자를 쓴 프랑스 사람이 들어왔다 나갔다. 마지막 사람이 나가고 문이 닫히자 엘러리는 숨어 있던 방에서 빠져나왔다.

"잘 했어요. 맨 처음의 그 중년부인은 누구죠?"

"힐리 부인이에요, 가정부죠."

"하녀들은?"

"그랜트, 버로스, 호치키스."

"집사는?"

"크래프트."

"순진해 보이는 땅딸막한 사람은?"

"녹스 씨의 시종인 해리스예요."

"주방장은?"

"부생이에요. 파리에서 온 사람이죠. 알랙상드르 부생이에요."

"이 사람들이 전부예요? 확실해요, 조앤?"

"네, 슐츠 빼고 전부 다예요."

엘러리는 고개를 끄덕였다.

"모두가 처음 보는 얼굴들인데, 그렇다면…… 혹시 첫 번째 협박장이 오던 날 아침 기억나요?"

"그럼요."

"그날 아침 이후, 이 집에 온 사람은 없어요? 외부인들 중에서 말이에요."

"워낙 많은 사람들이 들락거려서요. 하지만 아래층에 있는 응접실

말고 여기까지 온 사람은 한 명도 없었어요. 녹스 씨가 그때 이후로 만나는 것을 싫어해서 아무도 들여보내지 못하게 했거든요. 대부분의 손님들을 크래프트가 문 앞에서 돌려보냈죠. 녹스 씨가 안 계시다고 하면서요."

"왜 그랬죠?"

조앤은 어깨를 으쓱했다.

"녹스 씨가 겉으로는 아무렇지도 않고 무뚝뚝해 보이지만, 그 협박장이 온 뒤부터는 신경이 아주 예민해 있어요. 그가 왜 사설 탐정을 고용하지 않는지 궁금할 정도니까요."

날카로운 표정으로 엘러리가 말했다.

"거기엔 그럴만한 이유가 있어요. 녹스 씨는 이 집에 경찰 비슷한 사람들이 기웃거리는 것도 싫어했고, 지금 역시 그래요. 그리고 레오나르도의 그림인지 복사본인지, 그것도 밝혀지기를 바라지 않았던 거지요."

"그래서 그런지 그는 아무도 믿지 않았어요. 오래된 친구들이나 사업관계로 알게 된 사람들이나 고객들까지도요."

"마일스 우드러프는 어땠어요? 내가 알기로는 녹스는 칼키스의 유산 처리때문에 그 변호사를 고용했다고 하던데."

엘러리가 물었다.

"그분에게 위임했죠. 하지만 우드러프 씨가 이 집에 온 적은 한 번도 없었어요. 매일 전화로 상의하긴 했지만요."

"정말이요?"

엘러리는 혼자서 낮게 중얼거렸다.

"행운이군…… 기적적인 행운이라."

엘러리가 갑자기 조앤의 손을 꽉 잡았다. 그녀는 작게 비명을 질렀다. 그러나 엘러리의 의도는 불순한 것처럼 보이지는 않았다. 그는 조앤 브레트의 예쁜 손을 마치 싸움이라도 거는 사람처럼 무례하게 꽉 잡고는 말했다.

"조앤 브레트, 오늘 아침에는 얻은 게 정말 많아요. 훌륭한 수확의 아침이었어요."

퀸 경감에게 일찍 가겠다고 약속했지만 엘러리가 경찰청에 모습을 드러낸 것은 오후가 훌쩍 지난 뒤였다. 그러나 엘러리는 일이 잘되어 가고 있다고 생각했는지 얼굴에 웃음이 가득했다.

다행히 퀸 경감은 잡무 처리에 열중하느라 아들이 방에 들어왔는데도 질문할 여유가 없었다. 엘러리는 아버지가 자기의 존재를 눈치채지 못하는 동안 마음 놓고 방 안에서 빈둥거렸다. 그러다가 퀸 경감이 벨리 반장을 불러 오늘 밤 타임스 빌딩에 파견할 형사들에 관한 지시를 내릴 때 마침내 꿈에서 막 깨어난 듯이 말을 꺼냈다.

"아! 아버지! 그것은……."

엘러리가 드디어 입을 열었다. 그 소리에 퀸 경감은 엘러리가 거기 있다는 것을 처음 안 것 같은 표정을 했었다.

"제 생각에는 밤 9시 경, 리버사이드 드라이브에 있는 녹스의 집에 모이는 것이 더 좋을 것 같은데요."

"녹스의 집이라고? 왜? 그렇게 되면 전부 잘못되는 거 아니냐?"

"여러 가지 이유가 있는데요, 그것이 현명합니다. 범인이 나타나기로 한 현장에 형사들을 배치해 놓는 건 좋은데, 공식적인 모임은 녹스의 집에서 갖기로 하죠. 그 다음에 타임스 빌딩에 가더라도 10시까지는 도착할 수 있어요."

퀸 경감은 이유를 알 수 없어 소리를 지르고 싶었지만 엘러리의 눈빛에서 뭔가 확실한 게 있다는 것을 알아차리고는 눈을 깜빡이면서 벨리 반장에게 큰 소리로 말했다.

"그래, 그럼 그렇게 하지."

그리고는 즉시, 퀸 경감은 샘프슨 검사의 사무실로 전화를 걸어 상의하기 시작했다.

벨리 반장이 문 밖으로 나가자, 엘러리는 전에 없던 힘이 솟아나는지 힘차게 일어나 덩치 큰 벨리 반장을 뒤따랐다. 엘러리는 바깥 복도에서 벨리 반장을 따라잡은 다음, 그의 팔을 잡고는 매우 빠르고 진지하게 말하기 시작했다. 사람을 구워삶는 목소리였다.

심지가 굳은 벨리 반장이었지만 엘러리가 귓속말로 뭔가를 말하자 머릿속이 혼란스러워졌는지 어찌할 바를 모르고 허둥거렸다. 입술을 깨물고 수염 난 턱을 문지르고 표정이 무척 괴로워 보였는데, 이런저런 감정들이 그 안에서 교차되고 있는 것 같았다.

마침내 엘러리의 간청을 거부할 수가 없었는지 한숨을 쉬면서 말했다.

"좋아요, 엘러리. 하지만 일이 실패하면 나는 강등 당할 수 밖에 없어요."

벨리 반장은 그렇게 말하면서 걸어 나갔다. 엘러리의 집요한 설득에서 벗어나게 된 것이 일단은 기쁜 모양이었다.

Quiz
퀴즈

 달도 없는 밤을 이용하여 그들은 은밀하게 녹스의 집에 집합했다. 9시를 알리는 종이 치자 그들은 모두 하인들이 드나드는 문을 통해 녹스의 집무실에 나타났다. 모인 사람들은 퀸 부자와 페퍼, 샘프슨 지방검사, 조앤 브레트, 그리고 녹스였다. 칠흑 같은 커튼을 치고 있어 밖으로는 불빛 한 점 새나가지 않았다. 그들은 모두 긴장된 감정을 억제하려고 노력하고 있었다.

 엘러리만이 상황에 대한 확신을 가지고 침착하게 행동하고 있었다. 한편, 오늘 밤 일은 자기에게 맡기라는 듯이 자신감을 인상깊게 남기려는 사람처럼도 보였다.

 다들 신경이 날카로워진 듯한 말투였다.

 "소포는 준비했습니까, 녹스 씨?"

 콧수염을 만지면서 경감이 질문했다. 녹스는 책상 서랍에서 갈색 종이로 싼 작은 다발을 꺼내 내밀었다.

 "가짜 돈입니다. 신문지를 돈 크기로 잘랐죠."

 녹스의 목소리는 침착했다. 하지만 굳은 표정에서 매우 긴장했다는 것을 느낄 수 있었다.

"아니 도대체 우리가 뭘 기다리고 있는 거죠, 녹스 씨?"

안개가 자욱한 것 같은 침묵 속에서 참을 수 없다는 듯 샘프슨 검사가 갑자기 말을 꺼냈다.

"출발하시는 게 좋을 것 같은데요. 우리도 곧 뒤따라가겠습니다. 현장 수배는 빈틈없이 해놨으니…… 안심하시고…… 범인은 도저히 도망치지 못할 거요……."

"자, 잠깐 기다리세요. 오늘 밤, 타임스 빌딩의 보관소까지 갈 필요는 없을 것 같은데요."

갑자기 엘러리가 침착한 목소리로 끼어들었다.

침착하고 조용한 목소리였지만, 두번째의 극적인 순간이었다. 엘러리는 몇 주 전에 칼키스가 범인이라는 주장으로 모두를 아연하게 만든 그때와 비슷한 분위기를 연출하고 있었다. 하지만 엘러리의 자신감 넘치는 표정에는 그때와 같이 비웃음을 사지나 않을까 염려하는 빛이 없었다. 엘러리는 아주 기분 좋은 웃음을 짓고 있었다. 마치 경찰차를 타임스 광장 근처에 대기시켜 놓은 일이며, 요소 요소에 형사들을 배치한 것이며, 아침부터의 이같은 소동 모두가 우습기라도 하다는 듯 그는 웃고 있었던 것이다.

경감은 충격을 받았는지 몸을 꼿꼿이 세우며 말했다.

"그게 무슨 말이냐? 그럼 우리가 지금 시간 낭비하고 있다는 얘기냐? 또, 너의 나쁜 장난기가 발동한 거 아니냐!"

엘러리의 얼굴에서 웃음이 사라지더니 강하고 날카로운 표정으로 변했다. 엘러리는 일어서서 자기를 의아하게 지켜보고 있는 사람들을 휘둘러보았다.

"좋습니다."

엘러리는 결심이 섰다는 표정으로 입을 열었다.

"설명 드리겠습니다. 우리가 지금 시내로 들어갈 필요가 왜 없는지 아십니까? 그게 왜 무의미한 행동인지 말입니다."

"무의미하다고?"

샘프슨 검사가 참다못해 소리를 질렀다.

"이유가 뭐야?"

"왜냐하면, 검사님. 가 봐야 허탕을 칠 게 뻔하기 때문입니다. 범인은 거기 없을 겁니다. 검사님, 우리는 완전히 속은 겁니다!"

조앤 브레트가 숨을 들이마셨고 다른 사람들은 기가 막혀 눈을 크게 떴다.

"녹스 씨."

엘러리가 백만장자를 향해 말했다.

"집사를 좀 불러주시겠습니까?"

녹스가 이마를 찡그리며 집사를 불렀다. 잠시 후 키가 크고 호리호리한 노집사가 들어왔다.

"부르셨습니까, 녹스 씨?"

집사는 녹스에게 물어보았지만 잽싸게 대답을 한 것은 엘러리였다.

"크래프트, 이 집의 도난 경보장치에 대해서 잘 아십니까?"

"네, 압니다만……."

"지금 즉시 그것을 조사해 보십시오."

집사는 잠시 머뭇거리더니 녹스가 손짓을 하자 밖으로 나갔다. 모두들 침묵 속에서 잠시 기다렸다. 돌아온 크래프트의 얼굴은 창백했고 양쪽 눈은 튀어나올 것만 같았다.

"누군가 경보장치를 만졌습니다. 작동이 되지 않습니다. 어제까지는 멀쩡했는데 말입니다."

"뭐라고?"

녹스가 소리를 질렀다.

반면 엘러리의 목소리는 침착했다.

"제가 예상한 대롭니다. 됐습니다, 크래프트 씨. 이제 가셔도 됩니다. 녹스 씨, 이제부터 제가, 당신과 우리들이 불신하는 관계 사이에서 범인이 우리를 어떻게 속여왔는가를 증명해 드리겠습니다. 그 전에 녹스 씨가 소장하고 있는 그림에 이상이 없는지를 조사하는 것이 어떨까요?"

녹스는 자극을 받은 듯 난감한 표정으로 얼굴이 공포로 일그러지더니 아무 말없이 빠르게 방을 빠져나갔다. 엘러리와 다른 사람들도 재빨리 그의 뒤를 따랐다.

녹스는 급히 인기척이 없는 2층 넓은 방으로 뛰어갔다. 그곳은 화랑인데, 검은 벨벳천이 드리워져 있었고 옛 명화가 벽 쪽에 걸려 있었다. ······아무도 이 순간에는 미술품에 신경쓰지 못했다. 엘러리는 녹스 옆에 가까이 붙어 있었다. 엘러리는 녹스와 함께 화랑의 한쪽 구석으로 달려갔다. 둘은 벽에 있는 큰 널빤지 앞에 섰다. 녹스가 몸을 굽혀 널빤지의 장식 조각을 만지자 단단해 보이던 벽의 일부가 한쪽으로 열리면서 커다란 구멍이 드러났다. 녹스는 손을 밀어 넣었고, 투덜대면서 허둥지둥 그 안의 어둠 속을 들여다보았다.

"없어졌어!"

녹스의 얼굴이 창백해졌다.

"누가 훔쳐갔어!"

엘러리는 사무적인 목소리로 말했다.

"그러면 그렇지! 아주 영리한 계략입니다. 가히 천재라고 할 수 있는 글림쇼의 귀신 같은 동업자만이 할 수 있는 짓이죠."

독자에의 도전

 이쯤에서 독자들 스스로가 《그리스 관의 비밀》의 진짜 살인범을 추리해 볼 수 있는 기회를 주는 것이 나로서는 매우 기쁜 일이다.
 이 수수께끼 같은 사건은 내가 이제까지 해결한 사건들 가운데서도 가장 난해한 것이므로, 항상 작가들로부터 조롱을 받고 있는 독자들의 입장에서 스스로 추리해 보는 것도 큰 기쁨이 될 것이다.
 특히 나는 '그걸 수수께끼라고 낸 거요?' 또는 '나는 범인이 누군지 이미 다 알아냈소'라고 말하는 독자들에게 '독자들이여, 마음 놓고 실컷 추리해 보십시오. 이미 마음속에서 다 해결해 놓았다고 생각할지 모르지만 당신들은 속고 있는 겁니다'라고 말할 수 있다는 데에 더 큰 즐거움을 느낀다.
 작가가 지나치게 낙관적인지도 모르겠다. 여하튼 모든 것들이 드러났고, 아무리 명민하지 못한 독자들이라 하더라도 한 가지 해답을 내는 데에 필요한 사람들은 모두 알고 있는 셈이다. 앨버트 글림쇼를 목 졸라 죽이고, 길버트 슬론을 사살했으며 제임스 녹스로부터 명화를 훔친 사람은 누구일까?
 나는 진심으로 노파심과 겸허한 마음으로 한 가지만 독자들에게 부언하겠다. 독자들은 철저하게 주의를 기울여 이중 삼중으로 생각하시길! 함정을 조심하십시오. 그리고 두통같은 것은 이제 괴로운 일도 아닙니다.

엘러리 퀸

Upshot
결말

엘러리가 계속 말했다.

"녹스 씨, 그림을 잃어버린 게 확실합니까? 당신이 직접 그 널빤지 안에 넣어두었습니까?"

백만장자 녹스는 침착해졌지만 얼굴은 여전히 붉었다. 그는 당연하다는 듯이 고개를 끄덕였다.

"내가 마지막으로 그림을 본 것은 1주일 전이었소. 그땐 확실히 여기에 있었소. 그리고 이 장소는 나 이외에는 아무도 모릅니다. 널빤지 안에 공사를 한 것도 상당히 옛날 일이지요."

"제가 알고 싶은 것은……."

경감이 말을 이었다.

"어떻게 이런 일들이 있을 수 있느냐 하는 겁니다. 언제 그림을 도난당한 거죠? 선생 말이 사실이라면, 어떻게 도둑이 집 안으로 들어왔고, 그림이 있는 곳을 어떻게 알았단 말입니까?"

"그림은 오늘 도난당한 게 아니네. 그건 확실해."

샘프슨 검사가 부드럽게 말했다.

"그런데 왜 경보장치가 작동하지 않은 거지?"

"어제까지는 작동했다고 크래프트가 얘기하지 않았습니까? 그런 걸로 보아 그전에도 작동하고 있었을 텐데요."

페퍼도 한마디 거들었다.

녹스가 어깨를 움츠리는 것을 보면서 엘러리가 말했다.

"제가 모든 것을 다 설명해 보겠습니다. 저와 같이 녹스 씨의 방으로 가시죠. 모두 말입니다."

엘러리는 자기의 추리에 대해서 확신하고 있는 표정이었다. 다른 사람들은 조용히 엘러리를 따라갔다.

에나멜 가죽으로 둘러친 녹스의 집무실에 돌아오자 엘러리는 활기차게 작업을 시작했다. 우선 문을 닫고 방해하는 사람이 없도록 페퍼에게 파수꾼 노릇을 부탁하고, 곧장 방의 한쪽 벽 바닥 가까이에 붙어 있는 쇠창살로 걸어갔다. 엘러리는 잠깐 그것을 만지작거리다가, 뚜껑을 벗겨내 바닥에 내려놓고 그 안으로 손을 밀어 넣었다. 방 안에 있던 사람들이 목을 쭉 내밀었다. 엘러리가 만진 그 쇠창살 문 안에는 커다란 코일이 달려 있는 라디에이터가 있었다. 엘러리는 재빨리 손가락을 집어넣어 하프를 연주하듯 코일 하나하나 사이를 손가락으로 훑어보았다.

"잘 보십시오."

엘러리는 웃음을 지으면서 얘기했다. 그러나 다른 사람들의 눈에는 아무것도 보이지 않았다.

"8개의 코일 중 7개는 아주 뜨겁습니다. 그런데 유독 이것 하나만……."

엘러리의 손이 제일 마지막에 있는 코일로 갔다.

"돌처럼 차갑습니다."

엘러리는 다시 고개를 숙여 차가운 코일의 아랫부분을 만져보았다.

그리고는 나사를 돌려 코일을 본체에서 분리해냈다.

"자, 됐습니다. 교묘한 배관 기술이군요, 녹스 씨."

엘러리는 코일을 똑바로 세웠다. 그리고 한쪽 끝을 잡고 힘껏 비틀자 놀랍게도 그것이 움직이더니 뚜껑이 열렸다. 석면 처리가 된 코일의 내부가 살짝 드러나보였다. 엘러리는 뚜껑을 의자 위에 놓고 코일을 더욱 높이 들어올리고는 힘차게 흔들었다. 그러자 돌돌 말린 낡은 캔버스가 미끄러져 나왔다.

"그게 뭐지?"

경감이 속삭였다.

엘러리가 둘둘 말린 그것을 폈다.

그것은 깃발을 차지하기 위해 중세의 전사들이 떼를 지어 서로 싸우고 있는 장면을 그린 커다란 유화였다. 군대 깃발이 자랑스럽게 펄럭이고, 갑옷을 입은 많은 중세기 기병들 모습이 매우 치밀하게 묘사되어 있었다.

엘러리는 그림을 녹스의 책상 위에 펼쳐 놓으면서 말했다.

"믿기지 않으시겠지만, 여러분은 지금 백만 달러의 가치가 나가는 명화를 보고 계십니다. 이게 바로 행방불명된 그 레오나르도의 작품입니다."

"말도 안 되는 소리다!"

그때 누군가의 날카로운 목소리가 들려왔다. 엘러리는 몸을 돌려 제임스 녹스를 마주 보았다. 제임스 녹스는 책상에서 몇 발자국 떨어진 곳에 서서 대리석처럼 입을 굳게 다물고 그림을 응시하고 있었다.

"이것이 넌센스입니까? 녹스 씨! 저는 오늘 오후에 이유를 말하지 않고 선생의 저택을 서성거릴 수 있는 절호의 기회를 잡았고, 결국 이 명화를 찾아냈습니다. 선생은 분명히 그림을 도난당했다고 하셨죠? 그러면 지금쯤 이 그림은 범인의 손에 있어야 할 텐데,

어째서 선생 방에 감춰져 있습니까? 이 사실을 어떻게 설명하실 거죠?"
"내가 넌센스라면 사실상 넌센스인 거요."
녹스가 가볍게 웃었다.
"아니! 퀸 군! 내가 생각한 것보다 두뇌가 우수하다는 것은 솔직하게 인정하지. 그러나 당신의 상상은 틀렸소. 레오나르도 그림이 도난당한 것은 사실이오. 사실을 말하면, 난 2개 가지고 있었소. 밝히지 않으려고 했소만……"
"2개라고요?"
샘프슨 검사가 놀라서 소리쳤다.
"그렇소."
녹스가 한숨을 쉬며 대답했다.
"이제 다 말해야 될 때가 온 것 같군. 나에겐 같은 작품이 두 가지 있었으므로, 그것이 이번 문제의 해결에 도움이 되리라고 생각했소. 지금 여러분이 보고 있는 것은 두 번째 것이오. 이것은 오래 전부터 내가 소장하고 있었지. 내가 잘 아는 전문가 말로는 로렌초 디 크레디의 그림이거나 그의 제자가 그린 그림이라더군. 우리 집을 드나드는 감정가도 확정적으로 말하지 못하더군. 어쨌든 레오나르도가 그린 것은 아니오. 로렌초는 레오나르도를 완벽하게 흉내낼 수 있었고, 로렌초의 제자들은 스승의 기교를 확실하게 답습했다고 하더군! 1503년, 베키오 궁에 그리려던 프레스코 벽화 계획이 중단된 이후에 누군가가 레오나르도의 원본 그림을 보고 베낀 것으로 생각되오. 따라서……"
"우리는 지금 미술사 강의를 듣고 싶은 게 아닙니다. 녹스 씨. 우리가 알고 싶은 것은……"
경감이 소리를 질렀다.

이때, 엘러리가 기회를 놓치지 않고 끼어들었다.
"그렇다면, 녹스 씨. 당신의 감정가 의견은 이 그림이 레오나르도가 그린 원화가 아니고 같은 시대의 다른 화가가 모사한 그림이란 말이군요. 나의 미술지식에 의하면, 레오나르도의 프레스코 벽화 제작이 중앙의 전투 병사들만 묘사하고 중단된 것은 열 때문에 색깔이 바랜다는 사실을 알았기 때문입니다. 그러나 레오나르도는 그 그림에의 예술적 정열이 불타올라 중단한 직후, 다시 캔버스에 유화로 묘사해 작품을 남겼고 그것이 지금 문제된 작품인데, 그것을 다시 동시대의 어떤 화가가 그린 것이 이거라는 거군요."
"그렇소. 그게 사실이오. 그러니까 이 모사 그림은 진짜 그림의 몇 분의 일 가치밖에 없는 거요. 물론 칼키스에게서 산 건 진짜 레오나르도였소. 내가 가짜도 가지고 있다는 얘기를 하지 않은 것은…… 만약 빅토리아 미술관에 그림을 반환하게 되면, 모사품을 진짜라고 주장하고 이 두 번째 그림을 돌려주려고 했기 때문이오."
샘프슨의 두 눈이 반짝반짝 빛났다.
"이번에는 증인이 많습니다, 녹스 씨. 그럼 진짜 레오나르도는 어디 있습니까?"
녹스는 확신에 찬 목소리로 대답했다.
"누가 훔쳐갔소. 내 화랑에 있는 널빤지 뒤에다 숨겨 놓았기 때문에 아무도 전혀 모르리라고 생각했는데…… 가짜는 상당히 오래 전에 입수하여 항상 라디에이터 속의 코일 안에 숨겨 두었소. 그자는 진짜를 훔쳐간 거요. 이같은 사실을 아는 것은 나뿐인데…… 그놈은 분명 진짜를 훔쳐갔소. 물론 빅토리아 미술관에 가짜를 내놓으려고 한 것은 나의 교활한 잘못이지만……"
샘프슨 검사가 엘러리와 페퍼와 퀸 경감을 손짓으로 불렀다. 그들은 구석으로 가서 작은 소리로 얘기를 나눴다. 엘러리가 진지하게 얘기를 듣다가 뭔가 확신에 찬 태도로 대답을 하자, 그들은 다시 녹스가 있는 곳으로 돌아왔다. 녹스는 여러 가지 색깔이 번져 있는 책상 위의 캔버스를 내려다보면서 혼자 서 있었다. 조앤 브레트는 에나멜 가죽으로 둘러친 벽에 등을 기댄 채 서 있었다. 눈을 휘둥그레 뜨고 몸을 꼼짝도 하지 않은 채, 숨만 몰아 쉴 뿐이었다.

"좋습니다, 녹스 씨."

엘러리가 말했다.

"중대한 의견 차이가 생겼군요. 당신은 이 그림을 모사품이라고 주장하시지만, 샘프슨 검사님과 경감님은 그 설명을 납득할 수 없다고 합니다. 결국, 이같은 상황에서는 권위 있는 사람의 확증이 없는 한 당신의 주장을 받아들일 수 없습니다. 공교롭게도 우리는 그림을 감정할 만한 전문가들도 아니고, 그래서 당신의 허락을 전제로 전문가의 의견을 듣고 싶은데요, 괜찮겠습니까?"

엘러리는 녹스가 마지못해 고개를 끄덕이는 것을 기다리지도 않고 전화기로 걸어가 수화기를 들었다. 그러고는 누군가와 몇 마디 얘기를 나눈 다음 전화를 끊었다.

"저는 지금 토비 존스라는 사람과 통화를 했습니다. 그 사람은 아마 동부에서 가장 저명한 미술평론가일 것입니다. 혹시 그 사람을 아십니까?"

"한번 만난 적은 있소."

녹스가 짧게 대답했다.

"그가 곧 이리로 올 겁니다, 녹스 씨. 그때까지 좀 진정하면서 기다리는 게 좋을 것 같습니다."

얼마 후 토비 존스가 도착했다. 그는 풍채가 시원찮은 작은 몸집의 노인이지만 총명한 눈빛에 옷을 말끔하게 차려입은 침착하고 자신감이 넘쳐보이는 사람이었다. 그는 크래프트의 안내를 받으며 들어왔다. 그와 구면인 듯한 엘러리는 인사를 나눈 뒤 다른 사람들에게 소개를 시켰다. 존스는 특히 녹스에 대하여 좋은 인상을 갖고 있는 듯했다. 그리고, 특별히 초대해준 이유를 누군가가 설명해 주기를 기다리면서 책상 위의 그림을 주시하고 있었다.

엘러리는 질문할 핵심을 충분히 준비한 듯한 태도로 존스에게 이야기를 시작했다.

"이것은 아주 중요한 문젭니다, 존스 씨. 그러니 오늘 밤, 보신 것에 대해서는 일체 발설하지 않기 바랍니다."

존스는 고개를 끄덕였다. 그는 이같은 요청을 예전에도 많이 받아 본 경험이 있는 듯한 표정이었다.

엘러리는 그림이 있는 쪽으로 고개를 돌리면서 말했다.

"존스 씨, 우리가 부탁드리는 것은 이 그림이 누구의 작품이냐는 것입니다."

사람들은 존스가 웃음지으며 줄이 달린 안경을 한쪽 눈에 끼우고는 책상 쪽으로 걸음을 옮기는 것을 침묵 속에서 지켜보았다. 그는 캔버스를 들어 마루 위에 펼쳐 놓았다. 그리고는 빛을 쐬어보기 위해서 엘러리와 페퍼에게 그림을 잡고 있으라고 요구하기도 하면서 그림을 검사했다. 아무도 입을 열지 않았고 존스도 묵묵히 그림만을 살펴볼 뿐이었다. 그의 작은 얼굴에는 전혀 표정의 변화가 없었다. 그는 아주 조심스럽게 그림을 1인치씩 구석구석 정밀하게 조사했고 특히 깃발을 둘러싸고 있는 군인들의 모습을 자세하게 살펴보았다.

30분 정도 지난 다음 감정을 끝낸 그는 만족스러운 표정으로 고개를 끄덕였고, 엘러리와 페퍼는 그림을 다시 책상 위에 올려놓았다. 녹스는 못마땅하다는 듯이 한숨을 쉬었다. 그러나 그의 눈은 감정가를 응시하고 있었다.

"오래 전부터 이 작품에 관해서는 아주 흥미있는 이야기가 전해오고 있습니다."

존스가 마침내 입을 열었다.

"그건 제가 지금 말씀드리려고 하는 감정 결과와 아주 밀접한 관계가 있는 것입니다."

방 안에 있는 사람들은 모두 미술평론가의 말 한마디 한마디를 놓치지 않으려는 듯 경청하고 있었다. 존스의 말이 계속되었다.

"지난 수세기에 걸쳐 하나의 전설처럼 저명한 미술사가들 사이에서 전해내려 왔는데, 이 그림 주제에 관한 작품은 두 가지가 있고, 게다가 두 그림은 한 가지 부분만 빼고는 전문가들도 식별할 수 없을 정도 같다는 것이지요……."

누군가 낮은 소리로 탄성을 질렀다.

"극히 일부분을 제외하고는 완전히 같다고 할 수 있는데, 그 하나는 레오나르도 다빈치가 그린 그림입니다. 당시, 피렌체의 지배자인 피에로 소데리니가 그 거장(巨匠)을 특별 초청하여 그의 궁전 대회의실 벽면에 전쟁화를 그려달라고 부탁했습니다. 이때, 레오나르도가 선택한 그림의 주제는 1440년 피렌체군의 장병들이 니콜로 피키니노의 대군을 앙기아리 다리에서 격파해 승리했다는 내용이었습니다. 처음에 레오나르도가 그린 밑그림 자체는 〈앙기아리의 전투〉라는 제목이었습니다. 이 벽화는 미켈란젤로가 참여하였던 피사 성당의 그림과도 경쟁되는 대형 걸작품입니다. 그런데 이 그림이, 녹스 씨도 잘 알다시피, 〈군기 전쟁의 세밀화〉만 그려 놓은 상태에서 중단되고 말았습니다. 벽에 그림을 눌어붙이자 물감이 바래고 갈라지게 되어 사실상 작품은 실패로 끝났기 때문입니다.

실망한 레오나르도는 결국 피렌체를 떠났습니다. 그러나 떠나기 전에 그의 예술적 양심을 충족시키기 위해 밑그림을 바탕으로 유화를 완성시켰던 것입니다. 이 작품은 그뒤 소문만 나돌았을 뿐 오랫동안 진짜 작품의 소재가 확인되지 않았다가 바로 몇 년 전에 런던에 있는 빅토리아 미술관의 발굴팀이 이탈리아 어딘가에서 이 그림을 발견한 것입니다."

모두들 무서우리만큼 침묵을 지켰으나 존스는 자신의 얘기를 열성적으로 이어나갔다.

"그후, 이 원래의 밑그림을 보고 동시대의 수많은 화가들이 복사본을 만들어냈습니다. 그 중에는 젊은날의 라파엘로 끼어 있었고 프라 바르톨로메오 그리고 수많은 화가들이 있었습니다. 그러나 그 화가들이 밑그림을 다 베끼기도 전에 밑그림 자체가 이런 과정에서 사라져버렸고, 1560년 대회의실 벽면은 바사리의 프레스코 벽화로 새롭게 장식되고 말았습니다. 그렇기 때문에 레오나르도의 손으로 그려진 밑그림이 발견됐다는 것은 미술계를 진동시키는 대사건이었고, 이것과 관련된 또 하나 재미있는 이야기가 생겨났습니다.

제가 방금 똑같은 그림이 2개가 있다고 말씀을 드렸습니다. 그것은 극히 일부분만 다르고 완전히 같다고 할 정도로 비슷하다는 것입니다. 하나는 오래 전부터 발견되어 우리들이 눈으로 볼 수 있는 기회가 있었으나, 나머지 하나는 소재가 불확실하여 과연 그것이 레오나르도의 진짜 그림인가, 로렌초 디 크레디 또는 그 제자의 모사품인가, 전문가들도 결정하기 어려웠던 것입니다. 그래서 미술사상 끊임없이 논쟁이 계속되어 조소·비방·중상이 오갔는데 6년 전, 빅토리아 미술관의 발견으로 모든 의문점이 해결됐습니다.

이 문제에 대한 옛날 기록을 보면 이런 사실이 적혀 있습니다. 똑같은 주제의 그림이 두 가지 있는데, 하나는 레오나르도의 작품이고 또 하나는 모사품이다. 그러나 모사한 화가의 이름은 어떤 기록에도 나와 있지 않다. 전해오는 바에 의하면, 두 그림의 차이는 군대 깃발을 둘러싸고 있는 군사들의 얼굴색이 약간 틀리다는 것뿐이다. 레오나르도의 작품에 나오는 군사들의 얼굴 색깔이 약간 어둡다. 그러나, 두 그림을 같이 놓고 보아야 그 차이를 식별할 수 있을 정도로 미미하다는 것이다……."

"재미있는 얘기군요, 녹스 씨. 선생도 이 얘기를 알고 계셨습니까?"

엘러리가 물었다.

"물론이오. 그리고 칼키스도 알고 있었지. 그러니까 칼키스로부터 구입했을 때, 직접 비교하여 어느 것이 레오나르도의 진짜 그림인지를 확인했지. 그런데, 이번에 도난 당한 것이 진짜 그림이야!"

그러면서 녹스가 인상을 찌푸렸다.

"뭐라고요?"

존스가 놀라는 표정을 지었다. 그러나 그는 이내 웃음지으면서 얘기를 끝마쳤다.

"하지만 그건 제가 상관할 바가 아닌 것 같군요. 어쨌든 그 2개의 그림 모두 오랫동안 미술관이 소장해 왔다는 것은 자기들이 발견한 그림을 진짜 레오나르도의 작품으로 확신했기 때문일 것입니다. 그런데 그 이후에 그 가짜 레오나르도의 작품이 사라져버렸습니다. 소문에 의하면, 그 그림은 미국의 돈 많은 수집가가 엄청난 돈을 주고 사 갔다고 합니다. 그것이 가짜라는 것을 알고서도 막대한 금액을 지불했다고 합니다."

그리고 존스는 이상한 눈으로 가볍게 바라보았다. 모두가 침묵을 지키고 있었다.

존스는 가볍게 어깨를 펴면서 말했다.

"따라서 미술관에 있던 레오나르도의 작품을 보지 않는 한, 하나만을 보고 진짜인지 모사품인지를 결정하는 것은 매우 곤란하게 됐지요, 아니 확실한 판단은 도저히 불가능할 겁니다."
"그렇다면, 이 그림은요? 존스 씨!"
엘러리가 결론을 독촉했다.
존스가 어깨를 으쓱하면서 대답했다.
"이 그림은 진짜 아니면 가짜겠죠. 이 그림만 가지고는 알 수 없습니다. 하지만 둘 중에 하나겠죠."
존스는 말을 하다 말고 갑자기 자기 이마를 탁 쳤다.
"이런, 내가 이렇게 멍청하다니까! 이것은 틀림없이 가짭니다. 진짜는 지금 바다 건너 빅토리아 미술관에 있으니까요."
"네, 그렇죠. 그 말이 맞습니다."
엘러리가 급하게 맞장구를 치고 나섰다.
"그런데 존스 씨! 그 2개의 그림이 그렇게 똑같은데 왜 하나는 100만 달러나 하고 다른 하나는 몇 천 달러밖에 안 되는 거죠?"
"그 이유를 모르시겠습니까? 놀랄 일이군!"
미술평론가가 답답하다는 듯이 엘러리에게 말했다.
"제가 굳이 설명을 해 드려야겠습니까? 진짜 세라턴 가구와 그걸 꼭 빼다 박은 현대의 모조품과 값을 비교할 수 있겠습니까? 레오나르도는 거장 중의 거장입니다. 그리고 전해오는 말에 의하면 그 그림을 베낀 사람은 기껏해야 로렌초의 제자에 불과합니다. 남이 다 그려 놓은 그림을 그대로 베끼는 재주밖에는 못 가진 사람입니다. 가격 차이는 천재의 걸작과 젊은 초보자가 그린 모사품과의 차이인 것입니다. 레오나르도의 화법을 그대로 모방했다고 해서 진짜가 될 수 있습니까? 엘러리 씨, 당신이 직접 한 서명과 당신의 서명을 사진으로 위조한 것이 똑같은 효력을 가질 수 있다고 생각하십니까?"
존스는 흥분한 나머지 자신의 작은 몸집을 이리저리 흔들어 가면서 떠들어댔다. 엘러리는 겸손한 태도로 그에게 사과를 한 다음, 고맙다는 말을 하고 그를 문 쪽으로 안내했다. 그때서야 좀 흥분이 가라앉은 미술평론가가 나간 뒤, 다른 사람들은 생기를 되찾는 듯했다.
"예술이냐! 레오나르도 다빈치냐!"
경감이 진저리가 난다는 듯이 소리를 쳤다.
"이제 문제가 더 어렵게 됐군. 진위를 가릴 수 있는 게 없어졌으니. 탐정도 집어쳐야겠군!"
경감은 양손을 하늘로 들어올렸다.
"그렇게 간단히 비관할 것도 없네."
샘프슨 검사가 이해한다는 표정으로 말했다.
"최소한 존스의 설명을 통해서 녹스 씨의 얘기가 사실이라는 것이 판명되었으니까. 그의 얘기로, 같은 그림이 2개 있다는 것이 분명해졌네. 다만, 어느 것이 진짜인지는 두 그림을 나란히 놓고 비교해보기 전에 확인할 수 없다는 것뿐이지. 그러니까 우리는 그림을 훔쳐간 도둑놈만 잡으면 되는데……."
"저는 이해가 안 가는 게 있습니다. 왜 빅토리아 미술관에서는 두 번째 그림을 도난당했을 때, 함구하고 있었죠?"
페퍼가 못 참겠다는 듯이 말을 꺼냈다.
엘러리가 점잖게 말했다.
"페퍼 씨, 미술관이 가지고 있던 게 진짜였는데 그들이 가짜의 도난에 대해 떠들 필요가 있었겠습니까? 가짜 따위는 관심이 없는 게 당연한 거죠. 샘프슨 검사님 말이 맞습니다. 우리가 찾고 있는 범인은 바로 그림을 훔쳐간 놈일 겁니다. 그 남자야말로 녹스에게 협박장을 보낸 사람일 것이고, 칼키스의 약속어음 뒷장에다 편지를 쓴 것으로 봐서 그가 슬론을 범인으로 조작하기 위해 살해한 놈일 겁니다. 또 그자가 글림쇼의 동업자로 글림쇼를 살해했고 칼키스가 범인이라고 조작한 놈이며······."
"참 대단한 결론이군!"
샘프슨이 비웃는 목소리로 말했다.
"거기까진 우리가 이미 알고 있던 이야기이고, 이제부터는 우리가 모르는 것을 알려줄 수 없겠나! 그 범인이 누구냐 하는 것이 문젠데······."
엘러리는 한숨을 쉬었다.
"샘프슨 검사님, 검사님은 항상 저의 결점을 찾아내 공신력을 떨어뜨리려는 것 같군요······ 정말 범인의 이름을 알고 싶으신가요?"
샘프슨의 눈이 빛났다. 퀸 경감도 갑자기 흥미로운 눈길로 엘러리를 쳐다보았다.
"정말 알고 싶지! 그런데······."
샘프슨 검사가 소리쳤다.
"쓸데없는 소리하지 말게······ 몰라도 할 수 없지!"
검사의 눈빛이 날카롭게 빛나더니 이번에는 조용한 목소리로 물었다.
"엘러리! 자네 정말로 범인을 알고 있단 말인가?"
"도대체 그 범인이 누구요?"
이번에는 녹스도 물었다.
엘러리는 웃음을 지으면서 말했다.
"선생께서 물어봐 주시길 마음 속으로 기대하고 있었습니다. 저는 선생이 경험한 독서를 통해서 그 질문에 대한 해답을 이미 여러 번 읽었을 거라고 생각합니다만, 수많은 지혜로운 사람들이 이미 그런 말들을 했으니까요, 피엘 프랑소와 레오날드 퐁텐, 테렌티우스, 콜리지, 키케로, 주브날, 디오게네스 등 여러분인데, 결국 이 말은 델포이의 아폴로 신전에도 새겨져 있는 말이기도 하고 탈레스, 피타고라스, 솔론의 글에도 나오는 말입니다. 라틴어로는 'Ne quis nimis'지요. 번역하면 '너 자신을 알라'입니다. 제임스 녹스 씨."
엘러리가 매우 부드러운 목소리로 말했다.
"선생을 체포합니다!"

Elleryana
엘러리 어록

 예상치 못한 의외의 일에 지방검사 샘프슨은 당황했고 난감했다. 그러나, 그는 미친 듯한 열정으로 밤을 지새는 동안 처음부터 녹스를 수상쩍게 보았다고 주장했다. 그러면서도 한편으로는 왜 그랬는지, 어떻게 그럴 수 있었는지 상세히 알고 싶어했고 걱정하는 기색도 보였다. 지방검사에게는 증거가 필요하다. 증거가 어디에 있단 말인가? 그의 기민한 머리는 벌써부터 기소 문제를 떠올리며 쉽지 않은 재판이 될 거라고 생각하고 있었다. 확신을 갖기 위해서는 여러 가지 복잡한 단계를 거쳐야하므로 고민을 감출 수 없었.
 경감은 아무 말도 하지 않았다. 그는 속마음으로 안심하는 것 같은데, 아들 엘러리가 상세하게 말하지 않으므로 옆모습을 은밀한 눈빛으로 쳐다볼 뿐이었다.
 녹스는 그 순간 폭로의 자극으로 몸이 무너져 내리는 것 같은 모습을 보였다가 놀랄 만큼 빠르게 원래의 상태로 회복했고, 조앤 브레트는 도저히 상상할 수 없는 사건의 전개에 입을 딱 벌리고 있었다.

엘러리는 흥분하지 않았으며 그 상황을 지배하고 있었다. 이유에 대한 설명은 완강히 거부했고, 퀸 경감이 경찰 본부의 지원을 받아 제임스 J 녹스를 연행한 뒤에도 말없이 고개만 저을 뿐이었다. 오늘 밤엔 절대 말하지 않을 생각인데…… 내일 아침…… 그래, 내일 아침엔…….

11월 6일, 토요일 오전. 복잡하게 뒤얽힌 드라마의 등장인물 모두가 속속 모여들었다. 사건에 대한 해명을 듣기 위해서였는데, 엘러리의 주장으로 수사 관계자뿐 아니라 칼키스 사건에 관련되어 곤욕을 치르고 있는 모든 사람들 그리고, 녹스의 체포에 관한 보도 때문에 시끄러운 신문 기자들도 올 수 있게 한 것이다. 그날 아침 신문은 뉴욕 경제계의 거물 녹스의 체포 사실을 특종으로 실었다. 대통령과 가까운 고위층 관리가 뉴욕 시장에게 직접 전화를 걸어 개인적으로 물어봤다는 소문이 나돌았는데, 수사 담당자를 찾는 시장의 전화가 오전 내내 울려댄 것으로 보아 그 소문은 사실인 듯했다. 뉴욕 시장은 시경 국장에게 사태의 정확한 해명을 요구했으나 국장은 이 사건에 대해서는 뉴욕 시장보다도 아는 게 없었다.

샘프슨 검사는 돌발적인 질문에 거의 돌아버릴 지경이었고, 퀸 경감도 귀찮다는 듯이 고개를 저으면서 모든 공식적인 질문에 기다리라는 말만 반복하고 있었다. 녹스의 집 라디에이터에서 나온 그림은 재판이 시작될 때까지 지방검사 사무실에 보관하기로 했고 페퍼가 관리하기로 했다. 그리고, 런던 경시청에는 미술관의 소유인 레오나르도 그림은 재판의 증거물로 쓰기 위해 보관하고 있으며, 공판이 끝나면, 즉시 반송하겠다고 타전했다.

그날 아침, 퀸 경감의 사무실은 모든 관계자들을 수용하기에 좁다는 이유로 대회의실을 이용하게 되었다. 참석한 사람들은 특별히 허가된 신문 기자단, 퀸 부자, 샘프슨, 페퍼, 크로닌, 슬론 부인, 조앤 브레트, 앨런 채니, 브릴랜드 부부, 내이쇼 스위서, 우드러프, 그리고 조심스럽게 등장한 시경 국장과 손을 연신 칼라 밑에 넣으며 안절부절못하고 있는 시장의 가장 친한 정치적인 친구라고 하는 고급 관리가 있었다. 회의를 주재할 사람은 엘러리 퀸이었다.

이것은 극히 드문 일이었으므로 샘프슨은 분개했고 시장 대리는 얼떨떨했으며 시경국장은 이맛살을 찌푸렸다. 그러나 정작 엘러리만은 아무런 동요의 빛이 없었다. 엘러리는 방 안에 있는 강단으로 올라간 다음, 호기심에 가득 찬 어린아이들을 모아 놓고 강연을 시작하려는 교장 선생님처럼 허리를 꼿꼿이 펴고 당당하게 서서 코안경을 닦았다. 방의 한쪽 끝에서 지방검사보인 크로닌이 샘프슨에게 작은 소리로 속삭였다.

"검사님, 이것 참 골치 아프게 됐습니다. 녹스는 이미 강력한 변호인단을 고용해서 잔뜩 반격할 채비를 갖추고 있거든요. 그들과 싸울 일을 생각하면 소름이 다 돋을 지경이라고요."

샘프슨 검사는 아무 말도 하지 않았다. 할 말이 없었다.

시간이 되자 엘러리는 차분한 목소리로 사건의 개요를 설명하기 시작했다. 사건의 복잡한 진행 상황을 알지 못하는 사람들을 위해서 지난번에 추리를 통해서 분석한 사실과 그 후에 드러난 사실을 개괄적으로 설명해 나갔다. 협박 편지가 도착한 사실까지 설명을 하고 난 다음에 엘러리는 잠깐 말을 끊고는 입술에 침을 묻혔다. 그리고 크게 심호흡을 한 다음 주장을 새롭게 전개하고 사건의 핵심을 설명했다.

"그런데, 녹스 씨에게 협박장을 보낼 수 있었던 사람은 방금 제가 지적한 것처럼 제임스 녹스 씨의 소장품 중에 문제의 그림이 있다는 사실을 아는 사람입니다. 그리고 녹스 씨는 이 비밀을 유지하기 위해 많은 신경을 써왔기 때문에 이 사실을 아는 사람은 우리 수사 관계자 이외에 두 사람 뿐이라고 생각합니다. 한 사람은 글림쇼의 동업자입니다. 그는 제 분석을 통해서 살펴본 바와 같이 글림쇼와 슬론의 살해범이기도 합니다. 그는 글림쇼와의 관계로 인해서, 또 글림쇼의 입을 통해서 직접 들어, 제임스 녹스 씨가 그림을 소유하고 있다는 사실을 알게 되었습니다. 글림쇼가 그림 얘기를 한 사람은 이 사람밖에 없습니다. 그리고 또 한 사람은, 당연히 녹스 씨 자신인데 맨처음에 우리들은 생각하지 못한 부분입니다.

협박장이 약속어음의 뒷면에 쓰여 있는 것으로 보아 협박범은 글림쇼와 슬론을 죽인 사람이 틀림없습니다. 그리고 글림쇼의 동업자란 것도 분명합니다.

그 이유는 글림쇼의 시체에서 약속어음을 빼앗아 소지할 수 있다는 것은 살인범 이외에 다른 사람은 할 수 없기 때문이지요. 이 점이 이번 사건에서 논리적 해명의 기초가 되기 때문에 매우 중요한 부분입니다. 특별히 유념하셔야 됩니다.

지금 설명한 두 가지 사실을 전제로 협박장을 정밀 조사한 결과 다음 사실이 확인되었습니다. 첫번째 협박장을 타이프한 기계는 그 이전에 슬론과 글림쇼가 형제간이라는 것을 알려준 밀고 편지와 같은 것으로 언더우드 타자기였습니다. 그러나, 두번째 협박장은 이와는 달리 레밍턴 타자기를 사용했습니다. 그리고 이 레밍턴 타자기의 상태에서 우리는 분명한 단서를 얻었습니다. 범인이 3만 달러를 칠 때, 숫자 3을 실수했기 때문에 우리들은 중요한 사실을 발견하게 된 것입니다. 잘 아는 바와 같이 타이프라이터에 있어서 모든 숫자의 키는 또 하나의 문자나 부호와 짜맞추어지는데, 범인이 사용한 기계에서 3의 문자나 부호가 표준형과 다르다는 것이 분명합니다. 알기 쉽게 이 3만 달러가 어떻게 타이핑됐는지를 그려보겠습니다. 그러면 제가 말씀드리는 부분을 보다 명확하게 이해하실 수 있을 겁니다."

엘러리는 칠판 쪽으로 몸을 돌린 다음 분필로 다음과 같이 썼다.

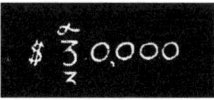

"자, 잘 살펴보시기 바랍니다."
엘러리는 몸을 돌리면서 말했다.
"범인이 저지른 실수는 이렇습니다. 범인은 달러 부호를 치기 위해 일단 시프트키를 누르고 친 뒤, 시프트키를 완전히 떼지 않은 상태에서 3자를 쳤기 때문에 실수가 생긴 것입니다. 그 결과, 3의 머리 부분이 나온 것입니다. 그리고 범인은 다시 제자리로 돌아와 3자를 쳤는데 이것은 중요하지 않습니다. 중요한 것은 3자 위에 있는 반쪽이 잘린 문자의 모양입니다. 하위키를 치고 싶은데 시프트키를 미처 다 떼지 못했다면 어떻게 될까요? 해답은 간단합니다. 원래 하위키를 치려던 자리는 빈칸으로 남고 그 빈칸의 약간 위에 상위키의 아랫부분이 찍히게 되는 것입니다. 그리고 빈칸의 아랫부분에는 하위키의 윗부분이 찍혀지게 되는 것입니다. 제가 칠판에 쓴 것을 통해서 이제까지 설명한 것을 이해하시겠지요."
모두가 고개를 끄덕였다.
"좋습니다. 그러면 우리는 여기서 잠깐 표준키를 가지고 있는 타자기에서 3자를 확인해 보기로 하겠습니다. 제가 말하는 것은 미국제 타자깁니다. 자, 그러면 어떤 결과가 나옵니까? 3자를 하위키로 가지고 있는 키의 상위키는 바로 번호 표시입니다. 제가 보여드리겠습니다."
엘러리는 다시 칠판을 향하여 '#'기호를 썼다.
"맞죠?"
엘러리가 다시 좌중을 향해 고개를 돌리면서 말했다.

"제가 여러분에게 말씀드리고 싶은 것은 두 번째 협박장에 생긴 실수를 볼 때, 이 타자기는 표준 키가 아니라는 것을 보여주고 있습니다. 최소한 3의 키에 관해서는 그렇다고 볼 수 있습니다. 그런데, 두 번째 협박장의 실수를 보면 전혀 다른 기묘한 곡선이 나타나고 있습니다. 칠판을 보면 알 수 있듯이 왼쪽 끝이 작은 고리가 되어 오른쪽으로 가면서 곡선이 계속되고 있습니다."

이제, 엘러리는 좌중을 완전히 사로잡았다. 그는 몸을 앞으로 숙이면서 말했다.

"결국, 앞에서 말한 것처럼 두 번째 협박장에 쓴 타이프라이터는 표준형인 경우 #의 기호가 있는 곳에 전혀 다른 부호를 구비하고 있었습니다──칠판의 #기호쪽으로 머리를 치켜들면서──그리고, 여기 제가 써 놓은 작은 고리로 이어진 곡선 부분은 어떤 기호의 아랫쪽 반인 것이 분명합니다. 그렇다면 그 완전한 모습은 어떤 것일까요?"

그는 몸을 조용히 세웠다.

"여러분 모두 이것에 대해서 잠깐 동안 생각해 보기로 하지요. 제가 칠판에 쓴 3자 위에 있는 것을 잘 보시기 바랍니다."

엘러리는 잠시 동안 대답을 기다렸다. 사람들은 잔뜩 긴장한 눈으로 칠판을 바라보았다. 그러나 아무도 대답할 수 없었다. 엘러리가 마침내 입을 열었다.

"이렇게 분명한데도, 여러분들이 알아보시지 못하는 것이 참으로 놀랍군요. 특히 저기 계신 신문사 기자 분들이 모르다니……의외입니다. 제가 말씀드리지요. 이같은 고리와 곡선을 아래 반쪽에 갖고 있는 기호는 하나 밖에 없고, 그 기호가 구비되어 있는 타이프라이터는 흔하지 않습니다. 그러니까 L자의 필기체 대문자에 횡선 두 개를 삽입한 것, 영국의 화폐 단위인 파운드 기호 £입니다!"

여기저기서 놀랍다는 듯이 웅성거리는 소리가 약간 들렸다.

"자, 이해하시겠지요. 이제 우리는 레밍턴 타자기만 검사해 보면 됩니다. 물론 미국제죠. 미국제 가운데서 3자 위에 파운드 기호가 표시된 타자기만 찾아내면 되는 것입니다. 미국제 레밍턴 타자기 가운데 이같은 외국의 기호가 키에 들어 있는 것은 매우 드물 것이 므로 그것을 발견하기는 비교적 간단하지요. 다시 말해, 이같은 기호의 키를 갖고 있는 타이프라이터만 발견하면 이것을 사용하여 두 번째 협박장을 작성했다고 볼 수 있는 물리적이면서도 논리적인 가능성이 충분히 확인되는 셈이지요."

이때, 엘러리는 과장된 몸짓으로 다음과 같이 강조했다.

"이상과 같은 설명은, 이제부터 말하려고 하는 저의 추정을 이해하는데 필요 불가결한 것입니다. 자, 잘 들으십시오. 저는 우연하게 다음과 같은 사실을 발견했습니다. 그것은, 아직 슬론의 사망이 자살로 인정되고 첫번째 협박장도 도착되기 전이었습니다. 나는 가끔 녹스 씨를 방문했는데, 그가 새로운 타이프라이터를 구입했고 그 가운데의 키 하나를 바꾼 사실을 알게 됐습니다. 마침 그때, 녹스 씨가 시켜 브레트 양이 타이프라이터 대금을 지불하는 어음을 타이핑하고 있었는데 새로 바꾼 키에 대한 요금도 추가하라고 당부하는 말을 듣게 됐습니다. 또한 제가 그와 비슷한 시기에 조앤 브레트 양을 통해서 알 수 있었던 것은 그 타자기가 레밍턴 타자기라는 것과 녹스 씨 집에는 타자기가 그것 하나뿐이라는 것을 알 수 있었습니다. 게다가 녹스 씨는 제가 듣는 자리에서 조앤 브레트 양에게 낡은 타자기는 자선 단체에 기증하라는 얘기를 분명히 했습니다.

또 이런 일도 있었습니다. 조앤 브레트 양이 저를 위해서 타자기로 화폐의 일련번호를 작성해준 적이 있지요. 그때 그녀는 갑자기 타이핑을 멈추더니 종이를 끄집어내면서 다음과 같이 소리쳤습니다. '어머, 〈번호〉라는 표시를 빼먹었네. 번호를 일일이 쳐야 하다니……'라고 말입니다. 나는 그때 그 말을 듣고도 거기에 중요한 의미가 있는 것을 몰랐습니다. 그러나 나중에 저는 녹스 씨의 집에 있는 타자기가 레밍턴 타자기이며, 그 집에는 타자기가 그것 한 대밖에 없고, 그 타자기에는 〈번호〉 기호의 키가 없다는 것을 기억해 냈습니다. 그리고 또, 새로 구입한 타이프라이터의 키 하나를 새로 바꾼 사실을 알고 있었기 때문에 두 가지 이야기를 종합할 때, 표준형인 경우 논리적으로 '3이란 숫자의 상위에 〈번호〉란 기호가 있는 키'가 되는 것이지요.

이상과 같은 초보적인 논리의 전개로 새로 바뀐 키가 상위에 파운드 기호, 하위에 3의 숫자가 있다고 확인되면 이 레밍턴 타자기야말로 두 번째 협박장을 작성한 기계라는 것을 추정할 수 있는 것이지요. 당연히 저는 두 번째 협박장을 받은 다음에 이 점을 증명하기 위해서 그 기계의 키를 확인해 보았습니다. 네, 맞았습니다. 바로 그 키가 거기 있었습니다. 사실 샘프슨 검사님과 페퍼와 퀸 경감님은 그 타자기 자체를 확인하지 않고도 이러한 사실들을 알 수 있었습니다. 퀸 경감님이 녹스 씨의 집에서 런던 경시청으로 전보를 보낼 때, 그 전보 내용 가운데 '150,000파운드'라는 말이 있었기 때문입니다. 퀸 경감이 연필로 쓴 전보 내용을 타자 친 조앤 브레트의 글을 보면, L의 필기체 대문자에 횡선을 두 개 삽입한 파운드 기호를 쓰고 있었던 것입니다. 제가 그 기계를 직접 보지 못했다 하더라도 조앤 브레트 양이 전보를 치면서 파운드 표시를 할 수 있었다는 사실과, 제가 지금까지 말씀드린 여러 가지 사실을 종합해 봤을 때 저의 추리가 맞다는 결론이 나오는 것입니다…… 이러한 증거를 통해서 저는 두 번째 협박장을 쓸 때 사용된 타자기가 녹스 씨의 집에 있던 타자기라는 것을 알 수 있었습니다."

기자들은 맨 앞줄에 앉아 있었다. 그들의 노트는 《이상한 나라의 앨리스》처럼 자꾸만 늘어갔다. 조용한 방에서 들려오는 것은 오직 격렬한 숨결과 달리는 필기 도구 소리뿐이었다. 엘러리는 담배를 피워 물려다가 경찰서의 규칙과 예의를 생각해서 바닥에 던진 다음 발로 비벼버렸다.

"자, 좋습니다."

엘러리는 즐거운 표정으로 말했다.

"이야기는 순조롭게 진행되고 있습니다. 우리는 녹스 씨가 처음 협박장을 받은 이후 아무도 집 안에 들여놓지 않았다는 사실을 알고 있습니다. 심지어, 변호사인 우드러프 씨마저도 말입니다. 그러므로 두 번째 협박장을 쓸 때 녹스 씨의 타자기를 사용할 수 있었던 사람은 녹스 씨와 조앤 브레트 양, 아니면 집에 있던 소수의 하인들뿐이라는 말이 됩니다. 그리고 그 협박장 2통은 약속어음의 뒷장에 쓴 것이고 그 약속어음은 범인 말고는 가지고 있을 수가 없기 때문에 앞서 말씀드린 사람들 가운데 범인이 있다는 말이 되는 것입니다."

엘러리는 너무 급하게 말을 이어나갔기 때문에 뒤쪽에서 작은 움직임이 있는 것을 그때까지 감지하지 못하고 있었다. 그것은 퀸 경감이 웅크리고 있는 자리에서 나온 움직임이었다. 엘러리는 그것이 자기 말에 대한 비판의 의미라는 것을 알면서도 단호하게 웃음으로 물리치고 말을 계속해 나갔다.

"자, 몇 사람의 용의자 중에서 한 사람씩 지워가기로 하겠습니다."

엘러리는 급하게 말했다.

"우선, 먼저 녹스 씨 집의 하인 그룹을 봅시다. 그들은 자유롭게 집 안을 돌아다닐 수 있었으므로 문제의 타이프라이터를 사용할 수는 있었습니다. 그러나 이 사건의 앞 부분에서 범인은 칼키스와 슬론에게 혐의가 가도록 하기 위해 여러 가지 간교한 계략을 세웠지요. 그러기 위해서는 칼키스 사망 당시 칼키스 집에 출입할 수 있어야 되는데, 녹스 씨 집 하인들은 당시 칼키스 집을 출입할 길이 전혀 없었습니다. 결국, 그들은 사건의 뒷부분에서 문제될 뿐 앞머리에서는 해당 사항이 없는 것입니다."

다시 뒤쪽에서 신경을 쓰이게 하는 움직임이 있었다. 그러나 엘러리의 말은 계속되었다.

"조앤 브레트 양은 어떻습니까? 조앤 브레트 양, 용서하십시오."

엘러리는 사과하는 의미로 씩 웃어 보였다.

"이러한 논의에 당신을 거명하게 돼서 말이죠. 원래 논리의 전개에는 기사도 정신이 들어갈 수 없습니다. 이해하시기 바랍니다…… 조앤 브레트 양도 전혀 아닙니다. 조앤 브레트 양은 칼키스의 집에 있었기 때문에 칼키스 씨를 범인으로 지목하는 잘못된 단서들을 조작할 수 있는 가능성이 있기는 했지만, 글림쇼의 동업자는 될 수 없었습니다. 어떻게 알 수 있었느냐고요? 뭔가 설득력 있는 이유가 있느냐고요? 네, 물론 있습니다."

엘러리는 말을 멈추고 조앤의 눈을 보았다. 조앤의 눈빛에는 사람을 위로하는 뭔가가 담겨 있었다. 엘러리는 말을 계속했다.

"조앤 브레트 양은 빅토리아 미술관의 직원이며 지금도 그 일을 계속하고 있는 여자 탐정이기 때문입니다."

사람들이 흥분해서 떠드는 소리 때문에 엘러리는 다음 말을 이을 수 없었다. 잠시 동안이었지만 분위기가 아주 어수선해졌다. 엘러리는 마치 교장선생님처럼 칠판을 탕탕 두드렸고, 그러자 소동이 좀 잦아들었다. 샘프슨 검사와 페퍼와 퀸 경감의 눈빛에는 엘러리에 대한 비난과 분노가 섞여 있었다. 엘러리는 그들을 쳐다보지 않고 말을 계속했다.

"제가 말한 것처럼 그녀는 빅토리아 미술관을 위해서 일을 하는 직원입니다. 말하자면 사설 탐정 같은 것이지요. 원래는 잃어버린 레오나르도를 추적하기 위해서 칼키스 씨의 집으로 들어가게 된 것입니다. 조앤 브레트 양은 슬론이 자살했다고 경찰이 믿고 있을 때, 그리고 첫 번째 협박장이 오기 전에 저한테 이 얘기를 했습니다. 그때 그녀는 영국으로 돌아갈 배의 승선권까지 보여주었습니다. 왜냐하면 그녀는 그림을 추적할 방법이 더 이상 없다는 것을 알았고, 그래서 탐정 활동을 더 해야 할 필요를 못 느꼈기 때문입니다. 영국으로 떠나는 표를 샀다는 것은 무엇을 의미합니까? 바로 그림이 어디 있는지 몰랐다는 것을 의미합니다. 알았다면 그녀는 반드시 뉴욕에 남아 있었을 겁니다. 그녀가 런던으로 돌아가려고 했다는 것은 그녀가 그림에 대해서 전혀 모르고 있었다는 증거입니다. 그런데 우리가 찾고 있는 살인범 겸 협박자의 최대 특징은 레오나르도 그림의 소재지를 알고 있다는 것, 보다 정확하게 말하면 그 그림이 녹스 집에 있다는 것을 알고 있었다는 것입니다. 이 점에서 볼 때, 브레트 양은 범인으로 볼 수 없습니다. 또한 조앤 브레트 양은 두 번째 협박장 필자도 아닙니다! 첫 번째 협박장도 마찬가지고요. 첫 번째 협박장을 쓴 사람하고 두 번째 협박장을 쓴 사람은 동일 인물이니까요.

자, 이제 조앤 브레트 양과 녹스 씨의 집에 있는 하인들은 용의자 명단에서 지워집니다. 남은 것은 녹스 씨뿐입니다. 협박장을 쓴 사람으로, 글림쇼의 동업자로, 글림쇼와 슬론의 살해범으로 말입니다.

그럼 이제 그것을 증명해 볼까요? 검토할 것도 없이 녹스 씨는 범인의 특징을 다 갖추고 있습니다. 첫 번째로, 칼키스를 범인으로 지목할 만한 잘못된 단서를 흘릴 수 있는 시간에 녹스 씨의 집에 있던 사람입니다. 여기서 잠시 이야기의 방향을 바꾸겠습니다. 그러면, 왜 녹스 씨는 자기가 제3의 인물이라는 것을 누설함으로써, 스스로 조작한 단서들을 파괴하는 형태를 취한 것일까요? 그것에는 그만한 이유가 있었습니다. 조앤 브레트 양이 녹스 씨 앞에서 홍차의 찻잔에 관한 얘기를 할 때, 제3의 인물이 있을 거라는 사실을 말해 버렸기 때문이지요…… 그렇게 되면, 녹스 씨는 경찰의 수사에 협력하는 태도를 보여줘도 손해날 것이 없고 오히려 이익이 많다고 생각한 것이지요. 바꿔 말하면, 이 대담한 고백을 함으로써 자기의 결백성을 보여주려고 했던 거지요. 그리고, 녹스 씨는 슬론 사건에도 딱 들어맞는 인물입니다. 그는 글림쇼와 함께 베네딕트 호텔로 들어갔고, 우연히 글림쇼와 슬론이 형제라는 것을 알았습니다. 그래서 슬론을 범인으로 의심받게 하기 위해 익명의 밀고 편지를 보낸 것입니다. 녹스 씨는 칼키스 씨의 관에서 꺼낸 유언장도 가지고 있었습니다. 그것을 칼키스 씨의 집 옆에 있는 자기의 빈 집 지하실에 두었던 것입니다. 그리고 지하실 열쇠를 슬론의 담배통 속에 넣는 것도 가능했지요. 그리고 마지막으로, 그는 글림쇼를 살해했을 때, 금시계를 탈취했다가 두 번째 희생물인 슬론을 총으로 쏴 죽인 다음 금고에 시계를 집어넣는 것도 가능했다고 생각할 수 있습니다.

그러면 그는 왜 자기 스스로에게 협박장을 보내고 자기의 그림이 도난당한 것처럼 조작했을까요? 여기에는 아주 중요한 이유가 있습니다. 공식적으로 슬론이 자살하지 않은 것으로 알려지고, 경찰이 다른 범인을 찾고 있다는 것을 알았기 때문입니다. 그는 또 빅토리아 미술관에 그림을 돌려주라는 수사 당국의 압력을 받고 있었습니다. 이러한 때에 자기 앞으로 협박장을 보냄으로써 살인자가 아직 잡히지 않고 있으며, 그가 누구든 간에 최소한 녹스 자신은 아닌 것처럼 보이게 할 필요가 있었던 것입니다. 물론 그가 타자기의 단서 때문에 자기가 역추적 당할 수도 있을 거라는 생각을 했다면 스스로에게 협박장을 쓰는 일 따위는 하지 않았겠지요.

녹스 씨는 자기 손에서 그림이 도난당했다는 것을 보여주려고, 외부인이 그림을 훔치기 위해 경찰을 다른 장소로 끌어낸 것처럼 만들었습니다. 즉, 도난 방지의 경보장치를 미리 파손시켜놓고 우리들이 타임스 빌딩에서 범인 체포에 실패하고 빈손으로 돌아왔을 때 누군가가 경찰이 없는 사이에 그림을 훔쳐간 것처럼 보이게 하려고 했습니다. 아주 교묘한 계획이지요. 그림을 도난당해 버리면 빅토리아 미술관에 그림을 돌려줄 의무도 자연 사라지게 되는 셈이니까요. 그리고 나면 그는 완전히 그림을 소유할 수 있는 거지요."

엘러리는 방의 뒤쪽을 향하여 웃음을 보냈다.

"제가 보기에 존경하는 샘프슨 검사님은 근심과 걱정으로 입술을 깨물고 있는 듯한데, 아마도 녹스 씨의 강력한 변호사 그룹과 맞설 일이 걱정이신 모양입니다. 물론 녹스 씨는 아마 이렇게 대응할 것입니다. 녹스 씨가 평소에 친 타자 견본을 제시하면서 협박장의 특징과 녹스 씨의 타자 특징이 다르다고 주장할 것입니다. 하지만 걱정하지 마십시오. 어떤 배심원이 봐도 녹스 씨가 교묘하게 자기의 평소 타자 습관을 바꾸었다는 것을 쉽게 알 수 있을 테니까요. 예를들면 여백이나 구두점, 그리고 어떤 글자를 칠 때 유독 강도를 세게 하는 것 등을 고의적으로 바꾼 점이지요.

다음은 레오나르도의 작품에 관하여 말씀을 드릴 차례입니다. 여기에 관해서는 두 가지 해석이 가능합니다. 녹스 씨의 주장대로 처음부터 2개의 그림을 가지고 있었을 가능성과, 아니면 칼키스 씨에게서 구입한 하나의 그림밖에 가지고 있지 않았을 가능성입니다. 그가 만약 칼키스로부터 구입한 그림 하나만을 가지고 있는 경우,

그가 그림을 도난당했다는 주장은 거짓말이 됩니다. 왜냐하면 그가 잃어버렸다는 작품을 제가 녹스 씨 집 안에서 찾아냈으니까요. 녹스 씨는 그림이 발견되자 자기 소장품 중에 같은 작품이 2개 있다고 말했습니다. 그러면서 제가 집 안에서 찾아낸 그림은 가짜이고 진짜는 도둑이 훔쳐갔다고 말했죠. 그렇게 함으로써 진짜 그림이 도난당한 것으로 우리가 믿게 되면, 그에게 남아 있는 것은 모사품이라는 결과가 되면서 그 대신에 명예도 회복할 수 있다고 생각한 거죠.

그 다음, 녹스 씨가 사실상 2개의 작품을 소장할 경우, 우리가 발견한 것이 진짜인가, 모사품인가 하는 문제인데, 그것은 녹스 씨가 어딘가에 감춘 또 하나의 작품이 발견되어 그림을 비교해 보지 않는 한 결정할 방법이 없습니다. 그러나 지금 지방검사실에 보관하고 있는 그림이 어떤 것이든 간에 나머지 1장은 녹스 씨가 가지고 있습니다. 어딘가에 감춰 두었겠지요. 도난당했다고 말했기 때문에 이제는 우리에게 제출할 수도 없을 것입니다. 그러니까 샘프슨 검사님이 녹스 씨의 집이나 아니면 다른 곳에서 그림을 찾아내 녹스가 그 그림을 숨겨 놓았다는 것만 증명되면 기소장은 완벽한 것이 될 수 있다고 생각합니다."

샘프슨의 야윈 얼굴에 드러난 표정으로 볼 때, 그는 엘러리의 추정에 대해 반박하려는 듯했다. 샘프슨의 견해로 볼 때, 기소장은 허점투성이로 생각되었기 때문이다. 그러나 엘러리는 이것을 아는지 모르는지 샘프슨이 얘기할 기회를 주지 않았다. 엘러리는 말을 끊지 않고 계속했다.

"요컨대, 우리가 찾고 있는 범인은 3가지 특징을 가지고 있습니다. 하나는 그가 칼키스와 슬론을 범인으로 지목하는 잘못된 단서들을 만들 수 있었다는 것이고, 둘째는 협박장을 타이프로 칠 수 있는 사람이라는 것, 셋째는 그가 두 번째 협박장을 쓰기 위해서 녹스의 집을 자유롭게 출입했던 사람이라는 것입니다. 이 세 번째 조건을 충족시키는 사람은 녹스 씨의 집에 있는 하인들과 조앤 브레트 양, 그리고 녹스 씨뿐입니다. 그러나 하인들은 첫째 조건에 맞지 않습니다. 이것은 앞에서 말씀드린 대로입니다. 그리고 조앤 브레트 양도 두 번째 조건에 맞지 않습니다. 이것도 이미 증명한 바입니다. 그러므로 세 가지 조건을 모두 충족시키는 녹스 씨야말로 진범이라고 보아야 할 것입니다."

엘러리의 이야기가 끝나자, 얼마동안 회의실은 질문과 축하 인사로 소란스러웠다. 그들과 함께 있던 리처드 퀸 경감은 화려한 아들의 성공을 별로 즐겁게 생각하지 않는 듯했다. 사실상 기자단도 모두 엘러리의 설명에 납득한 것이 아니고 몇 사람들은 수긍하기 어렵다는 태도를 보였다는 것을 잊어서는 안 된다. 그리고 그들 부자는 많은 사람들을 피해 경감 사무실에 단 둘이만 남게 되었다. 퀸 경감은 그동안 꾹 참고 있던 감정들을 노골적으로 드러내고 있어 엘러리는 아버지가 화가 잔뜩 나 있다는 것을 느낄 수 있었다. 분노의 원인은 이야기의 내용 때문이었다.

엘러리 자신도 이 순간에 승리감에 도취된 젊은 사자처럼 기쁜 표정을 짓고 있지는 않았다. 오히려 그의 야윈 뺨은 긴장으로 팽팽하게 굳어져 있었고, 눈은 지쳐 보였으며 열에 들뜬 것 같았다. 그는 아무런 맛도 느끼지 못하면서 줄담배를 피워댔다. 그리고 가능하면 퀸 경감의 눈과 마주치지 않으려고 노력했다.

아버지 퀸 경감은 노골적인 말로 불만을 토로했다.

"어이! 엘러리! 네가 내 아들놈만 아니었다면 당장 이 방에서 쫓아냈을 거다. 많은 사람들 앞에서 네가 한 주장은 가장 시시하고 엉터리였으며 웃기는 얘기였다."

퀸 경감은 몸을 부르르 떨었다.

"엘러리, 내 말 잘 들어라. 앞으로 심각한 문제가 생길 거다. 너에 대한 믿음이 완전히 사라진 거다. 오늘 너는 나를 아주 실망시켰다. 덕택에 나의 직위까지 위태롭게 되었다. 그리고 샘프슨 검사도 마찬가지야! 너는 헨리가 바보인 줄 아니? 아까 회의실에서 걸어 나오는 것을 보니 앞으로 녹스의 변호사들과 싸울 생각으로 걱정이 태산 같은 표정이었다. 이제까지의 법정 싸움 중에서 가장 힘든 일을 치러야 한다는 것을 느낀 게지. 너의 주장은 법정에서도 인정받기 어려워. 증거가 없잖아? 동기도 없고 말이야. 너는 녹스가 왜 글림쇼를 죽였는가에 대해서는 한마디도 하지 않았지? 그래, 네가 논리의 마술을 이용해서 녹스가 범인이라는 것을 증명했다고 치자, 그러면 동기는 뭐냔 말이야! 배심원들이 관심을 가지는 것은 논리가 아니라 동기라는 걸 모르니?"

퀸 경감은 흥분으로 침을 흘리면서 소리쳤다.

"보복의 무서움을 생각해 본 적은 없니? 형무소에 있는 녹스가 동부에서 가장 유능한 변호사들을 고용해서 너의 그 알량한 논리를 벌집 쑤시듯 엉망으로 만들어 놓고야 말 거야! 스위스 치즈처럼 구멍이 송송 뚫리게 말이야. 내가 보기에도 구멍투성이야! 엘러리!"

엘러리가 동요를 보인 것은 이 순간이었다. 이때까지 엘러리는 퀸 경감의 장광설을 조용히 듣고 있었다. 퀸 경감의 말은 예상했던 것이었고, 듣기 좋은 말은 아니었지만 그렇다고 자기가 참지 못할 문제도 아니었기 때문에 고개를 끄덕거리기까지 했던 것이다. 그러던 엘러리가 이제는 자리에 앉은 채로 몸을 꼿꼿이 세웠다. 그의 얼굴에는 불안한 표정이 스쳤다.

"구멍이 송송 뚫린다고요? 그게 무슨 뜻이죠?"
"오! 맙소사!"
퀸 경감은 기가 막힌다는 듯이 탄성을 질렀다.
"이제야 좀 정신이 드는 거냐? 너는 네 아버지가 바본 줄 아냐? 헨리 샘프슨은 알지 못했을지 모르지만, 나는 알았다. 네가 진짜로 모르고 있다면 너야말로 큰 바보다!"
퀸 경감은 엘러리의 무릎을 탁 쳤다.
"잘 들어라, 엘러리 셜록 홈즈 퀸군! 너는 녹스의 집에 있는 하인들은 살인 용의자 명단에서 제외된다고 했지? 하인 가운데 누구도 칼키스의 저택에 가지 않았기 때문에 범인이 될 수 없다고 하면서 말이야."
"네."
엘러리가 느릿느릿 말했다.
"그래, 좋다. 그럴지도 모르지. 나도 너의 의견에 동감한다. 하지만 이 얼뜨기 바보야!"
경감은 잔인한 목소리로 말했다.
"너는 하나만 알고 둘은 몰라. 너는 녹스 집에 있는 하인들을 하나하나 제외시켰다. 그렇다면 왜 그들이 바깥에 있는 외부인과 공범이 될 수 없는지 한번 증명해 보거라!"
아무런 대답이 없었다. 엘러리는 한숨만 쉴 뿐 더 이상 대꾸하지 못했다. 경감은 불만스럽게 회전의자에 몸을 누이면서 콧방귀를 뀌어 댔다.
"너는 참 바보다…… 나의 아들이란 놈이 이런 실수를 한다는 것은 의외였다! 이 사건이 너의 자만하는 두뇌를 부패시킨 것이냐, 아니면 너를 바보로 만든 거냐? 녹스의 하인들 가운데 하나가 범인에게 고용되어서 녹스의 타자기로 두 번째 협박장을 쳤으면 어떻게 할 거냐? 그 동안에 진짜 범인은 안전한 곳에 숨어 있겠지. 물론 나는 그렇다고 생각하지 않는다. 하지만 녹스의 변호사들은 틀림없이 이걸 물고 늘어질 거야. 그러면 하나하나 제외시켜가면서 나중에는 녹스만 남긴 너의 그 알량한 논리는 어떻게 되지? 너의 그 논리라는 것은 아무 쓸모가 없어."

엘러리는 아버지의 말이 맞다는 듯 고개를 끄덕였다.

"맞아요, 아버지. 아버지의 말이 맞습니다. 훌륭하십니다. 하지만 아무도 그것을 생각하지 못한 것 같았어요."

"그래?"

퀸 경감은 불만스럽게 말했다.

"헨리도 생각지 못한 것으로 짐작되는데…… 만일, 생각했다면 당장 이리로 달려와서 한바탕 소동을 피웠을 거야! 그게 하나의 위안이 되기도 하지만…… 엘러리, 남이 모른다고 해서 안심하면 큰일이지! 그런데 이상해! 내가 지적한 논리상의 허점을 너도 알고 있는 것 같은데, 왜 지금 해명을 못하는 거냐? 너무 늦기 전에 해명을 해야 할 것 아니냐? 헨리와 내가 궁지에 몰리기 전에 말이야."

"왜 해명을 하지 않느냐고요?"

엘러리는 어깨를 으쓱했다. 그리고는 양손을 머리 위로 들어올려 보았다.

"아버지, 저는 지쳤어요…… 저 때문에 참 속을 많이 썩으셨죠? 왜 해명을 못하는지 이유를 말씀드릴 게요. 아주 간단합니다. 저에겐 해명할 능력이 없기 때문이죠."

경감은 머리를 절레절레 흔들었다.

"네 머리가 돌아버린 모양이구나."

경감이 중얼거렸다.

"해명할 능력이 없다니, 그게 무슨 말이냐? 그게 이유냐? 그래, 좋다. 녹스를 얘기하는 거겠지? 그래, 녹스가 범인이라고 치자, 소송은 어떻게 할 거냐? 소송 말이다. 우리한테 뭔가 확실한 논거를 줘야 될 거 아니냐? 너도 알잖니? 네가 확신만 가지고 있다면 나는 너를 전폭적으로 지지한다는 것을 말이다."
"물론 알죠."
엘러리가 싱글싱글 웃으며 말했다.
"자식을 생각하는 아버지의 마음이란 좋은 거지요. 그보다 더 좋은 것은 모성애일 거고요. 아버지, 얼버무리는 것 같아 죄송합니다만 너무 신경쓰지 마세요. 지금은 제가 진지하게 말할 단계가 아닙니다. 우선 이것만은 말씀드릴 수 있습니다. 이유는 말씀드릴 수 없으나 말 그대로 이해해주세요. 이 끔찍한 사건의 가장 큰 핵심은 이제부터 시작된다는 사실을요."

Eye-opener
뜻밖의 사건

이 시점에서, 퀸 부자간에 의사 소통이 몹시 벌어진 것은 당연한 일이었다. 아무것도 알려주지 않아서 경감은 불안한 생각으로 머리가 뒤숭숭한데, 정작 엘러리는 아무 움직임도 보여주지 않고 조용히 있었다. 경감은 초조해서 아들의 얼굴빛이 조금만 변해도 신경질이 났다.

경감은 납득이 안 가는 뭔가를 머릿속 한구석에 느끼고 있으나, 구체적으로 어디냐고 물으면 확실하게 지적할 수 없는 것이 답답했다. 그 초조함이 커져서 본래 성급한 성격이 드러나 부하들에게 화풀이를 했다. 그러는 동안에도 경감의 눈길은 끊임없이 고개를 수그린 아들의 옆얼굴을 보고 있었다.

그날 경감은 몇 번인가 사무실을 나서려고 했으나 그때마다 엘러리가 정신이 난 듯 얼굴을 들고 말렸기 때문에 그때마다 아버지와 아들 사이엔 말다툼이 벌어졌다.

"아버지, 사무실에서 나가시면 안돼요. 여기 조용히 계셔야만 해요. 부탁이에요."

한번은 퀸 경감이 아들의 간청을 무시하고 방에서 나갔다. 그러자 전화기 옆에 앉아 사냥감을 노리는 사냥개처럼 지켜보고 있던 엘러리는 더욱 긴장을 해 피가 나올 정도로 자기 입술을 꽉 깨물었다. 경감은 마음이 약해지고 이내 결심이 흔들려 다시 돌아와서는 붉어진 얼굴로 뭐라고 중얼거리며 이유도 알 수 없는 아들의 대기 자세에 같이 어울리기로 했다. 엘러리의 얼굴이 다시 밝아졌고, 전과 같은 긴장한 자세로 돌아가더니 참을성 있게 전화기 옆에 자리잡고 헤라클레스에게 부과한 12가지 어려운 일에 못지 않은 피로움──기다리고, 기다리고, 끝까지 기다리는 고통을 참고 있었다…….

전화는 단조롭고 규칙적으로 걸려왔다. 누구한테서 오는 건지, 어떤 전화인지 퀸 경감은 알지 못했으나 엘러리는 벨이 울릴 때마다 사형선고를 받은 사람이 집행유예의 언도를 기다릴 때와 같은 얼굴로 수화기를 집어 들었다. 그러나 그때마다 그는 다시 실망해 심각한 표정으로 고개를 끄덕거리고, 뭔가 애매한 말을 지껄이고 수화기를 내려놓았다.

한번은 퀸 경감이 무슨 용무가 생각나서 벨리 반장을 찾았는데 그 근면한 사나이가 보기 드물게 어제부터 경찰서에 나타나지 않았을 뿐만 아니라 집에도 돌아오지 않았고, 그의 아내조차도 행방을 모르고 있었다. 이건 아주 심각한 문제였다. 퀸 경감은 부하의 몸을 걱정했으나, 전례가 없던 일도 아니었으므로 잠자코 있기로 했다. 엘러리가 사건과 관련되어 있지 않겠냐고 약간 언질을 주었으나 그는 입을 다물고 아무말도 하지 않았다. 오후가 되어서 글림쇼 사건에 관계되는 용건으로 부하 몇 사람을 부른 경감은 놀랍게도 자기가 가장 신뢰하는 부하들인 헤이그스트롬과 피곳, 존슨 등이 벨리와 마찬가지로 행방불명이라는 사실을 알았다.

엘러리가 침착하게 말했다.

"벨리 반장하고 다른 형사들은 중요한 임무로 출장중입니다. 제가 명령했습니다."

엘러리는 더 이상 아버지의 불안한 모습을 보고 있을 수가 없어서 말을 했다.

"뭣, 네 명령이라고?"

경감은 자기도 모르게 큰 소리를 질렀다. 그의 맘 속에는 분노의 구름이 소용돌이치고 있었다.

"너 지금 누군가를 미행시키고 있는 거냐?"

엘러리는 조용히 고개를 끄덕였다. 그러나 그 눈은 전화기에 쏠려 있었다.

1시간 또는 30분마다, 수수께기 전화에 의한 보고가 엘러리에게 걸려왔다. 퀸 경감은 처음 얼마 동안은 솟구치는 분노를 참을 수 없었으나 점점 시간이 흐르면서 화가 가라앉고 아들과 똑같은 기분이 되어갔다. 긴 하루였다. 점심 식사는 엘러리의 요구로 방으로 날라오게 하여 부자간이 말없이 먹었다. 그 사이에도 엘러리의 손은 한시도 전화기 옆에서 떠나지 않았다.

저녁도 역시 경감의 사무실에서 먹었다······ 식욕이 없었기 때문에 말없이 기계적으로 입만 움직였다. 부자간이 똑같이 사무실의 불을 켤 생각을 하지 않았다. 어둠은 점점 짙어지고 아버지 퀸 경감은 잡무 처리의 일도 하지 않은 채 엘러리처럼 의자 위에 도사리고 있었다.

그러는 동안에 엘러리도 같은 기분으로 대기 자세를 계속해 주는 아버지의 온정에 감동했는지 일어나 문을 닫고 처음으로 자신의 뜻을 밝혔다. 그는 빠르게 얘기했다. 긴 시간에 걸친 그의 생각의 결론을 얘기하자 아버지의 분노도 수그러들었다. 그러나 그 대신 좀처럼 동요하지 않는 백전 연마의 노경관의 얼굴이 놀란 빛으로 덮이고 깊은 주름이 잡혔다.

"그런 바보 같은 일이! 나로선 도저히 믿을 수 없어!"

경감은 계속 중얼거렸다.

엘러리의 간절하고 상냥스런 말이 그치자 경감의 눈에 빛이 떠올랐다. 그러나 그것은 문자 그대로 한순간이었고, 다음 순간에는 경감의 눈이 투지가 타올라 이번에는 그 자신이 전화기를 지켜보기 시작했다.

이윽고 정해진 퇴근 시간이 되자 경감은 비서를 불러 지시를 내렸고, 비서는 급히 사무실에서 나갔다.

그리고 15분도 안 돼서 경찰서 내에는 퀸 경감이 퇴근했다는 뉴스가 쫙 퍼졌다. 박두한 공판정에서 제임스 J. 녹스 변호진과의 싸움에 대비하기 위해 오늘 밤은 일찍 귀가해서 힘을 보충한다는 것이었다.

그러나 사실은 불을 끈 경감 사무실 내에서 퀸 부자간은 전화벨이 울리기를 조마조마 기다리고 있었다. 전화는 개인 회선으로 전환하여 경찰의 중앙 교환대와 직접 연결되게 해 놓았다.

경찰서 앞에는 경찰차 1대가 2명의 경찰관을 태우고 시동을 건 채 오후 내내 대기하고 있었다.

밤도 깊어져 경찰서의 거대한 석조 건물도 불이 꺼져 모든 문이 닫혔으나 위층의 한 방에서는 늙고 젊은 두 남자가 경찰차 안의 형사들과 마찬가지로 무쇠와 같은 인내심으로 버티고 있었다.

12시가 지났을 때 마침내 전화벨이 울렸다. 기다리고 기다리던 퀸 부자는 행동을 개시했다. 전화벨 소리는 날카롭게 울렸다. 엘러리는 전화기를 잡고 외쳤다.

"어떻게 된 거야?"

남자의 굵은 목소리가 수화기를 통해 보고를 전했다.
"좋아, 곧 가겠어!"
엘러리는 대답한 뒤 수화기를 놓고 말했다.
"녹스의 집입니다, 아버지."
두 사람은 외투 소매에 팔을 넣기도 바쁘게 복도로 뛰어나갔다. 아래층에 대기하고 있던 경찰차에 몸을 실으면서 엘러리는 큰 소리로 명령했다. 검은 칠을 한 경찰차도 곧장 행동을 개시하여…… 사이렌을 울리며 북쪽 주택가를 향해 달리기 시작했다.

엘러리가 지시한 방향은 해변 도로에 있는 녹스의 집이 아니었다. 차는 54번 도로의 교회와 칼키스의 집이 있는 방향으로 돌아갔다. 그 몇 블록 앞에서 차는 사이렌을 끄고 어두운 거리로 조심스럽게 들어가서 칼키스의 집 옆집인 녹스 소유의 빈 집 앞에서 타이어 소리를 죽이고 멈췄었다. 엘러리와 퀸 경감은 재빨리 뛰어내려 멈칫거리지도 않고 어둠에 덮인 지하실 입구로 향했다.

그들은 귀신처럼 발소리도 내지 않고 걸었다. 벨리 반장의 거대한 어깨가 낡은 계단 밑의 어둠 속에서 나타나서 손전등으로 퀸 부자의 얼굴을 비추더니 금세 꺼졌다. 벨리 반장이 속삭였다.

"안에 있습니다. 서둘러야겠어요. 형사들이 집을 완전히 포위했으니까 도망갈 염려는 없을 겁니다. 아무튼 서둘러 주세요, 경감님!"

이제야 원래의 침착함을 되찾은 퀸 경감이 힘있게 고개를 끄덕였고 벨리가 소리없이 지하실 문을 밀었다. 안에 들어가자 어딘가에서 형사 하나가 나타나 말없이 손전등 3개를 내밀었다. 경감이 벨리와 엘러리에게 그것을 손수건으로 싸라고 주의를 주었다. 준비를 마치자 세 사람은 인기척 없는 지하실 안으로 나아갔다. 벨리는 내부의 모양에 밝은 모양인지 앞장서서 걸어갔다. 손수건으로 싼 손전등의 빛이 어둠을 희미하게 갈라 놓았다. 야습하러 가는 인디언처럼 발소리를 죽여 걸어갔으며 마치 괴물 같은 모양으로 떠올라 보이는 거대한 화로 앞을 지나 계단을 다 오르자 벨리는 다시 걸음을 멈추었다. 거기에도 또 한 명의 형사가 서 있었다. 벨리는 그 형사와 두세 마디 속삭이더니 묵묵히 퀸 부자를 안내하여 아래층 홀의 어둠 속으로 들어갔다.

발끝으로 걸어서 복도에 이르자, 세 사람은 주춤 멈춰섰다. 전방에 희미한 불빛이 보였다. 문 위아래로 조그만 틈이 있어 거기서 흘러 나오는 모양이었다.

엘러리가 벨리 반장의 팔을 가볍게 건드리며 뭔가를 속삭였다. 어둠 속이어서 보이지 않았지만, 벨리는 빙긋 웃고는 외투 안주머니에 손을 넣어 권총을 꺼내 들었다.

벨리가 손전등 빛으로 동그라미를 그렸다. 순간, 어둠이 움직이고 검은 그림자가 조심스럽게 가까이 왔다. 벨리와 그 그림자는 말소리를 죽여 얘기했다. 목소리의 주인공은 피곳 형사였다. 모든 출구가 지켜지고 있는 모양이다……그들 모두는 벨리의 신호로 희미하게 새어 나오는 불빛을 향해 몰래 접근했다. 문 앞에서 그들은 멈춰섰다. 벨리는 숨을 한 번 깊이 들이쉬고는 형사 둘을 좌우로 불렀다. 한 사람은 피곳, 또 한 사람은 그 큰 키로 봐서 존슨임을 알 수 있었다. 이윽고 벨리가 외쳤다.

"지금이야!"

벨리 반장의 강철 같은 어깨를 중심으로 나머지 세 형사가 합세하여 문에 몸째 부딪쳤다. 문은 성냥개비처럼 부숴지고 세 사람은 방 안으로 뛰어 들어갔다. 엘러리와 경감도 재빨리 뒤따랐다. 뛰어든 5사람은 각기 흩어져 손수건을 벗긴 손전등으로 방 안 구석구석을 비추다가 무슨 그림자를 발견하더니 한 순간에 그 사냥감을 비추기 시작했다. 먼지투성이로 가구 하나 없는 빈 방 중앙에 얼어붙은 듯이 웅크리고 있는 한 사나이──그는 방바닥 위에 2장의 그림을 펴놓고 작은 손전등의 약한 빛에 의지하여 비교해 보고 있었다…….

그 순간, 방 안은 조용하니 아무 소리도 나지 않았다. 그러나 갑자기 공기가 움직이고 복면 쓴 남자가 웅크린 채 짐승 같은 신음소리를 냈다. 그는 표범같이 재빨리 몸을 비틀었고 흰 손을 외투 호주머니에 넣더니 파랗게 반짝이는 권총을 꺼내 들었다. 별안간 뜻밖의 지옥 장면이 벌어졌다.

어두운 사람 그림자의 불처럼 이글거리는 눈이 마법같이 정확하게 문 입구에 모인 사람들 중에서 엘러리 퀸의 키 큰 몸을 발견하자 놀랄만큼 신속하게 권총 방아쇠를 당겼다. 그것과 동시에 형사들의 권총이 일제히 불을 뿜었다. 그리고 흥분으로 일그러진 창백한 벨리 반장이 그 큰 몸을 급행열차 같은 속도로 검은 사람 그림자에 부딪혔다……검은 사람 그림자는 짓밟힌 종이인형 같이 꼴사납게 바닥 위에 쓰러졌다.

10분 후, 좀 전과 같은 조용함으로 되돌아간 실내를 손전등 불빛이 비추고 있었다. 덩컨 프로스트 박사의 튼튼한 몸이 바닥에 누워 있는 엘러리를 향해 웅크리고 있었다. 엘러리는 더러운 마룻바닥 위에 형사들이 벗어준 외투를 깔고 누워 있었다. 의사의 어깨 너머로 퀸 경감이 창백한 얼굴로 잔뜩 긴장해 핏기 하나 없는 아들의 얼굴을 들여다보고 있었다. 누구하나 말하는 사람이 없었다. 방 중앙에 무참한 모습으로 쓰러져 있는 엘러리의 습격자를 둘러싼 형사들도 아무 말이 없었다.

마침내 프로스트 박사가 머리를 숙여 뒤돌아보고 말했다.

"걱정할 만한 상처는 아니에요. 쏜 녀석은 초보자입니다. 어깨를 조금 스쳤을 정도이고…… 보세요, 벌써 깨어나는데요."

경감은 안도의 한숨을 쉬었다. 엘러리가 이윽고 눈을 뜨더니 고통으로 몸을 움직거리다가 어깨로 손을 가져갔다. 붕대가 만져졌다. 경감이 엘러리 옆에 다가가서 말했다.

"얘야, 정신차려. 상처는 대단치 않단다. 기분은 어떠니?"

엘러리는 겨우 웃음지어 보였다. 그는 몸을 한 번 떨고 나서 아버지의 상냥스런 손의 도움으로 일어나더니 눈을 깜박거렸다.

"휴!"

엘러리가 말했다.

"오오, 박사님? 언제 오셨어요?"

엘러리는 사방을 둘러보았다. 그의 시선이 방 중앙에 모여 있는 형사들 있는 곳에서 멎자 그는 그쪽으로 비틀거리면서 걸어갔다. 벨리 반장이 길을 열어주면서 송구스러운 듯이 사과의 말을 중얼거렸다. 엘러리는 그 말에 대답하지 않고, 오른손으로 벨리 반장의 어깨를 잡고, 몸을 기우뚱하면서 방바닥에 쓰러져 있는 시체를 내려다보았다. 엘러리의 얼굴에는 승리의 기쁨 따위는 털끝만큼도 보이지 않았다. 대신 먼지와 잿빛 그림자에 덮인 이 방의 분위기에 어울리게 몹시 우울한 표정을 지었다.

"죽었습니까?"

엘러리는 입술을 핥으면서 물었다.

"네 방을 맞았습니다. 완전히 죽었습니다."

벨리가 대답했다.

엘러리는 고개를 끄덕이고 나서 시체에서 눈을 떼더니 먼지 속에 내동댕이친대로 있는 그림 2장에 눈길을 옮겼다.

"이것으로……."

엘러리는 쓰디쓴 웃음을 지으며 말했다.

"겨우 발견했군."

엘러리는 다시 죽은 사람에게로 시선을 돌리며 말했다.

"당신도 운이 나빴어. 나폴레옹처럼 백전 백승을 하다가 마지막 싸움에서 패해 자신의 파멸을 불렀군."

엘러리는 잠시 죽은 사람의 뜬 눈을 바라보다가 몸을 떨고는 옆에 서 있던 경감을 바라보았다. 작달막한 경감은 걱정스런 눈빛으로 엘러리를 지켜보았다.

엘러리가 힘 없는 미소를 지으며 말했다.

"아버지, 녹스를 석방시켜 주세요. 그는 스스로 희생양이 되려고 했으니까요. 그리고 그 역할을 충분히 했습니다…… 진범은 먼지투성이가 되어 이 녹스 씨의 빈 집 방바닥에 쓰러져 있는 남자입니다. 공갈, 절도, 살인, 모든 죄명을 한몸에 지고 여기 쓰러져 있는 외로운 늑대입니다……"

모두들 방바닥 위의 시체를 내려다보았다. 죽은 사람은 마치 앞을 볼 수 있기라도 한 것처럼 모두를 올려다보고 있었다…… 사실 그 얼굴에는 사악한 웃음이 사라지지 않고 분명하게 남아 있었다…… 그 사람은 지방검사보 페퍼였다.

Nucleus
진상

"아, 체니, 당신도 사건의 진상을 물을 권리가 있어요. 그러니까……."

엘러리가 앨런 체니에게 말을 하고 있을 때, 벨이 울렸다. 엘러리는 말을 멈추었다. 주나가 문 쪽으로 달려가 문을 열자 브레트 양이 나타났다.

브레트 양도 체니도 서로 뜻밖의 장소에서 만난 것에 놀란 모양이었다. 체니는 일어서서 퀸 집안에서 자랑하는 원저형 의자의 만곡된 호도나무 팔걸이를 손으로 잡았다. 조앤 브래트 양도 몸을 지탱할 것이 필요했는지 문기둥을 잡았다.

왼쪽 어깨에 붕대를 맨 채 누워 있던 엘러리도 긴 의자에서 일어나 앉으면서 그래, 이렇게 이 사건도 반갑게 해피엔드로 끝내는 게 좋은 거야 하고 생각했다. 젊은 두 사람도 정을 되찾을 거라고 생각했다…… 엘러리의 얼굴은 아직 종래의 혈색이 돌아오지 않았으나 그래도 몇 주일 만에 사건 이전의 명랑한 표정을 되찾고 있었다. 엘러리와 함께 세 남자가 일어섰다. 기묘하게 쑥스러운 표정을 한 아버지 퀸 경감, 전날 밤의 놀라움과 흥분이 아직 가시지 않은 지방검사, 얼굴빛은 아직 밝지 않았으나 수감이 단기간이었으므로 아무 동요도 보이지 않는 제임스 J. 녹스 씨 이렇게 세 사람이었다. 그들이 일제히 일어나 인사했으나 문가의 젊은 여자는 방에서 앨런 체니의 모습을 본 순간부터 최면술에 걸린 듯 우두커니 서서 답례의 모습도 보이지 않았다. 체니도 의자를 붙잡은 채 얼어붙은 듯이 꼼짝도 하지 않았다.

엘러리의 웃음을 보자 마음을 놓는 동시에 구조를 바라는 듯이 말했다.

"저는…… 초대하신 줄 알고……."

엘러리는 그녀에게로 다가가서 그녀의 팔을 단단히 잡고는 튼튼한 의자가 있는 데로 안내했다. 그녀가 주저하면서 의자에 앉는 것을 보고 말했다.

"그래요, 초대했습니다. 뭣 때문이라고 생각했습니까, 브래드 양?"

그녀는 엘러리 어깨의 붕대를 보고 소리쳤다.

"어머, 다치셨군요!"

"이것 말입니까? 뭐, 별것 아니오. 조금 스쳤을 뿐입니다. 앉아요, 체니."

앨런 체니는 자리에 앉았다.

"어서요, 엘러리 씨!"

샘프슨 검사가 못 참겠다는 듯이 외쳤다.

"다른 사람들은 모르겠지만, 지방검사인 나로서는 조금이라도 빨리 설명을 들어야 할 입장에 있어요."

엘러리는 다시 긴의자에 몸을 기대면서 부자유스런 손으로 담배에 불을 붙였다.

"이제 우리도 한시름 놓을 때가 되었군요."

엘러리는 그렇게 말하면서 제임스 녹스의 얼굴을 보고 웃음을 서로 교환했다.

"그럼 시작할까요."

엘러리는 설명을 하기 시작했다. 이 이후로 30분 가량 그의 목소리는 팝콘이 탁탁 튀는 것처럼 계속되었다. 그동안, 앨런과 조앤은 손을 맞잡은 채 듣고 있었으나 서로의 얼굴은 한 번도 쳐다보지 않았다.

"이 사건에는 지금까지 해답이 4가지 있었습니다. 칼키스 범인설이 첫 번째 해결책이었는데, 이것은 페퍼의 술책에 우리가 완전히 속았습니다. 두 번째가 슬론 범인설이었죠. 이것으로 인해서 저는 페퍼와 논쟁을 벌였죠. 저는 내이쇼 스위서가 증언을 하기까지 제 말을 증명할 수 없었지만, 어쨌든 저는 이 설을 믿지 않았어요. 세 번째는 녹스 씨 범인설이었습니다. 저는 이 가설로 페퍼를 함정에 빠뜨렸습니다. 그리고 네 번째 해답이 말할 것도 없이 페퍼 범인설이었습니다. 이 네 번째야말로 정답인데 여러분은 뜻밖의 일이어서 놀랄지 모르겠습니다만, 맑은 하늘의 태양처럼 명백하게 말할 수 있습니다. 그 태양을 가엾은 페퍼는 이제 볼 수 없게 된 것입니다만……"

엘러리는 잠시 침묵을 지키다가 다시 계속했다.

"여러분의 의심은 당연합니다. 지방검사보라는 화려한 직책에 있는 전도 유망한 청년 신사, 많은 어려운 사건을 경탄할 통찰력으로 아주 쉽게 해결해 온 페퍼가 살인범이라니, 무엇 때문에, 도대체 어떤 방법으로 그가 그 범행을 저질렀느냐를 듣지 않고선 누구라도 쉽게 믿을 수 없는 일입니다. 그러나 그것은 사실입니다. 불행히도 페퍼는 그리스인의 이른바 로고스, 잔인하기 그지없는 냉혹한 논리의 요사한 매력에 빠져 있었습니다. 페퍼 혼자만이 아닙니다. 예로부터 이 마력에 사로잡혔기 때문에 얼마나 많은 음모자가 몸을 망쳤는가!"

엘러리는 주나가 오늘 아침도 깨끗하게 청소해 놓은 카펫 위에 아무렇게나 담뱃재를 털었다.

"지금이니까 고백합니다만 사건의 무대가 리버사이드 드라이브를 면한 녹스 씨의 넓은 저택으로 옮겨질 때까지——즉 그 협박장이 날아 들어오고 레오나르도가 도둑맞을 때까지 유감스럽지만 저도 사건의 진상을 잡지 못했습니다. 따라서 만일 페퍼가 슬론을 죽이는 것만으로 만족했다면 오랏줄을 받지 않았을지도 모릅니다. 그러나 범죄라는 것은 크거나 적거나 범인 자신의 탐욕스런 욕구에 의해 점점 깊이 말려들어 끝내는 자기가 잡힐 덫을 자기 손으로 만들어 버립니다.

이상으로 말씀드렸듯이 이 사건에서는 리버사이드 드라이브의 녹스 씨 저택에서의 사건에 의해 비로소 우리의 눈이 제대로 된 방향으로 향하게 되었으니까, 이 설명도 거기서부터 출발하고 싶습니다.

기억하시겠지만 어저께 저는 범인의 자격으로 세 가지 조건을 들었습니다. 첫 번째는 칼키스와 슬론에게 죄를 씌우기 위해 허위의 증거를 만들 수 있었다는 것, 두 번째로는 협박장의 필자일 것, 그리고 세 번째로는 녹스 씨 저택에서 두 번째 협박장을 타이핑할 수 있었던 것, 이상 세 가지 조건입니다."

엘러리는 웃음을 지었다.

"그런데 이 마지막 조건에 관한 어저께의 제 설명은 오해를 살 만한 것이었어요. 그러나 그것은 제가 고의로 한 것입니다. 그 이유는 나중에 말씀드리겠습니다. 사실 제가 경찰 본부의 회합에서 그 위장 해결을 설명한 직후에 날카로운 머리의 소유자인 제 아버지가 몰래 제 추리의 약점을 지적해 주셨습니다. 그러나 그것은 본래 고의로 한 일이고 제 참뜻은 아니었어요. 아버지는 세 번째 조건인 '녹스 저택에서'라는 것을 '녹스 저택에 거주하면서'라는 뜻으로 취급했는데, 그 집의 일원이 아니더라도 저택 내에 들어가 타이프라이터에 접근할 기회를 가질 수 있는 사람은 외부에도 있을 수 있습니다.

그래서 먼저 이 테마의 검토부터 시작한다면 여러 상황으로 판단해볼 때 두 번째 협박장은 녹스 저택에 있었던 사람이 타이핑한 것으로 보아 틀림없고, 이 사람이야말로 살인 범인입니다. 그러나 현명한 제 아버지는 반드시 범인을 그렇게 한정할 필요가 없다고 지적했습니다. 범인은 녹스 저택의 하인 중 누군가를 이용할 수도 있다는 겁니다. 범인은 자신이 녹스 저택에 없을 때, 공범자에게 타이프를 치게 하는 편이 혐의를 받지 않을 수 있다고 생각한 겁니다. 이런 추리에 따르면 진범은 녹스 저택에 들어갈 기회를 갖지 않더라도 지장이 없다는 것이 됩니다. 지당한 생각입니다만 저는 그 의견을 채택하지 않고 어저께는 그것에 대답하는 것조차 피했습니다. 페퍼를 함정에 빠뜨리는 것이 저의 진짜 목표였으므로 그 취지에 어긋났기 때문입니다.

저는 제 추리에 자신이 있었으므로 그것이 옳다는 걸 입증하려면 범인이 녹스 저택의 일원 중에 공범자를 가질 수 없었다는 것을 밝히면 충분했습니다.

그러나 그에게 공범자가 없었다는 걸 증명하려면 녹스 씨 자신이 이 범죄에 관계 없다는 것을 미리 확인해 두어야 합니다. 그렇지 않으면 우리의 추리가 헛돌 위험이 있기 때문입니다."

엘러리는 담배 연기를 천천히 내뿜었다.

"녹스 씨의 결백은 극히 간단하게 입증할 수 있습니다. 다만 그것을 알고 있는 사람은 이 세상에 겨우 3사람…… 녹스 씨 자신 외에, 브래트 양과 나뿐이었는데, 페퍼는 이 중요한 사실을 몰랐기 때문에 그 사악하고 교활한 계획에 뜻하지 않은 차질을 초래한 것입니다.

그 사실은 이렇습니다. 아직 세상이 슬론을 범인으로 믿고 있었을 때, 녹스 씨가 자진해서 저에게 고백한 일이 있어요. 그것을 대충 얘기하면 녹스 씨와 글림쇼가 칼키스를 방문했던 밤에 칼키스는 글림쇼의 강요로 녹스 씨에게 천 달러 지폐를 빌려 글림쇼에게 주었고, 그는 그것을 조그맣게 접어서 금시계 뒤 딱지 속에 넣어 갖고 갔다는 겁니다. 그 말을 듣고 저는 곧 녹스 씨와 함께 경찰 본부로 뛰어가 보관중인 증거품 중에서 금시계를 꺼내 조사해 봤습니다. 녹스 씨의 말대로 천 달러 지폐가 나왔지요. 그래서 저는 직접 은행에 가서 그 지폐 번호를 조회해 봤습니다. 그날 아침 녹스 씨가 은행에서 인출한 지폐 번호와 똑같았습니다.

이 에피소드에서 생각할 수 있는 것은 만일 녹스 씨가 글림쇼의 살인자라면 그는 어떤 희생을 지불하더라도 그 지폐가 수사 당국의 손에 들어가는 것을 막았을 거라는 이야기입니다. 가령 한 발짝 양보하여 그가 범인이 아니더라도 무슨 형태로든 범죄와 관련이…… 즉 공범의 입장에 있었다면 시계가 아직 범인 손 안에 있을 때 문제의 지폐를 감추도록 범인에게 조언했을 겁니다. 그런데 녹스 씨는 수사 당국이 그것에 대해 아무 지식도 갖고 있지 않을 때 자진해서 증언했어요. 범인 또는 공범이었다면 너무 모순된 행동이 아니겠습니까? 저는 그의 증언을 들었을 때 몰래 속삭였습니다. 범인이 누구이든 녹스 씨가 아니라는 것만은 틀림없다고요."

"그것으로 나도 살아났군."

녹스가 쉰 목소리로 말했다.

엘러리는 얘기를 계속해 나갔다.

"그것은 그렇다 치고, 그 결론 자체로는 녹스 씨가 범인이 아니라는 단순한 사실뿐이었지만, 그 뒤 더 중요한 사실을 이끌어 내는 단서가 되었다는 것을 여러분에게 강조해 말씀 드리고 싶습니다. 요컨대 그 협박장은 약속어음을 둘로 찢어서 사용한 것으로 범인 또는 공범자의 손으로 이뤄진 것으로 봐도 틀림없습니다. 따라서 사용한 타이프라이터는 녹스 씨의 것이지만 친 사람은 녹스 씨가 아니라는 것이 됩니다. 그렇다면 그것이야말로 여러분이 가장 뜻밖이라고 여길 것이지만, 그 3이란 숫자를 잘못 친 것은 협박자가 일부러 그런 것이라고 생각할 수 있습니다. 그는 그것에 의해 파운드 기호의 글자 존재를 암시하고 녹스 저택의 타이프라이터가 사용된 것을 우리에게 짐작하게 하고, 결국 협박장은 녹스가 작성한 것이며 따라서 살인범은 녹스 씨라는 그릇된 결론으로 우리를 유도하려고 꾀한 것입니다. 이것이 진범인의 세 번째 트릭입니다. 그는 칼키스와 슬론도 함정에 빠뜨릴 공작을 꾸몄다가 두 번 다 실패한 겁니다."

엘러리는 눈썹을 찌푸리더니 다시 계속했다.

"여기서 이상과 같은 가설을 한 발짝 더 앞으로 진행시키면, 진범인이 혐의를 녹스 씨에게 씌우려고 계획한 것은 수사 당국에 녹스 씨에 대한 혐의를 갖게 할 수 있는 자신감이 있었기 때문임에 틀림없습니다. 만일 당국이 끝까지 녹스 씨의 결백을 믿고 의심하지 않는다면 그런 잔꾀를 부리는 것은 그야말로 어리석기 짝이없다고 해야겠지요. 따라서 범인은 천 달러 지폐의 경위는 털끝만큼도 몰랐던 걸로 생각됩니다. 만일 알고 있었다면 녹스 씨를 혐의자로 만들려는 바보같은 짓은 할 리가 없기 때문이죠.

 이 논리에 따라 저는 브레트 양도 역시 용의자 리스트에서 제외시켰습니다. 그것은 그녀가 빅토리아 미술관의 여자 탐정일 뿐만 아니라 지금 말한 것 같은 증거가 있었기 때문인데, 브레트 양은 제가 녹스 씨로부터 천 달러 지폐 이야기를 들었을 때 그 자리에 같이 있었지요. 때문에 만일 그녀가 범인이나 공범자였다면 녹스 씨를 범인으로 보이게 하는 공작 따위를 할 까닭이 없습니다."

조앤 브레트는 자세를 바로잡고 힘없는 웃음을 지었으나 곧 다시 의자에 깊숙이 몸을 기댔다. 앨런 체니는 눈을 껌뻑거렸으나 그 눈을 이내 발밑에 떨구고 귀중한 미술공예품의 값을 평가하는 젊은 미술장인의 모양을 했다.

엘러리는 말을 계속했다.

"그래서 저는…… 아무래도 제 설명에는 '그래서'라든가 '따라서' 따위가 많아서 죄송하지만…… 두 번째 협박장을 보낸 용의자 리스트에서 녹스 씨와 브레트 양을 제외하고, 둘 다 살인범 또는 그 공모자가 아니라고 단정했어요.

그래서 아까 설명한 전제로 돌아가면 범인은 용의자 리스트에 남는 한 그룹, 녹스 집안의 하인 중에 있다는 것이 되지만, 그들 역시 범인으로써 필요한 조건을 채우지 못했어요. 그들은 녹스 저택의 타이프라이터를 사용할 수도 있었지만 또 하나의 조건, 칼키스와 슬론을 함정에 떨어뜨릴 가짜 실마리를 만들 수 없었던 겁니다. 그 당시 칼키스 저택에 출입한 사람들 명부가 수사 당국의 손으로 작성되어 있는데, 그 속에 녹스 집안의 하인들 이름은 전혀 들어 있지 않았거든요.

하긴 이렇게 생각하실 분도 계실지 모르겠군요. 범인이 하인들 가운데 누군가를 공범자로 삼아 거들게 했다. 그것도 칼키스 집안에서 사건이 일어났을 때가 아니라 단순히 타이프라이터를 두들기게 했을 뿐이라고 말이죠."

엘러리는 다시 웃음지었다.

"그러나 진실은 부정적입니다. 그것은 간단히 증명할 수 있습니다. 한번 해볼까요? 범인은 녹스 씨를 함정에 떨어뜨릴 수단으로 처음부터 타이프라이터의 이용을 생각하고 있었어요. 그 점은 그가 남긴 유일한 구체적 증거로서 두 번째 협박장을 친 타이프라이터가 녹스 씨 집의 것임을 발견시키는 데 있었던 것으로 짐작할 수 있습니다. (범인이 미리 녹스 씨를 함정에 빠뜨릴 계획을 갖고 있었는지 어떤지는 불분명하지만, 적어도 타이프라이터의 특징을 이용할 생각이 있었던 것은 분명하지요) 따라서 범인으로서는 첫 번째 편지도 녹스 씨의 타이프라이터를 사용하고 싶었을 텐데, 레밍턴제로 친 것은 두 번째 협박장뿐이고, 첫번째 편지 때는 녹스 집안의 것이 아닌 언더우드제를 사용했습니다. 그 말은 당시는 그것을 사용할 수 없었다는 얘기가 되죠. 녹스 씨의 타이프라이터에 접근할 기회가 없었음을 의미하는데, 그것이 하인 중의 하나라면 누구라도 자유로이 접근할 수 있었을 것입니다. 가장 신참도 이미 5년이나 그 집에서 근무했으니까요. 따라서 그들 중에 공범자가 있었다면 첫번째 편지도 그 집의 레밍턴으로 쳤을 것이 틀림없습니다. 이상과 같은 이유에서 저의 혐의자 리스트에서는 녹스 씨도 브레트 양도 모든 하인도 제외되었습니다."

엘러리는 담배를 벽난로 불속으로 집어 던지고 다시 말을 계속했다.

"이상으로 우리가 밝힌 것은 협박자가 두 번째 협박장을 작성함에 있어서 녹스 씨의 집무실에 들어갈 수 있었으나 첫 번째 편지 때는 아직 그 기회를 잡지 못했다는 사실입니다. 그리고 또 우리는 첫번째 편지가 나타난 뒤, 외래인은 누구 한 사람 녹스 씨 저택 안에 발을 들여놓기를 허락하지 않았다는 걸 알고 있습니다. 즉 외부의 타이프라이터를 사용한 첫 번째 편지는 누구나 만들 수 있으나 두 번째 협박장은 특수한 위치에 있는 사람이 아니고선 작성하기 불가능하다는 얘기가 됩니다. 그런데 여기 단 하나, 그것이 가능했던 사람…… 두 번째 협박장이 송부되기 직전에 처음으로 녹스 씨 집무실에 출입할 수 있는 남자가 있었습니다. 생각해 보면 그 협박장은 너무 수다스럽고 무의미한 글이 많이 쓰여져 있었습니다.

다시 말하면 협박자는 그 목적을 빨리 달성하려고 불필요한 편지 따위를 보낼 리가 없습니다. 그런데도 그런 편지를 보낸 것은 단순한 협박과는 다른 특별한 취지가 있었던 것입니다. 그것은 다름이 아닙니다. 녹스 저택에 들어갈 기회를 만들어 두 번째 협박장을 녹스 씨의 레밍턴 타이프라이터로 치기 위한 것이었습니다.

그렇다면 첫 번째 편지와 두 번째 협박장과의 사이에 녹스 저택에 출입 허락을 받은 사람은 누구일까요? 기괴한 결론이 나옵니다. 여러분은 믿어야 좋을지 어떨지 고개를 갸웃거리겠지만 사실은 사실입니다. 우리의 동료, 이번 사건에 같이 수사에 힘쓴 지방검사보 페퍼, 그 사람이었습니다. 그는 두 번째 협박장이 오는 것을 기다린다는 구실로 녹스 저택 안에서 며칠 동안 지냈습니다. 여러분은 이제야 생각이 나겠지만 페퍼가 녹스 저택에 주재하도록 수배한 것은 다름아닌 그 자신이었습니다!

악마에 못지 않은 교활한 지혜가 아닙니까. 물론 나로서도 당초에는 믿기지 않았습니다. 아니, 나뿐만 아니라 누구도 그것은 잘못된 추리에 의한 비현실적 결론이라고 생각했을 것임에 틀림없습니다. 그런데 사실이라는 것은 의심할 여지가 없었고, 단지 일종의 선입관이 이성을 이끄는 사고 방식을 인정하지 않을 뿐이었습니다. 그래서 나는 페퍼를 단순한 혐의자를 넘어 범인으로 단정해도 틀림없다고 확신하고 그 뒤는 사실에 의해 추리의 뒷받침을 하면 된다고 생각하게 된 겁니다."

엘러리의 설명에는 열이 더 가해졌다.

"페퍼는 글림쇼의 시체를 관에서 들어내는 것을 보고 그것이 5년 전에 자기가 변호를 맡았던 그 남자라는 걸 확인했습니다. 그것이 그의 교활한 점인데 빈틈없이 선수를 친 겁니다. 만의 하나라도, 나중에 자기와 피해자와의 관계가 밝혀져 글림쇼인 줄 알면서 잠자코 있었던 것이 의혹의 씨가 되는 것을 두려워했던 것이 틀림없습니다. 얼핏 보기에 작은 문제인 것 같고 결정적 요소로 생각되지 않지만, 꽤 뜻이 깊은 사실입니다. 아마 두 사람의 만남은 적어도 5년 전에 변호사와 의뢰인의 관계에서 시작되었겠죠. 글림쇼는 빅토리아 미술관에서 레오나르도를 훔쳐 가지고 이 미국에 건너와 그 길로 곧장 페퍼의 법률사무소를 찾아가 만일 그가 이 문제로 수감되면 형기를 마칠 때까지 레오나르도에서 눈을 떼지 말라고 부탁한 것으로 생각됩니다. 그리고 실제로 레오나르도는 그가 염려한 것처럼 되어 칼키스의 손에 들어갔는데 값은 미불인 채였습니다. 그래서 글림쇼는 출소하자마자 칼키스에게 지불 청구를 하러 갔는데, 배후에서 페퍼가 실을 매어 조종하고 있었고 그 뒤로 계속된 사건들도 전부 페퍼가 흑막이었던 것이 틀림없습니다. 글림쇼와 페퍼의 관계는 페퍼의 전 법률사무소의 경영자였던 조던 변호사에게 문의하면 확실히 알 수 있습니다. 물론 조던 변호사는 이번 사건에는 관계가 없지만요."

"곧 문의해 봅시다. 조던은 인격이 고결한 변호사입니다."

샘프슨 검사가 말했다.

"물론 그럴 테죠." 엘러리는 선뜻 고개를 끄덕이며 말을 이었다.

"페퍼 같은 교활한 남자는 의심스러운 상대와는 손을 잡지 않는 법입니다…… 그러나 확인하는 편이 좋을 겁니다. 그리고 다음은 페퍼를 글림쇼의 교살 범인으로 볼 경우, 그 동기 문제입니다.

 그 금요일 밤, 녹스 씨, 글림쇼, 칼키스의 3자 회담이 이루어져 글림쇼는 칼키스로부터 지참인앞 지불 약속어음을 받았습니다. 그리고 그는 녹스 씨와 함께 칼키스의 저택을 나와서 녹스 씨와는 문 앞에서 곧 헤어지고 혼자 한참 동안 거기서 머물러 있었어요. 동업자와 만나기 위해서였죠. 이것은 절대로 단순한 나의 상상이 아니라, 글림쇼 자신이 동업자가 있다는 말을 했어요. 한편 페퍼는 가까운 곳에 몸을 숨기고 대기하고 있었으므로 녹스 씨가 사라진 것을 보자 어둠 속에서 몸을 드러냈습니다. 그리고 글림쇼한테서 칼키스와의 절충 결과를 듣고 글림쇼가 그에게는 이미 필요없는 존재, 아니 자기 몸의 안전을 위해선 도리어 위험하다는 걸 알았습니다. 또한 이 남자가 없으면 녹스 씨로부터 우려낼 돈은 전액 모두 자기 것이 된다고 생각하고 드디어 글림쇼를 죽이려고 결심한 것입니다. 게다가 또 그 약속어음도 동기의 하나가 되었습니다. 글림쇼를 죽이고 어음만 빼앗으면 그것은 지참인앞 지불이고 또한 그때는 칼키스도 생존하고 있었으므로 약속어음을 입수하는 일은 50만 달러의 현금을 갖게 되는 것과 같은 것이죠. 또한 그 뒤에 제임스 J. 녹스라는 사람에게 협박해서 얻어낼 달러 상자도 있었던 겁니다.

 이러한 경과를 밟아서, 그날 밤 페퍼는 글림쇼를 이웃 빈집의 지하실로 유인해서 그 내부나 아니면 입구에서, 아무튼 그 근방의 어둠 속에서 죽인 것입니다. 지하실의 여벌 열쇠는 미리 준비해 둔 모양으로 시체를 그대로 지하실 깊숙이 끌고 들어가 호주머니를 뒤져서 약속어음과 전날 밤에 슬론이 그에게 뉴욕을 떠나라며 준 5000달러를 빼앗고 그때 눈에 띈 금시계를 훗날 무슨 트릭의 재료로 이용할 셈으로 빼앗은 겁니다. 그때 페퍼가 시체의 처치에 대해 무슨 계획을 갖고 있었는지, 또는 그대로 지하실에 내버려 둘 셈이었는지 그런 것까지는 분명하지 않습니다만 여하튼 그 이튿날 아침 그는 칼키스의 뜻밖의 급사 소식을 듣고 기상천외한 생각을 갖게 되었습니다. 글림쇼의 시체를 칼키스의 관 속에 숨기려고 했던 것입니다. 그 다음은 모두 페퍼의 뜻대로 진행되었어요. 칼키스의 장례식 날, 우드러프 변호사가 지방 검찰청을 찾아가 유언장의 수사 지원을 요청했습니다. 페퍼는 잘된 일이라 생각하고 그 일을 맡겠다고 자원했죠. 그때 상황은 샘프슨 씨, 당신 입으로 직접 들었습니다. 당신이 페퍼에게, 브레트 양에게 너무 정신을 팔지 말라고 주의를 준 일 말입니다. 그것 역시 페퍼의 심리 상태를 나타내는 하나의 증거였죠.

　이렇게 해서 페퍼는 칼키스 저택에 자유롭게 드나들 수 있게 되었고, 그 다음부터는 그의 계획 수행이 훨씬 편해진 겁니다. 그래서 장례식이 끝난 수요일 밤, 그때까지 낡은 트렁크에 넣어 이웃집 지하실에 숨겨 두었던 시체를 끄집어내서 어둠을 이용해 안뜰에서 묘지로 숨어들었습니다. 묘토를 긁어내자 지하 매장실 문이 나타났죠. 재빨리 문을 열고 안으로 들어가 관 뚜껑을 열자 대번에 눈에 띈 것이 유언장을 넣은 쇠상자였습니다. 그도 그때까지는 유언장이 어디로 사라졌는지 의심스럽게 생각하고 있었습니다. 그런데, 그것을 발견하게 됐고, 순간 장래 이용가치가 번갯불처럼 떠올랐습니다. 이것을 은닉할 동기를 가진 사람은 이 비극의 또 하나의 주인공 길버트 슬론밖에는 없었습니다. 그래서 페퍼는 이것이야말로 슬론을 훗날 협박할 수 있는 절호의 재료라고 생각한 겁니다. 페퍼는 글림쇼의 시체를 관 속에 밀어넣자 관 뚜껑을 닫고 지하 매장실을 기어나와 문을 닫고 묘토를 덮은 다음, 사용했던 연장과 함께 유언장의 쇠상자를 옆에 끼고 그 자리를 떠났지요.

　그런데 여기서 또한 우연히, 페퍼의 범행을 증거할 수 있는 작은 사건이 생겼어요. 페퍼 자신이 그날 밤 늦게 브레트 양이 서재 안에서 뭔가를 찾고 있는 것을 보았다고 보고한 일입니다. 페퍼가 한밤중에 브레트 양의 수상한 행동을 보았다고 한 것은 그 자신이 그 시각에 일어나 있었다는 걸 말하는 것이 아니겠습니까? 그는 아마 브레트 양이 서재를 나간 뒤 묘지로 간 것이 틀림없을 겁니다.

 브릴랜드 부인 또한 같은 날 한밤중에 묘지로 들어가는 슬론의 모습을 보았다는 증언에 따르면, 슬론은 아마 더 이전부터 페퍼의 수상한 행동을 눈치챈 것 같습니다. 그날밤 페퍼를 미행하여 그의 모든 행동을 알게 된 것입니다. 다만 어둠 속이었기 때문에 페퍼가 운반하고 있는 것이 누구의 시체였는지를 알지 못했을 뿐입니다."
"그렇게…… 선량해 보이던 청년이 그처럼 무서운 사람이었다니…… 믿을 수 없는 일이군요."
조앤 브레트는 몸을 떨었다.
엘러리는 엄한 말투로 말했다.
"조앤 브레트 양. 이것은 당신도 명심해야 할 교훈입니다. 똑똑히 보이는 것도 그대로 믿어버리면…… 자, 어디까지 이야기가 진행됐죠? 참 그렇군요, 페퍼가 글림쇼의 시체를 다 숨긴 데까지였군요. 그는 이제 걱정 없다고 안심한 겁니다. 시체의 처치는 끝났고 글림쇼의 모습이 안 보이더라도 그런 사나이였으니까 떠들 사람은 없을 것이다…… 그러나 그 이튿날, 내가 유언장은 관 속에 있을 거라고 말하면서 그 발굴을 권했을 때, 그처럼 대단한 페퍼도 크게 당황했을 것이 틀림없습니다. 사건의 발각을 피하려면 다시 한번 묘지에 가서 글림쇼의 시체를 꺼내 새로운 방법으로 처치하지 않으면 안된다. 그것은 아무리 생각해도 위험한 일이다. 그래서 그는 살인 발각을 역이용해 그가 칼키스의 저택에 자유롭게 드나들 수 있는 입장을 이용하여 칼키스를 범인으로 꾸미는 것이 가장 좋은 방법이라고 생각한 거죠. 죽은 사람은 말이 없다, 한 마디 해명도 할 수 없는 칼키스를 범인으로 만들자――이것이 명안이라고 그는 생각한 것입니다.

페퍼는 나의 사고 방식을 전부 알고 있었습니다. 그래서 가짜 실마리를 만드는 데 있어서 너무 단순 소박하고 곧 눈에 띄는 증거는 일부러 피하고, 일단 머리를 쥐어짠 결과 비로소 발견할 수 있는 것을 선택했어요. 칼키스를 희생물로 선택한 것은 장님이 범인이라는 뜻밖의 해결이 내 성향에 잘 맞을 거라고 생각한 점, 또 하나는 아까도 말했듯이 죽은 사람은 말이 없다는 속담대로 칼키스는 이미 변명할 힘이 없다는 점입니다. 이 해결이 받아들여지면 살해된 남자는 딱지가 붙은 악당, 죽인 사람은 이미 저 세상에 간 사람, 따라서 살아 있는 사람에게는 폐를 끼치지 않게 되는 겁니다. 페퍼도 결코 본 바탕은 상습적 살인귀는 아니었다는 걸 알아 주십시오.

그러면, 이 설명의 첫 단계에서 내가 지적했듯이 페퍼가 칼키스를 범인으로 조작한 이유 가운데 하나는, 녹스 씨가 도난품인 레오나르도의 소장자이므로 절대 침묵을 지킬 것이다. 칼키스 저택을 방문한 제3의 남자를 자기라고 밝히고 나설 리가 없다고 확신한 데에 있습니다. 그래서 그는 트릭을 만들 때, 그날 밤 칼키스 저택에 모인 사람은 두 사람뿐이라는 전제를 기초로 한 것입니다. 그런데 녹스 씨가 레오나르도를 소장하고 있었다는 것을 알고 있었던 걸로 보면, 그가 글림쇼의 동업자였던 것은 지금까지 되풀이하여 설명했듯이 의심할 여지가 없고, 따라서 베네딕트 호텔에 글림쇼를 방문한 몇 사람의 손님 중 글림쇼와 동행한 미지의 인물을 그로 보아도 틀림이 없다고 생각합니다.

그러므로 페퍼는 브레트 양이 나중에 홍차 찻잔의 모순을 지적했을 때, 아차! 하고 생각했을 것이 분명합니다. 사실 홍차 찻잔의 경우는 페퍼도 마음 한구석으로 공작을 꾸미기 전 차 도구의 상태를 누군가가 기억하고 있을 수도 있다고 염려했을지 모릅니다. 그러나 녹스 씨가 자진해서 제3의 남자는 자기라고 고백했을 때 페퍼로서는 어리둥절할 수밖에 없었을 것입니다.

그는 모든 공작이 실패했다는 것을 알았고, 게다가 운 나쁘게도 모든 증거가 가짜라는 것을 나한테 들킨 것을 알았던 것입니다. 그래서 그는 그 실패를 보충하기 위해 그만의 독자적 입장을 이용하여 그후부터의 일들을 모두 내가 꾸미는 이론에 부합시키려고 모든 힘을 쏟아 부었지요. 그는 내가 알고 있는 것들을 전부 알고 있었으니까요. 아마도 그는 잘난 듯이 이론을 설명하는 내 이야기를 들으면서 속으로는 비웃었을 것입니다.

그건 어떻든간에 페퍼는 생각했습니다. 칼키스가 죽어 버렸으니 모처럼 손에 넣은 약속어음도 휴지가 되어버린 겁니다. 다음은 어떤 수법으로 돈을 얻을 수 있을까? 레오나르도의 소장을 이유로 녹스 씨를 협박해 봐야 헛일임을 알고 있었지요. 예상과는 달리 녹스 씨가 모든 것을 수사 당국에 고백했기 때문입니다. 다만 녹스 씨는 소장하고 있는 레오나르도를 모사품이며 전혀 가치가 없는 것이라고 주장했는데, 빈틈없는 페퍼는 그걸 조금도 믿지 않고 녹스 씨의 핑계라고 생각한 겁니다. 즉, 그는 녹스 씨의 거짓말을 꿰뚫어 본 것입니다."

녹스는 쓴 웃음을 지었을 뿐이다. 말하기가 곤란한 모양이었다.

엘러리가 아랑곳하지 않고 얘기를 계속했다.

"어쨌든 페퍼에게 돈을 잡기 위해 남아 있는 유일한 수단은 녹스 씨의 레오나르도를 훔치는 것이었습니다. 그는 녹스 씨가 가짜가 아닌 진짜 레오나르도를 가지고 있다고 확신했던 것입니다. 그러나 그로서는 그 일이 힘드는 일이었습니다. 무엇보다 살인 사건이 얽혀 있는 녹스 씨 저택 부근은 경찰들이 꽉 들어차 있어서 개미 한 마리 들어갈 틈이 없었습니다.

여기서 페퍼는 길버트 슬론을 정면 무대에 등장시켰습니다. 그는 왜 슬론을 두 번째 위장 범인으로 선택했을까요? 지금이니까 그 의문에 대답할 만한 사실과 추리가 있었음을 말씀 드릴 수 있습니다. 실제로 그 직후에 이 문제를 언급했습니다만…… 아버지, 기억하고 계십니까?"

퀸 경감은 말없이 고개를 끄덕였다.

"슬론은 묘지에서 페퍼를 발견하고, 그가 범인이라는 걸 알았습니다. 그런데 페퍼 쪽에서는 슬론에게 들킨 것을 어떻게 알았을까요. 그건 다음과 같습니다. 내 제안에 따라 관이 발굴되었을 때, 슬론은 넣어둔 유언장이 쇠상자와 함께 없어진 것을 눈치채고 곧 전날 밤의 페퍼의 행동과 결부시켜 그가 한 짓이라고 짐작했습니다. 슬론의 바람은 유언장이 완전히 파기되는 것에 있었습니다. 그래서 곧 페퍼를 찾아가 그의 살인은 말하지 않을 테니까 그 대신 유언장을 달라고 협박했을 것이 틀림없습니다. 페퍼는 최악의 딜레마에 빠진 거죠. 슬론하고는 타협하지 않을 수 없었습니다. 그러나 슬론의 입을 완전히 덮어 두려면 그 무기로서 유언장을 끝까지 자기 손안에 확보해 두어야 합니다. 생각한 끝에 페퍼가 선택한 마지막 길은 자신의 악행을 아는 오직 한 사람의 산 목격자 길버트 슬론을 없애버리는 일이었습니다.

페퍼는 슬론이 진범이며 자신의 죄가 발각되는 걸 두려워해서 자살한 것처럼 위장하는 방법을 선택했습니다. 슬론에겐 그럴 만한 동기가 충분히 있었습니다. 따라서 타다 남은 유언장을 빈집 지하실에, 지하실 열쇠를 슬론의 침실에, 그리고 글림쇼의 금시계를 그의 금고에 두는 식으로 일련의 증거물을 나란히 놓았던 겁니다. 아버지의 부하인 리터 형사가 빈집을 수색했을 때 난방로 속의 타다 남은 유언장을 미처 보지못했던 것도, 실제로는 실수가 아니라 그때는 아직 넣지 않았던 것입니다. 페퍼는 교활하게도 칼키스가 쓴 앨버트 글림쇼라는 이름 부분을 타지 않도록 주의를 기울여 난방로 속에 집어넣었던 것입니다. 그리고 슬론의 자살에 사용되었던 권총도 페퍼가 칼키스 저택의 슬론 침실을 수사할 때 손에 넣은 것이 틀림없습니다. 그때 담배 상자에 지하실 열쇠도 넣어 둔 거죠.

 이렇게 해서 페퍼는 슬론의 입을 막기 위해 죽이고 자살한 것처럼 위장합니다. 슬론의 자살을 수사 당국은 당연히 의심합니다. 그래서 필요한 것이 자살 동기인데, 그가 자신의 죄가 발각된 것을 알고 체포를 면하기는 도저히 불가능하다고 체념한 걸로 충분했습니다. 누군가의 경고로 당국의 움직임을 미리 알고 이제는 피할 수 없다고 해서 자살한 것으로 보이도록 한 것입니다. 어떻습니까? 페퍼가 생각해낼 만한 것이 아니겠습니까? 게다가 그는 그 모든 일들을 퍽 간단한 방법으로 해치웠습니다. 우리가 조사한 바로도 슬론이 자살한 밤, 분명히 칼키스 저택에서 미술관으로 전화를 건 사람이 있었습니다. 그 전화로 슬론은 피할 수 없는 운명이 알려져 마침내 자살한 것으로 우리는 믿었습니다. 그것도 역시 페퍼의 트릭이었습니다.

 여러분 아시겠습니까? ……우리는 슬론의 자살을, 누군가 그에게 우리의 수사 내용을 알려 줬기 때문이라고 생각했습니다. 그렇다면 페퍼는 어떤 방법으로 그 일을 해냈을까요. 기억하시겠지만 페퍼는 우리들이 있는 앞에서 유언장의 남은 조각이 진짜인지 아닌지를 확인한다며 우드러프 변호사에게 전화를 했습니다. 처음에는 다이얼을 돌렸을 뿐 통화중이라고 중얼거리며 수화기를 놓아 버렸습니다. 그리고 얼마 뒤 다시 한 번 다이얼을 돌려 이번에는 진짜로 우드러프의 집으로 전화를 걸어 하인과 얘기를 나누었습니다. 그것이 실은 그의 교묘한 속임수입니다. 그는 처음에 칼키스 미술관의 다이얼을 돌리고 있었어요. 슬론이 전화를 받자 페퍼는 한 마디도 않고 수화기를 놓아버린 겁니다. 슬론은 아마 멍해 있었겠지만, 칼키스 저택에서 미술관에 전화를 건 사람이 있었다는 사실을 만들기에는 그것으로 충분했습니다. 칼키스 저택의 전화기는 다이얼식이었으니까 교환수에게 전화번호를 알릴 필요가 없었던 겁니다. 그것을 우리가 보는 앞에서 해치웠으니 대단히 교묘하다고 아니할 수 없습니다. 그러나 그것이 페퍼의 범행을 뒷받침하는 작은 심리적 증거물로 남았습니다. 누구도…… 슬론에게 경고를 줄 만한 그 누구도 전화를 걸지 않았다고 부인했기 때문입니다.

페퍼는 이 공작을 끝내자 우드러프 변호사에게 가서 타다 남은 유언장의 진위를 확인해 본다는 핑계를 대고 칼키스 저택에서 뛰쳐나갔습니다. 페퍼는 가는 도중 칼키스 미술관에 들릅니다. 그 다음은 여러분도 알다시피 아무것도 모르고 그를 영접한 슬론을 죽이고 자살로 가장한 일련의 증거를 남기고 떠납니다. 발각의 단서가 된 문에 관해서는 반드시 페퍼의 실책이라고 할 수는 없습니다. 총알이 두개골을 관통하여 문을 지나 바깥 화랑으로 날아갔으니 그가 알지 못했던 것도 무리는 아닙니다. 더욱이 슬론은 총알이 뚫고 나간 쪽을 밑으로 하고 엎드려 있었으므로, 시체를 필요 이상 움직이지 않았던 페퍼로서는 총알이 두개골을 관통한 것조차 깨닫지 못했는지 모릅니다. 게다가 또 총알이 맞은 태피스트리는 매우 두꺼운 융단이었으므로 소리를 내지 않았던 겁니다. 그리하여 우리 운명의 사나이 페퍼는 떠날 때 살인자라면 모두 본능적으로 그렇듯이 문을 닫아버린 겁니다. 그리고 그것으로 그의 용의주도한 계획도 물거품이 돼버린 겁니다.

슬론이 모든 일은 끝장났다는 걸 알고 자살했다는 설은 거의 2주 동안 어느 누구에게서도 의심받지 않았습니다. 그래서 페퍼는 녹스 씨로부터 레오나르도를 빼앗을 기회가 마침내 왔다고 생각했죠. 처음부터 그가 녹스 씨를 살인범으로 꾸밀 계획은 아니었을 겁니다. 당시는 자살한 슬론이 진범인으로 여겨졌기 때문에 페퍼의 당초 계획은 레오나르도를 자기 수중에 넣고 녹스 씨가 그것을 빅토리아 미술관에 반환하는 걸 싫어해서 은닉한 것이라고 세상에 믿도록 만들면 되는 거였습니다. 그런데 스위서의 증언에 의해 슬론 자살설은 한꺼번에 무너지고 수사 당국은 다시 범인을 찾는 움직임을 보이기 시작했습니다. 그것을 안 페퍼는 녹스 씨를 레오나르도의 그림을 감춘 사람으로 만드는 것만으로는 부족했고, 그래서 슬론과 글림쇼를 죽인 범인으로 꾸며야 한다고 생각했던 겁니다. 동기에 있어서는 다소 무리가 따랐지만 그 밖의 점은 반드시 황당무계한 일도 아니라고 생각했던 거죠. 나 또한 녹스 씨로부터 천 달러 지폐의 내력을 듣지 않았다면 페퍼의 속임수에 말려들었을지 모릅니다. 그랬기 때문에 당시 나는 아버지에게 상세한 것을 말씀 드릴 수가 없었던 겁니다.

이렇게 하여 나한테 꼬리가 잡힌 줄도 모르고 페퍼는 자신의 마지막 계획을 추진했습니다. 그가 두 번째 협박장으로 녹스 씨가 진범인이라고 알리려 했을 때 나는 역으로 녹스 씨가 결백하다는 것을 확인하고, 협박장은 가짜라고 판단해 그 추리를 진행시킴으로써 페퍼야말로 진범이라는 결론에 이른 것입니다."
"애야, 엘러리. 목 타겠다, 물 좀 마셔라. 어깨 아픈 건 괜찮니?"
그때서야 비로소 퀸 경감이 입을 열었다.
"걱정하지 마세요. 설명을 계속하겠습니다. 페퍼는 첫번째 편지를 이유로 해서 녹스 저택에 주재할 수 있는 구실을 만들어냈습니다.

그것이 그의 뜻에 의한 것임을 여러분도 알고 계시겠지만, 이것 역시 페퍼의 범인설에 조금이나마 무게를 실어 주는 것입니다. 그의 목적은 두 번째 협박장을 녹스 씨의 타이프라이터로 치고 녹스 씨에게 죄를 뒤집어 씌우는 것이었고, 또 하나는 레오나르도를 감춘 장소를 찾는 일이었습니다. 그때만 해도 페퍼는 그림이 2장 있다는 것은 꿈에도 몰랐습니다. 그는 마침내 화랑의 벽 이동식 선반에서 그림 1장을 찾아냈고 곧 그것을 54번 거리의 빈 집으로 옮겼습니다. 얼마나 교묘한 은닉 장소입니까. 다음으로 두 번째 협박장을 보냈습니다. 그것으로 그의 계획은 일단 이루어졌기 때문에 그 뒤엔 단지 샘프슨 씨의 충실한 조수 역할을 하면서 사건의 추이를 지켜보면 되었습니다. 만일 제가 파운드 기호를 보지 못하고 녹스 씨를 범인으로 낙인을 찍는 데 실패했다면 그가 직접 나서서 그 점을 지적할 생각이었겠죠. 그리고 잠잠해지기를 기다렸다가 레오나르도의 그림을 꺼내서 다른 수집가에게 팔든가 또는 장물 시장에서 현금으로 바꾸면 되는 것이었습니다."

이때 녹스가 물었다.

"그 도난 경보장치의 건은 무엇 때문이었나?"

"아, 그거요. 그건 페퍼가 레오나르도를 훔쳐낸 뒤 일부러 망가뜨려 놓은 것인데, 무엇 때문이냐 하면 우리가 타임스 빌딩까지 갔다가 헛수고를 하고 돌아왔을 때 협박장은 우리를 꾀어내기 위한 수단이었으며, 범인의 진짜 목표는 부재중에 레오나르도를 훔쳐내는 데 있었다고 우리로 하여금 믿게 하려고 했던 겁니다. 게다가 그것은, 그런 표면상의 이유뿐만 아니라 우리의 통찰력을 더욱 자극하여 경보장치의 파괴로 도적이 외부에서 침입했다고 보이기 위한 것 자체가 녹스 씨의 트릭이며 레오나르도는 아직 저택 안 어딘가에 숨겨져 있다고, 우리로 하여금 그릇된 추론으로 이끌어 간 교묘한 속임수였습니다. 추리의 뒤를 더듬어 가기에도 상당한 노력이 필요한 페퍼의 용의주도한 사고력을 유감없이 보여주는 트릭이라고 할 수 있습니다."

"그렇군 그래. 잘 알았네, 엘러리."

샘프슨 검사가 급히 말을 꺼냈다. 그는 사냥개처럼 엘러리의 설명의 뒤를 열심히 뒤쫓고 있었다.

"하지만 또 알고 싶은 것이 두 가지 있네. 그 2장의 그림과 자네가 일부러 녹스 씨를 체포한 이유일세."

녹스 씨의 초췌한 얼굴에 처음으로 웃음이 번졌다. 엘러리도 역시 소리를 내어 웃었다.

"그것은 제가 훨씬 전부터 녹스 씨가 겉보기와는 달리 장난기가 많은 분이라는 말을 듣고 그 장난기를 발휘해 주십사 하고 단막극을 꾸며 본 겁니다. 같은 주제로 똑같이 그린 2장의 옛 명화…… 작은 부분의 착색에만 차이가 있을 뿐이라는 이야기는 모두 거짓말이고 멜로드라마였어요. 저는 두 번째 협박장으로 페퍼의 속뜻을 꿰뚫어 보았습니다만, 그를 체포해도 고발할 만한 증거가 없었습니다. 또한 귀중한 레오나르도가 그의 손 안에 있었기 때문에 실수를 하면 옛 명화가 영원히 이 세상에서 모습을 감출 위험이 있었어요. 그것을 발견하여 정당한 소유자인 빅토리아 미술관에 반환하는 것이 제 사명이기 때문에 저로서는 어떻게 해서든지 페퍼가 레오나르도를 갖고 있는 현장을 덮치고 싶었던 겁니다."

"호오! 그러면 착색이 어떻다고 한 것은 모두 조작한 이야기인가?"

샘프슨이 자기도 모르게 외쳤다.

"그렇습니다, 검사님. 그건 제가 꾸며낸 트릭이었습니다. 페퍼가 저에게 한방 먹인 것처럼 저도 페퍼를 가지고 논 거죠. 그래서 저는 녹스 씨에게 모든 것을 털어놓은 뒤 솔직하게 의논해 보았어요. 그러자 녹스 씨도 자신의 비밀을 말해 주더군요. 그것은 이런 이야기입니다. 그는 칼키스에게 레오나르도를 사자 곧 모사품을 1장 그리게 했어요. 장차 도난 사건이 밖으로 드러나 공권이 발동되어 레오나르도를 미술관에 반환하지 않으면 안 될 처지가 되었을 때 진품이라고 가장해서 모사품을 넘길 속셈이었답니다. 물론 전문가가 보면 한눈에 모사품임을 알 수 있지만 녹스 씨로서는 만전의 대책을 강구한 셈이죠. 그리하여 녹스 씨는 모사품을 방열기의 코일 속에 숨기고 원화는 화랑의 거울 뒤 비밀 장 속에 넣어 두었는데 페퍼가 원화 쪽을 훔친 겁니다. 저는 그 이야기를 듣고 하나의 아이디어를 떠올렸지요."

당시의 일을 생각하고 엘러리는 두 눈을 반짝거렸다.

"저는 녹스 씨를 고발하고 그에게 불리한 증거를 들어 페퍼로 하여금 녹스 씨를 함정에 빠뜨리려고 했던 그의 계획이 완전히 성공한 것으로 생각하게 만들었죠. 녹스 씨도 제 계획을 흔쾌히 따라주셨습니다. 그 역시 자신을 함정에 떨어뜨리려고 한 페퍼에 대한 원한을 풀려고, 또한 빅토리아 미술관에 모사품을 주려고 했던 부정한 마음의 대가라 치고 자진해서 이 희생적 역할을 맡겠다고 대답했습니다. 그래서 우리는 곧 토비 존스를 초대하여 여러 가지를 의논한 다음 한 가지 이야기를 만들어냈어요. 그것은 모두 금요일 오후에 있었던 일로 협의한 대화는 모두 딕터폰에 녹음해 두었어요. 만일 페퍼를 유인해 내는 일에 실패했을 때, 녹스 씨의 고발은 진범인을 체포하기 위한 수단이었음을 입증하기 위한 것이었죠.

당대 미국 일류 미술사 연구가들이 머리를 짜낸 것인 만큼, 얼핏 보기에 황당무계한 이 이야기도 미술사상의 유명한 에피소드나 이탈리아의 유명 화가들의 이름을 뒤섞은 스토리를 듣고 있는 동안에는 과연 그런가 하고 생각하지 않을 수 없었겠죠. 그 말을 들었을 때의 페퍼의 모습을 상상해 보십시오. 실제로 옛 명화는 1장밖에 없었습니다. 레오나르도와 같은 시대 화가가 손으로 그린 모사품 따위는 전혀 조작한 이야기고 녹스 씨 손에 있었던 것은 뉴욕에 사는 현대 화가에게 그리게 한, 전문가가 보면 한눈에 알 수 있는 가짜였어요. 그러나 토비 존스가 그 무게 있는 말씨로, 두 그림을 나란히 놓고 비교 검토하지 않고서는 전문가라 할지라도 도저히 불가능한 일이라고 자상히 설명해 주고 떠났을 때는 대단한 페퍼도 제가 놓은 덫에 걸려 버렸어요. 자기가 훔쳐낸 것이 과연 레오나르도의 진품인가, 아니면 레오나르도와 같은 시대 화가에 의한 모사품인가, 아무래도 2장을 나란히 놓고 비교해 볼 필요가 있었을 겁니다. 게다가 그 1장은 언제나 이 저택에 두는 게 아니라 가까운 지방 검찰청 보관실에 옮겨질 운명에 있었습니다. 비교해 보려면 지금밖에 없다고 페퍼는 생각한 겁니다. 2장을 마주 놓고 어느 쪽이 진짜 레오나르도인가를 알아야 한다. 전문가도 1장씩 놓고 보아서는 진위를 단정하기 곤란하다고 하지 않는가. 일찌감치 확인하고 모사품을 보관실에 갖다 놓으면 그것이 원화인 걸로 간주하고 진품은 추적의 손에서 벗어나 안전하게 내 손 안에 남게 된다!"

엘러리는 웃음지었다.

"제가 생각해봐도 천재적인 솜씨였습니다. 자기가 자기를 칭찬하고 싶어집니다. 어쩜, 아무도 손뼉을 쳐주지 않는군요…… 아무튼 간에 페퍼는 감쪽같이 제 트릭에 걸려 들었어요. 화가라든가 미술평론가라든가…… 아님, 단순히 애호가였더라도…… 미술에 조예가 깊은 사람이라면 이런 이상한 이야기는 들어도 도저히 믿지 않겠지만 아주 풋내기인 페퍼는 멍청하게도 그 이야기를 그대로 믿어버렸던 겁니다. 게다가 녹스 씨의 체포, 신문의 선정적인 보도, 런던 경시청으로부터의 공문서, 모든 것이 이 이야기의 진실성을 뒷받침하는 것뿐이었습니다. 눈이 밝은 샘프슨 지방검사도, 솜씨 뛰어난 수사관 퀸 경감도 그 미술 지식이 여기 있는 소년 주나 정도였으니 이 이야기의 허구성을 꿰뚫어보지 못한 것입니다. 제가 걱정한 것은 브레트 양의 입에서 진상이 새나오는 것뿐이었습니다. 그래서 그날 오후, 그녀에게 미리 계획을 밝혀두었습니다. 그녀는 녹스 씨가 체포되었을 때 제법 놀라는 표정을 지어보이더군요. 내가 봐도 그때의 연기는 퍽 멋졌다고 자랑하고 싶을 정도였으니까요. 그건 어떻든 이런 경과로 페퍼는 2장의 그림을 그나마 5분간이라도 좋으니까 비교해 보려는 유혹을 뿌리칠 수 없었던 겁니다. 제가 꾸민 덫에 제대로 걸린 거죠.

저는 벨리 형사 반장에게 제가 녹스 씨를 그 저택에서 규탄하고 있는 동안 페퍼의 사무실과 아파트를 수색하도록 부탁했습니다. 벨리는 내 부탁을 쉽게 받아주지 않았습니다. 우리 아버지에게 너무 충성스런 나머지 아버지 몰래 행동하는 걸 두려워해 그 큰 몸을 떨 정도였어요. 벨리의 열성적인 수사에도 불구하고 레오나르도는 발견할 수 없었습니다. 나는 처음부터 그 그림이 지방검찰청 사무실이나 그의 아파트에 숨겨 놓았다고 생각하지 않았습니다. 혹시나 해서 확인하라고 한 것뿐이었으므로 찾지 못했다는 보고를 듣고서도 특별히 실망하지 않았습니다.

그래서 금요일 밤이 되자 나는 나머지 그림을 지방 검찰청 보관실에 옮기자고 주장했습니다. 이렇게 해서 페퍼는 언제나 필요할 때 그 1장을 꺼내 둘을 비교 검토해 볼 수 있게 된 겁니다. 그러나 그날 밤 그는 꾹 참았죠. 이튿날 밤 그는 마음을 가라앉히고 기다렸습니다. 그리하여 마침내 어젯밤 페퍼는 사무실에서 그림을 갖고 나와 녹스 씨의 빈 집으로 급히 갔던 겁니다.

그 뒤는 여러분도 다 알다시피 그는 빈 집의 먼지투성이의 한 방에서 두 장의 그림을 비교해보다 현장을 잡힌 것입니다. 벨리와 그의 부하들이 사냥개처럼 미행을 계속해서 페퍼의 행동을 차례로 보고해 주었습니다. 그가 레오나르도의 진품을 숨긴 장소가 분명치 않았기 때문에 그런 일이 필요했던 것입니다.

  우리가 현장을 급습하자 페퍼는 저를 향해 권총을 쐈습니다. 다행히 총알은 내 심장에서 빗나가——엘러리는 왼쪽 어깨를 살짝 만져 보이고는——여기를 스쳤지요. 그가 저 하나만을 견주어 쏜 것은 그 순간 그의 머리 속에, 나 때문에 당했다는 생각이 번갯불같이 번쩍였기 때문일 겁니다. 그리고 그것이 그의 '마지막'이었고요."

엘러리의 말을 열심히 듣고 있던 사람들이 비로소 한숨을 쉬었다. 주나는 마치 기다리고 있었다는 듯 차그릇들을 들고 들어왔다. 잠시 웅성거리다가 담소가 요란하게 계속되었다. 조앤 브레트와 엘런 체니만 침묵을 지키고 있었다.

  그러다가 먼저 샘프슨이 사건 이야기로 돌아가 이야기를 시작했다.

"엘러리, 자네의 설명은 잘 알아듣겠네. 그런데 다른 것을 물어보고 싶군. 실은 전부터 의문을 품고 있었네만, 방금 자네도 설명했듯이 타이프를 친 사람이 공범이 아니라 범인 자신이라는 걸 입증하려고 자네는 여러 가지 노력을 해왔네. 즉, 타이프를 치는 것 뿐이라면 범인이 아니라도 할 수 있지만 그것으로는 자네의 이론이 성립되지 않네. 그래서 공범자를 부인하는 데 자네의 어려움이 있었겠지. 덕분에 자네의 증명은 대단히 분명해. 그러나 자네 이론의 첫 부분에서 범인의 첫째 조건은 칼키스에게 죄를 씌우기 위해 가짜 증거를 칼키스 저택 안에 남긴 사람이라는 것이었네."

"네, 그 말대로입니다만……."

엘러리는 신중하게 눈을 깜빡거렸다.

"그렇다면 엘러리, 타이프를 친 사람은 범인이 아니라 공범자였는지 모른다고 자네가 주도면밀하게 생각했던 것처럼 칼키스 저택에 가짜 증거를 남긴 사람도 범인이 아니라 공범자일 수도 있다…… 고 왜 생각해 보지 않았나?"

"아닙니다, 샘프슨 검사님. 그 일이라면 간단히 설명할 수 있습니다. 글림쇼 자신이 동업자는 한 사람뿐이라고 말했습니다. 그리고 그 동업자가 글림쇼를 죽인 범인이라는 것도 우리에겐 확정된 사실입니다. 아시겠습니까, 샘프슨 검사님. 당신 질문에는 이것으로 간단히 대답할 수 있습니다. 동료 중 한쪽이 상대를 죽이고 자유로운 몸이 되었다. 그런 그가 가짜 증거를 만들기 위해 다시 새로운 동료를 찾겠습니까? 희생의 대상으로 칼키스를 선택한 것은 전적으로 범인의 변덕이었습니다. 적당한 희생자 후보는 얼마든지 있었지만 우선 가장 가까이 있는 칼키스를 선택한 것 뿐입니다. 일단 공범자를 죽이고 귀찮은 것을 없앴는데, 또 새로운 공범자를 구한다는 건 너무 어리석은 방법입니다. 저는 범인의 자신감 있는 사고력을 고려해서 가짜 증거를 만든 사람이 범인 자신이라고 단정하는 일에 망설이지 않았습니다."

"알았네, 알았어."

샘프슨 검사가 양손을 벌리며 말했다.

"다음은 브릴랜드 부인의 일인데."

퀸 경감이 호기심에 가득 찬 얼굴로 물었다.

"그녀가 슬론에게 불리한 증언을 한 것은 무슨 까닭이지? 그 두 사람은 애인 사이라는 말을 들었는데 그렇다면 그 밀고의 모순은 아무래도 이상해."

엘러리는 또 다시 담배를 난로 속에 던져 넣었다.

"그것 역시 간단한 일입니다. 슬론 부인이 베네딕트 호텔까지 남편을 미행한 것으로도 알 수 있듯이 슬론과 브릴랜드 부인이 연인 관계였던 것은 분명합니다. 그런데 칼키스가 죽고 그의 미술관 상속 문제가 생기자 슬론으로서는 칼키스의 가장 가까운 친척인 아내에게 일단 상속시킨 뒤 다시 물려받는 길 외에 다른 방법이 없었습니다. 그래서 그는 연인을 떼어버리고 다시 아내와 화해하려고 생각한 겁니다. 그것을 알아 챈 브릴랜드 부인은 저처럼 거센 기질이었으므로 방관하고 물러설 리가 없죠. 그러니까 힘이 닿는대로 슬론을 해치려고 작정한 겁니다."

그 다음에는 앨런 체니가 자리에서 벌떡 일어나더니 조앤 브레트의 얼굴을 보지 않으려고 애를 쓰면서 물었다.

"워디스 박사는 어떻게 된 거죠? 그 사람은 지금 어디 있습니까? 그는 왜 행방을 감춘 거죠? 그 사람은 이 사건과 관계를 갖고 있습니까? 갖고 있다면 그 역할은?"

조앤 브레트는 눈을 내려뜨고 자기의 손을 들여다보고 있었다.

"그 문제에 대해서는 조앤 브레트 양이 대답해 줄 수 있을 것 같은데요. 나도 그 의사에 대해서는 의심 가는 부분이 있습니다만…… 브레트 양?"

엘러리가 어깨를 으쓱해 보이며 말했다.

조앤은 고개를 쳐들고는 아름다운 얼굴에 웃음을 떠올리고, 그러나 앨런 체니 쪽은 바라보지 않고 대답했다.

"워디스 박사는 제 동료예요. 네, 정말이에요! 런던 경시청 소속의 빼어난 형사죠."

그것은 앨런 체니에게 더할 수 없이 멋진 뉴스였다. 그는 안심하는 표정을 숨기려고 자꾸 기침을 하면서 전보다 더 눈길을 내리깔았다. 조앤 브레트는 더욱 아름다운 웃음을 띤 채 계속 말했다.

"엘러리 씨, 전 워디스 박사가 말하지 말라고 했기 때문에 당신에게도 말씀 드리지 않았어요. 워디스 박사는 레오나르도의 탐색을 위해 신분을 숨기고 이 미국으로 건너왔어요…… 본인은 이런 수사 방법을 싫어했지만 말입니다."
"그래서 당신이 계획적으로 칼키스의 집에 끌어들인 겁니까?"
엘러리가 물었다.
"네, 도저히 제 힘으로는 버거운 일이라고 생각했기 때문에 빅토리아 미술관에 편지를 보내 저 혼자 힘으로는 무리라는 걸 알렸어요. 미술관 이사들은 이 도난 사건을 쉬쉬하고 숨기고 있었지만 제 편지 때문에 어쩔 수 없이 사정을 경찰청에 밝히고 의논하게 되었어요. 그래서 워디스 씨가 저를 돕기 위해 파견된 겁니다. 그 분은 실제로 의사 면허증을 갖고 있으며 전에도 몇 가지 사건에서 의사로 분장하여 활약했어요."
"그러면 그날 밤, 베네딕트 호텔로 글림쇼를 방문한 사람들 가운데 하나가 역시 그였다는 말입니까?"
샘프슨 검사가 물었다.
"네, 그래요. 그날 밤, 저는 글림쇼를 미행할 수 없었기 때문에 워디스 박사에게 눈짓해서 미행을 부탁했어요. 그래서 그분은 글림쇼가 정체불명의 남자와 만나는 걸 보고……."
"물론 페퍼였겠군요."
엘러리가 중얼거렸다.
"……호텔의 로비까지 미행하자 글림쇼와 페퍼는 엘리베이터를 타고 올라갔어요. 박사님은 한동안 로비에서 망을 보고 있었죠. 그러자 슬론, 슬론 부인, 오델이라는 남자가 차례차례 올라갔습니다. 그리고 마지막으로 박사님도 3층으로 올라간 거죠. 하지만 글림쇼의 방에 숨어들지는 않고 복도에서 상황을 지켜보고 있었죠. 하지만 처음의 의문의 남자를 제외하고 전원이 돌아갔어요. 이 이야기를 당연히 당신에게 했어야 했지만 그러려면 이쪽 정체도 말씀드려야 했으므로 결국 잠자코 있었어요…… 워디스 박사님은 아무 수확도 없이 집으로 돌아왔어요. 그 이튿날 밤, 글림쇼가 녹스 씨와 같이 어울려…… 그때는 녹스 씨와 아는 사이가 아니었지만…… 찾아왔을 때는 공교롭게도 워디스 박사님은 브릴랜드 부인과 함께 외출중이었어요. 말하자면 그분은 브릴랜드 부인과 친해지려고 노력했던 겁니다. 그걸 뭐라고 얘기해야 할까요…… 참 그래요, 그녀에게 정보를 얻어낼 수 있을 것 같은 예감 때문이었죠."
"그럼, 그는 지금은 어디에 있죠?"
앨런 체니는 고개를 숙인 채 아무렇지도 않은 듯한 말투로 물었다.
"아마 지금쯤 영국행 배 안에 있을 거예요."
조앤 브레트가 담배 연기 자욱한 허공을 바라보며 말했다.
"아, 그렇군요!"
앨런이 말했다. 아주 만족스러운 대답을 들었기 때문이다.

녹스와 샘프슨이 떠나고 난 뒤에, 경감은 한숨을 쉬고는 조앤 브레트의 손을 아버지처럼 잡은 다음에 앨런 체니의 어깨를 토닥여 준 뒤 용무가 있다면서 외출했다. 아마 목을 빼들고 뉴스를 기다리고 있는 신문 기자들을 만나기 위해서리라. 아니, 그 전에——이것은 신문 기자들을 만나는 것보다 기쁜 일이지만——상관들에게 글림쇼·슬론·페퍼 사건의 보고를 하러 갈지 모른다. 그들은 이 사건의 수사 결과가 지그재그 모양의 변화만 되풀이하고 있기 때문에 과연 해결될 것인가 하고 골머리를 앓고 있었다.
엘러리는 최후까지 남은 젊은 두 사람을 내버려두고 상처 입은 어깨 붕대에 주의를 기울였다. 아마도 그는 손님 대접이 가장 나쁜 주인 같았다. 조앤 브레트와 앨런 체니는 일어나서 작별 인사를 하려고 머뭇거리고 있었다.

"무슨 일이죠, 두 분은? 벌써 돌아가려는 건 아닐 테죠?"

엘러리가 이제 겨우 상냥스런 주인으로 돌아와 긴의자에서 내려오며 빙글빙글 두 사람에게 웃어 보였다. 조앤 브레트의 상아빛 콧방울이 조금 떨리고 있었다. 앨런 체니는 요 한 시간 내내 넋빠진 듯 바라보고 있었던 카펫의 복잡한 무늬를 발끝으로 덧그리기 시작했다.

"자, 자, 아직 가지 말아요. 브레트 양에게 드릴 물건이 있어요. 틀림없이 기뻐할 것 같은데요."

엘러리는 그런 수수께끼 같은 말을 하고 급히 방에서 나갔다. 엘러리가 방을 비운 동안 젊은 두 사람은 말도 않고 싸우는 어린애 모양으로 서로의 얼굴을 살피면서 서 있었다. 엘러리가 다시 나타나자 그들은 비로소 안도의 한숨을 쉬었다. 엘러리의 오른팔에는 커다란 캔버스가 들려 있었다.

엘러리는 거드름을 피우며 말했다.

"이것이 바로 복잡한 문제를 일으킨 그 물건입니다. 우리가 이 레오나르도를 가지고 있을 필요는 없을 것 같군요…… 이 그림 때문에 여러 가지 슬픈 일이 일어났습니다. 페퍼는 죽었고, 재판도 열리지 않을 테니까……"

"설마 그것을 저에게……"

조앤 브레트가 겨우 입을 열었다. 앨런 체니는 눈을 둥그렇게 떴다.

"그래요, 당신에게 드립니다. 이것을 가지고 귀국하시죠. 당신의 노력에 대한 선물입니다. 브레트 부관님. 빅토리아 미술관에 레오나르도를 갖고 돌아가는 공적은 당연히 당신 것입니다."

"어머나!"

조앤 브레트의 장밋빛 입술이 타원형으로 열리더니 조금 떨렸다. 그러나 그렇게 썩 감동하는 것 같지는 않았다. 그녀는 캔버스를 받아서 오른팔에서 왼팔로 바꿔 꼈다가 다시 또 오른팔로 옮겼다. 마치 어떻게 처지하면 좋을지 모르는 것처럼. 이 저주스러운 그림 때문에 세 남자가 목숨을 잃었다.

엘러리는 찬장으로 가서 술병을 꺼내 왔다. 광택이 나는 갈색 병이었다. 엘러리가 주나에게 작은 소리로 뭐라고 속삭이자 재치있는 소년 사환은 주방으로 뛰어들어가 사이펀과 소다수, 그밖의 주연 도구를 쟁반에 얹어 가지고 왔다.

"스카치와 소다 한 잔 드시겠습니까, 브레트 양?"

엘러리가 흥겹게 얘기했다.

"아니에요, 괜찮아요."

"그럼 칵테일은요?"

"성의는 고맙지만, 사양하겠습니다, 엘러리 씨."

마음의 동요가 가라앉은 조앤 브레트는 다시 차갑고 냉정한 자기 본래의 모습으로 돌아와 있었다. 섬세함이 결여된 남자의 눈으로는 알 수 없는 이유에서였다.

앨런 체니는 탐나는 눈으로 술병을 바라보았다. 엘러리는 바쁘게 글라스와 그밖의 술 도구들을 만지더니 이윽고 길다란 글라스에 호박색 거품이 이는 액체를 가득 부었다. 엘러리는 그것을 앨런 체니 앞에 파티 참가자들이 같은 동료에게 권하듯 내밀고 말했다.

"내가 자랑하는 술이지. 자네가 이것에 특별한 취미를 가졌다는 걸 소문으로 알고 있네…… 아니, 웬일이지?"

엘러리는 거절하는 앨런 체니를 보며 일부러 더 깜짝 놀라는 표정을 지어 보였다.

조앤 브레트의 볼이 붉어졌다. 그녀는 눈을 방바닥에 떨구고 앨런 체니처럼 발끝으로 카펫의 무늬를 덧그리기 시작했다. 백만 달러라고 평가되는 레오나르도의 캔버스가 그녀의 팔에서 떨어질 것 같았다. 조앤 브레트에게 이제 이 그림은 싸구려 달력 정도밖에는 되지 않는 모양이었다.

"아니, 아니!" 하고 말하다가 엘러리는 당황해하며 고쳐 말했다.

"아니, 저, 난…… '잘됐어요!'라고 말하려 했습니다" 하고 실망의 빛을 보이는 것도 잊지 않고 말을 이었다.

"보세요, 브레트 양. 이것은 레퍼토리 극단용 멜로드라마입니다. 술통 위에서 춤추고 있었던 주인공이 3막이 끝날 무렵 갑자기 마음이 바뀌어 금주를 선언하는 것과 같죠. 소문으로는 앨런 체니도 심기 일전해서 실무를 맡아한다면서요. 이번에 어머니가 막대한 유산을 상속받았기 때문에 그 관리를 맡았다구요…… 그렇지요, 체니?"

앨런 체니는 말없이 고개를 끄덕거렸다.

"그렇게 되면 법률상의 복잡한 수속이 끝나는대로 칼키스 미술관 경영도 하게 될 거고……."

엘러리는 계속 말을 잇다가 도중에서 중단해 버렸다. 젊은 두 사람이 듣고 있지도 않았기 때문이다. 조앤 브레트가 앨런 체니에게 미친 영향은 놀라운 것이었다. 그리고 지금도 지성이…… 더 적절한 말이 있을지 모르지만 두 사람의 눈 사이에 다리를 놓고 있었다. 조앤 브레트는 다시 얼굴을 붉히며 아직도 말을 다 못한 듯한 표정을 하고 있는 엘러리를 바라보았다.

"저는요……."

그녀가 입을 열었다.

"저는 런던으로 돌아갈 생각이 없어졌어요. 그건 저, 당신 덕분이에요."

두 사람이 나가고 문이 닫히자 엘러리는 방바닥에 떨어져 있는 캔버스를 물끄러미 바라보았다. 조앤 브레트의 부드러운 팔에서 미끄러져 떨어진 채로 있었다. 그는 자기도 모르게 한숨을 쉬었다. 그리고 주나의 비난하는 듯한 시선을 받으면서——나이도 어린 이 소년은 벌써 엄격한 금주주의자의 징후를 보이고 있었다——남은 스카치와 소다를 모조리 혼자서 마셨다…… 엘러리에게 이 사건의 한 막이 그리 불유쾌한 것이 아니었음은 그 갸름한 얼굴에 번져 있는 황소같이 만족스러워하는 표정을 보면 알 수 있었다.

순수이성이란 최고의 덕목

엘러리 퀸은 프레드릭 대니와 맨프리드 리의 공동필명으로, 이들은 사촌 형제간이다. 두 사람은 일찍부터 미스터리소설 작가가 되겠다는 뜻을 세우고 있었는데, 마침 1928년에 〈맥루어〉라는 잡지사에서 1등 당선작에 7500달러의 상금을 내걸고 무명 신인들의 미스터리소설을 모집하고 있었다. 젊은 두 작가 지망생은 기다렸다는 듯이 머리를 맞대고 구성을 연구하여 단숨에 작품을 써내려갔다. 이것이 바로 그들의 데뷔작인 《로마 모자의 비밀》이다. 이 작품은 그들의 기대를 저버리지 않고 당당히 1등에 당선되었으나 상금은 고사하고 잡지사마저 파산해버려서, 한동안 햇볕도 못 보고 그대로 묻혀 있어야만 했다. 그리고 나서도 갖은 우여곡절 끝에 간신히 프레드릭 스톡 사에서 단행본으로 출판된 것은 이듬해인 1929년이었다.

그러나 이 데뷔작은 굉장한 반응을 불러일으켰다. 다시 의기충천해진 이들은 이듬해에는 《프랑스 분의 비밀》을, 그리고 그 이듬해에는 《네덜란드 구두의 비밀》이라고 하는, 이른바 퀸의 나라이름 시리즈 9편을 연속해서 발표하게 되었고, 마침내 미국 미스터리소설계의 일류

작가 반열에 그 지위를 단단히 구축하게 되었다.

그리하여 '엘러리 퀸'이라는 시적이고 아름다운 울림을 갖는 이 탐정은, 데뷔에서 약 반세기 가까이 포의 '뒤팽'이나 도일의 '홈즈'의 혈통을 정통으로 계승하는 명탐정으로 절대적인 지지를 얻게 된다. 그 인기는 지금도 식을 줄 모르고 명탐정 인기도 순위조사에서는 때때로 홈즈를 물리치고 1위에 등극되는 영광을 안기도 한다.

그런데 이 명탐정에게도 인간적인 성장과정이 있었다. 초기의 작품과 전후의 작품을 비교해 보면 엘러리의 이미지가 다소 변화하고 있음을 잘 알게 되는데, 초기의 나라이름 시리즈 무렵에는 선배인 파이로 번스의 이미지가 따라다니고 있다. 순수한 이론가에게서 흔히 찾아볼 수 있는 몽상가에 예술가적인 요소가 강하여 결정론자, 실용주의자, 현실주의자라고는 할 수 없으며, 물론 운명론자도 아니다. 그가 절대적인 신앙을 갖고 있는 것은 오로지 '지성의 복음'뿐인 것이다.

엘러리의 철학을 가장 간결하게 표현하면 다음과 같다.

"순수이성이란, 인간이라고 불리는 모듬잡탕 속에서 최고가는 덕목이다. 한 사람의 머리에서 나온 것이라면, 또 다른 사람도 충분히 그것을 파악할 수 있기 때문에"

결국 엘러리의 철학은 위대한 칸트 선생이 바탕이 되는 셈이다. 이처럼 지성과 이성에 절대적 신앙을 가졌던 초기의 엘러리는 화사한 멋쟁이에 무게잡는 청년이어서, 대화 속에서도 걸핏하면 프랑스어를 끌어들이거나 갖가지 어려운 문구를 인용해서 그의 아버지를 짜증스럽게 한다. 퀸 경감은 한탄했다——"자식놈을 대학에 보냈더니 배운 게 고작 인용하는 버릇뿐이다!"

이런 인텔리다운 지적활동의 반동 때문인지 엘러리의 일상생활이나 습관에는 한 오라기의 흐트러짐도 없다. 따라서 초기 외향을 중시하는 추리기계적인 면모가 많았던 엘러리는, 중기 작품으로 넘어가면서 점차 인간적인 감정을 표면에 드러내게 된다. 즉, 추리기계로서 진상을 규명해야 한다는 사명감과 범인에 대한 동정심 사이에 고뇌하는 인간적인 모습으로 변모해가는 것이다.

데뷔할 무렵 퀸의 희망은 당시 인기절정에 있던 반 다인과 대등한 명성을 획득하는 것이 목표였는데, 마침내 그 야심은 완전히 달성되었다. 반 다인은 1888년에 태어났고 엘러리 퀸을 필명으로 하는 두 사람은 다 같이 1905년생이었으니 자그마치 17년의 나이 차가 있었을 뿐더러, 반 다인은 윌러드 헌팅턴 라이트라는 실명으로 미술사를 연구하던 신예학자이기도 했다. 그러나 미스터리소설가 반 다인의 첫 번째 작품인 《카나리아살인사건》이 발표된 것이 1927년이었으니 작가적 경력에서는 큰 격차는 없는 셈인데, 퀸이 데뷔하기까지 앞에서 말한 첫 작품 외에 《그린살인사건(1928년)》과 《비숍살인사건(1929년)》이 발표되었을 뿐이어서 반드시 두 젊은이의 야심이 아주 가당찮은 것이라고는 할 수 없었다.

마침내 1932년이 되었다. 반 다인은 이해 작품활동을 쉬었는데 퀸은 이 《그리스 관의 비밀》과 함께 《이집트 십자가의 비밀》, 그리고 버나비 로스라는 이름으로 《X의 비극》《Y의 비극》이라는 네 편의 역작을 발표하는 등 건재한 일면을 유감없이 발휘했다. 말하자면 1932년이라는 연도가 엘러리 퀸의 생애에서는 가장 재능에 넘치고 필력이 왕성하던 전성기였다고 하겠다.

엘러리 퀸은 미스터리소설 작가로 출발하면서 처음부터 저속한 스릴러적인 요소를 배제하고, 윤리성을 문제로 다룬 지성적인 작품으로 고급독자들의 흥미를 끌자고 의도했다. 그래서 비슷한 작품을 가진 반 다인을 경쟁상대로 택했던 것이겠지만, 이 의도를 철저하게 관철하고 있는 것이 바로 이 《그리스 관의 비밀》이다. 전부 39권에 이르는 엘러리 퀸의 작품 가운데 애초 그들이 목표로 했던 작품성에 가장 일치하는 대표 작품이라고 불러도 틀리지 않을 것이다.

  논리조작이 아무리 주도면밀하게 행해진다 해도 근본이 되는 데이터에 실수가 있었다면 추리는 잘못된 방향으로 흘러가는 법이다. 작가는 이 책이 네 번째 작품이었음에도 불구하고, 이 사건을 젊은 탐정 엘러리 퀸이 학창을 떠나 처음으로 완성한 작품이라고 일부러 가정했다. 이렇게 함으로써 젊은 탐정이 수차례에 걸쳐 시행착오를 되풀이하는 것도 자연스럽게 처리할 수 있기 때문이었다. 그리하여 작가는 어쩔 수 없이 정정하게 된 이 논리적인 작업 속에서, 사건해결에 필요한 갖가지 정보는 구석구석 흩뿌려져 있으니 어디 올바른 추리로 범인을 한번 지적해보게! 라며 재촉하는 독자들에게 정면으로 도전한다. 그러니 본격 미스터리소설 애호가라면 최고로 자극적인 읽을거리가 아니겠는가!